3,-

Alle Rechte, einschließlich das des vollständigen oder auszugsweisen
Nachdrucks in jeglicher Form, sind vorbehalten.

Sämtliche Personen dieser Ausgabe sind frei erfunden. Ähnlichkeiten mit
lebenden oder verstorbenen Personen sind rein zufällig.

Der Preis dieses Bandes versteht sich einschließlich der gesetzlichen
Mehrwertsteuer.

Umwelthinweis:
Dieses Buch wurde auf chlor- und säurefreiem Papier gedruckt.

Inselträume voller Sehnsucht

Sandra Brown
Bittersüßes Geheimnis

Seite 7

Emilie Richards
Glut der Liebe

Seite 183

Anne Mathers
Verzauberte Tage in Honolulu

Seite 337

Barbara Bretton
Sehnsucht liegt in deinem Blick

Seite 455

MIRA® TASCHENBUCH
Band 20052
1. Auflage: Oktober 2014

MIRA® TASCHENBÜCHER
erscheinen in der Harlequin Enterprises GmbH,
Valentinskamp 24, 20354 Hamburg
Geschäftsführer: Thomas Beckmann

Copyright © 2014 by MIRA Taschenbuch
in der Harlequin Enterprises GmbH

Titel der englischen Originalausgaben:

A Secret Splendor
Copyright © 1993 by Erin St. Claire
erschienen bei: Silhouette Books, Toronto

From Glowing Embers
Copyright © 1998 by Emilie Richards McGee
erschienen bei: Silhouette Books, Toronto

Diamond Fire
Copyright © 1991 by Anne Mather
erschienen bei: Mill & Boon, London

Daddy's Girl
Copyright © 1992 by Barbara Bretton
erschienen bei: Harlequin Enterprises, Toronto

Published by arrangement with
Harlequin Enterprises II B.V./S.àr.l

Konzeption / Reihengestaltung: fredebold&partner gmbh, Köln
Umschlaggestaltung: pecher und soiron, Köln
Redaktion: Maya Gause
Titelabbildung: Getty Images, München
Satz: GGP Media GmbH, Pößneck
Druck und Bindearbeiten: CPI – Ebner & Spiegel, Ulm
Printed in Germany
Dieses Buch wurde auf FSC®-zertifiziertem Papier gedruckt.
ISBN 978-3-95649-071-2

www.mira-taschenbuch.de

Werden Sie Fan von MIRA Taschenbuch auf Facebook!

Sandra Brown

Bittersüßes Geheimnis

Roman

Aus dem Amerikanischen von
Rita Langner

1. KAPITEL

Daniel McCasslin schmetterte den Tennisball über das Netz zurück. Sie ist also wieder da, dachte er. Zum dritten Mal in dieser Woche saß die dunkelhaarige junge Frau am selben Tisch am Rand der Terrasse, die zum Freiluft-Restaurant des Clubs gehörte. Von dort aus konnte man die Tennisplätze sehr gut überblicken.

Zu Beginn des Trainingsspiels hatte sie noch nicht dort gesessen, aber als sie später auf die Terrasse hinausgetreten war, hatte Daniel sie sofort bemerkt und prompt einen Ball verschlagen, weil seine Aufmerksamkeit für einen Augenblick von ihren anmutigen Bewegungen abgelenkt wurde. Graziös strich sie den Rock über ihren Hüften und den Oberschenkeln glatt, bevor sie sich setzte.

„Du wirst mit jedem Tag besser", stellte Gary, Daniels Trainingspartner, fest. Sie kamen nun am Netz zusammen, um einen Moment zu verschnaufen, einen Schluck Mineralwasser zu trinken und sich den Schweiß vom Gesicht zu wischen.

„Leider bin ich noch nicht gut genug", antwortete Daniel. Dann setzte er die Seltersflasche an den Mund. Dabei warf er wieder einen Blick zu der Frau auf der Terrasse hinüber. Seit er sie dort zum ersten Mal entdeckt hatte, verspürte er Neugierde.

Auch heute beugte sie sich über den Tisch und schrieb irgendetwas auf einen Block, wie sie es an den vergangenen Tagen getan hatte. Was zum Teufel notierte sie nur immerzu?

Daniel stellte die Seltersflasche ab. Sein Blick wurde misstrauisch. Ob diese Frau etwa zu den entnervenden Zeitungsleuten gehörte? Nur das nicht!

„Daniel! Hörst du mir überhaupt zu?"

„Was?" Daniel schaute seinen Tennispartner verwirrt an. „Entschuldige, Gary. Was hast du gesagt?"

„Ich sagte, deine Kondition hat sich seit letzter Woche ebenfalls erheblich verbessert. Du scheuchst mich ganz schön über den Platz und du selbst scheinst dabei nicht mal außer Atem zu geraten."

Daniel lächelte, und dabei verschwanden die kleinen weißen Linien in seinem tief gebräunten Gesicht. Dieses Lächeln erinnerte an eine Zeit, in der er noch nicht wusste, was eine Tragödie im Leben eines Menschen bedeutete.

„Du spielst fantastisch", sagte er, „doch du bist eben nicht Gerulaitis oder Borg oder McEnroe, Gary. Nimm's mir nicht übel, alter Junge, aber ich muss erheblich wendiger und treffsicherer sein als du, wenn ich es wieder mit den wahren Größen aufnehmen will, und so weit bin ich noch lange nicht."

„Na, ich seh den Tag schon kommen, an dem ich über meine raushängende Zunge stolpere, während du noch so viel Schwung hast, übers Netz zu hüpfen, wenn das Spiel aus ist."

Daniel klopfte Gary freundschaftlich auf die Schulter. „Warten wir es ab, mein Junge." Er lachte, nahm seinen Tennisschläger auf und ließ ihn unbewusst, aber gekonnt in der Hand herumwirbeln.

Aufmunternde Zurufe und freundlicher Applaus kamen von einer Gruppe Zuschauerinnen, die vor dem Zaun standen, der die Tennisplätze umgab. Die Zurufe wurden lauter, als Daniel zur Grundlinie zurückging.

„Deine Fans sind heute wieder mal vollzählig versammelt", spöttelte Gary gutmütig.

„Diese albernen Groupies", knurrte Daniel und blickte zu den Frauen hinüber, die sich wie hungrige Tiere im Zoo an den Zaun herandrängten. Und er war ihr Futter!

Er machte eine abweisende Miene, doch das schien seine Bewunderinnen eher zu begeistern als abzuschrecken. Sie riefen ihm reichlich schamlose Worte zu und flirteten ohne jede Zurückhaltung mit ihm.

Daniel wandte sich angewidert ab und zwang sich dazu, sich auf den Ball zu konzentrieren. Er ließ ihn ein paarmal vom Boden abprallen und plante dabei seinen Aufschlag. Er wollte den Ball so über das Netz schmettern, dass er in der hinteren Ecke des Feldes aufschlug und dann nach links auf Garys schwache Rückhandseite sprang.

Eine seiner Anhängerinnen machte eine eindeutige, mehr als unschickliche Bemerkung. Er knirschte mit den Zähnen. Wussten diese dummen Gänse nicht, dass Frauen ihm gestohlen bleiben konnten? Ellie war doch gerade erst gestorben …

Verdammt, Daniel McCasslin, denk nicht an Ellie! rief er sich zur Ordnung. Er durfte nicht an sie denken, wenn das Match nicht zum Teufel gehen sollte.

„Mr McCasslin?"

„Höchstpersönlich!", hatte Daniel fröhlich ins Telefon gerufen.

Ein sonniger Tag wie jener im Inselparadies Hawaii konnte einen Mann auf alle möglichen Gedanken bringen, nur nicht auf den, dass seine Frau zwischen Blechtrümmern und Glassplittern bei einem Autounfall gestorben war.

„Sind Sie allein?"

Daniel hatte den Hörer vom Ohr genommen und ihn einen Moment lang verwundert und erheitert angeschaut. Dann hatte er gelacht. „Ja, ich bin allein, wenn man von meinem Sohn absieht. Aber warum fragen Sie? Haben Sie etwa vor, mir etwas Obszönes zu erzählen?" Er hatte einen Scherz machen wollen; wie hätte er auch ahnen können, mit was für einer schrecklichen Nachricht er konfrontiert werden sollte?

„Mr McCasslin, ich bin Lieutenant Scott von der Polizei in Honolulu. Es hat einen Autounfall gegeben …"

Von dem, was dann kam, hatte Daniel nicht viel behalten.

Daniel nahm den Ball auf und hielt ihn in der Hand, als wollte er ihn wiegen. Dabei versuchte er, die Erinnerung zu verjagen, die in seinem Innersten schmerzte. Unwillkürlich richtete er den Blick auf die Frau, die noch immer an dem Tisch auf der Terrasse saß. Sie hatte den Arm aufgestützt und die Wange in die Hand gelegt. Offensichtlich schaute sie ins Leere und schien nichts um sich herum wahrzunehmen. War sie denn nicht ein bisschen neugierig auf Daniel McCasslin?

Anscheinend nicht. Bis jetzt hatte sie kaum einmal zum Tennisplatz geschaut. Ihre Gleichgültigkeit ärgerte Daniel, was absolut unangebracht war; seit Ellies Tod, der jetzt knapp ein Jahr zurücklag, hatte er schließlich nichts mehr gewünscht, als in Ruhe gelassen zu werden.

„He, Daniel!", rief eines der Mädchen am Zaun. „Wenn du keine Lust mehr hast, Tennis zu spielen, dann spiel doch mal mit mir!"

Heißer Zorn packte Daniel bei so viel Unverschämtheit. Wütend hob er den Arm und vollzog seinen Aufschlag mit einer solchen Kraft, dass der Ball wie ein undeutlicher Strich durch die Luft zischte. Während des gesamten Satzes spielte er mit der sprichwörtlichen Wut im Bauch, und am Ende konnte Gary nur zwei Punkte für sich verbuchen.

Wenig später schlang sich Gary ein Handtuch um den Hals. Er war völlig außer Atem. „Wenn ich gewusst hätte, dass du nichts weiter als ein paar schmutzige Angebote von deinen Groupies brauchst, um zu solch großer Form aufzulaufen, dann hätte ich die Mädchen längst stundenweise für dich gemietet."

Daniel packte seine Sporttasche und verstaute den Schläger im Außenfach. Dann wandte er sich den Treppenstufen zu, die zur Terrasse führten. „Die meisten von denen da kann man wohl tatsächlich stundenweise mieten", meinte er.

„Nun rede mal nicht so schlecht von ihnen. Schließlich sind das deine Fans."

„Mir wäre es lieber, ich hätte ein paar Fans unter den Sportjournalisten. Aber da fehlt's. Die Leute erzählen der Welt nur immer, ich sei weg vom Fenster. Erledigt. Ewig betrunken."

„Du warst ewig betrunken."

Daniel blieb auf der Stufe stehen und drehte sich ärgerlich zu Gary um. Sein Freund schaute ihn offen, ehrlich und völlig arglos an. Was er gesagt hatte, entsprach ja den Tatsachen. Daniels Ärger verflog.

„Du hast recht", gab er fast verlegen zu.

„Vergiss es. Das ist jetzt vorbei. Heute warst du ganz der alte Daniel. Wenn ich bloß an deine Aufschläge denke! Einfach mörderisch!" Gary verdrehte die Augen, und Daniel musste lachen. „Und dann deine wohlüberlegte Taktik, immer auf meine schwache Linke zu spielen …"

Daniel schmunzelte. „Ich dachte, das hättest du nicht gemerkt."

„Na, hör mal!"

Schnell stiegen sie die letzten Stufen zur Terrasse hoch. Daniel sah, dass die Frau noch immer da war. Schreibpapier lag über ihrem Tisch verstreut. Ein Glas Mineralwasser stand griffbereit neben ihrer rechten Hand. Sie schrieb jetzt wieder etwas auf ihren Block. Der Weg zu den Umkleideräumen führte an dem Tisch vorbei. Soll ich einen Bogen schlagen? überlegte Daniel. Nein, das würde auffallen.

Als die beiden Männer bei ihrem Tisch waren, schaute die dunkelhaarige Frau auf. Das war offenbar eine reine Reflexreaktion; sie fühlte sich in ihren Gedankengängen gestört und blickte unwillkürlich hoch, um die Ursache der Störung zu ergründen. Zufällig sah sie dabei Daniel direkt in die Augen.

Die Frau schaute sofort wieder auf ihren Schreibblock hinunter, aber Daniel würde ihre unglaublich grünen Augen so schnell nicht vergessen.

Jäh entschloss er sich, sie bei seiner Rückkehr aus den Umkleideräumen anzusprechen – wenn sie dann noch immer hier saß. Wenn nicht, auch gut. Ihm lag schließlich nichts daran, die Bekanntschaft einer Frau zu machen. Diese hier interessierte ihn allerdings. Natürlich war er nur deshalb auf sie neugierig, weil sie ihn offenbar so gar nicht interessant fand.

Also gut, er wollte es dem Schicksal überlassen. Hielt sie sich nachher noch hier auf, würde er Kontakt mit ihr aufnehmen. Das war ja wohl nichts Schlimmes.

Aber nicht extra lange unter der Dusche trödeln! ermahnte er sich selbst.

Angela Gentrys Herz hämmerte wie wild.

Fünf Minuten waren schon verstrichen, seit Daniel McCasslin so dicht an ihr vorbeigegangen war, dass sie ihn hätte berühren können, und noch immer konnte sich ihr Herz nicht beruhigen. Zum ersten Mal hatte sie ihn ganz nahe vor sich gesehen. Sie wischte sich die feuchten Hände an der Serviette ab, die sie zerknüllt in ihrer Faust gehalten hatte, und trank einen Schluck Mineralwasser. Ihre Finger zitterten dabei so, dass die Eiswürfel im Glas klirrten.

Er hatte sie direkt angesehen. Ihre Blicke hatten sich nur eine winzige Sekunde lang gekreuzt. Trotzdem traf es sie wie ein Blitzschlag, diesem Mann zum ersten Mal in die Augen zu blicken und dabei an das zu denken, was sie beide miteinander verband. Jeder war dem anderen völlig fremd, und dennoch hatten sie beide ein Geheimnis, das sie ihr ganzes Leben lang miteinander teilen würden.

Angela schaute auf den Platz hinunter, wo er eben so hervorragend gespielt hatte. Noch vor wenigen Monaten hatte sie von diesem Sport, insbesondere vom professionellen Tennis, so gut wie keine Ahnung gehabt. Inzwischen aber besaß sie so viele Kenntnisse, dass sie sich fast als Expertin bezeichnen konnte. Und über die Karriere des Profis Daniel McCasslin wusste sie am besten Bescheid.

Vier Damen traten auf den Platz hinaus. Zu ihrer Tenniskleidung, offensichtlich Modellanfertigung, trugen sie extravaganten Gold- und Diamantschmuck, womit sie einigermaßen lächerlich wirkten. Angela lächelte nachsichtig zu ihnen hinunter, als sie sich daran erinnerte, wie Ronald sie dazu hatte überreden wollen, der Tennisabteilung ihres Country Clubs in Los Angeles beizutreten.

„Das ist nichts für mich, Ronald", hatte sie geradeheraus abgelehnt.

„Stattdessen sitzt du lieber zu Hause und schreibst deine kleinen Verse, die du dann versteckst, damit sie niemand zu lesen bekommt. Du musst ja nicht gut spielen, Angela. Mir ist völlig egal, ob du von Tennis etwas verstehst oder nicht. Aber deine Mitgliedschaft wäre gut für mein berufliches Ansehen, von den nützlichen Kontakten einmal ganz abgesehen, die du als aktives Mitglied knüpfen könntest. Du kämest mit den Frauen anderer Ärzte zusammen."

Angela blieb hart, und Ronald war dann schließlich auch mit Bridge einverstanden. Sie brachte es darin zwar nie zur Meisterschaft, aber sie spielte gut genug, um zu allen Turnieren, die der Country Club veranstaltete, eingeladen zu werden. Auf diese Weise befriedigte sie Ronalds

Wunsch nach einem Umgang, der ihm für die Gattin eines prominenten Arztes angemessen schien.

Dann kam Joey auf die Welt und bot ihr einen unwiderlegbaren Grund, ihre gesellschaftlichen Aktivitäten etwas einzuschränken. Außerdem konnte sie Joey als Entschuldigung für verschiedene andere Dinge anführen, von denen sie heute einige am liebsten vergessen würde. Ob ihr geliebter, unschuldiger Sohn ihre Entscheidung verstanden hätte, die ihr ganzes Leben verändert hatte? Könnte er ihr verzeihen, was sie sich selbst kaum zu verzeihen vermochte?

An dem Tag, als sein kleiner Sarg in die Erde gesenkt wurde, hatte Angela im Stillen um Joeys Vergebung gefleht, und sie hatte auch Gott um Vergebung gebeten, dafür, dass es sie immer mit Bitterkeit erfüllte, mit anzusehen, wie ein intelligentes, hübsches Kind in einem Krankenbett dahinsiechte, während andere Kinder fröhlich herumtollten und Unsinn anstellten.

Angela versuchte, ihre trüben Erinnerungen beiseitezuschieben. Sie hob ihr Glas an die Lippen und prostete sich selber zu, weil sie sich Daniel McCasslin gegenüber richtig verhalten hatte. Jedermann wusste, dass er Interviews und jede andere Art von Publicity rundweg ablehnte, seit er völlig zurückgezogen auf seinem abgeschirmten Anwesen hier auf der Hawaii-Insel Maui lebte.

Tagelang hatte sich Angela überlegt, wie sie am besten an ihn herankommen könne. Selbst noch auf dem Flug von Los Angeles hierher waren immer wieder neue Pläne von ihr entwickelt und dann verworfen worden.

Unternommen hatte sie bisher nichts Handfestes, außer sich ein Zimmer in der Ferienanlage zu mieten, auf deren Tennisplatz Daniel trainierte. Die Geschäftsleitung hatte ihm hier strengste Diskretion zugesichert.

Angela war nichts weiter übrig geblieben, als unauffällig vorzugehen. Also ließ sie sich einfach nur sehen und wartete ab, was geschehen würde. Ganz bewusst tat sie so, als nehme sie Daniel gar nicht zur Kenntnis, denn sie hatte deutlich gemerkt, wie ihn seine weniger zurückhaltenden Bewunderinnen verstimmten.

Heute also hat er mir endlich Beachtung geschenkt, ich habe es sofort gespürt, dachte sie zufrieden. Obwohl sie weiterhin vorgegeben hatte, sich nicht im Mindesten für ihn zu interessieren, hatte sie ihn keine Sekunde aus den Augen gelassen. Ein paarmal hatte er zu ihr heraufgeschaut, vor allem nach besonders guten Schlägen. Stets war es ihr gelungen, noch rechtzeitig auf ihren Schreibblock zu gucken, sodass Daniel ihrem Blick nie begegnete.

Eine Berühmtheit wie er war es natürlich nicht gewöhnt, nicht beachtet zu werden, und in seinem Fall war eine gewisse Eitelkeit auch durchaus verständlich. Er trug sein blondes Haar ein wenig zu lang, aber es stand ihm ausgezeichnet. Seinem durchtrainierten Körper sah man den Alkoholmissbrauch der vergangenen Monate nicht an. Die tropische Sonne hatte Daniel tief gebräunt, und er bewegte sich geschmeidig. Sein Oberkörper war etwas massiger als bei den meisten Tennisspielern, doch diesen kleinen Schönheitsfehler vergaß man sofort, wenn man das Spiel seiner Muskeln unter seinem weißen T-Shirt beobachtete.

Offensichtlich berührte es ihn seit dem tragischen Tod seiner Frau unangenehm, wenn seine Bewunderinnen seine Anziehungskraft allzu deutlich zur Kenntnis nahmen.

Ja, ich habe es schon richtig angefangen, gratulierte sich Angela. Heute hatte Daniel sie zum ersten Mal beachtet, und morgen würde er vielleicht …

„Sie müssen sehr viele Freunde und Verwandte haben."

Beim Klang der Männerstimme hinter ihr zuckte Angela zusammen. Sie drehte sich um, und ihr Blick fiel zunächst einmal auf bemerkenswert gut sitzende weiße Shorts, die auf der Stelle ihre Fantasie in Gang setzten.

Angela errötete ein wenig und schaute langsam an Daniel McCasslin hoch. Seine blaue Windbluse, deren Reißverschluss nur zur Hälfte geschlossen war, gab den Blick auf seine braune Brust mit dem goldschimmernden Haar darauf frei. Er lächelte strahlend, seine weißen Zähne blitzten, und seine Augen waren tatsächlich von dem so oft beschriebenen umwerfenden Blau.

„Wie meinen Sie, bitte?" Angela konnte nur hoffen, dass ihre Stimme ihm ihre Nervosität nicht verriet.

„Sie schreiben so furchtbar viel. Ich dachte, es wären lauter Ansichtskarten. Ihr Lieben daheim, mir geht es gut. Schade, dass Ihr nicht auch hier seid und so weiter."

Angela lächelte, fiel dabei aber keineswegs aus ihrer nonchalanten Rolle. „Nein, ich schreibe keine Postkarten. Es gibt daheim niemanden, der sie erwarten würde."

„Dann gibt es also auch niemanden, der etwas dagegen hätte, dass ich mich zu Ihnen setze."

„Ich selbst könnte etwas dagegen haben."

„Und? Haben Sie?"

Angela war entzückt, zeigte es aber natürlich nicht. Sie machte eine winzige Kunstpause und antwortete dann: „Nein, ich glaube nicht."

Daniel schob seine Sporttasche unter den Stuhl ihr gegenüber, setzte sich und streckte Angela über den papierübersäten Tisch hinweg die Hand hin. „Daniel McCasslin."

Sie nahm seine ausgestreckte Rechte. „Angela Gentry." Sie berührte ihn! Ihre Hand lag tatsächlich auf seiner! Dies war der erste körperliche Kontakt mit diesem Mann, und dabei …

„Machen Sie hier Ferien?", erkundigte er sich höflich.

Angela ließ seine Hand los, lehnte sich auf ihrem Stuhl zurück und versuchte, einen klaren Kopf zu behalten. „Teils, teils. Eine Mischung aus Arbeit und Vergnügen."

Daniel winkte dem Kellner, der hinter der Freiluft-Bar stand. „Möchten Sie noch etwas trinken?", fragte er Angela.

„Ja, aber diesmal Ananassaft."

„Natürlich, Sie sind nicht von hier. Sonst hätten Sie das Zeug längst über."

Warum muss er nur so hinreißend lächeln? dachte Angela. Bei seinem Charme würde sie noch vergessen, weshalb sie ihn eigentlich kennenlernen, sein Vertrauen und, wenn möglich, auch seine Freundschaft gewinnen wollte.

„Die Dame wünscht Ananassaft, und ich möchte drei oder vier Gläser Wasser", sagte er zu dem Kellner.

„Sehr wohl, Mr McCasslin. Sie haben heute ausgezeichnet gespielt, Sir."

„Vielen Dank. Machen Sie schnell mit dem Wasser. Ich bin völlig ausgetrocknet."

„Sehr wohl, Sir."

„Sie haben wirklich ausgezeichnet gespielt", bemerkte Angela, nachdem der Kellner sich entfernt hatte.

Daniel schaute sie eine Weile nachdenklich an, ehe er antwortete: „Ich dachte, Sie hätten das Match überhaupt nicht zur Kenntnis genommen."

„Dann hätte ich taub und blind sein müssen. Ich verstehe zwar nicht viel von Tennis, aber ich kann beurteilen, dass Sie jetzt entschieden besser spielen als vor ein paar Monaten."

„Dann kennen Sie mich also?"

„Ja. Ich habe Sie ein paarmal im Fernsehen gesehen." Weil Daniel darauf ein jungenhaft enttäuschtes Gesicht machte, fuhr sie lächelnd fort: „Sie sind eine Berühmtheit, Mr McCasslin. Ihr Name ist weltweit ein Begriff."

„Richtig, und darum werde ich normalerweise auch weltweit angestarrt", gab er etwas herausfordernd zurück.

„Von Leuten wie Ihre Hurra-Riege da unten?" Angela deutete mit dem Kopf zum Zaun hinunter, hinter dem sich die jetzt verschwundenen Groupies gedrängt hatten.

Daniel seufzte. „Nehmen Sie es mir ab, wenn ich Ihnen versichere, dass ich nur deswegen hier trainiere, weil man mir Anonymität und Ruhe garantiert hatte? Außerdem sind das hier die besten Tennisplätze auf Maui. Was ich aber nicht bedachte, ist die Tatsache, dass die Gäste der Ferienanlage Zutritt zu den Sportplätzen haben. Als sich herumsprach, dass ich hier trainiere …" Er zuckte resigniert die Schultern. „Nun, Sie haben das Ergebnis ja gesehen."

„Die meisten Menschen würden sich von solcher Begeisterung geschmeichelt fühlen."

Daniel quittierte das mit einem spöttischen Blick und wechselte dann rasch das Thema. „Also, was schreiben Sie hier nun andauernd?", fragte er und deutete auf die über den Tisch verstreuten Blätter.

„Das sind Notizen. Ich bin freiberufliche Journalistin."

Obwohl Daniel sich nicht bewegte, nahm Angela deutlich wahr, dass er sich von ihr zurückzog. Sein Gesichtsausdruck wurde undurchdringlich. Er presste die Lippen zusammen und packte das Glas Wasser fester, das der Kellner gerade gebracht hatte.

„Ich verstehe", sagte er kühl.

Angela senkte den Blick und zupfte an dem Papieruntersatz ihres Glases. „Den Eindruck habe ich nicht. Ich bin zwar Journalistin, aber keine Reporterin und keineswegs auf ein Interview mit Ihnen aus. Sie haben dieses Gespräch begonnen, Mr McCasslin, nicht ich."

Als er darauf nicht antwortete, hob sie die Lider und schaute ihn an. Er machte wieder das gleiche Gesicht wie zuvor, und sein Lächeln war durchaus freundlich, wenn auch ein bisschen zurückhaltender.

„Nennen Sie mich bitte Daniel", bat er.

Er wollte das Gespräch also nicht abbrechen. Angela verspürte eine gewisse Erleichterung. „Gut, Daniel. Und ich bin Angela."

„Sie schreiben für Zeitschriften. Was denn? Romane etwa?"

Angela lachte. „Noch nicht. Eines Tages vielleicht einmal. Im Moment versuche ich mich auf jedem möglichen Gebiet, bis ich mein eigenes Fach gefunden habe. Wissen Sie, ich hatte schon lange vor, einmal auf die Hawaii-Inseln zu kommen, habe es jedoch nie geschafft. Nun verpflichtete ich mich für ein paar Artikel, um so meine Reise zu finanzieren. Auf diese Weise kann ich jetzt länger hierbleiben, ohne befürchten zu müssen, dass das Minus auf meinem Bankkonto allzu groß wird."

Daniel gefiel der Klang ihrer Stimme und die Art, wie sie ihren Kopf beim Sprechen ein wenig zur Seite neigte, wobei ihr dunkles Haar über eine Schulter fiel. Der Wind blies ihr ein paar Strähnen ins Gesicht, die in der hellen Sonne ein bisschen rötlich schimmerten. Offensichtlich war sie schon lange genug auf der Insel, um eine leichte Bräune erworben zu haben. Angela Gentry besaß eine Haut, die man gern berühren wollte. Und das galt auch für ihr Haar. Und erst recht für ihre Lippen.

Daniel räusperte sich. „Was sind das für Artikel?"

Angela erzählte ihm, dass sie für den Reiseteil der *Los Angeles Times* und für ein Modemagazin schrieb. Demnächst würde sie einen bekannten Botaniker interviewen und dann einen Artikel für eine Gartenzeitschrift verfassen.

Daniel hörte ihr kaum zu. Zum ersten Mal seit Ellies Tod interessierte er sich wieder für eine Frau. Das verblüffte ihn selbst, denn er hatte nie gedacht, dass ihm jemals daran liegen würde, sich noch einmal auf irgendwelche tieferen Beziehungen einzulassen.

Dieses Zusammentreffen hier würde selbstverständlich über einen gemeinsamen Drink oder eine kleine Unterhaltung nicht hinausgehen; dennoch gab ihm die Bekanntschaft mit Angela Gentry das Gefühl, dass er eines Tages über Ellies Tod hinwegkommen und sich wieder ernsthaft um weibliche Gesellschaft bemühen würde.

Fraglos entgingen ihm Angelas Reize nicht; da hätte er ja blind sein müssen. Sie war eine schöne Frau, und sie hatte so etwas Gelassenes an sich, das ihn ansprach. Daniel versuchte, sich auf ihre Ausstrahlung und auf ihre angenehme Stimme zu konzentrieren und alle anderen Aspekte außer Acht zu lassen.

Seit er sich an ihren Tisch gesetzt hatte, kostete es ihn Mühe, nicht immerzu auf ihre Brüste zu starren. Waren sie wohl von Natur so schön geformt, oder trug Angela einen trägerlosen BH unter ihrem grünen Strandkleid?

Na, versuch doch, es herauszufinden! munterte er sich selbst auf.

Da das natürlich hier nicht ging, musste er sich auf sein Urteilsvermögen beschränken, und das sagte ihm, dass Angela keine formenden Kleidungsstücke nötig hatte. Als guter Beobachter, der Daniel nun einmal war, sah er, dass sich ihre Brustspitzen unter dem leichten Stoff ihres Kleides abzeichneten. In ihm regte sich ein Verlangen, das er seit Ellies Tod verloren zu haben glaubte. Jetzt wusste er nicht, ob er sich über dieses Gefühl freuen oder schämen sollte.

Was würde wohl passieren, schoss es ihm plötzlich durch den Kopf, wenn ich mich jetzt zu ihr hinüberbeugte und ihr sagte: „Angela, nehmen Sie es mir nicht übel, aber zum ersten Mal seit dem Tod meiner Frau reagiert mein Körper wieder richtig auf ein weibliches Wesen."

Natürlich hatte es in den vergangenen Monaten Frauen für ihn gegeben. Diese Damen waren ihm von wohlmeinenden Freunden zugeführt worden, die glaubten, in Liebesdingen geschickte Hände und verführerische Lippen seien das Allheilmittel gegen jeden Kummer. Während Daniel jetzt an diese im Alkoholnebel erlebten Begegnungen zurückdachte, verachtete er sich aus tiefster Seele.

Nach einem Match in Paris, das ihm so ziemlich die größte Blamage seines Lebens bescherte, hatte er sich sogar selbst eine Frau ausgesucht, ein Callgirl. Später, als er wieder nüchtern war, hatte er dieses Erlebnis als eine Art selbst auferlegter Strafe betrachtet, und dies war der Wendepunkt für ihn gewesen.

Wenn jemand den Untergang des Daniel McCasslin aufhalten konnte, dann nur er selber. Und der Untergang musste unbedingt aufgehalten werden. Schließlich gab es ja Richy.

„Wie lange leben Sie schon auf den Hawaii-Inseln?", erkundigte sich Angela.

Ihre Frage holte Daniel in die inzwischen nicht mehr ganz so düstere Gegenwart zurück.

„Seit ich erwachsen bin", antwortete er. „Nachdem ich als Vertragsspieler Siege errang und damit Geld verdiente, schien mir Hawaii als Adresse für einen Junggesellen sehr passend. Ich wohnte in Honolulu auf Oahu, als ich Ellie kennenlernte. Sie ..." Daniel unterbrach sich. „Entschuldigen Sie bitte." Er schaute in sein Wasserglas und nahm unmerklich eine gewisse Abwehrhaltung ein.

„Mir ist bekannt, was Ihrer Frau zugestoßen ist, Daniel", sagte Angela leise. „Sie brauchen sich nicht dafür zu entschuldigen, dass Sie sie erwähnt haben."

Daniel blickte in Angelas Augen und sah darin ein Mitgefühl, das nichts mit der Neugier früherer Gesprächspartner zu tun hatte. Das bewegte ihn weiterzusprechen.

„Ihr Vater war Marineoffizier und in Pearl Harbor stationiert. Eleanor Elizabeth Davidson – ich erklärte ihr, dass sie einfach zu klein sei – sie war wirklich ein zierliches Persönchen –, um den Namen einer Präsidentengattin, Eleanor Roosevelt, und den einer englischen Königin zu tragen."

„Also haben Sie sie kurzerhand zu Ihrer ‚Ellie' ernannt, ja?" Angela lächelte aufmunternd.

Daniel nickte. „Ja, und zwar sehr zum Missfallen ihrer Eltern." Er trank einen Schluck Wasser und malte Kringel in den feuchten Niederschlag auf seinem kalten Glas. „Wie dem auch sei, nach ihrem Tod brauchte ich einen Tapetenwechsel und zog von Oahu hierher nach Maui, wo man viel ruhiger leben kann. Ich wollte mich vor der Öffentlichkeit zurückziehen und Richy vor den vielen Blicken abschirmen."

Angela erstarrte. „Richy?"

„Mein Sohn." Daniel strahlte.

Angelas Hals war wie zugeschnürt. Sie schluckte. „Ach ja", brachte sie heraus. „Ich habe von ihm gelesen."

„Er ist einfach umwerfend. Der klügste und süßeste kleine Junge auf der ganzen Welt. Heute Morgen hat er …" Daniel brach ab. „Entschuldigen Sie. Wenn ich von ihm rede, kenne ich meist kein Halten mehr."

„Sie langweilen mich damit keineswegs", versicherte Angela rasch.

„Na, ich glaube, auf die Dauer doch. Lassen Sie mich nur so viel sagen: Richy ist in meinem augenblicklichen Leben das Einzige, worauf ich stolz sein kann. Wir wohnen direkt am Strand. Es gefällt uns dort."

Angela hatte Mühe, Haltung zu bewahren. Sie schaute auf den Ozean hinaus. Schaumgekrönte Wellen rollten auf den Strand und zogen sich dann wieder ins Meer zurück.

„Ich verstehe, weshalb Sie gern auf Maui leben. Es ist wunderschön hier."

„Ja, das ist es", bestätigte Daniel. „Ich fühle mich hier inzwischen wie in einem Sanatorium, in dem sich Körper und Seele erholen können."

Insgeheim fragte er sich, weshalb er so offen mit dieser Frau redete. Gleich darauf fand er die Antwort: Sie wirkte verständnisvoll und flößte einem irgendwie Vertrauen ein.

Dann kam ihm etwas anderes in den Sinn. „Sie sagten vorhin, es gäbe bei Ihnen daheim niemanden, der Ihre Postkarten erwartet. Sind Sie nicht verheiratet?"

„Ich war es. Ich bin geschieden."

„Und Kinder?"

„Einen Sohn, Joey." Angela sah Daniel direkt ins Gesicht. „Er ist gestorben."

Er murmelte ein an sich selbst gerichtetes Schimpfwort, seufzte und sagte dann: „Verzeihen Sie bitte. Ich weiß, wie schmerzlich es manchmal ist, wenn man an etwas erinnert wird."

„Ich bin Ihnen nicht böse. Im Gegenteil. Wissen Sie, ich nehme es meinen Freunden und Bekannten geradezu übel, dass sie dieses Thema so gründlich vermeiden, als hätte es Joey nie gegeben."

„Das kann ich nachfühlen. Alle Leute umgehen es, Ellie zu erwähnen. Vermutlich haben sie Angst, ich werde in Tränen ausbrechen und sie damit in Verlegenheit bringen."

„Ja", sagte Angela, „und dabei möchte ich Joeys Andenken bewahren. Er war ein so intelligentes, hübsches und fröhliches Kind."

„Was ist passiert? Ein Unfall?"

„Nein. Im Alter von vier Monaten zog er sich eine Hirnhautentzündung zu. Das hat seine Nieren zerstört. Von da an musste er sich regelmäßig einer Blutwäsche unterziehen. Ich dachte, dass er dennoch ein einigermaßen normales Leben würde führen können, aber ..."

Angela sprach nicht weiter, und für eine Weile herrschte Schweigen. Auch alle anderen Laute schienen erstorben zu sein – das Gelächter an dem Tisch am anderen Ende der Terrasse, das Geschepper des Mixbechers, den der Kellner hinter der Bar schüttelte, und das Gekreische der vier Damen auf dem Tennisplatz unter ihnen.

„Es ging ihm immer schlechter", fuhr Angela schließlich fort. „Komplikationen traten ein, und ehe eine passende Niere für eine Transplantation zur Verfügung stand, starb Joey."

„Und Ihr Mann?", fragte Daniel leise.

Wann hatte er eigentlich ihre Hand ergriffen? Angela hätte es nicht sagen können, aber plötzlich war sie sich dessen bewusst und fühlte, wie er mit dem Daumen über ihre Fingerknöchel streichelte.

„Wir wurden vor Joeys Tod geschieden. Er hat unseren Sohn mehr oder weniger meiner Fürsorge überlassen."

„Mr Gentry scheint ein ziemlicher Schuft zu sein."

Angela lächelte. Der Name ihres geschiedenen Mannes lautete zwar nicht Gentry, aber ansonsten musste sie Daniel recht geben. „Stimmt genau. Er ist ein Schuft."

Daniel erwiderte unwillkürlich Angelas Lächeln, und eine Weile blinzelten die beiden einander wie zwei Vertraute zu. Schließlich wurden sie sich dessen bewusst, was sie prompt verlegen machte.

Daniel ließ Angelas Hand los und angelte unter seinem Stuhl nach seiner Sporttasche.

„Ich habe Sie lange genug von Ihrer Arbeit abgehalten", sagte er. „Außerdem habe ich mich für heute Nachmittag als Babysitter verpflichtet, weil meine Haushälterin einkaufen gehen möchte."

„Sie haben eine Haushälterin, die sich um Richy kümmert? Kann sie … ich meine, ist sie gut zu ihm?" Vor Aufregung versagte Angela fast die Stimme.

„Ich wüsste nicht, was ich ohne sie täte. Mrs Laani war schon vor … vor Richys Geburt bei uns. Nach Ellies Tod zog sie mit mir nach Maui, übernahm den Haushalt und die Pflege Richys. Sie genießt mein volles Vertrauen."

Angela atmete erleichtert auf. „Welch ein Glück, dass Sie mit Richy nicht ganz allein dastehen."

Daniel erhob sich und streckte ihr die Rechte hin. „Ich freue mich sehr, Sie kennengelernt zu haben, Angela."

Sie schüttelte seine Hand. „Ganz meinerseits."

Er schien ihre nicht wieder loslassen zu wollen, und als er es endlich doch tat, strich er dabei mit den Fingerspitzen über ihren Handteller. Er wünschte, er könnte auf gleiche Weise auch ihre Wangen, ihre Schultern und die Unterseite ihrer Arme berühren. Wie gern hätte er auch ihr Haar und ihren Nacken gestreichelt!

„Ich hoffe, Sie verleben hier weiterhin schöne Tage, Angela."

Ihr Herz schlug schneller. „Oh, ganz bestimmt."

„Dann also – auf Wiedersehen."

„Auf Wiedersehen, Daniel."

Nach drei Schritten blieb Daniel stehen. Offensichtlich kämpfte er mit sich. Sollte er jetzt etwas tun, was er nicht mehr getan hatte, seit Ellie Davidson in sein Leben getreten war, sollte er Angela um ein Rendezvous bitten?

Er wandte sich zu Angela um. „Ich – äh – sind Sie morgen auch wieder hier?", fragte er.

„Das weiß ich noch nicht", antwortete sie freundlich, aber kühl. Insgeheim hielt sie den Atem an und schickte ein Stoßgebet zum Himmel. „Warum?"

„Nun, Gary und ich spielen morgen wieder zusammen." Er nestelte am Reißverschluss seiner Windjacke. „Ich dachte, vielleicht möchten Sie zuschauen. Anschließend könnten wir – könnten wir irgendwo zusammen zu Mittag essen."

Angela senkte die Lider. Am liebsten hätte sie vor Freude laut gejubelt.

„Wenn Sie nicht …", begann Daniel erneut.

„Nein, nein", unterbrach sie ihn. „Ich meine, ja. Okay, danke, gern."

„Fein!", rief er aus. Sein Selbstvertrauen kehrte zurück. Wieso lag ihm eigentlich so viel daran, dass sie einwilligte? Er konnte doch jederzeit jede Frau bekommen, die er haben wollte. Und nicht nur zum Mittagessen. Aber ihm war es ungeheuer wichtig, dass Angela Ja sagte.

„Dann also bis morgen Mittag", sagte er und versuchte unauffällig, einen Blick auf Angelas Beine unter dem Tisch zu erhaschen. Vielleicht waren sie unförmig.

„Gut, ich werde hier sein."

Ihre Beine waren wunderschön. „Wiedersehen." Er lächelte Angela hinreißend an.

„Wiedersehen." Sie gab das Lächeln ebenso strahlend zurück. Dabei hoffte sie, dass ihre Lippen nicht allzu sichtbar zitterten. Dann schaute sie Daniel nach, der mit elastischen Schritten die Terrasse überquerte und verschwand.

Sie mochte ihn, und das machte sie froh. Daniel war ein netter Mann, ein ungewöhnlicher noch dazu. Wenn sie jetzt an ihn dachte, war er kein großes Fragezeichen mehr für sie, sondern ein Mensch mit einer Identität und einer Persönlichkeit, jemand, der Liebe und Schmerz kennengelernt hatte.

Sie hatte sein Vertrauen gewonnen, und deswegen fühlte Angela sich plötzlich fast schuldig. Hätte er sie wohl zum Mittagessen eingeladen, hätte sie ihr Geheimnis gelüftet? Wäre er so darauf bedacht, sie wiederzusehen, wenn er wüsste, dass sie die Frau war, die man künstlich mit seinem Samen befruchtet hatte? Hätte er so offen mit ihr gesprochen, wenn sie ihm schlicht und einfach erklärt hätte: „Ich bin die Ersatzmutter, die Sie und Ellie mieteten. Ich habe Ihren Sohn geboren."

2. KAPITEL

In Angelas Abwesenheit hatte das Zimmermädchen sauber gemacht und die Klimaanlage voll aufgedreht. Angela legte ihre Handtasche und den Schreibblock auf den Tisch und schaltete erst einmal den Kühlthermostaten herunter. Dann schob sie die große Glastür auf, die auf den riesigen Balkon hinausführte. Das Hotelzimmer war unwahrscheinlich teuer, aber der großartige Blick auf den Ozean war den Preis wert.

Angela holte tief Luft.

„Daniel McCasslin", sagte sie leise vor sich hin. Endlich hatte sie Kontakt zu ihm und mit ihm reden können. Aus seinem Mund hatte sie den Namen ihres Sohnes gehört: Richy.

Sie zog das Strandkleid aus und schlüpfte in den Bademantel. Danach ging sie auf den sonnenüberfluteten Balkon und setzte sich in einen der großen Korbsessel. Sie zog die Füße auf den Sitz, stützte ihr Kinn auf die Knie und schaute aufs Meer hinaus.

Daniel hatte angenommen, ihr geschiedener Mann hieße Gentry. Er konnte natürlich nicht wissen, dass sie dessen wirklichen Namen sofort nach der Scheidung wie ein altes, hässliches Kleid abgelegt und wieder ihren Mädchennamen angenommen hatte. Mit Ronald Lowery sollte sie nichts mehr verbinden. Erinnerungen aber ließen sich nicht so einfach streichen wie ein Name …

Würde Angela jemals den Abend vergessen, an dem Ronald das Thema zum ersten Mal zur Sprache gebracht hatte?

Sie war in der Küche mit der Zubereitung des Abendessens beschäftigt. Ihr Mann hatte sie am Nachmittag angerufen und ihr gesagt, dass er ausnahmsweise einmal pünktlich aus der Klinik heimkommen werde, weil heute weder Babys noch Komplikationen bei seinen Patientinnen zu erwarten seien.

In dieser Ehe, die sich für Angela sehr bald als enttäuschend herausgestellt hatte, war ein gemeinsames Abendessen mit ihrem Mann schon ein außergewöhnliches Ereignis. Wenn Ronald ihre Beziehung zueinander jetzt bessern wollte, würde sie, Angela, ihren Teil dazu beitragen.

„Gibt's einen besonderen Anlass dafür?", fragte sie, als Ronald mit einer Flasche guten Weins heimkam.

Er drückte ihr einen Kuss auf die Wange. „Eine kleine Feier", wich er aus.

Angela kannte Ronalds Angewohnheit, manche Dinge eine Zeit lang wie ein Geheimnis zu hüten. Er tat es nicht etwa, um später irgendjemanden mit einer Überraschung zu erfreuen, sondern deswegen, weil er sich dabei ungeheuer überlegen vorkam. Angela hatte es längst aufgegeben, in solchen Fällen Fragen zu stellen. Im Übrigen waren die meisten seiner geheimnisvollen Überraschungen von der unangenehmen Sorte.

„Das Essen steht in ein paar Minuten auf dem Tisch", sagte sie. „Schau doch inzwischen zu Joey hinein. Er sieht sich gerade ‚Sesamstraße' an."

„Lass mich damit zufrieden, Angela. Ich bin doch nun gerade erst nach Hause gekommen, und nach Joeys Geschwätz sehne ich mich jetzt am wenigsten. Gib mir was zu trinken."

Angela gehorchte – wie immer.

„Joey ist dein Sohn", sagte sie, als sie Ronald ein Glas Whisky reichte. „Er verehrt dich sehr, aber ihr beide unternehmt so wenig gemeinsam."

„Normale Dinge kann man mit ihm ja auch nicht unternehmen."

Angela sah angewidert zu, wie ihr Mann den Whisky in einem Zug hinunterkippte. Dann setzte sie zu einer Antwort an. „Richtig, Ronald, und deshalb solltest du unbedingt …"

Er unterbrach sie. „Himmel! Ich komme mit einer guten Nachricht heim, und du verdirbst alles mit deinen ewigen Nörgeleien. Aber das hätte ich mir ja denken können. Ruf mich, wenn das Essen fertig ist. Ich möchte dir etwas Wichtiges erzählen, also sieh zu, dass Joey schon vor uns isst und dann ins Bett kommt."

Damit drehte er sich um und verließ das Zimmer. Angela schaute hinter ihm her und stellte wieder einmal fest, wie sehr er sich verändert hatte. Keine Spur mehr von der athletischen Figur, auf die er in Studententagen so stolz gewesen war. Nach zu vielen Cocktailpartys war nichts davon übrig geblieben, und sein früher so freundliches und heiteres Wesen hatte er auch verloren. Er wusste es, aber ihm machte es nichts aus. Für ihn zählte nur noch die Frauenklinik, der er alles andere opferte, sogar ihre Liebe.

Angela versuchte, sich an jenem Abend möglichst nett und anziehend zu geben. Nachdem sie Joey zu Bett gebracht hatte, trug sie das exquisite Abendessen auf – Kochen war damals zu ihrer Leidenschaft geworden – und rief Ronald dann zu Tisch.

„Also?", fragte sie lächelnd nach dem Hauptgang und sah zu, wie ihr Mann eine Riesenportion Nachtisch verdrückte. „Erfahre ich jetzt, was wir heute feiern?"

„Das Ende aller unserer Probleme", erklärte er großartig.

Das Ende aller Probleme hätte darin bestanden, Joey gesund und munter das Leben eines normalen Dreijährigen führen zu sehen, fand Angela. Höflich erkundigte sie sich: „Welche Probleme hast du? Die Klinik geht doch gut, oder?"

„Nun ja, aber …" Ronald seufzte. „Weißt du, Angela, ich brauche schon seit Langem etwas Entspannung, ein bisschen Spaß. Das Einzige, was ich tagaus, tagein höre, ist das Gejammer und das Geschrei von Frauen, die Krämpfe haben oder in den Wehen liegen."

Angela unterdrückte die harte Zurechtweisung, die ihr auf der Zunge lag. Ihr Vater, der diese Klinik aufgebaut und zu einer der besten in Los Angeles gemacht hatte, hätte nie so gesprochen.

„Ich habe ein bisschen gespielt – gewettet. Tja, und da …"

Ronald zuckte die Schultern und grinste Angela auf eine Art an, die er wohl für jungenhaft hielt. „Also, ich bin pleite. Ich stecke bis zum Hals in Schulden."

Angela benötigte eine Weile, um zu verarbeiten, was sie eben gehört hatte, und dann brauchte sie noch länger, um die in ihr aufsteigende Panik zu unterdrücken. Ihr erster Gedanke galt Joey. Seine medizinische Versorgung kostete ungeheuer viel Geld.

„Wie – wie hoch sind deine Schulden, Ronald?"

„So hoch, dass ich wahrscheinlich die Klinik verkaufen oder Kredite aufnehmen müsste, die ich dann nie zurückzahlen könnte, egal, wie viele Gören ich auf die Welt hole."

Angela kämpfte gegen ihre Übelkeit. „Vaters Klinik!"

„Verdammt noch mal!", brüllte Ronald und schlug mit der Faust auf den Tisch, sodass das Geschirr klapperte. „Das ist nicht seine, sondern meine Klinik! Meine, hast du verstanden? Er war im Grunde ein altmodischer Landarzt, und ich habe alles erst auf den neuesten Stand gebracht."

„Ja, du hast die Klinik wie eine Fabrik organisiert, und du arbeitest ohne Anteilnahme und Mitgefühl für die Frauen, die du behandelst."

„Ich helfe ihnen!"

„Oh, mir ist durchaus klar, dass du einer der besten Mediziner bist, die es gibt. Aber für dich sind deine Patientinnen keine Menschen. Du siehst nur ihre Scheckbücher."

„Dir hat unser Leben bisher doch gefallen – großes Haus, Mitglied im angesehensten Country Club …"

„Du wolltest das alles. Ich nicht."

„Wenn eine Frau meine Praxis verlässt, fühlt sie sich großartig", verteidigte sich Ronald weiter.

„Du verstehst es ja auch hervorragend, die Menschen einzuwickeln. Mit deinem gespielten Charme kannst du jeden davon überzeugen, dass er dir wirklich etwas bedeutet. Leider ist das alles nur Schau."

„Sprichst du da aus Erfahrung?", fragte er gedehnt.

Angela blickte auf ihren Teller. Ziemlich bald nach ihrer Hochzeit hatte sie gemerkt, dass Ronald mit seinen Schmeicheleien weniger eine Ehefrau als eine gut eingeführte, einträgliche Klinik hatte gewinnen wollen.

„Jawohl! Ich weiß, warum du mich geheiratet hast, Ronald. Du wolltest Vaters Klinik. Wahrscheinlich bist du sogar schuld daran, dass er einen Schlaganfall bekam und starb. Und jetzt sagst du mir ins Gesicht, dass du die Klinik verlieren wirst, weil du Spielschulden hast."

„Du ziehst, wie üblich, voreilige Schlüsse und hörst nicht zu, wenn man dir etwas erzählt." Ronald schenkte sich sein Weinglas voll und leerte es dann mit einem Zug. „Mir wurde die Möglichkeit geboten, sehr viel Geld zu verdienen."

„Womit? Mit Drogen?"

Ronald warf Angela einen verächtlichen Blick zu, sprach dann aber weiter, ohne auf ihre Worte einzugehen. „Erinnerst du dich, dass ich vor ungefähr einem Jahr einem Ehepaar zu einem Adoptivbaby verholfen habe? Die Leute wollten damals keine großen Umstände, keine Bürokratie, sondern nur ein Baby mit rechtsgültigen Papieren."

„Ich erinnere mich", bestätigte Angela vorsichtig. Was hatte Ronald vor? Einen schwarzen Markt für Babys aufzuziehen? Das wäre ihm durchaus zuzutrauen. Ihr schauderte.

„Heute habe ich mich mit Freunden dieser Leute getroffen, einem Ehepaar. Es war ein absolut vertrauliches Gespräch. Sehr geheim und so. Es sind nämlich Berühmtheiten."

Ronald machte eine Pause. Angela wusste, dass er erwartete, sie würde ihn fragen, um wen es sich handelte. Später bedauerte sie, dass sie es nicht getan hatte.

„Dieses Ehepaar sehnt sich geradezu verzweifelt nach einem Kind. Die beiden haben schon alles Mögliche versucht, aber die Frau wird nicht schwanger. Mit dem Mann ist alles in Ordnung. Ein Prachtkerl, kann ich dir sagen", fügte er zweideutig und mit entsprechendem Unterton hinzu.

Angela verzog keine Miene.

„Ich habe ihnen gesagt, ich würde versuchen, ihnen unter der Hand ein Baby zur Adoption zu verschaffen", fuhr Ronald fort. „Die Frau lehnte das ab. Das käme nicht in Frage, erklärte sie. Sie wolle ein Baby von ihrem Mann."

„Ich glaube, ich kann dir nicht ganz folgen."

„Das Kind soll die Frucht seiner Lenden sein", formulierte Ronald theatralisch. „Sie haben mich beauftragt, eine passende Leihmutter aufzutreiben und diese dann mit seinem Samen zu befruchten. Ruck-zuck – und schon kriegen sie ihr Kind."

„Von Leihmüttern habe ich in letzter Zeit viel gehört. Was hältst du davon? Funktioniert das? Tust du so etwas für diese Leute?"

Ronald lachte. „Klar doch. Besonders für den Geldbetrag, von dem die Rede ist. Hunderttausend Dollar. Fünfzigtausend für die Leihmut-ter, fünfzigtausend für mich."

Angela schnappte nach Luft. „Hunderttausend – das müssen aber reiche Berühmtheiten sein!"

„Sind es, sind es. Und alles, was sie verlangen, ist ein gesundes Baby und absolute Verschwiegenheit. Angela, Verschwiegenheit! Steuer-freies Geld! Sie haben mir Barzahlung zugesichert."

Das war doch unsittlich, wenn nicht gar ungesetzlich! Angela konnte sich nicht vorstellen, dass sich irgendeine Frau auf so etwas einlassen würde. „Meinst du, du findest eine Frau, die bereit ist, ein Kind zu be-kommen, nur um es gleich wieder fortzugeben?"

Ronalds Blick ließ Angela schaudern. Eine Weile lang starrten sie einander über den Tisch hinweg an.

„Ich glaube, ich muss nicht lange suchen", sagte Ronald dann.

Alle Farbe war aus Angelas Gesicht gewichen. Ronald konnte doch nicht sie gemeint haben! Seine eigene Frau! „Ronald, du willst mir doch wohl nicht vorschlagen, dass ich als Leihmutter …"

„Doch."

Angela sprang auf und machte Anstalten, aus dem Zimmer zu laufen, aber schon war Ronald hinter ihr her, packte sie am Arm und drehte sie zu sich herum.

„Denk mal nach, Angela", forderte er. „Wenn du mir diesen Gefal-len tust, bekommen wir das ganze Geld. Ich – wir müssen es nicht mit jemandem teilen."

„Ich werde versuchen, dieses Gespräch zu vergessen, Ronald. Bitte, lass meinen Arm los. Du tust mir weh."

„Dir wird noch viel mehr wehtun, wenn du eines Tages mit einem Fußtritt aus diesem schönen Haus hinausfliegst. Und was ist mit Joey? Seine Behandlungskosten fressen uns auf. Und dann die Hinterlassen-schaft deines geliebten Vaters. Willst du, dass die Klinik flöten geht, bloß weil du so edle Prinzipien vertrittst?"

Angela befreite ihren Arm mit einem Ruck. Was Ronald eben gesagt hatte, machte sie trotz seines wahnsinnigen Vorschlags nachdenklich.

Joey – was würde mit ihm geschehen, wenn sie die Kosten für seine Behandlung nicht mehr aufbringen konnten?

„Diese – diese Eheleute dachten doch bestimmt bei ihrem Wunsch nicht an die Frau ihres Arztes."

„Sie erfahren es auch nicht. Sie wollen nicht wissen, wer die Mutter ist, und die Mutter soll nicht wissen, wer sie sind. Das Kind möchten sie als ihr eigenes ausgeben. Alles, was sie verlangen, ist eine gesunde Frau, die ein gesundes Kind austrägt. Eine Gebärmaschine."

„Das bin ich also für dich, Ronald? Eine Maschine, mit der du Geld verdienen kannst, um aus dem Schlamassel herauszukommen?"

„Nun hör mal zu! Für Sex benutzt du das da sowieso nicht." Ronald deutete mit dem Kopf verächtlich auf Angelas Unterkörper. „Also kannst du doch wenigstens ein Kind damit kriegen."

Diese Beleidigung wirkte auf Angela wie ein körperlicher Schlag. Aber es stimmte schon, ehelichen Verkehr gab es zwischen ihr und Ronald nur noch ganz selten, was ein ständiger Streitpunkt war. Nicht, dass Angela eine Abneigung gegen körperliche Liebe gehabt hätte, sie fühlte nur heftigen Abscheu vor dem, was Ronald darunter verstand. Ohne Vorspiel, ohne Zärtlichkeit und ohne Liebe nahm er sich, was er wollte. Jahrelang hatte sich Angela gefügt, aber schließlich konnte sie es nicht mehr ertragen und erfand ständig neue Ausflüchte.

Angela wusste, wozu es führen würde, wenn sie jetzt anfinge, mit Ronald über seine Bemerkung zu debattieren. Also erklärte sie nur: „Ich will kein Baby von einem fremden Mann. Ich muss an Joey denken. Er nimmt mich voll in Anspruch. Ich könnte so eine Schwangerschaft weder körperlich noch seelisch aushalten."

„Wenn du dir mal richtig vor Augen führst, dass wir für Joeys Behandlung viel Geld brauchen, wirst du zu dem Schluss kommen, dass du sie sehr wohl aushalten kannst. Und dann hör auf mit dem dummen Gerede von dem Kind eines fremden Mannes! Kinderkriegen ist nichts als ein biologischer Prozess."

Angela wandte sich angewidert ab. Wie konnte Ronald nur so gefühllos über ein Wunder reden, das er jeden Tag neu in seiner Klinik erlebte? Warum führte sie dieses scheußliche Gespräch mit ihm überhaupt noch weiter? Weil sie hoffte, einen Ausweg für sich zu finden?

„Was sollten wir denn den Leuten sagen? Ich meine, wenn ich ohne Kind aus dem Krankenhaus nach Hause käme."

„Wir sagen, es war eine Totgeburt, über die wir so verzweifelt sind, dass wir weder eine Totenfeier noch einen Grabstein wollen."

„Aber das Krankenhauspersonal! Und wie willst du es anstellen, dass eine Frau, die nicht schwanger war, mit meinem Baby aus der Klinik kommt?"

„Mach dir mal keine Sorgen über die Einzelheiten." Ronald wurde immer ungeduldiger. „Darum kümmere ich mich schon. Geld bringt die Leute zum Schweigen. Die Schwestern im Kreißsaal sind mir treu ergeben. Die tun, was ich ihnen sage."

Anscheinend verfügte Ronald bereits über ausreichende Erfahrungen in solchen Dingen.

Angelas Mut sank mehr und mehr. „Wie soll ich – wie willst du es machen, dass ich …"

Da Ronald jetzt meinte, Angela sei bereit, sich auf seinen Plan einzulassen, besserte sich seine Stimmung zusehends. „Als Erstes müssen wir uns vergewissern, dass du nicht schwanger bist." Er grinste hässlich. „Aber das ist ja so gut wie ausgeschlossen, nicht? Ich zeige den Leuten deinen Gesundheitsbericht. Der ist makellos. Deine erste Geburt verlief völlig reibungslos. Dann unterschreiben wir einen Vertrag, und anschließend nehme ich die Behandlung in meiner Klinik vor."

„Und wenn ich nicht empfange?"

„Du wirst empfangen. Dafür sorge ich."

Angela schauderte es. „Ich muss darüber nachdenken, Ronald."

„Was gibt es da noch nachzudenken?", brauste er auf, mäßigte sich jedoch sofort, als er Angelas eisigen Blick auffing. Er setzte seinen altbewährten Charme ein. „Natürlich, ich verstehe schon. Lass dir ruhig ein paar Tage Zeit. Aber Ende der Woche wollen die Leute eine Antwort haben."

Angela teilte Ronald ihre Entscheidung schon am nächsten Morgen mit. Ronald war begeistert – bis er ihre Bedingungen hörte.

„Du – was hast du gesagt?", fuhr er auf.

„Ich sagte, ich will meine fünfzigtausend Dollar nach der Entbindung haben, und zwar zusammen mit kompletten, rechtsgültigen Scheidungspapieren. In Zukunft wird es zwischen uns keinerlei Intimitäten mehr geben. Und sobald ich die Klinik mit meinem Geld und den Papieren verlassen habe, werden sich unsere Wege nicht mehr kreuzen."

„Du wirst mich nicht verlassen, Schatz. Es würde dem Ruf der Klinik schaden, wenn du mir wegliefst, und das kannst du doch nicht wollen. Dazu liebst du sie zu sehr."

„Das war einmal. Jetzt habe ich keinen Grund mehr, stolz auf sie zu sein. Du hast mich dazu benutzt, sie zu bekommen. Mach mit ihr, was dir beliebt." Angela richtete sich gerade auf. „Ich werde dieses Kind austragen, weil ich mich und Joey mit dem Geld von dir befreien kann. Du hast mich zum letzten Mal ausgenutzt."

Ronald erfüllte Angelas Bedingungen dann vollständig. Offenbar waren ihm seine Gläubiger tatsächlich hart auf den Fersen. Als Angela die Klinik verließ, fühlte sie sich zwar erniedrigt und beschmutzt, aber frei, und sie bereute ihre Entscheidung nicht. Das Geld für die Leihmutterschaft gestattete ihr, Joey eine noch bessere Behandlung zukommen zu lassen.

Doch jetzt, zwei Jahre später, waren ihre Gefühle gespalten. Sie hatte den McCasslins den ersehnten Sohn geboren, der das Leben der beiden erfüllte und zum Rettungsanker für Daniel wurde, als dessen Welt einzustürzen drohte. Sollte nicht schon das allein sie von allen Schuldgefühlen befreien?

Warum aber machte sie sich dann Vorwürfe? Die Geschichte ließ sich ohnehin nicht mehr ändern.

Angela erhob sich aus ihrem Sessel und streckte sich. Während die Ereignisse der Vergangenheit an ihr vorübergezogen waren, hatte sie regungslos dagesessen. Jetzt fragte sie sich, wann sie es schaffen würde, Daniel McCasslin zu sagen, wer sie war, und ihn darum zu bitten, ihr ihren Sohn zu zeigen.

„Hallo!" Daniel lief zum Spielfeldrand und schaute zu Angela hoch, die auf ihrem Stammplatz auf der Terrasse saß. „Sie sehen so frisch und kühl aus."

„Was man von Ihnen nicht direkt sagen kann."

Daniel lachte. „Gewiss nicht. Gary jagt mich für mein Geld ganz schön herum."

„Der Erfolg ist aber unübersehbar." Angela hatte das anstrengende Match aufmerksam verfolgt und den Eindruck gewonnen, dass sich Daniel fast wieder in der hervorragenden Form befand wie vor den unglücklichen Monaten des im Alkohol ertränkten Kummers.

Daniel freute sich offensichtlich über ihr Urteil. „Nun ja, mir sind ein paar recht ordentliche Schläge gelungen", meinte er bescheiden. „Außerdem habe ich von der Hetzerei schon einen mächtigen Appetit aufs Mittagessen bekommen."

„Der wird sich bestimmt noch steigern."

„Hm – das glaube ich auch." Daniel lief aufs Spielfeld zurück und rief dem recht erschöpft aussehenden Gary zu, dass die Pause vorbei sei.

Das nächste Spiel gewann Daniel ohne Gegenpunkte. Nach Garys Aufschlag revanchierte sich der Club-Profi dann allerdings. Die folgenden Spiele endeten mit Einstand, bis Daniel dann zwei hintereinander gewann und damit den Matchsieg für sich verbuchen konnte.

Das Freudengeheul der Mädchen, die sich wieder beim Zaun eingefunden hatten, nahm er nicht zur Kenntnis. Er tat, als könne er sich keinen Moment länger auf den Beinen halten, wankte lachend zur Terrassenmauer und blickte zu Angela hoch.

„Würden Sie mir bitte vier Gläser Wasser bestellen?", rief Daniel. „Ich bin gleich bei Ihnen." Er winkte ihr noch einmal zu und verschwand dann durch die Tür, die vom Tennisplatz direkt zu den Umkleideräumen führte.

Ob er wohl jemals über die Frau nachgedacht hat, die die Mutter seines Sohnes ist? fragte sich Angela. Hat er versucht, sich vorzustellen, wie das ist, wenn man das Kind eines Mannes zur Welt bringt, mit dem man niemals intim war?

Angela schüttelte sich unmerklich, als sie an die entwürdigenden Umstände ihrer künstlichen Befruchtung dachte. Sie konnte nur hoffen und beten, dass sie gleich beim ersten Versuch empfangen würde. Eine Wiederholung dieser Prozedur im nächsten Monat hätte sie nicht überstanden.

Ihre Gebete wurden erhört. Ronald informierte das Ehepaar, dass ihre Leihmutter schwanger war.

Die beiden seien außer sich vor Freude, erzählte er danach Angela.

„Pass jetzt verdammt gut auf dich auf", befahl er ihr. „Ich will nicht, dass etwas schiefgeht."

„Ich auch nicht", erwiderte sie und schlug ihm die Schlafzimmertür vor der Nase zu.

Während der nächsten Wochen versuchte sie, nicht daran zu denken, dass ein menschliches Wesen, eine eigene Persönlichkeit, in ihr heranwuchs. Sie betrachtete die Schwangerschaft nur als Mittel zum Zweck, Joey und sich selbst außer Reichweite ihres selbstsüchtigen Ehemannes zu bringen.

An dem Tag jedoch, an dem sie die ersten Bewegungen des Ungeborenen spürte, durchströmte sie plötzlich eine unglaubliche Freude. Sie unterdrückte dieses Gefühl zwar, musste aber während der nächsten Zeit immer öfter über das Baby nachdenken. Würde es ein Junge oder ein Mädchen werden? Würde es vielleicht sogar ihre grünen Augen erben?

Und dann hatte Angela auch begonnen, über den Vater ihres Kindes nachzugrübeln. Was war er für ein Mensch? Würde er gut zu dem Kind sein? Liebte er seine Frau? Natürlich tat er das, denn sie liebte ihn ihrerseits ja so sehr, dass sie eine fremde Frau sein Kind auf die Welt bringen ließ.

„So tief in Gedanken?"

Angela schrak heftig zusammen und fuhr herum. Daniel stand hinter ihrem Stuhl. Seine Hand lag auf der Lehne, nur einen Fingerbreit von ihrer nackten Schulter entfernt.

„Es tut mir leid", sagte er aufrichtig zerknirscht. „Ich wollte Sie nicht erschrecken."

„Oh, schon gut." Das Blut war ihr in die Wangen geschossen, und sie wusste, dass sie nicht gerade das geistreichste Gesicht machte. „Ich war eben ein paar Millionen Lichtjahre von hier entfernt ..."

„Da kann ich nur hoffen, dass Ihr Tagtraum die weite Reise wert war."

Daniels unglaublich strahlend blaue Augen bildeten einen reizvollen Kontrast zu der tiefen Bräune seines schönen Gesichts. Er duftete nach Seife und einem angenehmen Eau de Cologne. Sein Haar war noch nass vom Duschen. Er trug eine helle Hose und ein dunkelblaues Polohemd. Zweifellos war er ein sehr attraktiver Mann. Angela konnte den Gedanken an das, was sie miteinander verband, nicht verdrängen. Nervös strich sie mit der Zunge über ihre plötzlich ganz trockenen Lippen und schaute zur Seite.

„Es handelte sich um keinen Tagtraum", sagte sie so unbeschwert wie möglich. „Ich habe nur ein bisschen vor mich hin gesonnen. Die Umgebung hier hypnotisiert einen irgendwie. Die Brandung und der leise Wind lullen einen ein ... Sie wissen schon."

Daniel setzte sich ihr gegenüber. Er trank einen tiefen Schluck aus einem seiner Wassergläser. „Manchmal, besonders abends, kann ich stundenlang am Strand vor meinem Haus sitzen, ohne zu merken, dass die Zeit vergeht. Es ist, als schliefe ich, obwohl ich wach bin."

„Ich glaube, der Verstand besitzt die Fähigkeit, einfach abzuschalten, wenn wir uns innerlich irgendwohin flüchten wollen."

„Aha, das war es also! Sie wollten eben vor mir flüchten."

Angela lachte. Welche Frau würde schon vor einem Mann wie Daniel flüchten, besonders wenn er so lächelte wie jetzt! „Keineswegs", widersprach sie. „Jedenfalls nicht vor dem versprochenen Mittagessen."

„Das hätte Richy sagen können. Der verlangt immer erst die Belohnung, ehe er sich zu einer Umarmung oder einem Kuss bereitfindet."

Als Daniel Angelas erschrecktes Gesicht sah, schalt er sich innerlich einen Trottel. „Angela, ich … das war nicht so gemeint, wie es sich anhörte. Wirklich nicht. Das Mittagessen soll Sie zu nichts verpflichten. Also, ich meinte …"

„Ich weiß schon, was Sie meinten." Angela hatte sich wieder gefasst.

Daniel betrachtete ihren Mund und zeigte deutlich, dass ihm gefiel, was er sah. „Das bringt einen natürlich zum Nachdenken", sagte er. „Übers Küssen."

Angela schwieg.

Am Morgen hatte sie lange Zeit gebraucht, um zu entscheiden, was sie zu dieser Verabredung anziehen sollte. Jetzt wünschte sie, sie hätte sich etwas weniger gewagt gekleidet.

In den Monaten nach Joeys Tod war Angela ganz in ihrem Kummer versunken und dadurch ein bisschen nachlässig geworden. Bevor sie aber diese Reise hierher unternahm, hatte sie sich selbst wieder in Form gebracht. Sie hatte Gymnastik getrieben, Fingernägel und Haut sorgfältig gepflegt, vernünftig gegessen und sich die Haare hübsch frisieren lassen. Dann hatte sie sich neue Garderobe zugelegt, deren Teile untereinander kombiniert werden konnten.

Das Resultat ihrer Bemühungen überraschte sie selbst. Sie sah besser aus denn je zuvor.

Heute trug sie ein schwarzes, schmales, trägerloses Oberteil, das sich eng über ihren Brüsten spannte, und dazu einen ebenfalls eng geschnittenen weißen Rock mit einer Knopfleiste, die auf der linken Seite vom Bund bis zum Saum reichte. Die Knöpfe bis zwei Handbreit über dem Knie hatte sie offen gelassen. Ihre Beine wirkten gegen den weißen Stoff besonders braun und zart. Ihre Füße steckten in Riemchensandalen aus schwarzem Lackleder. Als Schmuck trug sie nur einen weißen Armreifen und dazu passende große Ohrringe.

Heute Morgen vor ihrem Ankleidespiegel hatte sie sich einfach nur schick gefunden. Warum beschlich sie jetzt das Gefühl, sich auffällig und verführerisch angezogen zu haben?

Es lag wohl an Daniels Blick, der bewundernd auf ihr ruhte. Sie wusste genau, dass Daniel ihre Brustspitzen unter dem schwarzen Stoff erkennen konnte, und obwohl sie sich nie für eine besonders sinnliche Frau gehalten hatte, merkte sie jetzt, wie sehr sie dieser Blick erregte.

„Vielleicht sollten wir erst einmal mit dem Mittagessen anfangen und dann weitersehen", schlug Daniel vor, als er ihr endlich wieder in die Augen sah.

„Einverstanden."

3. KAPITEL

Daniel führte Angela in eines der Restaurants der Hotelanlage. Mit einer Unterwürfigkeit, die offensichtlich nur für besonders wichtige Persönlichkeiten reserviert war, geleitete der Empfangskellner sie an einen Tisch mit Meeresblick. Obwohl die meisten Gäste ungezwungen gekleidet waren, lag über dem Speisesaal ein Hauch von Eleganz. Wahrscheinlich trugen die Dekoration in Mintgrün und Apricot, die schwarz lackierten Tische und Stühle und die überall verteilten Vasen mit frischen Blumen dazu bei.

„Aperitifs, Sir?", fragte der Kellner.

„Angela?"

„Bitte einen gewürzten Tomatensaft."

„Für mich Mineralwasser mit Limonensaft", bestellte Daniel.

Der Kellner nickte und ging.

Daniel nahm ein kleines Baguette aus dem Korb, zerbrach es in zwei Teile und gab Angela die Hälfte. „Haben Sie das meinetwegen bestellt?", fragte er etwas schroff.

„Was?" Sein Ton missfiel Angela. „Den Drink?"

„Der Drink ist kein Drink." Daniel wirkte plötzlich sehr angespannt. „Befürchten Sie, ich könnte Ihnen ein Glas mit einem alkoholischen Getränk aus der Hand reißen und den Inhalt hinunterstürzen? Keine Angst, das Stadium der Schüttelkrämpfe habe ich überstanden." Er begann umständlich, sein Brot mit Butter zu bestreichen.

Angela legte ihre Hälfte auf den Teller und faltete die Hände im Schoß. „Ich bestelle, was mir gefällt, Mr McCasslin." Sie sagte das so eisig, dass Daniel verdutzt aufschaute. „Wer Sie kennt, weiß auch, dass Sie Probleme mit dem Alkohol hatten. Aber reden Sie bitte nicht mit mir, als wäre ich eine Missionarin, die sich vorgenommen hat, Ihnen den Teufel Schnaps auszutreiben. Wenn ich nicht der Ansicht wäre, dass Sie das ‚Stadium der Schüttelkrämpfe‘ überstanden haben, säße ich jetzt nicht hier."

„Nun habe ich Sie verärgert."

„Jawohl. Und ich wäre Ihnen dankbar, wenn Sie mir in Zukunft nicht noch einmal das Denken abnähmen."

Der Kellner brachte die Getränke und die Speisekarten. Angela sah Daniel über den Tisch hinweg kühl an. Sie war verstimmt und machte kein Hehl daraus.

„Es tut mir leid", entschuldigte er sich, nachdem der Kellner sich zurückgezogen hatte. „Ich bin so empfindlich gegen Kritik, obwohl sie ja in der letzten Zeit durchaus angebracht war. Inzwischen leide ich schon fast unter Verfolgungswahn. Ich sehe erhobene Zeigefinger, wo gar keine sind."

Angela betrachtete das Muster der Tischdecke und ärgerte sich über ihre eigene Reaktion. Wollte sie nun Daniels Freundschaft erringen oder ihn vertreiben? Als sie den Kopf hob, war ihr Blick wieder wärmer.

„Ich muss mich wohl auch entschuldigen", sagte sie. „Jahrelang habe ich meinen Mann für mich denken und reden lassen, und so etwas bleibt nicht ohne Auswirkung auf eine Frau. Ich glaube, wir beide haben eben gleichzeitig ein paar wunde Punkte berührt." Sie hob ihr Glas. „Im Übrigen mag ich Tomatensaft tatsächlich."

Daniel entspannte sich. Er stieß mit seinem Glas leicht gegen ihres. „Auf die reizendste Lady dieser Insel. Von jetzt an werde ich in Ihre Worte und Taten nichts mehr hineindeuten."

Dieser Trinkspruch war zwar nicht ganz der, den Angela sich gewünscht hätte, dennoch lächelte sie.

„Was möchten Sie essen?" Daniel klappte die Speisekarte auf.

„Schlagen Sie etwas vor."

„Leber."

Angela brach in Gelächter aus. „Das ist genau das, was ich in keiner Form und Weise essen würde."

Daniel machte ein spitzbübisches Gesicht. „Prima. Ich kann das Zeug nämlich auch nicht ausstehen. Ich glaube, wir zwei haben uns gesucht und gefunden."

Während Angela die Speisekarte durchsah, dachte sie, dass Richy vermutlich mit einer Abneigung gegen Leber aufwachsen würde. Sie bestellte sich Krabbensalat, der in einer ausgehöhlten, mit Avocadoscheiben und kleinen Orchideenblüten garnierten Ananas serviert wurde. Das Ganze war fast zu hübsch, um aufgegessen zu werden. Daniel hatte ein Filetsteak mit gemischtem Salat gewählt.

Während des Essens machten sie sich etwas näher miteinander bekannt. Angela erzählte Daniel, dass sie an der Universität von Los Angeles kreatives Schreiben studiert habe, ihre Mutter während dieser Studienzeit gestorben sei und ihr Vater, ein Arzt, ein paar Jahre später einen Herzschlag erlitten habe. Einzelheiten, insbesondere über die Frauenklinik ihres Vaters, erwähnte sie nicht.

Daniel war im Staat Oregon aufgewachsen. Seine Mutter lebte noch dort. Sein Vater war tot. Daniel hatte schon in der Schule mit dem Tennissport angefangen.

„Und zwar noch zu der Zeit, in der nur wenige Oberschulen eigene Tennismannschaften aufstellten", erläuterte er. „Der Trainer erkannte mein Talent für diesen Sport und wollte, dass ich dem gerade erst zusammengestellten Tennisteam beitrat. Ich hätte ja viel lieber Baseball gespielt, aber weil er mich so drängte, willigte ich schließlich ein. Dann packte mich der Ehrgeiz, und bald war ich bei den Lokalturnieren unter den Gewinnern."

„Studiert haben Sie auch, nicht wahr?"

„Ja, sehr zum Kummer meines Managers Hank Davis, weil Studium und Sport sich manchmal ins Gehege kamen. Ich sagte mir jedoch, dass ich nicht bis an mein seliges Ende von Tennis würde leben können, und so wollte ich auf den Tag vorbereitet sein, an dem es mit dem Sport einmal vorbei wäre."

„Sie haben jedenfalls beides zusammen geschafft und waren später bei den großen Veranstaltungen immer unter den Gewinnern." Angela hatte inzwischen ihr Obstdessert aufgegessen und nippte an ihrem Kaffee.

„Ja, es lief eine Zeit lang recht gut", erwiderte Daniel bescheiden. „Ich hatte ein paar Jahre Vorsprung vor den anderen und führte nicht ein so ausschweifendes Leben, wie es die meisten Spieler tun, wenn sie zum ersten Mal auf Tour gehen."

Er trank seinen Kaffee. „Das System in diesem Sport ist irgendwie verdreht", fuhr er dann nachdenklich fort. „Einen Neuling kommt die Spielerei wahnsinnig teuer. Reisekosten, Unterbringung, Verpflegung – alles zu eigenen Lasten. Wenn man dann oben ist, Preisgelder kassiert und einem Werbeverträge angeboten werden, kriegt man alles bezahlt."

Er lachte ein wenig unfroh. „Ich verlor ein paar von diesen Werbeverträgen, nachdem mich selbst die besten Tennisschuhe mit meinem Namenszug darauf nicht mehr davor bewahren konnten, nach einer Sauftour nur noch auf dem Platz herumzutorkeln."

„Sie werden neue Verträge bekommen."

Daniel blickte Angela in die Augen. „Das sagt Hank auch immer. Ist das Ihre ehrliche Meinung?"

War ihm ihre Meinung so wichtig, oder brauchte er nur eine Ermutigung?

„Ja. Sobald man Sie so wie eben spielen sieht und nachdem Sie wieder ein paar Turniere gewonnen haben, werden Sie wieder ganz oben stehen."

„Inzwischen sind aber eine Menge jüngere Leute nachgewachsen."

„Die können Ihnen nicht das Wasser reichen", erklärte Angela mit einer wegwerfenden Handbewegung.

„Ich wünschte, ich hätte ihr Vertrauen in mich."

„Bitte, Mr McCasslin, verzeihen Sie die Störung, aber …" Daniels Gesicht verfinsterte sich. Er drehte sich zu dem Paar um, das hinter ihm stand. Der Mann und die Frau trugen bunt gemusterte Hawaii-Hemden, die sie unverkennbar als Touristen auswiesen.

„Ja, bitte?"

„Wir … äh …" Die Frau musste sich erst einen Ruck geben. „Wir wollten Sie fragen, ob Sie uns vielleicht ein Autogramm geben könnten. Es ist für unseren Sohn. Wir kommen aus Albuquerque. Er fängt jetzt gerade mit Tennis an und meint, Sie sind der Größte."

„Er hat ein Poster von Ihnen in seinem Zimmer", ergänzte der Mann, „und er …"

„Ich habe keine Autogrammkarten bei mir", wehrte Daniel ab und drehte den beiden reichlich unhöflich den Rücken zu.

„Ich weiß eine Lösung", sagte Angela, die den verlegenen Gesichtsausdruck der Eheleute sah. Sie holte den Tennisball aus der Handtasche, den Daniel ihr nach dem Match zugeworfen hatte. „Setzen Sie doch Ihr Autogramm hierauf, Daniel." Sie reichte ihm freundlich lächelnd den Ball.

Er machte ein Gesicht, als wolle er sie auffordern, ihre Nase nicht in anderer Leute Angelegenheiten zu stecken. Aber ihr mild tadelnder Blick stimmte ihn dann um. Er nahm den Kugelschreiber, den die Touristin aus ihrer Tasche gezogen hatte, und kritzelte seine Unterschrift auf die raue Oberfläche des Balls.

„Vielen, vielen Dank, Mr McCasslin." Die Frau strahlte. „Ich kann Ihnen gar nicht sagen, was dieses Souvenir für unseren Sohn bedeutet. Er …"

„Komm, Lisa, wir wollen Mr McCasslin nicht länger belästigen. Entschuldigen Sie nochmals die Störung, Sir. Ich möchte Ihnen nur noch sagen, dass wir es kaum erwarten können, Sie wieder auf internationalen Tennisturnieren spielen zu sehen. Alles Gute!"

Daniel erhob sich und schüttelte dem Mann die Hand. Die Frau bedachte er mit einem Handkuss, was fast deren Ohnmacht zur Folge hatte, jedenfalls ihren plötzlich geschlossenen Lidern nach zu urteilen. „Alles Gute auch für Ihren Sohn. Und weiterhin schöne Ferien für Sie."

Wie auf Wolken schwebten die beiden davon, betrachteten immer wieder ihr kostbares Souvenir und versicherten sich gegenseitig, dass dieser McCasslin doch reizend sei und alle Reporter logen, die das Gegenteil behaupteten.

Daniel blickte Angela an. Sie machte sich auf eine Zurechtweisung gefasst.

„Können wir jetzt aufbrechen?", fragte er aber nur mit einer etwas rauen Stimme.

Angela nickte. Daraufhin legte Daniel die Hand unter ihren Ellbogen und half ihr beim Aufstehen. Schweigend verließen sie das Restaurant. Bis sie auf einem der hübsch angelegten Spazierwege angelangt waren, die die einzelnen Gebäude der Ferienanlage miteinander verbanden, fiel kein Wort.

„Danke", sagte Daniel dann.

Angela blieb stehen. „Wofür?"

„Sie haben mich sehr dezent davor gewarnt, mich wie ein Flegel zu benehmen."

Sie vermochte seinem Blick nicht standzuhalten, also schaute sie auf Daniels dritten Hemdknopf von oben, was sie jedoch auch nicht rettete, denn hier lenkte sie das darüber hervorlugende krause blonde Haar auf seiner breiten Brust ab.

„Ich hätte mich nicht einmischen dürfen", antwortete sie ziemlich lahm.

„Ich bin froh, dass Sie es getan haben. Sehen Sie, das war wieder etwas, wogegen ich überempfindlich bin. Nach Ellies Tod bestürmten mich Reporter, die einen ‚Kommentar' von mir hören wollten, sobald ich auch nur die Nase zur Tür hinausstreckte. Mit der Zeit entwickelte ich eine Mordswut auf jeden, der mich in der Öffentlichkeit erkannte und ansprach."

„Ich kann mir gut vorstellen, dass ein so hoher Bekanntheitsgrad seine Schattenseiten hat." Wie mochten sich die krausen Haare dort wohl an ihren Handflächen anfühlen?

„Schattenseiten? Das ist milde ausgedrückt! Manchmal ist es die Hölle. Während meiner schlechtesten Zeiten haben die Zuschauer mich ausgebuht und mich mit Gegenständen beworfen, weil ich so miserabel spielte. Meine Fans ließen mich im Stich, weil ich trank, und ich trank, weil meine Fans mich im Stich ließen – ein Teufelskreis. Und jetzt gehe ich noch immer in Abwehrstellung, wenn mich jemand anspricht, da ich unbewusst fürchte, er könnte mir Beleidigungen an den Kopf werfen."

„Die Szene im Restaurant kam eher einer Heldenverehrung nahe."

Angela löste den Blick von Daniels Brust und verscheuchte die erotischen Gedanken, die sich eingeschlichen hatten. Sie schaute ihm in die Augen.

„Sie haben noch Tausende von Anhängern, die nur darauf warten, Sie auf den großen Veranstaltungen spielen und siegen zu sehen."

Daniel betrachtete ihr offenes, ehrliches Gesicht und verspürte den Wunsch, es zu berühren. Er hob die Hand und wollte eine Haarsträhne von Angelas Wange streichen, tat es dann aber nicht. „Dass ich Sie kennengelernt habe, Angela, gehört zu den schönsten Dingen, die mir seit Langem widerfahren sind."

„Das freut mich", erwiderte sie, und sie meinte es aufrichtig.

„Ich bringe Sie zu Ihrem Zimmer."

Daniel und Angela gingen durch die Halle des Hauptgebäudes. Beim Fahrstuhl bat er: „Warten Sie einen Moment. Ich bin gleich wieder da."

Ehe sie ihn fragen konnte, was er vorhatte, war er verschwunden. Sie ließ zwei Lifts fahren, erst dann kam Daniel wieder angelaufen. Er trug ein leichtes, in Papier eingeschlagenes Paket. „Entschuldigung!", rief er ein wenig atemlos. „Welches Stockwerk?"

Zusammen fuhren sie nach oben, und Angela konnte ihre Neugierde kaum zügeln. Was mochte in dem Paket sein?

„Was …", begann sie – und verstummte. Daniels Augen strahlten so fröhlich, dass sie ihm die Überraschung nicht durch ihre Fragen verderben wollte. Vor ihrer Zimmertür reichte sie ihm die Hand. „Vielen Dank für die Einladung."

Daniel ergriff die ausgestreckte Hand nicht. Er öffnete das Paket und förderte einen großen Lei, den hawaiischen Blütenkranz, aus Plumerien und Orchideen zu Tage. Das Einwickelpapier ließ er achtlos fallen. Vorsichtig hielt er den Lei über Angelas Kopf.

„Wahrscheinlich haben Sie seit Ihrer Ankunft hier schon ein paar Dutzend von diesen Dingern bekommen, aber ich wollte Ihnen auch einen schenken."

Der schwere Duft der Blüten und Daniels Nähe raubten Angela fast den Atem. Ihre Gedanken und Gefühle gerieten durcheinander, trotzdem brachte sie eine einigermaßen vernünftige Antwort zustande. „Nein, ich habe bisher noch keinen Lei bekommen. Recht vielen Dank, Daniel. Die Blumen sind herrlich."

„Sie werden durch Sie noch schöner."

Behutsam legte er den Blumenkranz auf ihre nackten Schultern. Die zarten, taufrischen Blütenblätter fühlten sich kühl auf der Haut an. Daniel zog die Hände nicht gleich zurück, sondern ließ sie leicht auf Angelas Schultern ruhen. Benommen von ihren Emotionen, senkte sie den Kopf.

Dieser Mann überwältigte sie. In ihrem Kopf und in ihrem Herzen existierte nur noch er. Daniel versetzte ihren Körper in eine gewisse Trägheit, die rätselhaft und wunderbar war. Am liebsten hätte sie sich jetzt einfach an seine Brust geschmiegt. Der Lei hob und senkte sich unter ihren unregelmäßigen Atemzügen. Wie im Traum strich sie über die Blüten.

Trotz ihrer Versunkenheit nahm sie wahr, dass Daniel die Hand hob. Sanft streichelte er ihr Handgelenk und verflocht seine Finger dann mit ihren. Angela hob den Kopf. Ihre Augen glänzten wie der Tau auf den Blüten.

„Aloha", flüsterte er den hawaiischen Gruß, der so sehr viel bedeuten konnte. Er beugte sich zu Angela hinunter und küsste sie auf die Wange. Danach glitten seine Lippen bis zu ihrem Mundwinkel. „Angela …"

Mit dem Daumen strich er über ihren Hals. Sie fühlte seinen Atem an ihrer Schläfe. „Angela, nachdem wir nun gemeinsam zu Mittag gegessen haben …"

Sie stöhnte innerlich auf. Jetzt kommt das zweifelhafte Angebot, dachte sie.

Daniel gab sie unwillig frei und trat einen Schritt zurück. „… könnten wir uns vielleicht auch fürs Abendessen verabreden", beendete er seinen Satz.

Während sich Angela für den Abend ankleidete, schalt sie sich, dass sie Daniels Einladung zugestimmt hatte. Es wäre so einfach und einsehbar gewesen, wenn sie gesagt hätte: Vielen Dank, aber es geht leider nicht. Ich muss heute Abend noch einen Artikel zu Ende schreiben.

„Sehr gern, Daniel", hatte sie stattdessen geantwortet.

Er hatte gelächelt, ihr noch einmal in die Augen gesehen und war dann zum Fahrstuhl gegangen. Eingehüllt in ihre romantische Stimmung, war Angela in ihr Zimmer geschwebt. Aber bald hatte sie sich wieder daran erinnert, warum sie ursprünglich Daniels Bekanntschaft machen wollte.

Ein paar Minuten lang, während seine Hand auf ihrer lag und sie seinen Atem fühlen konnte, hatte sie ihren Sohn vergessen. In diesen Momenten war Daniel für sie nicht der Vater ihres Kindes, sondern einfach nur ein Mann, der auf sie eine gefährliche Anziehungskraft ausübte.

Nach ihrer enttäuschenden und in jeder Beziehung abstoßenden Ehe mit Ronald hatte sie geglaubt, nie wieder das Bedürfnis nach einer Beziehung zu einem Mann zu verspüren. Wie ein Schlag traf sie jetzt die Erkenntnis, dass sie die kommenden Stunden in Daniels Gesellschaft kaum erwarten konnte. Und das aus Gründen, die nie vorgesehen waren.

Es hätte ihr Vorhaben sehr erleichtert, wenn Daniel sie körperlich nicht so anzöge, wenn er nicht verwitwet und einsam wäre. Wäre es nicht viel einfacher, wenn die Eltern ihres Kindes beide noch lebten und der Vater ein fröhlicher, unbeschwerter Mann wäre? Als Angela sich zu der Suche entschloss, war ihr weder über die Identität noch über das Äußere des Ehepaars etwas Spezielles bekannt, und außerdem wollte sie nichts weiter, als das Kind finden, das sie geboren, aber nie gesehen hatte. Ob es Joey wohl ähnelte?

Joey …

Jedes Mal, wenn Angela an jenen grauen, regnerischen Tag dachte, an dem Joey zu Grabe getragen worden war, schmerzte die alte Wunde aufs Neue. Selbst nach dem Tod ihrer Eltern hatte sie sich nicht so allein gefühlt.

Nach ihrer Scheidung hatte sie sich nur noch Joey gewidmet. Die letzten Monate seines Lebens musste er im Krankenhaus verbringen, und sie musste zusehen, wie er von Tag zu Tag mehr verfiel.

Insgeheim betete sie um den Tod eines anderen Kindes, dessen Niere dann Joey eingepflanzt werden konnte. Selbstverständlich erwartete sie nicht, dass Gott ein solches Gebet erhören würde.

Joey starb so still, wie er gelebt hatte. Noch Stunden nach seinem letzten Atemzug hielt Angela seine kleine Hand in ihrer und schaute sein liebes Gesichtchen an. Sie würde es nie in ihrem Leben vergessen.

Auf der Beerdigung hatte Ronald perfekt gespielte Trauer zur Schau getragen. So viel Heuchelei ekelte Angela an, besonders wenn sie daran dachte, wie tapfer Joey immer seine Enttäuschung verborgen hatte, wenn sein Vater wieder einmal das Versprechen nicht einhielt, ihn im Krankenhaus zu besuchen.

Nach der Beerdigung hatte Ronald Angela aufgehalten. „Ist noch etwas von dem Geld übrig, das du mir aus der Tasche gezogen hast?", wollte er wissen.

„Das geht dich nichts an. Dieses Geld habe ich verdient."

„Ach, hör doch auf! Ich brauche es." Er machte ein wehleidiges Gesicht.

Angela verspürte nicht das geringste Mitleid. „Das ist dein Problem."

„Angela, du musst mir helfen. Nur noch dieses eine Mal. Ich verspreche ..."

Sie schlug die Autotür vor seiner Nase zu und forderte den Chauffeur auf, sofort loszufahren. Selbst bei der Beerdigung seines Sohnes dachte Ronald nur an sich.

Während der folgenden Monate war Angela so in ihrem Kummer versunken, dass ihr ein Tag wie der andere erschien. Nur auf dem Papier konnte sie ihre Verzweiflung zum Ausdruck bringen.

Ein Essay, den sie über den Tod eines Kindes schrieb, wurde in einem Frauenmagazin abgedruckt und erregte große Aufmerksamkeit. Man bat sie, noch weitere Aufsätze zu verfassen, aber sie hatte keinerlei Ehrgeiz dazu. Angela wollte nur noch die Zeit bis zu ihrem eigenen Tod überstehen, sonst nichts, denn es gab ja nichts, wofür es sich zu leben lohnte.

Mit Ausnahme des anderen Kindes.

Der Gedanke war ihr ganz plötzlich gekommen. Es gab einen Grund zu leben. Irgendwo auf der Welt hatte sie noch ein zweites Kind.

Angela entschloss sich, es zu suchen. Sie hatte nicht die Absicht, in das Leben dieses Kindes einzugreifen; diese Grausamkeit konnte sie weder ihm noch seinen Eltern zufügen, die so viel getan hatten, um es zu bekommen. Angela wollte das Kind nur sehen, seinen Namen erfahren und wissen, ob es ein Junge oder ein Mädchen war. Sie hatte Ronald damals gebeten, sie kurz vor der Entbindung zu narkotisieren, damit sie sich weder an die Vorgänge bei der Geburt noch an das Baby würde erinnern können.

„Was soll das heißen – es gibt keine Akte?", hatte Angela ärgerlich gefragt, als sie zum ersten Mal Informationen über das Kind einholen wollte.

Die Angestellte in der Verwaltung der Klinik war nicht zu erschüttern. „Das soll heißen, dass Ihre Akte wahrscheinlich falsch abgelegt wurde und nicht auffindbar ist. In einem Krankenhaus dieser Größe passiert so etwas schon einmal, Mrs Lowery."

„Besonders wenn ein einflussreicher Arzt jemanden beauftragt, sie falsch abzulegen, und denjenigen dafür vielleicht auch noch bezahlt. Im Übrigen heiße ich Gentry."

Es erstaunte Angela später nicht, dass es auch im behördlichen Geburtenregister keine Aufzeichnungen gab. Den Rechtsanwalt, der seinerzeit für Ronald die Papiere für das Kind ausgefertigt hatte, suchte sie erst gar nicht auf, er war ohnehin ein gekaufter Mann.

Die Hebamme, die ihr während der Wehen beigestanden hatte, war Angelas letzte Möglichkeit. Sie arbeitete jetzt in einer anderen Frauenklinik.

Eines Nachmittags wartete Angela vor dem Krankenhaus auf sie. Die Frau erschrak bei ihrem Anblick.

„Erinnern Sie sich an mich?", fragte Angela ohne Umschweife.

Die Hebamme schaute nervös um sich, als suche sie einen Fluchtweg. „Ja", flüsterte sie.

„Sie wissen, was mit meinem Baby geschehen ist?"

„Nein!", rief die Frau nachdrücklich, aber Angela merkte genau, dass sie log.

„Mrs Hancock, bitte sagen Sie mir, was Sie wissen. Oder nur einen Namen. Mehr will ich nicht von Ihnen. Nur einen Namen!"

„Das kann ich nicht. Er … er lässt mich nicht aus den Augen. Er hat gedroht, wenn ich Ihnen je etwas verrate, dann sagt er den Leuten alles über mich."

„Wer lässt Sie nicht aus den Augen? Mein geschiedener Mann?" Die Frau nickte heftig.

„Und womit erpresst er Sie? Sie brauchen keine Angst vor ihm zu haben. Ich werde Ihnen helfen. Wir könnten ihn der Polizei ausliefern."

„Nein! Um Himmels willen, nein!" Mrs Hancock unterdrückte ein Schluchzen. „Sie verstehen ja nicht … ich war früher … ich hatte ein kleines Drogenproblem. Er hat es gemerkt und mich unter Druck gesetzt. Später hat er mich hinausgeworfen, mir aber diese Stellung hier verschafft. Und …" Ihre schmalen Schultern bebten. „Und er hat gesagt, wenn ich Ihnen jemals etwas erzähle, zeigt er mich an."

„Sie sind doch jetzt sauber, oder? Wenn Sie …" Als Angela das schuldgequälte Gesicht der Frau sah, konnte sie nicht weiterreden.

„Es handelt sich ja nicht nur um mich", schluchzte Mrs Hancock. „Mein Mann würde sterben ohne … ohne seine Medizin. Ich muss sie ihm beschaffen."

Angela gab auf. Wieder versank sie in Selbstmitleid und Verzweiflung. Die Tage flossen ereignislos dahin.

Eines Samstagabends saß sie wie so oft vor dem Fernsehschirm, ohne eigentlich zu wissen, was sie sich anschaute. Plötzlich erregte etwas ihre

Aufmerksamkeit. Ein Gesicht. Ein bekanntes Gesicht, das die Kamera in Großaufnahme zeigte.

Angela war mit einem Mal hellwach. Sie drehte den Ton lauter. Bei dem Programm handelte es sich um eine Sportsendung. Das herausragendste Ereignis des Tages war eine Tennisveranstaltung gewesen, ein Herreneinzel.

Dieses Gesicht kannte sie doch! Aber woher? Wann hatte sie ...? Im Krankenhaus! Jawohl, und zwar an jenem Tag, an dem sie mit nichts außer einer Tasche voll Geld die Klinik verlassen hatte. Draußen auf der Freitreppe hatten Reporter mit Mikrofonen und Kameras gestanden. Fernsehteams drängten sich auf der Suche nach den besten Plätzen.

Alle wollten das schöne Paar sehen, das gerade mit einem Säugling die Klinik verließ. Der große blonde Mann hatte einen Arm um die Schultern seiner zierlichen, ebenfalls blonden Frau gelegt, die ein dick eingepacktes Bündel trug.

Angela erinnerte sich noch genau an die offensichtliche Freude der beiden und daran, dass es sie selbst mit Neid und Trauer erfüllt hatte, wie liebevoll der Mann auf seine Frau und sein Kind heruntergelächelt hatte. Mit Tränen in den Augen war Angela zu ihrem Taxi gelaufen.

An diese Szene hatte sie bis jetzt nicht mehr gedacht, aber es handelte sich um den Mann. Angela hörte zu, was der Reporter sagte, während der Tennisspieler seinen Aufschlag machte.

„Daniel McCasslin scheint sich heute zu einer heldenhaften Anstrengung aufzuraffen, nachdem er vergangene Woche in Memphis so deutlich versagt hat. Leider mussten wir während der vergangenen Monate bei ihm einen ständig größer werdenden Leistungsabfall registrieren."

„Das hängt gewiss mit dem privaten Unglück zusammen, das er dieses Jahr erlitten hat", fügte eine andere Reporterstimme hinzu.

Daniel McCasslin verlor den Punkt. Angela las von seinen Lippen ein übles Schimpfwort ab, das besser nicht über den Sender gegangen wäre. Der Regisseur des Programms war offenbar derselben Meinung. Er ließ auf eine Kamera umschalten, die den Spieler aus einem anderen Blickwinkel zeigte.

Der nächste Aufschlag McCasslins sah brillant aus, aber der Ball wurde für aus erklärt. McCasslin warf seinen Schläger auf den Boden, stürmte wütend zu dem Hochsitz des Schiedsrichters und stieß Flüche und Beleidigungen aus. Klugerweise blendete der Sender sofort einen Werbespot ein. Nachdem das Loblied auf eine amerikanische Automarke beendet war, wurde wieder zum Match zurückgeschaltet.

Angela ließ sich kein Wort des Reporters entgehen, der McCasslins Benehmen zu erklären versuchte, indem er sich geradezu genüsslich über das schon erwähnte private Unglück verbreitete. Er erzählte, dass die Frau des Tennisprofis bei einem schrecklichen Autounfall in Honolulu, wo das Paar mit dem kleinen Sohn gelebt hatte, ums Leben gekommen sei. Der Witwer könne diesen Verlust anscheinend nicht verwinden. Unterdessen spielte McCasslin verbissen weiter – und verlor das Match.

Als Angela an jenem Tag erschöpft und deprimiert im Bett lag, dachte sie darüber nach, weshalb dieser Tennisspieler sie eigentlich so sehr interessierte. Sie hatte ihn doch nur ein einziges Mal persönlich gesehen …

Mitten in der Nacht wachte sie plötzlich auf mit der absoluten Sicherheit, dass sie ihn in Wirklichkeit mehr als einmal gesehen hatte. Kerzengerade saß sie in ihrem Bett. Ihr Herz hämmerte, und in ihrem Kopf drehte sich alles. Sie konnte ihre Gedanken nicht einfangen.

Angela warf die Bettdecke zurück, stand auf und ging im Zimmer auf und ab. Nimm dich zusammen, befahl sie sich, konzentriere dich. Im Moment war ihr nur eines klar: Sie musste sich unter allen Umständen erinnern.

Nach und nach formte sich ein Bild. Sie hatte Schmerzen gehabt … Lichter gesehen, die sich über sie hinwegbewegten …

Das war es! Sie war auf einer fahrbaren Trage einen Korridor entlanggeschoben worden, und die sich scheinbar bewegenden Lichter waren die Deckenlampen über ihr gewesen. Man brachte sie in den Kreißsaal. Bald würde alles vorüber sein. Ja, sie musste nur noch entbinden, und dann würde sie frei sein, frei von Ronald.

Angela hatte das Ehepaar verschwommen wahrgenommen, während sie über den matt beleuchteten Flur gerollt wurde. Die goldblonden Haare der beiden waren ihr aufgefallen. Sie schaute zu dem Paar hinüber. Weder der Mann noch die Frau beachtete sie. Die beiden lächelten sich glücklich an und flüsterten einander zärtliche Worte zu. Trotzdem schien mit ihnen irgendetwas nicht zu stimmen. Irgendetwas an dem Bild war falsch, nur was?

„Erinnere dich, Angela", sagte sie laut zu sich selbst. Sie ließ sich auf die Bettkante sinken und stützte den Kopf in die Hände. „Die beiden waren so glücklich wie jedes junge Ehepaar, dem ein Baby geschenkt wird. Sie …"

Alles schien zum Stillstand zu kommen – Angelas Atem, ihr Herzschlag, ihre wirbelnden Gedanken. Und dann traf sie die Erkenntnis wie ein Blitz. Die Frau war nicht schwanger gewesen! Sie hatte mit ihrem Mann im Flur gestanden und mit ihm geflüstert, wie Kinder es tun, wenn sie etwas Tolles aushecken.

Die McCasslins waren reiche, weltbekannte Leute. Der Mann sah gut aus – ein Prachtkerl laut Ronald. Das Paar hatte später das Krankenhaus mit einem Baby an dem Tag verlassen, an dem auch sie, Angela, es verließ.

Die beiden mussten die Klinik mit ihrem Kind verlassen haben!

Angela schlang die Arme um ihren Oberkörper und wiegte sich auf dem Bett hin und her. Sie wusste intuitiv, dass ihre Vermutung stimmte. Alle Teile des Puzzles passten zusammen.

Die Ernüchterung kam, als ihr wieder einfiel, was sie bei der Sportsendung gehört hatte. Mrs McCasslin habe einen kleinen Sohn – wuchs ohne die liebende Hand einer Mutter und bei einem seelisch und körperlich angeschlagenen Vater auf.

Von da an war Angela von Daniel McCasslin wie besessen. Sie las alles über ihn, was sie auftreiben konnte. Stundenlang saß sie in der öffentlichen Bibliothek und studierte auf Mikrofilm aufgenommene Sportzeitschriften mit Artikeln über seinen Werdegang und seine Glanzzeiten. Sie kaufte sich aktuelle Magazine und erfuhr täglich Neues über seinen Abstieg.

So vergingen ein paar Monate. Eines Tages las sie, dass Daniel McCasslin beabsichtigte, sich vorläufig aus dem großen Tennisgeschehen zurückzuziehen. Den Worten seines Managers zufolge wollte er die Konsequenzen aus seinen Niederlagen ziehen und sich fürs Erste darauf konzentrieren, seine alte Form wiederherzustellen. Im Übrigen habe er vor, mehr Zeit mit seinem kleinen Sohn zu verbringen, mit dem er jetzt in seinem Haus auf der Insel Maui lebte.

An jenem Tag hatte Angela sich entschlossen, nach Hawaii zu fliegen und Daniel McCasslins Bekanntschaft zu machen.

So, nun hast du Daniel McCasslin getroffen – und jetzt? fragte Angela ihr Spiegelbild. Sie hatte nicht damit gerechnet, dass sein Charme und seine Ausstrahlung sie so sehr beeindrucken würden. „Vergiss nicht, wer du bist, Angela. Bleib sachlich!", befahl sie sich. Die Frau im Spiegel wirkte aber nicht so, als läge ihr etwas daran, sachlich zu bleiben.

Das enge, schulterfreie Kleid aus jadegrüner Seide brachte Angelas gute Figur voll zur Geltung. Der breite, farblich passende Gürtel betonte ihre schmale Taille und lenkte die Aufmerksamkeit auf die Rundungen darüber und darunter. Das Jäckchen weckte die Neugier auf die verborgenen nackten Schultern. Statt Juwelen hatte sich Angela den Lei umgelegt. Die Blüten waren von der gleichen Farbe wie der Gürtel. Das Haar hatte sie im Nacken zusammengefasst und die Strenge der Frisur durch ein paar herausgezogene Strähnchen gemildert.

Die Frau im Spiegel sah eher so aus, als hätte sie sich für ein aufregendes Lebensabenteuer zurechtgemacht.

Angela drückte die kalten, zitternden Finger gegen die Schläfen. „Ich muss aufhören, in solchen Zusammenhängen an ihn zu denken. Ich verderbe mir noch alles. Und er darf mich nicht als … als Frau sehen."

Wenn sie das wollte, musste sie ihn gründlich entmutigen. Daniel hatte seine Frau geliebt, vermutlich liebte er sie noch immer. Aber der Instinkt sagte Angela, dass er nicht für den Rest seines Lebens ohne Partnerin würde auskommen können.

Dass ein Funke zwischen ihm und ihr übergesprungen war, ließ sich nicht leugnen. Das machte die Durchführung ihres Plans schwierig. Sie hatte ihn kennenlernen und ihm versichern wollen, dass es nicht ihre Absicht sei, sich in die Beziehung zu seinem Sohn einzumischen. Wenn sie ihn davon überzeugt hatte, wollte sie ihn bitten, ihr zu gestatten, den kleinen Jungen hin und wieder zu besuchen.

„Vergiss das nicht!", ermahnte sie sich. Genau in diesem Moment klopfte es. Angela schwor sich, keine anderen Gedanken, soweit sie Daniel McCasslin betrafen, zuzulassen.

Der Schwur war schon gebrochen, als sie Daniel vor sich stehen sah. Er sah einfach zu gut aus in seiner maßgeschneiderten dunkelblauen Hose, dem sandfarbenen Blazer und dem hellblauen Oberhemd, das fast dieselbe Farbe wie seine Augen hatte.

Und diese Augen blickten Angela bewundernd an. Daniel betrachtete sie ausgiebig vom Scheitel bis zur Sohle. Schließlich verweilte sein Blick auf dem Lei. Angela hatte den unbestimmten Eindruck, dass es nicht unbedingt die Blüten waren, die Daniel dort so interessierten, sondern vielmehr die Brüste, über denen sie lagen.

„So wirken die Blumen erst wahrhaft schön", bemerkte er und bestätigte damit Angelas Vermutung.

„Vielen Dank."

„Gern geschehen." Erst jetzt schaute er ihr in die Augen und lächelte. „Fertig?"

4. KAPITEL

Die diesem Tag folgenden drei Abende verbrachten Angela und Daniel ebenfalls zusammen. Das machte Angelas Vorhaben immer unmöglicher, sie brachte es jedoch nicht fertig, seine Einladungen abzulehnen. Daniel und sie kamen sich näher und näher, nur nicht so, wie sie es geplant hatte.

Am vierten Abend schließlich entschuldigte sich Angela mit der Ausrede, dass sie unbedingt den Artikel fertigstellen müsse. Es handelte sich um einen Bericht über die Aufzucht tropischer Pflanzen in nichttropischen Breiten, und der Artikel war längst geschrieben und abgeschickt.

„Gehe ich zu forsch vor? Nehme ich zu viel von Ihrer Zeit in Anspruch? Bin ich auf fremdes Territorium geraten?", wollte Daniel wissen. Zwar stellte er die Fragen lachend, aber Angela merkte, dass er sie ernst meinte.

„Nichts von alldem. Ich deutete ja schon am ersten Tag an, dass ich niemandem Rechenschaft schuldig bin. Nein, Daniel, ich muss tatsächlich heute Abend arbeiten."

Daniel schien nicht ganz überzeugt, doch er akzeptierte ihre Ablehnung.

Immer wenn Daniel nicht bei ihr war, schien ihr die Zeit endlos und leer. Er hatte sie nie geküsst, wenn man von dem traditionellen Kuss anlässlich der Übergabe des Lei einmal absah. Seine Berührungen waren nie über das gesellschaftliche Maß hinausgegangen. Trotzdem fühlte sich Angela in seiner Gegenwart jung und schön und sehr beschwingt – alles typische Anzeichen des Verliebtseins. Und das durfte nicht sein. Sie war nach Maui gekommen, um ihren Sohn zu sehen. Eine Romanze mit Daniel McCasslin kam nicht in Frage. Dennoch …

Am nächsten Morgen wanderte Angela die Spazierwege der Hotelanlage entlang und nahm sich vor, keinesfalls zu den Tennisplätzen zu gehen. Vielleicht spielte Daniel heute ja auch gar nicht.

Er trank gerade einen Schluck Mineralwasser, als er sie entdeckte. Rasch drückte er Gary die Flasche in die Hand und eilte Angela entgegen.

„Hallo! Ich hätte Sie nachher angerufen. Essen wir heute Abend wieder zusammen? Bitte!"

„Ja."

Daniels hervorgesprudelte Einladung und Angelas prompte Antwort erheiterten beide.

„Ich hole Sie um halb acht ab."

„Gut."

„Schauen Sie zu, während ich spiele?"

„Ein bisschen. Dann muss ich wieder an die Arbeit gehen."

„Und ich habe Richy versprochen, heute mit ihm am Strand zu spielen."

Immer wenn Daniel den Namen seines Sohnes erwähnte, schlug Angelas Herz schneller. „Ich halte Sie doch nicht etwa zu oft davon ab, mit ihm zusammen zu sein?"

„Abends gehe ich nicht aus dem Haus, ehe er im Bett ist. Dann vermisst er mich nicht mehr. Morgens pflegt er sicherzustellen, dass ich als Zweiter im Haus aufwache."

Angela lächelte. „Genau wie Joey früher. Er kam immer in mein Schlafzimmer und wollte mir die Augen aufklappen, um zu sehen, ob ich wach bin."

„Und ich dachte, Richy sei der Einzige, der diesen Trick kennt." Wieder lachten sie zusammen. „Ich muss aufs Spielfeld zurück", sagte Daniel dann. „Sonst verliere ich den Schwung. Bis heute Abend!"

„Spielen Sie gut!"

„Ich werde es versuchen."

„Sie werden es tun", erwiderte Angela.

Als Daniel am Abend an die Tür klopfte, war Angela noch nicht ganz fertig. Obwohl er ständig in ihrem Unterbewusstsein herumspukte, hatten Inspiration und Arbeitswut sie gepackt. Sie hatte so eifrig an einem Artikel geschrieben, dass ihr kaum Zeit für ein Bad und fürs Haarewaschen geblieben war.

Sie zerrte an dem Rückenreißverschluss ihres Kleides, während sie zur Tür lief. „Entschuldigen Sie", bat sie atemlos, weil sie Daniel gut eine Minute draußen hatte warten lassen.

Er lehnte ganz lässig am Türrahmen. Amüsiert betrachtete er Angelas gerötete Wangen und ihre unbeschuhten Füße. „Auf Sie warte ich gern."

„Kommen Sie herein. Ich brauche nur noch in meine Schuhe zu schlüpfen und ein bisschen Schmuck anzulegen, dann bin ich fertig. Haben Sie einen Tisch bestellt? Ich hoffe, wir kommen nicht zu spät …"

„Angela", sagte er, schloss die Tür hinter sich und fasste sie bei den Schultern. „Machen Sie sich deswegen keine Sorgen. Wir haben viel Zeit."

„Gut." Angela atmete auf. „Dann brauche ich ja nicht zu hetzen."

„Gewiss nicht." Daniel lachte und ließ sie los. Er blickte sich kurz im Zimmer um, dann beobachtete er Angela, die sich gerade ihre hochhackigen Sandaletten anzog. Sie stützte sich mit einer Hand an der Wand ab und hob dann ihren schlanken Fuß, um das Riemchen zu befestigen. Ihre Bewegungen waren anmutig, sehr feminin und unbewusst aufreizend.

Daniel schaute an ihrem schlanken Bein hinauf und entdeckte ein kleines Stückchen der zarten Spitze, die ihren Unterrock säumte. Er musste über dieses so ausgesprochen weibliche Kleidungsstück lächeln. Als Angela sich nach vorn beugte, sah er, wie sich ihre Brüste gegen das schmale Oberteil ihres Kleides drückten. Im Geist presste er die Lippen auf die weichen Hügel, und die Vorstellung erregte ihn so, dass er rasch den Blick abwandte und sicherheitshalber etwas Harmloseres anschaute.

„So", sagte Angela und ging zu dem Schreibtisch gegenüber dem großen Bett.

Daniel erlaubte sich nicht, sich vorzustellen, wie wohl Angelas unbekleideter Körper auf diesem Bett aussehen würde.

„Jetzt noch der Schmuck." Sie suchte in einer kleinen, mit Seide ausgeschlagenen Schatulle herum. Das ärmellose Kleid schmiegte sich eng an Angelas runde, aber keinesfalls zu breite Hüften.

Alles, was sie trägt, sieht an ihr ungeheuer schick aus, fand Daniel. Selbst in Jeans und T-Shirt würde sie vermutlich noch wie einem Haute-Couture-Salon entsprungen aussehen. Und unbekleidet wahrscheinlich noch viel, viel besser. Herrgott, jetzt dachte er ja doch an Dinge, an die er nicht hatte denken wollen!

Er beobachtete, wie sie goldene Clips an ihren Ohrläppchen befestigte, und wünschte, er könne sie dort jetzt mit der Zunge berühren. Sein Herz hämmerte, als sie ihre Halskette im Nacken schließen wollte und ihre Brüste sich dabei hoben.

„Kommen Sie", sagte er. „Lassen Sie mich das machen." Er trat hinter sie. Einen Moment lang schauten sie sich im Spiegel in die Augen. Angela hatte die Arme noch erhoben, und ihre Brüste schienen sich aus dem tiefen Ausschnitt drängen zu wollen. In dieser Haltung wirkte sie sowohl aufreizend als auch wehrlos.

Langsam senkte sie die Arme, nachdem er ihr die Enden der Kette aus den Händen genommen hatte, und neigte den Kopf, damit Daniel besser mit dem Verschluss hantieren konnte. Als er fertig war, trat sie sofort zur Seite.

„Augenblick." Er hielt sie sanft fest. „In Ihrem Reißverschluss hat sich ein Stückchen Stoff verklemmt."

„Oh …" Sie hielt den Atem an.

Langsam zog Daniel den Reißverschluss hinunter, vorsichtig nestelte er an dem eingeklemmten Stoff. Angela fühlte einen kühlen Luftstrom an ihrem Rücken. Regungslos stand sie da, unfähig, den erotischen Bann zu brechen, der sie umgab.

Daniel strich nun leicht über ihre Wirbelsäule und stellte fest, dass Angela keinen Büstenhalter trug. „Angela …"

Wieder schauten sie einander im Spiegel an. In Daniels Augen brannte ein tiefblaues Feuer, das verriet, was er empfand, wie sehr er sie begehrte.

Angela riss sich zusammen. Sie wusste, was geschehen würde, wenn sie sich ein paar Millimeter weiter nach hinten gegen Daniels Körper lehnte. Zum Abendessen würden sie dann gewiss nicht gehen. Die Entscheidung lag ganz allein bei ihr.

Mit Daniel das Bett teilen … nein, das kam nicht in Frage. Das wäre in ihrem Fall der helle Wahnsinn. Oder fürchtete sie sich vielleicht nur davor, weil Ronald ihr Minderwertigkeitskomplexe eingeredet hatte?

Wie auch immer, das Klügste wäre wirklich, diese Beziehung auf freundschaftlicher Grundlage fortzusetzen. Es musste doch möglich sein, dass ein Mann und eine Frau nichts als gute Freunde blieben!

Angela blickte zu Boden und schüttelte fast unmerklich den Kopf.

Daniel verstand sofort und zog den Reißverschluss wieder hoch. „So, okay. Alles in Ordnung."

„Vielen Dank", sagte sie und wollte weggehen.

Aber so leicht sollte sie nicht davonkommen.

„Angela?"

Sie griff nach ihrer Handtasche. „Ja?"

„Es ist schon lange her, dass ich einer Frau, an der mir lag, beim Ankleiden zugesehen habe. Ich wusste bis heute nicht, wie sehr mir das Zusammenleben mit einer Frau fehlt."

Angela starrte zum Fenster hinaus und betrachtete die Palmen, die sich als schwarze Silhouetten gegen den dunkelblauen Himmel abhoben. „Wenn man als Frau allein lebt, hat das auch seine Nachteile."

Daniel kam näher. „Welche zum Beispiel?", fragte er leise und drängend.

Nein, so durfte das nicht weitergehen! Sie musste dieses Gespräch beenden.

Angela drehte sich zu Daniel um, lächelte und zwang sich dazu, ihm möglichst spitzbübisch zuzublinzeln. „Zum Beispiel hat man niemanden zur Hand, wenn ein Reißverschluss klemmt."

Dass Daniel über diese Antwort enttäuscht war, erkannte sie daran, wie er die Schultern sinken ließ. Er schickte sich aber in die Lage und brachte ebenfalls ein Lächeln zustande.

„Ich sag's ja – was würden nur all die emanzipierten Frauen ohne uns Männer machen?"

In fröhlicher Stimmung fuhren Daniel und Angela wenig später über die verhältnismäßig schmale Schnellstraße der Insel. Das Gebiet um den Kaanapali Beach herum war eine der wenigen für den Tourismus entwickelten Gegenden Mauis. Hier gab es viele elegante Hotels, Restaurants und Clubs. Daniel parkte vor einem Luxus-Hotel.

„Waren Sie schon mal hier?", erkundigte er sich, nachdem sie ausgestiegen waren.

„Nein, aber ich wollte es vor meiner Heimreise noch kennenlernen."

„Machen Sie sich auf etwas Überwältigendes gefasst. Dieses Hotel ist einmalig."

Davon konnte sich Angela umgehend überzeugen. Die Hotelhalle wurde von einer Glaskuppel gekrönt. Man sah den Sternenhimmel. Im Übrigen war sie so dekoriert, dass man den Eindruck hatte, sich in einem Regenwald mit tropischen Bäumen und blühenden Pflanzen zu befinden.

Daniel und Angela durchquerten die riesige Halle. Angela blieb viel zu wenig Zeit, in die eleganten Boutiquen und Galerien zu schauen, denn Daniel führte sie sofort die geschwungene Treppe hinunter zum Schwanenhof.

„Ich komme mir vor wie eine Landpomeranze auf ihrem ersten Ausflug in die Stadt. Steht eigentlich mein Mund offen?"

„Ich mag Landpomeranzen", sagte Daniel und gab ihr einen freundlichen kleinen Rippenstoß. „Und Ihr Mund sieht heute Abend ganz besonders entzückend aus. Genau wie alles andere an Ihnen."

Angela war froh, dass in diesem Moment der Empfangschef auf sie zukam und sie zu einem von einer Kerze beleuchteten Tisch an dem Teich führte, auf dem Schwäne majestätisch dahinglitten. Auch das Restaurant befand sich unter freiem Himmel. Es bot den Ausblick auf einen See samt Lavafelsen und Wasserfall.

Die Gäste trugen Abendgarderobe, und Angela beglückwünschte sich, dass sie ihr schickes Kleid angezogen hatte.

Daniel schien ihre Gedanken zu erraten. „Lassen Sie sich nicht allzu sehr beeindrucken", sagte er leise. „Morgens schwirren die Leute hier in Badeanzügen und Strandsandalen herum und drängeln sich am Frühstücksbuffet." Er winkte den Kellner heran. „Wein zum Essen, Angela?"

Sie hielt Daniels herausforderndem Blick stand. „Ja, gern."

Er bestellte eine Flasche teuren Weißweins. Angela zeigte ihr Erstaunen nicht. Sooft sie bisher zusammen gewesen waren, hatte er nie Alkoholisches getrunken.

„Gelegentlich genehmige ich mir ein Glas Wein zum Abendessen", erläuterte er.

„Ich habe Sie nicht gefragt."

„Nein, aber Sie haben sich gefragt, ob ich mir das leisten darf."

„Ich sage Ihnen noch einmal, dass Sie meine Gedanken mir selbst überlassen sollten. Im Übrigen sind Sie erwachsen und werden wissen, wo Ihre Grenzen liegen."

„Sie befürchten nicht, dass ich mich betrinke und dann aus der Rolle falle?"

Angela beugte sich zu ihm hinüber. „Vielleicht möchte ich ja, dass Sie ein bisschen aus der Rolle fallen." Dass es die Motten auch immer zum Licht zog, wo sie sich dann doch nur die Flügel verbrannten!

Daniel schloss die Augen halb. „Dazu brauchte ich keinen einzigen Tropfen."

Angela machte einen Rückzieher. Nein, sie wollte sich die Flügel nicht verbrennen. „Aber ich vertraue darauf, dass Sie es nicht tun."

Daniel gestattete Angela den Rückzug. Als er wieder sprach, deutete seine Tonlage das an.

„Eigentlich hätten Sie allen Grund, besorgt zu sein. Im vergangenen Jahr war ich mehr betrunken als nüchtern und fiel pausenlos aus der Rolle. Ich weiß nicht, ob ich je darüber hinwegkommen werde." Er biss die Zähne zusammen und ballte eine Hand zur Faust. „Ich gäbe viel darum, einiges von dem, was ich angestellt habe, ungeschehen machen zu können."

Angela vermochte ihm die Selbstvorwürfe nachzufühlen. „Wir machen alle Fehler, die wir später am liebsten nicht mehr wahrhaben wollen, Daniel. Dennoch müssen wir mit dem leben, was wir getan haben." Ihre Stimme klang gequält, als sie leise hinzusetzte: „Und manchmal bis zum Ende unserer Tage."

Daniel musterte sie nachdenklich. „Das klingt hoffnungslos. Meinen Sie nicht, dass wir manchmal eine Chance bekommen, einiges wieder in Ordnung zu bringen?"

„Doch, ja. Gott sei Dank. Ich glaube allerdings, für diese Chance haben wir selber zu sorgen. Entweder wir versuchen, unsere Fehler wiedergutzumachen, oder wir sollten uns mit ihnen abfinden."

„Sich damit abfinden würde nur ein Verlierer."

„Und Sie sind ein Gewinner."

„Ich konnte nicht in den Trümmern meines Lebens wohnen. Ich musste etwas tun, um es wieder aufzubauen."

„Wie bitte?"

War jetzt der richtige Augenblick gekommen, ihm die Wahrheit zu sagen? Gerade hatte er zum Ausdruck gebracht, dass man etwas gegen seine Fehler unternehmen müsse. Würde er da nicht verstehen, dass sie genau das versuchte? Nur … was, wenn er sie nicht verstand? Wenn er ihr auf der Stelle den Rücken kehrte?

Dann würde sie Richy nie zu Gesicht bekommen.

Nein, sie wollte lieber warten, bis sie ihren Sohn wenigstens ein Mal gesehen hatte. Danach würde sie Daniel erzählen, wer die Mutter seines Sohnes war. Danach, nicht früher.

Angela setzte sich gerade auf und schenkte Daniel ein strahlendes Lächeln. „Warum unterhalten wir uns eigentlich über so etwas Trübsinniges? Da kommt der Wein. Lassen Sie uns für heute die Fehler unserer Vergangenheit vergessen."

Das Essen schmeckte köstlich, und als Angela und Daniel es nach immerhin zwei Stunden beendeten, war die Weinflasche noch halb voll. Angela war angenehm satt, fühlte sich aber dennoch leicht wie eine Feder. Sie schien die Treppe geradezu hinaufzuschweben. Nicht das bisschen Wein hatte sie trunken gemacht, es lag an der romantischen Atmosphäre und der Ausstrahlung des Mannes an ihrer Seite.

In der Cocktail-Bar spielte ein Pianist Liebeslieder auf einem weißen Flügel. Der leichte Seewind wehte durch die Halle, bewegte die Blätter an den Bäumen und trug den süßen Duft tropischer Blumen mit sich.

Unter einer gedämpft leuchtenden Lampe blieben sie stehen. Daniel nahm Angelas Hände in seine. „Hat es Ihnen im Schwanenhof gefallen?"

„Ja, sehr." Sie betrachtete sein Haar. Wie mochte es sich wohl anfühlen, wenn sie mit der Hand hindurchstreichen oder in leidenschaftlicher Ekstase ihre Finger darin vergraben würde? Dann blickte sie auf Daniels Mund. Die erotischste Szene, die sie jemals in einem Film gesehen hatte, war die Großaufnahme des Mundes eines Mannes an einer weiblichen Brust. Die Zunge strich über die dunkle Knospe, bis die Lippen sie ganz umschlossen. An diese Liebkosung musste Angela jetzt denken, und ihre Fantasie ließ ihr Herz heftiger schlagen.

Ronald hatte sich nie die Zeit für ein solches Vorspiel genommen. Nie hatte er gefragt, was ihr gefiel. Vermutlich hätte sie dergleichen zusammen mit Ronald auch gar nicht gemocht. Doch bei Daniel würde es ihr sicher gefallen.

„Was?"

„Wie bitte?"

„Sagten Sie etwas?", fragte Daniel. Er sah Angela freundlich, aber prüfend an.

„Nein", antwortete sie leise. „Ich habe nichts gesagt."

„Oh, ich dachte." Jetzt schaute er ihr auf den Mund. Hatte ihr Herz bei ihren eigenen Fantastereien schneller geschlagen, so wäre sie jetzt vor Verlegenheit im Boden versunken, hätte sie gewusst, wo Daniel sich gerade ihren Mund vorstellte. Schnell zog er im Geist einen Vorhang vor dieses erotische Bild, ehe ihm noch das klare Denken abhandenkam. „Was möchten Sie jetzt tun?", erkundigte er sich.

„Tun? Ich weiß nicht. Und Sie?"

Himmel, frag mich das lieber nicht! „Wie wäre es mit Tanzen?"

Irgendetwas mussten sie unternehmen. Wenn sie noch länger hier standen, würden sie wohl buchstäblich ineinander versinken.

„Unten ist ein Club. Ich war noch nicht dort. Wir können ihn uns ja mal anschauen."

„Gut."

Daniel führte Angela eine andere Treppe hinunter, die ein Messinggeländer im Stil der Jahrhundertwende besaß. Er stieß eine ledergepolsterte Tür auf. Grelle Diskomusik, lautes Stimmengewirr, Gelächter und Tabakwolken überfielen sie.

Daniel drehte sich zu Angela um und sah sie fragend an. In ihren Augen las er die gleiche Frage. Beide machten im selben Augenblick kehrt und stiegen die Treppe hoch. Wieder in der Halle, lachten sie los.

„Ich glaube, wir werden alt", meinte Daniel. „Die Musik des einsamen Pianisten gefiel mir besser."

„Mir auch."

„Ich schreie auch nicht gern, wenn ich mich unterhalten will." Er beugte sich zu Angela hinunter und flüsterte: „Vielleicht möchte ich manchmal etwas sagen, was nicht für fremde Ohren bestimmt ist."

Als er sich wieder aufrichtete, sah Angela in seinen Augen, was er damit meinte. Ein leichtes Zittern durchlief sie.

„Möchten Sie denn noch etwas trinken?", erkundigte sich Daniel.

Angela schüttelte den Kopf. „Machen wir doch einen Spaziergang zum See", schlug sie vor.

„Gut." Daniel griff nach ihrer Hand und verflocht seine Finger mit ihren.

Hand in Hand wanderten Angela und Daniel die Pfade entlang, die durch einen wahrhaften Garten Eden führten. In größeren Abständen aufgestellte Fackeln, deren Flammen im Wind flackerten, erleuchteten die Wege. Die Swimmingpools, die terrassenförmig in eine Grotte aus Lavagestein hineingebaut waren, stellten ein architektonisches Meisterwerk dar.

Angela äußerte sich zwar anerkennend zu allem, was Daniel ihr zeigte, aber eigentlich war es ihr gleichgültig, was er sagte und was sie sah. Es war so wunderbar, seine Stimme zu hören und seinen starken Körper neben sich zu fühlen, wenn er sie sanft in diese oder jene Richtung lenkte. Ihr Herzschlag schien das Geräusch der nahen Brandung zu übertönen.

Liebespärchen versteckten sich in den Schatten. Hin und wieder hörte man zärtliches Flüstern. Niemand jedoch würde den anderen stören, denn jeder wusste, dass alle, die zu dieser nächtlichen Stunde durch diesen Garten gingen, für sich bleiben wollten. Daniel zog Angela hinter einen kleinen, von Kletterpflanzen bedeckten Felsvorsprung, und sie wehrte sich nicht.

„Darf ich Sie um diesen Tanz bitten?", fragte er gespielt förmlich.

Angela spielte mit. „Sie dürfen", erwiderte sie ernsthaft. Sie trat dicht an ihn heran und erfuhr dann zum ersten Mal, wie es war, von Daniel umarmt zu werden.

Sie konnten sich nicht viel bewegen, ohne ihr Versteck zu verlassen, aber beide wussten ohnehin, dass die Aufforderung zum Tanz nichts als ein Vorwand dafür gewesen war, einander umschlungen zu halten. Also wiegten sie sich nur leicht im Takt der leisen Klaviermusik hin und her, die aus der Bar zu ihnen herüberklang.

Die Minuten vergingen, ein Lied löste das andere ab. Während der ganzen Zeit verharrten sie in der Pose und schauten sich in die Augen. Ihre äußerlich fast unbewegten Körper bebten und sehnten sich nach innigeren Berührungen. Irgendwann waren sie sich so nah, dass Angelas Brüste Daniels Oberkörper berührten.

Daniel seufzte leise und schloss einen Moment die Augen. Als er sie wieder öffnete, sah er, dass auch Angela die Lider geschlossen hatte. Wie gern hätte er sie jetzt geküsst! Er ließ seine Rechte von ihrer Taille zu ihrem Rücken hinaufgleiten und verstärkte den Druck, bis er Angelas Brüste ganz deutlich spürte.

„Daniel …"

Spontan schlang sie den linken Arm um seinen Nacken und grub ihre Finger in das blonde Haar, das Daniel bis über den Kragen reichte.

Er gab ihre Hand frei, griff aber sofort wieder danach und führte sie an seine Lippen. Zärtlich liebkoste er die schmalen Knöchel. Dann legte er ihren rechten Arm ebenfalls um seinen Nacken und zog Angela fester an sich.

„Weißt du, wie schwer es mir gefallen ist, die Hände von dir zu lassen?"

„Ja", antwortete sie mit sanfter Stimme und schmiegte sich an ihn.

„Ich habe mich so sehr nach einer Umarmung gesehnt, Angela."

„Ich auch", flüsterte sie.

„Du hättest es nur zu sagen brauchen." Daniel barg das Gesicht in ihrem Haar. „Du duftest so gut, und du fühlst dich wundervoll an. Deine Haut ist so schön. Wie oft habe ich mir das alles schon ausgemalt! Ich wollte dich berühren, schmecken."

Angela seufzte tief auf und legte den Kopf an seine Schulter. Daniel umfasste ihre Hüften, schob dabei sein Knie zwischen ihre Schenkel und rieb sich dann gegen ihren Körper. Überdeutlich spürte Angela jetzt seine Erregung, und ihr entrang sich ein kleiner Aufschrei.

„Sei nicht böse, Angela. Ich will nicht grob sein, aber es ist so gut …"

„Daniel …"

„Soll ich aufhören?"

„Daniel!" Sie legte den Kopf in den Nacken und schaute ihm in die Augen. „Nein." Sie zitterte. „Nein." Ihre Stimme klang ein wenig hysterisch. Und dann bat sie ihn so drängend, dass es fast schon verzweifelt klang: „Küss mich!"

Im nächsten Augenblick legte Daniel seine Lippen auf ihren Mund. Es wurde ein recht unsanfter, heftiger Kuss. Alle aufgestauten Sehnsüchte und Gefühle lagen darin, und plötzlich fühlte sich Angela wie ein märchenhafter Schmetterling, der aus seiner engen, dunklen Puppe schlüpft und zum ersten Mal das Licht des Lebens sieht.

Daniel hob den Kopf. Sein Atem kam in rauen, unregelmäßigen Zügen. Angela ging es nicht anders. Sie presste ihre Hüften an seine, und was sie durch den Stoff hindurch spürte, erhitzte ihr Blut noch mehr.

Mit großer Mühe beherrschte Daniel sein heißes Verlangen. Sanft legte er die Hand unter Angelas Kinn und streichelte mit dem Daumen ihre angeschwollene Unterlippe. Sein Blick bat um Verzeihung. Angela lächelte.

Als er sie wieder küsste, berührte sein Mund ihren nur leicht. Behutsam strichen seine Lippen über ihre, und diese sanfte Liebkosung bedeutete für Angela eine süße Qual.

„Daniel …" Sie sprach seinen Namen wie eine flehentliche Bitte aus.

58

„Ich habe dir vorhin wehgetan. Das wollte ich nicht."

„Ich weiß."

„Du machst mich ganz verrückt vor Verlangen nach dir."

„Nimm dir alles, was du willst."

Daniel stöhnte auf. Er neigte den Kopf. Seine Zunge glitt zärtlich über Angelas heiße Lippen, und dann lag sein Mund erneut auf ihrem. Einen Moment lang verharrten sie so regungslos, erwartungsvoll. Dann drang seine Zunge tief ein, zog sich zurück … Wieder und wieder wiederholte Daniel das Spiel, bis Angela es nicht länger zu ertragen glaubte. Sie fühlte, dass ihr Körper zur Liebe bereit war, und sie wusste nicht, ob sie noch länger zu warten vermochte.

Daniel lockte, liebkoste und tastete mit einer solchen Hingabe, dass Angela sich schließlich nur hilflos an Daniel klammern konnte. Mit den Händen strich er über ihren Rücken und berührte dann die Seiten ihrer Brüste. Mit sanftem Druck presste er sie zusammen, bis sie fast aus dem tiefen Ausschnitt ihres Kleides quollen, und drückte heiße Küsse auf die duftende Haut. Mit der Zunge erforschte er das Tal zwischen den Hügeln.

Nach solchen Liebkosungen hatte sich Angela gesehnt, seit sie eine erwachsene Frau war. Sie hatte sich einen Mann gewünscht, der ihr zeigte, dass sie begehrt und geliebt wurde. Ehe sie Daniel kennenlernte, hatte sie sich nie für attraktiv gehalten, aber von Anfang an hatte er ihr mit jedem Blick und jeder Geste unverhohlen gezeigt, dass er sie außerordentlich anziehend und begehrenswert fand. Daniel war immer aufrichtig gewesen …

Doch sie nicht: Wenn sie ihm erst einmal gestanden hatte, dass sie Richys Mutter war, würde er ihr dann noch abnehmen, dass ihre Gefühle für ihn aufrichtig waren? Würde er ihr nicht vorwerfen, sie hätte ihre Weiblichkeit als Mittel zum Zweck eingesetzt?

Dieser Gedanke erschien ihr unerträglich. Sie musste rückgängig machen, was bisher zwischen ihnen geschehen war, oder sie würde sich unweigerlich seinem ewigen Hass gegenübersehen …

„Daniel!", flüsterte Angela an seinem Mund, der wieder über ihre Lippen strich.

„Hm?" Daniel war in das Liebesspiel versunken.

„Daniel!", wiederholte sie eindringlicher und bog den Oberkörper zurück. „Nicht!"

Er wollte gerade die Träger ihres Kleides herunterstreifen. Die Furcht packte Angela. Wenn sie ihm jetzt nicht Einhalt gebot, würde sie es nie mehr können. Ihr blieb nichts übrig, als ihn böse zu machen. Vernünftigen Worten war er nicht mehr zugänglich.

„Hör auf!" Sie schlug seine Hand zur Seite und befreite sich aus seiner Umarmung.

Verwirrung spiegelte sich auf Daniels Gesicht wider. Er musste ein paarmal blinzeln, ehe er wieder klar sehen konnte. Angela spürte, wie seine anfängliche Verblüffung in Ärger umschlug.

„Schon gut", sagte er, „du musst mich nicht gleich wie ein unartiges Kind behandeln. Ich hatte allen Grund zur Annahme, dass dir meine Küsse gefallen haben."

Angela wich seinem Blick aus. „Die Küsse, ja. Aber ich bin nicht eins von deinen Groupies, die du …"

„Ist es das, was du denkst?" Daniel fuhr sich mit den Fingern durchs Haar und zog dann seine Krawatte gerade. „Antworte!"

Angela hatte ihn zwar verärgern wollen, aber seine Reaktion machte sie unsicher. „Ich … ich …"

„Ganz wie du meinst. Was unterscheidet dich schließlich von den anderen? Du warst mehr als willig und hast keine Bedingungen gestellt. Was sonst sollte ich also von dir denken? Hältst du dich für etwas Besonderes, weil du nicht bis zum Letzten gehen willst? Kein Sex, sondern nur Streicheleinheiten für meine ach so verlorene Seele?" Jetzt war er ernstlich wütend. „Hast du dich nur aus reiner Nächstenliebe meines Falles angenommen?"

Angela hatte Mühe, sich zu beherrschen. „Ich habe dich schon einmal darauf aufmerksam gemacht, dass du mich angesprochen hast und nicht umgekehrt. Und was deinen sogenannten Fall angeht, so ist mir völlig egal, ob du zum Teufel gehst, dich zu Tode trinkst oder bei jedem Tennisspiel über deine eigenen Beine stolperst und lang hinschlägst. Ich glaube nämlich, dass du es gar nicht wert bist, dass man seine Nächstenliebe an dich verschwendet."

Daniel hörte ihr anscheinend überhaupt nicht zu. Er legte den Kopf schief und betrachtete sie, als sehe er sie in einem völlig neuen Licht. „Vielleicht bist du wirklich nicht anders als die anderen. Groupies wollen mit ihren Stars schlafen, um ihr eigenes Selbstwertgefühl zu erhöhen. Wolltest auch du mit mir schlafen, damit du dein Selbstvertrauen zurückerhältst, das dir in deiner gescheiterten Ehe abhandengekommen ist?" Er beugte sich zu ihr vor. „Und nun? Hast du's mit der Angst gekriegt?"

Jetzt sah Angela rot. „Du eingebildetes Ekel, du! Ich bin keine frustrierte Geschiedene. Dazu war ich viel zu froh, meinen Mann loszuwerden. Ob ich je einen zweiten haben will, muss ich mir noch reiflich überlegen. Und wenn mir mein Selbstvertrauen abhandengekommen wäre, was nicht der Fall ist, dann würde ich es bestimmt nicht wiedergewinnen, indem ich mit irgendeinem heruntergekommenen Tennisspieler schlafe. Ich bin einunddreißig Jahre lang ohne einen gewissen Daniel McCasslin ausgekommen, ich werde es mindestens noch weitere einunddreißig Jahre ohne ihn aushalten."

Angela machte auf dem Absatz kehrt und stolperte den dunklen Pfad entlang. Daniel holte sie ein und packte sie am Arm.

„Du gehst in die falsche Richtung", knurrte er.

Angela wollte ihm ihren Arm entziehen, aber er hielt ihn fest. Da sie kein öffentliches Tauziehen mit Daniel veranstalten mochte, ließ sie sich von ihm zum Hotel zurückführen. Feindselig schweigend warteten sie, bis Daniels Wagen vorgefahren wurde. Auf der Fahrt zur Ferienanlage, in der Angela wohnte, fiel ebenfalls kein Wort.

Dort angekommen, öffnete sie die Autotür, sobald der Wagen stand. „Ich finde meinen Weg allein", erklärte sie und eilte davon, ohne sich noch einmal umzuschauen.

Erst nachdem sie in ihrem Zimmer durch Türenschlagen, Schubladenzuwerfen und Schimpfen etwas Dampf abgelassen hatte, erkannte sie, was sie getan hatte.

Richy!

Sie hatte sich jede Chance verdorben, ihn zu sehen. Tränen strömten ihr über die Wangen, und sie musste sich immer wieder klarmachen, dass sie nicht etwa weinte, weil sie Daniel verloren hatte, sondern ausschließlich wegen ihres Sohnes.

5. KAPITEL

Angelas Augen brannten und waren verquollen, als sie sie am nächsten Morgen öffnete. Sie drehte sich im Bett herum und vergrub das Gesicht im Kopfkissen. Es klopfte zum zweiten Mal an die Tür.

„Jetzt nicht!", rief sie.

Ein drittes Klopfen, diesmal sehr laut und ungeduldig. So ein hartnäckiges Zimmermädchen!

Langsam rappelte sie sich auf und tappte zur Tür. Als sie durch das Guckloch schaute und Daniel draußen stehen sah, zuckte sie zusammen.

Er klopfte noch einmal.

„Angela, mach die Tür auf!"

„Kommt nicht in Frage."

„Wach bist du also wenigstens."

Seinen unbekümmerten Ton konnte sie im Moment nicht recht vertragen. „Ich will dich nicht sehen, Daniel."

„Aber ich dich. Ich möchte mich entschuldigen. Nun mach schon auf, oder sollen alle Zimmergäste auf diesem Flur eine Rede hören, die sie schneller munter macht als eine Tasse starker Kaffee?"

Angela biss sich auf die Unterlippe. Gestern Abend war Daniel wirklich beleidigend geworden, und sie konnte ihm noch nicht vergeben. Außerdem – mit ihren verweinten Augen und dem zerzausten Haar mochte sie sich ihm nicht zeigen. Wenn sie ihm gegenübertrat, wollte sie ein beeindruckendes Bild bieten.

Andererseits hatte sie ihn schließlich absichtlich verärgert. Kein Mann hätte so etwas gleichmütig hingenommen. An Richy musste sie auch denken …

Sie öffnete die Tür einen Spalt. „Ich bin nicht angezogen."

„Das bist du doch", meinte er mit Blick auf den Kragen und einen Ärmel ihres blauweiß gestreiften Nachthemdes.

„Nein, nicht richtig. Treffen wir uns in einer halben Stunde in der Halle. Ich brauche …"

„So lange kann ich nicht warten."

Widerstrebend gab sie den Weg frei und ging ihm voran ins Zimmer zurück. Sie hörte, wie Daniel leise die Tür schloss, und wusste, dass er jetzt ihren Aufzug musterte. Das Nachthemd war wie ein Herrenoberhemd geschnitten und hatte nichts Aufreizendes an sich, aber Angela wünschte, es reichte ihr wenigstens bis an die Knie.

„Du hast recht. Ich bin ein eingebildetes Ekel." Daniel schritt an Angela vorbei zum Fenster, öffnete, ohne zu fragen, die Vorhänge und schaute hinaus. Das strahlende Sonnenlicht blendete Angela. „Ich habe mich wie ein verliebter Teenager benommen, der im Dunkeln an seinem Mädchen rumfummelt. Na ja!", seufzte er und rieb sich den Nacken, „da musstest du ja denken, ich sähe in dir nichts als eins von diesen Groupies. Und nachdem du mich dann abgewiesen hast, sind mir leider ein paar Worte herausgerutscht, die ich überhaupt nicht hatte sagen wollen. Sie stimmten auch gar nicht."

Er blickte über die Schulter und stellte fest, dass Angela ihre Haltung nicht verändert hatte. „Das Einzige, was ich zu meiner Entschuldigung anführen kann", fuhr er fort, „ist die Tatsache, dass ich sofort nach Ellies Tod von Frauen umgeben war, die glaubten, sie könnten mich von meinem Kummer erlösen. Offenbar hielten sie es für angebracht, mich mit Sex zu kurieren, und wollten einen weiteren Strich auf ihre Abschussliste setzen."

Angela ließ die Arme etwas sinken und stand jetzt nicht mehr so stocksteif da. Was Daniel eben geschildert hatte, war ihr nach ihrer Scheidung widerfahren. Bekannte von Ronald, selbst verheiratete Männer, stellten ihr nach und boten ihr ihre „Hilfe" an. Angela hatte so lange abgelehnt, bis die Belästigungen aufhörten.

„Jedenfalls musste ich dich heute Morgen sofort sprechen", redete Daniel weiter. „Schon als ich gestern Abend von hier losfuhr, war mir klar, dass ich mich wie ein Narr benommen hatte. Du hättest mir einen Tritt verpassen sollen."

„Ich war drauf und dran."

Daniel lachte. „Das hätte vielleicht nicht sofort meine Ansicht geändert, es hätte dir jedoch meine Aufmerksamkeit verschafft."

Jetzt musste Angela auch lachen.

„Nachdem wir uns nun vertragen haben", sagte Daniel und drehte sich zu Angela um, „könntest du mit mir ja für ein paar Tage auf die Insel Oahu nach Honolulu fliegen."

„Aber ..."

„Moment, Moment!" Daniel hob die Hände, um ihren Einwand abzublocken. „Das verpflichtet dich zu nichts. Ich habe schon eine ganze Suite reserviert. Vielleicht kommt dir auf der Insel eine Idee zu einem neuen Artikel." Das war natürlich ein schwaches Argument, er wollte ihr die Sache jedoch so schmackhaft wie möglich machen.

„Ich kann nicht einfach hier mein Zimmer aufgeben."

„Sollst du ja gar nicht. Du packst nur ein, was du für die paar Tage brauchst, und wir sagen hier Bescheid, dass du das Zimmer behältst."
Daniel trat auf Angela zu und nahm ihre Hände in seine. „Du siehst entzückend aus in diesem Nachthemd, mit deinen zerzausten Haaren und deinen roten Wangen, und du hast den süßesten Mund, den ich je geküsst habe. Ich verstehe nicht, wie ich gestern Abend so dumm sein konnte, etwas zu verderben, das so gut angefangen hatte."

„Du bist und bleibst ein unverschämter Kerl! Nach allem, was du mir gestern an den Kopf geworfen hast, besitzt du den Nerv, herzukommen und mir Komplimente zu machen, wo ich doch genau weiß, wie schrecklich ich jetzt aussehe."

Daniel lächelte über diesen Ausbruch, und das brachte sie noch mehr auf.

„Kriegst du eigentlich immer deinen Willen, Daniel McCasslin?", fuhr sie ihn an.

„Ich bin ein Kämpfer, Angela, und ich möchte siegen." Sein entschlossener Blick sagte ihr, dass sie sein nächstes Ziel war. Während sie etwas benommen dastand, sprach Daniel weiter. „Komm mit mir nach Honolulu. Dann werden wir Gelegenheit haben, uns besser kennenzulernen."

Nichts wollte Angela lieber, aber sie wusste, dass das nur neue Probleme bringen würde. Sie holte tief Luft und schüttelte den Kopf. „Daniel, ich glaube nicht, dass …"

„Bitte! Außerdem kannst du dann auch Richy kennenlernen."

Etliche Sekunden verstrichen. Angela schaute Daniel sprachlos an. Alle Argumente, die sie sich zurechtgelegt hatte, brachen zusammen.

Schließlich stammelte sie: „Richy … Richy kommt mit?"

„Ja, er ist der eigentliche Grund für die kleine Reise. Er muss zur Routineuntersuchung zu seinem Kinderarzt und braucht außerdem eine Nachimpfung. Und Mrs Laani hat sich neulich darüber beschwert, dass er zu schnell wächst und nichts Gescheites mehr zum Anziehen hat. Sie plant einen ausgedehnten Einkaufsbummel."

In Angelas Kopf drehte sich alles. Es sollte wahr werden! Sie würde ihren Sohn sehen und sogar ein paar Tage mit ihm verbringen können. Wie lange hatte sie auf diesen Moment gewartet! Und jetzt, da er gekommen war, packte sie die kalte Angst davor.

Sie versuchte, sich herauszureden. „Das ist doch eine Familienreise. Dabei möchte ich nicht stören. Er … Richy mag mich vielleicht nicht. Und Mrs Laani nimmt es dir vielleicht übel, wenn du eine … wenn du mich mitnimmst."

„Ja, es ist eine Familienreise, aber zufällig bin ich das Oberhaupt dieser Familie. Mrs Laani hält mir Vorträge über alles Mögliche einschließlich des Fehlens einer netten – ich betone: einer netten – Dame in meinem Leben. Sie ist sehr neugierig auf dich. Und Richy ist noch keine zwei Jahre alt. Er liebt jeden, der mit ihm spielt und ihm etwas zu essen gibt."

„Daniel, ich …" Sie verstummte.

Er nahm ihr Gesicht zwischen die Hände. „Komm mit, Angela. Wenn ich das nicht für eine gute Idee hielte, würde ich dich nicht darum bitten." Seine Stimme klang jetzt viel dunkler als vorher. „Ich möchte dich nicht missen, nicht mal für diese paar Tage."

Warum machte sie jetzt keinen Luftsprung vor Freude? Waren ihre Schuldgefühle so übermächtig, dass es für andere Empfindungen keinen Platz mehr gab? Daniel sah in ihr nur die Frau, in die er sich verliebt hatte. Wie lange konnte sie ihm noch vorenthalten, wer sie war?

„Daniel, ich halte das nicht für eine so gute Idee."

„Bist du mir noch gram wegen gestern?"

„Das nicht. Nur …"

„Ich würde es dir nicht verdenken." Er streichelte ihre Wange. „Du hast mich völlig zu Recht ein eingebildetes Ekel und einen heruntergekommenen Tennisspieler genannt."

„Das bist du ja gar nicht. Ich habe das bloß gesagt, um dich böse zu machen. Aus keinem anderen Grund."

Daniel seufzte. „Ob ich das nun bin oder nicht, eines bin ich ganz bestimmt: ein Mann, der sich in einer Weise zu einer Frau hingezogen fühlt, wie er es nicht mehr für möglich gehalten hätte. Mach es mir nicht so schwer, Angela. Ich bemühe mich ja, mich wieder wie ein normaler Mensch und nicht mehr wie ein verwundetes Tier zu benehmen. Gestern Abend, das war ein kleiner Rückfall."

„Daniel, ich ziere mich nicht, weil ich mich bitten lassen will. Gestern Abend war es auch nicht so."

Er küsste sie zart. „Das weiß ich."

„Es gibt einen Grund, aus dem ich nicht mitkommen sollte."

„Bis jetzt hast du ihn mir nicht genannt. Es wird auch keinen geben, jedenfalls keinen, der zählt. Komm mit. Die Maschine fliegt in einer Stunde."

„Was?" Angela warf einen Blick auf die Uhr auf ihrem Nachttisch. „In einer Stunde! Daniel … ich kann nicht … warum hast du nicht gesagt, dass … das schaffe ich nie …" Sie unterbrach sich, weil sie merkte, dass sie eben praktisch zugestimmt hatte.

Als Angela aus dem Badezimmer trat, spähte sie nervös zu Daniel hinüber, der es sich in dem Sessel neben der Balkontür bequem gemacht hatte und die Morgenzeitung las.

Er trug eine Khakihose und dazu einen leichten weißen Baumwollpullover mit bis zu den Ellbogen hochgeschobenen weiten Ärmeln.

Jetzt bog er eine Ecke der Zeitung herunter und schaute Angela darüber hinweg an. Er stieß einen anerkennenden Pfiff aus. „Wie hast du denn das so schnell geschafft? Pack ein wenig Freizeitkleidung, Shorts, einen Badeanzug und etwas zum Ausgehen ein, nichts besonders Elegantes."

Angela stopfte alles samt passenden Accessoires und Schuhen in ihre Reisetasche. Als sie ihre Unterwäsche dazulegte, bebten ihre Hände. Daniel hielt die Zeitung zwar weiterhin in den Händen, aber Angela wusste genau, dass er nicht las, sondern jede ihrer Bewegungen beobachtete, während sie ihre winzigen Slips und die halb durchsichtigen Büstenhalter einpackte.

Sie warf Daniel einen anklagenden Blick zu, woraufhin er sie strahlend und völlig unschuldig anlächelte.

„Fertig!", verkündete sie und zog den Reißverschluss der Tasche zu.

„Erstaunlich", lobte er mit einem Blick auf seine Uhr. „Genau rechtzeitig. Wir treffen uns mit Mrs Laani und Richy am Flugplatz. Maurice, der mein Grundstück in Ordnung hält, fährt sie dorthin. Wir werden uns mit dem Wagen des Hotels hinbringen lassen, wenn es dir recht ist. Ich möchte mein Auto nicht für mehrere Tage am Flugplatz parken."

„Selbstverständlich." Angela setzte sich einen schicken, breitkrempigen Strohhut und ihre große Sonnenbrille auf. „Vergiss nicht, bei meinem schmalen Portemonnaie bin ich weit weniger komfortables Reisen gewohnt."

„So siehst du aber nicht aus", meinte Daniel und trug ihre Tasche zum Fahrstuhl. Während sie auf den Lift warteten, betrachtete er sie eingehend von Kopf bis Fuß. „Kompliment", sagte er leise.

„Danke."

„Ich habe etwas vergessen", fiel ihm plötzlich in der Fahrstuhlkabine ein.

„In meinem Zimmer?"

„Nein. Dies hier." Er knickte ein bisschen in den Knien ein, um sich kleiner zu machen, und drückte seinen Mund auf ihren.

Seine Lippen bewegten sich kaum, doch sie spürte diesen Kuss bis in die Zehenspitzen. Seine Zunge tupfte nur ganz zart gegen ihre, aber Angela war es, als liebkoste Daniel jede Stelle ihres Körpers.

Ihr wurde plötzlich sehr heiß. „Deinetwegen ist jetzt meine Sonnenbrille beschlagen", beklagte sie sich kaum hörbar, als Daniel sich aufrichtete.

„Wie bitte?"

Angela schüttelte den Kopf. Daniel wollte sie gerade zum zweiten Mal küssen, da öffnete sich die Lifttür. „Ich muss noch die Reservierung meines Zimmers regeln", sagte sie etwas verlegen.

„Gut, und ich kümmere mich inzwischen um den Wagen."

Angela drängte sich zur Rezeption durch. Um diese Tageszeit herrschte wegen der abreisenden und eintreffenden Gäste immer Hochbetrieb. Rasch erklärte sie dem Angestellten, dass sie verreisen, ihr Zimmer aber auf jeden Fall behalten wolle. In drei Tagen kehre sie zurück. Sie wiederholte ihre Worte ein paarmal, ehe sie relativ sicher war, dass der völlig überlastete Mann sie bei all dem Lärm gehört hatte. Er steckte ihre Kreditkarte in den Computer, buchte die bisherige Rechnungssumme ab, lächelte Angela an, bedankte sich und wünschte ihr eine gute Reise. Dann wandte er sich dem nächsten Kunden zu. Im selben Moment rief Daniel nach ihr.

„Angela, der Wagen wartet!"

„Ich komme!" Schnell schlängelte sie sich durch die vielen Leute.

„Alles in Ordnung?"

„Ja."

„Fein. Wir schaffen es gerade noch."

Erst als sie neben Daniel in dem großen Wagen saß und sich auf dem Weg zum Flugplatz befand, fiel Angela wieder ein, dass sie in wenigen Minuten ihren Sohn sehen würde. Ihr Herz pochte heftig, und sie atmete schwer.

„Du hast doch nicht etwa Angst vorm Fliegen?", erkundigte sich Daniel, der ihre Erregung missverstand.

„Nein, nein, obwohl ich mich natürlich in den großen Jets sicherer fühle als in diesen kleinen Inselflugzeugen."

„Und ich mag die kleinen Maschinen lieber, weil ich da mehr sehen kann. Außerdem starten sie von einem Flugfeld in der Nähe meines Hauses. Wir fliegen mit einer guten Inselfluggesellschaft. Ich kenne inzwischen sämtliche Mitarbeiter und Piloten persönlich."

Der Flugplatz von Kaanapali an der Nordwestküste war winzig gegen den Hauptflughafen auf der anderen Seite der Insel. Das Abfertigungsgebäude hatte etwa die Größe einer mittleren Tankstelle, aber es herrschte viel Betrieb hier. Wenn eines der kleinen Flugzeuge landete und seine neun Passagiere ausstiegen, startete sofort ein anderes.

Der Wagen des Hotels hielt an. Daniel hängte sich die Reisetasche über die Schulter und half Angela beim Aussteigen.

„Eigentlich müssten sie schon hier sein … ach, da sind sie ja." Mit einer Kopfbewegung deutete er an, Angela möge hinter sich schauen. Sie holte erst tief Luft, schloss die Augen für eine Sekunde und drehte sich dann um. Sie zitterte, aber Daniel merkte es nicht. Er lief schon voraus.

„Richy!", rief er.

Und dann sah Angela ihn. Ihr Herz setzte einen Schlag aus.

Er trug ein weißes Hemdchen und knallrote Shorts mit einem kleinen Latz und über dem Rücken gekreuzten Trägern. Seine stämmigen Beinchen steckten in weißen Kniestrümpfen und weißen Turnschuhen. Er war auf der Stelle herumgehopst, aber als er Daniels Stimme hörte, blieb er sofort stehen und rannte dann mit einem Freudenschrei auf seinen Vater zu. Eine sehr korpulente ältere Frau in weißer Schwesterntracht folgte ihm.

Angela hatte nur Augen für den kleinen blonden Jungen, der vor Aufregung stolperte und beinahe hingefallen wäre. Aber schon hatte ihn sein Vater auf die Arme und hoch über seinen Kopf gehoben.

„He, du kleiner Wirbelwind! Renn nicht so, oder du schlägst dir wieder die Knie auf", schalt Daniel lachend und schüttelte ihn ein bisschen. Der Kleine quietschte vor Vergnügen.

„Hoch, hoch!", schrie er, nachdem Daniel ihn auf seiner Armbeuge platziert hatte.

„Gleich", sagte Daniel. „Erst mal sollst du diese Dame hier kennenlernen. Das ist Angela." Er wandte sich zu der blassen, wie angewurzelt dastehenden Frau um. „Und das ist Richy."

Angela verschlang den kleinen Jungen mit Blicken. Sie suchte nach irgendwelchen Ähnlichkeiten, fand aber kaum etwas. Richy hatte das blonde Haar und die blauen Augen seines Vaters geerbt. Nur sein Kinn erinnerte sie ein wenig an ihren eigenen Vater. Von sich selbst konnte Angela an Richy nichts erkennen, dennoch wusste sie mit absoluter Gewissheit, dass dieser kleine Junge ihr eigen Fleisch und Blut war. Wie gern hätte sie das Kind jetzt an sich gedrückt!

„Guten Tag, Richy", brachte sie mühsam heraus.

Der Kleine schaute sie neugierig an. „Sag ‚Aloha', Richy", forderte Daniel ihn auf und stupste ihn liebevoll an.

„Oha", sagte Richy schüchtern, drehte sich dann um und versteckte sein Gesichtchen am Hals seines Vaters.

Daniel nahm seinen Sohn fest in den Arm und streichelte seinen Rücken. Über den blonden Lockenkopf hinweg sah er Angela an. „Die Benimm-Regeln beherrscht er noch nicht so ganz", meinte er lächelnd.

„Mr McCasslin, ich habe den Kleinen ein bisschen rumtoben lassen, damit er vor dem Flug seine Kräfte loswerden konnte", keuchte Mrs Laani, die inzwischen herangekommen war.

„Das war richtig, Mrs Laani. Darf ich Ihnen Mrs Gentry vorstellen? Sie ist in den nächsten Tagen unser Gast."

„Aloha, Mrs Laani", grüßte Angela. Sie vermochte den Blick kaum von ihrem Sohn abzuwenden.

Die Polynesierin musterte sie mit unverhohlener Neugier. Anscheinend war sie mit Angelas Äußerem einverstanden, denn langsam breitete sich ein herzliches Lächeln auf ihrem runden, faltenlosen Gesicht aus.

„Aloha, Mrs Gentry. Ich freue mich, dass Sie uns begleiten. Manchmal werden mir zwei Männer auf einmal ein bisschen zu viel."

„Na fein", erklärte Daniel. „Sie übernehmen Richy, und Angela wird mich übernehmen."

Angela errötete, und Mrs Laani lachte fröhlich. Angela mochte sie auf Anhieb gut leiden. Trotz ihres Körperumfangs sah die Frau tadellos und sehr gepflegt aus. Ihre weiße Schwesternuniform war sorgfältig gestärkt, und ihr von Silberfäden durchzogenes schwarzes Haar trug sie kurz geschnitten und dauergewellt.

Ein Angestellter der Inselfluggesellschaft trat zu der kleinen Gruppe. „Mr McCasslin, Ihre Maschine ist abflugbereit."

„Haben Sie das Gepäck schon an Bord gebracht?", erkundigte sich Daniel.

„Natürlich, Sir."

„Dann fügen Sie dies hier noch dazu." Er übergab dem Mann Angelas Tasche.

„Die kann ich doch mit in die Kabine nehmen", meinte Angela.

„Leider nein", erklärte der Angestellte höflich. „Dazu sind die Sitze zu schmal. Das gesamte Gepäck muss im Laderaum verstaut werden."

Ein Mann in Hemdsärmeln, den Angela für den Piloten hielt, klopfte Daniel auf den Rücken. „Wann genehmigst du mir ein Match? Ich habe mich endlich von dem letzten erholt."

Plaudernd gingen die beiden über die Rollbahn zum wartenden Flugzeug. Richy ritt auf Daniels Schultern. Angela beobachtete ihn unentwegt. Glücklicherweise bemerkte das bei dem Durcheinander vor dem Start niemand.

Mrs Laani hatte Mühe, ihre Körpermassen durch den engen Einstieg in die Maschine zu zwängen. Sie ließ sich auf den nächsten Sitz fallen, damit sie sich nicht auch noch durch den kleinen Gang drücken musste.

„Hast du etwas dagegen, auf dem Co-Pilotensessel zu reisen?", fragte der Pilot Daniel.

„Du weißt genau, dass das mein Lieblingsplatz ist!" Daniel wandte sich an Angela. „Macht es dir etwas aus, neben Richy zu sitzen?"

Angela schüttelte den Kopf. Zu sprechen wagte sie nicht. Sie nahm den Platz hinter dem Piloten ein, damit Richy am Gang hinter seinem Vater sitzen konnte.

Daniel schnallte seinen Sohn an. „Los geht's, großer Held. Du kannst uns sagen, wo wir langfliegen sollen. Okay?"

Richy lachte und zeigte dabei seine acht Zähnchen. Als der Pilot die geräuschvollen Motoren anließ, richtete sich der Kleine steil auf, seine Augen wurden immer größer, und seine Unterlippe begann zu zittern. Angela legte die Hand auf seine Knie, und als er ängstlich zu ihr aufschaute, lächelte sie ihn an. Daniel drehte sich zu ihm um, blinzelte ihm zu und streichelte ihm über den Kopf. Richy verharrte regungslos, bis die Maschine an Höhe gewonnen hatte und er der Überzeugung war, dass ihm keine unmittelbare Gefahr drohte.

Mit ihnen zusammen befand sich nur noch ein fremder Passagier an Bord. Er und Mrs Laani schliefen ein. Richy wurde unruhig und zerrte an seinem Sicherheitsgurt. Nach kurzer Rücksprache mit dem Piloten und Daniel schnallte Angela ihn los.

„Lass ihn nur nicht zu viel hier herumkrabbeln", bat Daniel. „Wenn er zu quirlig wird, gib ihn mir nach vorn."

„Wir werden schon miteinander auskommen."

Daniel unterhielt sich weiter mit dem Piloten, und Angela widmete Richy ihre ganze Aufmerksamkeit. Wie alle kleinen Kinder konnte er einfach nicht stillsitzen. Er turnte auf seinem Sessel herum, versuchte aufzustehen und plumpste prompt zurück auf die Sitzfläche. Alles musste er untersuchen, was sich in seiner Reichweite befand.

Angela beobachtete glücklich jede seiner Bewegungen. Sie würde sich an alles ganz genau erinnern können, wenn sie den Kleinen verlassen musste. Der Tag würde mit Sicherheit kommen, denn sie durfte nicht in Richys Leben eingreifen. Das durfte sie seinem Vater nicht antun, und es wäre auch nicht gut für den Jungen.

Als sie auf ihren Schoß klopfte, zögerte Richy nur einen Moment, dann kletterte er zu ihr. Er schaute ihr ernst ins Gesicht und betastete dann mit seinen feuchten Fingerchen ihre Brillengläser.

„Vielen Dank!" Angela lachte und nahm die Sonnenbrille ab, um die beschmierten Gläser zu putzen. „Wenn ich mit dir und deinem Papi zusammen bin, sollte ich die Brille vielleicht gar nicht erst aufsetzen."

Richy grinste und zeigte auf Daniels Hinterkopf: „Daddy."

„Richtig", bestätigte Angela und streichelte zärtlich sein rundes Bäckchen. Wie weich seine Haut war! Ebenso weich wie sein Haar, das sich um ihre Finger ringelte. Noch war es weißblond, aber mit den Jahren würde es sicher nachdunkeln und dann so goldblond wie Daniels werden.

Liebevoll strich sie über Richys mollige Ärmchen. Er umklammerte ihren Zeigefinger. Angela kitzelte seine Handinnenfläche, bis er kicherte, und sagte dabei einen alten, unsinnigen Kinderreim auf: „Hier hast 'nen Taler, kauf dir 'ne Kuh, Kälbchen dazu, Kälbchen hat ein Schwänzchen, killekille, Gänschen."

Richy wollte, dass sie damit weitermachte, aber als Angela ihn in die Arme schloss, protestierte er nicht. Sie drückte ihn so fest an sich, wie er es erlaubte. Er duftete nach Babyseife und Sonnenschein. Mrs Laani sorgte offensichtlich sehr gut für ihn.

Angela fand es herrlich, dass er ein so stämmiger kleiner Kerl war. Sie dachte an Joeys Zerbrechlichkeit. Wenn sie Richy verlassen musste, wusste sie wenigstens, dass er ein gesundes, normales Kind war.

Und wie jeder gesunde, normale kleine Junge wehrte er sich jetzt doch gegen zu viel Zärtlichkeit. Er entwand sich Angelas Armen und riss ihr dabei den Hut herunter. Sie stülpte ihn aus Spaß auf Richys Kopf. Der kleine Bursche verschwand fast ganz darunter.

Eine Weile spielten sie Versteck miteinander, indem Angela die breite Krempe des Huts herunterklappte und fragte: „Wo ist denn nur der Richy?", worauf er die Krempe wieder hochklappte und stolz „Hier!" rief.

Schließlich setzte sie ihm auch noch ihre Sonnenbrille auf die Nase. Richy musste seinen Kopf stillhalten, damit sie nicht hinunterrutschte. Angela holte ihre Puderdose aus der Handtasche und hielt ihm den Spiegel hin. Richy schaute hinein und jauchzte entzückt.

„Daddy, Daddy!", schrie er, stellte sich in Angelas Schoß auf die Füße und patschte Daniel auf die Schulter. Dass dabei Hut und Brille verrutschten, merkte er nicht.

Daniel drehte sich um und brach bei dem komischen Anblick in schallendes Gelächter aus. „Du siehst ja ulkiger aus als E.T. im Hochzeitskleid!"

Richy hopste begeistert auf und nieder, bis er ein wenig zu wild wurde und beruhigt werden musste. Hut und Brille wurden ihm dann auch bald langweilig. Angela nahm ihm beides ab und drückte ihn wieder auf ihren Schoß.

Das monotone Brummen der Motoren und Angelas sanftes Streicheln machten ihn schläfrig, und bald ruhte sein Köpfchen still an ihrer Brust. Einen so wunderbaren Augenblick hätte sie sich nie zu erhoffen gewagt. Ihr Sohn mochte sie und vertraute ihr so sehr, dass er in ihren Armen einschlief. Ein ungeahntes Glücksgefühl durchströmte sie.

Daniel blickte sich zufällig um und musste zwei Mal hinschauen, als er sah, mit welcher Hingabe sich Angela seinem Sohn widmete. Sie hielt Richys Händchen und streichelte sanft mit einem Finger über die winzigen Knöchel. Plötzlich fühlte sie, dass sie beobachtet wurde, und hob den Kopf. Daniel stellte zu seiner weiteren Verblüffung fest, dass sie Tränen in den Augen hatte. Sie lächelte ihn unsicher an und senkte dann gleich wieder den Blick zu dem schlafenden Kind.

Der Pilot vollführte eine erstklassige Landung und ließ die Maschine vor dem Flugplatzgebäude ausrollen. Sobald sie stand, kletterte er hinaus und half Mrs Laani beim Aussteigen. Der andere Passagier suchte unter dem Sitz nach seiner Aktentasche und verließ dann ebenfalls die Maschine.

Daniel hockte sich auf die Kante des Sessels neben Angela. Er schaute sie eine Weile nachdenklich an, ehe er sprach. „Ich sehe, ihr beide mögt euch."

„Ich hoffe es. Er ist so lieb, Daniel. Wirklich lieb. Ein wundervoller kleiner Junge."

„Das finde ich auch."

Angela strich leicht über die blonden Locken. „Wie war er denn als Baby?"

„Ellie und ich hatten keine Vergleichsmöglichkeiten, aber er hat uns keinen Kummer gemacht. Es war nicht einfach, ihn zu bekommen. Wir hätten uns auch nicht beklagt, wenn er die ganze Zeit geschrien hätte."

Als Angela sich zu ihrer nächsten Frage entschloss, hatte sie den Eindruck, mitten ins Feuer zu springen. „Hatte Ellie eine komplizierte Schwangerschaft?"

Bezeichnenderweise antwortete Daniel nicht gleich. Angela blickte mit angehaltenem Atem auf das schlafende Kind hinunter und betrachtete seine dunklen Wimpern, die auf den rosigen Wangen lagen.

„Das nicht", antwortete Daniel schließlich langsam. „Sie hatte nur Schwierigkeiten, ihn zu empfangen."

Irgendwie erleichterte es Angela, dass Daniel es vorzog zu lügen. Wie weit konnte sie noch gehen, ehe er Verdacht schöpfte? „Sieht er seiner Mutter ähnlich?"

„Ellie war auch blond", lautete seine nichtssagende Antwort. „Ich glaube, er kommt mehr nach mir."

Jetzt schaute Angela zu ihm hoch und lächelte. „Als stolzer Vater bist du voreingenommen."

„Sicherlich", erwiderte er in einer Tonlage, als mache er sich über sich selbst lustig. „Aber ich kann wirklich nicht sagen, wie weit er seiner ... seiner Mutter ähnlich sieht."

Angela blickte schnell zur Seite, damit er nicht ihr unglückliches Gesicht sah, dennoch bemerkte er die Träne, die über ihre Wange rollte. Zart wischte er sie mit der Fingerspitze fort.

„Ist es wegen deines Sohnes, den du verloren hast?", fragte er so liebevoll und mitfühlend, dass es neue Emotionen in ihr weckte, die sie fast ängstigten.

Jetzt! sagte sie zu sich selbst. Dies war eine Gelegenheit, Daniel zu gestehen, dass sie dieses Kind, das Daniel so liebte, geboren hatte.

Aber die Worte kamen ihr nicht über die Lippen. Daniel könnte ihr Richy auf Nimmerwiedersehen entreißen und ihr vorwerfen, ihn getäuscht und ausgenutzt zu haben, um an den Jungen heranzukommen.

Und hatte sie das nicht auch getan?

Nein, nein! Inzwischen lag ihr an dem Vater genauso viel wie an dem Kind. Sie wollte Daniel nicht wehtun, schon gar nicht jetzt, da er auf dem besten Weg war, sein Leben wieder in geordnete Bahnen zu lenken. Irgendwann später würde sie es ihm sagen, wenn der richtige Zeitpunkt dafür gekommen war.

„Ja", antwortete sie, „es ist wegen des Sohns, den ich verloren habe."

Daniel nickte verständnisvoll. Richy atmete durch seine halb geöffneten Lippen, und ein bisschen Speichel tropfte heraus.

„Er macht deine Bluse ganz nass", flüsterte Daniel. In diesem Moment wusste er nicht, was ihm besser gefiel, das süße Gesichtchen seines

73

Sohnes oder der Platz, an dem es ruhte. Daniel sehnte sich danach, sie zu berühren und zu streicheln.

„Das macht nichts." Und wenn Richy jedes einzelne ihrer Kleidungsstücke restlos verderben würde, wäre das Angela egal gewesen, solange sie ihn nur im Arm halten durfte.

Angela sah, wie Daniels Zeigefinger sanft über Richys Wange und dann zu seinem offenen Mündchen glitt, wo er die Speicheltropfen aufnahm. Dann wanderte der Finger weiter zu dem nassen Fleck auf Angelas Brust. Daniel berührte sie, aber hätte Angela es nicht gesehen, hätte sie es nicht gemerkt, so leicht war diese Berührung. Jetzt schob Daniels Hand sich hinter Richys Kopf und lag dann mit der Rückseite an Angelas Brust.

Ein leichtes Zittern durchlief Angela. Sie schluchzte leise auf. Ihre Augen waren tränenblind. Daniel hob den Blick.

„Angela, nicht mehr weinen, nein?" Ohne seine Haltung zu verändern, wandte er ihr den Kopf zu und küsste sie. Dies war kein so flüchtiger Kuss wie am Morgen im Fahrstuhl. In diesem Kuss lagen Gefühle, die unter anderen Umständen alle Schranken durchbrochen hätten.

Angela legte einen Arm um Daniels Nacken. Jetzt hielt sie beide umschlungen, den Vater und den Sohn. Ein Traum war wahr geworden.

Daniel stöhnte. Mit der Zunge liebkoste er Angelas Mund, und mit dem Finger streichelte er dabei über Richys Kopf und dann über Angelas Brust.

Seine Leidenschaft übertrug sich auf sie und setzte ihren Körper in Brand. Jetzt konnte sie sich vorstellen, wie es gewesen wäre, wenn sie Richy auf natürliche Weise empfangen hätte. Dass sie dieses Wunder nicht wirklich erlebt hatte, gab ihr das Gefühl, um das Schönste auf der Welt betrogen worden zu sein.

„Angela", seufzte Daniel, nachdem er sich aufgerichtet und ihr den noch immer schlafenden Richy abgenommen hatte. „Wenn du mich weiter so küsst, fange ich auch noch zu weinen an. Aber aus einem völlig anderen Grund."

Sie stiegen aus. Zusammen traten sie in den warmen Sonnenschein hinaus. Daniel drückte den schlafenden Jungen mit einer Hand fest an sich, mit der anderen umfasste er Angelas Hand, und so gingen sie zum Flughafengebäude.

6. KAPITEL

Die Hotelsuite in Honolulu am Strand von Waikiki war sehr geräumig und bot einen herrlichen Blick auf den Ozean und auf den etwas weiter östlich an der Küste gelegenen Diamond-Head, einen längst nicht mehr tätigen Vulkan. Zwischen Daniels Zimmer, das sich Mrs Laani und Richy teilten, befand sich ein Wohnraum. Angelas Zimmer lag gegenüber auf der anderen Seite des Korridors.

„Hier ist ein Schlüssel zu unserer Suite", sagte Daniel, während sie mit dem Lift nach oben fuhren. „Du kannst es dir jederzeit darin bequem machen." Er drückte Angela den Schlüssel in die Hand. Was er meinte, war ganz offensichtlich. Angela warf einen schnellen Blick zu Mrs Laani hinüber. Die ältere Frau strahlte über das ganze Gesicht. Wenn Mrs Laani und Daniel dachten, sie würde den Schlüssel benutzen, täuschten sie sich gewaltig!

Das Wichtigste wurde zuerst erledigt. Nach dem Essen und Richys abschließendem Mittagsschlaf machten sich Mrs Laani und Daniel mit ihm auf den Weg zum Kinderarzt. Bevor sie in den Wagen stiegen, den Daniel am Flughafen gemietet hatte, drückte er schnell Angelas Hand.

„Wir sind in etwa einer Stunde zurück. Du wirst dir doch solange die Zeit allein vertreiben können?"

„Natürlich, aber ich könnte ja auch mit euch fahren."

Nichts wäre ihr lieber gewesen, als Richy zum Arzt zu begleiten, sie wollte jedoch nicht darauf drängen.

„Bleib lieber hier. Dieses Erlebnis möchte ich niemandem zumuten." Daniel lachte. „Richy ist nicht gerade der geduldigste Patient. Geh ein bisschen einkaufen, schau dir die Umgebung an, und um fünf Uhr treffen wir uns wieder im Hotel."

„Na gut", stimmte Angela mit heimlichem Bedauern zu. Daniel nickte ihr zu, und dann fuhren die drei los.

Nach ihrer Rückkehr war Richy anscheinend auf Mrs Laani und seinen Vater nicht gut zu sprechen. Er behandelte sie wie böse Feinde, die ihm Schreckliches angetan hatten. Beim frühen Abendessen in einem der Restaurants der Hotelanlage wollte er mit ihnen absolut nichts zu tun haben. Nur Angela durfte sich um ihn kümmern.

„Du machst es nur noch schlimmer", schalt Daniel, als Angela den kleinen Jungen zum Nachtisch mit Eiscreme fütterte. „Der denkt noch, du bist seine gute Fee oder so was."

Angela hätte fast den Löffel fallen lassen. Sie fasste sich aber rasch und schaute Mrs Laani und Daniel bittend an. „Ich möchte ihn so gern ein bisschen verwöhnen. Er hatte doch einen schweren Tag heute."

Nach einer Weile wurde Richy quengelig. Daniel bestand darauf, dass er zu Bett gebracht wurde.

„Wenn er eingeschlafen ist, würde ich gern noch einmal ausgehen", sagte Mrs Laani. „Meine Schwester hat mich eingeladen. Ich soll mir den Verlobten ihrer Nichte ansehen. Wenn Sie also nichts dagegen haben …"

„Natürlich nicht, Mrs Laani", erwiderte Daniel.

„Sie könnten jetzt gleich schon gehen", meinte Angela. „Es macht mir nichts aus, Richy ins Bett zu bringen."

„Weißt du, worauf du dich da einlässt?", fragte Daniel skeptisch.

„Ja." Angela wandte sich wieder an Mrs Laani. „Gehen Sie nur. Richy und ich werden bestimmt miteinander auskommen."

Also verließ Mrs Laani kurz darauf das Hotel. Gemeinsam schafften Daniel und Angela es, den übel gelaunten kleinen Burschen zu baden und in seinen Pyjama zu stecken. Angela bedauerte ein bisschen, dass Richy so nörgelig und müde war. Zu gern hätte sie noch ein wenig mit ihm gespielt. So aber legte sie ihn in das Kinderbett, das das Hotel zur Verfügung gestellt hatte, und streichelte ihn so lange, bis er einschlief.

Daniel hatte sich ins Wohnzimmer zurückgezogen. Angela blieb bei Richy, bis Daniel sie rief.

Daniel saß mit weit ausgestreckten Beinen lässig auf dem Sofa. Er trug jetzt Shorts und ein T-Shirt und war barfuß. Angela bewunderte insgeheim seine muskulösen Arme und Beine und die breiten Schultern.

„Komm her und setz dich." Er streckte ihr die Hand entgegen. „Ich würde ja höflichkeitshalber aufstehen, aber ich bin völlig erledigt."

Angela lachte und ließ sich neben ihm auf dem Sofa nieder. „Sag bloß, dich großen, starken Mann hat ein kleiner Junge geschafft, der noch nicht mal zwei Jahre alt ist!"

„Der Bursche erschöpft mich mehr als ein ganzes Tennismatch. Ach, dabei fällt mir ein, ich muss auch trainieren, während ich hier bin. Schaust du morgen zu?"

„Natürlich."

„Wir werden uns verdrücken, ehe Richy etwas merkt. Mrs Laani kann mit ihm in den Park gehen oder so etwas. Im Moment bin ich eifersüchtig auf meinen Sohn, weil er deine ganze Aufmerksamkeit in Anspruch nimmt."

„Dazu besteht kein Grund", erklärte sie. „Er ist ein entzückender kleiner Bursche – eben dein Sohn, ein Teil von dir. Auch deshalb mag ich ihn."

Daniels Augen strahlten. „Ehrlich?"

„Ehrlich." Es stimmte. Angela liebte Richy, weil er ihr Sohn und weil Daniel sein Vater war, den sie ebenfalls liebte.

„Mein Herr Sohn hat dich heute zum zweiten Mal nass gemacht", stellte Daniel fest und strich mit dem Finger über die feuchten Flecken, die Richys vom Baden nasser Körper auf ihrer Bluse hinterlassen hatte.

Angela lächelte daraufhin nur.

Daniel ließ die Hand oberhalb ihrer Brüste liegen und schaute ihr in die Augen. „Ich habe dich von Anfang an nicht als leichte Beute betrachtet. Sag mir, dass du das weißt."

Sie senkte einen Moment lang die Lider. „Ja, das weiß ich." Ihr schlechtes Gewissen meldete sich, aber sie hörte nicht darauf. Dazu begehrte sie Daniel zu sehr. „Gestern Abend, da hatte ich Angst."

„Vor mir?"

„Vor … vor allem."

„Und jetzt?"

Sie schüttelte lediglich den Kopf. Daniels Gefühle spiegelten sich deutlich auf seinem Gesicht wider. Er umfasste eine ihrer Brüste und liebkoste sie. Angela fand die Freude, die aus Daniels Augen leuchtete, ebenso beglückend wie die Berührung.

Angela schlang die Arme um seinen Nacken und öffnete die Lippen. Seine Zunge drang tief ein und begann mit einem Spiel, das eine noch intimere Bewegung imitierte.

Irgendwann hielt er inne. „Du bist so begehrenswert", sagte er heiser, biss zärtlich in die weiße Haut ihres Halses und koste sie mit der Zungenspitze. Mit dem Daumen strich er über ihre Brustwarze, die sich inzwischen verhärtet hatte. Dann legte er den Mund darüber, und durch den Stoff hindurch spürte Angela seine Lippen so deutlich, dass ihre Sehnsucht nach ihm beinahe übermächtig wurde.

Sie schob die Hände unter sein T-Shirt, um es ihm abzustreifen, und gleichzeitig knöpfte er ihre Bluse auf.

„Ich möchte dich lieben. Jetzt, Ellie, jetzt."

Angela erstarrte.

Daniel setzte sich mit einem Ruck auf. Was hatte er eben gesagt?

Angelas Gesichtsausdruck gab ihm die vernichtende Antwort. Jäh erhob er sich, schlug die Hände vors Gesicht und wandte sich ab.

77

Der Schock hatte Angela und Daniel versteinert. Regungslos, schweigend, fast ohne zu atmen, verharrten sie in der beinahe unnatürlichen Stille des Zimmers. Als Daniel endlich sprach, klang seine Stimme sehr müde.

„Es tut mir leid, Angela." Hilflos zuckte er die Schultern. „Was soll ich sonst sagen? Es tut mir entsetzlich leid."

Angela erhob sich wie eine Schlafwandlerin. Sie schwankte leicht, zog sich unbewusst ihre Bluse glatt und ging langsam auf die Tür zu.

„Angela …" Daniel sprach ihren Namen leise und flehentlich aus, aber sie reagierte nicht. „Angela!", wiederholte er mit mehr Nachdruck.

Sie blieb nicht stehen.

„Du!" Daniel folgte ihr schnell, holte sie mit ein paar langen Schritten ein, packte sie am Arm und drehte sie zu sich herum. „Angela, hör mir zu!"

„Ich will gehen, Daniel." Sie schaute ihn nicht an. Ihre Stimme klang kalt.

„Erst musst du mich erklären lassen, warum …"

Angela lachte bitter. „Ich glaube, die Szene eben war Erklärung genug." Sie versuchte, ihm ihren Arm zu entziehen. „Lass mich gefälligst los!", rief sie. „Ich gehöre nicht hierhin. Ich weiß nicht, warum ich überhaupt hier bin. Lass mich los!" Sie wusste, dass sie gleich hysterisch werden würde.

„Du bist hier, weil ich dich darum gebeten habe. Ich möchte, dass du hier bist, bei mir und Richy."

„Du willst Ellie, nicht mich!", schrie sie.

Daniels Züge, auf denen sich die Wut auf sich selbst und die Enttäuschung über Angelas Verständnislosigkeit abwechselnd widergespiegelt hatten, wirkten plötzlich maskenstarr. Angelas Worte hatten seinem Gesicht jeden Ausdruck genommen. Er löste seinen Griff um ihren Arm; seine Hand sank kraftlos herab.

„Ellie ist hier", flüsterte er. „Das ist ja das Problem."

Mit schleppenden Schritten kehrte Daniel zum Sofa zurück, ließ sich darauf fallen, lehnte den Kopf an die Rückenlehne und schloss die Augen.

Was hätte Angela nun darum gegeben, ihre Behauptung rückgängig machen zu können! Daniel tat ihr mit einem Mal schrecklich leid. Am liebsten wäre sie jetzt zu ihm gegangen, um ihn zu trösten. Aber intuitiv wusste sie, dass er ihr Mitleid jetzt wohl am wenigsten ertragen hätte. Sie räusperte sich.

„Daniel?"

„Hm?"

„Ich habe etwas Unverzeihliches gesagt ..."

Er lachte ebenso bitter wie sie ein paar Minuten zuvor. „Irrtum! Was ich gesagt habe, war unverzeihlich. Ich weiß, dass du dich beleidigt fühlst. Das ist aber falsch." Er öffnete die Augen und sah sie an.

„Bitte, lass mich erklären."

„Das brauchst du nicht."

„Ich möchte es aber", beharrte er.

Angela nickte. „Na gut."

Daniel stand auf, ging zu der breiten Glastür und öffnete sie. Das Geräusch und der Geruch des Ozeans füllten das plötzlich stickig gewordene Zimmer. „Hier in Honolulu lernten Ellie und ich uns kennen. Hier lebten wir, nachdem wir geheiratet hatten. Wenn ich hierher zurückkomme, kann ich nicht vermeiden, dass mich tausend Dinge an sie erinnern."

„Das kenne ich. Nachdem Joey tot war, wurde manchmal die Erinnerung an ihn so übermächtig, dass ich glaubte, seine Stimme zu hören."

Daniel ließ die Schultern hängen. „Seit unserer Ankunft hier muss ich an sie denken. Wir haben immer zusammen mit Richy den Kinderarzt aufgesucht, weißt du. Und morgen werde ich mit ihm zu ihren Eltern fahren."

Angela ließ sich nicht anmerken, welchen Stich ihr das versetzte.

„Heute hatte ich während des ganzen Tages das Gefühl, als ob –", er stockte kurz „– als ob ich Ellie untreu geworden wäre."

„Meinetwegen?"

„Ja."

Angela bedauerte ihre Äußerung von vorhin zwar noch immer, aber sie fühlte sich aufs Neue gekränkt. „Soll mich diese Erklärung etwa besänftigen?", fragte sie spöttisch. Daniel drehte sich zu ihr um, und sie sah die Ungeduld in seinen Augen. Das war ihr fast lieber als sein leerer Blick vor ein paar Minuten.

„Ich hoffe, du gestattest mir, dir noch ein paar Dinge zu erzählen, ehe du Schlüsse ziehst."

„Nachdem du mir das Gefühl gegeben hast, eine skrupellose Ehebrecherin zu sein?"

„Verdammt noch mal, hörst du nun endlich zu?" Daniel fuhr sich mit beiden Händen durchs Haar. „Es gab andere Frauen, Angela. Nach Ellie und vor dir."

„Ich fühle mich immer besser."

Daniel quittierte Angelas bissige Bemerkung mit einem ärgerlichen Schnauben, ehe er weitersprach. „Zu viele Frauen. Eintagsfliegen. Gesichtslose, namenlose Frauen. Hinterher war ich froh, mich nicht mehr an sie erinnern zu können." Er trat näher an Angela heran. „Sie bedeuteten mir nichts. Gar nichts. Sie haben mein körperliches Verlangen befriedigt, sonst nichts. Danach hatte ich nie das Gefühl, Ellie betrogen zu haben, denn ich war niemals emotionell daran beteiligt. Nur körperlich." Er holte tief Luft. „Du bist die erste Frau, derentwegen ich mich schuldig fühle."

„Warum?" Ihr Zorn war ein wenig abgeebbt.

„Weil ich an unserer Beziehung emotionell beteiligt bin. Mit dir wäre es mehr als nur eine ... eine Bettgeschichte." Daniel legte die Hände auf Angelas Schultern und zog sie näher zu sich heran. „Es wäre Liebe. Ja, ich liebe dich wirklich, Angela. Es überrascht mich selbst. Nein, es erschreckt mich sogar. Ich weiß noch nicht so recht, wie ich damit fertig werden soll."

Angela musste schlucken. „Du liebst Ellie noch immer."

„Ich werde sie immer lieben. Sie war ein Teil meines Lebens. Aber ich schwöre dir, dass ich sie nicht durch dich ersetzen will. Dazu seid ihr beide viel zu verschieden. Ihr ähnelt euch in nichts. Du darfst nicht meinen, ich sähe sie vor mir, wenn ich dich im Arm halte. Als ich vorhin ihren Namen ausgesprochen habe, habe ich nicht an sie gedacht. Ich war ganz und gar bei dir."

„Aber ..."

Daniel nahm Angelas Gesicht zärtlich zwischen die Hände. „Versteh doch, zum ersten Mal nach ihrem Tod geht es nicht einfach um Sex, mein Herz ist wieder dabei. Dass ich vorhin Ellies Namen nannte, war nichts als ein Reflex. Deute bitte nichts anderes hinein."

„Und meine Reaktion darauf war auch nichts weiter als ein Reflex. Mein Stolz war zutiefst getroffen. Jede andere Frau hätte ebenso empfunden."

„Angela, ich will meinen Fehler nicht abschwächen. Du sollst nur wissen, warum ich ihn gemacht habe. Sag mir, dass du mich verstehst."

So dicht bei Daniel konnte Angela nicht klar denken. Sie entfernte sich ein paar Schritte von ihm und blickte durch die offene Glastür nach draußen. Hätte er ihr das alles erzählt, wenn er wüsste, wer sie war? Würde er sie dann noch wollen? Würde sie ihn nicht verletzen und verlieren, wenn sie ihm die Wahrheit gestand?

„Ich verstehe dich, Daniel. Du und Ellie habt eine ungewöhnlich gute Ehe geführt." Sie hätte hinzufügen können: Sie liebte dich genug, um dein Kind von einer fremden Frau austragen zu lassen.

„Das stimmt. Und ich war Ellie immer treu." Er lachte leise. „Auf den Turnieren war das nicht immer einfach. Gelegenheiten gab es jeden Tag."

Daniel kam näher und lehnte sich an den Türrahmen. „Ellie hat mich auf meinen Reisen begleitet, wenn sie konnte, aber es ging eben nicht immer. Manchmal sehnte ich mich nach einer Frau, und zwar sehr. Mir stand eine reiche Auswahl zur Verfügung. Ich wusste jedoch, wie miserabel ich mich hinterher fühlen würde. Nachdem ich erfahren hatte, wie schön körperliche Liebe ist, wenn Herz und Seele dabei sind, wollte ich nichts anderes mehr. Ich wollte Liebe nicht zu einer bloßen körperlichen Übung herabwürdigen."

Er warf ihr einen schnellen Blick zu. „Ich bin kein Heiliger. Zuweilen war die Versuchung groß, besonders nach einem gut gespielten und gewonnenen Match. Dann hätte ich meinen Sieg am liebsten mit einer Frau gefeiert."

Angela schaute auf die nie ruhende Brandung hinaus. „Ich kann mir gut vorstellen, dass die körperliche Anstrengung Energien freisetzt, die du dann ..."

Daniel lachte, legte die Hand unter Angelas Kinn und drehte ihr Gesicht zu sich herum. „Ich weiß, was du jetzt denkst, Verehrteste."

„Ich denke überhaupt nichts."

„Du denkst, weil ich an dem ersten Tag unserer Bekanntschaft gerade so gut gespielt hatte, wollte ich ganz automatisch mit der verteufelt attraktiven Frau, die da allein auf der Terrasse saß, ins Bett hüpfen, um meine überschüssigen Energien loszuwerden."

Angela errötete. Dass sie so leicht zu durchschauen war!

Daniel lächelte, als er merkte, dass er richtig geraten hatte. „Ich muss zugeben, dass du mich vom ersten Moment an erregt hast. Ich habe mir vorgestellt, wie es wäre, dich zu lieben. Besonders nach unserem ersten gemeinsamen Mittagessen habe ich mir das immer wieder ausgemalt. An dem Tag wirktest du so elegant und unnahbar, und trotzdem hast du mich ganz verrückt gemacht mit deinem engen schwarzen Oberteil, das sich wie eine zweite Haut um deine Brüste spannte."

Er übersah Angelas überraschten Gesichtsausdruck und sprach gleich weiter. „Angela, mein Körper hat vom ersten Augenblick auf dich reagiert, und mein Verstand wusste, dass es für mich Zeit wurde, wieder zu lieben. Aber mein Herz hat mit sich selbst im Konflikt gelegen."

„Das geht dir nicht allein so", erwiderte Angela und trat von der Glastür fort. „Ist dir nie in den Sinn gekommen, dass ich mich auch in einer Konfliktsituation befinden könnte?" Sie drehte sich zu Daniel um. „Ich bin nicht daran gewöhnt, fremden Männern auf einem Drei-Tage-Trip Gesellschaft zu leisten." Sie senkte die Lider und fuhr leise fort: „Der einzige Mann, mit dem ich jemals geschlafen habe, war mein Ehemann. Das gilt für die Zeit vor, während und nach der Ehe. Und diese Ehe war ein Albtraum. In jeder Beziehung."

Angela merkte, dass Daniel aufmerksam zuhörte. „Er und ich haben uns nicht so geliebt wie du und Ellie", erklärte sie. „Nach der Scheidung gehörte meine ganze Liebe Joey. Als ich ihn verlor, fühlte ich mich leer und hohl wie ein Körper ohne Seele, ohne Gefühle. Bis ich …" Sie biss sich auf die Unterlippe. Zu viel durfte sie nicht verraten. „Wie dem auch sei, ich setze mein Herz nicht leichtfertig aufs Spiel", sprach sie weiter. „Ich habe meine Eltern, meinen Ehemann und meinen Sohn verloren. Ich weiß nicht, ob ich das Risiko eingehen kann, wieder jemanden zu lieben."

„Die Aussichten für dich wären nicht sehr gut, wenn du dieses Risiko mit einem heruntergekommenen Tennisspieler und seinem mutterlosen Sohn eingingest."

„Rede nicht so!", rief sie impulsiv. „Du bist nicht heruntergekommen. Und Richy ist …" Sie brach ab.

Daniel schmunzelte. „Jetzt hast du dich verraten, Angela. Dir liegt mehr an uns, als du zugeben möchtest."

Angela schaute zu Boden. Als sie den Blick wieder hob, standen Tränen in ihren Augen. „Ich fürchte, da hast du recht, Daniel."

Mit einem Schritt war er bei ihr und schlang die Arme um sie. Dann drückte er sie fest an seine Brust. „Wovor hast du Angst?"

Davor, dass du erfährst, wer ich bin, antwortete Angela insgeheim, und davor, dass du mir nicht glaubst, wie sehr ich dich inzwischen liebe. Zuerst ging es mir nur um meinen Sohn; jetzt bist du mir fast wichtiger. Und das darf nicht sein. Oder doch? Ich weiß es nicht. Wirklich nicht.

Laut sagte sie nur: „Ich fürchte mich davor, wieder zu lieben."

Daniel schob die Hand zwischen ihre Körper und ließ sie auf Angelas Herz ruhen. „Du hast viel Liebe zu verschenken. Hier hast du sie eingesperrt, aber sie will heraus. Merkst du das nicht?" Er küsste sie sanft auf die Stirn. „Mein Gott, Angela, es wäre für uns beide doch so leicht und so richtig, einander zu lieben."

Leicht wäre es bestimmt. Angela konnte ja spüren, wie ihr Körper ihm entgegenfieberte. Nur … wäre es auch richtig?

Daniels Mund näherte sich ihrem. „Nein, Daniel", sagte sie hastig. Jetzt nicht. Wenn es jemals so weit kommen sollte, dass wir uns lieben, dann …"

Daniels Lippen brachten sie zum Schweigen. Der Kuss verhieß ihr, dass ihre Liebe alles übertreffen würde, was sie sich jemals erträumt hatte.

Dennoch sprach sie unbeirrt weiter, nachdem Daniel ihren Mund freigegeben hatte: „… dann muss jeder von uns erst mit sich selbst ins Reine gekommen sein. Ich möchte nämlich nicht, dass du mich noch einmal für deine Schuldgefühle Ellie gegenüber verantwortlich machst."

„Das tue ich doch gar nicht", flüsterte er in ihr Haar. „Ich mache mich selbst dafür verantwortlich."

„Können wir nicht fürs Erste nur gute Freunde sein? Bitte!"

Daniel seufzte. „Das wird mir nicht leichtfallen. Wie ich schon sagte, ein Heiliger bin ich nicht."

„Dann will ich lieber verschwinden, solange du dich noch beherrschen kannst. Wann findet dein Trainingsspiel morgen statt?"

Sie beschlossen, sich zum Frühstück zu treffen und dann zusammen zu den Tennisplätzen zu fahren.

Am nächsten Morgen verhielten sich Daniel und Angela wirklich wie gute Freunde. Die Spannung des vergangenen Abends hatte sich gelöst. Daniel drückte Angela zur Begrüßung einen Kuss auf die Wange.

Auf den Tennisplätzen machte er sie mit seinem Trainingspartner bekannt. Bert Samson war ein ehemaliger Profi und fünfzehn Jahre älter als Daniel, aber seine Leistungen konnten sich noch immer sehen lassen.

Sie spielten auf dem öffentlichen Tennisplatz, was Angela wunderte. Sie stellte jedoch keine Fragen, sondern nahm auf einer der etwas verwitterten Zuschauerbänke Platz und schaute dem Match zu.

„Vielen Dank für deine Mühe, Bert", sagte Daniel zu seinem Partner, als das Trainingsspiel beendet war und sie zu dritt zum Parkplatz schlenderten.

Bert Samson wischte sich den Schweiß von der Stirn. „Ich habe dir zu danken. Du hast mich in Grund und Boden gespielt, es war jedoch herrliches Tennis." Er warf Angela einen Blick zu, ehe er weitersprach. „Sollten wir uns nicht morgen lieber in Waialee treffen?" Er deutete auf die nicht übermäßig gepflegte öffentliche Anlage. „Das hier ist nicht gerade ein Platz für jemanden deines Kalibers. Und im Country Club würden sich alle freuen, dich wiederzusehen, Daniel."

„Danke, Bert, nein. Noch nicht." Er nahm Angelas Hand. „Ich habe aber volles Verständnis dafür, wenn du hier nicht mit mir spielen willst", schloss er.

„Diese Bemerkung habe ich nicht verdient", erwiderte Bert ruhig. „Also dann bis morgen um acht. Hier." Er nickte Angela zu, stieg in seinen Wagen und fuhr davon.

Sie waren schon fast wieder beim Hotel, als Angela Daniel fragte: „Du und Ellie wart Mitglieder des Waialee Country Clubs, nicht wahr?"

„Ja. Weshalb?" Er schaute sie kurz an, konzentrierte sich dann wieder auf den starken Straßenverkehr.

„Oh, nichts weiter. Es war nur so eine Frage."

Bei der nächsten roten Ampel wandte Daniel sich ihr zu. „Dass ich da nicht spielen will, hat weder etwas mit Ellie noch mit dir, noch mit meinen Freunden zu tun, die uns beide zusammen sehen könnten. Ich bin sicher, sie wären von dir begeistert. Ich will dort nicht auftreten, weil ich mich beim letzten Mal unsterblich blamiert habe. Ich brauche noch etwas Zeit, ehe ich den hohen Herrschaften dort wieder gegenübertreten kann. Klar?"

„Nichts ist klar. Du solltest hingehen und hoch erhobenen Hauptes dort spielen. Rede mit deinen alten Freunden. Du hast keinen Grund, dich zu schämen, Daniel."

Er blickte sie nachdenklich an und staunte über das Vertrauen, das sie in ihn setzte.

Als Daniel und Angela im Hotel die Tür zur Suite öffneten, merkten sie sofort, dass etwas nicht stimmte. Richy kam mit tränenüberströmtem Gesicht auf seinen Vater zugelaufen.

Daniel hob ihn auf den Arm. „Was ist denn …"

„Mrs Laani!", rief Angela und sah erst dann die Frau, die auf dem Sofa lag und beide Arme um ihren Leib geschlungen hatte. Sie stöhnte herzzerreißend. „Mrs Laani", wiederholte Angela, kniete sich neben das Sofa und berührte die Hand der Polynesierin. „Sind Sie krank?"

„Und wie!", jammerte Mrs Laani. „Und der Kleine ist hungrig und … aber … es tut mir so leid, Mr McCasslin", sagte sie, als Daniel mit Richy hinzutrat. „Ich konnte beim besten Willen nicht aufstehen. Mein Bauch …" Sie schloss gequält die Augen.

„Brauchen Sie einen Arzt? Ist es vielleicht eine Blinddarmentzündung?", fragte Daniel besorgt. Richy hatte inzwischen aufgehört zu weinen. Er hatte jetzt einen Schluckauf und schmiegte sich gegen die Schulter seines Vaters.

„Nein, mein Blinddarm ist längst raus. Es ist … bei meiner Schwester … da haben sie alle diesen Virus. Ich glaube, ich habe mich angesteckt. Wenn bloß Richy nicht auch …"

Mrs Laanis Sorge um das Kind rührte Angela. „Beruhigen Sie sich, Mrs Laani. Ihm wird schon nichts geschehen. Wir müssen jetzt etwas für Sie tun. Wie kann ich Ihnen am besten helfen?"

„Sie sind wirklich sehr nett." Mrs Laani drückte Angela die Hand. „Vielen Dank. Ich möchte bloß hier raus, damit Sie nicht noch alle das Gleiche kriegen. Mr McCasslin, ich habe meine Schwester angerufen. Ich kann bei ihr bleiben, bis es mir wieder besser geht. Mein Schwager holt mich ab, ich lasse Sie wirklich nicht gern im Stich, aber …"

„Schon gut", fiel Angela ihr ins Wort. „Ich werde mich um Richy kümmern. Wann wollte Ihr Schwager Sie abholen?"

„Er ist wahrscheinlich schon unten."

„Daniel, gib mir Richy. Ich mache ihm das Frühstück. Du bringst Mrs Laani nach unten. Ist das Ihre Tasche? Hier, trag sie."

„Jawohl, Gnädigste." Trotz der Besorgnis um seine unschätzbare Haushälterin, die er noch niemals krank gesehen hatte, amüsierte sich Daniel insgeheim darüber, wie Angela jetzt das Kommando übernahm.

Nachdem er etwas später Mrs Laani in der Hotelhalle ihrem Schwager übergeben hatte und in die Suite zurückgekehrt war, beobachtete er Angela, die Richy mit dessen Frühstücksbrei fütterte. In der Suite gab es einen kleinen Kühlschrank, den Mrs Laani mit Getränken, Obst und ein paar weiteren Lebensmitteln gefüllt hatte, damit Richy nicht für jede Mahlzeit ins Restaurant gebracht werden musste. Das notwendige Geschirr und Besteck war vom Hotel zur Verfügung gestellt worden.

„Wie geht es ihr?", erkundigte sich Angela.

„Miserabel. Aber sie ist froh, dass sie nicht mehr in Richys Nähe ist. Er war ihre Hauptsorge. Sie meint, wenn sie die nächsten vierundzwanzig Stunden übersteht, wird sie es überleben."

„Der Meinung bin ich auch."

„Und inzwischen …"

„… kümmere ich mich um Richy."

„Das kann ich nicht zulassen."

„Wieso nicht? Willst du ihn mir nicht anvertrauen?"

Daniel stemmte die Hände in die Hüften und schüttelte den Kopf. „Natürlich vertraue ich ihn dir an. Ich habe dich nur nicht hierher mitgenommen, damit du Kinderschwester spielst."

Angela war im Augenblick rundum glücklich. Ihr Sohn saß auf ihrem Schoß, und sein Vater stand vor ihr und sah trotz der verschwitzten Tenniskleidung einfach hinreißend aus. Sie legte den Kopf schief und schaute Daniel spitzbübisch an. „Und wofür hast du mich hierher gebracht?"

„Um dich ins Bett zu locken."

Sie lachte. „Ehe du damit anfängst, nimm doch bitte erst einmal ein Duschbad, ja?"

Daniel blickte an sich hinunter, grinste unverschämt und meinte dann: „Gar keine schlechte Idee."

Als er mit dem Duschen fertig war, hatte Angela Richy gebadet und angezogen.

„In ein paar Minuten bin ich auch fertig", sagte sie und erklärte, dass sie für Richy ein paar Dinge benötige.

So beschlossen sie, einen Einkaufsbummel zu unternehmen.

„Ich gehe schnell in mein Zimmer und bin im Nu wieder hier."

„Darüber wollte ich gerade mit dir reden."

„Worüber?", fragte Angela im Hinausgehen.

„Über dein Zimmer. Wäre es nicht bequemer, wenn du hierher umziehen würdest?"

Angela warf einen Blick zurück. „Bequemer für wen?"

Daniels Lächeln war der reinste Sonnenschein. „Für dich. Und für Richy natürlich."

„Oh, natürlich."

„Kannst dir's ja mal überlegen", meinte er und tat dabei, als sei das so wichtig nun auch wieder nicht.

„Das habe ich schon. Die Antwort lautet nein."

Zehn Minuten später trafen sie sich wieder. Angela sah erstaunlich schick aus, obwohl sie nur wenig Zeit gehabt hatte, sich zurechtzumachen.

„Ich mag diese raffinierten engen Oberteile, die du immer trägst", flüsterte Daniel ihr ins Ohr und legte den Arm um ihre Schultern. Richy tapste stolz und selbstständig vor ihnen her.

„Dies ist ein ganz normales Strandkleid."

„Schön, aber sein Oberteil ähnelt dem, das du neulich zum Mittagessen getragen hast, und ich mag es, weil …"

„Ich weiß schon. Du sagtest es bereits."

„Weil …"

„Weil es hochmodern ist."

„Weil sich deine Brustspitzen so schön darunter abzeichnen."

„Jetzt hör auf!" Angela versuchte, empört zu wirken. Es gelang ihr nicht ganz.

„Na gut. Aber ich höre nur auf, weil dich die beiden Matrosen dort auf eine Art und Weise beäugen, dass ich streitsüchtig werden könnte. Die brauchen nicht auch noch deinen unverkennbaren Schlafzimmerblick zu sehen, mit dem du meine losen Worte quittiert hast." Daniel starrte den beiden armen Seeleuten böse nach. „Und schöne Beine hast du auch."

Angela musste lachen.

Zu seinem Ärger stellte Daniel etwas später fest, dass sich auch Papierwindeln auf der Einkaufsliste befanden. „Ich will Richy ans Töpfchen gewöhnen", erklärte er. „Mrs Laani meint allerdings, so weit sei er noch nicht."

„Und damit hat sie recht. Man schadet einem Kind nur, wenn man es zu früh dazu zwingt."

„Weiß ich ja", brummte Daniel und schob die Hände in die Taschen seiner dunkelblauen Shorts. „Aber er ist erst ganz richtig mein Sohn, wenn ich mit ihm zusammen ‚für Herren' gehen kann."

Angela verdrehte die Augen. „Das ist wieder mal typisch männlich! Nicht zu fassen! Ich habe Richy inzwischen ein paarmal gebadet und umgezogen, und ich kann dir versichern, er ist ganz richtig dein Sohn."

Daniel hob die Augenbrauen. „Meinst du, er hat etwas von mir geerbt?"

Angela wurde rot. Daniel lachte laut. Sie übertönte ihn mit ihrer Ansprache. „Er wird vielleicht schneller trocken, wenn du ihn hin und wieder ins Badezimmer mitnimmst. Vielleicht bekommt er dann den Trick eher mit."

„Du weichst vom Thema ab."

„Stimmt."

Daniel küsste Angela schnell und kräftig. „Ich werde mir deinen Vorschlag zu Herzen nehmen. Darauf hätte ich auch selbst kommen können."

Nach ihrer Rückkehr ins Hotel war es Zeit, Richy für den Besuch bei Ellies Eltern umzuziehen. Angela stellte fest, dass fast alle ihre Habseligkeiten in das Zimmer gebracht worden waren, das Richy bisher mit Mrs Laani bewohnt hatte.

„Daniel!", rief sie. „Ich übernachte nicht bei dir."

„Nicht bei mir, sondern bei Richy. Ihm ist diese Umgebung fremd. Er fühlt sich sicherer, wenn jemand bei ihm schläft."

„Dann tu du das."

Daniel seufzte. „Bitte! Ich verspreche dir, dass nichts geschehen wird, das du nicht auch willst."

Angela gab nach. Die Nacht mit ihrem Sohn zusammen in einem Zimmer verbringen zu können, erschien ihr im Grunde ja wie ein Geschenk.

„Du kannst wirklich gern mitkommen", wiederholte Daniel zum dritten Mal, als er und Richy ausgehfertig waren.

Angela schüttelte den Kopf. „Nein, Daniel, das kann ich nicht."

„Mir würde es nichts ausmachen. Im Gegenteil, ich würde dich Ellies Eltern gern vorstellen."

Sie spürte, wie wichtig es für Daniel war, dass sie ihm glaubte. „Vielen Dank, aber ich möchte dort nicht so unvorbereitet auftauchen und ihnen den Familienbesuch verderben, auf den sie sich bestimmt schon freuen."

„Das tun sie tatsächlich. Richy ist ihr einziges Enkelkind."

Dann haben sie in Wirklichkeit gar keines, dachte Angela. „War Ellie ein Einzelkind?"

„Ja. Sie ist damals aufs Festland gezogen und hat dort gewohnt, bis Richy geboren wurde. Ihre Eltern wollten, dass das Kind hier auf die Welt käme, Ellie wollte es jedoch in Los Angeles bekommen. Als wir mit Richy heimkehrten, waren sie außer sich vor Freude. Der Bursche wird sich heute schrecklich aufführen. Sie verwöhnen ihn nach Strich und Faden."

Also hatte Ellie ihren Eltern die Schwangerschaft vorgespielt.

„Womit vertreibst du dir die Zeit, während wir fort sind?", erkundigte sich Daniel.

„Ich schreibe an einem Artikel. Das Hotelbüro hat mir versprochen, mir eine Schreibmaschine zu leihen. Vielleicht gehe ich aber auch ans Wasser und tue etwas für meine Urlaubsbräune."

„Dann zieh dir etwas Züchtiges an. Ich möchte nicht, dass irgendein Mann mit unlauteren Absichten dich sieht und auf die abwegige Idee kommt, du seist zu haben."

Angela hob die Augenbrauen. „Genau auf die Weise haben wir beide uns kennengelernt!"

„Das ist es ja, was mir Sorgen bereitet."

7. KAPITEL

Angela lag in der heißen Sonne auf ihrem Badelaken und träumte vor sich hin. Der Wind von der See her brachte angenehme Kühlung. Angela hörte nicht auf das Lachen der Touristen, den Lärm der spielenden Kinder und der herumtobenden Teenager, sondern nur auf das Rauschen des Ozeans. Die Brandungswellen rollten in einem so gleichmäßigen Rhythmus heran, dass Angela schließlich das Gefühl hatte, ihr Körper passe sich wie hypnotisiert dieser Bewegung an.

War es die Brandung, deren Ruhelosigkeit sich auf sie übertrug, oder war es der Gedanke an Daniels Küsse, seine liebkosenden Hände, seine tastende, kosende Zunge? Er hatte Angela in eine ihr vorher unbekannte Welt der Sinne geführt. Diese Welt existierte offenbar nur dann, wenn man sie zusammen mit dem richtigen Partner teilte. Allein entdeckte man sie nie.

Angela war überglücklich und traurig zugleich. Glücklich, weil sie Daniel und Richy gefunden hatte und liebte. Traurig, weil sie wusste, dass sie sie wieder verlieren würde. Der Tag des Abschieds musste kommen. Aber heute konnte sie sich noch an ihrer Gegenwart freuen …

„Huch!", schrie sie plötzlich auf und fuhr in die Höhe, wobei sie Richy fast umriss.

„Kalt!", kreischte er, wollte sich totlachen und warf einen zweiten Eiswürfel auf Angelas nackten Bauch.

Sie zuckte wieder zusammen, zog den Bauch ein und langte nach dem Becher mit den Eiswürfeln, den Richy in der Hand hielt. „Und wie kalt das ist! Hoffentlich hast du nicht noch mehr solche üblen Tricks auf Lager."

Sie drehte sich um. Hinter ihr hockte Daniel am Boden und freute sich diebisch. Er trug eine knappe hellblaue Badehose, und sein Anblick raubte Angela den Atem fast ebenso, wie es das Eis auf ihrer heißen Haut getan hatte. Der Wind zerzauste sein blondes Haar, was ihm etwas Verwegenes gab.

„Der Angeklagte erklärt sich für schuldig." Er lächelte fröhlich.

„Das wollte ich meinen."

„Aber Richy fand die Idee hervorragend."

„Der Apfel fällt nicht weit vom Stamm."

Daniel setzte sich zu Angela aufs Badelaken. Richy lief zum Wasser und machte ein paar vorsichtige Schritte in die Wellen.

„Ich habe dir doch gesagt, Angela, du sollst etwas Züchtiges anziehen. Wenn du das da als züchtig bezeichnest, musst du mal deinen Wortschatz überprüfen."

Aus reinem Widerspruchsgeist hatte Angela ihren aufreizendsten Bikini gewählt. Er war aus schwarzem Baumwollgarn gehäkelt und mit fleischfarbenem Stoff unterlegt. Das Oberteil bestand nur aus zwei kleinen Dreiecken, die von einer schmalen Kordel zusammengehalten wurden, und das Höschen war ebenso knapp.

„Ich lasse mir nichts vorschreiben. Außerdem hat mich niemand belästigt. Bis jetzt", fügte sie mit Nachdruck hinzu.

„Ich belästige dich?" Daniels verführerischer Tonfall und die Art, wie er den Blick über ihren Körper schweifen ließ, weckten unangebrachte Empfindungen in ihr. Ehe sie eine passende Entgegnung fand, hörte sie jemanden rufen.

„Daniel! Daniel, bist du das?"

Der Ruf kam von der niedrigen Ziegelmauer, die die Swimmingpoolanlage des Hotels vom Strand trennte. Als Daniel den Mann erkannte, machte er ein teils ärgerliches, teils misstrauisches Gesicht. Ohne Begeisterung hob er eine Hand und winkte. „Ich bin gleich wieder hier, Angela. Passt du bitte auf Richy auf?"

„Selbstverständlich." Im Moment machte Angela Daniels plötzlicher Stimmungswechsel wesentlich mehr Sorgen als der tatendurstige kleine Junge.

Daniel ging an den unzähligen Sonnenanbetern vorbei zu der Mauer und stieg die Stufen zur Terrasse hinauf. Im Stillen fluchte er. Ausgerechnet Jerry Arnold, der Tennismanager des Waialee Country Clubs, musste ihn hier entdecken.

„Guten Tag, Jerry."

„Daniel! Mann, wie ich mich freue, dich zu sehen." Jerry schüttelte Daniel die Hand. „Du siehst viel besser aus als damals, als ich dich zum letzten Mal gesehen habe."

Daniel verzog das Gesicht. „Das heißt nicht allzu viel, was? Beim letzten Mal hast du mich beim Kragen gepackt und aus den Ankleideräumen geschleppt, mit der unmissverständlichen Anweisung, mich dort nicht wieder blicken zu lassen. Obwohl ich betrunken war, erinnere ich mich noch genau daran."

Jerry Arnold war einen Kopf kleiner als Daniel und stämmiger gebaut. Er hatte sich auch einmal am Profi-Tennis beteiligt, aber noch vor den Trainern gemerkt, dass er dazu nicht geschaffen war. Also hatte er seine Träume begraben und sich fortan um die Männer gekümmert, die zu solchen Träumen berechtigten.

„Tut mir leid, Daniel, mir blieb damals nichts anderes übrig."

„Ich nehme es dir nicht übel, Jerry. Ich habe mich ja wirklich wie der letzte Rabauke benommen."

Jerry schaute Daniel forschend an. „Und jetzt? Mir ist da einiges zu Ohren gekommen ..."

„So? Was denn?"

„Dass du dein Comeback vorbereitest."

„Das stimmt."

„Beweise es."

Daniel hatte zu Angela und Richy hinübergesehen. Die beiden balgten sich im Sand. Angela hatte schöne schlanke Oberschenkel und einen entzückenden runden Po. Es bedurfte schon Jerrys herausfordernder Worte, um Daniel von dem Bild abzulenken.

„Was sagtest du eben, Jerry?"

„Du sollst beweisen, dass wieder mit dir zu rechnen ist."

„Und wie? Indem ich zum Club komme? Das hat mir Bert Samson heute Morgen schon vorgeschlagen. Ich habe abgelehnt."

„Indem du zum Club zurückkommst ... und dich an einem Schaukampf beteiligst. Morgen."

Daniels Mund fühlte sich plötzlich ganz trocken an. Er ballte unwillkürlich die Hände. „Das kann ich nicht", sagte er kaum hörbar.

„Daniel, ich brauche dich. Eigentlich wollte McEnroe hier für wohltätige Zwecke spielen. Fünfzig Dollar pro Eintrittskarte. Aber er hat sich leider den Daumen verstaucht, als er ..."

„Ich habe es gelesen."

„Sein Trainer hat ihm das Spielen verboten. Nicht mal ein Schaukampf. Ich brauche dich, alter Junge. Und du brauchst dieses Match."

„Nicht im Geringsten!"

„Und ob! Irgendwann musst du ja mal wieder anfangen, Daniel. Zeige all denen, die das Vertrauen in dich verloren haben, dass du es wieder bis ganz an die Spitze schaffst."

„Dieses Jahr noch nicht. Vielleicht nächstes." Daniel spürte, wie sich sein Magen verkrampfte. Seine Hände wurden schweißfeucht.

„Ich habe mit Bert gesprochen. Er sagt, du hättest ihn heute Morgen in Grund und Boden gespielt. Nicht mal die Hälfte deiner Aufschläge habe er bekommen können."

„Sag mal, was soll diese Schmeichelei? Willst du mit allen Mitteln deine Wohltätigkeitsveranstaltung retten, oder bist du wirklich an meiner Karriere und an meinem noch gar nicht so sicheren Comeback interessiert?"

„Beides." Jerry sah Daniel ins Gesicht, ohne mit der Wimper zu zucken. Ehrlich war er wenigstens, das musste Daniel zugeben.

Er blickte als Erster zur Seite. „Ich weiß nicht, Jerry."

„Daniel, wenn ich der Meinung wäre, du fällst dabei fürchterlich auf die Nase, würde ich dich nicht darum bitten. Damit würde ich mich selbst blamieren. Aber du gehst jetzt wieder aufrecht. Und eine neue Gespielin hast du auch, wie ich sehe. Also ...‘‘

„Sie ist keine Gespielin!", knurrte Daniel böse.

Diese schroffe Richtigstellung überraschte Jerry. Er warf einen Blick zu der Frau am Strand hinüber. Sie tollte mit McCasslins Jungen umher. „Entschuldigung. Ich wollte niemanden beleidigen." Jerrys Gesicht war sehr ernst geworden. „Daniel, mir ist es völlig gleichgültig, was du privat tust. Mir ist es egal, wer oder was dich wieder dahin bringt, wo du hingehörst: an die Spitze."

Daniel entspannte sich ein wenig. Es wunderte ihn selbst, wie sehr Jerrys Bemerkung ihn aufgebracht und wie spontan er Angela verteidigt hatte. Er erkannte, dass seine Gefühle für sie noch weit stärker waren, als ihm bisher bewusst gewesen war, und diese Erkenntnis erfüllte ihn mit Hoffnung und Vertrauen.

„Wer spielt?"

„Teddy Gonzales."

Daniel stieß einen kurzen Pfiff aus und seufzte dann tief. „Danke, Jerry." Sein Optimismus war schon wieder verflogen.

„Ja, ich weiß. Der ist dein Erzrivale."

„Sieben Jahre jünger dazu und mit einem entsprechenden Schwung."

„Aber mit sieben Jahren weniger Erfahrung. Er ist ein Hitzkopf, Daniel, und ungeheuer von sich eingenommen. Spiel mit einer klugen Strategie. Schlage ihn mit seinen eigenen Emotionen." Er musterte Daniel prüfend. „Fürchtest du dich etwa?"

Daniel erläuterte in höchst unfeinen Worten, wie sehr er sich fürchtete, und Jerry musste darüber laut lachen.

„Großartig! Umso besser wirst du spielen. Ich verlasse mich auf dich."

Einen Moment lang schauten sich die beiden Männer wieder in die Augen. Dann blickte Daniel zu Angela hinüber. In diesem Moment drehte sie sich zu ihm um. Sie lächelte. Richy plumpste in den Sand. Sofort hob sie ihn auf.

„Lässt du mir bis heute Abend Zeit, Jerry?"

„Klar. Gegen acht rufe ich dich an." Jerry schlug Daniel auf die Schulter. „Ich hoffe, du sagst Ja. Und, Daniel …" Er war schon ein paar Schritte gegangen und blieb jetzt noch einmal stehen. „Die Dame ist sehr hübsch."

Daniel kehrte zu Angela und Richy zurück und ließ sich auf das Badelaken fallen. Er fuhr Richy durchs Haar und drückte ihn kurz an sich, ehe der Kleine wieder zum Wasser stapfte. Daniel wandte sich Angela zu. Er brauchte sie nur zu betrachten, und schon nahm seine Angst ab. Ob sie wohl ganz verschwand, wenn er Angela nur lange genug ansah?

„Ein Freund?", erkundigte sie sich leise.

„Das weiß ich noch nicht so genau."

Angela schwieg, aber er las die Frage in ihren grünen Augen.

„Er möchte, dass ich morgen in Waialee bei einer Wohltätigkeitsveranstaltung spiele. Gegen Teddy Gonzales."

„Spielst du?"

„Meinst du, ich soll?"

„Warum solltest du nicht?"

Er will überredet werden, dachte Angela und beobachtete Daniel aus den Augenwinkeln. Seit sie vom Strand in ihre Suite zurückgekehrt waren, ging er nervös und ruhelos auf und ab. Keine Sekunde lang konnte er still stehen. Während sich Richy den Strandsand abduschte, lief Daniel im Badezimmer umher.

„Ich weiß nicht, ob ich schon so weit bin."

„Vielleicht bist du's nicht." Angela wollte ihm absichtlich nicht gut zureden, weil sie annahm, umso mehr würde er widersprechen und ihre positiven Argumente widerlegen. Stimmte er dann doch zu und verlor das Match, würde er ihr den Vorwurf machen, ihn zu etwas Unmöglichem verleitet zu haben.

„Andererseits", überlegte Daniel laut, „erfahre ich nicht, ob ich schon so weit bin, wenn ich's nicht ausprobiere."

„Stimmt."

„Aber lieber Himmel – morgen schon! Können sie das nicht nächste Woche machen?"

„Ja, dann hättest du noch eine ganze Woche Zeit, darüber nachzugrübeln."

Daniel hörte Angela nicht richtig zu, denn sonst wäre ihm ihr spöttischer Unterton nicht entgangen. Er marschierte hin und her und runzelte die Stirn. „Aber wenn mir noch eine Woche bliebe, würde ich mir die Sache wahrscheinlich ausreden."

„Wahrscheinlich." Angela unterdrückte ein Lächeln.

„Vielleicht ist es ganz gut, dass ich mich Hals über Kopf entscheiden muss."

„Ja, vielleicht."

Er folgte ihr, als sie Richy ins Schlafzimmer trug, um ihn anzuziehen. „Ich werde Hank anrufen. Der erklärt mir zwar schon seit Wochen, ich soll wieder beginnen, selbst wenn es nur in irgendwelchen Vorrundenspielen wäre. Aber vielleicht hält er so eine Schau-Veranstaltung nicht gut für den Anfang."

„Möglich."

Daniel ging zum Telefon.

Der Manager war dann hellauf begeistert und wollte sich sofort um einen Flug von Los Angeles nach Honolulu bemühen, um am nächsten Tag rechtzeitig zum Match zur Stelle sein zu können.

Beim Abendessen im Restaurant brütete Daniel dumpf vor sich hin. Sein bestelltes Filetsteak rührte er kaum an.

„Dass es ausgerechnet Gonzales sein muss", brummte er schließlich. „Als ich das letzte Mal gegen ihn antrat, hat er mich ausgelacht. Der Mistkerl hat sich doch tatsächlich zum Publikum umgedreht und die Arme ausgebreitet, als bedauere er mich. Danach hat er gelacht, stell dir das vor!"

Wenn Daniel bemitleidet werden wollte, war er bei Angela an der falschen Adresse. „Zu dumm, dass du keinen weniger überlegenen Gegner bekommst", meinte sie. „Dann könnten die Sportjournalisten sagen, du hättest gut und sicher gespielt und dir keinen größeren Brocken vorgenommen, als du zu verdauen vermagst."

„Sie würden sagen, ich sei ein Feigling", entgegnete er. „Nein, es ist wohl ganz gut, dass ich Gonzales bekomme. Jedenfalls kann mir dann niemand vorwerfen, ich hätte Angst, gegen Tennis-Asse zu spielen."

Daniels Augen funkelten geradezu kampfeslüstern. Dann bemerkte er Angelas weises Lächeln, und sein Gesichtsausdruck wurde etwas weicher.

„Wann wollte dein Freund heute Abend anrufen?", erkundigte sich Angela.

„Gegen acht."

„Dann sollten wir jetzt in die Suite zurückkehren." Sie wischte Richy den Kartoffelbrei aus dem Gesicht.

Richys Schlafenszeit war schon längst überschritten. Der ereignisreiche Tag forderte seinen Tribut von ihm. Der Kleine war mehr als bettreif. Daniel half Angela dabei, ihn für die Nacht fertig zu machen, aber seine Gedanken drehten sich dabei ausschließlich um sein Problem. Gerade hatten sie das Licht im Schlafzimmer ausgeschaltet, da läutete das Telefon.

Daniel starrte den Apparat ein paar Sekunden regungslos an und nahm dann entschlossen den Hörer ab. „Hallo!", rief er lauter als nötig. „Oh, Mrs Laani …"

Angela bemerkte, dass er erleichtert aufatmete.

„Das freut mich, Mrs Laani. Wir vermissen Sie sehr. Gott sei Dank besitzt Angela jedoch ein erstaunliches Talent, Richy zu zügeln." Daniel blinzelte ihr über die Schulter hinweg zu. „Ja, wenn Sie sich wieder wohl fühlen … Unseretwegen müssen Sie sich nicht so sehr beeilen … Nein, das reicht völlig. Wissen Sie, ich habe morgen vielleicht ein Match, und da wäre es natürlich schön, wenn Sie Richy … Okay. Dann also bis morgen."

Daniel legte auf. „Sie sagte, sie käme morgen wieder. Vormittags geht sie dann mit Richy einkaufen. Ihre Schwester fährt sie."

Angela war ein bisschen enttäuscht. Sie wäre so gern beim Einkaufen dabei gewesen. Es hätte ihr Freude bereitet, zum ersten Mal Kleidung für ihren Sohn auszusuchen. Leider gab es keine Möglichkeit, das einzurichten. Außerdem – falls Daniel spielte, wollte sie natürlich zuschauen.

„Ich möchte dir jetzt gute Nacht sagen, Daniel."

Er blickte sie erstaunt an. „Jetzt schon? Es ist noch nicht einmal …"

„Ich weiß, aber du brauchst jetzt Ruhe. Zum Nachdenken."

Daniel trat auf Angela zu und legte die Arme um ihre Taille. „Seit meinem Gespräch mit Jerry habe ich mich nicht besonders gut benommen, was? Ich war dir gegenüber nicht gerade aufmerksam. Du bist doch nicht ärgerlich, oder?"

„Selbstverständlich nicht. So weit solltest du mich inzwischen kennen. Du stehst vor einer wichtigen Entscheidung, und das lenkt dich natürlich ab."

„Ach, Angela …" Er küsste sie leicht auf den Mund. „Ich brauche deinen Rat und deine Unterstützung. Bleib bei mir."

„Nein. Bei dieser Entscheidung kann dir niemand helfen."

Angela wusste genau, wie man sich fühlte, wenn man sich schnell zu folgenschweren Entscheidungen durchringen sollte. Zu gut erinnerte sie sich an jene Nacht, in der sie bis zur Morgendämmerung in ihrem Schlafzimmer auf und ab gegangen war und versucht hatte, zu einer

Entscheidung darüber zu kommen, ob sie Ronalds Plan folgen sollte oder nicht. Das war die schrecklichste und einsamste Nacht ihres Lebens gewesen. Die Verantwortung für ihren Entschluss lag ausschließlich bei ihr.

Genauso war es jetzt bei Daniel. Er musste seine Entscheidung selbst treffen, oder er würde das Vertrauen in sich endgültig verlieren.

„Was soll ich tun, Angela?", fragte er und barg sein Gesicht in ihrem Haar.

Sie schob ihn sanft fort. „Möchtest du wieder Profi-Tennis spielen?"

„Ja, und ich möchte mich erst zurückziehen, wenn ich es wieder bis nach oben geschafft habe. Die Profi-Laufbahn ist nicht sehr lang, weil immer jüngere und bessere Spieler nachrücken. Damit habe ich mich abgefunden. Wenn ich mal ganz aufhöre, will ich unter den Besten sein und nicht irgendwo unter denen, die sich nur noch lächerlich machen."

„Dann, glaube ich, wirst du wissen, was du tun musst."

„Ich muss spielen." Ein Lächeln breitete sich auf seinem Gesicht aus. „Und ich werde spielen."

Wieder läutete das Telefon, und diesmal bestand kein Zweifel, wer der Anrufer war.

„Gute Nacht." Angela ging ins Schlafzimmer und schloss die Tür hinter sich. Sie konnte nicht verstehen, was Daniel am Telefon sagte, aber seine Stimme klang sicher und entschlossen.

Als Angela erwachte, war Richys Kinderbett leer. Sofort schlug sie die Bettdecke zurück, stand auf und schaute erst einmal durch einen Spalt in den Vorhängen aus dem Fenster. Die Sonne war noch nicht aufgegangen. Der ruhige Ozean spiegelte das Rosa und Violett des Himmels wider.

Die Schlafzimmertür stand offen. Angela huschte auf Zehenspitzen durchs Wohnzimmer und sah, dass auch die Tür zu Daniels Zimmer nicht geschlossen war. Sie lugte hinein. Im Raum herrschte das graurosa Licht der Morgendämmerung. In dem breiten Bett entdeckte sie Richy, der sich an seinen Vater gekuschelt hatte. Beide schliefen fest.

Wider alle Vernunft und Schicklichkeit schlüpfte Angela ins Zimmer hinein und trat neben das Bett. Richys Kopf ruhte an Daniels Brust. Der Kleine schnarchte ganz leise.

Daniels Arm lag über dem Körper seines Sohnes. Selbst in diesem Zustand absoluter Entspannung war diesem Arm anzusehen, welche Kraft ihm innewohnte. Daniel lag mit abgewandtem Gesicht da, und Angelas Blick glitt bewundernd über seinen Rücken. Wie gern hätte sie die glatte braune Haut berührt, unter der sich die kräftigen Muskeln abzeichneten!

Er hatte die Bettdecke bis eine Handbreit unterhalb seiner Taille heraufgezogen. Angela sah, dass die Haut dort nur unwesentlich heller als auf dem übrigen Rücken war. Wahrscheinlich hatte er öfter unbekleidet gesonnt. Diese Vorstellung versetzte sie in eine seltsame Erregung.

Angela schlich um das Bett herum, um Daniel ins Gesicht schauen zu können. Sie betrachtete seine gerade Nase, die schön geschwungenen Lippen, die dichten Wimpern. Kein Wunder, dass sich die Frauen nach ihm umdrehten, ob sie ihn nun kannten oder nicht!

Jedes Mal, wenn sie zusammen ausgingen, war sich Angela der Blicke anderer Frauen bewusst. Mit unverhohlenem Interesse musterten sie den Mann, die Frau an seiner Seite und das Kind. Die meisten nahmen wohl an, sie hätten eine Familie vor sich. Biologisch gesehen stimmte das ja auch ...

Dieser Gedankengang erinnerte Angela daran, dass sie hier ein Eindringling war. Sie wandte sich ab und hatte sich gerade einen Schritt vom Bett entfernt, als sie durch ein Zupfen an ihrem Nachthemd aufgehalten wurde. Erschreckt drehte sie sich um und stellte fest, dass Daniel wach war. Er hatte Richy zur anderen Seite gerollt und hielt jetzt den Saum ihres Negligés in der Hand.

Sein Blick und seine Bewegungen waren noch verschlafen und träge. Langsam wickelte er den Stoff um seine Faust und zog Angela auf diese Weise dicht ans Bett. Sie war die Gefangene seines Griffs, aber mehr noch seines Blicks. Bewegungslos verharrte sie, während Daniel vorsichtig die Bettdecke zurückschlug.

Angela konnte kaum noch atmen und glaubte, ihr Herzschlag hallte im Zimmer wider. Ihre Glieder schienen bleischwer zu sein, dennoch fühlte sie sich energiegeladen.

Mit einer geschmeidigen Bewegung setzte sich Daniel an der Bettkante auf. Dass er völlig unbekleidet war, kümmerte ihn nicht. Unentwegt schaute er Angela an.

Schließlich zog er sie zwischen seine Knie. Seine warmen, muskulösen Schenkel pressten sich an die Außenseite ihrer Beine. Seit Angela ihm zum ersten Mal begegnet war, hatte sie sich gewünscht, ihm durchs Haar zu streichen. Jetzt tat sie es. Daniel ließ sie eine Weile gewähren, dann nahm er ihre Hand und führte sie an seinen Mund.

Zuerst streiften seine Lippen nur ganz sanft ihre Handinnenfläche. Dann kitzelte seine Zunge die empfindsame Haut, und das löste eine

97

Kettenreaktion der Gefühle in Angela aus. Daniel küsste jede einzelne Fingerspitze und die Innenseite ihrer Handgelenke. An diesen Stellen schien sich ihr Blut zu erhitzen, und seine Wärme strömte die Arme hinauf bis zu ihren Brüsten, die sich unter dem spitzendurchbrochenen Oberteil des Nachthemdes deutlich abzeichneten.

Daniel strich behutsam darüber. Das Feuer des Verlangens erfasste Angelas ganzen Körper. Ihre Brustspitzen richteten sich auf. Daniel küsste sie durch den zarten Stoff hindurch. Dann schmiegte er den Kopf an die weichen Hügel und atmete ihren warmen Duft ein.

Nach einer Weile raffte er den Stoff des Negligés im Rücken fest zusammen, sodass er Angelas Körper wie eine feste Hülle umschloss. Sie kam sich nackter vor, als wenn sie unbekleidet gewesen wäre, und meinte, Daniels Blicke direkt auf ihrer Haut zu spüren. Gerade hatte er die kleine Vertiefung ihres Bauchnabels entdeckt. Er berührte sie mit der Zunge. Angela vergrub die Finger in Daniels Haar.

Daniel zeichnete mit dem Zeigefinger erst die Rundungen ihrer Hüften nach und dann das Dreieck, das wie ein dunkler Schatten durch den zarten Stoff zu erkennen war. Danach beugte er sich tief hinab und küsste diese Stelle. Angela verging fast vor Verlangen. Leise stöhnte sie auf.

Sie fühlte, dass die Hand in ihrem Rücken den Stoff des Nachtkleides losließ. Daniel stand auf. Ehe Angela recht wusste, wie ihr geschah, hob er sie auf die Arme und trug sie durch den Wohnraum zu ihrem Schlafzimmer. Sehnsüchtig schmiegte sie sich an ihn. Sie wusste, dass ihr Liebesspiel alle Träume übertreffen würde, aber ihr war auch klar, dass sie es nicht zulassen durfte.

Mit jeder Faser ihres Körpers begehrte sie diesen Mann. Nur er vermochte sie von dem Fieber zu erlösen, das sie befallen hatte und das bei jeder seiner Berührungen heißer brannte. Doch jetzt war nicht der richtige Zeitpunkt dafür. Wenn sie jetzt ihrem Verlangen nachgaben, könnte es für sie beide eine Katastrophe auslösen.

Daniel ahnte nichts von Angelas Gedanken. Neben ihrem Bett stellte er sie auf die Füße und liebkoste sie aufs Neue. Er umfasste ihre Hüften und zog Angela dicht zu sich heran. Instinktiv wollte sie sich gegen ihn reiben, aber sie widerstand.

Es durfte nicht geschehen. Würde es sich auf das Match heute Nachmittag auswirken, wenn sie sich jetzt liebten? Und wenn der Akt selbst Daniel wieder an seine Frau erinnerte? Wenn sie, Angela, ihn nicht so glücklich machen konnte, wie Ellie es immer getan hatte, empfand er hinterher sicherlich nur Abscheu. Und falls ihr Liebesspiel beglückender wäre, würde er sich bestimmt schuldig fühlen. Wie auch immer, auf jeden Fall würde er darüber nachdenken und sich nicht auf sein Spiel konzentrieren.

Sage ich ihm dann später, wer ich bin, wird er unweigerlich glauben, ich hätte meinen Körper nur als Köder eingesetzt, um so an Richy heranzukommen, grübelte Angela weiter. Nein, sie durfte erst mit Daniel bis zum Letzten gehen, wenn er alles über sie wusste. Aber wenn es dann gar nicht mehr dazu kam? Wenn Daniel sie nach ihrem Geständnis nicht mehr sehen wollte?

„Du bist so schön", flüsterte er an ihrem Ohr und schob dabei die Träger des Nachthemds von ihren Schultern. „Ich habe von dir geträumt und bin mit dem Verlangen nach dir aufgewacht. Und dann zu sehen, dass du an meinem Bett stehst, dich über mich beugst und mich betrachtest ... oh Angela ..."

„Daniel ... nein ... ach ..." Seine Zunge glitt über ihre Brüste. „Bitte nicht!" Angela stemmte die Hände gegen seine Schultern. Daniel schien es nicht zu merken.

„So hübsch", murmelte er. Er legte eine Hand unter ihre Brust, hob sie leicht an und schloss die Lippen um die harte Knospe. „Ich weiß, dass du schön bist. Ich will dich ganz sehen." Er versuchte, das Negligé ganz herunterzustreifen.

„Nein!" Angela riss sich los und schob die Träger wieder hoch. „Nein", wiederholte sie etwas leiser und schaute Daniel ins Gesicht. Sein Blick war verschleiert, seine Haltung ein wenig unsicher. Offenbar hatte er ihre Ablehnung noch nicht ganz begriffen.

„Nein? Wieso nein?"

Angela kreuzte die Arme vor der Brust. Sie hatte ihn schon einmal abgewiesen, und die Folgen waren nicht angenehm gewesen. „Ich glaube, wir ... du solltest nicht ... vor so einem Match. Ich habe mal gehört, es sei nicht gut für einen Sportler, wenn er vorher ... na, du weißt schon."

Daniel lachte laut auf und trat wieder dicht an Angela heran. Er strich mit einem Finger an ihrem Hals entlang. „Wenn das stimmte, gäbe es eine ganze Menge Spitzensportler weniger! Angela ..."

„Nein, Daniel. Bitte nicht." Sie wich zurück.

„Was ist denn los mit dir?" Seine Stimme klang ungeduldig. „Erzähl mir nicht, du seist nicht in Stimmung. Das weiß ich besser." Natürlich hatte er recht. Angela errötete tief. „Weshalb kommst du in mein Schlafzimmer geschlichen, wenn du nicht mit mir ins Bett gehen willst?"

Angela fand seinen anmaßenden Ton unerhört. „Ich wollte nach Richy sehen. Als ich aufwachte und ihn nicht in seinem Bett fand, habe ich mir Sorgen gemacht."

„Du weißt, dass er aus dem Bett klettern kann. Außerdem hättest du nur einen kurzen Blick in mein Zimmer zu werfen brauchen, um festzustellen, dass er bei mir war. Dazu hättest du nicht fünf Minuten lang schwer atmend neben meinem Bett zu stehen brauchen."

„Schwer atmend!", rief Angela empört. „Du, ich …" Weiter kam sie nicht.

„Jawohl. Gib es zu. Wenn ich dich nackt im Bett gesehen hätte, hätte ich auch schwer geatmet. Wir haben bisher kein Geheimnis daraus gemacht, dass wir uns körperlich attraktiv finden. Wo also liegt jetzt das Problem?"

„Das habe ich dir doch gesagt. Ich halte es nicht für gut vor diesem wichtigen Match."

„Vergibst du dir etwas, wenn du mit jemandem schläfst, ehe du weißt, ob er ein Gewinner oder ein Verlierer ist?"

Angela sah Rot. Sie holte aus und schlug Daniel mit der flachen Hand ins Gesicht. Das Klatschen schien in der Stille des Zimmers widerzuhallen. Endlich gewann Angela ihre Beherrschung so weit wieder, dass sie sprechen konnte. „Das war sehr ungerecht mir gegenüber, Daniel. Grausam, egoistisch und unfair."

„Du spielst auch nicht eben fair", knurrte er. „In der einen Minute gibst du dich geradezu mannstoll, in der nächsten mimst du die unantastbare Jungfrau. Und das schon zum zweiten Mal. Hältst du das für ein faires Spiel?"

Daniel war so dicht an der Wahrheit, dass Angela es mit der Angst bekam. Furchtsam sah sie ihn an. Was, wenn er ihr Geheimnis entdeckte? Es dauerte eine Weile, bis sie merkte, dass das laute Klopfen nicht ihr heftiger Herzschlag war, sondern von der Tür kam.

Daniel hatte sich abgewandt und sich ein Handtuch aus dem Bad geholt. Er schlang es sich um die Hüften und öffnete die Tür. Mrs Laani trat ein. Angela huschte ins Badezimmer, ehe die Haushälterin sie entdeckte. Innerhalb von fünf Minuten sammelte sie dann in Richys Zimmer ihre Sachen zusammen.

Mrs Laani saß jetzt allein im Wohnzimmer und sah fern. Richy schlief noch. In Daniels Badezimmer lief die Dusche.

„Ich bin froh, dass es Ihnen wieder besser geht." Angela zwang sich zu einem freundlichen Lächeln und ging zur Tür. Mrs Laani war eine lebhafte und liebenswürdige Person, doch heute Morgen wollte Angela lieber auf ihre Gesprächigkeit verzichten. „Sagen Sie Daniel, ich wünsche ihm alles Gute für sein Match."

„Aber Mrs Gentry, er …"

„Bis später."

Angela flüchtete in ihr Zimmer, duschte und zog sich ein Strandkleid an. Danach setzte sie sich ihren Strohhut und die Sonnenbrille auf und verließ das Hotel. Den ganzen Morgen über arbeitete sie für ihren Artikel über die hawaiische Küche. Sie interviewte die Küchenchefs diverser bekannter Restaurants. Und währenddessen schaute sie immer wieder auf die Uhr.

Daniel war im Recht. Sie hatte heute Morgen nicht fair gespielt. Vor seinem Match hätte sie ihn nicht so aufregen dürfen. Was er nicht wusste, war, dass sie von Anfang an nicht fair gespielt hatte. Sie hatte sich in sein Leben geschmuggelt, und da gehörte sie nicht hinein.

Aber sie liebte ihn doch so sehr! Wie hätte sie das vorher ahnen sollen? Was kann ich jetzt nur tun? fragte sie sich.

Gegen Mittag bestellte sie sich in einem Schnellimbiss ein Sandwich mit Eistee. Sie rührte beides nicht an.

Es gab nur eine einzige Lösung: Sie musste abreisen, Daniel verlassen, ihren Sohn verlassen.

Die beiden brauchten sie nicht. Richy war ein ausgeglichenes, gesundes Kind, gut aufgehoben bei Mrs Laani. Daniel kehrte aus seinem selbst gewählten Exil in die Welt des Profi-Tennis zurück. Er war seinem Sohn ein guter Vater. Sie, Angela, würde nur Verwirrung in ihrem geordneten Leben stiften. Im Übrigen hatte sie ja erreicht, was sie wollte. Sie wusste, wer und wo ihr Sohn war.

Wenn sie heute noch abreiste, würde Daniel denken, sie täte es wegen des Streits am Morgen. Umso besser. Versteh mich nicht falsch, Daniel, aber so etwas passiert nun mal. Ich möchte trotzdem deine gute Bekannte bleiben … und so weiter. Ja, sie musste verschwinden, ehe er die Wahrheit entdeckte.

Als Angela auf die Straße trat, stand ihr Entschluss fest. Sie wollte nach Maui zurückfliegen, ihren Artikel zu Ende schreiben und eine Woche später nach Kalifornien heimkehren. Sie schaute auf die Uhr und winkte einem Taxi. Eines musste sie zuvor noch tun.

„Zum Waialee Country Club", sagte sie und stieg ein.

8. KAPITEL

Die Zuschauer verhielten sich still. Sie schienen den Atem anzuhalten. Spannung und Erregung waren fast greifbar. Die Sonne brannte heiß, aber offenbar merkte das niemand. Aller Augen waren auf den Tennisplatz gerichtet.

Die beiden Spieler schienen die Hitze ebenso wenig zu spüren wie die Zuschauer. Sie konzentrierten sich ausschließlich auf ihre Aufgabe. Beide hatten je einen Satz gewonnen. Dies hier war der dritte, und Gonzales führte fünf zu vier in diesen Spielen. Er hatte jetzt den Aufschlag. Gewann er noch ein Spiel, war er Matchsieger.

Zu Anfang hatte er Starallüren an den Tag gelegt. Lächelnd war er auf den Platz gekommen und hatte sein jubelndes Publikum begrüßt. Als er seinem Gegner am Netz die Hand schüttelte, tat er das ziemlich herablassend. Seine Haltung änderte sich jedoch, nachdem er den zweiten Satz sieben zu fünf verloren hatte. Jetzt kam es ihm nicht mehr darauf an, die Zuschauer zu erfreuen und für die Sportfotografen zu posieren. Er wollte nur noch das Match gewinnen, und dazu bedurfte es seines ganzen Einsatzes.

Gonzales reckte sich auf die Zehenspitzen und machte seinen Aufschlag. Der Ball kam zurückgesaust. Gonzales nahm ihn an, schlug ihn diagonal in die hintere Ecke des gegnerischen Feldes und erhielt einen Punkt.

„Gonzales – fünfzehn", verkündete der Schiedsrichter.

Angela schluckte und wischte sich die schweißfeuchten Hände an dem weiten Rock ihres Strandkleides ab, das sich ohnehin schon ganz durchfeuchtet anfühlte.

Als sie aus dem Taxi gestiegen war, hatte Jerry Arnold sie begrüßt. Er war von Daniel beauftragt worden, für Angela einen Platz zu reservieren.

„Sein Manager ist bei ihm", hatte Jerry ihr erzählt. „Es ist wie in alten Zeiten, Daniel ist ruhig, aber wütend, wissen Sie. Das ist gut. Wenn Sie etwas brauchen, lassen Sie mich rufen." Angela hatte sich bedankt. Sie war etwas verblüfft. Erwartete Daniel sie nach diesem Streit heute Morgen tatsächlich? Und auf wen war er wütend? Auf sie?

Er sah blendend aus. Auf der Brusttasche seines weißen Shirts und am Saum der Shorts prangte der bekannte Werbeschriftzug. Er trug das übliche Stirnband, sein Markenzeichen. Das blonde Haar fiel darüber.

Die Zuschauer waren bei seinem Erscheinen nicht sonderlich beeindruckt gewesen, spendeten nur höflichen Applaus und hielten sich mit ihrem Urteil zurück. Schließlich hatten sie fünfzig Dollar Eintritt gezahlt, um McEnroe gegen Gonzales spielen zu sehen, und waren natürlich enttäuscht. Vermutlich würden sie heute wieder einmal erleben müssen, wie Daniel McCasslin auseinandergenommen wurde.

Die mangelnde Begeisterung hatte Daniel offenbar nichts ausgemacht. Er hatte nur unbewegt ins Publikum geschaut und kühl genickt, als er Angela entdeckte.

Den nächsten Punkt errang Daniel. Angela schloss die Augen. Noch zwei, Daniel! Nur noch zwei, dann hast du ihn! Aber Gonzales packte ihn mit seinem nächsten Aufschlag.

„Dreißig fünfzehn."

Gonzales wurde leichtsinnig. Beim nächsten Ball rechnete er nicht mit Daniels hervorragender Rückhand. Er sprang in die verkehrte Ecke.

„Dreißig beide."

Die Zuschauer wurden unruhig und applaudierten. Angela hörte ein paar an Daniel gerichtete Zurufe, und ihr Herz schwoll vor Stolz. Er schlug sich fantastisch. Selbst wenn er das Match verlieren sollte, hatte er exzellentes Tennis geboten.

Der nächste Punkt ging an Gonzales.

„Vierzig dreißig. Matchball."

Ein für Gonzales unerreichbarer Volleyschlag brachte Daniel wieder einen Punkt.

„Einstand."

Gonzales fluchte laut auf Spanisch. Angela ballte die Hände und biss sich auf die Unterlippe. Gonzales' Aufschlag war kaum mit den Blicken zu verfolgen. Daniel erwischte ihn zwar voll, aber sein Ball kam hinter der gegnerischen Grundlinie auf.

„Vorteil Gonzales. Matchball."

Daniel beugte sich vornüber und stützte die Hände auf die Knie. Er atmete tief durch. Danach ging er wieder in Stellung für den nächsten Aufschlag seines Gegners. Gonzales legte alles hinein, was er hatte. Daniels Rückgabe erfolgte mit unglaublicher Präzision. Der Ball flog so lange hin und her, bis die Leute auf den Bänken vom Zuschauen ganz benommen waren. Keiner der beiden Spieler machte einen Fehler. Dann erwischte Gonzales einen Ball in der Ecke seines Feldes. Mit perfekter Vorhand schmetterte er ihn in die gegenüberliegende Ecke.

Daniel reagierte sofort. Er raste dem Ball entgegen, und als er merkte, dass er ihn vermutlich nicht erreichen würde, sprang er wie ein Panter

103

fast waagerecht durch die Luft. Der Sportfotograf, der im richtigen Moment auf den Auslöser gedrückt hatte, würde später ein Meisterfoto vorlegen können.

Daniels Schläger berührte den Ball, wenn auch ohne die notwendige Wucht. Immerhin erreichte der Ball das Netz, berührte es aber und fiel in Daniels Feld zurück. Zur selben Zeit landete Daniel auf dem Boden und rutschte über den Platz, wobei er sich den Ellbogen und den Unterarm blutig schrammte.

Niemand bewegte sich. Es war totenstill. Bemerkenswert gefasst erhob sich Daniel und holte tief Luft. Dann schritt er langsam und würdevoll zum Netz und streckte seinem Gegner die Hand zur Gratulation hin.

Jetzt wurde es turbulent auf den Sitzplätzen. Begeisterte Zurufe, Applaus – nicht für den Sieger, sondern für den Besiegten. Fotografen und Tennisenthusiasten aller Altersklassen strömten auf den Platz und umringten Daniel.

Angela stiegen Tränen in die Augen, als sie sah, wie Hunderte von Leuten Daniel hochleben ließen. Er war wieder ganz oben. Seine letzte verzweifelte Aktion hatte gezeigt, dass er alles geben würde, um wieder ein Champion zu werden.

Jetzt konnte Angela ihn verlassen. Es würde ihm nicht schaden.

Angela drängte sich durch die Menge, nahm sich ein Taxi, ließ es vor dem Hotel so lange warten, bis sie ihre Reisetasche gepackt hatte, und fuhr dann zum Flugplatz. Zufällig bekam sie eine Maschine derselben Inselfluggesellschaft, mit der sie alle zusammen hergeflogen waren.

Als sie daran dachte, wie Richy auf ihrem Schoß eingeschlafen war und wie Daniels Kuss sie berauscht hatte, liefen ihr Tränen über die Wangen. Nie würde sie den Moment vergessen, da sie Vater und Sohn für sich gehabt hatte.

An der Rezeption ihres Hotels auf Maui war es zu dieser Abendstunde ziemlich ruhig. Eine junge Frau begrüßte Angela freundlich. „Guten Abend. Womit kann ich dienen?"

„Mein Name ist Gentry. Ich habe ein Zimmer bei Ihnen. Geben Sie mir bitte den Schlüssel für Zimmer 317."

Die junge Dame tippte etwas in ihren Computer. „Zimmer 317?", vergewisserte sie sich.

„Ja", bestätigte Angela müde. Die Ereignisse des Tages hatten sie sehr mitgenommen.

„Einen Moment, bitte."

Die Angestellte sprach im Flüsterton mit ihrem Vorgesetzten. Immer wieder warfen die beiden Blicke auf Angela, die mit jeder Sekunde nervöser wurde.

„Mrs Gentry?" Der Mann trat zu ihr. Es tue ihm leid, sagte er, aber hier liege ein Missverständnis vor. Man habe angenommen, sie sei etwas überstürzt abgereist, und sie habe ja auch alles bezahlt. Die Sachen, die sie im Zimmer zurückgelassen habe, seien sorgfältig eingepackt und für sie aufbewahrt worden.

„Aber ich habe mich doch nicht abgemeldet!", erklärte Angela. „Ich teilte Ihrem Kollegen mit, dass ich zurückkäme. Mein Zimmer habe ich nur deshalb bezahlt, damit niemand annehmen sollte, ich hätte mich heimlich hinausgeschlichen."

Der Fehler lag natürlich beim Hotel. Das Zimmer hatte man inzwischen einem Zwei-Wochen-Gast überlassen.

„Dann geben Sie mir ein anderes. Ich bin sehr müde."

Unglücklicherweise war das Hotel ausgebucht.

„Heißt das, Sie können mir kein Zimmer geben, nachdem Sie mich aus meinem hinausgeworfen haben?"

Man bedauerte aufrichtig, aber so sei es. Man werde natürlich herumtelefonieren und versuchen, in einem anderen Hotel ein Zimmer für sie aufzutreiben. Selbstverständlich würde man sie dann dorthin fahren.

„Danke", sagte Angela kurz. „Ich warte da drüben." Sie deutete auf eine Sitzgruppe, die man von der Rezeption aus sehen konnte. So würde man sie wenigstens nicht vergessen.

Eine halbe Stunde verging. Die Zwischenmeldungen von der Rezeption wurden immer entmutigender. Alle Hotels in der Umgebung waren voll, man bemühte sich jedoch weiter.

Angela lehnte den Kopf an die weiche Rückenlehne ihres Sessels und überlegte, was sie tun sollte, wenn man kein Zimmer für sie fand. Plötzlich richtete sie sich mit einem Ruck auf.

Daniel war zur Tür hereingekommen. Er wirkte grimmig und entschlossen. Wie üblich trug er Shorts und dazu eine Windjacke, deren Reißverschluss, ebenfalls wie üblich, nur zur Hälfte geschlossen war.

Offensichtlich hatte er sein Haar nach dem anstrengenden Match gewaschen, es fiel ihm locker in die Stirn. Unter dem hochgeschobenen Ärmel seiner Jacke sah man eine scheußliche breite Schramme.

Als er Angela entdeckte, blieb er einen Moment stehen, stürmte dann auf sie zu, stemmte die Hände in die Hüften und blickte böse auf sie hinunter. „Ich habe dich auf zwei Inseln gesucht. Wohin bist du nach dem Match verschwunden?"

„Das siehst du doch."

„Nicht in diesem Ton, bitte! Warum bist du fortgelaufen?"

„Warum? Weil wir heute Morgen einen Streit hatten." Angela stand auf und bemühte sich, ebenso viel Zorn in ihren Blick zu legen wie er. „Ich hatte genug von deinem tyrannischen Benehmen und deinen wechselnden Stimmungen."

Mit einem Mal lächelte Daniel. „Du solltest öfter so wütend werden. Deine Augen sehen dann besonders schön aus."

Gerade wollte sie ihm darauf eine passende Antwort geben, da kam der Mann von der Rezeption herübergelaufen. Er schwenkte ein Stück Papier in der Hand. „Mrs Gentry, wir haben ein Zimmer für Sie gefunden!"

„Behalten Sie es", fuhr Daniel den Mann an, der ihn daraufhin völlig verdattert anschaute.

„Aber Mrs Gentry sagte doch, sie brauche ein Zimmer, und …"

„Und ich sage, sie braucht keins." Daniel wandte sich Angela zu. „Du kommst mit mir nach Hause."

Ehe Angela wusste, wie ihr geschah, hatte Daniel schon angeordnet, dass man ihre eingelagerten Sachen in seinen vor dem Eingang geparkten Wagen laden sollte, und sich ihre Reisetasche über die Schulter gehängt. Dann nahm er Angela beim Arm und führte sie zu seinem Auto. Unterdessen bemühten sich die Hotelangestellten, seinem Wunsch nachzukommen.

Bis das Gebiet der Ferienanlage hinter ihnen lag, saß Angela schweigend, steif und würdevoll neben Daniel. Erst als sie über die dunkle Schnellstraße fuhren, sprach sie.

„Daniel, ich wollte mich nicht vor den Leuten mit dir streiten und jetzt auch nicht, aber ich fahre nicht mit dir nach Hause. Bring mich bitte zu einem Taxistand. Ich werde mir ein Zimmer suchen."

„Ich will ebenfalls nicht mit dir streiten, es ist jedoch reichlich albern, die Nacht mit der Suche nach einer Hotelunterkunft zu verbringen, wenn ich daheim drei leere Gästezimmer habe. Außerdem kostet dich das bei mir nichts."

„Nein?", fragte sie gedehnt und ließ keinen Zweifel daran, was sie meinte.

Daniel fuhr an den Straßenrand und bremste kräftig. Angela wurde nach vorn geschleudert und dann zurück gegen seinen hinter ihr ausgestreckten Arm.

„Doch. Es kostet dich doch etwas." Er legte die Hand um ihr Kinn und drehte ihren Kopf, bis er ihr in die Augen sehen konnte. Sie erwartete, dass er sie jetzt heftig und sehr unsanft küssen würde. Stattdessen berührte er ihren Mund sehr, sehr zärtlich. Seine Zunge tastete sich ganz behutsam durch ihren Mund und liebkoste sie dann mit kleinen rhythmischen Stößen, die Angelas Verlangen entzündeten. Sie schmiegte sich fast gegen ihren Willen an Daniel, und ihr Entschluss, ihn zu verlassen, löste sich auf.

Daniel hob den Kopf und strich ihr sanft ein paar Haarsträhnen von der Wange: „Betrachte die Miete als bezahlt, wie lange du auch bleiben magst."

„Und sonstige … Nebenkosten entstehen nicht?"

Daniels Blick glitt über ihr Gesicht, an ihrem Hals hinab und dann wieder zu ihrem Mund hinauf. „Nein. Ich würde aber ein Geschenk annehmen, eines, nach dem ich mich sehr sehne. Fordern oder erzwingen würde ich nichts."

Angela strich mit dem Finger über seine Augenbrauen. „Das Match war …" Ihre Stimme versagte, als sie Daniels letzten heldenhaften Versuch im Geiste vor sich sah. „Du hast hinreißend gespielt. Ich war sehr stolz auf dich."

„Warum bist du dann danach einfach davongelaufen, Angela? Wusstest du denn nicht, dass ich dich nach dem Kampf bei mir haben wollte?"

„Nein, das wusste ich wirklich nicht. Du warst so böse, nachdem …" Sie senkte die Lider. „Nach dem, was heute Morgen passiert ist, nahm ich an, mit unserer freundschaftlichen Beziehung sei es vorbei. Das Match musste ich unbedingt miterleben, doch ich dachte nicht, dass du mich wiedersehen wolltest."

Daniel hob ihre Hand an seinen Mund und sprach durch ihre Finger. „Ich war wütend wie nie zuvor. Na ja, wenn ein Mann so … so bereit für die Liebe ist, wie ich es war, und dann zurückgepfiffen wird, kann man von ihm nicht die allerbeste Laune erwarten. Das wirst du doch zugeben." Er sah mit Entzücken ihr kleines, schüchternes Lächeln. „Außerdem war ich sowieso nicht gerade bester Dinge. Ehrlich gesagt, ich hatte Angst, richtige Todesangst, gegen diesen Gonzales anzutreten."

„Am Ende hatte Gonzales Angst vor dir."

Daniel lächelte strahlend. „Danke, aber das gehört nicht zum Thema. Ich bin jedenfalls heute Morgen entschieden zu forsch vorgegangen, und du hattest alles Recht, mich abzuweisen."

„Ich hätte es gar nicht erst so weit kommen lassen dürfen."

„Merk es dir für die Zukunft", sagte er mit einem vieldeutigen Blick.

„Wenn Mrs Laani nicht geklopft hätte – ich weiß nicht, was dann passiert wäre."

„Was wird sie denken, wenn sie einen Logiergast bekommt? Übrigens bleibe ich nur eine Nacht. Morgen suche ich mir ein Hotelzimmer."

„Mir bleiben also zwölf bis vierzehn Stunden, dich umzustimmen", meinte Daniel gelassen, rutschte wieder hinter das Steuer und fuhr los. „Und was Mrs Laani angeht, die wird sich freuen. Den ganzen Tag hat sie nicht mit mir gesprochen, sondern immer nur herumgeknurrt und mir böse Blicke zugeworfen. Keine Möglichkeit hat sie ausgelassen, mir ihre Missbilligung zu zeigen, weil ich dich verjagt habe."

„Haben sie und Richy schön eingekauft?"

„Dem Haufen Pakete nach zu urteilen, die sie angeschleppt haben, würde ich das bejahen." Daniel lachte. „Dabei fällt mir ein – heute Morgen hat Richy im Hotel etliche Male an die Schlafzimmertür gehämmert und ‚Gela, Gela' gerufen. Schließlich hat er aufgegeben und genau wie Mrs Laani für mich nur noch Verachtung übrig gehabt."

Hatte Angela noch irgendwelche Zweifel gehegt, so verschwanden sie, als sie hörte, dass ihr Sohn sie vermisste. Sie musste die Gelegenheit einfach wahrnehmen, noch eine Weile mit ihm zusammen sein zu dürfen!

Konnte man ihr das später verübeln? Nein. Schließlich hatte sie Daniel nicht zu der Einladung veranlasst. Daniel … sie liebte ihn mit ihrem Herzen, ihrem Verstand und ihrem Körper. Gewiss, es war eine Liebe ohne Hoffnung auf eine Zukunft, aber sie brannte deswegen nicht weniger heiß. Von den kommenden wenigen Tagen – Angela wusste jetzt schon, dass sie das Haus morgen noch nicht verlassen würde – musste sie ihr Leben lang zehren …

Daniels Grundstück lag an der Westküste von Maui direkt am Pazifik. Durch ein eisernes Tor, das durch Fernbedienung geöffnet wurde und sich dann wieder selbsttätig schloss, erreichte man die Zufahrt, die ungefähr hundertfünfzig Meter hinab in Richtung auf den Strand führte.

Trotz der Dunkelheit sah Angela die riesigen Banyan-Bäume, eine Feigenart mit ausladendem, schirmförmigem Geäst und weit reichenden Luftwurzeln. Plumerien mit gelben, rosa oder weißen Blüten parfümierten die Luft. Ti-Pflanzen, Hibiskus- und andere Blütensträucher rahmten ausgedehnte Blumenbeete ein. Eine hohe Oleanderhecke umgab das ganze Anwesen und verbarg es vor neugierigen Blicken.

Das Haus selbst, soweit man es hinter dem Blütenvorhang der Rankpflanzen erkennen konnte, bestand aus Ziegel- und Glaswänden. Breite Veranden befanden sich vor den Zimmern, deren Türen offen standen und die kühlende Seeluft hineinließen.

„Einfach himmlisch!" Angela wartete nicht, bis Daniel ihr die Autotür öffnete, sondern stieg sofort aus dem Wagen. Der Wind fuhr in ihr Haar, und sie genoss den Duft der See und der unzähligen Blüten.

„Als ich es sah, habe ich es sofort gekauft. Komm. Maurice wird dein Gepäck hineinbringen." Daniel führte Angela um das Haus herum zu einem zum Meer hin gelegenen Eingang, durch den man direkt ins Wohnzimmer gelangte. Angela sah die jetzt zurückgeklappten hohen hölzernen Läden, die im Bedarfsfall vor die breite Glaswand neben dem Eingang gezogen werden konnten. Der gefliste Fußboden im Wohnzimmer war spiegelblank poliert und hier und da mit Orientteppichen dekoriert.

Das Mobiliar wirkte anheimelnd. Auf den mit hellem Stoff bezogenen Polstermöbeln lagen bunt gemusterte Kissen als Farbtupfer. Vasen mit frischen Blumen schmückten den Raum. In einer Ecke stand ein schwarzer Flügel; an der gegenüberliegenden Wand befand sich ein gemauerter Kamin. Die Tische besaßen in Messing gefasste Glas- und Holzplatten. Dieses Wohnzimmer war einer der großartigsten Räume, die Angela je gesehen hatte.

„Formelles Esszimmer, Frühstückszimmer und Küche sind dort drüben", sagte Daniel und deutete in die entsprechende Richtung. „Mein Arbeitszimmer liegt auf der anderen Seite. Waschräume findest du hinter der Treppe."

Die Stufen und das messingbeschlagene Geländer der Treppe bestanden aus massivem Eichenholz. Daniel und Angela stiegen in das obere Stockwerk hinauf.

„Da ich dich zurückbringe, wird mir jetzt ja wohl wieder Mrs Laanis und Richys Gunst zuteilwerden", meinte Daniel schmunzelnd.

Sie gingen nun einen breiten Flur entlang. Daniel öffnete eine Tür. Mrs Laani hatte ihre Leibesfülle in einen Schaukelstuhl gezwängt, wiegte sich hin und her und sang dem schläfrigen Richy auf ihrem Schoß leise etwas vor.

109

Als Angela und Daniel den Raum betraten, rutschte Richy sofort von Mrs Laanis Schoß. Freudig jauchzend lief er auf Angela zu. Er schlang seine Ärmchen so begeistert um ihre Beine, dass sie ins Schwanken geriet. Daniel stützte sie.

„Danke. Schon gut." Sie hockte sich nieder und umarmte den Kleinen. „Hallo, Richy!" Mit den Fingern fuhr sie durch seine blonden Locken. „Na, war der Tag heute schön?" Sie drückte ihn an sich, und als sie merkte, dass er sich fest an sie schmiegte, musste sie mit den Tränen kämpfen. Gleich darauf befreite er sich, wich zurück und beschränkte sich darauf, sie glücklich und strahlend anzulächeln.

„Er hat mir den Tag zur Hölle gemacht", berichtete Mrs Laani. „Also seien Sie bloß nicht zu nett zu ihm. Ihm Kleidung anzuprobieren ist genauso anstrengend wie … na ja, wie einen Tintenfisch anzuziehen." Sie bemühte sich zwar, Autorität auszustrahlen, aber ihre Augen glänzten viel zu glücklich, wenn sie Daniel und Angela anschaute. „Sie werden beide hungrig sein. Mrs Gentry, Mr McCasslin hat sich auf Oahu nicht einmal Zeit zum Essen gelassen. Er wollte unbedingt noch die letzte Maschine nach Maui bekommen. Noch nie habe ich ihn so in Eile gesehen."

Daniel warf Mrs Laani einen missbilligenden Blick zu und räusperte sich bedeutungsvoll, woraufhin sie ihn lediglich unschuldsvoll anlächelte. Ihre schwarzen Augen funkelten vergnügt.

„Haben Sie nicht irgendwas zu tun?", fragte er brummig.

„Ich wollte gerade vorschlagen, dass Sie beide Richy ins Bett bringen; er wird sich darüber freuen. Und ich mache Ihnen inzwischen etwas zu essen." Mrs Laani wuchtete sich aus dem Schaukelstuhl, verschränkte die Arme über ihrem umfangreichen Busen und sah Daniel streng an. „Ich hoffe doch sehr, dass Sie die junge Dame zum Abendessen eingeladen haben."

Daniel nahm die kaum verhohlene Schelte hin. „Angela wird unser Gast sein, bis … solange ich sie zum Bleiben überreden kann. Würden Sie Maurice bitte sagen, er möchte ihre Sachen aus dem Wagen holen?"

„Und in welches Zimmer soll er sie bringen?", erkundigte sich Mrs Laani in einer etwas zu gleichgültigen Tonlage, als dass sie echt geklungen hätte.

„In dasjenige der Gästezimmer, das Sie für angebracht halten", lautete Daniels Antwort.

110

Angela überspielte ihre Verlegenheit, indem sie Richy auf den Arm nahm, sich mit ihm in den Schaukelstuhl setzte und den Kleinen so wiegte wie zuvor Mrs Laani.

Nachdem die Haushälterin das Zimmer verlassen hatte, hockte sich Daniel vor den Stuhl und legte die Hände auf Angelas Knie. Ihre Blicke trafen sich.

„Ich glaube, Mrs Laani weiß ganz genau, dass ich ganz heiß auf dich bin."

„Daniel!", rief Angela strafend.

„Und ich glaube, sie weiß auch, dass du heiß auf mich bist."

„Heiß", sagte Richy, zog die Stirn und das Näschen kraus und pustete auf seine Händchen. Die beiden Erwachsenen mussten lachen.

„Ein Glück, dass er noch nicht begreift, in welchem Sinn du das Wort missbrauchst", meint Angela vorwurfsvoll.

„Aber du, nicht?"

„Ich … was?" Angela tat, als interessiere sie sich ungeheuer für das Muster auf Richys Pyjama.

„Lass nur. Wir setzen die Unterhaltung nachher fort", erwiderte Daniel. Er gab seinem Sohn einen liebevollen Klaps. „Na, junger Mann, freust du dich, dass du deine Lieblingsfrau wiederhast?"

Richy kicherte, gähnte und lehnte den Kopf sanft an Angelas Brust. Unbewusst beantwortete er damit seines Vaters Frage.

„Er hatte einen anstrengenden Tag", sagte Angela und strich ihm sanft über die Wange.

„Nun verschwende mal nicht dein ganzes Mitgefühl für ihn. Ich hatte auch einen schweren Tag."

Angela schenkte Daniel ein wahres Madonnenlächeln. „Selbstverständlich. Das war der erste von einer Reihe anstrengender Tage, die noch vor dir liegen, Daniel McCasslin. Wie war es nach dem Match?"

„Ungefähr eine Stunde lang hat mich die Presse mit Beschlag belegt. Jeder wollte alles über meine schwarze Vergangenheit wissen. Alle fragten, ob ich nun wieder voll da sei."

„Und was hast du geantwortet?"

„Dass ich wegen des Todes meiner Frau getrunken habe, dass ich vor ein paar Monaten zur Vernunft gekommen bin und seitdem wie ein Irrer gearbeitet habe, um mich für einen Wettkampf wie den heute fit zu fühlen."

„Du warst fit. Wann spielst du wieder?"

Daniel berichtete Angela von dem Zeitplan, den Hank für ihn

111

ausgearbeitet hatte. „Wir lassen es langsam angehen. In diesem Jahr kann ich noch nicht alles aufholen, aber im nächsten werde ich einiges zeigen."

Richy fand die Unterhaltung ziemlich einschläfernd. Er kuschelte sich so bequem an Angelas Brust, als legte er sich auf einem Kopfkissen zurecht, und schob dabei ein Händchen in das Oberteil ihres Wickelkleides. Angela beachtete das nicht.

„Wie oft hast du den Grand Slam gewonnen?", fragte sie Daniel. Vor ihrer Reise nach Maui hatte sie im Zuge ihrer Tennisstudien gelernt, dass der Sieger der offenen Tennismeisterschaften Australiens, der USA und Wimbledons den Grand Slam erhielt.

„Zweimal. Zwei Jahre lagen dazwischen. Das schaffe ich nicht wieder, aber das macht nichts. Solange ich weiß, dass ich mein Bestes gebe, bedeutet mir ein Sieg nicht mehr so viel. Den wichtigsten Kampf meines Lebens habe ich gewonnen."

Angela streichelte Daniels sonnenbraune Wange. Sie war glücklich, dass er neue Kraft und Selbstvertrauen gefunden hatte.

Mit einem Mal grinste Daniel amüsiert. Angela folgte seiner Blickrichtung und schaute an sich hinunter. Richy hatte die eine Seite ihres Ausschnitts zur Seite gezerrt und betrachtete höchst interessiert, was er da freigelegt hatte. Angela trug keinen BH, und der Anblick, der sich ihm bot, war dem Kleinen offenbar neu.

„Richy!" Angela schob seine Hand fort und schlug das Oberteil wieder ordentlich übereinander.

Daniel ließ sich nach hinten fallen und lachte laut auf „Er hat nicht sehr viel Erfahrung mit Frauen."

„Du vergisst Mrs Laani", entgegnete Angela, wagte aber nicht, in Daniels funkelnde Augen zu sehen.

„Ach du liebe Güte, da besteht ja wohl ein kleiner Unterschied! Richy ist jedenfalls ganz offensichtlich der Ansicht, etwas Neues und Schönes entdeckt zu haben."

„Ehe er auf weitere Entdeckungsreisen dieser Art geht, solltest du vielleicht mal von Mann zu Mann mit ihm reden."

„Ja, das sollte ich wohl." Daniel erhob sich und nahm seinen Sohn auf den Arm. Er legte den Mund an Richys Ohr und flüsterte laut genug, dass Angela es hören konnte: „Junger Mann, du hast einen ausgezeichneten Geschmack, was Frauen betrifft."

Mrs Laani hatte den Tisch im Frühstückszimmer gedeckt. Als Daniel sah, dass seine Haushälterin Kerzen auf den Tisch gestellt hatte, warf er ihr einen vorwurfsvollen Blick zu, den sie prompt ignorierte. Lächelnd wandte sie sich Angela zu.

„Ich dachte, in diesem kleinen Rahmen ist es erholsamer und gemütlicher nach einem so anstrengenden Tag. Ich hoffe, Sie mögen Lachs, Mrs Gentry."

„O ja, sehr gern sogar."

Der geräucherte Lachs mit Gurken und Dillsauce, der Gemüsetopf und das Vanille-Dessert waren einfach köstlich. Noch wunderbarer als das Essen fand Angela jedoch den Mann, der ihr gegenübersaß und der ihr ebenso tief in die Augen sah wie sie ihm.

Obwohl sie ihn drängte, wieder über das Match zu sprechen, tat er es nur zögernd, aber er freute sich sehr darüber, dass sie so genau zugeschaut hatte und sich jetzt an jeden Schlag erinnerte, zu dem er etwas zu erzählen hatte.

„Hat dir deine Niederlage nichts ausgemacht?"

„Es macht mir immer etwas aus, wenn ich verliere, Angela. Ich sagte dir schon einmal, ich will gewinnen. Wenn ich jedoch schon verlieren muss, dann mit Würde und nach einem fairen Kampf. Heute habe ich trotz des Ergebnisses gesiegt."

„Ja, das hast du."

„Angela?"

„Hm?"

„Ich fürchtete, du würdest nicht zum Club kommen, nachdem du dich aus dem Hotel geschlichen hattest."

„Ich habe mich nicht hinausgeschlichen", protestierte sie.

„Dann ist es wohl nur ein Zufall gewesen, dass ich gerade unter der Dusche stand, als du gingst, und vermutlich war es nur ein Versehen, dass du weder bei Mrs Laani noch an der Rezeption eine Nachricht über deinen Verbleib hinterlassen hast."

Angela strich mit zwei Fingern an einer Kerze hinauf und hinunter. „Es war natürlich unhöflich von mir, zumal ich ja dein Gast war. Jerry Arnold erzählte mir, du seist vor dem Match ärgerlich gewesen." Eine unausgesprochene Frage folgte diesem Satz.

„Richtig. Als ich zum Club kam und Jerry keine Karte für dich hatte, bin ich wütend geworden. Ich habe ihm gesagt, wenn er keinen erstklassigen Platz für dich findet, könne er was erleben. Er hat es dann ja auch geschafft, und zwar überraschend schnell." Daniel lächelte spitzbübisch.

113

Angela beugte sich über den Tisch. „Weißt du was? Ich glaube, es macht dir Spaß, Leute herumzuscheuchen und zu tyrannisieren."

Daniel lachte leise. „Richtig. Besonders, wenn es um etwas sehr Wichtiges geht." Er wurde ernst. „Du ahnst nicht, wie wichtig es für mich war, dich im Club zu wissen. Ich konnte deine Unterstützung und deine Ermutigung fühlen."

„Aber du hast mich nur einmal flüchtig angesehen", entgegnete sie.

„Ich brauchte dich nicht lange anzusehen, um zu wissen, dass du Vertrauen in mich setztest", sagte er in einem Ton, der Angela bewegte.

Mrs Laani unterbrach die intime Atmosphäre. „Wenn Sie nichts dagegen haben, würde ich jetzt gern schlafen gehen, Mr McCasslin", rief sie von der Tür her. „Das Geschirr wasche ich morgen ab. Mrs Gentry hat das Zimmer neben Ihrem. Ist das recht so?"

„Sehr schön. Danke, Mrs Laani. Gute Nacht."

9. KAPITEL

Lass uns ein bisschen am Strand spazieren gehen", schlug Daniel vor, nachdem Mrs Laani sich zurückgezogen hatte. Er half Angela beim Aufstehen und drückte ihr dabei einen Kuss auf die Schulter. „Aber zieh dir etwas Wärmeres an. Der Wind kann nach Sonnenuntergang ziemlich kühl werden."

Angela ging in ihr Zimmer, und als sie fünf Minuten später wieder herauskam, erwartete Daniel sie am Fuß der Treppe. Sie trug einen apricotfarbenen Jogging-Anzug aus Baumwollvelour und war barfuß. Daniel bemerkte, dass sie schöne Füße und sehr gepflegte Zehennägel hatte. Es entging ihm ebenfalls nicht, dass Angela auch jetzt keinen BH trug. Mit Mühe unterdrückte Daniel das Verlangen, die Hände um ihre Brüste zu legen.

„Wirst du auch nicht frieren?", fragte er so neutral, wie es ihm unter diesen Umständen möglich war. Angela schüttelte den Kopf. Daniel legte den Arm um ihre Schultern und führte sie in die mondhelle Nacht hinaus.

Schweigend gingen sie den sanft abfallenden Rasenweg hinunter, stiegen über ein niedriges Mäuerchen und liefen dann über den weißen Ufersand. Daniels Privatstrand befand sich in einer kleinen, halbrunden Bucht. Die Wellen brachen sich in den Lavaklippen, ehe sie gezähmt über den Uferstreifen rollten. Das Mondlicht lag auf dem Ozean wie ein breites silbernes Band, das vom Horizont bis zum Strand reichte. Es glitzerte hell auf den tanzenden Wellenkämmen. Der Wind rauschte in den Palmwedeln.

Schon oft war Daniel allein an seinem Strand gewesen und hatte den Zauber dieser Umgebung gespürt. Jetzt erkannte er, dass dieser Szenerie fortan etwas fehlen würde, wenn Angela nicht hier war. Erst durch sie wurde der Zauber greifbar und wahr. Im Mondlicht leuchtete ihre Haut fast weiß; ihr Haar jedoch schien viel dunkler zu sein als am Tage. Kein Stern konnte so strahlend funkeln wie ihre schönen Augen.

Daniel setzte sich auf den festen Sand und zog Angela zu sich herunter. Sie ließ sich vor ihm nieder und lehnte sich mit dem Rücken gegen seine Brust. Er hatte ein Knie angezogen; das andere Bein lag dicht neben ihrem Schenkel. Schweigend und ohne Angela mit den Händen zu berühren, saß er eine Weile regungslos da. Er fürchtete sich vor der Reaktion auf das, was er ihr zu sagen hatte. Seine Angst war jetzt fast noch größer als vor dem Match mit Gonzales, denn der Ausgang des Tennisspiels war für ihn nicht halb so wichtig gewesen wie der Ausgang des Gesprächs, das jetzt folgen sollte.

„Ich liebe dich, Angela."

Ein schlichtes Geständnis, eine wahre, einfache Feststellung.

Angelas Haar streifte sein Gesicht, als sie sich umwandte und Daniel anschaute. Ihre Lippen waren vor Erstaunen leicht geöffnet. „Wie bitte?"

„Ich liebe dich." Daniel blickte auf den Ozean hinaus und fühlte sich irgendwie mit ihm verwandt. Das Meer schien an der Oberfläche ruhig, und dennoch gab es darunter unsichtbare und starke Strömungen, wie Daniel sie auch in sich spürte. „Nie hätte ich gedacht, dass ich das noch einmal zu einer Frau würde sagen können. Ellie habe ich sehr geliebt, und ich glaubte nicht, dass ich noch einmal so lieben würde. Das tue ich auch nicht. Ich liebe dich noch mehr."

Daniels Worte hallten wie ein Echo in Angelas Seele wider. Ihr Herz schien stehen zu bleiben. „Du brauchst dich nicht so anzustrengen, überzeugend zu wirken", flüsterte sie schließlich. „Du hast mich ja schon hier."

Daniel schüttelte den Kopf. „Wenn du noch einmal so etwas Lächerliches aussprichst, werde ich wieder böse." Seine Lippen strichen kaum fühlbar über ihre Schläfe. „Ich habe das gesagt, weil es wahr ist, und nicht, weil ich etwas damit erreichen wollte. Ich weiß, dass ich dir Anlass gegeben habe, an meinem Benehmen zu zweifeln, aber ich erklärte dir schon, wie das geschehen konnte. Als ich heute glaubte, du hättest mich für immer verlassen, bin ich fast wahnsinnig geworden."

„Während des Matchs …"

„Später. Nach dem Kampf, als du nirgends zu finden warst." Er lachte leise. „Während des Spiels war ich noch immer wütend auf dich. Vermutlich hätte ich nicht mit solcher Energie gekämpft, wenn du mich nicht so maßlos verärgert hättest."

Angela nagte verlegen an ihrer Unterlippe. Daniel ließ seine Finger durch ihr seidiges, windzerzaustes Haar gleiten. „Übrigens hast du dich gestern völlig richtig verhalten. Du hast mir weder geschmeichelt noch versucht, mir abzuraten. Du erkanntest, dass ich meine eigene Entscheidung treffen musste."

„Ja. Ich wusste, dass du spielen wolltest. Aber das mochte ich dir nicht sagen. Das musstest du dir selbst klarmachen."

„Das ist es ja, Angela. Du hast mir nicht gesagt, was ich hören wollte. So wie Ellie es immer tat."

„Nicht, Daniel."

„Du sollst es wissen."

„Das ist nicht notwendig."

„Doch. Wenn wir uns lieben, darf es zwischen uns keine Geheimnisse und keine Unklarheiten geben."

Angela schwieg. Sie selbst bewahrte ein Geheimnis, das sie seine Liebe kosten konnte …

„Ellie vertrat stets alles, was ich sagte oder tat, selbst wenn ihr klar war, dass ich mich irrte. Sie kam ungern zu meinen Kämpfen, weil sie fürchtete, ich könne verlieren. Sie ertrug es nicht, mich als Unterlegenen zu sehen."

Daniel bemerkte Angelas erstaunten Gesichtsausdruck. „Seltsam, nicht wahr?", fuhr er fort. „Sie reiste mit mir zu Turnieren, schaute aber nur selten zu. Sie blieb auch nicht objektiv, wenn ich verlor. Würde sie noch leben, hätte sie für meine Niederlage heute alle möglichen Entschuldigungen gefunden und über mein Schicksal geklagt. Bestimmt hätte sie nicht erkannt, dass das Spiel heute trotz meiner Niederlage ein persönlicher Triumph für mich war. Du hingegen …"

Er drückte Angelas Kopf an seine Schulter. „Ellie konnte den Sieg mit mir teilen, nicht die Niederlage. Selbst nach allem, was wir unternahmen, um Richy zu bekommen, fürchtete ich mich vor dem, was sie tun würde, wenn unsere schöne Seifenblase einmal platzen sollte."

Als Daniel den kleinen Jungen erwähnte, schloss Angela die Augen. Was wäre geschehen, wenn Richy nicht als normales, gesundes Baby auf die Welt gekommen wäre? Hätte Ellie ihn zurückgewiesen?

„Zu meinen besten Zeiten hatte ich fast mehr Angst vor der Zukunft als in den letzten Monaten. Ich glaube nicht, dass Ellie eine Tragödie überstanden hätte." Daniel berührte Angelas Ohr mit den Lippen. „Angela, wir beide zusammen können alles überstehen. Das fühle ich. Du gibst mir Zuversicht und das Gefühl, stark zu sein. Ich bin mit mir zufrieden und strebe trotzdem nach Besserem. Wenn man von jemandem für perfekt gehalten wird, wie Ellie das tat, dann verliert man den Ehrgeiz, sich zu steigern." Er schaute ihr in die Augen. „Verstehst du, was ich dir sagen will?"

„Vergleiche sind immer ungerecht, Daniel. Für alle Beteiligten."

„Ich weiß. Ich wollte dir nur klarmachen, dass du für mich nicht der Ersatz für Ellie sein sollst. Du bist anders. Du bist besser für mich."

Angela senkte den Kopf und legte die Stirn gegen Daniels Kinn. Auf diese Worte war sie nicht vorbereitet gewesen. Nie hatte sie erwartet, dass er sie aufrichtig lieben könnte. Das war etwas so Wunderbares, dass sie schon fast Angst davor hatte. Welchen Preis würde sie bezahlen müssen?

Aber jetzt wollte sie nicht an die Zukunft denken. Sie fühlte Daniels zärtliche Hände und spürte, wie ihre Herzen im Gleichklang schlugen. Jetzt wollte sie nur das Wunder seiner Liebe genießen.

„Angela, Angela", flüsterte Daniel, und im nächsten Moment lagen seine Lippen auf ihren. Behutsam drang seine Zunge in ihren Mund ein.

Irgendwann schob Daniel eine Hand unter Angelas Joggingbluse und umschloss liebevoll ihre Brust. Sehnsüchtig schmiegte sich Angela an ihn.

„Ich möchte niemanden aus deinem Herzen verdrängen, Daniel."

Er streichelte ihren Hals. „Das tust du nicht. Du bist etwas ganz Besonderes, und der Platz, den du in meinem Herzen hast, hat bisher noch niemandem gehört."

Angela presste sich so fest wie möglich an ihn. Sie gab seine Zärtlichkeiten in gleicher Weise zurück und küsste ihn, wie sie noch nie einen Mann geküsst hatte. Alle Hemmungen fielen von ihr ab. Ihr leidenschaftlicher Kuss sprach von dem Verlangen, das in ihr brannte.

Als sie sich atemlos voneinander getrennt hatten, nahm Daniel Angelas Kopf zwischen die Hände und blickte ihr in die Augen. „Gehen wir hinein?"

Angela nickte nur.

Im Haus war alles still. Nur im Flur brannte noch Licht. An der Tür zu ihrem Zimmer legte Daniel Angela die Hände auf die Schultern.

„Ich habe dich bedrängt, Angela. Seit ich dich zum ersten Mal sah, musste alles nach meinem Kopf gehen. Das ist jetzt vorbei. Ich habe dir gesagt, dass ich dich liebe, und das ist wahr. Aber das verpflichtet dich zu nichts. Wenn du zu mir kommst, zeige ich dir, wie sehr ich dich liebe. Wenn nicht, werde ich es ohne Vorbehalte akzeptieren."

Er verschwand im Schatten des Korridors in seinem Zimmer, das neben Angelas lag. Sie betrat den Raum. Ihre Sachen waren schon ausgepackt. Die elegante und ein wenig förmliche Einrichtung des Zimmers beachtete sie kaum. Wie im Traum zog sie ihren Jogginganzug aus, ging ins angrenzende Bad, drehte die Dusche an, seifte ihren Körper ein und spülte den Schaum dann ab. Während der ganzen Zeit schienen ihr Verstand und auch ihr Gewissen ausgeschaltet zu sein.

Angela rubbelte sich mit einem flauschigen Tuch ab, besprühte sich ausgiebig mit einem kostbaren Parfüm und legte etwas hellen Lippenglanz auf. Nachdem sie ihr Haar gebürstet hatte, wickelte sie sich in einen seidenen Kimono und verließ ihr Zimmer.

Auf ihr leises Klopfen hin wurde sofort geöffnet. Daniel hatte ein Frotteehandtuch um die Hüften geschlungen. Offenbar war er ebenfalls unter der Dusche gewesen. In dem krausen Haar auf seiner Brust hingen noch ein paar Wassertröpfchen. Im schwachen Licht leuchteten seine Augen wie Saphire.

„Angela?"

„Ich will bei dir sein", gestand sie leise.

„Auch im Bett?"

„Ja." Zur Bekräftigung trat sie auf Daniel zu, legte die Hände flach an seine Brust und strich dann mit den Fingern durch das krause Haar hinab bis zum Rand des Handtuchs. Sie nestelte an dem Knoten, der es hielt. Es fiel zu Boden.

Angela hörte nichts außer dem Hämmern ihres eigenen Herzens. Immer tiefer ließ sie ihre Finger gleiten, bis sie dichteres raueres Haar berührten. Dann verließ sie der Mut. Sie schaute beinahe flehentlich zu Daniel auf.

„Ich kann nicht … ich bin …"

„Pst, pst", machte Daniel. „Du bist auf dem allerbesten Weg. Dies hier ist keine Prüfung. Du brauchst niemals etwas zu tun, nur weil du annimmst, ich erwarte es von dir."

Er küsste sie, und in diesem Kuss lagen Bitte und Verführung zugleich. Angela verlor ihre Verlegenheit. Jetzt konnte sie den Empfindungen, die ein Leben lang in ihr geschlummert hatten, freien Lauf lassen. Ohne Scheu erwiderte sie Daniels Zärtlichkeiten. Mit jeder Berührung wuchs ihre Bereitschaft für die Liebe.

Daniels Hände zitterten ein wenig, als er sie unter den Kimono schob. Er widerstand dem Impuls, Angela das Kleidungsstück herunterzureißen. Sie gehörte nicht zu den Frauen, die nichts weiter als ein Spielzeug für eine Nacht waren. Angela war Gegenwart und Zukunft, ein kostbares Juwel.

Daniel wollte nichts überstürzen, sondern jede Einzelheit ihres Liebesspiels voll auskosten. Langsam und sanft strich er über ihre Hüften. Erst als er Angelas sehnsüchtiges Seufzen hörte, streifte er ihr das seidene Gewand ab.

Er trat einen Schritt zurück und bewunderte ihren nun völlig unbekleideten Körper. Behutsam ließ er die Hände über ihre Haut gleiten und verfolgte deren Weg mit den Blicken. Diese fast andachtsvolle Geste machte Daniel für Angela noch liebenswerter.

„Bis jetzt bin ich noch nie so bewundert worden", flüsterte sie. „Nur einfach genommen …"

Tiefes Mitgefühl zeichnete sich auf Daniels Gesicht ab, aber im nächsten Moment leuchtete es wieder vor Glück. „Du bist schön", erklärte er mit gepresster Stimme.

Behutsam hob er Angela hoch, trug sie zum Bett und legte sie auf das weiche Laken. Dann schmiegte er sich dicht an sie.

Daniel nahm Angelas Handgelenke und hob sie über ihren Kopf. Gleich darauf streichelte er ihre Brüste. „Du siehst nicht aus, als hättest du ein Baby bekommen."

„Ich …" Angela verstummte. Beinahe hätte sie ihn berichtigt und ihm gesagt, dass es sogar zwei Babys gewesen waren.

„Deine Brüste sind so fest und rund." Er fuhr sacht mit dem Finger darüber. „Und die Spitzen sind klein und zart." Er berührte sie, und sofort reagierten sie darauf. „Du bist einfach vollkommen", flüsterte er.

Nach einem innigen Kuss wanderten seine Lippen an Angelas Hals hinunter zu ihren Brüsten, die diese Berührung schon sehnsüchtig erwarteten. Erregend strich seine Zunge über die harten Knospen.

Sie vergrub die Finger in seinem Haar und zog seinen Kopf noch dichter zu sich heran. „Oh Daniel, noch nie bin ich so liebkost worden."

„Gut, gut. Ich will nämlich der einzige Mann sein, an dessen Berührungen du dich jemals erinnerst."

Er küsste einen Weg von ihren Brüsten tiefer hinab und ließ danach die Zunge immer wieder um ihren Nabel kreisen. Angela drehte und wand sich. Nie hätte sie gedacht, dass ihr Körper solcher erotischen Empfindungen fähig sein würde.

Als Daniel den Mund noch weiter hinabgleiten ließ, schrie sie leise auf. Halb erschreckt und halb begeistert fühlte sie seine kleinen, zärtlichen Bisse an ihren Schenkeln. Danach öffnete Daniel langsam ihre Beine, und die Art, wie er sie berührte, sagte ihr, dass sie von Erotik bisher noch nichts gewusst hatte.

„Bitte, Daniel … Bitte!"

Daniel verstand ihre Worte und die Sprache ihrer Hände. Er richtete sich halb auf, blickte ihr tief in die Augen und drang wenig später ohne Zögern, aber auch ohne Hast tief in sie ein. Dann tat er etwas, das Ronald bei dieser Gelegenheit nie gemacht hatte: Er lächelte sie an. Während er sich in ihr bewegte, betrachtete er ihr Gesicht, las darin die glückliche Hingabe und versuchte zu ergründen, welche seiner Bewegungen ihr die meiste Freude bereitete.

„Du fühlst dich so gut an, Angela."

„Ja?"

„Oh ja", bestätigte er. „Beweg dich mit mir."

Als der Höhepunkt kam, versanken sie im Rausch des Glücks und der Ekstase. Atemlos und fast ungläubig erreichten sie einen Gipfel der Freude, den sie beide bisher noch nicht gekannt hatten.

Viele Minuten später hob Daniel den Kopf von Angelas Schulter. Mit dem kleinen Finger wischte er eine Träne von ihrer Wange. Angela öffnete die Augen, und er küsste sie auf den Mund.

„Danke, Angela. Du hast einen neuen Mann aus mir gemacht."

Die durchscheinenden Vorhänge an der zum Ozean hinausgehenden Fensterfront blähten sich in das Zimmer hinein. Angela öffnete verschlafen die Augen. Das lavendelfarbene Licht der Morgendämmerung durchflutete den Raum. Sie seufzte. Noch nie hatte sie sich so unglaublich glücklich gefühlt. Sie hatte die schönste und für sie völlig neue Dimension des Lebens kennengelernt.

Daniel atmete tief und gleichmäßig. Angela spürte den Hauch an ihrem nackten Rücken. Sein Arm lag auf ihrem Oberschenkel. Vorsichtig, damit sie ihn nicht weckte, drehte sie den Kopf. Gestern Abend war sie viel zu verzaubert gewesen, um die Einzelheiten des Zimmers wahrzunehmen. Jetzt schaute sie sich ein wenig um.

Der Raum war genauso geschmackvoll eingerichtet wie der Rest des Hauses. Helle Grastapeten schmückten die Wände, ein dicker naturfarbener Teppich bedeckte den Boden. Dass sich in der den Fenstern gegenüberliegenden Wand ein aus hellen Ziegeln gemauerter Kamin mit einem Messingschirm davor befand, erschien Angela angesichts des tropischen Klimas als ungeheurer Luxus.

Sie mochte das Zimmer.

Sie liebte den Mann an ihrer Seite.

Ein schmaler Sonnenstrahl fiel wie ein Spotlight über den Teppich. Ich sollte in mein Zimmer zurückkehren, solange noch alles still ist, dachte Angela. Richy würde bald aufwachen, und danach gab es auch für die anderen keinen Schlaf mehr.

Vorsichtig hob sie Daniels Arm von ihrem Bein, rutschte zur Bettkante und stand auf. Sie legte ihren Kimono an und tappte barfuß über den weichen Teppich. Als sie schon die Hand auf den Türknauf gelegt hatte und ihn leise umdrehen wollte, schoben sich plötzlich rechts und links von ihr Daniels Arme vorbei und stützten sich gegen die Tür. Mit einem erschreckten Aufschrei sank Angela gegen das Holz.

„Wo willst du denn hin?" Daniel hielt sie zwischen seinem Körper und der Tür gefangen.

„In mein Zimmer."

„Irrtum." Er küsste ihren Nacken. „Du gehst wieder ins Bett. In meines."

Angela fühlte, wie seine Zunge von ihrem Nacken zu ihrem Ohr glitt und dabei spielerisch gegen das Ohrläppchen stieß. „Oh ... Daniel, nicht doch ... Ich muss jetzt in mein Zimmer zurück."

Er legte die Hände auf ihre Hüften. Dann zupfte er kurz an dem Gürtel ihres Kimonos, den sie nicht fest verknotet hatte. Das Band löste sich. „Warum?"

„Ich ..." Mehr brachte sie nicht heraus. Daniel zog ihren Kimono auseinander und streichelte über ihre Rippen. Er trat dichter heran und presste seinen Körper an ihren Rücken. Angela wusste, dass er so hinter ihr stand, wie er geschlafen hatte – nackt. Plötzlich fiel ihr kein Grund mehr ein, weshalb sie ihn jetzt verlassen sollte.

Behutsam legte Daniel die Arme um Angela und bedeckte ihre Brüste mit den Händen. „Deine Brüste sind so hübsch", sagte er leise. „Und hier ungefähr ist die Grenze zwischen deiner Sonnenbräune und der weißen Haut." Er zeichnete sie mit dem Finger nach. „Wenn du dich mit mir auf meinem Strand sonnen würdest, wärst du nahtlos braun. Ich könnte dich mit Sonnenöl einreiben, und dann würdest du am ganzen Körper Farbe bekommen, während ich zuschaue."

Seine Worte hypnotisierten Angela. Sehnsüchtig richteten sich ihre Brustspitzen unter seinen Liebkosungen auf, und als Daniel ihr sein Lob dafür ins Ohr flüsterte, machte seine kühne Ausdrucksweise sie verlegen und glücklich zugleich.

„Ich mag es, wie sich deine Haut anfühlt, wenn ich sie mit der Zunge koste", sagte er. „Du schmeckst so weiblich, so ungeheuer erotisch."

Angela seufzte leise, bog den Kopf zurück und legte ihn an Daniels Schulter. Mit langsamen Bewegungen rieb sie sich an Daniel und spürte, wie erregt er war. Sein heißer Atem streifte ihren Nacken, während er die Hände von ihren Brüsten nahm und bis zu ihrem Schoß hinuntergleiten ließ. Nach einer Weile wagten sich seine Finger noch weiter vor.

„Wie weich, wie seidig." Mit den Daumen strich er durch das krause Haar.

Daniel hatte längst gespürt, dass Angela für seine Liebe bereit war, aber er setzte das verführerische Spiel fort. Zärtlich und sanft liebkoste er sie zuerst mit den Fingerspitzen, dann raubte er ihr mit drängenderen Berührungen fast den Verstand und versetzte sie in eine Leidenschaft, die sich kaum bändigen ließ.

Angela bebte und konnte nur noch atemlos seinen Namen flüstern. Schließlich drehte Daniel sie zu sich herum, legte die Hände um ihre Taille, hob Angela hoch und drang dann in sie ein. Immer wieder bog er die Hüften vor; jedes Mal entrangen sich Angela kleine ekstatische Schreie, die bald in hilfloses Schluchzen übergingen, bis plötzlich alles um sie herum wie im grellen Licht eines einzigen Blitzschlages verschwand.

Fest schlang sie die Arme um Daniels Nacken. Ihre Schenkel umklammerten seine. Er presste sein Gesicht an ihre Brüste und erstickte so seine eigenen lustvollen Schreie.

Als Angela in die Wirklichkeit zurückkehrte, wagte sie nicht, Daniel in die Augen zu sehen. Er spürte, dass sie sich schämte, trug sie zum Bett und legte sie wie ein kleines Kind darauf nieder. Noch immer blickte sie ihn nicht an. Er streichelte ihre Wangen und lächelte liebevoll.

„Angela", flüsterte er, „war es so schlimm?"

Sie wollte ihn anschauen, schüttelte dann aber den Kopf und schloss die Augen. „Es war schön."

„Warum kannst du mich dann nicht ansehen?" Er hob ihre Hand an seine Lippen und küsste ihre Fingerspitzen.

„Weil ich verlegen bin", antwortete sie kaum hörbar.

„Ich wollte dich nicht in Verlegenheit bringen."

„Nicht du hast mich in Verlegenheit gebracht." Sie öffnete die Augen. „Das war ich selbst. Ich ... ich habe noch nie ... so war mir noch nie."

Sie schaute auf das goldblonde Haar auf Daniels Brust, das sie jetzt gern berührt hätte, doch dazu war sie noch viel zu verschüchtert, ja, erschreckt über ihre eigene Verwandlung. „So etwas wie ... wie das eben habe ich noch nie erlebt. Dass ich so die Beherrschung verlieren konnte, verstehe ich selbst nicht."

„Angela, Liebes ..."

Sie legte die Wange an Daniels Arm und sprach aus, was sie dachte. „Es ist, als wäre in mir eine andere Frau gewesen, die ich erst durch dich kennenlernte. Es fällt mir schwer, mich an sie zu gewöhnen."

„Mit anderen Worten, bisher wusstest du nicht, dass du eine wollüstige Frau mit einer unersättlichen Begierde bist."

Entsetzt schaute Angela zu ihm hoch, aber als sie seine lachenden Augen sah, merkte sie, dass er sie neckte.

„Und das finde ich höchst erfreulich", schloss Daniel.

Er nahm sie in die Arme, und beide lachten leise. Daniel machte es glücklich, dass sie einander so viel Freude schenken konnten. Seit Ellies Tod hatte es für ihn kein Lachen mehr nach dem Liebesakt gegeben, sondern immer nur tiefe Verzweiflung. Er küsste Angela innig. Sein Kuss sagte ihr, wie wichtig sie für ihn geworden war.

„Lass uns ins Badezimmer gehen", schlug Daniel nach einer Weile vor. Seine Stimme klang ein wenig rau.

Das Bad machte einen mehr als luxuriösen Eindruck. An den Seiten der riesigen eingelassenen Badewanne befanden sich Whirlpool-Düsen. Durch das große Fenster konnte man auf den Ozean hinausschauen. Die geräumige Duschkabine besaß eine durchsichtige Glastür. Dorthin führte Daniel Angela.

Die Dusche schien den letzten Rest von Verschämtheit fortzuspülen. Es tat Angela gut, von Daniel bewundernd betrachtet zu werden. Sein erotisches Interesse verbarg er keineswegs, aber sie wusste, dass ihn nicht die Begierde, sondern die Liebe leitete.

Gegenseitig küssten sie sich die Wassertropfen vom Gesicht. Dann seifte Angela sich langsam und aufreizend die Hände ein. Sie schaute Daniel in die Augen, während sie die Hände erst auf seine Hüften legte und dann langsam tiefer hinabführte. Daniel stockte der Atem, als sie ihr Ziel fanden und es umschlossen.

„Angela", flüsterte er. „Weißt du eigentlich, was du mit mir machst?"

„Mache ich etwas falsch?", fragte sie erschreckt und zog die Hände zurück.

„Um Himmels willen, nein!" Daniel fing ihre Hände ein und führte sie zu sich zurück. „Du bist so wunderbar, dennoch scheint alles Sinnliche dir neu zu sein. Dabei warst du doch Ehefrau und Mutter."

„Das eine hat nichts mit dem anderen zu tun." Angela dachte nicht nur an ihr Leben mit Ronald, sondern auch an die sterile Präzision, mit der sie Richy empfangen hatte.

Sie spülten und trockneten sich ab und gingen ins Schlafzimmer zurück.

„Leg dich auf den Bauch", forderte Daniel Angela auf. Sie gehorchte. Er hockte sich neben sie. „Wir müssen etwas gegen diese weißen Streifen tun", meinte er. Von den verschiedenen Bikini-Oberteilen waren einige blasse Hautstreifen zurückgeblieben, und Angelas Po hob sich besonders weiß von der Bräune ab.

„Was sollen wir jetzt tun? Was schlägst du vor?", erkundigte sie sich schläfrig. Ihr Kopf ruhte auf ihren verschränkten Armen.

„Hm … was meinst du denn?", fragte Daniel mit einem ausgesprochen verführerischen Unterton zurück.

„Du bist unverbesserlich."

„Was dich betrifft – ja." Er begann, gekonnt ihren Rücken zu massieren.

„Und wenn Richy jetzt hereinplatzt?"

Daniels Hände wanderten an ihren Rippen hinauf. „Kann er nicht. Ich habe die Tür verschlossen." Er beugte sich über ihren Rücken und sprach ihr direkt ins Ohr. „Ich wollte nicht gestört werden. Nicht mal von meinem Sohn."

Angela fühlte einen zärtlichen kleinen Biss in ihre Schulter. Wie selbstverständlich gehorchte sie Daniels Händen, die ihr bedeuteten, sich auf den Rücken zu drehen. Daniel legte den Kopf auf Angelas Bauch. Sie spielte mit seinem dichten, zerzausten Haar und spürte, dass das Verlangen wieder in ihrem Körper erwachte.

„Ich möchte dich wieder lieben, Angela."

„Dann liebe mich."

Daniel nahm noch nicht von ihr Besitz. Er richtete sich auf und betrachtete ihre verführerische Schönheit. „Ich kann mich nicht an dir sattsehen."

Angela zog seinen Kopf zu ihren Brüsten hinunter. „Küss mich hier", bat sie.

Daniel stöhnte leise auf. Seine Lippen schlossen sich um eine Brustspitze, und seine Zunge strich vorsichtig darüber hinweg. Dann liebkoste er die andere Brust in gleicher Weise. Angela konnte diese erregende Berührung in ihrem ganzen Körper fühlen. Sie hob sich Daniel entgegen und flehte ihn wortlos an, das Verlangen zu stillen, das er hervorgerufen hatte.

Sofort erfüllte er ihren Wunsch. Er glitt in sie hinein, und sie umschloss ihn fest. Wie zuvor, so war es auch diesmal der Anfang eines gemeinsam erlebten Rauschs der Liebe.

„Angela", sagte Daniel später leise, nachdem er sich zurückgezogen hatte, „diese unmoralische Affäre muss ein Ende haben."

Angela hatte das Gefühl, ihr Herz zerspränge in tausend Stücke. „Ein Ende?"

„Ja", erklärte Daniel ernst. „Du musst mich heiraten."

10. KAPITEL

*D*u hast dich noch immer nicht zu meinem Heiratsantrag geäußert, Angela." Fünf Stunden waren schon vergangen, seit Daniel Angela mit diesem Antrag verblüfft hatte, aber sie wusste noch immer nicht, was sie antworten sollte. Jetzt saßen sie am Strand und spielten mit Richy – scheinbar eine glückliche kleine Familie, und das zählte eben zu den Dingen, die Angela ängstigten.

„Wenn ich nicht irre, war das weniger ein Antrag als ein Befehl", wich sie aus.

„Hattest du von einem Tyrannen etwas anderes erwartet?", fragte Daniel lachend, doch dass es ihm ernst war, las Angela in seinen Augen.

Heute Morgen hatte er nicht auf einer Antwort bestanden. Er hatte Angela nur in den Arm genommen und war wieder eingeschlafen. Angela dagegen war nicht mehr zur Ruhe gekommen.

Sie sollte Daniel McCasslin, den weltberühmten Tennis-Profi, heiraten? Daniel McCasslin wollte Angela Gentry, die unbekannte Frau, die ihm gegen Bezahlung sein Kind geboren hatte, heiraten?

Als Daniel erwachte, fanden beide, dass sie endlich aufstehen sollten. Richy saß schon beim Frühstück. Er winkte seinem Vater und Angela vergnügt zu und kippte dabei beinahe den Teller mit Cornflakes um. Daniel trug seine Tenniskleidung und Angela Shorts und ein T-Shirt. Er wollte sie dazu überreden, ihm beim Training zuzuschauen, aber sie lehnte ab.

„Daniel, meine Kleider waren eine Woche lang in einem Koffer, der in einer muffigen Kammer gestanden hat. Sie müssen ausgelüftet und dann eingeräumt werden."

„Das kann ich für Sie tun", sagte Mrs Laani spontan.

„Recht vielen Dank, ich möchte lieber alles selbst ordnen, damit ich hinterher weiß, wo es sich befindet."

Es sah so aus, als bezweifelte niemand, dass Angela für immer hier blieb. Außer Angela selbst.

Daniel fuhr also allein zum Training. Nachdem ihre Sachen ordentlich im Schrank hingen, half Angela Mrs Laani, die neuen Kleidungsstücke zu sortieren, die sie für Richy in Honolulu gekauft hatte.

„Das ist ja süß!", rief Angela und hielt einen Spielanzug hoch, auf dessen Lätzchen zwei sich überkreuzende Tennisschläger aufgestickt waren.

Mrs Laani lachte. „Ich dachte mir, seinem Papi würde es gefallen."

Kurz vor dem Mittagessen kehrte Daniel heim. „Du hättest die Zuschauermassen beim Trainingsspiel sehen sollen! Sie haben mir stehend applaudiert, als ich den Platz betrat. Die großen Presseagenturen haben von meinem Match gestern erfahren und die Geschichte weltweit verbreitet. Hank ist ganz aus dem Häuschen. Er hat laufend telefonische Angebote für mich bekommen. Ich soll auf Turnieren im In- und Ausland spielen. Meine Sponsoren haben auch gratuliert."

Er meinte die Firmen, deren Kleidung und Schuhe er trug, deren Tennisschläger er benutzte, mit deren Flugzeugen er reiste und für deren Zahnpasta er warb. Das Geld aus diesen Kontrakten trug mehr zu seinem Einkommen bei als die Preisgelder. Als seine Leistungen auf dem Tennisplatz nachgelassen hatten, waren auch die Verträge geschrumpft.

„Die Leute haben meine Kontrakte nicht nur erneuert, sondern weit bessere Angebote als zuvor gemacht, und das wegen des einen Spiels, das ich nicht einmal gewonnen habe. Jetzt weiß ich, dass es wieder aufwärts geht."

Seine Augen funkelten vor Begeisterung. Über den Tisch hinweg griff er nach Angelas Händen. „Ich brauche nur noch eines im Leben, um restlos glücklich zu sein."

Angela wusste, was das war. Ihr Herz zersprang fast vor Freude darüber, dass Daniel sie so liebte. Ja, sie wollte ihn heiraten, für immer bei ihm sein, bei ihm und Richy. Richy …

Was konnte sie sich mehr wünschen? Sie würde ihren Sohn heranwachsen sehen und ihm ihre ganze mütterliche Liebe schenken dürfen.

Warum aber fiel es ihr so schwer, Daniel eine klare Antwort zu geben?

Weil noch immer ein Geheimnis zwischen ihnen stand. Und wenn ihre Ehe nicht mit einer Lüge beginnen sollte, musste sie Daniel heute alles sagen. Die Ahnung, dass dann vielleicht alles aus war, machte sie krank vor Angst.

Nach dem Mittagessen waren Angela, Daniel und Richy an den Strand hinuntergegangen. Und jetzt drängte Daniel auf eine Antwort.

Richy kam herangestürmt. Er warf sich Angela mit solchem Schwung entgegen, dass sie auf dem Badelaken hintenüberfiel. „Also, du!", rief sie und schlang einen Arm um ihn. „Wenn du so weitermachst, wird mir nichts anderes übrig bleiben, als Unterricht im Catchen zu nehmen."

Richy krähte vergnügt. Angela schubste ihn um, kitzelte ihn und veranstaltete mit ihm einen kleinen Ringkampf. Schließlich hatte er genug und tapste zum Wasser zurück.

„Sei vorsichtig!", rief Angela ihm nach.

Richy blieb stehen, drehte sich um und stürmte erneut auf sie zu. Er schlang die Ärmchen um ihren Nacken und drückte ihr einen ebenso enthusiastischen wie nassen Kuss auf den Mund. Danach lief er zum Wasser, und Angela schaute ihm mit tränenfeuchten Augen nach.

„Er liebt dich auch, Angela", sagte Daniel leise.

Sie wandte sich ihm zu. „Ach, Daniel …"

„Und du hast ihn ebenfalls lieb, nicht wahr?"

„Ja."

„Und mich, seinen Vater?"

Jetzt rollten die Tränen über Angelas Wangen. Sie strich über Daniels windzerzaustes Haar. „Ich liebe dich. So sehr, dass es wehtut."

Daniel fing ihre Hand ein und drückte sie gegen seine Wange. „Dann heirate mich. Hank möchte, dass ich in zwei Wochen auf Tour gehe, und ich möchte, dass ihr beide, du und Richy, mitkommt. Du sollst mich als meine Frau begleiten."

„Zwei Wochen …"

„Ich weiß, ich lasse dir nicht viel Zeit. Aber warum sollten wir warten? Wenn du mich liebst …"

„Das tue ich."

„Und du weißt, dass ich dich liebe. Lass uns so schnell wie möglich heiraten, Angela." Daniel schaute zu Richy, der einer kleinen Welle nachstapfte. „Ich habe nie gedacht, dass ich einmal eine Frau so quasi zur Ehe erpressen würde, aber bei dir muss ich alle Trümpfe ausspielen." Er seufzte und schloss: „Richy braucht eine Mutter, Angela."

„Er hat Mrs Laani." Das war ein schwaches Argument. Bitte, flehte Angela im Stillen, benutz nicht unseren Sohn, um mich zu etwas zu veranlassen, das ich nicht tun darf.

„Ich wüsste nicht, was ich ohne sie getan hätte", erwiderte Daniel. „Als ich trank und meine finstersten Zeiten durchlebte, hätte eine weniger gutherzige Frau ihre Sachen gepackt und wäre gegangen. Sie kommt großartig mit Richy aus. Für mich ist sie mehr Familienangehörige als Angestellte, doch eine Mutter kann sie dem Jungen nie ersetzen."

Er drückte Angelas Hand fester. „Angela, in ein paar Jahren muss ich hier fortziehen. Wenn Richy älter ist und ich nicht mehr in der

Lage bin, beim großen Tenniszirkus mitzumachen, werden wir nicht mehr so isoliert leben können wie hier. Und wenn er zur Schule geht und sieht, dass alle anderen Kinder eine Mutter haben, braucht er auch eine – nämlich dich."

Daniel spielte seine letzte Trumpfkarte aus. Er wusste, es war nicht sehr fair, aber jetzt war ihm jedes Mittel recht. „Sei meinem Sohn das, was du für Joey nicht sein konntest."

Angela zuckte zusammen. Mit einem Ruck entzog sie Daniel ihre Hand. „Das hättest du nicht sagen dürfen, Daniel."

„Ich weiß, verdammt noch mal. Aber ich will dich nun mal nicht verlieren. Ich kämpfe um meine Zukunft, und da muss ich alle Munition einsetzen, die ich habe." Er blickte sie wild entschlossen an.

„Oh Gott!" Sie schluchzte auf und bedeckte ihr Gesicht mit den Händen. Daniel strich über ihr Haar.

„Mir ist klar, dass ich dich wieder einmal bedränge, Angela. Ich würde es nicht tun, wenn ich dich nicht mehr als alles andere auf der Welt brauchte und wenn ich nicht glaubte, dass du Richy und mich genauso brauchst."

Angela fühlte eine nasse Hand auf ihrer Schulter. Sie ließ die Hände sinken und wandte den Kopf zur Seite. Richy stand neben ihr. Seine Unterlippe zitterte, und in seinen blauen Augen schimmerten helle Tränen. „Gela", sagte er mit zitterndem Stimmchen. „Gela."

„Oh mein Liebling, nicht weinen, nein?" Angela wischte Richy die Tränen aus den Augen und zwang sich zu einem Lächeln. „Siehst du? Es ist alles wieder gut." Wenn ein Kind einen Erwachsenen so offenkundig traurig sah, konnte das seine kleine Welt erschüttern.

Richy schaute zweifelnd zu seinem Vater, aber dessen Blick ruhte weiter auf Angela. Sie zog ihren Sohn in die Arme. Wie hatte sie ihm auch nur einen Augenblick lang Kummer bereiten können!

„Du siehst, ich bin ganz lustig, ja?", sagte sie. „Na, wo ist denn dein dickes Bäuchlein? Hier ist es!" Sie kitzelte ihn. Richy kicherte, und seine Tränchen trockneten.

Von dem Mäuerchen her, das das Grundstück vom Strand trennte, war Mrs Laanis Stimme zu hören. „Sie sollten sich beide schämen, den Jungen nackt herumlaufen zu lassen!", schalt sie. „Er wächst ja wie ein Wilder auf."

„So hat ihn der liebe Gott aber geschaffen, Mrs Laani!", rief Daniel zurück und warf Angela einen verschwörerischen Blick zu.

„Die reinste Lästerung!", erklärte Mrs Laani, kam heran, griff sich den kleinen Kerl und versuchte, eine Badehose über seine strampelnden und sandbedeckten Beinchen zu ziehen. Richy wehrte sich erbittert. Schließlich gab sie auf. „Da haben Sie es! Er ist ja jetzt schon ein halber Wilder."

Mit dem Jungen auf dem Arm keuchte sie über den Sand hinauf zum Haus.

„Nicht Bett!", wiederholte Richy unausgesetzt, bis beide außer Sicht waren.

„Ich wusste nicht, dass Richy mich weinen sah", sagte Angela. „Ich hätte ihn nicht so aufregen dürfen."

„Wenn ich nun auch noch zu weinen anfange, heiratest du mich dann?" Daniel machte ein so kindlich trauriges Gesicht, dass Angela unwillkürlich lachen musste.

„Ach, Daniel!" Sie beugte sich zu ihm und küsste ihn auf die Wange. „Ich liebe dich, aber ..." Sie verstummte und legte den Kopf an seine Brust. Sein krauses Haar kitzelte ihre Nase. „Es gibt etwas, was mich zögern lässt, deinem Antrag zuzustimmen. Es geht um meine Vergangenheit. Ich habe etwas getan, das ..."

Daniel bog ihren Kopf zurück und blickte in ihre Augen. „Angela, in deiner Vergangenheit kann es nichts gegeben haben, dessen du dich schämen müsstest. Und selbst wenn, dann hast du im Vergleich zu mir sicher noch wie eine Heilige gelebt. Deine Vergangenheit ist mir gleichgültig. Für mich zählt nur die Zukunft." Er drückte sie an sich. „Im Übrigen gibt es auch etwas, was ich dir nicht gesagt habe, es ist jedoch etwas, was meine Liebe zu dir weder betrifft noch berührt."

„Daniel, das ..."

Er unterbrach sie. „Hat dein Geheimnis etwas mit mir zu tun? Mit dem, was du für mich fühlst? Liebst du mich deswegen weniger?"

Darauf konnte Angela ihm ehrlich antworten. „Nein, es schmälert meine Liebe zu dir nicht."

„Dann denk nicht mehr daran. Unser Leben begann, als wir einander begegneten. Unsere Vergangenheit ist ein Buch, das wir jetzt für immer zuschlagen." Er küsste sie innig. „Heirate mich, Angela."

„Daniel, Daniel ..."

Schon lag sein Mund wieder auf ihren Lippen, und der Kuss machte alles unwichtig außer der Liebe, die sie für Daniel empfand.

Er legte die Arme um Angela, als wollte er sie so von der übrigen Welt abschirmen. „Zieh deinen Bikini aus", bat er.

Angela befreite sich aus Daniels Umarmung und schaute ihn gespielt verärgert an. „Ist das der einzige Grund, aus dem du mich heiraten willst? Damit du uneingeschränkt deine Lust an meinem Körper stillen kannst?"

„Einer von mehreren", antwortete er und ließ seinen Blick übertrieben gierig über ihre Kurven gleiten, die der winzige Bikini kaum verhüllte.

Wenn Daniel das Geheimnis von Richys Herkunft hütete, war es dann wirklich so schlimm, wenn sie, Angela, auch ihres bewahrte? Alle Bedenken fielen von ihr ab. Sie mochte sich nicht mehr von Schuldgefühlen quälen lassen.

„Und wenn jemand zufällig vorbeigeschlendert kommt?", fragte sie mit einem mutwilligen und vielversprechenden Unterton.

„Maurice und Mrs Laani sind die Einzigen, die Zutritt zu dem Grundstück haben. Beide wissen, dass sie sich nicht blicken lassen dürfen, wenn ich mit einer Frau allein am Strand bin."

„Aha. Und wie oft warst du mit einer Frau allein am Strand?"

„Dies ist das erste Mal. Ich habe heute Morgen die Anweisung ans Schwarze Brett geschlagen."

Angela biss sich auf die Lippe, um nicht loszulachen. „Und Boote? Wenn jemand vorbeigesegelt kommt und uns … mich unbekleidet sieht?"

„Den sehen wir zuerst und gehen dann in volle Deckung."

„Ich merke schon, du hast an alles gedacht."

„An alles", bestätigte Daniel. „Ach, übrigens … hast du inzwischen meinem Heiratsantrag zugestimmt? Darf ich die positive Antwort deinen Küssen entnehmen?" Mit einer Hand zog er die Schleife in Angelas Nacken auf, mit der anderen öffnete er den Rückenverschluss des Bikini-Oberteils.

„Ich habe noch nicht Ja gesagt." Der Wind erfasste das leichte Kleidungsstück und wehte es davon. „Aber da ich mich jetzt hier mit dir am Strand …"

Daniel stand auf und streifte seine Badehose ab. Wie eine lebendig gewordene Statue stand er ein paar Augenblicke vor Angela, ehe er sich wieder auf das Badelaken setzte.

„… hier am Strand mit dir …", fuhr Angela fort, während sie ihr Bikini-Höschen ablegte, „… nackt herumtreibe …" Mit einer geschmeidigen Bewegung kam Daniel zu ihr. „… werde ich wohl deine Frau werden müssen."

Daniels Küsse waren so heiß wie das Sonnenfeuer und so ungestüm wie das Meer und der Sturm.

„Reizende Flitterwochen!", schimpfte Daniel vor sich hin. Er war mit Angela und Richy auf dem Weg nach Lahaina, einem malerischen kleinen Ort an der Nordwestküste Mauis, der früher die Hauptstadt und jetzt das Touristenzentrum der Insel war.

„Ich finde sie großartig", erklärte Angela fröhlich und stopfte zum x-ten Mal Richys Hemd in seine Hose.

„Unter Flitterwochen verstehe ich, dass ich mit dir im Bett bleibe und nicht eher aufstehe, bis wir alles durchprobiert haben, was es so gibt."

„Dazu kommen wir noch", meinte Angela, worauf Daniel ihr sofort den Kopf zuwandte und sie voller Verlangen anschaute. „Aber im Augenblick wäre ich dir dankbar, wenn du dich mehr um den Verkehr auf der Straße kümmertest."

Nachdem Angela mit der Heirat einverstanden gewesen war, hatte Daniel keine Zeit verloren. Innerhalb von vier Tagen waren alle Formalitäten erledigt. Die Zeremonie selbst hatte heute Morgen in aller Stille in Honolulu stattgefunden. Nur Mrs Laani, die Frau des Pastors und natürlich Richy hatten daran teilgenommen. Die Presse hatte Daniel auf Angelas ausdrücklichen Wunsch nicht informiert.

Angela erinnerte sich noch zu genau an die Reporter und Fotografen, die Daniel umschwirrt hatten, als er mit Ellie und dem Baby das Krankenhaus verließ. Solange sie ihm ihr Geheimnis nicht gestanden hatte, wollte sie nicht mit ihm zusammen fotografiert oder interviewt werden. Je weniger Leute von ihrer Hochzeit erfuhren, desto besser.

„Ich bin so stolz auf dich", hatte Daniel gesagt. „Warum willst du die Tatsache verbergen, dass wir geheiratet haben?"

„Ich will sie nicht verbergen. Ich will sie nur nicht publik machen." Angela suchte nach einer einleuchtenden Erklärung. „Wegen … wegen Ellie. Sie war so schön, sie war ein Teil deines Lebens. Ehe ich die Spielregeln deines Berufes nicht ebenso gut beherrsche wie sie, will ich nicht, dass ich mit ihr verglichen werde."

„Es gibt keinen Vergleich", erklärte Daniel zärtlich und strich über Angelas dunkles Haar.

„Es gibt aber vielleicht Leute, die anderer Meinung sind, und das ist mir unbehaglich."

Also hatte Daniel Angelas Wunsch erfüllt. Am frühen Nachmittag waren sie nach Maui zurückgekehrt und hatten den inzwischen nörgeligen Richy ins Bett gebracht.

„Du musst dich noch mit Gary für zwei oder drei Trainingssätze verabreden."

„An meinem Hochzeitstag?", hatte Daniel vorwurfsvoll gefragt.

„Willst du auf den Turnieren gewinnen oder nicht?"

Daniel hatte sich zu Mrs Laani umgedreht und hilflos die Arme ausgebreitet. „Erst ein paar Stunden verheiratet, und schon scheucht sie mich!" Trotz seines Spotts erkannte Angela, wie es ihn freute, dass sie Verständnis für seinen Beruf aufbrachte. „Aber du schaust mir doch dabei zu?"

„Auf jeden Fall."

Arm in Arm waren sie die Treppe hochgestiegen. Mrs Laani hatte Angelas Kleider schon in den zweiten Schrank des großen Schlafzimmers umgeräumt; ihre Wasch- und Kosmetikartikel lagen ordentlich aufgereiht auf einem Bord in Daniels Badezimmer.

Daniel schloss Angela fest in die Arme und zog sie so dicht an sich heran, dass sie den Beweis für seine Ungeduld deutlich fühlen konnte. „Ich sehne mich so nach dir, Angela." Er presste seinen Kopf an ihre Brüste. „Von jetzt an gibt es für uns keine Grenzen mehr."

Daniel küsste Angela mit aller Sehnsucht, die sich in ihm aufgestaut hatte, und schaffte es dabei, sie so weit auszuziehen, dass sie schließlich nur noch in ihrem cremefarbenen Unterkleid dastand. Er streichelte ihre Brüste, und als die Spitzen anschwollen, berührte er sie durch den seidigen, glatten Stoff hindurch mit der Zunge.

Angela streifte Daniel das Oberhemd ab, öffnete dann seinen Gürtel und half ihm, sich von seiner Hose zu befreien. Sie schob die Hände an seinen Hüften in den Slip und ließ sie zu seinem Rücken gleiten. Daniel liebkoste ihren Körper durch das dünne Gewebe ihres Unterkleides. Als seine Zärtlichkeiten kühner wurden, packte sie ihn bei den Haaren und zog seinen Kopf fort.

„Du musst doch gleich Tennis spielen", brachte sie hervor.

„Zum Teufel damit!", knurrte er und wollte das verführerische Spiel fortsetzen.

„Und deine Gewinnchancen gehen auch zum Teufel, wenn du dein Training ausfallen lässt", erklärte Angela unerbittlich.

Daniel schimpfte leise vor sich hin, trat aber zurück. Angela begann den Rest ihrer persönlichen Dinge einzuräumen und versuchte, sich dabei nicht durch Daniels Anblick ablenken zu lassen. Völlig unbekümmert bewegte Daniel sich nackt im Raum und suchte seine Sportkleidung zusammen.

Als er fertig angezogen war und Kleidung zum Wechseln in seine Sporttasche packte, war Angela noch immer dabei, ihre eigenen Sachen ein- oder umzuräumen.

„Nachdem du meine erotischen Annäherungsversuche aus Zeitgründen zurückgewiesen hast, willst du doch wohl nicht so lange trödeln, bis ich mich verspäte, oder?"

Angela fühlte sich plötzlich wie ein schüchternes Schulmädchen. „Könntest du nicht bitte unten auf mich warten? Ich … ich bin in ein paar Minuten fertig."

„Was soll denn das nun …" Daniel unterbrach sich, trat zu Angela und legte ihr verständnisvoll die Hände auf die Schultern. „Es ist schon lange her, seit du ein Zimmer mit einem Mann geteilt hast, ja?"

Angela schluckte und nickte. Sie kam sich reichlich albern vor.

Daniel küsste sie auf die Wange. „Ich warte unten."

Ehe er zur Tür hinausging, hielt sie ihn auf. „Daniel!" Er drehte sich um. „Danke", sagte sie schlicht.

Er lächelte und schlug mit der flachen Hand gegen den Türrahmen. „Ich denke mir schon etwas aus, womit du das wiedergutmachen kannst." Er blinzelte ihr zu und verschwand.

Beim Trainingsspiel schlug Daniel sich dann ganz ausgezeichnet. Wieder hatten sich viele Zuschauer angesammelt, und bei jeder gekonnten Rückgabe applaudierten sie begeistert. Daniel war in seinem Element und genoss jeden Augenblick.

Am Abend wollte Daniel sie zu einem besonders feierlichen Abendessen ausführen, aber als sie sich anschickten, sich auf den Weg zu machen, brach Richy in herzzerreißendes Geheul aus.

„Können wir ihn nicht mitnehmen, Daniel?", fragte Angela und drückte den weinenden Jungen an sich.

„Angela, ich habe meine frisch Angetraute heute fast den ganzen Tag mit anderen Leuten teilen müssen. Jetzt möchte ich dich endlich für mich allein."

„Mir geht es nicht anders. Ich hätte jedoch keine Freude daran, wenn wir Richy traurig zurückließen."

Daniel versuchte es mit einem sachlichen Argument. „Er stellt sich nur so an, um dein Mitgefühl zu wecken."

„Das ist mir klar. Und ich weiß auch, dass ich ihm das abgewöhnen muss. Nur nicht gerade heute Abend."

Nach einigen höchst plastischen Flüchen gab Daniel nach. „Aber komm nicht auf die Idee, dass er heute Nacht bei uns schlafen darf", warnte er sie.

Kurz vor Lahaina fragte Angela: „Wohin führst du mich und Richy denn heute Abend eigentlich?"

„Da du auf einem Familienausflug bestanden hast, wirst du unser Abendessen selbst zubereiten müssen", erwiderte Daniel.

„Wie bitte?"

„Du wirst schon sehen."

Er fuhr sie zum *Pioneer Inn*, einem historischen Gästehaus aus der Mitte des neunzehnten Jahrhunderts, in dem Seeleute gewohnt hatten, zu Zeiten, da Lahaina noch zu den bedeutendsten Walfängerhäfen des Pazifiks zählte. Der offene Innenhof des Hauses war von Laternen und Fackeln beleuchtet und mit Tropenpflanzen dekoriert.

„Ist das hübsch hier!", rief Angela, nachdem sie an dem ihnen zugewiesenen Tisch Platz genommen hatten.

„Freut mich, dass es dir gefällt. Aber das mit dem Selberkochen war kein Scherz. Schau mal!" Daniel deutete auf einen Holzkohlegrill unter einem Schutzdach. An der Mauer befand sich eine Uhr, sodass der Benutzer des Grills die Garzeit im Auge behalten konnte, und auf dem Rand standen Gewürze und Saucen.

„Zufällig bin ich eine ganz famose Köchin", verkündete Angela stolz. „Vor ... vor meiner Scheidung, und als Joey noch lebte, hat mir das Kochen einen Riesenspaß gemacht. Hinterher ..." Ihr Gesicht verdunkelte sich. „Hinterher habe ich das Interesse daran verloren."

Daniel drückte ihre Hand. „Wenn du Freude daran hast, kannst du in Zukunft für uns drei – dich, mich und Richy – kochen. Fang mal gleich damit an."

Sie bestellten ein großes Steak für Daniel, einen Hamburger für Richy, und für Angela eine hawaiische Spezialität, einen Mahimahi-Fisch, der filetiert, mariniert und in Folie gewickelt gebracht wurde.

Als Fleisch und Fisch gar waren, trug Daniel alles zu ihrem Tisch. Verschiedene Salate und gebackene Bohnen wurden dazu serviert.

„Köstlich", fand Daniel, verdrehte verzückt die Augen und schmatzte anerkennend. Richy ahmte ihn sofort nach.

Angelas Herz konnte die Liebe zu den beiden „Männern" ihres Lebens fast nicht mehr fassen. So viel Glück auf einmal ängstigte sie.

Die Reisen zu organisieren war keine ganz leichte Angelegenheit. Mrs Laani und Richy sollten sich ein Zimmer teilen, Daniel und Angela ein weiteres, und Hank Davis, der Manager, bekam einen Raum für sich allein. Glücklicherweise erledigte Hank fast alle Formalitäten. Mrs Laani brachte Angela Raum sparendes Packen bei, dennoch schien die Arbeit kein Ende zu nehmen.

Angela hatte sich ein wenig davor gefürchtet, Hank gegenüberzutreten. Er war ein ergrauter, nicht besonders großer Mann mit fleischigen, behaarten Händen. Er kaute ständig auf einer dicken Zigarre herum. Sein Bauch quoll über den Hosenbund. Trotz allem besaß er einen gewissen Charme. Angela mochte seine direkte und aufrichtige Art sofort.

Hank hatte sie und Daniel in der Ankunftshalle des Airports von Los Angeles begrüßt. Er nahm Angelas Hände fest in seine und schaute ihr in die Augen. Offenbar gefiel sie ihm auf Anhieb.

„Was immer Sie mit Daniel bisher angestellt haben, tun Sie's weiterhin", sagte er.

Angela wusste, dass dies ein uneingeschränktes Lob sein sollte.

Zwei Dinge passten Hank allerdings nicht recht: erstens, dass Daniel darauf bestand, Angelas Wunsch zu respektieren, die Presse von ihr fernzuhalten, und zweitens, dass Daniel ein paar freie Tage haben wollte, um seine Mutter in Oregon zu besuchen.

Vor diesem Besuch fürchtete sich Angela ebenfalls, aber es stellte sich dann heraus, dass ihre Angst unbegründet gewesen war. Mrs McCasslin nahm sie sehr herzlich auf. Nach der Aufregung der allgemeinen Begrüßung blieben Daniels Mutter und Angela ein paar Minuten miteinander allein. Sie waren in die sonnendurchflutete Küche gegangen und warteten nun darauf, dass das Wasser im Teekessel kochte.

„Ich habe Sie mir ganz anders vorgestellt", sagte Rose McCasslin, während sie die Teedose aus dem Schrank holte.

„Wie denn?"

„Nun … ich nahm an, Sie seien furchtbar energisch. Eine Frau, die sofort Richys Erziehung in die Hand nimmt und Daniel entweder in Form prügelt oder wieder in den Alkohol treibt. Jedenfalls habe ich Sie mir nicht halb so schön und so … sanft vorgestellt."

„Danke", sagte Angela bewegt. „Daniel hat sich selbst in Form geprügelt, ehe er mich heiratete."

„Gut, sehr gut." Rose McCasslin legte den Kopf schief. „Er muss Sie sehr lieben. Wissen Sie das?"

„Ja, ja, ich glaube ja."

„Das freut mich. Als wir Ellie zu Grabe trugen und er nach Maui zog, dachte ich, er würde sich dort für den Rest seines Lebens verschanzen und verkommen. Aber er ist wieder glücklich geworden. Angela, ich habe eine große Bitte an Sie …"

„Und welche?"

Rose McCasslins Augen, die ebenso blau waren wie die ihres Sohnes und ihres Enkelsohnes, funkelten humorvoll. „Bewegen Sie Daniel dazu, zusammen mit Ihnen und meinem Enkelkind öfter zu Besuch zu kommen."

Die Reiseroute führte von Oregon aus nach Phoenix in Arizona, dann nach Dallas und Houston in Texas, New Orleans in Louisiana und Miami in Florida.

Daniel zeigte beeindruckende Leistungen, verlor jedoch zuweilen. Weder ihn noch Hank entmutigte das, denn er hatte ja die Besten dieses Profisports als Gegner und machte ihnen die Siege nicht leicht.

Dann kam Memphis in Tennessee an die Reihe. Daniel gewann. Ebenso in Atlanta, Georgia, und in Cincinnati, Ohio. Sein Wert stieg.

Das Reisen, zumal mit einem so lebhaften Kind wie Richy, ermüdete Angela sehr, aber sie war glücklich über Daniels Erfolg. Die Artikel, die zu schreiben sie sich verpflichtet hatte, hatte sie schon auf Maui fertiggestellt. Sie erfuhr, dass sie alle angenommen worden waren und gedruckt wurden. Weitere Aufträge lehnte sie fürs Erste ab.

„Was machst du eigentlich den ganzen Tag, wenn ich arbeite?", erkundigte sich Daniel eines Nachts, als sie, erschöpft von der Liebe, nebeneinanderlagen. Wird es dir nicht langweilig?"

„Langweilig? Mit jemandem wie Richy? Wohl kaum." Angela kuschelte sich an ihren Mann und fühlte sich herrlich sicher in seinen Armen. „Ich freue mich auf deine Kämpfe, und ich träume ... hiervon." Sie strich mit der Hand an seinem Körper hinab und berührte, was sie meinte. Daniel stöhnte leise auf.

„Du lieber Himmel, willst du mich umbringen? Ich habe heute ein hartes Match hinter mir ... fünf Sätze ... und dann habe ich dich geliebt ... und ... Großer Gott!"

„Ich habe nicht den Eindruck, als würdest du gleich vor Überanstrengung das Zeitliche segnen. Ganz im Gegenteil." Angela streichelte den Beweis ihrer Ansicht.

„Wenn Richy dich nicht in Anspruch nimmt und du dir nicht gerade ausdenkst, wie du deinen Ehemann in ein frühes Grab bringen kannst, was tust du dann?"

„Ich schreibe."

„Du schreibst? Nein, hör auf ... nein, mach weiter. Ja, so, oh ... Himmel! Was schreibst du denn?"

„So Sachen. Notizen für einen Roman. Poesie."

„Poesie? Was du hier machst, ist Poesie!" Daniel drehte Angela auf den Rücken und ließ sich von ihr führen. „Schreib tausend Verse darüber."

11. KAPITEL

Die ganze Familie war froh, wieder nach Hause zu kommen. Hank hatte versucht, Daniel noch für einige weitere Turniere einzuspannen, und schließlich sogar Angela angehalten, ihn zu überzeugen.

„Daniel muss überall spielen, wo und wann es nur geht", hatte er erklärt. „Es ist so wichtig …"

„Aber er möchte für ein paar Wochen nach Hause zurückkehren."

„Sie könnten ihn umstimmen."

„Vielleicht. Aber ich tu's nicht."

„Habe ich mir schon fast gedacht." Hank schob seine Zigarre in den Mund, schimpfte leise und fuhr sie letztendlich zum Flughafen.

Maurice hatte das Haus für sie vorbereitet. Alles nahm wieder seinen üblichen Gang. Daniel spielte täglich mit Gary im Club und arbeitete an seinen Schwachstellen. Angela beschäftigte sich mit Richy, schrieb hin und wieder und machte Pläne für die nächste Reise, die sie nach Europa führen sollte.

Eines Nachmittags saß sie entspannt im großen Schlafzimmer in einem Sessel am Fenster, als Daniel hereinkam. Er ließ seine Tennistasche neben der Tür fallen. Angelas und seine Blicke trafen sich und sprachen von der Liebe, die während der vergangenen Wochen noch größer geworden war.

„Du siehst wunderschön aus, Angela", stellte Daniel leise fest. „Der Sonnenuntergang setzt rote Lichter auf dein Haar."

„Danke schön. Eigentlich wollte ich ja bei deiner Heimkehr fertig angezogen sein, aber dann hat mich etwas so beschäftigt, dass …" Sie klappte den Schreibblock auf ihrem Schoß zu und legte ihn auf den Tisch neben dem Sessel.

Daniel schloss die Tür ab, ehe er zu Angela trat. Sie trug einen Morgenmantel, den er sehr hübsch fand. Er hatte einen weiten Halsausschnitt, war bodenlang und umspielte ihren Körper wie eine durchscheinende hellblaue Wolke. „Du hast gebadet", bemerkte Daniel.

Angela duftete nach blumigem Badeschaum. Daniel kniete sich neben sie. Er legte seine Fingerspitzen an beide Seiten ihres Halses, weil er so gern fühlte, wie sich ihr Pulsschlag erhöhte, wenn er sie berührte.

Angela symbolisierte für ihn den Frieden, das Zuhause, die Liebe – alles, was er für immer verloren geglaubt hatte. Jedes Mal, wenn er sie nach kurzer Abwesenheit wieder sah, merkte er aufs Neue, wie sehr er sie liebte.

„Was hat dich denn so beschäftigt?"

„Ach, nichts von Bedeutung", antwortete Angela in einer Tonlage, die das Gegenteil besagte. Wer hatte ihr nur eingeredet, dass das, was sie tat, unbedeutend war? Ihr geschiedener Mann? Ja, Ronald. Vielleicht hatte er recht gehabt. Sie verspürte Unsicherheit.

„Du hast geschrieben, nicht wahr?"

Angela blickte zur Seite. „Es taugt nichts, aber ich wollte es schon immer einmal zu Papier bringen."

„Darf ich es lesen?"

„Dazu ist es nicht gut genug."

„Das glaube ich nicht."

„Es ist zu persönlich." Angela strich mit der Zunge über die Lippen.

„Nun, wenn du nicht willst …"

„Ich würde gern deine Meinung hören", unterbrach sie ihn rasch.

Sofort nahm Daniel den Schreibblock zur Hand und schlug ihn auf. Die Überschrift auf der ersten Seite lautete „Joey". Er schaute Angela an. Sie wich seinem Blick aus, stand auf und trat zum Fenster. Ihre Silhouette hob sich dunkel gegen den roten Abendhimmel ab.

Daniel las das lange Gedicht, und bei jeder Zeile schnürte sich ihm der Hals mehr zu. Angela hatte die eindringlichen, aber nicht sentimentalen Worte mit ihrer Seele geschrieben, und es war ihr sicher nicht leicht gefallen. Die Verse schilderten die abgrundtiefe Trauer und Hilflosigkeit einer Mutter, die ihr Kind dahinsiechen sieht. Die letzten Zeilen jedoch sprachen voller Dankbarkeit von der unendlichen Freude, die dieses Kind ihr trotz allem geschenkt hatte.

Daniel schloss den Schreibblock und stand auf. Seine Augen waren feucht. Er trat hinter Angela und legte die Arme um sie.

„Es ist wunderbar, Angela."

„Ehrlich? Oder sagst du das nur so?"

„Ehrlich. Ist es zu persönlich, um es mit anderen zu teilen?"

„Du meinst, um es zu veröffentlichen?"

„Ja."

„Ist es denn dazu wirklich gut genug?"

„Aber ja! Ich glaube, alle Eltern können diese Worte nachempfinden. Ja, ich glaube, du solltest es veröffentlichen. Vielleicht hilft es anderen Menschen, die gerade das durchmachen, was hinter dir liegt."

Angela drehte sich zu Daniel um und legte ihren Kopf an seine Brust. Sie lauschte auf das gleichmäßige Schlagen seines Herzens.

„Ich wünschte, ich hätte bei dir sein können, als du jemanden brauchtest", sagte Daniel leise. „Du hast mir aus meiner Krise geholfen, deine eigene musstest du allein überwinden. Das tut mir so leid, mein Liebes." Er streichelte ihren Rücken. „Komm", bat er, nahm ihre Hand und führte sie zum Bett.

Daniel hatte sich auf die Bettkante gesetzt. Angela stand zwischen seinen Beinen vor ihm und strich mit dem Zeigefinger über seine Augenbrauen.

„Ich wünschte, ich könnte mit meiner Liebe den Kummer vertreiben, der noch in dir ist." Daniel lehnte die Stirn an Angelas Hüfte.

„Und ich wollte, ich könnte deinen Kummer ebenso auslöschen. Vielleicht lieben wir einander nur deshalb so sehr, weil wir die Enttäuschung und die Trauer kennen."

„Ich habe nie geahnt, dass es möglich ist, jemanden so zu lieben, wie ich dich liebe." Daniel hob den Kopf und sah sie an. „Angela, du nimmst doch keine Verhütungsmittel, oder?"

„Nein", antwortete sie leise.

„Gut." Er streichelte ihre Brüste. „Ich möchte ein Kind von dir haben. Ein Kind, das deines und meines ist. Unser eigen Fleisch und Blut."

Angela dachte an Richy. War jetzt der richtige Zeitpunkt gekommen, Daniel zu sagen, dass es dieses Kind ja schon gab? Würde er sie nach dem Geständnis weiterhin lieben, oder würde er ihr vorwerfen, sie hätte sich auf unverzeihliche Weise in sein Herz und sein Vertrauen geschlichen?

Angela öffnete den Mund, um zu sprechen, aber es war zu spät. Daniels Zärtlichkeit hatte sich in Leidenschaft verwandelt. Er küsste das Dreieck zwischen ihren Schenkeln durch den leichten Stoff hindurch. Dann raffte er das Morgenkleid hoch, bis es sich um ihre Taille bauschte. Er vergrub das Gesicht in dem weichen, luftigen Gewebe und atmete seinen Duft ein.

Als Daniels Lippen wenig später Angelas nackte Haut berührten, bebte sie erwartungsvoll und packte ihn bei den Schultern. Er legte die Hände um ihre Hüften, zog sie dichter heran und neigte den Kopf weiter hinunter.

„Daniel, das kannst du nicht tun!" Er konnte es, und er tat es. Sein suchender Mund entzündete eine heiße Leidenschaft in ihrem Körper, ihrem Herzen und ihrer Seele.

Angela ließ sich von Daniel aufs Bett legen. Er kniete sich vor sie und öffnete ihre Beine. Immer wieder küsste er sie mit meisterhaftem Geschick. Sein Mund war besitzergreifend und dennoch zärtlich, und seine Zunge brachte Angela ein ums andere Mal auf den Höhepunkt des Empfindens.

Wieder einmal spürte sie, dass sie gleich im Rausch der Sinne versinken würde, vergrub die Finger in Daniels Haar und zog seinen Kopf hoch. „Bitte, Daniel! Komm zu mir! Jetzt!", stieß sie hervor.

Irgendwie schaffte er es, sich in Sekundenschnelle von seinen Shorts zu befreien, und im nächsten Moment erfüllte er Angelas Bitte. Er glitt in sie und bewegte sich in ihr ungestümer als je zuvor, bis für sie nichts mehr existierte als der Rhythmus seiner Liebe, der ihr die Erfüllung schenkte.

Schließlich gab Daniel sie frei. Angela hatte das Gefühl, als wäre ihr Körper bleischwer und schwebte dennoch allen Naturgesetzen zum Trotz im freien Raum. Daniel streifte den Rest seiner Kleidung ab, befreite Angela von dem zusammengeknüllten Morgenmantel und legte sich dann neben sie.

„Warum hast du das getan?" Angela hatte kaum die Kraft, hörbar zu sprechen.

Daniel ließ die Hand an ihrem Körper hinabgleiten und hielt zwischen ihren Schenkeln an. Sein Blick folgte diesem Weg und kehrte dann zu Angelas Brüsten zurück. „Um dir zu zeigen, dass meine Liebe zu dir grenzenlos ist."

„Ich bin ganz schwach vor lauter Liebe zu dir."

„Und mich machst du stark." Daniel lächelte zärtlich. Er neigte den Kopf und liebkoste eine ihrer Brustspitzen mit der Zunge. „Stark und glücklich, ein Mann zu sein."

Angela spielte mit den Fingern in seinem blonden Haar. „Meinst du, dass … dass wir eben ein Baby …?"

Daniel lachte leise und kuschelte sich an sie. „Ich sage dir etwas: Wir machen einfach so weiter, bis wir es genau wissen."

Eingehüllt von dem purpurnen Dämmerlicht schliefen sie sofort ein.

„Ihr beide seid zirkusreif!", rief Angela den Tennisspielern zu. Daniel und Gary schlugen sich die Bälle übers Netz hinweg zu und schmetterten sie dabei jedes Mal so hoch, wie es nur ging. Sie alberten herum, um Richy Spaß zu bereiten, der am Platzrand stand und begeistert in die Händchen klatschte. Als Daniel sich auch noch umdrehte und den Ball durch seine Beine zurückschlug, kreischte der Kleine entzückt und hopste auf und nieder.

„So, nun ist's aber gut!", bestimmte Angela. „Nachher verletzt sich noch einer von euch, und ich bin dann die Unglückliche, die es Hank beibringen muss. Ich werde euch jetzt euren jüngsten Bewunderer entführen. Vielleicht könnt ihr euch dann zu ernsthafter Trainingsarbeit entschließen."

„Spielverderberin!", rief Gary und ging zu seiner neuesten Eroberung hinüber, die mit einem Handtuch und einer Thermosflasche voll Eiswasser am Spielfeldrand auf ihn wartete.

„Recht hat er!", pflichtete Daniel bei, schlang sich ein Handtuch um den Hals und drapierte auch eines um Richy, der ihn anstrahlte. „Deine Mutter ist ein Sklavenschinder und Miesmacher", erklärte er dem Jungen, ehe er ihm einen Kuss auf die Stirn drückte. Dann senkte er die Stimme und flüsterte: „Außer im Bett. Da ist sie einsame Klasse."

„Und du bist der Klassenbeste", sagte Angela. Sie rieb ihre Nase an seiner. „Ich würde dich ja gern küssen, aber ich finde keine trockene Stelle an dir."

„Na gut, dann bleibst du mir eben einen Kuss schuldig. Musst du schon gehen?"

„Du weißt doch, dass Richy unverträglich wird, wenn er keinen Mittagsschlaf kriegt. Nachher können wir ja vielleicht alle drei an den Strand gehen."

„Au ja, und dann spielen wir Nackedei."

„Denkst du eigentlich nie an etwas anderes?"

„Oh doch!" Daniel tat beleidigt. „Manchmal denke ich auch daran, es einmal in voller Kleidung zu tun."

„Du bist unmöglich!" Angela warf Daniel ein Handtuch ins Gesicht. „Jetzt spiel gut, und dann sehen wir uns daheim wieder." Sie hob Richy auf den Arm, hängte sich die Schultertasche über und strebte langsam dem Parkplatz zu.

Sie dachte an Daniels Erfolge in Europa. Drei Monate hatte die Reise gedauert. Sie waren von Land zu Land gezogen, von Turnier zu Turnier und erst in der vergangenen Woche zurückgekehrt. Daniel stand jetzt an fünfter Stelle der Weltrangliste. Er hoffte, im nächsten Jahr wieder Nummer Eins zu sein.

„Dann ziehe ich mich zurück", hatte er erklärt.

Angela war ein bisschen überrascht gewesen. „Nächstes Jahr schon? Und was willst du dann tun?"

„Was hältst du von einer Kette von Sportartikel-Geschäften? Ich würde das Ganze sozusagen als Familienkonzept aufziehen – Joggingschuhe für Vater und Sohn, Tenniskleider für Mutter und Tochter, Bewegungsspiele für die ganze Familie und so weiter."

„Das fände ich großartig. Und die Sache mit dem Familienkonzept gefällt mir."

„Mir auch. Wir werden den Markt erobern."

„Wir?"

„Hank will sich ebenfalls zurückziehen. Er meint, er sei zu alt, um noch einmal mit einem blutjungen Tennisanfänger von vorn zu beginnen. Er will in mein Geschäft einsteigen. Und in deines natürlich", hatte Daniel mit einem raschen Kuss hinzugefügt.

Angelas Gedicht „Joey" war in einem Frauenmagazin abgedruckt worden. Die Redaktion hatte angefragt, ob sie nicht noch eine Kurzgeschichte oder eine Erzählung schreiben wollte. Angela spielte mit mehreren Ideen.

„Mommy!" Richy patschte ihr ins Gesicht und riss sie aus ihren Gedanken.

„Hat es dir Spaß gemacht, Daddy beim Tennis zuzuschauen?", fragte Angela den Kleinen, der seinen zweiten Geburtstag in Paris gefeiert hatte. Eigentlich war er schon zu schwer, um andauernd getragen zu werden, aber sie tat es immer wieder gern. Er nannte sie jetzt „Mommy", und jedes Mal, wenn er das Wort aussprach, hätte Angela vor Glück weinen mögen. „Ist Daddy nicht fabelhaft? Na, du bist ja genauso voreingenommen wie ich."

Angela bemerkte den Mann in dem Auto nicht, das hinter ihrem parkte. Als sie ihre Wagentür aufschloss, warf sie zufällig einen Blick über die Schulter zurück. Der Mann war ausgestiegen. Angela erstarrte.

Er brachte mindestens noch zehn Kilo mehr auf die Waage als früher. Sein Haar war schütterer, grauer und schlecht geschnitten. Seine Haut sah schlaff und fahl aus, wodurch seine rotgeäderte Nase besonders auffiel. Die Kleidung wirkte ungepflegt und für dieses Klima viel zu warm. Seine Schuhe waren ausgetreten.

Aber sein hinterhältiger Gesichtsausdruck war noch immer der alte, und sein verschlagener Blick sagte, dass er etwas gegen jemanden in der Hand hatte und nicht erwarten konnte, es zu seinem Vorteil auszuspielen.

Angela wurde es buchstäblich übel. Instinktiv drückte sie Richy beschützend fester an sich.

„Hallo, Mrs McCasslin." Er sprach den Namen wie eine Beleidigung aus.

Angela wäre am liebsten so schnell wie möglich davongerannt. Doch sie verharrte, schaute den Mann hasserfüllt an und sagte eiskalt: „Guten Tag, Ronald."

Er musterte sie von Kopf bis Fuß. Sie hatte das Gefühl, als beschmutze sie dieser unverschämte Blick.

„Du siehst gut aus", stellte Ronald schließlich fest.

„Und du wie ein Wrack", entgegnete sie und wusste nicht, woher sie den Mut dazu nahm. Es musste Daniels Liebe und ihr gemeinsames Glück sein, das ihr die Kraft gab.

Einen solchen Ton war Ronald von Angela nicht gewohnt. Einen Moment zeichnete sich Verblüffung auf seinen Zügen ab, dann verzog er die Lippen zu einem üblen Grinsen. „Stimmt. Aber ich bin ja auch nicht so fein raus wie du, Mrs McCasslin."

Angela stellte Richy auf den Boden. Er war unruhig geworden, weil ihm die Unterhaltung uninteressant erschien. Die Metallnägel, die die Parkbuchten markierten, fand er entschieden aufregender. Angela passte auf, dass er sich außerhalb Ronalds Reichweite bewegte.

„Gib mir nicht die Schuld an deinem Schicksal, wie immer es auch aussehen mag, Ronald. Dir wurden die besten Voraussetzungen für ein erfolgreiches Leben auf einem Silbertablett serviert. Oder sollte ich besser sagen, mit einem goldenen Ehering? Wenn du aus deinen Chancen nichts gemacht hast, bist du selbst schuld."

Ronald ballte die Hände und trat drohend einen Schritt vor. „Bitte nicht so von oben herab, ja? Ich kann nämlich deine kleine Welt mit einem Schlag zertrümmern, verehrte Mrs McCasslin. Wie hast du ihn aufgetrieben?"

Angela fand, die beste Verteidigung sei, nichts zuzugeben. Sie hob stolz den Kopf.

„Ich weiß nicht, wovon du redest."

Ronald packte sie mit stahlhartem Griff am Oberarm. „Wie bist du auf die Spur gekommen? Halt mich nicht für so dumm, mir weismachen zu können, du seist durch reinen Zufall in McCasslins Arme geraten."

Die Furcht überfiel Angela aufs Neue. Ronald würde skrupellos, grausam und gewalttätig vorgehen, wenn er auf andere Weise nicht erreichte, was er wollte.

„Logisches Nachdenken", antwortete sie knapp und atmete auf, als Ronald sie losließ. „Ich hatte ihn und seine Frau an dem Morgen gesehen, als sie das Krankenhaus verließen."

„Gratuliere. Fein gemacht."

Er betrachtete Richy mit einem Blick, der Angela beinahe das Blut gerinnen ließ. „Er ist mir gut gelungen. Meine Zeugung war gute Arbeit."

Angela wurde schwarz vor Augen. Sie fürchtete, in Ohnmacht zu fallen, und wunderte sich, dass sie ein paar Sekunden später noch immer aufrecht dastand. „Deine Zeugung?", presste sie hervor.

Ronald lachte hässlich. „Was ist denn, Mrs McCasslin? Denkst du jetzt, alles war umsonst, und du hättest dich dem falschen Mann an den Hals geworfen?"

„Ist Richy … ist Richy nicht Daniels Sohn?", stieß sie entsetzt hervor.

Ronald war anzusehen, dass er Angelas Verzweiflung genoss. „Ja, aber ich habe die Arbeit für ihn getan."

Angela lehnte sich gegen das Auto. Ihre Übelkeit ließ langsam nach, doch der schlechte Geschmack in ihrem Mund blieb. Dieser Mann war ein zu allem fähiger Teufel.

„Wie die Dinge liegen, hast du mir sogar einen Gefallen mit dieser Heirat erwiesen", sprach Ronald weiter und betrachtete seine Fingernägel.

Angela tat ihm nicht den Gefallen, ihn zu fragen, wie er das meinte. Sie schaute ihn nur an.

„Ich mache schwere Zeiten durch, Angela. Sicher trifft es auch dich hart, dass die Klinik, die dein verehrungswürdiger Herr Vater so mühselig aufgebaut hat, nicht mehr existiert."

„Als ich mich von dir scheiden ließ, habe ich mich auch von ihr geschieden", erwiderte Angela. „Für mich war die Klinik nicht mehr das Werk meines Vaters, sondern nur noch ein Spielzeug für deine Skrupellosigkeit."

„Nun ja …" Ronald zuckte die Schultern. „Jedenfalls ist sie weg. Futsch, verloren. Und das bringt mich zu dem Grund für diese schöne Reise." Er beugte sich zu Angela und flüsterte verschwörerisch: „Du wirst mir helfen, ein paar Verluste wettzumachen."

„Bist du wahnsinnig? Für dich rühre ich keinen Finger. Und die schöne Reise, wie du das nennst, ist hiermit zu Ende. Belästige mich nicht noch einmal." Angela hockte sich nieder, nahm Richy hoch, riss die Wagentür auf und setzte ihn ungeachtet seines Protests ins Auto.

„Sekunde noch!" Ronald hielt sie fest, ehe sie einsteigen konnte. „Und wenn ich deinem neuen Ehegatten mal einen Besuch abstatte?"

Angela starrte Ronald mit angehaltenem Atem an.

„Du magst vielleicht eine schlechte Meinung von mir haben", fuhr er fort. „Aber McCasslin und seine Frau hielten mich für einen Halbgott. Dein lieber Mann ist gewiss erfreut, mich wiederzusehen. Soll ich mich mal ein bisschen mit ihm unterhalten?"

Angela hoffte, dass Ronald ihr die Panik nicht anmerkte. Sein triumphierender Blick sagte ihr jedoch, dass sie ihm nicht entgangen war.

„Ahnte ich's doch! Mr McCasslin weiß nicht Bescheid, nicht wahr? Er weiß nicht, dass er eine käufliche Frau geheiratet hat, die sich ihre Dienste teuer bezahlen ließ. Mit fünfzigtausend Dollar, genau gesagt. Wäre doch interessant für ihn, die Wahrheit zu erfahren, oder?" Ronald ließ Angela los und stieß sie in das Auto. „Ich lasse von mir hören!"

„Schmeckt dir dein Kalbsschnitzel nicht?"
Angela hörte auf, in dem Essen auf ihrem Teller zu stochern, und lächelte Daniel zu, der sie besorgt anschaute. „Entschuldige. Ich glaube, wir hätten heute lieber nicht ausgehen sollen." Sie waren zum Abendessen in eines der besten Restaurants von Lahaina gefahren.
Daniel griff nach ihrer Hand und drückte sie. „Wenn dir nicht nach Ausgehen zumute war, hättest du das doch sagen können. Ebenso gern wäre ich mit dir zu Hause geblieben."
Angela erinnerte sich an die vielen schönen Abende daheim, und als sie jetzt Daniels liebevollen Blick sah, quälte sie die Schuld, mit der sie lebte, so sehr, dass es schmerzte.
Während des ganzen Nachmittags waren ihre Nerven zum Zerreißen gespannt gewesen. Jedes Mal, wenn sie sich umdrehte, meinte sie, Ronald hinter sich stehen zu sehen. Er ekelte sie an, er und seine Selbstbedienungsmethoden. Aber war sie besser als er? Hatte sie nicht Daniels Gutgläubigkeit und seine Liebe ausgenutzt? Warum hatte sie ihm nicht gleich zu Anfang die Wahrheit gesagt? Sie sah sich jetzt auf einer Ebene mit Ronald Lowery und konnte sich nur noch verachten.
„Es tut mir leid, dass ich dir den Abend verderbe." Sie seufzte. Am liebsten hätte sie sich in Daniels Armen verkrochen und sich vor den Gefahren der Außenwelt versteckt.
„Ein Abend, den ich mit dir verbringe, kann gar nicht verdorben sein", entgegnete Daniel leise. Er lächelte ein bisschen frech. „Von ein paar Abenden vor unserer Hochzeit abgesehen natürlich, an denen ich in dein Bett wollte und du alle möglichen Tricks aufbotest, mich da rauszuhalten."
Angela musste trotz ihres Kummers und ihrer Niedergeschlagenheit lächeln. „Ich habe mich doch nur an die Regeln für gutes Benehmen gehalten", behauptete sie mit einem scheinbar verschämten Augenaufschlag.
„Von wegen gutes Benehmen! Ich wette, du …" Daniel vollendete den Satz nicht. Er hatte etwas entdeckt, was ihn ablenkte.

„Daniel?"

Es dauerte eine Weile, bis er Angela wieder anschaute. „Ich ... Wie bitte? Oh, entschuldige. Was sagtest du?"

„Du hast etwas gesagt, nicht ich." Angela drehte sich um, weil sie ergründen wollte, was Daniel so sehr interessierte. Ihr Lächeln erlosch. Allein an einem Tisch am anderen Ende des Raums saß Ronald Lowery und studierte die Speisekarte. Angela wusste, dass er nicht zufällig hier war.

Sie wandte sich wieder Daniel zu. „Kennst du den Mann?", fragte sie zögernd. Gleich darauf merkte sie, dass sie sich damit entschlossen hatte, die Wahrheit weiter zu verschweigen. Dies wäre die beste Gelegenheit gewesen, Daniel zu gestehen, dass Ronald ihr geschiedener Mann und sie die Mutter von Richy war. Stattdessen hatte sie es wieder einmal gescheut, Daniels Liebe aufs Spiel zu setzen.

„Ja", antwortete Daniel. Er presste die Lippen zusammen, wie er es immer tat, wenn ihm etwas nicht gefiel. Anscheinend empfand er nicht ganz so viel Hochachtung für Ronald, wie dieser annahm. „Er ... ähm ... Ellie und ich lernten ihn in Los Angeles kennen. Er hat uns einmal sehr geholfen."

„Ach so." Angela griff nach ihrem Glas.

„Er ist Arzt. Für den großen Dienst, den er uns erwies, wurde er gut bezahlt. Später hat er versucht, noch mehr Geld aus uns herauszupressen."

Angelas Magen krampfte sich zusammen. Was war Ronald nur für ein Mensch! „Mit welcher Begründung forderte er denn eine Nachzahlung?" Angela hoffte, dass ihre Frage sachlich klang.

„Er sagte, es seien unerwartete Schwierigkeiten eingetreten", antwortete Daniel und blickte wieder zu Ronald hinüber. „Wir haben uns geeinigt. Ich möchte bloß wissen, was er jetzt auf Maui macht. Urlaub?"

„Vermutlich." Angela staunte, wie normal ihre Stimme klang, obwohl sie innerlich bebte.

„Wenn du genug mit deinem Kalbsschnitzel gespielt hast, könnten wir jetzt gehen."

„Natürlich." Großer Gott, wie sollte sie das alles nur überstehen?

Daniel führte Angela an den Tischen vorbei in Richtung Ausgang, und gleich würden sie Ronalds Platz erreichen. Angela war klar, dass er ihr und Daniel absichtlich zu diesem Restaurant gefolgt war, um sie an seine Drohung zu erinnern. Ronald wollte etwas von ihr, und dieses Ziel würde er verbissen verfolgen, bis sie aufgab. Sie wusste jetzt schon, dass sie kapitulieren musste, um ihr Leben mit Daniel und Richy zu retten.

Die Szene, die Ronald hinlegte, war bühnenreif. Als er Daniel „entdeckte", kannten seine Überraschung und seine Freude keine Grenzen. Mit keiner Miene verriet er, dass ihm Angela keine Unbekannte war. „Daniel McCasslin! Wie schön, Sie nach so langer Zeit wiederzusehen."

Daniel blieb kühl. „Guten Abend, Dr. Lowery."

Ronald schüttelte Daniels Hand. „Sie sehen hervorragend aus, Daniel. Ich habe kürzlich fantastische Meldungen über Sie im Sportteil meiner Zeitung gelesen." Sein Gesicht nahm einen traurigen und mitfühlenden Ausdruck an. „Das mit Ihrer Frau tut mir schrecklich leid, wirklich. Wie geht es dem Baby?"

„Danke für Ihr Beileid. Richy ist inzwischen ein strammer Zweijähriger. Ihm geht's ausgezeichnet."

„Das freut mich."

„Übrigens", Daniel zog Angela heran, „das ist meine Frau. Angela, darf ich dir Dr. Ronald Lowery vorstellen?"

Sie hatte solche Szenen schon in Komödien gesehen. Wer konnte so etwas nur komisch finden? Die Wirklichkeit war so grausam, dass sie fast mit einem irren Lachen oder hysterischem Geschrei reagiert hätte. Angela schaffte es, beides zu unterdrücken. „Guten Abend, Dr. Lowery", sagte sie. Aber keine zehn Pferde hätten sie dazu gebracht, ihm auch noch die Hand zu reichen.

„Guten Abend, Mrs McCasslin", erwiderte Ronald freundlich.

Die beiden Männer tauschten noch einige Höflichkeiten aus. Ronald erzählte, dass er ein paar Wochen Urlaub auf den Inseln machen wolle, und Daniel wünschte ihm viel Spaß. Angela überstand die Prozedur, ohne durchzudrehen. Ihr Lächeln war so verkrampft, dass ihre Wangenmuskeln schmerzten.

„Ich habe mich wirklich sehr gefreut, Sie wiederzusehen", sagte Ronald zum Abschied.

„Ganz meinerseits", erwiderte Daniel und führte Angela endlich zum Ausgang. Als sie im Auto saßen, startete er den Motor, fuhr aber nicht an.

„Stimmt etwas nicht?", fragte Angela.

„Es … es ist nur …" Daniels Stimme erstarb.

Angela saß stocksteif neben ihm. Sie kämpfte noch immer gegen ihre Hysterie an.

„Weißt du, Dr. Lowery spielte eine wichtige Rolle in Ellies und meinem Leben", begann Daniel erneut. „Ich sagte dir ja, dass sie Schwierigkeiten mit der Empfängnis hatte. Lowery … er machte es möglich, dass wir Richy bekamen. Ich muss ihm für meinen Sohn dankbar sein. Aber … Herrgott, Angela, ich kann es dir nicht erklären!"

Er strich sich über die Stirn. „Es ist nicht nur die Tatsache, dass er für seine Dienste mehr Geld als vereinbart verlangte. Es ist seine ganze Art, die mich misstrauisch macht. Und dass ich ihm heute sozusagen auf meinem eigenen Territorium begegnet bin, beunruhigt mich." Daniel lachte leise und unfroh. „Jetzt denkst du sicher, ich sei verrückt." Er legte den Gang ein und fuhr an.

„Nein", erwiderte Angela. „Ich halte dich nicht für verrückt. Dem Kerl traue ich auch nicht."

„So, jetzt ist das Licht aus. Willst du mir nun nicht endlich erzählen, was dich bedrückt?", fragte Daniel.

Angela hatte schon ein paar Minuten im Bett gelegen, als Daniel die Nachttischlampen ausschaltete und sich zu ihr legte. Wie üblich, waren beide völlig unbekleidet. Darauf hatten sie sich schon in ihrer ersten Ehewoche geeinigt, weil es „Zeit sparte", wie Daniel mit einem Augenzwinkern bemerkte. Heute aber hätte Angela am liebsten ihr Nachthemd angezogen. Sie wollte sich bedecken, sich verstecken.

„Gar nichts bedrückt mich", murmelte sie in ihr Kopfkissen.

„Wie kommt es dann, dass du wie ausgewechselt bist, seit du heute Nachmittag den Club verlassen hast? Du warst nur noch ein Nervenbündel, hast dein Abendessen nicht gegessen, kaum geredet und, was das Ungewöhnlichste ist, du hättest fast Richys Gutenachtkuss vergessen. Also bitte – irgendwas stimmt doch nicht!"

Mit einem Mal kam die ganze Angst an die Oberfläche. Angela musste einfach um sich schlagen und traf natürlich den, der am nächsten war, Daniel. „Bloß weil mir heute nicht nach Sex ist, glaubst du, irgendwas stimmt nicht. Ich bin einfach nicht in Stimmung, verstehst du? Ich bin keine Lampe, die sich nach Belieben ein- und ausschalten lässt. Kannst du mich nicht mal eine Nacht lang in Frieden lassen?" Sie zog die Bettdecke bis ans Kinn.

Ein paar Sekunden lang herrschte absolutes Schweigen. Dann sprang Daniel aus dem Bett. „Dein Gedächtnis funktioniert nicht richtig. Ich habe dich heute Nacht noch gar nicht zu Intimitäten aufgefordert."

Er war schon fast an der Tür, ehe sie ihn bitten konnte zu bleiben. „Daniel!", rief sie und setzte sich auf. „Sei nicht böse. Es tut mir leid. Bitte, komm zurück. Nimm mich in die Arme." Im Mondlicht, das durch die großen Fenster ins Zimmer fiel, glänzten die Tränenspuren wie Silber auf ihren Wangen.

Sofort war Daniel wieder bei Angela. Er umarmte sie, strich ihr zärtlich übers Haar und drückte ihr Gesicht an seine Schulter. „Was ist denn, Angela? Habe ich dir etwas getan? Oder habe ich etwas nicht getan?"

„Nein, nein", jammerte sie leise. „Ich hätte nicht so scheußlich zu dir sein sollen. Das wollte ich gar nicht. Ich …"

„Was denn, Angela? Komm, sag's mir."

Angela versuchte, die Kraft und den Mut aufzubringen, um Daniel alles über Ronald und Richy zu erzählen. Es ging nicht. Sie wischte sich die Tränen ab. „Ach, nichts. Wirklich nicht. Ich … ich fühle mich heute nur nicht so ganz wohl."

„Leg dich hin", bat Daniel. Er streckte sich neben ihr aus und nahm sie wieder in seine beschützenden Arme.

Der leichte Wind, der vom Ozean her durchs Fenster hereinkam, fächelte über ihre Körper. Es war so warm, dass Daniel die Bettdecke nicht wieder hochgezogen hatte. Angela fühlte Daniels Atem in ihrem Haar.

„Sorgst du dich, weil du noch nicht schwanger bist?"

Das hatte sie tatsächlich beunruhigt, allerdings nicht so sehr, dass sie darüber gesprochen hätte. „Es wird schon noch", sagte sie leise.

„Das glaube ich auch. Aber es ist nicht so wichtig. Ich liebe dich, und wenn wir kein Kind bekommen, liebe ich dich nicht weniger."

Angela führte seine Hand an die Lippen und küsste sie. „Ich möchte alles für dich sein."

„Das bist du. Für mich bist du ohne Vorbehalte Richys Mutter. Wenn man euch beide zusammen sieht, kann man auf gar keine andere Idee kommen."

Angela erstickte ein Schluchzen und kuschelte sich noch dichter an Daniel. Dieses blinde Vertrauen, diese Liebe verdiente sie nicht!

„Wenn ich dich umarme, Angela, denke ich am allerwenigsten ans Kinderbekommen. Dabei denke ich nur an dich."

Er legte eine Hand um ihre Brust. Angela schluchzte und seufzte gleichzeitig. Daniel flüsterte ihr liebevolle, beruhigende Worte ins Ohr.

„Ich denke an deine Brüste, die so wunderschön sind und die ich so gern berühre. Wie jetzt." Mit einem Finger streichelte er die Spitzen. „Deine Haut ist so seidenweich." Seine Hand glitt zu ihrem Bauch hinunter. „Ich küsse sie so gern. Und dies hier …" Nun waren seine Finger zwischen ihren Schenkeln angelangt. „Dies hier ist überwältigend." Angela stöhnte auf bei der erotischen Berührung. „Ich bin so gern in dir. Es ist das schönste Gefühl, das ich kenne."

„Oh Daniel …" Angela bot ihm ihre Lippen. Er küsste sie.

„Meine Liebe gehört dir, Angela, und zwar bedingungslos und für alle Zeit."

Angela schaute Daniel in die Augen. „Jetzt … jetzt möchte ich doch gern, dass … Komm, liebe mich."

Daniel lächelte glücklich und überrascht, als Angela sich aufrichtete, ihre Hände an seine Schultern legte und ihn aufs Laken drückte, sodass er flach auf dem Rücken lag. Sie kniete sich über ihn. Angela staunte über ihre eigene Kühnheit, während sie die Hände unter ihre Brüste hielt und sie Daniel wie zwei Früchte anbot. „Magst du …?"

Daniel richtete sich ein wenig auf. Er schob ihre Hände fort und nahm das Geschenk nur zu gern an. Mit der Zunge liebkoste er die harten Knospen, bis Angela ihre Leidenschaft nicht länger zügeln konnte. Mit einem kleinen Aufschrei ließ sie sich auf Daniel nieder und nahm ihn in sich auf.

„Oh Angela, mein Engel …" Daniel schloss die Augen.

Angela bewegte ihre Hüften in kleinen Kreisen, sie hob und senkte sie, damit Daniel immer wieder tief zu ihr kommen konnte. Er atmete schwer und rau, aber seine Liebkosungen waren unendlich weich und zärtlich. Erst streichelte er Angelas Brüste, dann schob er die Hand an die Stelle, wo ihre beiden Körper miteinander verschmolzen waren. Das Spiel seiner Finger versetzte Angela in Ekstase.

„Daniel, bitte … bitte!" Ob sie ihn bat, aufzuhören oder weiterzumachen, wusste sie nicht. Er hingegen wusste es. Er setzte fort, was er begonnen hatte, bis sie gemeinsam den Gipfel ihrer Liebe erreichten.

Erschöpft ließ sich Angela auf Daniel niedersinken. Beide rangen nach Atem; beide waren sich ihres unendlich großen Glücks bewusst.

Nach einer Weile rollte Angela zur Seite. Daniel strich ihr die feuchten Haarsträhnen aus dem Gesicht.

„Unsere Liebe ist das Schönste, Reinste und Aufrichtigste, was es auf der Welt gibt, Angela."

„Ja." Ihre Stimme klang heiser. Sie lächelte Daniel an. Erst als er eingeschlafen war, ließ sie ihren Tränen freien Lauf.

12. KAPITEL

st die Dame des Hauses am Apparat?" Angela packte den Telefonhörer fester. Sie erkannte die Stimme sofort. Diesen Anruf hatte sie seit Tagen gefürchtet. Dass Ronald anrufen würde, war ihr klar gewesen. Sie hatte nur nicht gewusst, wann. Als sie ihn jetzt hörte, war sie fast erleichtert, zumindest war die Anspannung damit vorüber. Nun brauchte sie sich nur noch vor seinen Forderungen zu fürchten.

„Am Apparat", lautete ihre kurze Bestätigung.

„Restaurant Orchid Lounge. Drei Uhr."

Es klickte, und die Leitung war tot. Langsam legte Angela den Hörer auf die Gabel. Viel Zeit hatte Ronald ihr nicht gelassen. Es ging schon auf halb drei zu. Richy hielt seinen Mittagsschlaf. Daniel befand sich in seinem Arbeitszimmer und führte ein langes Ferngespräch mit Hank. Wenn Richy aufwachte, wollten sie gemeinsam zum Spielen an den Strand gehen.

„Mrs Laani", sagte Angela und steckte den Kopf durch die Küchentür. „Ich möchte Daniel nicht beim Telefonieren stören. Würden Sie ihm bitte ausrichten, dass ich ein paar Einkäufe erledigen muss? Er und Richy sollen allein an den Strand gehen. Ich komme später nach."

„Aber ich kann doch für Sie einkaufen", bot die Haushälterin an.

„Nein, danke. Ich benötige ein paar persönliche Dinge. Es dauert nicht lange." Kurz darauf verließ sie das Haus.

Angela kannte die Orchid Lounge. Das Restaurant befand sich in einer heruntergekommenen Gegend etwas außerhalb von Lahaina. Sie war ein paarmal daran vorbeigekommen, wenn sie in die Stadt fuhr. Im Inneren war es noch grässlicher als erwartet. Der Gestank von kaltem Zigarettenrauch und schalem Bier machte ihr den Aufenthalt in dem trüb beleuchteten Raum fast unerträglich.

Nachdem Angelas Augen sich an die Dunkelheit gewöhnt hatten, merkte sie, dass sie die einzige Frau in der Kneipe war. Aus den finsteren Ecken starrten ihr Augenpaare gierig entgegen. Angela unterdrückte ihren Ekel und setzte sich nahe beim Ausgang in eine der Sitznischen.

„Mineralwasser, bitte", bestellte sie bei dem Barmann, der zu ihr geschlurft kam.

Sie hielt den Blick auf die große Uhr an der gegenüberliegenden Wand gerichtet. Das Glas Mineralwasser, das vor sie hingestellt wurde, hätte sie nicht einmal mit der Feuerzange angefasst. Die geflüsterten,

auf sie gemünzten Kommentare, denen bald Gelächter folgte, über-
hörte sie.

Nach einer Viertelstunde war Ronald noch immer nicht da. Natürlich ließ der Schuft sie absichtlich hier in diesem Laden schmoren. Psychologische Kriegsführung nannte man das wohl. Darin kannte er sich
ja aus. Aber das Spiel machte sie nicht mit, nein, keinesfalls!

Angela wollte gerade aufstehen und gehen, als Ronald sich ihr gegenüber in die Nische schob.

„Wo willst du hin?", fragte er feindselig.

„Ich mag Treffpunkte nicht, die du auswählst", erklärte sie.

„Du musst sie ja auch nicht mögen." Ronald winkte dem Barmann.
„Einen doppelten Scotch. Pur." Er wandte sich wieder an Angela. „Ich
brauche zwanzigtausend Dollar."

Der Barkeeper brachte Ronalds Whisky und fragte Angela, ob sie
noch etwas zu trinken wünsche; eine dumme Frage, wo doch ihr Glas
noch unberührt vor ihr stand. Sie schüttelte den Kopf, und der Mann
schlurfte fort.

Ronald stürzte die Hälfte seines Drinks hinunter, verzog das Gesicht und nahm dann einen kleineren Schluck. „Du wirst mir das Geld
beschaffen."

„Bist du verrückt? Nichts dergleichen werde ich tun."

Ronalds Blick glitt zu ihren Brüsten hinunter. Er lächelte teuflisch.
„Oh doch, du wirst." Er trank noch einen Schluck Whisky. „Mir sitzen Leute im Nacken, weißt du. Harte Leute, Bluthunde. Ich stehe
bei denen bis zur Halskrause in der Kreide. Die wollen Geld sehen."

„Dein Problem. Nicht meins."

„Ich mache es aber zu deinem Problem. Du bist jetzt mit einem reichen Tennis-Star verheiratet. Ganz großes Kaliber. Berühmter Knabe.
Ohne mich hättest du den nie getroffen. Du schuldest mir also etwas."

Angela lachte höhnisch auf. „Nach allem, was du mir angetan hast,
nachdem du mich sogar gezwungen hast, das Kind eines fremden Mannes zu bekommen, soll ich dir etwas schulden?"

Ronald zuckte die Schultern. „Jedenfalls wirst du das tun, was ich
dir sage. Wie früher auch immer. Du bist nämlich ein Feigling, Angela."

„Bin ich nicht!", fauchte sie.

„Nein?" Ronald blickte über die Schulter zu den zehn oder zwölf
Männern hinüber, die sie mit Interesse beobachteten. „Warst du nicht
ein ganz kleines bisschen ängstlich, ehe ich hereinkam? Du fühltest
dich hier nicht recht wohl, oder? Bist du nicht ein wenig nervös geworden unter all diesen Kerlen, die dich anstarren und sich ausmalen,

wie es wohl unter deinem Rock aussieht? Ein Wort von mir, und sie schauen nach."

„Ronald, hör auf."

Er tat erstaunt. „Na so was! Täusche ich mich, oder zittert deine Stimme ein bisschen? Bittest du mich etwa um Gnade?" Er verschränkte die Arme auf der Tischplatte und beugte sich vor. „So habe ich es gern, Angela." Er trank sein Glas leer und signalisierte dem Barmann, dass er ein weiteres wünschte. „Und jetzt zur Sache. Fünftausend brauche ich sofort. Die restlichen fünfzehntausend über drei, vier Wochen verteilt."

Angela versuchte, nicht die Fassung zu verlieren. „Ronald, so viel Geld habe ich nicht."

„Ihr habt ein Bankkonto, an das du herankommst!" Ronald schlug mit der Faust auf den Tisch. „Das weiß ich genau."

Angela duckte sich unwillkürlich. „Womit soll ich denn Daniel Ausgaben in dieser Höhe erklären?", fragte sie ziemlich verängstigt.

„Denk dir etwas aus. Wenn du gerissen genug warst, den Burschen vor den Traualtar zu tricksen, wird dir wohl auch hierzu etwas einfallen."

„Ich habe ihn nicht vor den Traualtar getrickst!", protestierte sie.

„Aber das wird er denken, wenn ich ihm erzähle, wer du in Wirklichkeit bist." Ronald schüttelte scheinbar bekümmert den Kopf. „Ja, ich glaube, seine Begeisterung für dich würde erheblich nachlassen, wenn er das erführe."

„Ich könnte es leugnen. Natürlich müsste ich zugeben, dass ich einmal mit dir verheiratet war, das beweist jedoch nicht, dass ich die Mutter von Daniels Sohn bin. Ich brauchte nur zu behaupten, dass du uns mit einer Lüge erpressen willst."

„Arme Angela! Bist du wirklich so naiv? Erinnerst du dich nicht mehr an den Rechtsanwalt von damals? Er ist mein Freund, und er hat alle Unterlagen über die Vorgänge in seinem Safe. Ich könnte ihn bitten, sie McCasslin zu zeigen. Im Übrigen sagte ich dir ja schon, dass McCasslin mich in den Himmel hebt, weil ich ihm zu diesem Jungen verholfen habe."

„Darauf verlass dich nur nicht, Ronald! Er hat mir erzählt, dass du Geld aus ihm herausquetschen wolltest, weil es angeblich Komplikationen gegeben hätte. Er hält nicht halb so viel von dir, wie du glaubst."

Ronald verzog spöttisch die Lippen. „Egal. Jedenfalls hätte er es sicher nicht gern, wenn ich der Presse erzählte, was ich über dieses Kind weiß. Das würde nicht nur seinen eigenen Ruf ankratzen, sondern auch das Andenken an seine geliebte Dahingeschiedene ruinieren." Ronald tat, als wäre ihm eben etwas Unangenehmes eingefallen. „Sag mal, wird es bei euch im Bett nicht ein wenig eng zu dritt? Du, dein Tennis-Ass und das Gespenst seiner Frau?"

Ronald hatte Angela verletzen wollen, und es war ihm gelungen. „So ist es nicht!", widersprach sie heftig.

„Nein? Der war doch irrsinnig in seine Frau verknallt. Selbst jemand wie ich, der Liebe für Schwachsinn hält, konnte das nicht übersehen. Weißt du, ich war auch mal verheiratet. Du magst ja eine fantastische Haushälterin, Köchin und Mutter gewesen sein, aber im Bett warst du stinklangweilig."

Angela sah Rot. Der Hass überwältigte sie. Am liebsten hätte sie diesem Scheusal jede Einzelheit ihres Liebeslebens mit Daniel an den Kopf geworfen. Sie ballte die Hände und blickte ihn wutentbrannt an. „Daniel liebt mich. Ich liebe ihn. Wir wollen ein Kind haben. Wir …"

Ronalds hässliches Gelächter unterbrach sie. „Du und ein Kind? Was bringt dich denn auf den Gedanken, du könntest noch Kinder kriegen?"

„Was … was meinst du damit?" Angela war vor Entsetzen fast wie gelähmt.

„Damit meine ich, dass dein zweites Kind dein letztes war. Nichts geht mehr. Du wurdest sterilisiert, Mrs McCasslin."

„Unmöglich", flüsterte Angela. „Das ist doch unmöglich."

„Du warst damals in Narkose, weißt du nicht mehr?"

„Doch, aber … dann hätte doch ein Schnitt gemacht werden müssen, um …"

Ronald winkte ab. „Es gibt immer neue Methoden, die ein Gynäkologe ausprobieren kann. Und das beste Versuchskaninchen ist die eigene Ehefrau. Ich dachte, dein Mutterinstinkt würde dich vielleicht überwältigen, nachdem du das McCasslin-Baby hergeben musstest. Da wollte ich verhindern, dass du dann noch eins haben konntest. Joey hat mich schon genug Geld gekostet."

Angela schrie auf, als hätte Ronald sie geohrfeigt. Wie konnte er nur so von Joey, seinem eigenen Sohn, reden? Und jetzt hatte dieser grausame Mensch auch noch ihre Hoffnungen auf ein weiteres Kind zunichte gemacht!

Angela fühlte sich geschlagen. „Wie viel brauchst du? Fünftausend?" Ronald sollte aus ihrem Leben verschwinden. Wenn sie das mit Geld erreichte, wollte sie jeden Betrag zahlen.

„Fürs Erste, ja. Und zwar morgen."

„Morgen? Ich glaube nicht, dass ich das so schnell schaffe, aber ich versuche es." Sie stand auf. Ihre Beine gaben fast nach.

Ronald packte ihren Arm. „Du wirst es mir morgen übergeben, oder ich statte deinem Ehemann einen kleinen Besuch ab."

Angela befreite ihren Arm und ging benommen zur Tür. Das Sonnenlicht draußen blendete sie. Oder waren es ihre Tränen?

„Morgen?", wiederholte Angela. Daniel war mit der Nachricht herausgerückt, als sie gerade ihre Gabel zum Mund hatte führen wollen. Sie erstarrte mitten in der Bewegung und legte das Besteck dann auf den Teller. „Wir reisen morgen nach Kalifornien?" Morgen, morgen. Immer wieder hörte sie dieses Wort.

„Ich weiß, das kommt ein bisschen plötzlich. Ich habe es selbst erst vor ein paar Minuten erfahren." Daniel hatte ein langes Telefongespräch mit Hank geführt und war danach zu Angela und Richy ins Esszimmer gekommen. „Mrs Laani kann heute Abend noch Richys Sachen packen. Wir nehmen morgen die Dreizehn-Uhr-Maschine nach Honolulu und dann den Spätflug nach Los Angeles."

„Aber weshalb denn diese Eile?", fragte Angela verzweifelt.

„Für die Eile gibt es mehrere Gründe. Erst einmal laufen Turniere in San Diego, Las Vegas und San Francisco, an denen ich mich nach Hanks Ansicht beteiligen soll. Nur wenige der Topleute werden spielen, und so kann ich vielleicht ein paar Siege einheimsen. Zwischen den Spielen liegen jeweils einige Tage, und Hank und ich haben da ein paar Dinge zu erledigen."

Angela blickte auf ihren Teller. Seit dem Treffen mit Ronald wagte sie kaum noch, Daniel in die Augen zu sehen. Jetzt hatte sie zwei Geheimnisse vor ihm: dass sie Richys Mutter war und dass sie keine Kinder mehr bekommen konnte. Und zu allem Überfluss wollte sie ihm nun auch noch Geld aus der Tasche ziehen, um damit einen Erpresser zu bezahlen. Wie tief war sie gesunken!

Im Gegensatz zu Ronalds Ansicht hatte Angela keinen ungehinderten Zugang zu Daniels Bankkonten. Daniel hatte ihr ein eigenes Konto eröffnet, das er immer sehr großzügig auffüllte. Auch die Honorare für die Artikel und Erzählungen, die sie schrieb, gingen auf dieses Konto.

„Das ist Geld, das du dir verdient hast", hatte Daniel erklärt. „Gib es nicht für den Haushalt aus, sondern ausschließlich für dich persönlich."

Wie sie heute Nachmittag festgestellt hatte, befanden sich zurzeit nur etwa dreitausend Dollar auf diesem Konto. Angela bezweifelte nicht, dass Ronald seine Drohung wahr machen würde, wenn sie ihm morgen nicht die geforderte Summe brachte. Morgen! Und morgen flogen sie aufs Festland.

Als Mrs Laani hereinkam, um Richy ins Bett zu bringen, nickte Angela ihr nur zu und gab dem Kleinen völlig abwesend einen Kuss auf die Wange.

„Hank und ich haben die Möglichkeit, uns in eine schon bestehende Ladenkette für Sportartikel einzukaufen", erläuterte Daniel, nachdem er und Angela allein waren. „Ein landesweites Unternehmen. In ein paar Jahren gelingt es uns vielleicht, die anderen Partner auszuzahlen, und dann gehört das Ganze uns."

„Das ist großartig, Daniel."

„Ich habe schon mit einer Bank in Honolulu wegen der Kredite gesprochen. Unser Bargeld wird in den kommenden Monaten ein bisschen knapp werden, bis ich ein paar Preisgelder einstreichen kann und die ersten Einkünfte aus meinen neuen Werbeverträgen fließen. Wirst du es überleben, mit einem etwas engeren Budget auszukommen?", fragte Daniel scherzhaft. Angela brachte nur mit Mühe ein Lächeln zustande. Selbst wenn ihr eine glaubwürdige Lüge einfiel, könnte Daniel ihr jetzt kein Geld geben. Sie sah all ihre Träume und ihr Glück in Trümmern vor sich liegen.

Dass Angela über die schnelle Abreise entsetzt war, beunruhigte Daniel. Schon während der vergangenen Tage hatte er sich über Angelas verändertes Verhalten Sorgen gemacht. Sie war übernervös, brach beim kleinsten Anlass in Tränen aus und bewegte sich meistens wie eine Schlafwandlerin.

Zuerst hatte Daniel sich ihr Benehmen nicht erklären können, dann war er auf die Idee gekommen, Angela könne vielleicht doch schwanger sein. Als er sie danach fragte, bekam sie einen Weinkrampf.

Warum sagte sie ihm denn nur nicht vertrauensvoll, was ihr fehlte? Und weshalb fürchtete sie sich jetzt so vor der Reise? Dies war doch nicht die erste Tour, auf der sie ihn begleitete, und bisher war sie mit dem Wanderleben ausgezeichnet zurechtgekommen.

Woran zum Teufel lag es nur, dass sie wie verwandelt war? Etwa an ihm? Hatte sie die Ehe mit ihm satt? Dieser Gedanke erschreckte Daniel zutiefst.

„Ich … ich muss dich doch nicht unbedingt begleiten, oder?" Angela zerknüllte nervös ihre Serviette. „Ich meine, es ist vielleicht viel angenehmer für dich, wenn ich … wir nicht alle immer hinter dir her stolpern. Und deine Besprechungen und so …"

Daniel schaute Angela prüfend an. „Ich habe deine und Richys Begleitung nie als ‚Hinterherstolpern‘ empfunden. Ich möchte euch bei mir haben. Was die Besprechungen angeht, so hätte ich es gern, wenn du dabei wärst. Du sollst ein wichtiger und sichtbarer Partner bei allem sein, was ich unternehme. Ganz besonders bei diesem Geschäft, das die finanzielle Absicherung unserer Zukunft bedeutet." Daniels Blick wurde noch eindringlicher. „Es gibt noch einen Grund, weshalb du mitkommen sollst. Ich möchte, dass du einen Arzt aufsuchst."

Angela klammerte sich mit beiden Händen an der Sitzfläche ihres Stuhls fest, damit Daniel ihr Zittern nicht bemerkte.

„Das ... das ist doch albern. Einen Arzt? Warum denn?"

„Weil ich glaube, dass du dich einmal gründlich untersuchen lassen solltest. Du behauptest zwar, dir fehle nichts, aber ich möchte die Meinung eines Fachmannes hören."

„Was für einen Arzt meinst du?", wollte sie wissen. „Einen Psychiater?"

„Ich finde, wir fangen erst einmal mit einem Mediziner an." Daniels Blick wurde weicher. „Angela, du bist kein Roboter. Du musstest dich innerhalb kürzester Zeit an einen neuen Ehemann, an ein Kind und an ein fremdes Klima gewöhnen. So etwas wirkt sich unbestreitbar auf Körper und Seele aus. Ich glaube, wir fühlen uns beide wohler, wenn du beim Arzt warst."

Und wie wohl wir uns erst fühlen, dachte Angela, wenn der Arzt sagt: Mr McCasslin, ihre Frau ist kerngesund, aber steril. Tut mir leid. Sie wollten doch nicht etwa noch ein Kind haben?

Was sollte sie nur tun? Was konnte sie überhaupt tun? Nichts. Falls Ronald morgen sein Geld nicht bekam, würde er Daniel ins Bild setzen, und dann war ohnehin alles aus. Warum also jetzt lange wegen des Arztbesuches streiten? Das kostete nur Kraft, die sie wahrscheinlich noch dringend benötigte. „Gut, ich gehe zu einem Arzt."

„Prima. Hank meldet dich an."

„Was soll das heißen, du kannst es nicht beschaffen?" Ronalds Stimme klang ebenso drohend wie verzweifelt.

„Dass ich es eben nicht beschaffen kann", antwortete Angela im Flüsterton. Sie wollte niemanden aufwecken. Es war kurz nach Sonnenaufgang. Vorsichtig war sie aus dem Bett geschlüpft, hatte sich den Morgenmantel umgelegt, war die Treppe hinuntergeschlichen und hatte die Telefonnummer gewählt, die Ronald ihr gegeben hatte. Er war sofort am Apparat gewesen.

„Du kannst ungefähr dreitausend Dollar kriegen. Mehr habe ich nicht, und mehr bekomme ich auch nicht."

„Das reicht nicht! Ich brauche fünftausend!", brüllte er.

„Die habe ich nicht!", erwiderte Angela.

„Dann beschaff sie."

„Geht nicht, Ronald. Du hast mir weniger als einen Tag Zeit gelassen. Denk doch mal vernünftig."

„Die Kerle, die mir an den Hals wollen, sind auch nicht vernünftig."

„Das hättest du bedenken sollen, ehe du dich mit ihnen eingelassen hast." Hoffentlich merkte Ronald trotz ihrer kühnen Worte ihre Panik nicht. „Wir fliegen heute Mittag aufs Festland. Vielleicht, wenn wir zurückkehren …"

„Bis dahin bin ich tot."

Am liebsten hätte Angela ihm gesagt, wie ungemein sie das erleichtern würde.

Ronald ahnte das. „Du meinst wohl, dann wärst du fein raus, was? Von wegen! Bevor die mich umlegen, erzähle ich denen nämlich, wo sie das fehlende Geld kassieren können. Wenn du meinst, ich sei ein Quälgeist, dann solltest du diese Kameraden erst mal kennenlernen! Da bist du mit mir weit besser bedient, sage ich dir."

„Ich beschaffe das Geld", erklärte Angela. „Du musst nur deine Gläubiger noch etwas hinhalten."

„Nichts zu machen. Entweder du bist heute um elf mit fünftausend in bar in der Kneipe, oder ich ziehe eine hübsche kleine Schau auf dem Flugplatz ab." Damit legte er auf.

Angela starrte eine Weile auf den Ozean hinaus. Dann stieg sie die Treppe hoch und hatte dabei das Gefühl, als hingen zentnerschwere Gewichte an ihren Beinen.

Aus dem Schlafzimmer kam Gelächter und lautes Gekreische. Angela öffnete die Tür und sah, dass Richy mit seinem Vater in dessen Bett herumtobte. Beide waren im Adamskostüm. Sie balgten miteinander, und jedes Mal, wenn Daniel seinen Sohn kitzelte und dabei drohende Brummlaute von sich gab, quietschte der Kleine vor Vergnügen.

Angela setzte sich auf die Bettkante. Tränen stiegen ihr in die Augen. Daniel und Richy … sie liebte sie unbeschreiblich, und die beiden liebten sie. Noch. Denn spätestens heute Mittag würde sie als Betrügerin dastehen. Sie sollte jetzt endlich reden. Aus Furcht vor Daniels Zorn wagte sie es nicht. Zu lange hatte sie gewartet.

Möglicherweise bestand eine schwache Möglichkeit, Ronald vorerst loszuwerden. Wenn sie ihm das Geld brachte, das sie besaß, würde er ihr vielleicht für den Rest doch etwas Zeit lassen, kostbare Zeit, die sie noch mit Daniel und ihrem Sohn verbringen konnte.

Daniel stellte Richy auf seinen Bauch und hielt ihn aufrecht. Er blinzelte Angela zu. „Ein Prachtkerl, was?"

„Ja." Sie lächelte unter Tränen. „Ich liebe euch beide so sehr! Ihr wisst gar nicht, wie sehr. Ihr seid meine Welt, mein Leben – alles."

„Mein Gott, Angela, wie habe ich darauf gewartet, das wieder einmal von dir zu hören! In den letzten Tagen habe ich mich schon gefragt, ob du inzwischen meinst, du hättest mit mir einen schlechten Fang gemacht."

Angela strich über das krause, goldschimmernde Haar auf seiner Brust. „Nein. Ich habe mehr bekommen, als ich mir je erträumt habe."

Daniels Sehnsucht nach ihr spiegelte sich in seinen Augen. „Wollen wir das nicht mit einer wilden Orgie zu dritt feiern?"

Vielleicht war dies das letzte Mal, dass Daniel ihr seine Liebkosungen, seine Küsse und seine leidenschaftliche Liebe schenken wollte. Angela senkte den Blick. „Ich dachte immer, mehr als zwei Leute seien für eine Orgie zu viel."

„Da hast du völlig recht. Einer von uns muss gehen." Daniel setzte sich mit einem Ruck auf und stupste dabei Richys Nase mit seiner an. „Rate mal, wer das ist, Freundchen." Er trug den Kleinen zur Tür und gab ihm einen Klaps auf den runden Po. „Geh zu Mrs Laani. Vermutlich sucht sie dich schon, um dich in die Badewanne zu stecken."

Richy machte sich brav auf den Weg. „Laani! Laani!"

Daniel schloss die Tür hinter Richy ab und war mit ein paar Schritten wieder beim Bett. Er verlor keine Zeit, sondern umarmte Angela und küsste sie heiß und hungrig. Irgendwie schaffte er es dabei noch, ihr den Morgenmantel abzustreifen. Seine Hände gingen auf eine erregende Entdeckungsreise.

Angela schob die Finger in sein dichtes Haar und zog seinen Kopf noch fester zu sich heran. Sie bog sich Daniel entgegen und bewegte sich an seinem Körper.

„Du hast mir so gefehlt", rief er, als wäre Angela eben erst von einer langen Reise heimgekehrt. „Ich habe mich so nach dir gesehnt, nach meiner geliebten Angela. Du darfst dich nie mehr von mir zurückziehen. Es erschreckt mich zu Tode. Ich will dich nicht verlieren. Ich könnte es nicht ertragen."

Daniel biss zärtlich in ihre weiche Haut. Dann legte er die Lippen um eine ihrer Brustspitzen, und Angela stöhnte auf. Sie konnte ihm nur noch in zusammenhangslosen Sätzen immer wieder sagen, wie himmlisch seine Liebe für sie sei. Begehrlich ließ sie die Hände an seinem Körper hinabgleiten und zeigte ihm mit zärtlichen Fingern, wonach sie sich jetzt sehnte.

„Meine süße, süße Angela", seufzte er, und es klang wie der Anfang eines Liebesliedes, das nur ihr gehörte.

Mit einer heftigen Bewegung hob Angela Daniel die Hüften entgegen und führte ihn zu sich. Herzen und Körper verschmolzen miteinander im erst langsamen und dann immer wilder werdenden Rhythmus der Leidenschaft.

Daniels Liebe löschte Angelas Verzweiflung aus. Wie eine Ertrinkende klammerte sie sich an ihn und rief immer wieder seinen Namen, bis beide vom Sturm der Empfindungen davongetragen wurden.

„Ich habe noch ein paar Besorgungen zu machen", sagte Angela etwas unsicher, als sie sich zu Daniel und Richy gesellte, die am Tisch saßen und sich Mrs Laanis selbst gebackenes Frühstücksgebäck schmecken ließen.

„Jetzt?" Daniel wischte Richy die Krümel vom Mund. „Möchtest du nicht erst etwas essen?"

„Nein, nein. Ich muss mir noch ein paar Dinge für die Reise kaufen."

„Nun gut, aber vergiss darüber nicht unsere Abflugzeit. Hast du schon gepackt?"

„Ja. Nur noch ein paar Kleinigkeiten fehlen."

Angela war schon fast aus dem Zimmer, als Daniel sie zurückrief. „Hätte ich fast vergessen. Du hast Post bekommen." Er stand auf und ging hinaus.

Angela setzte sich neben Richy und biss in das Gebäckstück, das er ihr hinhielt. Sie fürchtete fast, dass sie den Bissen nicht hinunterbringen würde. Vorhin hatte sie Daniel im Stillen Lebewohl gesagt, und jetzt streichelte sie Richy zärtlich über das Köpfchen und verabschiedete sich so auch von ihm. Wie sollte sie nur ohne die beiden geliebten Menschen weiterleben?

„Hier." Daniel kam zurück, nahm wieder Platz und schob Angela einen Umschlag über den Tisch. Der Brief kam von der Zeitschrift, die Angelas erste Kurzgeschichte veröffentlicht hatte, und enthielt einen Scheck über zweitausend Dollar.

„Oh!", rief sie aus und sprang auf. Tränen traten in ihre Augen. „Daran habe ich ja gar nicht mehr gedacht." Unbewusst drückte sie den Scheck an ihre Brust.

Daniel musste lachen. „Der Scheck scheint dich ja ungeheuer zu erleichtern. Hast du gefürchtet, ich könnte dich nicht mehr ernähren?"

„Nein, nein", stammelte Angela. „Natürlich kannst du mich ernähren. Aber gestern Abend sagtest du … die Sache mit dieser Ladenkette …"

Daniel lächelte sie strahlend an. „Liebling, nur weil ich sagte, dass es für eine Weile etwas knapper wird, brauchst du nicht zu denken, wir müssten nun ein Arme-Leute-Leben führen. Habe ich diesen Eindruck in dir erweckt?" Er tätschelte ihre Hand. „Gib dieses Geld aus, wofür du willst. Es gehört dir. Um die Finanzen der Familie kümmere ich mich schon."

Einer plötzlichen Eingebung folgend, setzte sich Angela wieder, rief nach Mrs Laani und bat sie, ihr eine Tasse Kaffee zu bringen. „Ich kann meine Einkäufe ebenso gut in Los Angeles oder San Francisco erledigen. Jetzt möchte ich mit meinem Mann und meinem Sohn frühstücken."

Angela verließ das Haus nur so lange, wie sie brauchte, um den Scheck einzulösen und das Geld von ihrem Konto abzuheben. Sie steckte die fünftausend Dollar in einen Umschlag, trat in eine Telefonzelle, rief die Orchid Lounge an und bat, Ronald Lowery an den Apparat zu holen.

„Wo zum Teufel steckst du? Ich warte seit einer Viertelstunde."

„Ich komme nicht." Angela machte eine Kunstpause, ehe sie weitersprach. „Das Geld wird in unserem Briefkasten liegen, wenn wir fort sind. Er befindet sich auf der Straße vor unserem Grundstück und ist nicht zu übersehen."

„Was soll denn das? Ich sagte …"

„Wenn du das Geld haben willst … bitte, du weißt jetzt, wo es zu finden ist. Wir verlassen das Haus gegen halb eins. Adieu, Ronald."

„Moment mal!", rief er. „Und die nächste Rate?"

„Wenn wir von der Reise zurück sind." Angela hängte ein, ehe er noch etwas sagen konnte. Sie zweifelte nicht daran, dass Ronald die fünftausend Dollar aus dem Briefkasten holen würde. Er hatte mehr Angst vor seinen Gläubigern als Angela vor ihm. Wie sie allerdings die nächsten fünftausend Dollar zusammenbekommen sollte, wusste sie noch nicht. Aber jetzt hatte sie sich erst einmal einen weiteren Monat des Glücks erkauft.

13. KAPITEL

Daniel schaute vom Bett aus zu, wie Angela sich mit dem Verschluss ihrer Perlenkette abmühte. Ihre schlanken Finger zitterten, und ihre ganze Körperhaltung verriet, dass ihre Nerven gespannt waren.

Mrs Laani hatte mit Richy die Hotelsuite schon früher verlassen. Daniel hatte sie gebeten, das Kind für ein paar Stunden zu beschäftigen. Jetzt erhob er sich vom Bett und trat zu Angela. Er nahm ihr die beiden Enden der Kette aus den Fingern und hatte selbstverständlich keine Schwierigkeiten mit dem goldenen Verschluss.

Daniel betrachtete Angelas Gesicht im Spiegel. Er sah die gleiche Angst, die gleiche Sorge in ihren Augen, die ihn schon vor ein paar Wochen so bedrückt hatte. Umso mehr bekümmerte sie ihn jetzt, denn während der dazwischenliegenden Zeit waren sie beide so glücklich wie nie zuvor gewesen.

Daniel hatte alle Turniere gewonnen. Er war jetzt die Nummer drei auf der Weltrangliste. Nur wenige Leute erinnerten sich noch daran, dass er sich vorübergehend vom Profi-Tennis zurückgezogen hatte, und kaum jemand erwähnte dieses Thema. Daniel hatte das Comeback geschafft.

Er legte die Arme um ihre Schultern. „Angela, du machst entschieden zu viel Aufhebens wegen dieser ärztlichen Untersuchung."

„Du bist derjenige, der zu viel Aufhebens davon macht!", fuhr sie ihn an.

„Das darf ein besorgter Ehemann ja wohl auch. Andersherum würdest du dich genauso verhalten wie ich."

„Ich würde dich nicht dazu drängen."

„Doch, das würdest du."

Natürlich hatte Daniel recht. Aber mit Angela war alles in Ordnung – wenn man davon absah, dass ihr Ehemann in ein paar Stunden erfahren würde, dass sie kein Kind mehr bekommen konnte.

Angela befestigte die Ohrringe. „Daniel, ich bin gesund. Hattest du einen anderen Eindruck?"

„Nein", antwortete er ehrlich. Seit sie Hawaii verlassen hatten, war Angela für ihn eine Ehefrau gewesen, wie sie sich ein Mann nur wünschen konnte.

Erst in den letzten Tagen, nachdem Daniel energisch auf dem Arztbesuch bestanden hatte, war sie wieder in diesen unerklärlichen Zustand verfallen, der sich noch verschlimmerte, wenn er das Wort „daheim" aussprach. Fürchtete sie sich etwa vor einem ärztlichen Befund? Vermutete sie Schlimmes? Verbarg sie ihm etwas, damit er sich keine Sorgen machte?

„Angela." Er schaute ihr in die Augen. „Mein Liebes, tut dir wirklich nichts weh? Ich meine, befürchtest du, dass der Arzt etwas Böses feststellen wird? Bist du deshalb so …"

Angela legte ihm den Finger auf die Lippen. Dass sie ihm solche unnötigen Sorgen bereitete, tat ihr in der Seele weh. „Nein, nein, Liebling. Ich bin wirklich bei allerbester Gesundheit."

Daniels Erleichterung war offensichtlich. „Du magst doch unser Zuhause auf Maui, ja?"

„Selbstverständlich", bestätigte Angela.

„Aber jedes Mal, wenn ich von unserer Heimreise spreche, scheint dich das zu bedrücken. Wenn es dir dort nicht mehr gefällt, ziehen wir ganz einfach um. Das Haus war für mich immer ein Zufluchtsort, aber den brauche ich jetzt nicht mehr. Ich brauche nur noch dich und Richy. Mit euch beiden kann ich überall leben. Manche Menschen leben nicht gern so abgeschieden wie …"

„Ich gehöre nicht dazu", unterbrach Angela ihn. „Ich mag dein Haus, das jetzt auch meines ist. Dort könnte ich mit dir und Richy bis in alle Ewigkeit leben."

Daniel drückte Angela fest an sich. „Ich liebe dich, Angela. Habe ich dir das heute schon gesagt?"

„Nicht, dass ich wüsste", antwortete sie leise. „Sag es mir sicherheitshalber noch einmal."

Daniel sprach die Worte aus, dann presste er seine Lippen auf ihre.

Seine Zunge lockte, und sein Kuss wurde immer fordernder. Mit einer Hand streichelte er Angelas Brüste, bis er die harten Knospen unter dem dünnen Blusenstoff fühlen konnte.

Angela zog sich erschreckt zurück. „Daniel, du wirst doch nicht …"
„Warum nicht?"

„Das geht nicht. Ich darf so etwas nicht kurz vor der Untersuchung …"

Er machte ein ziemlich gequältes Gesicht und griff nach seinem Jackett. „Nimm deine Tasche und lass uns gehen, ehe ich den Kopf verliere."

„Sind Sie ganz sicher?" Angela blickte den Arzt ungläubig an. Der Mann war für sie natürlich ein Fremder, doch nach dem, was er ihr eben gesagt hatte, würde sie ihn vermutlich für alle Zeiten als ihren Freund betrachten.

„Aber ja! Es gibt absolut keinen medizinischen oder körperlichen Grund, weshalb Sie keine Kinder mehr bekommen könnten." Er bemerkte Angelas Verblüffung. „Wie kamen Sie denn auf die Idee, dass Sie unfruchtbar gemacht worden sind?"

Angela antwortete nicht sofort. Die Tatsache, dass sie nicht steril war, und die mörderische Wut auf Ronald Lowery mussten erst einmal verarbeitet werden. Dieser Schuft! Das war also nur einer von seinen grausamen Einfällen gewesen!

„Ich ... also ... ich litt einmal unter einer Infektion, und mein behandelnder Arzt meinte damals, das hätte mich für immer unfruchtbar gemacht."

Der Doktor schüttelte den Kopf. „So ein Unsinn! Sie sind eine beneidenswert gesunde junge Frau." Er faltete die Hände auf der Tischplatte und beugte sich etwas vor. „Sind Sie glücklich mit Ihrem Mann? Lieben Sie ihn?"

„Ja!", rief Angela mit Nachdruck. Sie fühlte, wie die Bürde von ihr abfiel, die sie wochenlang geschleppt hatte. „Sehr!", fügte sie hinzu. Dann brach sie in Gelächter aus.

Als Angela und Daniel in ihrem Mietwagen zum Hotel zurückfuhren, sprühte sie vor Frohsinn und Übermut wie ein kleines Kind. Sie setzte sich fast auf Daniels Schoß und stahl ihm einen Kuss, wann immer es ging.

„Sag mal, Angela, hat dir der Arzt irgendeinen Liebestrunk verpasst? Du machst mich ganz verrückt."

„Wie verrückt?", hauchte sie und schob die Hand zwischen seine Schenkel. Die Antwort fiel recht deutlich aus.

„Nun sag schon, was hat der Doktor mit dir angestellt, dass du so aufgedreht bist?"

„Freche Frage!" Angela kniff Daniel zur Strafe ein bisschen, woraufhin er fast auf die andere Fahrspur geriet. „Ich bin deshalb so aufgedreht, weil ich den schönsten, klügsten, männlichsten und ... unersättlichsten Ehemann der Welt habe."

„Spiel nur weiter so! Aber wenn ich dich mal so sexy angezogen sehe wie neulich in San Diego auf der Cocktailparty und meine Hand in deinen Ausschnitt stecken möchte, um deine Brüste anzufassen, dann darf ich das nicht! Dabei würde ich dich bei solcher Gelegenheit am liebsten sofort auf der Stelle ..."

„Hör auf!", rief Angela. „Das ist der helle Wahnsinn. Wie sollen wir denn in unserem Hotel ohne Zwischenfall durch die Halle kommen?"

165

Die Frage besaß durchaus ihre Berechtigung. Beide waren schon atemlos, als Daniel die Zimmertür aufschloss, nachdem er das „Bitte nicht stören"-Schild draußen angehängt hatte. Rasch legte er Jacke und Krawatte ab und zog Schuhe und Socken aus.

Angela hielt ihn auf.

„Warte." Sie entkleidete sich mit verführerischen Bewegungen.

Er lächelte und wollte den obersten Knopf seines Hemdes öffnen. Angela hielt seine Hand fest und führte ihn zum Bett. Sie setzte sich auf die Bettkante, strich mit den Händen von Daniels Taille bis zum Kragen hoch und öffnete dann langsam Knopf für Knopf. Zwischendurch gerieten ihre Finger immer wieder auf Abwege und glitten über das krause Haar auf Daniels Brust,

„Angela!", stöhnte er flehentlich. Sie streifte ihm das Hemd ab und blickte zu ihm hoch. „Lass mich dich endlich lieben", bat er.

„Nein. Heute ist mein Tag." Ohne den Blick von Daniels Augen zu wenden, löste Angela seine Gürtelschnalle, zog den Reißverschluss seiner Hose hinab, schob die Hände in seinen knapp sitzenden Slip und dann beide Kleidungsstücke zusammen hinunter. Dann schmiegte sie sich an ihn.

„Ich liebe dich", flüsterte sie. Ihre Lippen schenkten ihm das Paradies.

Die Orchid Lounge war genauso düster und die Kundschaft ebenso unerträglich wie beim letzten Mal. Zehn, zwölf Männer saßen in Gruppen zusammen und unterhielten sich leise miteinander. Angela war die einzige anwesende Frau. Der übliche Zigaretten- und Biergestank hing in der Luft.

Angela fühlte sich so gelassen wie noch nie.

Die Rückreise von San Francisco war für sie alle das reinste Vergnügen gewesen. Daniel freute sich riesig über seine Turniersiege. Über Angelas Gemütszustand nach ihrem Arztbesuch war er ebenso glücklich. Die eine Stunde beim Doktor schien offenbar alle Sorgen von ihr genommen zu haben.

Angela hatte sich auf die Heimreise ebenso gefreut, wie sie sich vorher davor gefürchtet hatte. Sie sonnte sich in Daniels Erfolg und seiner Liebe. Während des langen Flugs über den Pazifik konnte sie kaum die Hände von ihm lassen. Daniel ging es nicht anders.

Am Morgen nach ihrer Heimkehr hatte Ronald angerufen. „Wird ja Zeit, dass du rangehst. Die ersten beiden Male hatte ich deine Wirtschafterin am Apparat und musste wieder auflegen."

„Ich bedaure, dass du solche Unannehmlichkeiten hattest."

„Plötzlich so naseweis?" Ronald schnaufte leise. „Vergiss nicht, dass deine Rate fällig ist."

„Wo und wann?"

„Sei um zwei in der Orchid Lounge."

Angela hätte ohne ein weiteres Wort aufgehängt. Jetzt saß sie in derselben Nische, und Ronald verspätete sich wie beim ersten Mal. Der Barmann hatte sich bei ihr einschmeicheln wollen und ihr ein Glas auf Kosten des Hauses angeboten. Angela hatte selbstverständlich abgelehnt. Heute wich sie den unverschämten Blicken nicht aus. Im Gegenteil, sie begegnete ihnen mit so viel Herablassung, dass die Männer bald wegschauten.

„Schön, wieder daheim zu sein?", fragte Ronald und ließ sich auf dem Platz ihr gegenüber nieder. „Gute Reise gehabt?"

„Ja."

„Dein Ehemann macht sich ja einen guten Namen. Bist du nicht stolz, mit so einer Berühmtheit verheiratet zu sein?"

„Ich wäre auch stolz auf ihn, wenn er nicht berühmt wäre."

Ronald legte sich dramatisch die Hand aufs Herz. „Auf so viel weibliche Ergebenheit muss ich einen trinken." Er rief dem Barmann seine Bestellung zu und wandte sich wieder an Angela. „Wie stolz er wohl auf dich ist, wenn er erfährt, dass du mal deinen Körper für fünfzigtausend Dollar verkauft hast."

„Das weiß ich nicht. Aber ich werde es feststellen, wenn ich es ihm erzähle."

Ronalds Augen erinnerten Angela plötzlich an die eines Reptils. Starr sah er ihr ins Gesicht. Er rührte den Drink nicht an, den der Barkeeper vor ihn hinstellte.

„Erbärmlicher Schuft", bemerkte Angela völlig ruhig und unbewegt. Das war wirkungsvoller, als wenn sie gezetert hätte. „Ich kenne niemanden, der sich solche bodenlosen Gemeinheiten ausdenkt wie du."

Ronald grinste unverschämt. „Also hast du herausgefunden, dass ich dich nicht sterilisiert habe." Er lachte. „Hat dich ganz schön erschreckt, was?"

„Weshalb hast du das gesagt?"

„Weil du mir zu hochnäsig wurdest. Du glaubtest, du könntest mich mit einer Handbewegung abschütteln, und ich wollte dir zeigen, dass es mir mit dem Geschäft ernst ist."

„Ich muss dich leider enttäuschen, Ronald. Unsere ‚Geschäftsbeziehung' besteht nicht mehr. Deine Drohungen sind hohl, denn sonst säßest du nicht in Löchern wie diesem herum und legtest den Hörer wieder auf, wenn jemand anders für mich ans Telefon geht. Nicht ich bin der Feigling von uns beiden; du bist es. Du bist ein Versager auf der ganzen Linie – als Arzt, Ehegatte, Vater und als Mann." Angela erhob sich würdevoll. „Mich kannst du nicht mehr einschüchtern. Scher dich zum Teufel." Sie drehte sich um und ging hoch erhobenen Hauptes hinaus.

Angelas Knie waren zwar weich, und ihr Mund fühlte sich trocken an, als sie ihr Auto erreichte, aber sie hatte es geschafft. Sie hatte Dr. Lowery für immer aus ihrem Leben gestrichen. Noch heute Abend wollte sie Daniel die ganze Wahrheit erzählen. Sie fürchtete nicht mehr, dass ihre Liebe an dieser Wahrheit zerbrechen könnte.

Fast wäre Angela die Weinflasche unter dem Arm hervorgerutscht, als sie sich durch die Eingangstür wand. „Mrs Laani!", rief sie fröhlich. Sie packte den Blumenstrauß fester und versuchte, ihn dabei nicht an der Schachtel zu zerdrücken, in der sich ihr neues Negligé befand.

Mrs Laani kam herangestürzt, aber Angela merkte sofort, dass sie nicht wegen ihres Rufens so rannte. „Mrs McCasslin, gottlob, dass Sie wieder da sind!"

„Ist etwas passiert?"

Die Haushälterin deutete mit dem Kopf zu Daniels Arbeitszimmer. Die Tür war geschlossen. „Mr McCasslin will Sie sofort sprechen. Sobald Sie im Haus sind, sagte er." Die normalerweise so gelassene Frau rang die Hände.

„Warum denn? Was ist denn …?" Angelas Herz zog sich zusammen. „Ist etwas mit Richy?"

„Nein, ihm geht es gut, er ist in der Küche. Gehen Sie jetzt zu Ihrem Mann." Mrs Laani wagte nicht, Angela in die Augen zu sehen.

Angela reagierte mechanisch. Sie gab Mrs Laani die Flasche. „Kühlen Sie den Wein, und stellen Sie die Blumen in eine Vase, die Sie dann bitte in unser Schlafzimmer bringen. Heute Abend werden wir Steaks essen. Bitte bereiten Sie Richys Essen schon früher zu. Und legen Sie diese Schachtel in meinen Schrank."

„Ja, Mrs McCasslin."

Angela unterdrückte ihre Angst, öffnete die Tür zu Daniels Arbeitszimmer und trat ein.

„Liebling, ich …" Ihr Blick fiel zuerst auf die Flasche Scotch auf Daniels Schreibtisch. Daneben stand ein Whiskyglas. Eine Hand, deren Knöchel ganz weiß waren, hielt es fest umklammert. Daniels Hand. Angela starrte eine Weile fassungslos darauf, ehe sie begriff, was sie sah.

168

Sie blickte Daniel an. Sein Haar war zerrauft, und seine Wangenmuskeln bewegten sich unausgesetzt.

„Komm herein!", befahl er mit eiskalter Stimme. „Ich glaube, du kennst unseren Gast."

Erst jetzt nahm Angela den Mann bewusst zur Kenntnis, der auf dem Stuhl vor Daniels Schreibtisch saß und der sich nun zu ihr umdrehte. Sie schaute in Ronald Lowerys spöttisches Gesicht. Angelas Knie gaben nach. Sie sank gegen den Türpfosten und musste sich daran festhalten.

Daniel lachte böse auf. „Du brauchst keine Überraschung zu heucheln, deinen Exmann zu sehen. Ich habe gerade von ihm gehört, dass ihr euch in der letzten Zeit recht oft getroffen habt."

Angela versuchte, sich auf den Beinen zu halten. Sie wollte, dass Daniel die Situation im wahren Licht sah. „Daniel, was hat er dir erzählt?"

„Eine recht interessante Geschichte", antwortete er mit dem gleichen bösen Lachen. „Ich dachte immer, ich sei der größte Sünder aller Zeiten und mich könne nichts mehr verblüffen, was sich menschliche Niederträchtigkeit einfallen lassen kann. Aber eure Genialität übertrifft alles. Gratuliere!"

„Bitte, Daniel!" Angela trat weiter ins Zimmer hinein. „Hör mir zu. Ich habe dir …"

„Hast du deinem Mann gestattet, dich mit meinem Samen zu befruchten? Hast du Richy ausgetragen? Hast du ihn für fünfzigtausend Dollar hergegeben … verkauft, sollte ich sagen? War das die Hälfte von den hunderttausend, die mir dein Mann berechnet hat? Stimmt das alles?"

Tränen liefen über Angelas Gesicht. „Ja, aber …"

„Und dann hast du den Nerv besessen, nach Hawaii zu kommen und dich in mein Vertrauen, in mein Leben zu schleichen? Hast du das getan?"

„Es war nicht …"

„Was für ein gottverdammter Narr ich war!" Daniel sprang auf, leerte sein Glas und setzte es hart auf den Schreibtisch. Dann drehte er Ronald und Angela den Rücken zu, als wäre deren Anblick zu widerlich, um erträglich zu sein.

„Es war nicht so", versuchte Angela es noch einmal. „Wirklich nicht."

„Spar dir deine Lügen!" Daniel fuhr herum. „Was wolltet ihr noch aus mir herauspressen?" Die Frage war nicht an Ronald, sondern an Angela gerichtet.

„Nichts, Daniel."

„Nichts? Mein Geld, meinen Sohn? Wann hättest du genug gehabt? Mein Leben hast du ja schon zerstört mit deinem Betrug."

Angela versuchte angestrengt, die Gedanken zu ordnen, die ihr durch den Kopf schossen. „Vor ein paar Wochen hat Ronald Kontakt zu mir aufgenommen. Er sagte, er würde dir verraten, wer ich bin, wenn ..."

Sie zuckte unter Daniels verächtlichem Blick zusammen, fuhr aber fort: „... wenn ich ihm nicht zwanzigtausend Dollar gebe. Er ist ein Spieler und hat Kredithaie am Hals. Darum brauchte er auch das Geld, das du ihm für Richy gezahlt hast. Und ich wollte mich von Ronald befreien."

Daniel ließ sich wieder in seinen Sessel fallen. Seine ganze Haltung drückte aus, dass er an Angelas Dilemma nicht glaubte. Wenn sie ihn doch nur überzeugen könnte!

„Ich habe ihm vor unserer Reise fünftausend Dollar gezahlt", redete sie weiter. „Das war mein Geld, Daniel, nicht deins. Und ich hätte ihm doppelt so viel gegeben, um dir diesen Auftritt zu ersparen."

„Du hättest also weiterhin diesem Kerl Geld gegeben, damit ich nicht erfahre, was für ein verlogenes Geschöpf ich geheiratet habe! Deine Rücksichtnahme auf mein Wohlergehen rührt mich."

Angela schluchzte auf und schüttelte den Kopf. „Nein, Daniel, nein! Ich wollte es dir doch gestehen."

„Wann, Angela? Das möchte ich mal wissen. Wenn Richy in die Schule geht? Oder wenn er vom College kommt? Oder auf seiner Hochzeit? Hättest du mir da auf den Arm getippt und gesagt: Ach, übrigens, ich bin die Frau, die ihn geboren hat?"

Daniels Worte trafen Angela wie Geschosse. „Nein!", rief sie. „Ich konnte mit dem Geheimnis nicht länger leben. Heute Abend wollte ich dir alles sagen."

Jetzt lachte Daniel laut, anhaltend und Furcht erregend. „Heute Abend! Na, ist das nicht entzückend?" Er starrte sie wütend an. „Das soll ich dir glauben? Wo du mich von Anfang an belogen hast?"

„Ich habe nicht gelogen."

„Die ganze gottverdammte Geschichte war eine Lüge!" Daniel sprang wieder auf. „Wenn ich daran denke, wie du mich hereingelegt hast!" Er schüttelte den Kopf. „Immer lieb und nett, immer höflich und entgegenkommend, voller Mitgefühl und ..." Er winkte ab, als lohnte es sich nicht, weiter mit ihr zu reden, und wandte sich an Ronald, der auf seinem Stuhl hockte wie ein Aasgeier, der darauf wartet, endlich über den Kadaver herfallen zu können. „Raus!"

Das hinterhältige Grinsen verschwand von Ronalds Gesicht. „Augenblick mal! Wir haben doch noch gar nicht besprochen, wie wir die Sache regeln wollen."

„Falls Sie glauben, Sie bekommen von mir auch nur einen Cent, sind Sie nicht nur ein Verbrecher, sondern ein Vollidiot dazu. Und wenn Sie nicht auf der Stelle verschwinden, schlage ich Sie kurz und klein und übergebe Sie dann der Polizei."

Ronald stand wutbebend auf. „Sie werden andere Töne von sich geben, wenn ich der Presse die hübsche Story liefere. Wenn ich denen erzähle, wie Sie und Ihre blasse Frau mich um ein Baby angebettelt haben und dass Sie jetzt mit der natürlichen Mutter verheiratet sind. Vielleicht verschweige ich, dass ich die künstliche Befruchtung vorgenommen habe. Dann werden sie denken, die Zeugung sei auf natürlichem Wege erfolgt und der Junge somit ein Bastard!"

Daniel zuckte die Schultern. „Und wer soll eine solche weit hergeholte Geschichte glauben, die von einem Arzt kommt, der seine Praxis und die Achtung seiner Kollegen verloren hat, der überall verschuldet ist und jetzt das Leben eines Landstreichers führt? Wem wird man wohl eher glauben – Ihnen oder mir? Leute meines Berühmtheitsgrades werden öfter das Opfer irgendwelcher Wirrköpfe, die schnell Geld machen wollen. Das weiß die Presse genau. Auslachen wird man Sie, Lowery!"

Ronald verlor sichtbar an Selbstvertrauen. „Aber der Rechtsanwalt! Der hat alle Papiere. Er ist mein Freund und unterstützt mich."

„So? Auf wessen Seite würden Sie sich an seiner Stelle schlagen? Auf die eines weltbekannten, im Höhenflug begriffenen Tennis-Profis oder auf die eines heruntergekommenen Arztes, dem das Wasser bis zum Hals steht? Selbst ein Mann, den Sie Ihren Freund nennen, kann so dumm nicht sein. Und wenn, dann werde ich ihm mehr fürs Schweigen zahlen, als Sie ihm fürs Reden."

Ronalds Gesicht war kalkweiß geworden.

Daniel kam um den Schreibtisch herum. „Ich sage es noch einmal: Verschwinden Sie! Und falls Sie sich hier noch einmal blicken lassen, sorge ich dafür, dass Sie hinter Schloss und Riegel wandern."

„So leicht werden Sie mich nicht los, McCasslin!"

„Doch, und das wissen Sie auch. Deshalb baden Sie auch in Angstschweiß."

Ronald sah Angela hasserfüllt an. „Wenigstens habe ich dich damit auch zerstört. Jetzt verachtet er dich!" Er verließ das Zimmer. Kurz darauf hörte man die Vordertür zufallen.

Etliche Minuten verstrichen. Nichts regte sich im Raum. Das Schweigen war geradezu unheimlich. Daniel schaute auf den Ozean hinaus, und Angela blickte auf Daniels Rücken.

Wie sollte sie es nur anfangen, sein Verständnis zu erlangen? Warum nur hatte sie nicht früher geredet! Wie schön wäre es, wenn er sie in den Arm nähme und ihr versicherte, dass er ihre Beweggründe von damals verstand und an ihre große Liebe zu ihm glaubte.

Stattdessen aber hatten ihn die Wut und der verletzte Stolz geschlagen. Als er sich zu Angela umdrehte, erkannte sie sein Gesicht kaum wieder. „Bist du noch immer hier? Ich dachte, du verschwändest zusammen mit deinem ersten Ehemann und überlegtest dir, wie du an die nächsten fünfzigtausend Dollar für ein Kind kommen könntest."

Angela senkte den Kopf „Daniel, damals das … Ich tat es für Joey."

„Ach, gab es tatsächlich einen Joey? Ich bezweifelte das schon."

Angela warf den Kopf zurück und blickte Daniel aufgebracht an. „Ich tat es, um sein Leben zu verlängern. Ich tat es, weil das die einzige Möglichkeit war, aus der unerträglichen Ehe herauszukommen und diesen Mann loszuwerden, den ich von Tag zu Tag mehr verabscheute. Wenn du einmal für einen Moment aufhören würdest, dich selbst zu bemitleiden, würdest du vielleicht verstehen, was das für mich bedeutete."

„Ich bemitleide mich selbst? So ein Unsinn! Ich verachte mich nur wegen meiner bodenlosen Dummheit. Wenn ich daran denke, wie schüchtern ich dich von Weitem beobachtet habe, wie sorgfältig ich mir eine Methode, dich anzusprechen, ausgedacht habe und wie aufgeregt ich war, als ich endlich mit dir reden konnte, dann wird mir richtig übel. Wie hast du es nur fertiggebracht, ernst zu bleiben? Für dich muss das doch zum Totlachen gewesen sein."

„Das stimmt nicht, Daniel! Anfangs wollte ich dir wirklich begegnen, weil ich Richy sehen wollte. Ja, ich wollte meinen Sohn sehen!", rief Angela. „War das so schlimm? Aber nachdem ich dich kennenlernte, wollte ich dich auch. Fast noch mehr als Richy."

„Du wolltest nichts anderes, als mich verführen."

„Verführen?", wiederholte sie fassungslos. „Hast du dein Gedächtnis verloren? Wenn mir daran gelegen gewesen wäre, hätte ich mein Ziel am allerersten Abend erreicht!"

„Dazu warst du viel zu schlau. Wenn du gleich am ersten Abend das Bett mit mir geteilt hättest, würde ich vielleicht das Interesse an dir verloren haben. Nein, nein, ein bisschen wohlkalkulierter Widerstand ist die beste Methode, einen Mann anzumachen, um den sich sämtliche Frauen drängen."

„Das wäre das Dümmste gewesen, was mir hätte einfallen können. Dein verletzter Stolz und deine Wut haben dir wohl den Verstand geraubt!" Angelas Zorn und ihre Lautstärke nahmen gleichermaßen zu. „Mein Wunsch war es, mich mit dir anzufreunden, nicht deine Geliebte zu werden. Dann habe ich mich aber in dich verliebt und fand nicht mehr den Mut, dir zu sagen, wer ich bin. Ich fürchtete, dass du so reagieren würdest, wie du jetzt reagiert hast."

Angelas Brüste hoben und senkten sich bei ihren erregten Atemzügen. Daniel musste immer wieder hinschauen und verfluchte sich im Stillen dafür.

Selbst jetzt erschien Angela ihm noch als die begehrenswerteste Frau, die er jemals kennengelernt hatte. Wie war es ihr nur gelungen, ihn so zu täuschen? Irgendetwas muss doch in ihrem Blick gelegen haben, das ihn hätte warnen sollen. Aber er hatte sich von ihr einfangen und in die Ehe locken lassen, ohne es zu merken. Welcher Mann, der auch nur einen Funken Stolz besaß, würde so etwas ertragen?

„Einmal wollte ich dir alles erzählen", begann Angela wieder. „Doch da meintest du, wenn die Geheimnisse unserer Vergangenheit nichts mit unserer Liebe zu tun hätten, sollten wir sie für uns behalten."

„Da ahnte ich nicht, welcher Art dein Geheimnis war", entgegnete Daniel in einer ziemlich arroganten Tonlage, die Angela fast die Beherrschung kostete.

„Und was ist mit deinem Geheimnis, Daniel? Hast du mir jemals gesagt, dass nicht deine geliebte Ellie Richy geboren hat, sondern eine wildfremde Frau?"

„Das tat nichts zur Sache."

„Eben!", schrie Angela. „Das sage ich ja! Ich hätte dich und Richy genauso geliebt, wenn ich nicht seine Mutter wäre."

„Wirklich, Angela?"

Sekundenlang herrschte angespanntes Schweigen.

„Ja, Daniel", sagte Angela dann leise. „Ja."

Daniel durchbohrte sie mit seinem harten Blick. „Aber genau werde ich das nie wissen, nicht wahr? Du hast mir einmal eines Kindes wegen deinen Körper verkauft. Hast du das später nicht wieder getan?"

Hilflos beobachtete Angela Daniel, der zum Schreibtisch ging und die Whiskyflasche in die Hand nahm. Er trat damit ans offene Fenster, beugte sich hinaus und zerschmetterte die Flasche an der Außenmauer.

„Ich werde mich von dir nicht wieder dazu treiben lassen. Jetzt bin ich wieder ein Gewinner, und das lasse ich mir weder von dir noch von sonst jemandem nehmen."

14. KAPITEL

*S*ie machen einen Fehler."

Angela, die gerade eine Bluse in ihren Koffer legen wollte, drehte sich zu Mrs Laani um, die an der Schlafzimmertür stand. Am liebsten wäre sie zu ihr gelaufen und hätte sich an ihrem mütterlichen Busen ausgeweint. Sie kannte nichts mehr als Tränen, seit dem Tag vor einer Woche, an dem Daniel das Haus verlassen hatte.

Ohne ein Wort des Abschieds war er aus seinem Arbeitszimmer gegangen und hatte gepackt. Kurz darauf hörte Angela ihn draußen nach Maurice rufen, der ihn zum Flugplatz fahren sollte. Seitdem hatte Daniel ein paarmal angerufen, um sich nach Richy zu erkundigen. Stets hatte er mit Mrs Laani gesprochen, nie mit Angela. Im Augenblick befand er sich in Los Angeles zu den Abschlussverhandlungen für seine Sportartikelgeschäfte.

„Ich glaube nicht, dass das ein Fehler ist", widersprach Angela leise und beschäftigte sich weiter mit ihrem Koffer.

Mrs Laani trat ins Zimmer. „Er ist ein halsstarriger Mann, Mrs Mc-Casslin. Stolz. Ich hätte taub sein müssen, um den schrecklichen Streit nicht mitzubekommen. Sie sind Richys Mutter. Das hätte ich eigentlich längst erkennen müssen."

Angela lächelte traurig. „Manchmal meinte ich, meine Liebe sei so deutlich sichtbar, dass Sie ... oder Daniel ... das entdecken würden."

„Für Mr McCasslin war das jetzt ein Schock, aber wenn er ein bisschen nachdenkt, wird er merken, wie unvernünftig er sich verhalten hat."

„Er hatte eine Woche Zeit zum Nachdenken. Ich weiß nicht, was dabei herausgekommen ist, aber ich werde nicht länger hier herumsitzen wie ein Kapitalverbrecher, der auf sein Todesurteil wartet. Ich bin der Eindringling. Daniel und Richy kommen auch ohne mich aus."

Mrs Laani richtete sich hoch auf und kreuzte die Arme vor der Brust. „Also wollen Sie sich feige davonmachen."

Angela setzte sich auf die Bettkante. „Versuchen Sie, mich zu verstehen. Wirklich feige wäre ich, wenn ich jetzt brav hierbliebe und mich mit Daniels Uneinsichtigkeit und seiner Wut abfände, so, wie ich es in meiner ersten Ehe gehalten habe. Daniel verachtet mich ja, weil ich mich meinem ersten Mann gebeugt habe. Vielleicht hofft er, dass ich wenigstens jetzt etwas Rückgrat zeige und die Konsequenzen ziehe."

„Und Richy?" Tränen standen in Mrs Laanis Augen.

„Ja, Richy ..." Angela dachte an diese Woche, die sie allein miteinander verlebt hatten. Tagsüber war sie stets mit ihrem Sohn zusammen

174

gewesen, und nachts hatte sie sich neben sein Bettchen gesetzt und ihn angeschaut, während er schlief.

„Ich hoffe, Daniel gestattet mir, den Kleinen hin und wieder zu sehen. Es wäre töricht, wenn ich versuchte, Anspruch auf das Kind zu erheben. Dies hier ist Richys Zuhause."

„Überlegen Sie es sich noch einmal." Jetzt weinte Mrs Laani ungehemmt. „Sie lieben doch die beiden viel zu sehr, um sie zu verlassen."

„Ich liebe sie zu sehr, um hierzubleiben", entgegnete Angela leise.

Als Angela ein paar Stunden später wieder neben Richys Bett saß, erklärte sie dem fest schlafenden Kind alles.

„Ich weiß nicht, was dir dein Daddy über mich erzählen wird, aber ich hoffe, eines Tages wirst du erfahren, wer ich bin, und mir verzeihen, dass ich dich fortgeben musste. Ich tat es, um das Leben deines Bruders zu retten, Richy." Sie lächelte. „Schade, dass du Joey nicht kennenlernen konntest. Ihr hättet euch sicher gemocht."

Sie strich sanft über die blonden Locken ihres schlafenden Sohnes. „Ich liebe deinen Vater, Richy, und ich möchte euch beide nicht verlassen, aber ich muss es tun. Wir würden fortan in einer vergifteten Atmosphäre leben, die für dich am schädlichsten wäre. Und vielleicht verstehst du eines Tages auch, dass es jede Liebe zerstört, wenn man ihr seine Selbstachtung opfert."

Mit dem Finger streichelte sie Richys kleine Faust. „Ich gebe dich jetzt zum zweiten Mal auf, Richy. Bitte, versteh, dass ich es tun muss."

Angela erhob sich und tastete sich vorsichtig zur Tür. Es war absolut dunkel im Zimmer, doch die Finsternis in ihrer Seele war noch viel tiefer.

Das Motelzimmer war zweckmäßig eingerichtet, lag aber an der „falschen" Seite der Kalakaua Avenue, sodass man von seinem Fenster aus nicht auf den Ozean und den Strand von Waikiki sehen konnte. Früher hatte die Anlage einmal bessere Tage gekannt. Jetzt stellte sie nur noch eine preiswerte Unterkunftsmöglichkeit dar, genau das Richtige für Angelas Finanzen und Bedürfnisse. Hier konnte sie die langen, einsamen Tage ebenso gut verbringen wie anderswo auch.

Angela unternahm lange Spaziergänge den Strand entlang. Sie schrieb viel. Gedanken und Eindrücke, noch unsortiert, füllten einen Schreibblock nach dem anderen. Immer wieder dachte sie an Richy. Was tat er jetzt gerade? Vermisste er sie? Und Daniel? Fehlte sie ihm?

Am vierten Tag nach ihrer Abreise von Maui saß Angela wieder vor ihrem Schreibblock, doch heute hatten die Musen anscheinend ihren

175

freien Tag. Seit einer Viertelstunde starrte Angela auf die leere Seite ihres Blocks. Plötzlich fiel ein Schatten darüber. Sie schaute auf und zum Fenster. Daniel stand davor.

Eine kleine Ewigkeit lang sahen sie einander durch die Glasscheibe hindurch an. Angelas Denkvermögen setzte aus. Schließlich ging Daniel zur Tür.

Angela stand auf. Ihre Knie zitterten. Sie wandte sich zur Tür. Daniel hatte nicht angeklopft. Sie öffnete trotzdem.

Sein Gesicht sah so grau aus, dass Angela schon fürchtete, er sei wieder dem Alkohol verfallen. Seine Augen waren jedoch klar und seine Bewegungen so athletisch und geschmeidig wie immer. Er trug weiße Shorts und ein gelbes Polohemd. Mit einem Mal sehnte sie sich heftig danach, ihn zu berühren.

Daniel betrat das Zimmer. Er blickte sich darin kurz um und schaute dann wieder Angela an. „Guten Tag, Angela."

„Guten Tag."

„Geht es dir gut?"

Angela schluckte. „Ja." Sie spürte, dass er unter einer starken inneren Anspannung stand. Von Daniel schien eine Kraft auszugehen, auf die ihr Körper sofort reagierte. „Und du? Geht es dir auch gut? Und Richy?"

„Ich bin erst heute Morgen nach Maui zurückgekehrt. Ich war lange nicht daheim, aber Richy scheint es gut zu gehen. Gesundheitlich, meine ich. Mrs Laani sagte, er habe in der letzten Zeit viel geweint." Daniel schien die Palme vor dem Fenster sehr interessant zu finden. Er hielt den Blick nun stur darauf gerichtet. „Er vermisst dich."

Angela senkte den Kopf. „Ich vermisse ihn auch." Im Stillen setzte sie hinzu: Und ich vermisse dich.

„Ich … erst als ich wieder daheim war, erfuhr ich, dass du fortgegangen bist." Daniel räusperte sich. „Ich bin sofort hierher nach Honolulu geflogen."

Angela schaute jetzt auch auf die Palme vor dem Fenster. „Wie hast du mich gefunden?"

„Mit einer Tüte voll Münzen."

„Wie bitte?"

„Ich ließ mir eine Tüte voll Münzen von der Bank geben und fing zu telefonieren an."

„Ach so." Angela erlaubte sich ein kleines, zaghaftes Lächeln. „Ich wollte so lange in Hawaii bleiben, bis in Los Angeles alles bereit ist.

Mein altes Apartment hatte ich nämlich vor der Reise nach Hawaii aufgegeben, weil ich dachte, mein Aufenthalt hier würde ... würde vielleicht länger dauern. Eine meiner Freundinnen sucht jetzt eine neue Wohnung für mich."

„Du hast also vor, nach Los Angeles zurückzukehren?"

Was deutete das Zittern in seiner Stimme an? Angst oder Erleichterung? Angela wagte nicht, Daniel anzusehen. „Ich denke, ja."

Daniel trat an den Tisch. Sie hörte, wie ihr Schreibpapier raschelte. „Du schreibst?"

„Ja." Also wollte Daniel mit ihr nicht über die Trennung sprechen. Er würde sie einfach ziehen lassen. „Ich schreibe, wenn ich in der Stimmung dazu bin", erklärte sie so gleichmütig wie möglich.

„In welcher Stimmung warst du, als du dies schriebst?", fragte Daniel schließlich.

Angela drehte sich langsam um. Daniel ließ einen zerknüllten Bogen auf den Tisch flattern. Es handelte sich um ein Gedicht, das sie vor über einem Monat geschrieben hatte, als sie alle zusammen in San Francisco waren. An jenem Morgen hatte sie nach einem ausgiebigen Frühstück und einem darauf folgenden Liebesspiel noch im Bett gelegen, während Daniel schon zu seinem Tennistraining unterwegs gewesen war. Sie hatte nach ihrem Schreibblock gegriffen und ganz unter dem Eindruck der vergangenen Stunden ein Liebesgedicht geschrieben, das in bewegten Worten ausdrückte, was Daniel ihr bedeutete.

„Ich glaube, der Text erklärt die Stimmung genug", antwortete Angela. Sie versuchte, die Tränen zu unterdrücken, und wagte einen Blick in Daniels Gesicht. Auch seine Augen schimmerten feucht.

„Ich habe es gestern zerknüllt in einer Kofferecke gefunden", erklärte er.

Angela schwieg.

„Vor ein paar Tagen bin ich endlich zu der Erkenntnis gelangt, dass ich der allergrößte Dummkopf aller Zeiten bin. Du hast allen Grund, mich für mein unmögliches Verhalten zu hassen. Ich wollte dich um Verzeihung bitten, aber erst als ich dies hier fand, hatte ich den Mut dazu. Ich hoffte, wenn du einmal so für mich empfunden hast, sei vielleicht noch nicht alles verloren."

„Du möchtest mich um Verzeihung bitten?"

„Ja. Dafür, dass ich mich wie ein Idiot, wie ein beleidigter Verlierer, wie ein verwöhntes Kind benommen habe."

„Liebling, dein Ärger war gerechtfertigt. Ich habe dich schließlich unter falschen Voraussetzungen in die Ehe gelockt."

177

Inzwischen hatten sie sich einander langsam genähert. Jetzt zog Daniel Angela in die Arme. Er barg sein Gesicht in ihrem duftenden Haar. „Das hast du nicht. Ich habe dich geheiratet, weil ich dich liebte. Ich wollte dich zur Frau. Das will ich noch immer! Ich war schrecklich verzweifelt, als ich erfuhr, dass du fortgegangen bist. Angela, komm zu mir zurück."

„Ich bin gegangen, weil ich dachte, du könntest mich nicht länger ertragen." Sie blickte ihm in die Augen. „Und ich hätte nicht ständig mit deiner Verachtung leben können. Daniel, ich muss wissen, dass du verstehst, warum ich mich einst so und nicht anders verhalten habe."

Daniel griff nach ihrer Hand und führte sie direkt zum Bett. Sie setzten sich auf die ausgeblichene Decke. „Was du getan hast, war nicht falsch. Ungewöhnlich vielleicht, aber bestimmt nicht falsch. Für Ellie und mich war damals die Frau, die uns unseren Richy geschenkt hat, der absolut wunderbarste Mensch auf Erden."

Liebevoll strich er ihr über ihre Wange. „Warum ich so unverzeihlich reagiert habe, nachdem ich hörte, dass du diese Frau bist, weiß ich nicht. Wahrscheinlich war ich gekränkt, weil du mir nicht so viel Vertrauen und Liebe entgegengebracht hast, es mir zu sagen."

„Denkst du nicht schlecht von mir, weil ich mein Baby verkauft habe?"

„Ich habe schon nicht schlecht von dir gedacht, ehe ich dich kannte. Warum jetzt? Ich weiß, dass du es tatest, um Joeys Leben zu retten. Wenn ich vor dem gleichen Problem mit Richy stünde, würde ich sogar einen Pakt mit dem Teufel schließen."

„Das habe ich getan."

Daniel lächelte. „Nachdem ich das wahre Gesicht deines geschiedenen Mannes kennengelernt habe, glaube ich dir das aufs Wort."

„Fürchtest du nicht, er könnte noch Schwierigkeiten machen?"

„Nein. Dazu hat er viel zu viel Angst. Wir sind nicht die Einzigen, über die er sich den Kopf zerbrechen muss. Wenn er aber doch irgendwie zuschlagen sollte, kann mich das nicht erschüttern, solange ich dich und Richy an meiner Seite weiß." Er küsste ihre Fingerspitzen. „Du kommst heim mit mir, ja? Und dann verlässt du mich nie wieder, nein?"

„Möchtest du das?"

„Ach, Angela, das fragst du noch?"

Sie ließen sich aufs Bett zurückfallen, und ihre Lippen trafen sich in einem Kuss voller Zärtlichkeit und Verlangen. Daniels Zunge kostete, tastete, drängte und weckte Angelas Begehren. Aber dies war nicht der richtige Zeitpunkt, den körperlichen Gelüsten nachzugeben. Angela war dankbar, dass Daniel das auch erkannte.

Sie schob ihn ein wenig zur Seite, setzte sich auf und schaute sich im Zimmer um. „Mein Gott, ist das hier deprimierend! Lass uns heimkehren."

Richy war entzückt, ein so dankbares Publikum zu haben. Seine Eltern saßen im Wohnzimmer auf dem Teppich und applaudierten bei seinen übermütigen Turnübungen, die immer wilder wurden.

„Sie sollten ihn wohl lieber ins Bett bringen, ehe er noch aufgedrehter wird", empfahl Mrs Laani, die sich immer wieder heimlich eine Träne abwischen musste, seit Daniel und Angela plötzlich Arm in Arm durch die Vordertür hereinspaziert waren.

„Okay, großer Meister, die Autorität hat gesprochen." Richy strahlte, als sein Vater ihn auf seinen Schultern reiten ließ. Die kleinen Händchen krallten sich in das dichte blonde Haar. Angela legte den Arm um Daniels Hüften, und so gingen sie gemeinsam die Treppe hoch.

Richy wollte aber um keinen Preis ins Bett. Es war so gut wie unmöglich, den wild strampelnden Burschen in seinen Pyjama zu bekommen. „Pipi!", rief er immer wieder eindringlich.

„Vielleicht ist es diesmal kein falscher Alarm", meinte Angela. Daniel, der es kaum erwarten konnte, endlich mit ihr allein zu sein, machte ein skeptisches Gesicht, doch dann handelte er.

Er schnappte sich Richy, trug ihn ins Badezimmer und setzte ihn auf sein Töpfchen. Zur Verblüffung seiner Eltern folgte Richys Ankündigung wirklich die Tat. Ein paar Minuten später lag der Kleine in seinem Bettchen und schlief sofort völlig übermüdet ein.

„Haben wir nicht einen fabelhaften Sohn zustande gebracht?", fragte Daniel.

„Ja, das haben wir." Angela lehnte sich an Daniel. Dann erzählte sie ihm stockend, wie Ronald ihr eingeredet hatte, er habe sie bei Richys Geburt unfruchtbar gemacht, und wie erleichtert sie nach dem so gefürchteten Besuch bei dem Arzt in San Franzisco gewesen war. „Der Doktor hat mir glaubhaft versichert, dass wir noch viele Kinder bekommen können", schloss sie.

„Dieser Lowery ist ein Schweinehund." Daniel küsste Angela auf die Stirn. „Wenn wir noch Kinder bekommen, werde ich sie alle lieb haben. Kriegen wir keine mehr, bin ich auch nicht traurig. Nächstes Jahr erreiche ich die Spitze der Weltrangliste. Dann kann ich mich in Würde vom Tennis zurückziehen. Ich habe einen wundervollen Sohn, und ich habe eine Frau, die ich mit jeder Faser meines Herzens liebe. Was will ich mehr?"

Sie gaben ihrem schlafenden Sohn noch einen zärtlichen Kuss auf die Stirn und verließen auf Zehenspitzen das Zimmer. Als sie im dunklen, leeren Flur standen, wurden beide plötzlich ungeheuer verlegen und nervös. Daniel schaute Angela voller Begehren an.

„Ich kann es wirklich kaum erwarten, dich in mein Bett zu bringen, aber ich weiß auch, dass du erst umworben werden willst."

Angelas Augen leuchteten verräterisch. „Das war vor meiner Hochzeit."

„Und jetzt?"

„Jetzt will ich mit meinem Ehemann schlafen."

„Ich muss erst mal ins Bad."

„Ich auch."

„Dann nehme ich das Badezimmer unten. Eine Viertelstunde?"

Angela lächelte glücklich. Sie freute sich, dass Daniel sie allein ließ, während sie sich für ihn sorgfältig vorbereitete. „Oder weniger."

Sie duschte, wusch sich das Haar und trocknete es rasch. Danach verteilte sie Bodylotion auf ihrer Haut und benutzte ein verführerisches Parfüm. Das durchscheinende Gewebe ihres Negligés unterstrich die Schönheit ihres nackten Körpers darunter. Angela setzte sich aufs Bett, lehnte sich in die Kissen und erwartete so ihren Mann.

Daniel hatte sich nur ein Frotteehandtuch um die Hüften geschlungen, das jeden Moment herunterzurutschen drohte. Er hielt Angelas Blick gefangen, während er auf das Bett zutrat. Das Handtuch fiel zu Boden. Angela betrachtete ihren Mann ohne Hemmungen.

„Das ist sehr hübsch", lobte Daniel das neue Negligé. Sein Blick glitt zu ihren Brüsten. Durch den Stoff konnte er ihre dunklen Knospen erkennen.

„Danke."

„Die Farbe steht dir sehr gut."

„Ich werde es mir merken. Deine Farbe gefällt mir auch sehr gut."

Daniel lächelte. „Ich muss etwas für meine Bräune tun. Sie ist während der vergangenen Woche ziemlich verblasst." Er beugte sich hinunter, schob einen Finger in Angelas Halsausschnitt und lugte hinein. „Deine Bräune lässt ebenfalls zu wünschen übrig."

Die leichte Berührung seines Fingers ließ Angelas Atem schneller gehen. Ihre Brüste hoben und senkten sich gegen Daniels Hand, und in ihre Augen trat jener Blick, der sein Verlangen unbezähmbar machte.

„Angela …" Daniel streckte sich neben ihr aus – in entgegengesetzter Richtung – und legte den Kopf auf ihre Hüfte. „Ich liebe dich. Die Zeit ohne dich war ein Albtraum. Wir dürfen uns nie wieder trennen."

„Nie wieder", schwor Angela und kämmte mit den Fingern durch sein Haar.

Daniel schlug ihr Negligé auseinander und rieb seine Wange an ihrer weichen Haut. „Du duftest so gut." Er küsste ihren Nabel und ertastete ihn mit der Zunge. „Und hier hast du meinen Sohn getragen." Er strich mit den Lippen über ihren Bauch.

„Ja", flüsterte Angela und legte ihre Wange auf das raue Haar unterhalb seines Nabels, „Angela …" Daniel griff sanft in Angelas seidigen Schopf und drückte ihren Kopf tiefer hinunter. Sein ganzer Körper erstarrte wie im Krampf, als er zuerst die zärtliche Berührung ihrer Lippen und dann die geschickten Bewegungen ihrer Zunge fühlte.

Das erregende Liebesspiel versetzte beide in den unbändigen Taumel des Verlangens. Daniel richtete sich auf, drehte sich um und spreizte langsam und liebevoll Angelas Beine. Er kniete sich vor sie und legte sanft ihre Schenkel über seine, schob die Hände unter ihre Hüften und hob sie vorsichtig an. Er wandte den Blick nicht von Angelas Gesicht ab, während er in sie glitt.

Vorsichtig führte er die Hände an ihrem Rücken bis zu ihrem Oberkörper hoch und brachte Angela in eine sitzende Position. Seine Lippen verschmolzen mit ihren. Er umfasste ihre Brüste und ließ dabei die Daumen leicht über die angeschwollenen Spitzen kreisen. Dann gab er Angelas Mund frei, neigte den Kopf und setzte die Liebkosung mit den Lippen und der Zunge fort.

Angelas Körper antwortete auf diese aufreizende Berührung mit immer heftiger werdenden Bewegungen, bis Daniel sich nicht länger zurückhalten konnte. Ohne sich von ihr zu lösen, legte er sie auf den Rücken. Noch einmal drang er tief in sie ein, und auf dem Höhepunkt ihrer Leidenschaft schenkte er ihr seine ganze Liebe.

Es dauerte lange, bis sie von ihrer Reise zu den Gipfeln des Glücks in die Wirklichkeit zurückkehrten.

„Angela, ich liebe dich." Daniel stützte sich über ihr auf und schaute unendlich liebevoll zu ihr hinunter.

„Ich liebe dich auch, Daniel. Vom ersten Augenblick an und unwiderruflich."

Die Schmerzen und Missverständnisse der Vergangenheit gab es plötzlich nicht mehr. Nur die Gegenwart zählte jetzt noch und die Gewissheit, dass eine wunderbare Zukunft vor ihnen lag.

– ENDE –

Emilie Richards

Glut der Liebe

Roman

Aus dem Amerikanischen von
M. R. Heinze

1. KAPITEL

Großer Gott! Das Kind neben Granger Sheridan war fast so alt, wie Ellie jetzt gewesen wäre! Julianna Mason wich einen Schritt zurück, als könnte der größere Abstand zu einem kleinen Mädchen neben dem Kabinenfenster sie irgendwie vor dem Schmerz schützen, der ihr das Herz zerriss. Doch nichts konnte sie schützen, es sei denn, sie könnte durch Magie die Zeit zurückdrehen, bis vor den Moment, in dem sie in die nächste Abteilung der DC-10 getreten war, die sie nach Honolulu brachte. Bis vor den Moment, in dem sie Granger Sheridan entdeckt hatte, der sich neben dem Mädchen mit den braunen Haaren und den braunen Augen entspannte.

Braune Haare und braune Augen … Welche Farbe würden Ellies Augen heute haben? Bei der Geburt waren sie blau gewesen, so viel wusste Julianna. Blaue Augen in einem unmöglich winzigen Gesicht. Blaue Augen, die mit jedem stolpernden Herzschlag schwächer und schwächer geworden waren. Blaue Augen, die vielleicht eines Tages das dunkle Silbergrau der Augen ihres Vaters angenommen hätten. Wenn Ellie überlebt hätte …

Ellie … Wie lange war es her, dass Julianna sich zuletzt erlaubt hatte, an ihre Tochter zu denken? Die Zeit zwischen den Erinnerungen konnte man jetzt in Wochen messen. Manchmal lag sogar ein Monat dazwischen. Doch dann, wenn sie gerade dachte, sie könnte endlich lernen zu vergessen, wachte sie mitten in der Nacht auf, wenn der Regen von Kauai auf das Dach ihres Hauses trommelte, und dann glaubte sie für einen Moment, wieder in Mississippi zu sein. Bei Ellie …

Julianna lenkte ihren Blick von dem kleinen Mädchen zu dem Mann daneben. Nach der Haltung der beiden zu urteilen, gehörte das kleine Mädchen zu ihm. Es überraschte Julianna nicht, dass er ein Kind hatte, aber ein Kind in dem Alter? Wie lange hatte er denn über Ellies Tod getrauert? Sechs Monate? Drei?

Julianna stand nahe genug, um ihn berühren zu können, obwohl sie schon vor langer Zeit hatte lernen müssen, dass es nicht möglich war, Gray zu berühren. Nicht wirklich. Es gab keinen Zugang zu dem Mann unter der klassisch attraktiven Fassade, einer Fassade, die genauso makellos gealtert war, wie sie erwartet hatte. Gray war jetzt … einunddreißig? Er einunddreißig, sie achtundzwanzig, ein Alter, in dem eine Frau den ersten Glanz der Jugend verliert und ein Mann seine machtvolle Phase erreicht.

Macht war ein Wort, das gut zu den Sheridans aus Mississippi passte. Julianna bezweifelte nicht, dass Gray ein mächtiger Mann geworden war. Macht war etwas, bei dem er sich wohl fühlen musste. Granger – oder Gray, wie er genannt wurde – war damit aufgewachsen und hatte gesehen, wie Macht genährt und verdreht und zum Vorteil seiner Familie benützt wurde. Bestimmt war Gray ein Mann wie sein Vater geworden, ein Mann, der auf jedem Bürgersteig seines Heimatstaates einhergehen konnte in dem Bewusstsein, dass ihm notfalls jedermann Platz machen und auf die Straße ausweichen würde.

Grays Tochter ... Julianna konnte nicht bestimmen, welche Gefühle diese Worte in ihr auslösten. Sie konnte die in ihr tobenden Gefühle nicht voneinander unterscheiden. Sie wusste nur, dass es schmerzte.

„Verzeihung, Miss."

Julianna hörte die Worte der Stewardess. Ohne sich umzudrehen wusste sie, dass sie dem Getränkewagen den Weg versperrte.

Sie musste weitergehen, doch ihr Körper gehorchte diesmal nicht den Befehlen ihres Gehirns. Sie wollte noch einen einzigen Blick auf das Kind werfen, das sie aus großen forschenden Augen betrachtete. Noch einen Blick auf das Kind, das ihres hätte sein sollen.

Braune Haare und braune Augen und ein Lächeln, das für immer in ihren Träumen fortleben würde ...

Julianna wich auf die andere Seite des Mittelgangs aus, weg von Gray und seiner Tochter, wollte sich abwenden und zu ihrem eigenen Platz zurückkehren.

„Sind Sie aus Hawaii?"

Julianna hörte, wie sich der Getränkewagen klappernd entfernte. Das Kind hatte leise gefragt. Sie könnte so tun, als hätte sie nichts gehört. Sie könnte sich entfernen, bevor das Kind noch einmal fragte. Gray hatte den Kopf gegen die Lehne gestützt. Seine Augen waren geschlossen, als schliefe er. Er würde nicht einmal wissen, dass sie eine Armeslänge von ihm entfernt gestanden und ihn um seine Tochter beneidet hatte. Und ihn dafür gehasst hatte, dass er ihre Tochter hatte sterben lassen.

„Sind Sie aus Hawaii?", fragte das kleine Mädchen lauter.

Julianna wandte sich wieder der Kleinen zu. Gray öffnete die Augen. Julianna beobachtete ihn und wartete darauf, dass er sie erkannte. „Ja, ich bin aus Hawaii."

„Können Sie Hula?"

Julianna zwang sich zu einem Lächeln. „Ich tanze nicht Hula, aber ich würde es gerne."

„Surfen Sie?"

„Ich gehe schnorcheln."

Gray runzelte die Stirn. Julianna sah ihm den inneren Kampf an. Sie hatte sich in zehn Jahren gewaltig verändert. Verschwunden waren die kurzen, widerspenstigen Haare und die Nickelbrille. Verschwunden waren auch der schrecklich dünne Körper und die drei Nummern zu großen Kleider, mit denen sie den Fehler kompensiert hatte. Die Frau vor ihm war noch immer schlank, hatte aber inzwischen den Körper einer Frau, nicht den eines Mädchens. Ihr dunkles Haar fiel in schimmernden Naturlocken bis zur Mitte ihres Rückens, und ihre Haut war goldbraun von den Stunden in der Sonne. Mit den handgefärbten Seidenkleidern, die sie selbst entwarf, und den drei *leis* aus Muscheln unterschied sie sich himmelweit von dem Teenager, den Gray einmal gekannt hatte.

Aber es hätte sie überrascht, hätte er ihre Stimme nicht wiedererkannt. Er hatte stets gesagt, ihre Stimme habe ihn zuallererst zu ihr hingezogen.

„Ich hoffe, dir gefällt deine Reise auf die Inseln." Impulsiv beugte sich Julianna an Gray vorbei, nahm einen ihrer Muschelkränze ab und legte ihn dem kleinen Mädchen vorsichtig über den Kopf. „Aloha, Jody, aloha."

„Danke!" Das Mädchen wickelte den *lei* um zwei Finger, als wollte sie sich erst davon überzeugen, dass das Geschenk auch tatsächlich echt war.

„Gern geschehen." Als Julianna sich abwandte, merkte sie, dass ihre Hände zitterten.

„Julie Ann."

Sie schritt den Mittelgang entlang, ohne sich um Grays Ruf zu kümmern.

„Julie Ann!"

Aber sie war nicht mehr Julie Ann. War es seit zehn Jahren nicht mehr. Julie Ann war an dem Tag gestorben, an dem man das einzige Kind begrub, das sie zur Welt gebracht hatte. Julianna antwortete nicht mehr auf den Namen Julie Ann. Und sie antwortete Gray Sheridan nicht mehr.

Sie würde in ihrem ganzen Leben nie mehr Gray Sheridan antworten.

Julie Ann war im Flugzeug! Gray schloss die Augen. Das Zusammentreffen jagte Schockwellen durch seinen Körper, und seine Gedanken überschlugen sich. Julie Ann war im Flugzeug!

Er war so vorsichtig gewesen. Er hatte ihre Wegstrecke ermittelt und seine Route entsprechend gelegt. Sie war für den Morgenflug nach Kauai gebucht gewesen. Er hatte sogar eine Kopie ihres Tickets gesehen. Was war bloß schiefgelaufen?

Sekunden später erkannte er seinen Fehler. Die Maschine war voll besetzt mit Passagieren von anderen Flügen, die wegen eines schlimmen Sturms über dem Pazifik gestrichen worden waren.

Diese Änderung ging zu Kosten von ihnen beiden. Ursprünglich hätte Gray den Vorteil auf seiner Seite gehabt. Er hatte gewusst, wo er sie in Kauai finden konnte und auch wann. Jetzt lag das Überraschungsmoment nicht mehr bei ihm. Julie Ann wusste, dass er nach Hawaii kam, auch wenn sie nicht wusste, warum. Jetzt war sie vorsichtig und vorbereitet. Jetzt würde sie ihn erwarten.

Wie hatte er sie bloß nicht sofort erkennen können? Er hatte eine sagenhafte Frau in eleganten hawaiianischen Kleidern vor sich gesehen, und er hatte sie wie jeder Mann bewundert. Aber bis sie sprach, war sie bloß eine seltene exotische Erscheinung gewesen, eine Frau von den Inseln mit einem Übermaß an Schönheit.

Er hatte sich dazu gebracht, viel von Julie Ann zu vergessen, aber es war ihm nie gelungen, ihre Stimme zu vergessen. Tief und heiser klang sie und ein wenig atemlos. Ihre Stimme hatte auf ihn stets wie die schwüle Hitze einer Nacht in Mississippi gewirkt. Dieser Stimme hätte er in alle Ewigkeit lauschen können, ohne jemals zu ermüden.

Aber er hatte ihr nicht in alle Ewigkeit gelauscht, und deshalb war er hier.

„Kennst du die Dame?"

Gray öffnete wieder die Augen und betrachtete das kleine Mädchen an seiner Seite. Einen Moment hatte er vergessen, dass Jody Witham neben ihm saß und von ihm während des langen Fluges Hilfe und Unterhaltung erwartete. „Ich habe sie einmal gekannt."

Sie zeigte ihm ihre Halskette. „Die Dame hat ausgesehen, als würde sie gleich weinen, als sie mir die Kette gegeben hat."

Gray war zu betroffen gewesen, um auf Julie Anns Gesichtsausdruck zu achten, aber vermutlich hatte Jody recht. Er hatte zehn Jahre lang nicht geweint, doch jetzt war er so nahe dran, wie er es wahrscheinlich nie wieder sein würde. Wie musste Julie Ann sich fühlen?

„Ist sie Hawaiianerin?", fragte Jody.

„Sie kommt aus Mississippi."

„Meine Mommy sagt, ich stelle zu viele Fragen, aber wenn ich es nicht tue, erfahre ich ja gar nichts."

Er versuchte zu lächeln. „Ich bin zwar kein Fachmann für Kinder, aber durch Fragen lernen doch wohl alle, nicht wahr?"

„Hast du keine Kinder?", fragte Jody.

Gray schüttelte den Kopf.

„Das ist aber schade", vielleicht wirst du irgendwann mal welche haben", tröstete sie ihn.

Die mitfühlenden Worte spukten Gray im Kopf herum, während er auf den Mittelgang starrte und überlegte, was er jetzt tun sollte.

Julianna schob sich an ihrem breitschulterigen australischen Sitznachbarn vorbei auf ihren Fensterplatz. An jedem anderen Ort wäre sie vor Gray davongelaufen, genau wie vor einem Jahrzehnt. Aber wohin sollte sie in einem Jet laufen? Sie verwünschte den Zufall, der sie beide in das Gefängnis einer DC-10 geführt hatte. Ärgerlich wischte sie sich eine Träne von der Wange.

„Hören Sie, es geht mich ja nichts an, aber ich sehe, dass etwas nicht stimmt. Kann ich helfen?"

Julianna wischte sich noch eine Träne weg. Sie sah den Mann neben sich nicht an. Sie hatten nach dem Start in Los Angeles ein paar Worte miteinander gewechselt. Sie erinnerte sich, dass er sich als Dillon Ward vorgestellt hatte und dass er Australier war, ein Opalsucher aus einer Stadt mit einem komischen Namen.

„Alles in Ordnung", erwiderte sie einsilbig.

„Ist es der Flug?", fragte er behutsam.

„Nein, der macht mir nichts aus." Julianna wollte diesen Mann nicht in ihre Probleme mit hineinziehen, aber vielleicht würde sie doch seine Hilfe brauchen, wenn Gray sie nicht in Ruhe ließ. „Ich fliege oft."

„Bei solchem Wetter?"

Julianna wusste, was er meinte. Es war ein ungewöhnlich rauer Flug. Der Captain hatte auf Stürme über dem Pazifik hingewiesen. „Es geht nicht um den Flug. Ich habe nur eben jemanden nach Jahren wiedergetroffen. Eine unangenehme Überraschung."

„Schulden Sie dieser Person Geld?"

Julianna versuchte zu lächeln. Sie betrachtete Dillon. Er war ein groß gewachsener Mann mit gelockten braunen Haaren. Seine Nase war mindestens einmal gebrochen, was seinem Gesicht jedoch nur noch mehr Charme verlieh. Sein ermutigendes Lächeln passte zu dem besorgten Blick seiner freundlichen grünen Augen.

„Es geht um einen Mann", antwortete sie. „Und ich schulde ihm nichts."

„Sein Pech."

„Er könnte hierherkommen", warnte Julianna. „Ich sollte mich schon im Vorhinein entschuldigen."

„Entschuldigen?"

„Wir haben einander nichts Gutes zu sagen."

Dillon nickte. „Soll ich mir einen anderen Platz suchen, wenn er kommt?"

„Nein!"

„Dann bleibe ich." Dillon kippte seine Lehne weiter nach hinten und ließ sich entspannt zurückfallen. „Und Sie sagen mir auf jeden Fall Bescheid, falls Sie mich brauchen."

„Das mache ich." Julianna betrachtete die Wolkenmassen unter dem Flugzeug. Welche teuflische Macht hatte dieses Zusammentreffen mit Gray arrangiert? War das Leben schon wieder zu gut für sie geworden?

„Julie Ann."

Der Name, den sie nicht mehr benutzte, setzte ihren Nerven zu. Sie hatte gewusst, dass Gray zu ihr kommen würde, aber sie hatte nicht genug Zeit gehabt, um sich darauf einzustellen. Langsam drehte sie den Kopf und betrachtete ihn wortlos. Er trug einen perfekt zu seinen Augen passenden grauen Anzug. Die braunen Haare waren aus der Stirn gekämmt, die Spitzen von der Sonne gebleicht. Er war gebräunt und wirkte fit. Vermutlich genoss er die meiste Zeit zusammen mit seiner Familie das Wohlleben an der Golfküste von Mississippi. Sie fragte sich, ob er noch mehr Kinder hatte. Es sollte sie überraschen, wenn Gray sich nicht um einen Sohn bemüht hätte, der den Namen Sheridan weitertragen konnte.

„Du hast dich kaum verändert", sagte sie endlich.

„Du schon."

„Du wärst überrascht, wie sehr."

„Mich überrascht nichts."

Sie nickte, wartete ab.

„Sollte nicht einer von uns sagen, es ist schon lange her?", fragte er.

„Nicht lange genug."

Grays Miene veränderte sich nicht, blieb ernst. „Wie lange ist lange genug?"

„Ein ganzes Leben …"

„Ich möchte mit dir sprechen", sagte Gray.

„Ich wüsste nicht, worüber."

„Du machst es mir sehr schwer."

Ihr Lachen klang humorlos.

„Ich bin nicht hier, um dir Ärger zu machen." Grays Lippen wurden zu einer schmalen, geraden Linie.

„Dann hast du dich doch verändert, Gray."

„Der Captain bittet Sie, sich wieder anzuschnallen", gab eine Frauenstimme über Lautsprecher durch.

Gray stützte sich auf die Seitenlehne des Sitzes von Juliannas Nachbar. „Julie Ann, ich weiß, dass es für dich nicht leicht ist. Es ist auch für mich nicht leicht, aber ich muss mit dir reden. Wir müssen miteinander reden!" Als sie nicht antwortete, richtete er seine Aufmerksamkeit auf ihren Sitznachbarn. „Entschuldigen Sie, ich störe Sie ungern, aber würde es Ihnen etwas ausmachen, sich für ein paar Minuten woanders hinzusetzen? Ich muss kurz mit der Dame sprechen."

Einen Moment schien es so, als wollte der Mann nicht antworten. Dann setzte er sich auf und ließ die Lehne zurückschnellen. „Ich habe den Eindruck, die Dame will gar nicht mit Ihnen sprechen, Kamerad."

„Die Dame und ich, wir hätten schon längst miteinander reden sollen. Ich wäre Ihnen für Ihre Hilfe sehr dankbar."

„Wenn die Dame sagt, dass sie mit Ihnen reden will, schaue ich mich nach einem anderen Platz um."

„Julie Ann?"

„Mein Name ist Julianna", sagte sie leise.

„Passt zu dir."

Wäre seine Antwort nicht so versöhnlich ausgefallen, hätte Julianna der Unterhaltung zugestimmt. Sie konnte mit seinem Ärger fertig werden, mit seiner Arroganz, sogar mit seiner Herablassung. Aber sie wurde nicht mit seiner Wärme fertig. Das brachte Erinnerungen an einen Gray zurück, an dessen Existenz sie schon lange aufgehört hatte zu glauben. Sie wollte diesen Gray nicht wieder in ihrem Leben haben. Dieser Gray hatte sie fast zerstört.

„Ich will nicht mit dir sprechen", sagte sie und drehte sich zum Fenster. „Hier nicht und anderswo auch nicht."

„Du benimmst dich wie ein Kind."

„Die Lady hat Nein gesagt", mischte Dillon sich mit scharfer Stimme ein.

Gray fragte sich, was dieser Australier mit Julie Ann … Julianna zu tun hatte. „Die Dame erkennt nicht, dass ich keinen Ärger machen will. Ich will ihr nicht wehtun."

„Vielleicht hat die Dame Grund, die Sache anders zu sehen."

Gray nickte trotz seines wachsenden Ärgers. „Julianna", sagte er, ohne über den Namen zu stolpern. „Du hast zehn Jahre Zeit gehabt, um mich zu hassen. Gib mir nur ein paar Minuten, um wenigstens zu versuchen, deine Meinung zu ändern." Sobald er den Zorn in den Augen sah, die ihn herausfordernd anblitzten, wusste er, dass er das Falsche gesagt hatte.

„Ein paar Minuten? Himmel, bist du eingebildet! Denkst du, das reicht, Gray? Ein oder zwei Minuten deiner geduldigen Erklärungen, und ich kann alles vergessen, was geschehen ist?"

„So habe ich das nicht gemeint ..."

„Ich glaube, Sie sollten jetzt gehen." Dillon stand auf. „Die Dame regt sich auf."

„Halten Sie sich da raus. Das geht Sie nichts an", fuhr Gray ihn an.

„Die Dame hat dafür gesorgt, bevor Sie hier aufgetaucht sind, dass es mich schon etwas angeht."

Juliannas Ärger schwand, als sie die zwei Männer betrachtete. Sie hatte sich nicht vorstellen können, dass es so weit kommen würde. Ihre erhobenen Stimmen hatten die Aufmerksamkeit anderer Passagiere auf sich gezogen. „Geh doch endlich, Gray", sagte sie und legte ihre Hand auf Dillons Arm.

Gray schüttelte den Kopf. „Ich werde mit dir sprechen."

Beide Männer waren gleich groß. Gray schätzte den Australier ein. Den Vorteil des anderen an Gewicht konnte Gray an Schnelligkeit ausgleichen. Er löste seine Probleme normalerweise nicht mit den Fäusten, aber wenn es nötig war, konnte er es. Und es würde nötig sein, falls der Australier kein Einsehen hatte und ihn angriff.

„Gentlemen, bitte." Die junge Stewardess ließ sich nichts anmerken. „Das Zeichen zum Anschnallen leuchtet. Wenn Sie bitte Ihre Plätze einnehmen und den Gurt anlegen."

Einen Moment überlegte Gray, ob er die junge Frau einfach ignorieren sollte, doch er wusste, dass er diese Runde verloren hatte. Seine Worte waren an Julianna gerichtet. „Ich weiß, wo ich dich finden kann, bei der Arbeit und zu Hause. Wir werden miteinander sprechen, ob du es für eine gute Idee hältst oder nicht. Vielleicht erkennst du dann, wie kindisch du dich heute aufgeführt hast."

„Wir sind nicht in Mississippi. Hawaii gehört nicht den Sheridans. Wenn wir miteinander sprechen, dann nur, wenn ich es will, und das wird erst passieren, wenn die Hölle einfriert!"

„Wir werden miteinander sprechen." Gray drehte sich um und verschwand in der nächsten Kabine.

Dillon setzte sich und schnallte sich an. „Vielleicht hätten Sie mit ihm reden sollen. Dann hätten Sie es hinter sich gehabt."

Dillons Worte waren nur ein Echo von Juliannas Gedanken. Sie verwünschte sich, weil Grays Vorwürfe stimmten. Sie war kindisch gewesen und widerspenstig und so voll Angst und Wut, dass kein Platz für irgendetwas anderes geblieben war.

Das war einmal anders gewesen. Einmal war viel Platz für andere Dinge vorhanden gewesen. Diese Tage waren längst vergangen, aber während die Maschine sich ihren Weg durch den sturmgepeitschten Himmel suchte, erinnerte Julianna sich an diese Zeit. Sie konnte gar nicht anders …

„Julie Ann!"

Das schlaksige junge Mädchen mit den endlosen Armen und Beinen blickte von der Wanne mit dem schlammfarbenen Wasser auf und blies sich eine Strähne schlammfarbenen Haars aus den Augen. „Dory, ich habe Pedro in der Wanne!", rief sie zurück. „Ich kann jetzt nicht."

„Wie lang brauchst du denn für einen Chihuahua, Honey? Zweimal drüberschrubben, zweieinhalbmal, wenn du es gründlich machst."

„Ich bin eben gründlich." Julie Ann imitierte Dorys Stimme. „Aber da du mich so gut bezahlst, schrubbe ich dreimal drüber."

„Na, dann beeil dich bitte. Wir haben einen Eilauftrag."

„Hörst du das, Pedro?" Julie Ann hob den zitternden Hund aus der Wanne und setzte ihn in eine andere Wanne mit sauberem Wasser. „Du bist nicht der einzige Hund in Granger Junction, der sich heute scheußlich fühlt."

Der kleine Chihuahua sah Julie Ann mit so traurigen Augen an, dass klar wurde, wie wenig er diese Neuigkeit als Trost empfand.

„Komm schon, Pedro. Das macht dir doch gar nicht so viel aus, oder? Jetzt bist du der sauberste kleine Hund in der Stadt, und die ganzen kleinen Hundemädchen werden sich die Augen nach dir ausgucken." Julie Ann hob den Hund aus dem Spülwasser und wickelte ihn in ein dickes Badetuch. „Kuschel dich da einen Moment rein, Kleiner. Dann wirst du geföhnt, und ich kämme dir dein hübsches Fellchen."

„Beißen die Hunde gelegentlich?"

Julie Ann zuckte zusammen, blickte auf und sah einen jungen Mann in der Tür stehen. Unter jedem seiner Arme wand sich ein weißer Pudel. Kurzsichtig blinzelte sie ihm entgegen und wusste einen Moment nicht, wer er war. „Kaum, wenn ich mit ihnen rede. Sind die Zwillinge da mein Eilauftrag?"

Er nickte. „Kann mir schon vorstellen, dass es hilft, wenn du mit ihnen redest. Du hast eine schöne Stimme."

Julie Ann errötete bis zu den Zehennägeln. In ihrer Welt gab es so gut wie keine Komplimente. Von Männern schon gar nicht. „Na ja, die Hunde mögen eben meine Stimme."

„Männer auch, ganz bestimmt."

Sie blinzelte, während der Mann näher kam und schärfer zu sehen war. Auf ihrem Gesicht zeichnete sich ihre Überraschung ab, als sie ihn erkannte. Der Mann war Granger Sheridan, von seinen Freunden Gray genannt, wie sie gehört hatte. Sie zählte nicht zu diesem auserwählten Kreis, aber sie wusste über Granger Bescheid. Sie wusste alles über die Sheridans. Einer von ihnen, Grangers Vater, hatte ihren Dad in den Knast gesteckt.

„Was ist denn so eilig an den Hunden?", fragte sie und rubbelte den Chihuahua so fest, dass er protestierend jaulte.

Granger setzte die Pudel auf den Boden, während er am Tischende stand und ihr bei der Arbeit zusah. „Die kleinen Schätzchen sind nach draußen entwischt und haben sich in etwas gewälzt, in dem sie sich nicht wälzen sollten. Ich habe sie mit dem Gartenschlauch abgespritzt, aber meine Mutter meint, das reiche nicht. Sie stinken noch immer, und Mutter hat um zwei eine Bridgepartie."

„Na, so was! Wir können natürlich nicht zulassen, dass die Kleinen die Partie stören."

„Kenne ich dich?"

Julie Ann hob den Kopf und sah ihm einen Moment in die Augen. „Kaum."

„Du kommst mir bekannt vor."

„Wir sind uns noch nicht begegnet, aber ich weiß, dass Sie Granger Sheridan sind. Ich bin Julie Ann Mason."

„Nenn mich Gray. Du kommst mir wirklich bekannt vor."

„Sie sind mit einer meiner Schwestern zur Schule gegangen. Meine Schwester und ich, wir sehen uns ähnlich."

„Hatte sie auch einen Namen?"

„Mary Jane."

Julie Ann konzentrierte sich wieder auf Pedro und wickelte ihn aus dem Handtuch. Sie hielt den kleinen Hund mit einer Hand, während sie mit der anderen den Föhn einschaltete und sich davon überzeugte, dass die Temperatur niedrig genug eingestellt war.

„Ich erinnere mich an Mary Jane."

Das konnte Julie Ann sich denken. Bestimmt erinnerte sich jeder Junge von der Junction High School an Mary Jane. Sie hatte mit den meisten geschlafen, hieß es zumindest. Julie Ann hätte gern gewusst, ob Gray Sheridan zu Mary Janes Rücksitzerlebnissen gehörte.

„Du bist also eines von den Mason-Kindern", fuhr Gray fort.

„Eines von ihnen", bestätigte Julie Ann. Ja, sie war eines von den Mason-Kindern. Eines von sechs. Mehr brauchte sie niemandem zu sagen, damit sofort ein unerschütterliches Urteil über sie gefällt wurde. Die Masons waren arme weiße Asoziale. Jeder wusste das. Jeder lachte darüber. In die Mason-Familie hineingeboren zu sein, war, als wäre man unter einem Fluch geboren worden.

Julie Anns Vater war Säufer gewesen. In Mississippi gab es nichts Schlimmeres als einen asozialen Alkoholiker. Unter den Wohlhabenden war Alkoholismus eine Krankheit, die behandelt werden musste, aber in der sozialen Schicht der Masons war jeder, der zu viel trank, ein Säufer, ein Ausgestoßener, dem man nicht helfen konnte.

Willie Mason hatte nie eine richtige Arbeit gehabt. Gearbeitet hatte er stets nur, wenn er Geld für einen Drink brauchte. Einmal hatte er Müll für einen Barkeeper aus der Stadt gefahren und war mit dem Lastwagen in einem Vorgarten gegen eine Eiche gekracht. Wegen Trunkenheit am Steuer war er ins Gefängnis gewandert und dort ganz ruhig und ohne Aufsehen gestorben. Es war das einzige Mal, dass Willie in seinem Leben etwas ohne Aufsehen gemacht hatte, und Julie Ann wunderte sich noch heute darüber.

Julie Anns Mutter trank nicht. Sie bekam Kinder, und sie schrie viel und ohrfeigte jedes Kind, das um so einfache Dinge wie Essen oder saubere Kleider für die Schule zu bitten wagte. Die Mason-Kinder hatten sich selbst großgezogen mit der Hilfe eines selten funktionierenden Wohlfahrtssystems, das sie einmal im Monat mit Nahrungsmitteln versorgte sowie mit kostenloser ärztlicher Behandlung, falls sie es allein bis ins Krankenhaus schafften.

Sie wohnten in der Black Creek Road, einer Lehmstraße am Stadtrand, und in ihrem Haus gab es kein Wasser. Strom hatten sie nur, wenn es einem der Kinder gelang, den Scheck von der Wohlfahrt aus dem Briefkasten zu holen und damit die Stromrechnung zu bezahlen, bevor die Eltern drankamen. Das war keine einfache Lebensweise, und zwei Mason-Kinder hatten ihre Kindheit nicht überlebt. Die Überlebenden kamen auf verschiedene Art und Weise zurecht. Mary Jane tauschte ihre Gunst für Luxus oder Liebe ein, die sie zu Hause nie bekommen hatte. Jerry saß im selben Knast, in dem sein Vater gestorben war. Billy hatte Granger Junction an seinem sechzehnten Geburtstag den Rücken gekehrt, und niemand hatte mehr etwas von ihm gehört.

Und dann war da Julie Ann, die alles versucht hatte, woran ihre Eltern nie gedacht hatten. Harte Arbeit. Studieren. Träumen.

„Wie lange arbeitest du schon hier?"

Julie Ann war überrascht, dass Gray noch immer mit ihr sprach, obwohl er jetzt wusste, wer sie war. „Zwei Jahre. Ich habe einmal für Dory nur sauber gemacht, aber dann bin ich so gut mit den Hunden zurechtgekommen, dass sie mir den Job gegeben hat."

„Machst du die Highschool in Junction fertig?"

Julie Ann schaltete den Föhn aus und holte ihre Brille aus der Tasche der Jeans, setzte sie auf die Nasenspitze und begann den Chihuahua zu bürsten. „Genau."

„Du siehst jünger aus, aber du wirkst älter."

„Ich bin achtzehn", erwiderte sie. „Ich musste die erste Klasse wiederholen, weil ich nicht genug gesehen habe, um lesen zu lernen. Das ist aber erst beim zweiten Mal irgendjemandem aufgefallen."

„Darum bin ich dir nie begegnet. Ich war schon aus der Schule, bevor du hingekommen bist."

Es lag Julie Ann auf der Zunge, dass sie einander auch nicht begegnet wären, hätten sie die Schule gleichzeitig besucht. Die Masons und die Sheridans bewegten sich nicht in denselben gesellschaftlichen Kreisen. Den Sheridans gehörte die Stadt Granger Junction. Die Masons schafften es nicht einmal, in dieser Stadt richtig zu leben.

„Sind Sie jetzt über den Sommer zu Hause?", fragte Julie Ann, um das Thema zu wechseln.

„Ich arbeite im Büro meines Dads."

Julie Ann konnte sich gut vorstellen, dass Richter Robert Sheridan darauf bestanden hatte. Wahrscheinlich wollte er dafür sorgen, dass sein Sohn eines Tages seinen Platz einnahm. Sie trug Pedro zu einem der kleinen Drahtkäfige in der Ecke und steckte ihn hinein, nachdem sie sich davon überzeugt hatte, dass frisches Wasser im Käfig stand.

Als sie sich zu Gray umdrehte, merkte sie, dass er sie betrachtete. Plötzlich wurde sie verlegen. Ohne Pedro als Schutzschild kam sie sich völlig ausgeliefert vor. Julie Ann wusste, dass sie nur Haut und Knochen war. Mary Jane hatte ihr direkt ins Gesicht gesagt, dass kein Mann sie haben wollte, wenn sie nicht hübscher würde. Nach allem, was Julie Ann an Männern gesehen hatte, war ihr das egal. Darum kümmerte sie sich auch nicht um Make-up, das sie sich ohnedies nicht leisten konnte, und sie schnitt ihre dichten Haare einfach so ab, dass sie wie eine Kappe um ihren Kopf lagen und sich leichter mit dem Gartenschlauch hinter dem Haus waschen ließen. Sie fragte sich, warum Gray Sheridan sie überhaupt noch betrachtete.

„Du siehst nicht wirklich wie Mary Jane aus", meinte er endlich.
„Nur um die Augen herum."

„Da würde Mary Jane sich aber freuen, wenn sie das hören könnte."
Julie Ann bückte sich nach einem der Pudel. „Werden sie nur gewaschen, oder soll Dory sie auch trimmen?"

„Nur waschen."

„Dann sind sie in einer Stunde fertig."

„Wenn ich die Hunde hole, willst du dann mit mir zusammen essen gehen?", fragte er.

Julie Ann hielt ihr Gesicht abgewandt. Ein Klumpen bildete sich in ihrem Magen. Es gab nur eines, was Männer wie Gray von Mädchen wie ihr wollten, und das war bestimmt kein nettes Gespräch. „Ich glaube, Sie verwechseln mich mit meiner Schwester", entgegnete sie endlich. „Sie ist diejenige, mit der man Spaß haben kann. Ich bin nicht wie sie."

„Ich habe Mary Jane nie gut genug kennengelernt, um zu wissen, wie sie ist. Ich habe dich zum Lunch eingeladen."

Jetzt musste sie es wissen. „Warum?"

Er lächelte sie an, als würde es ihn faszinieren, dass sie es ihm so schwer machte. „Weil du mich interessierst. In der letzten Zeit hat mich nicht viel interessiert."

„Ich werde es nicht schaffen. Dory braucht mich."

„Soll ich Dory fragen, ob es in Ordnung geht?"

Julie Ann wusste, was Dory sagen würde. Dory war eine Romantikerin. Sofern Julie Ann nicht ehrlich zu Gray war und ihm sagte, dass sie in ihrer sicheren kleinen Welt bleiben wollte, die sie sich selbst geschaffen hatte, fernab von allem, was sie an ihrer Flucht aus Granger Junction behindern konnte, musste sie annehmen.

„Ich werde sie fragen", sagte sie und hoffte, Dory überreden zu können, Nein zu sagen.

„Ich komme mit", sagte er lächelnd.

Grays Lächeln wurde zu Julie Anns Schicksal. Er hatte den schlanken Körper eines Sportlers, die klar geschnittenen Züge eines jungen Senators und das selbstsichere Auftreten eines Aristokraten. Aber erst bei diesem Lächeln erkannte sie, dass er einfach ein Mann war. Und plötzlich wusste das Mädchen, das mit Armut und Vernachlässigung und sozialer Ächtung hatte umgehen gelernt, dass es auch mit einem Mann umgehen konnte.

„In Ordnung."

2. KAPITEL

Dory stimmte zu, und Gray und Julie Ann verbrachten ihren ersten Nachmittag zusammen bei Hamburgern und Milchshakes im Freien vor einem Schnellimbiss. Julie Ann bemerkte wohl die vielsagenden Blicke, die in ihre Richtung geworfen wurden, kümmerte sich aber um nichts anderes als um den Mann, der ihr gegenübersaß. Nachdem sie den Schock überwunden hatte, dass Gray sie eingeladen hatte, genoss sie es.

Atemlos hörte sie seinen Geschichten zu, über die Universität und die Leute, die er dort getroffen hatte. Das College war ein Traum für Julie Ann. Sie hatte zwei Jahre gearbeitet und gespart, und sie hatte eifrig gelernt, um mit den bestmöglichen Noten abzuschließen, damit sie für ein Stipendium in Frage kam. Jetzt konnte sie nach allem fragen, was sie nicht wusste, und Gray schien gern zu antworten.

Nach dem Mittagessen begleitete er sie zu ihrem Nachmittagsjob bei TG&Y, wo sie in der Stoffabteilung des Kaufhauses arbeitete. Als sie ihm zum Abschied zuwinkte, verspürte sie eine zu Kopf steigende Freude. Die Welt war für Julie Ann bisher kein freundlicher Platz gewesen, aber vielleicht gab es doch Entschädigungen. Die Zeit, die sie mit einem intelligenten, attraktiven Mann verbrachte, mochte eine solche Entschädigung sein.

Danach sah sie Gray zu ihrer größten Überraschung regelmäßig. Er kam unter der Woche abends ein paarmal nach der Arbeit, und dann gingen sie ins Kino oder fuhren in seinem Wagen spazieren. Gray kam nie mit hinein, wenn er sie daheim absetzte, und sie lud ihn auch nicht ein. Sie hatten eine unausgesprochene Vereinbarung, dass sie Freunde waren trotz ihrer Unterschiede, aber keiner von ihnen wollte auch noch darauf hinweisen, wie groß diese Unterschiede waren.

Einmal liefen sie seinen Eltern über den Weg, und Gray stellte Julie Ann vor mit seinen guten Manieren, die genauso zu ihm gehörten wie sein Lächeln. Julie Ann sah das höchste Erstaunen im Gesicht seiner Mutter, als Gray ihren vollen Namen nannte. Sein Vater starrte sie an, als würde sie steckbrieflich gesucht. Keiner von beiden war unhöflich, aber ihre Empfindungen waren doch sehr offensichtlich. Julie Ann war überzeugt, Gray danach nicht mehr wiederzusehen.

Stattdessen kam er noch öfter. Und je mehr Zeit sie miteinander verbrachten, desto deutlicher erkannte Julie Ann, dass sie sich verliebte.

Sie hatte in ihrem Leben bisher so wenig Liebe erfahren, dass sie sie zuerst gar nicht erkannte. Sie wusste nur, dass sie begierig auf Gray wartete, wenn sie dachte, er würde vorbeikommen. Sie fühlte sich leer und trübsinnig an den Abenden, an denen er nicht zu ihr kam. Und sie war irrsinnig eifersüchtig, wenn sie wusste, dass er sich an diesem Abend mit anderen Mädchen traf. Sie betrachtete ihr Gesicht und ihren Körper im Spiegel und suchte vergeblich nach einer Möglichkeit, attraktiver auszusehen, und sie nähte sich zu Hause auf der alten Nähmaschine Kleider aus Stoffresten von TG&Y.

Und dann, an einem Donnerstagabend im Juli, hatte sie lange bei TG&Y gearbeitet und nicht mit Gray gerechnet. Doch als sie aus dem Laden kam, wartete er in seinem spritzigen kleinen Plymouth.

„Müssen eure Hunde wieder gebadet werden?", fragte sie und zog eine Augenbraue hoch.

„Ich dachte, du würdest mit mir an die Küste fahren und dir den Mond ansehen wollen."

„Ich kann den Mond von hier aus sehen, und dabei habe ich nicht einmal meine Brille auf."

Gray klopfte lachend auf den Sitz neben sich. „Komm schon! Ich bringe dich auch nicht zu spät zurück."

Sie tat, als würde sie überlegen. „Nur, wenn du versprichst, meine Ehre als Frau der Südstaaten zu respektieren."

Gray lachte, und Julie Ann stieg ein. Niemand würde merken, wenn sie gar nicht nach Hause kam. Manchmal hatte die Art, in der sie aufwuchs, ihre Vorteile.

„Wie war dein Tag?"

Julie Ann fühlte ein warmes Glühen bei der einfachen Frage. Wenn sie etwas mit Gray teilen konnte, auch die einfachsten Dinge, war der Tag gerettet. „Langweilig. Bis Mittag war ich bei Dory. Der Collie von den Lamberts hat ein Stück von meiner Hand abgebissen. Ich habe vergessen, mit ihm zu reden."

„Zeig!" Gray griff stirnrunzelnd nach ihrer Hand und stützte sie auf das Lenkrad. „Himmel, Julie Ann, das sieht tief aus. Hast du was draufgetan?"

„Ich habe bei Dory irgendein Mittel draufgeschmiert. Das reicht."

Die Aufmerksamkeit, die er der Bisswunde widmete, machte sie verlegen. Sie würde schon nicht sterben. Sie hatte im Juni eine Tetanusimpfung gehabt.

„Du passt nicht auf dich auf." Gray hob ihre Hand an seinen Mund und küsste sie, ehe er sie losließ.

Julie Ann stockte der Atem. „Warum hast du das getan?"

„Damit es heilt."

199

„Noch mehr Bakterien auf der Wunde", murmelte sie vor sich hin.

Er lachte und zauste ihr die Haare. „Du magst es nicht, wenn man dich anfasst. Wieso nicht?"

Julie Ann hatte nie darüber nachgedacht, aber wenn Gray recht hatte, so war die Antwort einfach. Sie wusste, wohin Anfassen führte – zu Babys und einem schlechten Ruf. Es reichte schon, eine Mason zu sein.

„Ich bin nicht oft angefasst worden", räumte sie ein. „Ich habe mich von den Jungs ferngehalten."

Sie schwiegen, bis sie die Küste erreichten. „Die Küste" bedeutete für Gray ein großes zweigeschossiges Strandhaus auf Stelzen an einer kleinen Seitenbucht der St. Louis Bay nahe Pass Christian. Das Haus gehörte der Familie Sheridan und diente als Zufluchtsort von ihrem Leben in Granger Junction. Der Familie seiner Mutter, den Grangers, gehörte die Bucht seit fast einem Jahrhundert, und obwohl das Land ein Vermögen wert war, hatten sie nie daran gedacht zu verkaufen. Sie wollten Abgeschiedenheit, die ihnen jeden Preis wert war.

Julie Ann war restlos begeistert, als Gray in die gepflegte Zufahrt neben dem Strandhaus einbog. Das silberne Mondlicht spiegelte sich auf der ruhigen Oberfläche des Wassers.

„Es ist so wunderschön. Wie kannst du hier jemals wieder wegfahren?"

„Ich verspreche mir selbst einfach, bald wiederzukommen."

„Ich würde gern am Strand leben."

„Du würdest ziemlich sandig werden."

Sie boxte ihn zärtlich. „In einem Haus am Strand." Julie Ann öffnete die Wagentür, stieg aus und ging zum Wasser hinunter. Sie hörte Grays Schritte hinter sich. „Kann man hier schwimmen?"

„Leidlich. Der Grund ist schlammig."

„Das macht nichts."

„Wahrscheinlich ist im Haus ein Badeanzug, der dir passt."

Julie Ann stellte sich vor, dass sie in einem Badeanzug wie Peter Pan aussehen würde. Sicher war sie nicht, weil sie selbst keinen hatte. „Nicht heute Abend", sagte sie bedauernd. „Den Mond anzusehen genügt mir."

„Du bist ein komisches Kind. Ich weiß nie, was du denkst."

Sie legte ihre Fingerspitzen an die Stirn, schloss die Augen und blieb stehen. „Ich verrate dir alle meine Gedanken. Gedanke Nummer eins: Ich bin kein Kind. Gedanke Nummer zwei: Ich bin nicht komisch, wenigstens nicht absichtlich. Gedanke Nummer drei: Ich laufe mit dir um die Wette zum Wasser." Sie rannte los, bevor Gray begriff. Sie saß schon im Sand, als er sie erreichte.

„Bist du im Sprinterteam von Junction?" Er ließ sich neben ihr in den Sand fallen.

„Ich muss überallhin zu Fuß gehen. Davon bekommt man kräftige Beine."

„Du bist nicht zornig wegen irgendeiner Sache, mit der du in deinem Leben fertig werden musst, nicht wahr?"

„Was hätte ich davon?" Sie wusste genau, worauf er anspielte. „Mit sieben habe ich herausgefunden, dass es eine bessere Welt gibt als die, in die ich hineingeboren wurde. Eines Tages werde ich in dieser Welt leben. Im Moment bereite ich mich darauf vor."

„Wie hast du es herausgefunden?"

„Ich habe lesen gelernt. Ich habe es wirklich schnell gelernt, sobald ich eine Brille hatte und das Geschriebene auf dem Blatt vor mir sehen konnte. Meine Lehrerin hat mich eines Tages in die Bibliothek mitgenommen und mir eine Lesekarte verschafft. Von da an habe ich einfach alles gelesen, an das ich herangekommen bin."

„Und das war eine andere Welt?"

„In den Büchern, die ich gelesen habe, gibt es eine andere Welt. Nicht alle leben so wie meine Familie." Sie unterbrach sich beschämt, weil sie so viel enthüllt hatte.

Gray ergriff ihre Hand. „Mit dem komischen Kind wollte ich dich nicht beleidigen. Manchmal wirkst du auf mich so jung, dass ich in dir ein Kind sehe. Dann kommst du mir wieder älter vor, als ich jemals sein werde."

„Manchmal glaube ich, dass ich älter als alle anderen bin." Julie Ann wollte ihre Hand wegziehen. Grays Berührung löste Gefühle bei ihr aus, die sie für immer hatte ignorieren wollen.

„Was wirst du in deiner neuen Welt machen?"

Sie entzog ihm die Hand. „Du wirst lachen."

„Werde ich nicht." Er griff wieder nach ihrer Hand und hielt sie fest.

„Ich möchte Modedesignerin werden." Sie wartete, aber der Mann neben ihr lachte nicht. Zögernd fuhr sie fort: „Ich weiß, es klingt dumm, aber ich entwerfe ständig Kleider. Ich liebe Stoffe und Farben. Darum habe ich auch den Job bei TG&Y angenommen. Mit dem Entwerfen habe ich schon als Kind angefangen. Ich hatte keine hübschen Kleider. Also habe ich alles gezeichnet, was ich mir gewünscht hätte, wenn meine Eltern Geld gehabt hätten. Es war wohl nur ein Spiel, um mir das Leben zu verschönern, aber wenn ich zum College gehe, werde ich Modedesign studieren."

„Ist das auch ein Entwurf von dir?" Ohne ihre Hand loszulassen, hob Gray ihr Kleid vom Sand hoch.

„Nein. Ich habe nie etwas gemacht, das ich entworfen habe. Ich kann mir nicht leisten, Material beim Lernen zu verschwenden. Außerdem wünsche ich mir ein besseres Model als mich."

„Du bist dünn genug, um als Model alles zu tragen."

„Ich werde nicht so dünn bleiben, wenn du mich weiterhin so mit Hamburgern fütterst."

„Ich mache mir eben Sorgen um dich."

Sie wurde zwischen Dankbarkeit und Traurigkeit hin- und hergerissen. Wahrscheinlich war Mitleid das stärkste Gefühl, das er für sie entwickelte. „Du brauchst dir um mich keine Sorgen zu machen. Ich habe jetzt schon lange für mich selbst gesorgt, und ich habe überlebt."

„Im Leben gibt es mehr als bloßes Überleben." Er ließ ihre Hand los und berührte ihre Wange. „Du verdienst mehr."

„Fühlst du dich schuldig, weil du reich bist, Gray?" Julie Ann stand auf und putzte den Sand von ihrem Kleid. „Mach dir nichts daraus. Wir können nichts dafür, wo wir geboren sind." Sie ging an die Wasserlinie.

„Warum bist du heute Abend so empfindlich?", fragte er und folgte ihr.

Julie Ann stellte sich die gleiche Frage. „Tut mir leid", murmelte sie.

„Hast du deine Periode?"

Sie schnappte nach Luft vor Überraschung. „Das geht dich doch nichts an."

Er legte lachend die Hände auf ihre Schultern und drehte sie zu sich herum. „Sobald ich in deine Nähe komme, weichst du zurück."

„Ich bin eben ein komisches Kind. Schon vergessen?"

„Wie viele Männer haben dich bisher geküsst, komisches Kind?"

„Ach, die kann ich gar nicht mehr zählen."

„Werde ich der Erste sein?"

„Du fragst noch immer nach Dingen, die dich nichts angehen, Gray."

„Ich bin ein neugieriger Junge." Er lachte leise und fügte hinzu: „Die ideale Ergänzung zu einem komischen Kind."

„Und überhaupt, wer hat gesagt, dass du mich küssen kannst?" Sie versuchte sich zurückzuziehen, aber er hielt sie fest.

„Muss ich erst fragen?" Sein Gesicht war nur Zentimeter von dem ihren entfernt und bildete ohne ihre Brille nicht viel mehr als einen verwischten Fleck, aber sie wusste, dass er lächelte.

„Mach dich auf eine Absage gefasst, wenn du es tust."

„Dann werde ich nicht fragen." Seine Hände glitten von ihren Schultern auf ihren Rücken. Dann senkte sein Mund sich auf den ihren. Julie Ann gab tief in ihrer Kehle einen protestierenden Laut von sich, doch Gray zog sie nur noch enger an sich. Sie kämpfte einen Moment, aber der Kampf galt mehr ihr selbst als ihm. Sie hatte jetzt keinen Platz in ihrem Leben für so etwas, nicht, bevor sie mehr von der Welt gesehen hatte. Mächtige Gefühle, wie er sie in ihr hervorrief, konnten alles zerstören, wofür sie so hart gearbeitet hatte.

Aber diese Gefühle ließen sich nicht verleugnen. Julie Ann gab ihnen endlich nach, lehnte sich gegen Gray und ließ seinen Mund über ihre Lippen wandern. Als er sich zurückzog, kam sie sich sofort einsam vor.

„Ziemlich gut für dein erstes Mal. Du solltest dich allerdings nicht gegen mich wehren", erklärte er, während er ihren Rücken streichelte. „Du solltest über alle Maßen begeistert sein."

„Du bist über alle Maßen arrogant."

„Das liegt an der Umgebung."

Sie wusste, dass er sie aufzog, und lächelte zögernd. „Hast du mich den weiten Weg hierher gebracht, um mir im Küssen Unterricht zu geben?"

„Nein", antwortete er ernsthaft. „Das habe ich überhaupt nicht vorher geplant. Ich mag dich, und ich hoffe, dass ich nicht gerade den Spaß verdorben habe, den wir miteinander haben."

Sie war von dem Unterton in seiner Stimme berührt, fischte ihre Brille aus der Rocktasche und schob sie auf die Nase. Er sah sie besorgt an, und sie runzelte die Stirn. „Du hast nichts verdorben, Gray. Es war ein wunderbarer Kuss, aber ich erwarte nicht bei jedem Zusammentreffen einen, wenn dir das Sorgen macht."

„Es macht mir Sorgen, dass ich jedes Mal einen erwarten könnte. Du bist unglaublich süß, Julie Ann. Ich weiß nicht, was ich mit dir machen soll."

„Sei einfach mein Freund." Sie wandte sich ab und ging am Wasser entlang. Ihre Knie waren noch ganz weich, und das bereitete ihr mehr Sorgen als alles, was Gray sagen konnte.

„Freunde", wiederholte er und ergriff im Gehen ihre Hand.

Es war spät, als sie sich auf den Rückweg nach Granger Junction machten. Julie Ann schlief im Wagen ein. Sie träumte gerade von Gray, als seine Lippen die ihren berührten, um sie zu wecken. Sie schob die Hand an seinen Hinterkopf und gab ihm einen langen, schläfrigen

Kuss auf den Mund. Hinterher fuhr sie mit den Fingerspitzen an seiner Wange entlang. „Es war ein schöner Abend."

„Das wiederholen wir einmal."

Hätte sie damals gewusst, dass seine vielversprechenden Worte ihr ganzes Leben ändern würden, hätte sie unter der Bedrohung geschaudert. So aber lächelte sie benebelt und küsste Gray auf die Wange, ehe sie die Tür öffnete.

„Hast du Angst?"

Gray war so tief in Gedanken versunken, dass er nicht gleich wusste, was das kleine Mädchen neben ihm meinte. Dann schien die Maschine unter ihm wegzusacken und fing sich schwankend, und er begriff, dass Jody den Flug meinte. „Kein Grund zur Sorge", versicherte er.

„Ich habe trotzdem Angst", gestand sie ein.

„Das ist ein sehr großes Flugzeug. Es ist für solches Wetter gebaut."

„Die nette Stewardess hat mir Kopfhörer gegeben. Sie hat gesagt, Musik hilft, wenn man Angst hat." Jody schloss rasch die Kopfhörer an und schob sie sich über die Ohren.

Es tat Gray fast leid, dass Jody ihn nicht mehr ablenkte, denn nun kehrten seine Gedanken zu Julianna zurück. Nein, nicht zu der erwachsenen Julianna, sondern zu Julie Ann, achtzehn und verängstigt und Hals über Kopf in ihn verliebt.

„Hast du heute Abend eine Verabredung, Sohn?"

Gray schlüpfte in ein frisches Hemd. „Ja, Sir."

Richter Sheridan stand in der Tür von Grays Schlafzimmer. „Darf ich fragen, mit wem?"

Gray stockte. Er kannte seinen Vater gut genug, um zu wissen, was jetzt kommen musste. „Julie Ann Mason", sagte er endlich.

„Was findest du an dem Mädchen? Du hast dich den ganzen Sommer über mit ihr getroffen."

„Ich mag sie eben."

„Ist sie so wie ihre Schwester?"

Gray schüttelte den Kopf. „Sie ist überhaupt nicht wie irgendjemand in ihrer Familie."

„Ich habe ihren Dad ins Gefängnis gesteckt. Richter Randolph hat ihren Bruder eingesperrt. Ich wünschte, ich hätte das Vergnügen gehabt."

„Worauf willst du hinaus?" Gray wandte sich seinem Vater zu.

„Sie ist Dreck, mein Sohn. Aus etwas Schlechtem entsteht nichts Gutes."

Gray hatte gelernt, die Meinungen seines Vaters zu respektieren, selbst wenn er ihm nicht zustimmte. Aber das konnte er nicht durchgehen lassen. „Julie Ann ist kein Dreck."

Richter Sheridan schüttelte den Kopf. „Lass dir nicht von diesen modernen jungen College-Lehrern an der Ole Miss University beibringen, dass du alles vergessen sollst, was du zu Hause gelernt hast. Halte die Augen offen, wenn du mit der Kleinen zusammen bist. Halte deine Augen weit offen!"

„Was kann sie mir schon antun?"

„Sie kann dein Leben ruinieren."

Während der Fahrt zu Julie Ann dachte Gray über die Worte seines Vaters nach. Ein Mädchen konnte einen Mann nur auf eine Art ruinieren – durch eine Heiratsfalle. Und Gray wusste, dass Julie Ann an nichts weniger als an eine Heirat dachte.

Auch er dachte an nichts weniger als an eine Heirat. Er musste viel zu viel erreichen, ehe er eine Familie gründen konnte. Irgendwann würde er Frau und Kinder haben wollen, und vielleicht würde er dann jemanden wie Julie Ann haben wollen, eine Frau, mit der er über alles sprechen und auf die er stolz sein konnte.

Eine Frau, die er in den Armen halten und die er die ganze Nacht lang lieben konnte.

Tatsächlich hatte er in der letzten Zeit immer häufiger daran gedacht, eine Frau eine ganze Nacht lang zu lieben. Seine erste richtige Begegnung mit einer Frau hatte er im Jahr davor gehabt. Ja, er hatte zwar die nötige Zahl von Versuchen auf der Highschool und in den Anfangsjahren auf dem College gesammelt, aber richtigen Sex hatte er doch erst durch eine Studentin der Abschlussklasse kennengelernt, die auf mehr als einen Doktortitel in Soziologie aus gewesen war.

Er war der jungen Frau für die Einführung dankbar, die sie ihm hatte angedeihen lassen, aber sie hatte sein Herz nie so berühren können, wie Julie Ann es tat.

Gray hatte sein Interesse an Julie Ann bekämpft. Von Anfang an hatte er gewusst, dass er sie nicht berühren durfte. Sie war zu jung, zu unschuldig, zu verletzbar. Falls er sie liebte, würde sie das verwirren und letztendlich bitter machen. Wenn ihr bisheriges Leben sie nicht zynisch gemacht hatte, so sollte ihrer beider Beziehung nicht der Auslöser dafür sein. Das wollte Gray vermeiden. Dafür bedeutete Julie Ann ihm zu viel.

Er bedeutete Julie Ann auch viel. Er konnte es in ihren Augen sehen. Er konnte es sehen, wenn sie sich bemühte, so zu tun, als wäre er eben irgendein Mann. Er konnte es sehen, wenn er sie küsste, was er immer häufiger tat.

Er hatte nie mit ihr eine körperliche Beziehung angestrebt. Sie war nicht der Typ Mädchen, der ihn reizte. Sie war nicht hübsch. Sie war zu dünn, zu unterentwickelt, um seine männlichen Instinkte anzuregen. Und doch hatte er gegen Ende des Sommers Dinge erkannt, die ihn tief berührten. Ihre Haare waren unmöglich geschnitten, aber sie waren von einem wunderschönen Braun, dunkel und schimmernd wie poliertes Walnussholz. Ihre Augen waren von einem Blau, neben dem die Wasser von Granger Inlet grau wirkten. Und ihre Haut …

Gray lachte leise vor sich hin, als er in die Black Creek Road einbog. Hätte er Julie Ann seine Gedanken verraten, hätte sie ihn für verrückt erklärt. Er wusste, dass sie sich selbst für eine Stufe über hässlich hielt, und es machte ihr nichts aus – zumindest sagte sie das. Wenn er sie küsste, wusste er, dass sie dachte, er wolle sich nur die Zeit während der Sommermonate vertreiben. Und so hatte es wahrscheinlich auch angefangen. Aber jetzt …

Gray hielt vor Julie Anns Haus. Diese Hütte ohne jeden Anstrich ein Haus zu nennen war genau genommen schon ein Beispiel für positives Denken. Es gab rundherum keinen Grashalm, nur Sand und Lehm und etliche Schrottautos. Eine von einem Magnolienbaum beschattete Veranda hatte schon längst einen Teil des Dachs verloren, und das einzige sichtbare Rollo hing schief im Fensterrahmen. Wenn Gray das Haus sah, in dem Julie Ann aufgewachsen war, hielt er sie jedes Mal ein wenig mehr für ein Wunder. Sie war wie eine Blume, die sich durch zentimeterdicken Beton gearbeitet hatte, um aufrecht und gerade mitten auf einem Bürgersteig zu blühen.

Gray hatte gelernt, nie nach einem Mädchen zu hupen. Ein Sheridan kam an die Haustür, klopfte, stellte sich vor und versprach hoch und heilig, das Mädchen bis Mitternacht nach Hause zu bringen. Aber dieser eine Sheridan hier hupte jetzt. Er wusste, falls er an die Tür ging, würden sie beide es bereuen.

Julie Ann war im nächsten Moment bei ihm. Gray bewunderte die rosa Bluse, die sie zu ihrer Jeans trug. „Ist die Bluse neu? Sieht hübsch aus zu deinen Haaren."

Er brauchte sie nicht anzusehen, um zu wissen, dass sie über das Kompliment errötete. „Ich habe sie gemacht."

„Einer deiner Entwürfe?"

„Ungefähr. Ich habe ein Schnittmuster abgeändert. Der Schalkragen war meine Idee."

Er sah kurz von der Straße weg. „Hübsch." Das stimmte, aber die Bluse war nicht so hübsch wie das Mädchen, das sie trug.

„Wohin fahren wir?" Sie wich seinem Blick aus.

„An die Küste. Wir könnten Hähnchen mitnehmen und im Strandhaus essen."

„Klingt wirklich großartig." Obwohl sie und Gray schon öfter nach Granger Inlet gefahren und am Strand spazieren gegangen waren, waren sie nie im Haus drinnen gewesen.

Er lächelte über ihre Begeisterung und zauste ihre Haare, aber seine Finger verharrten etwas zu lang, um spielerisch zu sein. „Warum lässt du deine Haare nicht wachsen?"

„Ich mag keinen Mopp auf dem Kopf."

„Ich mag langes Haar."

„Bis es lang ist, bist du ein alter verheirateter Mann, und dann ist es dir auch egal."

„Das Wachsen dauert zehn Jahre?"

Sie lachte. „Du wirst noch keine vierundzwanzig sein, wenn du heiratest, Gray."

„Wieso glaubst du das?" Gray zog den Wagen auf den Parkplatz von Kentucky Fried Chicken.

„Weil du jemand bist, der verheiratet sein muss."

Er stellte den Motor ab. „Warum?"

„Weil du viel hast, das du mit jemandem teilen willst."

So hatte er noch nie von sich selbst gedacht, aber jetzt fragte er sich, ob sie recht hatte.

Sie plauderten und scherzten während der ganzen Fahrt zu dem Strandhaus. Als sie endlich ankamen, waren die Wasser von Granger Inlet windgepeitscht und der Himmel stahlgrau.

„Sieht nach Gewitter aus." Gray trug die Tüte mit den Hähnchen die Stufen zum Strandhaus hinauf, schloss die Tür auf. Julie Ann stand noch immer wie angewurzelt neben dem Wagen. „Kommst du, komisches Kind? Oder willst du ein Picknick im Regen?"

„Ich hasse Gewitter", sagte sie so leise, dass er es kaum hörte.

„Schön und gut, aber dieses Gewitter wirst du noch mehr hassen, wenn du mittendrin stehst." Er ging in das Haus voraus. „Meine Eltern waren am Wochenende hier. Der Kühlschrank müsste eigentlich voll sein." Er stellte die Tüte auf den Küchentisch und sah sich im Kühlschrank um. „Bier, Cola …" Er öffnete einen Karton und roch. „Saure Milch."

207

„Das ist ein Strandhaus?", fragte Julie Ann stockend.

„Es ist wirklich nicht zu vergleichen mit den Häusern, die jetzt am Strand gebaut werden. Keine Spülmaschine und keine Klimaanlage, nur eine Menge Wind vom Golf her."

„Man könnte unser ganzes Haus in dieses eine Zimmer hier stellen."

Gray bereute seine Worte. Auf Julie Ann musste es wie ein Palast wirken. „Meine Großeltern haben die Sommer hier verbracht. Nach dem Hurrikan Camille mussten wir es Stück für Stück wieder aufbauen. Mittlerweile wird es viel benutzt."

„Es ist wunderbar. Soll ich den Tisch decken?"

„Ich dachte, wir könnten draußen auf der Veranda sitzen und zusehen, wie das Gewitter über das Wasser zu uns zieht."

„Nichts für mich." Sie war blasser als je zuvor, und Gray wunderte sich über ihre Angst. Ihre Hände zitterten, als sie den Tisch im Wohnzimmer deckte.

Er setzte sich direkt neben sie und hoffte, seine Nähe würde ihr ein wenig Sicherheit geben. „Iss", befahl er. „Wenn du auch nur eine Mahlzeit ausfallen lässt, verkümmerst du."

„Überall in diesem Land gibt es Frauen, die alles dafür geben würden, um diese Worte zu hören."

Ihr Versuch zu scherzen ermutigte Gray. „Probier den Krautsalat. Er ist gut."

Julie Ann gehorchte, kaute lange und schluckte. Trotzdem musste er fast ihr ganzes Hähnchen aufessen. Kühlere Luft blies zu den Fenstern herein, während sie abräumten. Der Himmel verdunkelte sich, und in der Ferne zuckten Blitze. Julie Ann fuhr jedes Mal zusammen, als wäre sie getroffen worden. Von Zeit zu Zeit warf sie heimlich einen Blick nach draußen.

Gray ergriff sie endlich am Arm und führte sie in das Wohnzimmer, setzte sich auf das Sofa und zog Julie Ann neben sich mit dem Gesicht zum Fenster.

„Ich will hier nicht sitzen." Julie Ann versuchte aufzustehen, aber Gray hielt sie fest.

„Ist es nicht besser zu sehen, was vor sich geht? Außerdem blickst du ohnedies verstohlen nach draußen."

„Mach dich nicht über mich lustig!"

„Tu ich nicht." Er zog sie näher zu sich heran. „Ich weiß, dass du Angst hast. Warum?"

„Ich mag Gewitter nicht."

„Warum nicht?"

„Ich weiß nicht."

„Denk nicht an das Gewitter, denk an mich."

Sie sah ihn an, und er las die Angst in ihren Augen. „Was soll ich denn über dich denken?"

„Warum denkst du nicht: Er wird nicht zulassen, dass mir etwas passiert. Er wird dafür sorgen, dass ich hier drinnen in Sicherheit bin, ganz gleich, was draußen geschieht?"

„Ich sage dir das nur ungern, aber die Sheridans kontrollieren nicht den Himmel."

„Komm schon, komisches Kind, glaubst du, da oben gibt es einen Blitz mit deinem Namen darauf?"

„Da oben war einer mit dem Namen meiner Schwester darauf."

Gray wusste nicht, was er sagen sollte. Seine Hand schob sich in ihre Haare. „Mary Jane?", fragte er endlich.

Sie lachte rau. „Manche Leute sagen, Mary Jane habe es darauf angelegt, vom Blitz erschlagen zu werden. Aber es war nicht Mary Jane. Es war Nancy Sue. Sie war ein Jahr jünger als ich. Sie starb mit acht." Julie Ann stand auf und begann die Fenster zu schließen. „Vielleicht könnten wir Karten spielen."

Ihre Worte wurden mit einem Blitz und einem beinahe gleichzeitigen Donner beantwortet. Die Lichter gingen aus, im Zimmer wurde es fast dunkel. Julie Ann schrie auf, und im nächsten Moment legten sich Grays Arme um sie.

„Das passiert manchmal", besänftigte er sie. „Der Strom oder das Telefon fällt aus. Das dauert nie lange. Keine Angst." Er fühlte, wie sie zitterte.

Sie schlang die Arme um seine Taille und klammerte sich an ihn, aber ihr Körper war noch immer steif.

„Ich mache die restlichen Fenster zu, und dann gehen wir in das hintere Schlafzimmer. Dort gibt es nicht so viele Fenster, und wir können die Vorhänge schließen."

In der Vergangenheit hatte es in dem Strandhaus so viele Stromausfälle gegeben, dass alles für den nächsten Ausfall bereit war. Im Schlafzimmer schloss Gray die Vorhänge und zündete eine Kerosinlampe auf einem Schränkchen an. Ohne an die Folgen zu denken, streckte er sich auf dem Bett aus und zog Julie Ann an sich. „So, fühlst du dich jetzt sicherer?"

„Sicherer wovor? Ich liege hier auf einem Bett mit einem Mann, und du redest von Sicherheit?"

Er lachte und freute sich, dass sie scherzen konnte – sofern sie scherzte. „Ich fange nie etwas mit komischen Kindern an."

„Ich möchte nicht, dass du mich so nennst."

Er fühlte, wie sich ihr Körper entspannte, als er über ihr Haar streichelte. Wer tröstete sie, wenn er nicht da war? Wer hatte sie nach Nancy Sues Tod getröstet?

„Erzähl mir von deiner Schwester", sagte er schließlich. Er wollte es nicht wissen, aber er wollte auch nicht, dass sie die Last noch länger allein trug.

Sie schwieg lange, ehe sie zu sprechen begann. „Mein Dad trank. Ich glaube, er ist schon als Trinker auf die Welt gekommen, denn niemand hat ihn jemals nüchtern gesehen. Und er war kein angenehmer Betrunkener. Er war gemein, wenn er mit einem Kater aufwachte, und er wurde noch gemeiner, wenn er ein paar Gläser getrunken hatte. Aber am gemeinsten wurde er, wenn er einen Drink wollte und sich keinen kaufen konnte." Sie rückte näher, als ein gewaltiger Donnerschlag ertönte.

„Was hatte dein Vater mit Nancy Sues Tod zu tun?"

„Dad wollte keines von uns Kindern. Unsere Mutter wollte uns auch nicht. Wir haben schnell gelernt, den beiden aus dem Weg zu gehen. Eines Tages kam Dad aus der Stadt nach Hause, und jedes Kind in der Familie versteckte sich. Er hatte seit Tagen nichts mehr zu trinken gehabt, weil es Monatsende war, und der Scheck von der Wohlfahrt war schon vor einer Woche verbraucht. Dad war in die Stadt gegangen, um von einem Freund etwas Geld loszueisen, aber er hatte keinen Erfolg gehabt." Sie seufzte. „Wir waren alle hungrig. Nancy Sue hätte es eigentlich besser wissen müssen. Trotzdem fing sie zu weinen an, ich weiß nicht einmal, weshalb. Ich habe sie gepackt, damit sie still ist, und Dad hat uns beide rausgeschmissen und die Tür abgeschlossen."

„Julie Ann." Gray legte die Arme um sie und hielt sie fester.

„Wir waren daran gewöhnt, aber diesmal zog ein Gewitter auf, und wir haben gegen die Tür getrommelt, als es zu regnen anfing. Aber keiner hat uns reingelassen. Die Veranda bot keinen Schutz, und wir wurden beide total nass. Als Blitz und Donner losgingen, bekamen wir es mit der Angst zu tun. Der Lastwagen meines Dads war verschlossen, aber nicht weit von unserem Haus hatte jemand ein kaputtes Auto stehen lassen. Wir wollten hinlaufen und uns darin verkriechen, bis das Gewitter vorbei war. Ich konnte schneller rennen als Nancy Sue. Also bin ich vorausgelaufen, um schon mal die Türen aufzumachen. Ich bin gut hingekommen, aber Nancy Sue hat es nicht geschafft."

Er hielt sie fest und war unfähig zu sprechen.

„Hinterher wollte der Sheriff wissen, was wir draußen im Gewitter gemacht hätten. Mein Dad erzählte ihm, wir hätten gespielt. Er hätte gerufen und gerufen, wir sollten hineinkommen. Mich hat keiner gefragt."

Gray drückte sein Gesicht in ihr Haar. „Armes kleines Mädchen", sagte er mit erstickter Stimme.

„Dad hat es danach fertig gebracht, immer etwas zu trinken zu finden. Er hat auch aufgehört, mit irgendjemandem zu sprechen. Der einzige Mensch, mit dem er noch gesprochen hat, war Nancy Sue, aber die konnte ihn nicht mehr hören. Ein halbes Jahr später ist er gestorben."

„Und deshalb hast du Angst vor Gewittern."

„Es hätte mich treffen können. Wahrscheinlich hätte es mich sogar treffen sollen."

„Sag das nicht!"

Ihre Stimme klang von ungeweinten Tränen erstickt. „Ich war älter als sie. Ich hätte bei ihr bleiben sollen, anstatt wegzulaufen."

„Du wolltest doch für sie die Tür aufmachen."

„Ich weiß. Das sage ich mir auch selbst, aber es hilft nicht viel."

Er rollte sich auf die Seite und drehte sie so, dass sie schließlich Gesicht an Gesicht lagen. „Was hätte es denn genützt, wenn du auch gestorben wärst?", flüsterte er. „Ich bin froh, dass du nicht bei ihr geblieben bist. Ich hätte dich ja sonst überhaupt nie kennengelernt."

„Und du hättest nie erfahren, was dir entgangen wäre."

Er blickte in ihre blauen Augen, die er bereits in seinen Träumen sah. Er wusste, dass sie das nur gesagt hatte, um die Stimmung aufzulockern. Sie versuchte, nicht zu weinen. Sie hatte allerdings absolut recht. Hätte er Julie Ann nicht kennengelernt, hätte er nie erfahren, was ihm entgangen war. Sie hatte ihm so viel beigebracht über Mut und Stärke. Und über Vorurteile.

„Ich hätte vielleicht nicht gewusst, was mir entgangen ist", murmelte er. „Aber ich hätte gewusst, dass mir etwas entgangen ist. Ich fühle mich wahr und echt, wenn ich mit dir zusammen bin."

Sie hielt den Atem an, als hätte er soeben das Netteste gesagt, was jemals jemand zu ihr gesagt hatte. „Danke."

Es war nur eine kurze Entfernung zu Julie Anns Mund. Gray überwand sie ganz leicht. Der Kuss sollte beruhigend sein, aber sobald seine Lippen die ihren berührten, fragte er sich, wer von ihnen beiden die Beruhigung brauchte. Er versuchte daran zu denken, dass er Julie Ann küsste, das Mädchen, das er komisches Kind nannte, das Mädchen, das wahrscheinlich sein bester Freund war.

Nichts half. Das war Julie Ann, tatsächlich, und Julie Ann war süß und warm und absolut fügsam. Sie wehrte sich nicht und hielt sich nicht zurück. Das Gewitter und ihre Geschichte hatten alle Mauern eingerissen, die sie um ihre Gefühle errichtet hatte.

Er zog sie näher an sich, ohne den Kuss zu unterbrechen. Gesicht an Gesicht, Körper an Körper konnte er fühlen, wie zerbrechlich sie wirklich war, und er verspürte ein heftiges Verlangen, sie zu beschützen. Er wollte alles Schöne besitzen, das sie zu bieten hatte, ihren Verstand, ihren Geist, ihren Körper.

Seine Hand schob sich unter ihre Bluse, um ihre Haut zu ertasten. Seine Zunge fand die ihre und streichelte sie forschend. Als sie sich nicht zurückzog, drückte er sie in die Kissen zurück, bis er halb über ihr lag. Ihre Augen waren klar und frei von Angst, als er mit der Hand ihre Brüste umschloss.

Sie trug keinen BH, und Gray begriff, warum. Sie war so schlank, dass ihre Brüste keinen BH brauchten. Aber was ihnen an Größe fehlte, machten sie an perfekter Form wett. Er streichelte mit dem Daumen die Knospe, die sich aufrichtete, und Julie Ann bog sich ihm entgegen und schloss die Augen.

Er küsste ihr Gesicht und ihren Hals, während er sie liebkoste. Sie beide hatten das Gewitter vergessen. Über ihnen grollte der Donner, aber Julie Ann lag in Grays Armen und gab sich seinen Berührungen hin. Grays Finger bebten, als er ihre Bluse aufknöpfte. Sein Mund wanderte über ihren Oberkörper, lernte jede Linie und Kurve kennen, jeden Punkt, der ihren Genuss erhöhte.

Sie schob die langen schlanken Finger in sein Haar, während sie mit den Lippen seinen Mund suchte und fand. An der Art, wie sie sich bewegte und selbstvergessen kleine Laute ausstieß, erkannte Gray, dass sie in der Liebe keine Erfahrung hatte, und doch war er noch nie so erregt gewesen. Ein derartiges Verlangen hatte er noch nie gefühlt. Er wollte nicht bloß Sex mit Julie Ann – er wollte jeden Teil von ihr besitzen.

Er wollte „mit ihr Liebe machen". Zum ersten Mal in seinem Leben verstand er die Bedeutung dieser Worte.

Seine Hand glitt unter den Bund ihrer Jeans, und er begann, sie tiefer zu schieben. Erst jetzt wehrte sich Julie Ann.

„Gray, wir sollten nicht …"

In seinem Kopf drehte sich alles. Er wusste keinen Grund, weshalb er aufhören sollte. Er brachte sie mit einem Kuss zum Schweigen, und sie seufzte an seinen Lippen. Ihre Hände schoben sich zwischen sie beide, aber sie hatte nicht die Kraft, ihn von sich zu stoßen. Sie seufzte erneut.

Er streichelte die Umrisse ihrer schmalen Taille und ließ seine Finger unter ihrer Jeans auf den straffen Bauch gleiten. Seine Berührung jagte Schauer durch ihren Körper.

Gray war total überrascht, wie schnell sich sein Wunsch, Julie Ann zu trösten, in Leidenschaft verwandelt hatte. Er schob die Hände unter ihre Hüften und drehte sich so, dass er vollständig auf ihr lag. Er hob sie an und wusste zum ersten Mal, wie perfekt sie zusammenpassen würden.

„Gray, wir können nicht …"

Wieder brachte er sie mit einem langen, berauschenden Kuss zum Schweigen. Dann zog er sich gerade weit genug zurück, um ihr in die Augen sehen zu können. Er fand eine Mischung aus Angst und Verlangen. Und Vertrauen. Das Letztere ließ ihn erstarren.

Er stöhnte, zog die Hände zurück und rollte sich von ihr, bevor sie beide entdeckten, dass ihr Vertrauen falsch angebracht war.

„Es wird nichts passieren", versicherte er ihr feierlich. Er holte tief Luft, dann noch einmal, und er wünschte sich, nicht zu einem derartigen Gentleman erzogen worden zu sein. „Ich lasse nicht zu, dass es noch weitergeht."

Sie seufzte, ob aus Erleichterung oder Enttäuschung, wusste er nicht, aber sie drehte sich auf die Seite und streichelte seine Haare. Sie schwiegen beide.

„Ich hätte nie gedacht, dass das jemals ein Mann mit mir machen würde", sagte sie schließlich.

Sein Lachen klang aufgesetzt. „Wahrscheinlich wirst du jetzt daran denken."

„Vielleicht."

„Ich werde daran denken."

Ihre Wangen bekamen Farbe. Gray konnte die Frage in ihren Augen sehen. Er wartete darauf.

„Wirst du an mich denken?", flüsterte sie. „Wenn du in zwei Wochen wieder auf der Ole Miss zurück bist, wirst du an mich denken?"

Er fragte sich, ob er an irgendetwas anderes denken würde. Die Universität war eine andere Welt, ein so isolierter Bereich, dass er für gewöhnlich vergaß, wie anders das Universum draußen war. Jetzt fragte er sich, wie er sich konzentrieren würde.

„Ich werde an dich denken." Er wollte mehr sagen, aber er wusste, dass es gefährlich gewesen wäre. Dieser Sommer war eine Oase gewesen, aber ihrer beider Leben verliefen auf getrennten Wegen.

„Ich werde an dich denken", wiederholte er und zog ihre Hand an seine Lippen. „Denk du aber nicht an mich. Führe dein Leben weiter, wenn ich fort bin, Julie Ann. Lass dich nicht von mir oder irgendeinem anderen Mann von dem abbringen, was du erreichen willst."

„Das werde ich auch nicht." Sie entzog ihm die Hand, um ihre Bluse zuzuknöpfen. Dann schlang sie die Arme um ihn und legte den Kopf auf seine Brust.

Gray war sich nicht sicher, aber als sich das Gewitter verzog, glaubte er, dass Julie Ann weinte, während er sie festhielt.

3. KAPITEL

Ich würde lieber auf einem Kamel reiten, als in diesem verdammten Flugzeug zu hocken!"

Julianna schrak bei der Verwünschung ihres Sitznachbarn zusammen. „Wundert mich, dass der Flug so holperig ist."

„Dann haben Sie die Durchsage des Captains verpasst."

Sie nickte. „Was sagte er?"

„Wir brauchen uns keine Sorgen zu machen, aber Hawaii bekommt vielleicht morgen die größte Wucht des Sturms ab. Bis auf weiteres gehen keine Flüge von Honolulu ab."

Julianna hatte zwei anstrengende Monate hinter sich, in denen sie ihre neue Kollektion in den großen Warenhäusern von Kalifornien, New York, New Orleans und Miami vorgestellt hatte. Die ganze Zeit hatte sie sich nach Kauai zurückgesehnt. Und nach dem heutigen Zusammentreffen mit Gray sehnte sie sich noch mehr nach ihrem Zuhause.

„Warum machen Sie so ein besorgtes Gesicht?", fragte Dillon. „Wenn es wegen Gray ist … ich bleibe bei Ihnen, bis Sie irgendwo untergekommen sind."

Julianna nickte und schloss die Augen.

Gray teilte Jody noch eine Karte aus. „Und jetzt?"

„Jetzt musst du sehen, ob du Paare hast", erklärte das kleine Mädchen. „Die legst du ab. Und wenn du eine Königin hast, sag dein Gebet."

Gray lächelte. „Du bist ein richtiger Kartenhai."

„Was ist ein Kartenhai?"

Gray legte ein Paar ab. „Ein kleines Mädchen mit braunen Zöpfen, das ahnungslose Erwachsene ausnimmt."

Jody kicherte. „Du bist albern, Gray."

Er nickte und hielt ihr seine Karten hin, damit sie eine ziehen konnte. Sie legte mit seiner Karte ein Paar ab. „Hey, das ist nicht fair, Krabbe. Du sollst mich nicht schon bei meinem ersten Versuch schlagen."

„Alles ist fair", sagte Jody philosophisch.

Gray lachte über den erwachsenen Ausdruck. Er wusste wenig über Jody, nur, dass sie überdurchschnittlich intelligent war und in irgendeine Auseinandersetzung zwischen Erwachsenen geraten war. Sie war die Tochter der Freundin eines Freundes, und Gray sollte sie zu ihrer Mutter nach Hawaii bringen.

„Du bist dran!"

Gray war dankbar, dass Jody ihn am Grübeln hinderte. Es wurde nicht leichter, wenn er an Julianna dachte. Die Vergangenheit war vorbei. Nichts konnte das Geschehene ändern. Ellie gab es nicht mehr. Julie Ann gab es nicht mehr. Sie war von der erfolgreichen und faszinierenden Julianna ersetzt worden. Gray – den Jungen, zwischen einer Liebe, die zu früh gekommen war, und einer verlockenden Zukunft hin- und hergerissenen – gab es auch nicht mehr. Ein sprichwörtlich trauriger und weiser Mann war zurückgeblieben. Und weise war er unter anderem auch darin geworden, dass es nichts brachte, die Vergangenheit zu betrauern. Er hatte das auf die harte Tour gelernt.

Gray überlegte, was er nach der Landung in Honolulu machen sollte. Damals, als sie für ihn noch Julie Ann gewesen war, hatte er überall nach ihr suchen lassen, bis die besten Profis aufgaben. Die Botschaft war klar. Sie wollte ihr eigenes Leben leben – weit entfernt von seinem. Oder sie war tot. Was er aber nicht hatte glauben können.

Vielleicht hätte er Julie Ann nie gefunden, wenn nicht seine Freundin Paige Duvall im vergangenen Monat in New Orleans zu einer Modenschau gegangen wäre. Sie hatte plötzlich Anhaltspunkte für Julie Anns Existenz gefunden. Die junge Designerin, die nur als Julianna bekannt war, stammte aus Mississippi und lebte auf Hawaii. Paige hatte nur einen kurzen Blick auf die junge Frau erhascht, aber ihre Neugierde wurde angestachelt durch deren vage Ähnlichkeit mit einem Bild, das Gray ihr einmal gezeigt hatte.

Diese Information hatte Gray veranlasst, die Suche nach Julie Ann wieder aufzunehmen. Die Erkundigungen waren diesmal sogar einfach gewesen – bis hin zu dem Flug, mit dem Julie Ann nach Hawaii zurückkehren würde. Schwieriger war es allerdings gewesen zu entscheiden, welche Schritte er als Nächstes unternehmen sollte.

Seitdem er Julianna gesehen hatte, hatte er kein einziges Mal mehr an den Grund gedacht, warum er sie persönlich treffen wollte. Nun hatte er sie getroffen. Auch Paige Duvall hatte in diesem Teil eine Rolle zu spielen. Sie sollte ihn morgen in Honolulu treffen. Gray schloss die Augen und fragte sich, warum er sich nicht darüber freute. Paige war eine alte Freundin, die in jüngster Zeit mehr als das für ihn geworden war. Es wurde Zeit für ihn, an seine Zukunft zu denken – Zeit, etwas Sicheres und Solides und Lebenswertes aufzubauen. Seine Vergangenheit saß in der nächsten Kabine des Flugzeuges. Seine Zukunft erwartete ihn morgen in Hawaii.

Und er hing irgendwo dazwischen in der Mitte. Allein, genau wie in den letzten zehn langen Jahren.

Nach der Landung fiel Julianna als Erstes auf, dass im Honolulu Airport keine Stimmen zu hören waren. Normalerweise herrschte hier ein ständiges Sprachengewirr, egal zu welcher Tages- oder Nachtzeit. An diesem Abend hielten sich nur wenige Leute in dem Gebäude auf, weil alle Flüge gestrichen waren. Der Lärm der Touristenschlangen war durch das laute Heulen des Sturms vor den Glaswänden ersetzt worden. Regenschleier peitschten gegen die Scheiben. Zweifellos waren die Straßen überflutet.

„Das ist kein Ort zum Übernachten."

Julianna nickte Dillon zu, der neben ihr zu den Gepäckbändern ging. „Bei diesem vielen Glas ist es hier nicht sicher."

„Besonders nicht bei einem Zyklon, wie eine Stewardess gesagt hat."

„Zyklon!"

Dillon zuckte die Schultern. „Zyklon, Taifun. Wie sagt ihr hier dazu? Hurrikan?"

„Hurrikan. Aber wir haben hier gar keine ... das heißt, es gab einen, Iwa, aber da war ich auf dem Festland." Julianna versuchte sich einen Hurrikan vorzustellen. Ein Albtraum! Sie konnte es nicht ertragen!

Dillon legte mitfühlend die Hand auf ihre Schulter. „Es wird vielleicht nass genug werden, dass eine Ente absäuft, aber Ihnen wird schon nichts geschehen. Ich habe gehört, dass sie den nördlichen Teil der Insel evakuieren, und da werden auch wegen der gestrandeten Reisenden die Hotels voll sein. Haben Sie jemanden hier in der Nähe des Airports, bei dem Sie unterkommen können?"

Sie schüttelte den Kopf. „Holen wir erst unser Gepäck, dann können wir bei der Fluggesellschaft nachfragen, was wir tun sollen." Julianna hielt Ausschau nach Gray, aber er war nirgendwo zu sehen. Dillon holte eine Reisetasche von dem Transportband, hängte sie sich über die Schulter und machte sich schon auf die Suche nach einem Zimmer, während Julianna noch warten musste. Er versprach, auch für sie ein Zimmer zu besorgen.

Julianna sah Dillon nach. Sie hatte sich daran gewöhnt, dass Männer ihr immer helfen wollten, obwohl sie nicht wusste, wieso sie so offensichtlich die Beschützerinstinkte ansprach.

Gray hätte es ihr sagen können, während er sich dem Transportband näherte. Trotz ihrer eleganten Erscheinung wirkte sie völlig schutzlos. Klein und schutzlos, sodass man sie unbedingt in die Arme schließen wollte. Mit ihren über die Schultern fallenden dunklen Haaren und ihren von Traurigkeit erfüllten Augen sah sie wie ein kleines Mädchen aus, das sich in eine Welt von Erwachsenen verirrt hatte.

Sie weckte allerdings mehr in ihm als nur den Beschützerinstinkt. So war das von dem Moment an gewesen, als er sie mit einem Chihuahua in den Armen gesehen hatte, obwohl er lange gebraucht hatte, sich ihre große Anziehungskraft auf ihn einzugestehen. Julianna besaß eine unerklärliche Ausstrahlung – Stärke, gepaart mit Verletzbarkeit, Unsicherheit, gepanzert mit Mut. Fast von Anfang an hatte er von ihr nehmen und gleichzeitig geben und immer wieder geben wollen.

So war es noch immer. Verrückt, aber er wollte Trost von ihr nehmen, und er wollte ihr Trost geben. Tief in seinem Inneren wusste er, dass sie beide nur auf diese Weise Frieden finden würden. Er wusste aber auch, dass er verrückt wäre, wenn er auch nur glaubte, dies könnte möglich sein.

Als hätte sie es gefühlt, dass er sie beobachtete, drehte Julianna sich zu ihm um. Die Traurigkeit in ihren Augen wurde durch äußerste Vorsicht ersetzt.

Er ärgerte sich über die Mauer, die sie so rasch zwischen ihnen errichtete. „Wo ist dein Leibwächter?", fragte er frustriert.

„Er sucht für uns eine Unterkunft, falls dich das etwas angeht." Sie stockte. „Wo ist deine Tochter? Wo ist deine Frau?" Das letzte Wort bereitete ihr Mühe.

Er hätte ihr sagen können, wie absurd ihre Fragen waren. Stattdessen überging er sie. „Hast du im Flugzeug wirklich geglaubt, dass du Schutz brauchst? Was dachtest du denn, würde ich sagen oder tun?"

„Ich wollte nicht mit dir sprechen, und ich will jetzt auch nicht mit dir sprechen."

„Es ist nicht deine Art, auszuweichen." Er sah, wie sich ihr Gesichtsausdruck noch mehr verschloss, während er ärgerlicher wurde. „Oder vielleicht ist sie es ja doch. Immerhin bist du ja auch vor zehn Jahren verschwunden, nicht wahr?"

„Und du bist so untröstlich gewesen, dass du sofort wieder geheiratet und ein anderes Kind gezeugt hast." Julianna wandte sich dem Transportband zu und hob eine blaue Kleidertasche und einen kleinen Koffer herunter. „Oder hast du das Kind schon gezeugt, während du noch darauf gewartet hast, dass die Scheidung rechtsgültig wird? Wie alt ist die Kleine? Acht? Neun?"

Gray packte sie an der Schulter und wirbelte sie herum. „Verdammt, Julie Ann, das ist nicht mein Kind, und ich bin mit ihrer Mutter nicht verheiratet. Ich begleite die Kleine nur."

Sie fühlte, wie sich seine Finger hart in ihre Schulter gruben, und wusste mit einem Mal nicht, was sie dazu sagen sollte.

„Hast du wirklich gedacht, ich würde mich nach allem, was geschehen war, wieder in eine Ehe stürzen?" Er lockerte den Griff ein wenig.

„Es spielt keine Rolle."

Grays Ärger schwand teilweise. Julie Ann mochte behaupten, dass es keine Rolle spielte, aber er sah, dass sie ihn und sich selbst belog. Es spielte sogar eine sehr große Rolle. „Ellie war auch mein Kind. Nachdem wir sie verloren hatten, besaß ich nichts mehr, was ich irgendjemandem hätte geben können."

Sie verkrampfte sich. „Ich möchte nicht darüber sprechen!"

„Worüber möchtest du denn sprechen? Das Wetter? Wir bekommen einen Hurrikan, Juli…anna. Und ich gehöre wahrscheinlich zu den wenigen Menschen auf der Welt, die wissen, was das für dich bedeutet. Du brauchst mir nichts vorzumachen. Ich weiß, was du empfindest."

„Das glaubst du nur." Sie hob das Kinn und blickte trotzig drein. „Ich habe dir gesagt, ich habe mich geändert. Du kennst mich nicht mehr."

„Du brauchst nichts vorzugeben." Seine Hand lag nur noch leicht und tröstend auf ihrer Schulter.

Sie schüttelte die Hand ab. „Du auch nicht. Du brauchst nicht vorzugeben, dass dich meine Empfindungen interessieren. Die Zeiten sind längst vorbei. Warum sagst du nicht, weshalb du hergekommen bist, und bringst es hinter dich? Gib mir eine Kurzfassung, Gray, und scher dich zur Hölle!"

„Belästigt Sie der Bursche wieder?"

Gray war so mit Julianna beschäftigt gewesen, dass er Dillon nicht bemerkt hatte. Er nahm den Blick nicht von ihrem Gesicht. „Hau ab, Australier!", knurrte er.

Julianna schob sich zwischen die beiden Männer. „Schon gut, Dillon. Er wollte gerade gehen."

„Nicht schnell genug!"

„Bitte!" Sie legte die Hand auf Dillons Arm.

„Es gibt überhaupt keine Zimmer auf der Insel." Dillon ließ Gray nicht aus den Augen. „Aber wir können in der Travelodge nicht weit von hier in der Hotelhalle campen. Tut mir leid."

„Ich komme schon zurecht."

Gray trat auf sie zu. „Ich habe eine Suite im ‚Prince Kuhio' für heute Nacht, Julianna. Komm mit mir. Du kannst duschen und hast ein bequemes Bett, und wir können miteinander sprechen."

„Das ist doch ein Scherz!" Ihre Augen weiteten sich ungläubig. „Denkst du wirklich, ich verbringe eine Nacht in einem Hotelzimmer mit dir?"

Sie sah sofort, wie sehr sie ihn damit verärgert hatte, und zu ihrer Überraschung tat es ihr leid.

„Was glaubst du denn, was passieren würde?", fragte er leise. „Glaubst du, ich bin so weit gereist, um dich zu verführen? Nun, da du so erwachsen geworden bist, hältst du dich für so unwiderstehlich?"

Dillon machte einen Schritt auf Gray zu, aber Julianna hielt ihn zurück. „Ich komme nicht mit dir."

Gray verlor selten die Beherrschung. Jetzt war er nahe daran. „Doch!" Sein Blick forderte Dillon heraus.

„Hast du vergessen, dass ich nicht mehr deine Frau bin?", fragte sie ärgerlich. „Du hast mir gar nichts mehr zu sagen!"

„Wann hast du dich denn von mir scheiden lassen?" Sie starrte ihn bloß an. „Erinnerst du dich nicht?", spottete er.

Sie fühlte sich plötzlich benommen. Ihre Finger umspannten Dillons Arm. „Scheiden lassen?"

„Richtig! Ich habe nie irgendwelche Papiere bekommen, obwohl du gewusst hast, wo ich zu erreichen war. Ich weiß also nicht, wann und mit welcher Begründung du dich hast scheiden lassen. Und welches Känguru-Gericht hat die Scheidung ausgesprochen, ohne mich zu verständigen?"

„Du hast dich von mir scheiden lassen. Wegen böswilligen Verlassens." Sie schluckte. „Du musst es getan haben ..."

„Nein."

Sie wünschte sich, dass er log. „Ich glaube dir nicht! Warum solltest du es nicht getan haben?"

Er drehte die Frage um. „Warum hätte ich es tun sollen?"

„Ich war weg! Du wolltest, dass ich gehe! Du musst gewusst haben, dass ich nie zurückkommen würde!"

„Tatsächlich? Woher sollte ich das wissen? Das hast du mir genauso wenig gesagt, wie du mir gesagt hast, dass du gehst."

Dillon räusperte sich. Er wirkte zunehmend unbehaglich.

Gray richtete seine nächsten Worte an ihn. „Ich bin Ihnen sehr dankbar, dass Sie sich so ausgezeichnet um meine Frau gekümmert haben" – er betonte „meine Frau" –, „aber jetzt kümmere ich mich um sie."

„Wenn sie einverstanden ist."

„Du siehst, wir müssen über vieles reden", sagte Gray zu Julianna. „Und die Dinge ins Reine bringen, das ist überfällig."

Sie war auf so viele Arten an diesen Mann gebunden gewesen, durch ihre Freundschaft, durch ihre Liebe zu ihm, durch das Kind, das sie geboren hatte. Herauszufinden, dass die Bindungen nicht abgebrochen waren, dass sie in den Augen des Gesetzes noch immer seine Frau war, war zu viel für sie. Sie unterdrückte ein Aufschluchzen. „Ich werde sofort die Scheidung einreichen."

„Wäre damit alles geregelt, hätte ich es schon vor Jahren getan."

„Du hättest es tun sollen!"

„Komm mit mir, Julianna."

„Nein!" Bevor er sie weiter zu überreden versuchte, drehte sie sich um und floh zum Ausgang.

Gray wollte ihr folgen, aber Dillon versperrte ihm den Weg. „Machen Sie es nicht noch schlimmer, Kamerad", sagte Dillon. „Sie haben ihr einen Schock versetzt. Geben Sie ihr Zeit zum Nachdenken."

„Was ist sie für Sie?", fragte Gray.

„Nur eine Frau, die einen Freund braucht."

„Sie hat Todesangst vor Gewittern und Stürmen."

„Dann jagen Sie sie nicht da hinaus." Dillon deutete auf das Gepäckband. „Ich suche sie und bringe sie in dieses Hotel. Das Gepäck da auf dem Boden, gehört das Ihrer Frau?" Als Gray nickte, nahm er es auf und stellte es zu seinem. „Ich will zusehen, dass ich sie morgen Vormittag in Ihr Hotel bringe, nachdem sie über alles nachgedacht hat."

„Warum tun Sie das?"

Dillon zuckte die Schultern.

Gray zögerte. Er überlegte, ob er Julianna doch noch folgen sollte. Dann nickte er. Im Moment konnte er nichts tun. Julianna hatte ihn erneut abgewiesen. „Bitte, suchen Sie sie. Sie ist nicht in der Verfassung, allein da draußen zu sein."

„Ich kümmere mich um sie."

Gray sah dem Mann nach, der dem Ausgang zustrebte, und er fragte sich, wie etwas, das er bloß mit den besten Absichten geplant hatte, für alle Beteiligten so unerträglich schmerzlich hatte werden können.

Gray sammelte das Gepäck ein. Die Frage, ob er Julianna wiedersehen würde, ging ihm im Kopf herum. Entgegen seinen Worten im Flugzeug würde er ihr nicht nach Kauai folgen. Er war hergekommen, um ihrer beider Vergangenheit zu bewältigen, Julianna alles Gute zu wünschen und sich zu verabschieden. Jetzt wusste er, dass nur das Letztere erwünscht sein würde.

„Da bin ich wieder, Gray." Jody kam aus Richtung der Toiletten zu ihm gelaufen. „Wo warten wir auf meine Mommy?"

„Ich habe schlechte Nachrichten", sagte er vorsichtig. „Der Flug deiner Mom ist ausgefallen. Sie kommt heute Abend nicht."

Jody sah ihn ungläubig und verwirrt an. „Sie wollte aber hier sein!"

„Es ist ein weiter Weg von Vancouver, und sie kann ja nicht schwimmen", erklärte er geduldig.

Jody schien sich nicht entscheiden zu können, ob sie lachen oder weinen sollte. „Aber sie hat gesagt, dass sie hier sein wird."

Gray tröstete sie, so gut er konnte, und schaffte sie dann mitsamt seinem Gepäck nach draußen. Regen fegte über die Straße vor dem Airport, und die tropischen Pflanzen beugten sich tief unter der Wucht des Sturms.

Es war nicht überraschend, dass es keine Taxis gab. Sie warteten eine Weile unter dem Schutzdach einer Haltestelle und als Gray gerade bei Taxigesellschaften anrufen wollte, kam ein Kleinbus und hielt vor ihnen. Gray öffnete die Tür.

„Können Sie uns zum ,Prince Kuhio' in Waikiki bringen?", fragte er den Fahrer, einen Asiaten mit silbergrauer Arbeitsuniform und einem warmen Lächeln.

„Straßen geschlossen. Straßen geflutet. Ich trotzdem."

Gray verstaute Jody und das Gepäck im Wagen. „Wir dachten schon, wir würden keinen Wagen finden", sagte er nun zu dem Fahrer, während der Kleinbus mit zischenden Reifen die Flughafenstraße entlangfuhr.

„Taxis stehen, aber Bus fahren. Taxis Flut. Nicht so hoch."

Gray starrte durch die Windschutzscheibe. Er hoffte nur, dass der Mann wusste, wohin er fuhr, denn der Regen war so dicht, dass man mehr als seine fünf Sinne brauchte, um glücklich ans Ziel zu kommen.

„Haben wir schon einen Hurrikan?", fragte Gray so leise, dass Jody ihn nicht hörte.

„Hurrikan jetzt. Sitzt vor Küste wie lauernde Katze."

Der Fahrer begann plötzlich fließend in einer fremden Sprache zu reden.

„Was ist los?", fragte Gray.

„Problem. Taxi Problem." Er hielt neben einem Taxi, das vornüber in einem gefluteten Graben neben der Straße steckte. „Taxifahrer zu eilig."

Der Fahrer hielt, öffnete die Tür und sprang in das Wasser auf der Fahrbahn. Gray ließ Jody im Wagen bleiben und folgte.

Er war noch nie in einem solchen Regen gewesen, der durch seine Heftigkeit blendete und sich wie solide Wasserwände anfühlte. Gray war sofort bis auf die Haut durchnässt. Wenigstens blitzte und donnerte es noch nicht, aber das würde noch kommen.

Der Taxifahrer rollte sein Fenster herunter. Er hielt ein Taschentuch an seine Stirn, als ob er blutete. „Mann, bin ich froh! Ich dachte schon, ich schwimme davon."

Gray blickte in den Wagen. Das Taxi war leer. „Hatten Sie keine Fahrgäste?"

„Die sind vor einer Minute ausgestiegen." Er deutete die Straße entlang. „Mein Funk ist ausgefallen. Der Mann wollte Hilfe holen, und die Lady hatte Angst, im Taxi zu warten, und ging mit ihm."

„Sind Sie in Ordnung?"

„Ich habe mir nur den Kopf am Lenkrad gestoßen."

„Sie jetzt kommen." Der Fahrer des Kleinbusses öffnete die hintere Tür des Taxis und half dem Taxifahrer, über die Sitze nach hinten und ins Freie zu kriechen.

„Sehen wir zu, dass wir Ihre Fahrgäste finden", sagte Gray, als der Mann im Kleinbus hinten saß. „Hoffentlich hat sie inzwischen jemand mitgenommen."

„Keine Wagen." Der Fahrer zog den Kleinbus vorsichtig auf die Straße zurück.

„Die Polizei patrouilliert doch sicher in den Straßen."

„Menge Straßen."

Nur ein paar Blocks weiter entdeckte Gray die beiden auf einem Parkplatz. Er hätte sie übersehen, aber das helle Blumenmuster der Bluse der Frau war wie ein Leuchtfeuer in dem Wolkenbruch. Und das Muster würde er nie vergessen. Die Frau war Julianna.

Gray öffnete die Tür und sprang in den Sturm hinaus. Er rief Juliannas Namen und rannte über den Parkplatz, während der Fahrer auf die Hupe drückte. Gray war fast bei ihnen, als sie sich umdrehten und ihn überrascht anstarrten. „Wir haben euren Fahrer im Wagen. Kommt!", schrie er.

Er hatte einen Streit erwartet oder wenigstens flüchtigen Widerstand, doch die Erleichterung auf Juliannas Gesicht sprach für sich selbst. Sie trug Dillons Hut, war aber trotzdem völlig durchnässt. Rock und Bluse klebten an ihr wie eine zweite Haut, die Haare hingen nass bis zu ihrer Taille hinunter.

In der Ferne hörten sie das erste Donnergrollen. Julianna presste die Augen fest zu und schien in sich zusammenzusinken. Dillon ergriff ihren Arm, und sie liefen zu dem Kleinbus …

4. KAPITEL

Julianna beeilte sich unter der Dusche. Dillon und Gray waren noch immer so nass, wie sie angekommen waren. Sie schlüpfte in einen Bademantel, schlang ein Handtuch um ihre Haare und wollte durch den kurzen Korridor in das Schlafzimmer, das sie mit Jody teilen sollte.

Gray stand vor dem Bad und suchte in einem Schrank nach Kleidern. Julianna wollte sich an ihm vorbeischieben, aber als sein Gast schuldete sie ihm zumindest Höflichkeit. Sie löste das Handtuch von ihrem Kopf und begann ihre Haare trockenzureiben. „Sieht so aus, als würden wir doch zu diesem Gespräch kommen, ob ich will oder nicht."

„Ich habe dich hierher gebracht, damit du nicht da draußen in dem Unwetter sein musst." Die Intimität, mit ihr in dem engen Korridor zu stehen, verunsicherte ihn.

„Dafür bin ich dir sehr dankbar."

Zuerst dachte Gray, er hätte sich verhört. Im Kleinbus hatte sie nicht viel gesagt, als er darauf bestand, dass sie und Dillon mit ihm in die Suite kamen. Wahrscheinlich hätte sie sich gewehrt, hätte er Dillon nicht auch eingeladen. Seither wartete er darauf, dass sie sich fing und auf ihn losging, weil er sie hergebracht hatte. Dank hatte er jedenfalls nicht erwartet.

„Offenbar hattest du einige Zeit, dich vorzubereiten, ehe du mich im Flugzeug sahst. Ich hatte sie nicht."

„Ich weiß. Tut mir leid, dass es so gekommen ist. Ich hatte keine Ahnung …" Seine Stimme verklang.

„Du hattest keine Ahnung, wie viel Schaden angerichtet worden war? Wie viel Schmerz noch immer da ist?" Sie versuchte ihre Stimme ruhig zu halten, hatte jedoch keinen Erfolg. „Du hättest es wissen müssen."

„Ich hatte wohl gehofft, unser Zusammentreffen würde einfacher verlaufen."

„Ich wünschte, das wäre es."

Mit den Kleidern in den Händen drehte er sich zu ihr um. „Ich habe einen Fehler gemacht. Kannst du mir verzeihen? Und können wir darüber hinweggehen?"

Sie forschte in seinen Augen. „Welchen Fehler soll ich dir verzeihen? Diesen oder einen von den anderen?"

Ihre Worte trafen ihn wie der kalte Regen, den er noch immer auf seiner feuchten Haut spürte. „Du hast in den zehn Jahren eine Menge Bitterkeit bewahrt."

„Ich wollte es nicht."

„Bist du sicher?"

Sogar nass und müde zog Gray alle Aufmerksamkeit auf sich. Julianna wollte ihm seine Worte ins Gesicht zurückschleudern, aber das war nicht so einfach. Sie fühlte sich unfreiwillig zu ihm hingezogen, und gleichzeitig wollte sie nachforschen, ob in seiner Frage Wahrheit steckte. In all den Jahren ihrer Trennung war sie gegen seine Wärme nicht immun geworden. Das war fast genauso überraschend wie sein Wiederauftauchen.

„Denk darüber nach", sagte er und legte kurz die Hand auf ihre Schulter. Ehe sie antworten konnte, betrat er das Bad und schloss die Tür hinter sich.

Jody saß auf dem einen Bett und bürstete ihre Haare, als Julianna hereinkam und sich auf das andere Bett setzte.

„Sie waren richtig nass", sagte Jody. „Sie sind noch immer nass."

Julianna war so selten mit Kindern zusammen, dass sie nicht wusste, wie sie mit Jody sprechen sollte. Sie versuchte zu lächeln. „Die Dusche hat geholfen, obwohl ich nicht weiß, wieso noch mehr Wasser hilft."

„Ist Ihnen jetzt warm? Vorhin haben Sie gezittert."

„Wärmer", räumte Julianna ein.

„Ich habe Extradecken im Schrank gesehen. Ich habe überprüft, was da drinnen ist. Ich werde Schriftstellerin, und darum überprüfe ich immer alles. Manchmal gibt es in Geschichten Leichen in den Schränken." Jody sprang auf. „Wollen Sie eine oder zwei?"

„Leichen oder Decken?"

Jody kicherte. „Decken natürlich."

Warm eingewickelt, kämmte Julianna ihre Haare, bis Jody Hunger bekam und sie ins Wohnzimmer führte, wo Dillon und Gray auf dem ausziehbaren Sofa schlafen sollten. Gray war da, Dillon stand noch unter der Dusche.

Gray saß auf dem Sofa, mit dem Kopf an der Rückenlehne, seine Augen waren geschlossen. Er wirkte wie ein Mann, der vor Kurzem Augenzeuge einer Schlacht gewesen war.

„Gab es Hotdogs?", fragte Jody.

Gray öffnete die Augen und klopfte einladend auf das Sofa. „Die Küche ist im Moment überlastet, Kleines, und viele Angestellte sind wegen des Unwetters nicht gekommen, aber sie haben mir versprochen, für dich einen Hotdog aufzutreiben." Er blickte zu Julianna auf. „Ich wusste nicht, was die anderen wollten. Also habe ich gebeten, dass man genug für drei hungrige Erwachsene hochschickt."

Sie nickte. „Danke. Ich habe heute nicht viel gegessen." Sie erkannte, wie verräterisch das war. „Ich mag das Flugzeugessen nicht", fügte sie hinzu.

„Ich auch nicht."

„Früher hast du alles gegessen, was du in die Finger bekamst."

Er war überrascht, dass sie die Vergangenheit so beiläufig erwähnte.

„Ich wollte dir immer ein gutes Beispiel geben."

Widerwillig erinnerte sie sich an die ersten Monate ihrer Schwangerschaft und an Grays Bemühungen, sie zum richtigen Essen zu bringen. Sie hatte es versucht. Er hatte es versucht. Aber Versuchen schien das Einzige zu sein, was sie gemeinsam tun konnten. Versuchen, sich daran zu gewöhnen, Mann und Frau zu sein. Versuchen, einander nicht merken zu lassen, wie elend sie sich fühlten. Versuchen, nicht zu streiten.

Seltsamerweise hatte sie in all den dazwischenliegenden Jahren aus Bitterkeit nie daran gedacht, wie Gray versucht hatte, ein guter Ehemann zu sein. Vielleicht war es zu schmerzlich gewesen, sich in dieser Weise an ihn zu erinnern.

Seine Augen hielten noch immer ihre fest, und als hätte er ihre Gedanken gelesen, wurden sie traurig. „Zu versuchen, das Richtige zu tun, hat nie genügt, nicht wahr?"

„Nein, ich glaube nicht."

Jody rutschte unbehaglich auf ihrem Sitz hin und her, als ein Klopfen an der Tür die Spannung brach. Gray gab dem abgehetzten jungen Mann, der ihnen ein volles Tablett brachte, ein Trinkgeld, Dillon stieß zu ihnen, und die Erwachsenen teilten das Essen auf und sorgten dafür, dass Jody ihren Hotdog zuerst bekam.

Nur Wind und Regen, die gegen die Fenster peitschten, waren zu hören, während sie aßen. Grays Suite lag im obersten Stockwerk, und obwohl er bei ihrer Ankunft sofort die Vorhänge geschlossen hatte, war das Unwetter nur zu gegenwärtig.

„Der Mann, der das Essen gebracht hat, meinte, der Sturm liege vor der Küste fest. Unmöglich vorauszusagen, was er machen wird." Gray nahm sich zu seinem Salat noch ein Brötchen.

Julianna bemerkte, dass er Sturm statt Hurrikan sagte. Sie fragte sich, wen er vor der Angst bewahren wollte. Zweifellos wollte er Jody nicht ängstigen, aber sie selbst auch?

„Meinetwegen kann der Sturm im Meer absaufen", sagte Dillon.

„Haben Sie es eilig?", fragte Gray.

„Ich habe eine Opalmine, die auf mich wartet", antwortete Dillon. „In Coober Pedy."

„Australien?"

„Südaustralien."

„Was ist mit Jody?", fragte Julianna.

„Jodys Mom kommt, sobald sie eine Maschine bekommt", erklärte Gray.

„Wir ziehen nach Australien", erklärte Jody. „Ich kann dort ein Känguru streicheln."

„Bist du schon mal auf einem geritten?", fragte Dillon, und als das Mädchen den Kopf schüttelte, erzählte er eine Geschichte von einem australischen Cowboy, der so kurzsichtig war, dass er den Unterschied zwischen einem Pferd und einem Känguru nicht erkennen konnte und daher auf einem Känguru ritt, um das Vieh zusammenzutreiben, bis ihn sein bester Freund darauf aufmerksam machte.

„,Ach, deshalb habe ich den Gaul nie in Trab bringen können!', sagte der Cowboy zu seinem Freund."

Das Mädchen quietschte vor Lachen, und Julianna und Gray klatschten.

„Und das war deine Gutenachtgeschichte", sagte Gray zu Jody. „Es war ein langer Tag."

Jody verzog das Gesicht, stand jedoch gehorsam auf. „Ich bin für einen Gutenachtkuss ja eigentlich schon ziemlich groß, aber mir soll es recht sein, wenn ihr wollt", sagte sie und ging zuerst zu Gray.

Er umarmte sie und küsste sie zärtlich auf die Wange.

Danach kam sie zu Julianna. „Sie meinetwegen auch", sagte sie großzügig.

Julianna stockte der Atem. Sie beugte sich vor und strich mit ihren Lippen über Jodys blütenzarte Wange. Danach ging das Mädchen zu Dillon, der sie aufmunternd an sich drückte.

„Ich schreibe diesen ganzen Tag auf. Morgen", erklärte Jody, ehe sie im Schlafzimmer verschwand.

Dillon stand auf und streckte sich. „Ich geh mir ein wenig die Beine vertreten."

„Wo wollen Sie bei diesem Wetter spazieren gehen?", fragte Julianna und versuchte gelassen zu klingen.

Er grinste und fuhr sich durch die braunen gelockten Haare. „Ich wollte in den Pub unten im Haus hineinsehen. Mein Ruf, wenn Sie mitkommen."

„Ruf?" Julianna hob eine Augenbraue.

„Ich bezahle", übersetzte er den australischen Ausdruck.

„Danke, aber ich gehe schlafen."

„Gray?", fragte Dillon.

„Es war auch für mich ein recht langer Tag", sagte Gray.

Dillon griff nach seinem Hut, überlegte es sich aber, als Wasser von der Krempe tropfte. „Na ja, dann wollen wir mal", sagte er und nahm den Schlüssel.

Julianna hörte, wie sich die Tür hinter ihm schloss, und wollte sich zum Aufstehen zwingen. Sie und Gray waren allein, und die Vergangenheit lastete zwischen ihnen, als hätte sie sich erst vor Minuten und nicht schon vor einem Jahrzehnt ereignet. Wenn sie blieb, würden sie darüber sprechen. Und wie sollte Sprechen helfen? Dennoch konnte sie sich nicht bewegen.

„Ganz gleich, was du denkst, Julianna, ich bin nicht nach Hawaii gekommen, um dich mit alten Erinnerungen zu quälen."

„Warum bist du dann gekommen?"

Er zuckte die Schultern. Die Gründe waren verwischt. Vielleicht hatte er selbst sie nie richtig verstanden. „Ich bin gekommen, um mich davon zu überzeugen, dass es dir gut geht. Ich wollte es mit eigenen Augen sehen."

Sie drängte ihn nicht, obwohl sie sicher war, dass es noch mehr Gründe gab. „Bist du jetzt beruhigt?"

„Du bist eine erfolgreiche Frau."

„Das hast du wohl nicht erwartet?"

Er wollte protestieren, konnte es jedoch nicht. „Ich weiß nicht, was ich erwartet habe. Ich kannte deinen Mut und deine Intelligenz, aber du hast Granger Junction nur mit den Kleidern am Leib verlassen und mit dem Geld, das du all die Jahre über für das College gespart hast. Du hattest nicht einmal ein Diplom von der Highschool."

„Ich habe es bei Gelegenheit nachgeholt, obwohl man keines brauchte für die Jobs, die ich angenommen habe. Es gibt immer Arbeit, wenn man nicht wählerisch ist."

„Du konntest stets über alles hinwegkommen."

„Hättest du jemals darüber nachgedacht, hättest du das gewusst."

Gray beugte sich angespannt vor. „Ich habe darüber nachgedacht. Behandle mich nicht so herablassend, Julianna. Glaubst du, ich hätte dich vergessen?"

Sie wählte ihre Worte vorsichtig und schied jene aus, die ihn bewusst verletzt hätten. Die Worte, die verblieben, waren kaum besser. „Ich glaube", sagte sie langsam, „du hast dich für mich verantwortlich gefühlt und für das, was passiert war. Aber als wir verheiratet waren, hast du mich wohl nie so gesehen, wie ich wirklich war."

„Dann hast du aber eine Menge aus unserer Vergangenheit vergessen."

Sie sprach weiter, als hätte er sie nicht unterbrochen. „Falls du dir in all diesen Jahren jemals vorgestellt hast, was aus mir geworden ist, dann hast du mich wie meine Mutter oder meine Schwester gesehen. Ganz tief in dir hast du doch gedacht, ich könnte nie etwas anderes sein als eine arme Asoziale."

„Hätte ich dich geheiratet, wenn ich das geglaubt hätte?"

„Wenn es darauf ankommt, Gray, bist du ein Sheridan aus Mississippi. Das spricht für sich selbst."

Silbergraue Augen blitzten in einem Gesicht, das vor Zorn weiß geworden war. „Die schöne Lady hat die Zunge einer Giftschlange entwickelt."

„Noch zwei Dinge, die du nicht erwartet hast."

„Du hast recht, das hatte ich nie erwartet", stimmte er zu. „Aber ich würde die äußerlich schöne Julianna gern für Julie Ann eintauschen. Sie war innerlich schön."

„Ich glaube dir, dass du das tun würdest. Manchmal würde ich es auch tun. Aber Julie Ann ist schon lange tot." Sie schloss die Augen und erkannte, wie müde sie war.

„Ich bin mit einer Fremden verheiratet."

„Wie konntest du etwas anderes erwarten?" Sie öffnete die Augen und stand auf. Ohne die Folgen zu bedenken, trat sie ans Fenster und zog die Vorhänge beiseite, um hinauszublicken. Sie versuchte ihre Angst zu unterdrücken. Sturmgepeitschter Regen prasselte gegen Gebäude. In der Ferne zuckten goldene Blitze über die kaum zu erkennende Linie, an der sich die See und der Nachthimmel trafen. „Warum hast du dich nicht von mir scheiden lassen?"

Gray sah, wie sie bei einem Donnerschlag zusammenzuckte. Er war zu wütend, um sich darum zu kümmern. „Ich habe oft daran gedacht. Es schien keinen Grund zu geben, juristisch einen Schlussstrich zu ziehen. Du warst weg. Wir brauchten nicht als Mann und Frau zusammenzuleben."

„Ich glaube dir nicht."

„Was willst du denn hören? Dass ich um dich getrauert habe? Dass ich darum gebetet habe, du würdest zurückkommen, damit wir es noch einmal versuchen könnten?"

„Bring mich nicht zum Lachen."

„Es gab einfach keinen Grund, dieses ganze Theater einer Scheidung auf sich zu nehmen." Er stand auf und trat neben sie.

„Ich könnte mir denken, dass es Vorteile gab, mit einer abwesenden Frau verheiratet zu sein."

Er machte ihr nichts vor. „Die gab es."

„Und in allen diesen Jahren hast du keine getroffen, die du heiraten wolltest?"

„Ich wollte keine ernsthafte Beziehung."

Sie nickte. „Dann war die Situation in gewisser Weise ja ideal."

Er lachte humorlos. „Ich würde das nicht ideal nennen. Sagen wir, es gab angenehme Seiten."

„Und jetzt?"

Er war noch immer wütend, wollte das Folgende aber nicht sagen, ohne ihr dabei in die Augen zu sehen. Er legte die Hand auf ihre Schulter und drehte sie zu sich herum. „Jetzt gibt es jemanden, bei dem es mir ernst ist. Ich will die Scheidung."

Zu dem großen Durcheinander in ihrem Inneren fügte sie noch etliche wirre Gefühle hinzu. Sie zuckte mit den Schultern, aber er zog seine Hand nicht weg. Sie fühlte die Verbindung mit ihm in ihrem ganzen Körper. Diese unpassende Reaktion war ein schlechter Scherz. Ihr Ehemann hatte sie soeben um die Scheidung gebeten, und genau in diesem Moment wurde sie sich seiner in einer Weise bewusst, in der sie sich seiner nie wieder hatte bewusst werden wollen.

Sie versuchte, noch mehr Ärger aufzubieten, um gegen ihre Empfindungen anzukämpfen. „Dafür bist du den weiten Weg gekommen, Gray? Um mir das zu sagen? Zehn Jahre und Tausende von Meilen? Dein Anwalt hätte mir schon vor Jahren einen Brief schicken können."

„Du hast keine Nachsendeadresse hinterlassen."

„Komisch, nicht wahr, dass du mich trotzdem gefunden hast, als es auf einmal nötig wurde."

„Ich habe dich durch Zufall gefunden. Und es erschien mir richtig, direkt zu dir zu kommen. Ich möchte einen Teil meines Lebens bereinigen, bevor ich einen anderen beginne."

„Manche Dinge lassen sich eben nicht bereinigen." Es klappte nicht mit dem Ärger. Sie hörte die Trauer in ihrer zittrigen Stimme. „Was willst du von mir hören – dass ich dich nicht hasse? Das kann ich dir genauso wenig sagen, wie ich sagen kann, dass ich dich hasse."

„Was kannst du mir denn überhaupt sagen?" Seine Finger entspannten sich, und seine Hand glitt an ihre Wange und berührte sie flüchtig. Sein Ärger war verraucht und wurde von einem Schmerz ersetzt, den er selbst verursacht hatte.

„Ich weiß es nicht. Es ist zehn Jahre her, aber es scheint gestern gewesen zu sein."

„Hilft es dir, dass es mir auch so vorkommt?" Sie schüttelte den Kopf. „Ich will Frieden zwischen uns", sagte er.

Sie wich zurück, weil sie fürchtete, er könnte sie noch einmal berühren.

„Julianna?"

„Ich wünschte, ich könnte dir diesen Frieden geben", sagte sie mit einem traurigen Lächeln. „Aber, Gray, die Wahrheit ist, dass es ein paar Dinge gibt, die nicht einmal ein Sheridan bekommen kann."

5. KAPITEL

Julianna lag wach und starrte an die Zimmerdecke, während draußen der Donner grollte und neben ihr das kleine Mädchen im Schlaf murmelte.

Gray wollte also die Scheidung. Sie verstand zwar noch immer nicht, warum er persönlich gekommen war, um ihr das zu sagen, aber eines verstand sie: Die Ereignisse der Vergangenheit hatten auch ihn getroffen.

Trotz ihrer Anstrengungen drängten sich diese Ereignisse jetzt wieder an die Oberfläche in Form von Erinnerungen.

Zehn Jahre lang hatte sie gehofft, Gray würde etwas von ihrem Schmerz fühlen. Während sie jetzt wach lag und sich an die Dinge erinnerte, die sie hatte vergessen wollen, fand sie keine Antwort auf eine Frage: Wo blieb die Befriedigung, die sie eigentlich fühlen sollte?

„Gray Sheridan kommt für das Wochenende nach Hause."

Julie Ann wusch ihr Gesicht fertig und trocknete sich ab, ehe sie zu ihrer Schwester aufblickte. „Woher weißt du das?"

Mary Jane spitzte ihre Lippen in einem zufriedenen Grinsen. „Du hast es nicht gewusst, oder?"

„Nein, ich habe es nicht gewusst." Gray war wieder im College und hatte nicht einmal geschrieben. Ihre Beziehung war vorbei.

„Glaubst du, er wird dich besuchen?"

„Wahrscheinlich nicht."

„Warum? Hat er schon bekommen, was er haben wollte?"

Julie Ann nickte, und Mary Janes Augen leuchteten auf. „Er hat meine Freundschaft bekommen", sagte Julie Ann. „Das war es, was er haben wollte."

„Vermutlich hast du recht, Honey. Was hätte er sonst schon von dir haben wollen?" Mary Janes Blick wanderte über ihre Schwester. Julie Ann trug einen Unterrock, während sie sich mit Wasser aus dem Gartenschlauch wusch, und ihre knabenhafte Figur war deutlich zu sehen.

Julie Ann griff nach einem sauberen Kleid. „Tut mir leid, dass ich das Gespräch abbrechen muss, aber ich komme zu spät zur Schule, wenn ich mich nicht beeile."

Wenn sie Gray jetzt anriefe, was würde er sagen? Würde sie Ungeduld in seiner Stimme hören? Würde er es eilig haben, vom Telefon wegzukommen und Pläne für das Wochenende zu machen? Sechs

Wochen waren vergangen, seit sie ihn das letzte Mal gesehen hatte. Er könnte sich in diesen sechs Wochen verändert haben. Er könnte eine Freundin haben. Vielleicht hatte die Freundin ihn nach Hause zu seinen Eltern begleitet.

Ausnahmsweise war sie in der Schule völlig unkonzentriert, und als sie nach dem Unterricht in den Sonnenschein des Oktobertages hinaustrat, war sie doch enttäuscht, dass Gray nicht auf sie auf ihrem alten Platz wartete. Aber sie durfte schließlich keine Wunder erwarten, ging zu Dory und badete einen riesigen Bernhardiner, den außer ihr niemand anzufassen wagte. Gray war hinterher auch nicht da, und er kam an diesem Abend auch nicht zu ihrem Haus. Als sie am nächsten Mittag zu ihrer Schicht ins TG&Y ging, war sie sich ganz sicher, dass sie ihn nicht mehr wiedersehen würde.

Die Stunden schleppten sich dahin, und als sie sich auf den Heimweg machte, hatte sie nur einen langen, ermüdenden Fußmarsch vor sich. Sie war schon halb zu Hause, als sie hinter sich einen Wagen hörte, und sie wich ihm aus.

„Julie Ann." Gray beugte sich herüber und öffnete die Beifahrertür. „Steig ein!"

Überrascht und von seinem knappen Tonfall verletzt, gehorchte sie. „Ja, Eure Majestät." Sie setzte sich neben ihn und schnallte sich an. „Welchem Umstand verdanke ich diese Ehre?"

„Deinem grenzenlosen Charme."

Julie Ann hatte lange genug mit ihrem Vater gelebt, um nicht sofort zu erkennen, wenn jemand getrunken hatte. „Meinst du wirklich, du solltest fahren?", fragte sie.

„Warum nicht?"

„Lass es mich wissen, falls ich mich irre, aber ich glaube, du hast ein paar Drinks zu viel gehabt."

„Du weißt zu viel für ein Mädchen deines Alters."

Sie legte die Hand auf seinen Arm. „Fahr wenigstens langsam."

„Wie eine Schnecke", versicherte er ihr.

Diese Schnecke hätte mit Leichtigkeit jedes Rennen gewonnen. Julie Ann sah ihr Haus vorbeifliegen, während Gray die Black Creek Road weiterfuhr.

„Wir haben uns eine Zeit lang nicht gesehen." Sie bemühte sich um einen lässigen Ton. „Aber ich bin nicht umgezogen."

„Du hättest es tun sollen."

„Hier entlang gibt es jedenfalls nichts, wohin ich ziehen könnte, nur ein paar Farmen. Du solltest umkehren."

Gray bog auf eine andere Schotterstraße ein, die querfeldein führte. Er fuhr schneller, aber Julie Ann machte sich keine großen Sorgen. Die Straße war verlassen. Sie waren jetzt an der Grenze des National Forest.

„Hier kann man nicht umdrehen", sagte Gray und wich etlichen Wurzeln aus.

„Sind wir auf einer Sightseeing-Tour?"

„Wir sind auf dem Weg zum Strandhaus. Auf dem Schleichweg."

„Wohin gehen arme Jungen mit ihren Freundinnen, wenn sie keine großartigen abgelegenen Häuser haben?"

„Außer dir habe ich nie jemanden dorthin mitgenommen."

„Erwartest du, dass ich dir das glaube?"

Er ignorierte ihre Frage und deutete auf die umliegenden Wälder. „Als Kind bin ich hier mit meinem Dad auf die Jagd gegangen. Nur er und ich. Ich habe es zwar gehasst, aber ich wollte unbedingt bei ihm sein. Damals habe ich angefangen zu begreifen, was für ein Mensch er ist. Er lachte, wenn er ein Reh erlegte. Töten versetzte ihn in gute Laune. Und weißt du, was ihn noch in gute Laune versetzt? Wenn er Leute bestrafen und ins Gefängnis stecken kann. Du solltest mal seine Geschichten hören. Galgenrichter Sheridan!"

„Ist es nicht sein Beruf, Leute ins Gefängnis zu stecken?"

„Gerechtigkeit ist sein Beruf."

„Weiß er, wie du fühlst?"

„Verdammt, ich weiß es doch nicht einmal selbst."

In tiefem Schweigen erreichten sie den Highway. Es war leicht zu erraten, dass Gray und sein Vater Streit gehabt hatten. Julie Ann konnte auch leicht erraten, worum es dabei gegangen war.

Bei dem Strandhaus angekommen, kam Gray um den Wagen, aber Julie Ann war schon ausgestiegen, bevor er sie erreichte.

„Ich wollte irgendwo sein, wo ich in Ruhe nachdenken kann", sagte er.

„Aber du wolltest nicht allein sein. Du hast mich mitgenommen."

„Ja." Mit maskuliner Anmut schwang Gray sich auf die Motorhaube seines Wagens, und Julie Ann setzte sich neben ihn.

„Du hast mir gefehlt", sagte sie.

„Das hatte ich gehofft."

„Habe ich dir gefehlt?"

„Ja." Er berührte sie nicht, aber sie waren beide plötzlich angespannt.

„Angenommen, das stimmt", sagte sie endlich. „Warum hast du mir nicht geschrieben?"

„Ich glaube, mein Vater hat nicht in vielem recht, aber in einem Punkt schon. Ich sollte dich vergessen, und du solltest mich vergessen."

„Dein Vater hat über mich gesprochen." Es war keine Frage.

„Spielt keine Rolle."

Julie Ann konnte sich vorstellen, was Richter Sheridan gesagt hatte.

„Warum bist du trotzdem zu mir gekommen?"

„Ich wollte sehen, wie es dir geht."

Sie glitt von der Motorhaube und baute sich vor ihm auf, Hände in den Hüften. „Du brauchst dir um mich keine Sorgen zu machen. Los, vergiss mich. Du wirst schon sehen, ob es mir was ausmacht!"

„Wie soll ich es denn machen?" Er beugte sich vor, packte sie an den Armen und zog sie an sich. „Auf der Ole Miss gibt es Frauen, wohin ich auch sehe. Ich glaube, seit der Unterricht wieder angefangen hat, bin ich schon mit der Hälfte von allen ausgegangen. Aber ich kann mit keiner richtig reden."

„Erzähl mir bloß nicht, dass du mit Frauen zum Reden ausgehst!" Julie Ann war vor Eifersucht wie betäubt. Gray war mit jeder Frau ausgegangen, die er gesehen hatte! Es spielte keine Rolle, dass er es angeblich getan hatte, um sie, Julie Ann, zu vergessen. Sie stellte sich ihn vor – in den Armen eine perfekte kleine Blondine mit einem Körper wie das „Girl des Monats" in den Herrenmagazinen. Sie fragte sich, was er mit diesen Blondinen gemacht hatte, das er mit ihr nie gemacht hatte.

Sie vermutete, dass er auf sich selbst wütend war, weil er zu ihr gekommen war und sich etwas aus ihr machte. Er versuchte einen Streit vom Zaun zu brechen, und sie war gerade in der Stimmung, ihm einen zu liefern.

„Eifersüchtig?"

Sie schnaubte verächtlich. „Komm schon, Gray, du sagst mir ständig, dass ich ein komisches Kind bin. Worauf sollte ein komisches Kind denn eifersüchtig sein? Ich kriege doch von dir, was ich will, oder nicht? Wir unterhalten uns großartig miteinander!"

Er glitt von der Motorhaube. „Im Moment nicht."

„Dafür ist es sehr aufschlussreich."

Er zog sie näher an sich. „Ich habe dir einmal geschrieben, den Brief aber zerrissen."

„Du kannst mir leicht was erzählen."

Er blickte ihr eindringlich in die Augen, und sie kam sich klein vor, weil sie an ihm gezweifelt hatte.

„Was hast du in dem Brief geschrieben?", fragte sie schließlich.

„Dass du mir fehlst und dass ich an dich denke."

„Und das hast du zerrissen?"

„Ich habe damit nicht genug gesagt."

Ihr Herz schlug schneller. „Was hast du nicht gesagt?"

„Das hier konnte ich nicht sagen." Er legte die Arme um sie, und sie fühlte seine Lippen auf den ihren.

Sie wusste, wohin der Kuss führen konnte, und sie fragte sich, wie viel von seinem Verlangen echt war und wie viel auf den Alkohol zurückzuführen war, den er getrunken hatte. Seltsamerweise machte es ihr nichts aus. Und als seine Zunge in ihren Mund glitt, lernte sie die neue Intimität willig kennen. Sie erschauerte.

Gray zog sich zurück. „Frierst du?"

„Alles in Ordnung."

„Gehen wir ins Haus."

Die Stromzufuhr war nach dem Sommer von den Sheridans abgestellt worden. Gray zündete eine Kerosinlampe an und machte Feuer im Kamin.

„Komm hierher und wärm dich."

Gehorsam stellte sie sich neben ihn und streckte die Hände den Flammen entgegen.

„Warum hast du solche Angst?"

„Ich habe keine Angst." Julie Ann wandte den Kopf, um Gray ins Gesicht zu sehen. Er hatte recht, aber das wollte sie ihm nicht sagen. „Wovor sollte ich Angst haben?"

„Vor mir. Wenn du keine Angst hast, solltest du welche haben."

„Warum? Du würdest mir nie wehtun."

Einen Moment sah sie fast so etwas wie Angst in seinen Augen. „Ich will dir nicht wehtun, Julie Ann. Der Himmel weiß, dass dir in deinem Leben schon oft genug wehgetan wurde."

„Das hat mich stark gemacht."

Er berührte ihre Wange, und ihre Augen schlossen sich. „Nachts sehe ich manchmal dein Gesicht vor mir." Er beugte sich zu ihr hinunter und strich mit den Lippen über die Stelle, die seine Finger soeben berührt hatten. „Ich dachte, wir wären bloß Freunde. Das wollte ich nämlich."

„Wir sind Freunde." Mit den Lippen suchte sie seinen Mund.

Der Kuss war sanfter als der erste. Hinterher hielt Gray sie eng an sich. „Wir hätten uns in der Zukunft begegnen sollen."

Ihr Kopf lag an seiner Schulter geborgen. „Meinst du, wenn wir für das hier bereit gewesen wären?", fragte sie leise.

Er antwortete nicht, aber sie fühlte sein leichtes Nicken. „Es ist nicht gut, dass ich heute Nacht mit dir hier bin", sagte er schließlich. „Ich bringe dich besser nach Hause."

Julie Ann hatte das Elend ihrer Kindheit überlebt, weil sie gelernt hatte, sich auf ihren Instinkt zu verlassen. Jetzt sagte ihr dieser Instinkt, dass Gray recht hatte. Aber es störte sie nicht. Wann war diese Entscheidung gefallen? In den einsamen Nächten seit ihrem letzten Zusammentreffen? Sie war sich nicht sicher, aber sie wusste eines mit Sicherheit: Ein Mal, nur dieses eine Mal, wollte Julie Ann Mason etwas für sich selbst haben. „Ich will nicht gehen."

Er schloss die Arme fester um sie. „Du weißt, was passiert, wenn wir bleiben, nicht wahr?"

„Sag mir nur, dass es passiert, weil du mich willst, und nicht, weil du zu viel getrunken hast."

„Ich will dich, obwohl ich das nicht sollte." Er fand erneut ihren Mund, und diesmal war der Kuss nicht sanft. Er war alles, was sie sich jemals von einem Kuss erträumt hatte.

Gray nahm sie an der Hand und führte sie zu dem nächsten Schlafzimmer. Das Licht der Kerosinlampe, die er trug, kroch über die Wände. Während sie darauf wartete, dass Gray die Lampe abstellte, sah sie das Doppelbett, den Schrank. Sie schloss die Augen und hoffte, dass sie das Richtige tat.

„Hast du dir vorgestellt, dass du hier deine Jungfräulichkeit verlieren würdest?", fragte er, trat hinter sie und legte die Hände auf ihre Schultern, sodass sie sich gegen ihn lehnen konnte.

„Ich hätte nicht gedacht, überhaupt jemals meine Jungfräulichkeit zu verlieren."

Er lachte leise. „Du unterschätzt deine Reize."

„Was siehst du in mir? Ich bin dünn, ich habe komische Haare, und ohne meine Brille kann ich nicht sehen."

Er drehte sie langsam herum. „Du hast hübsche Augen, hübsche Haare. Ich möchte dich gern sehen, wenn du eine Frau geworden bist."

„Ich bin eine Frau."

„Tatsächlich?" Er lächelte. „Das freut mich. Dann werde ich mich morgen vielleicht nicht so sehr wie ein Schuft fühlen." Er ließ die Hände sinken.

Sie wartete darauf, dass er mit den Liebkosungen begann, aber Gray stand ruhig vor ihr. „Wenn du erwartest, dass ich weiß, was ich jetzt tun soll, kannst du die ganze Sache vergessen." Ihre Stimme zitterte ein wenig.

„Ich warte darauf, dass du um dein Leben rennst", sagte er, ohne zu lächeln.

Wärme erfüllte sie, als sie in seine Augen blickte. Es hatte keine Schwüre ewiger Liebe gegeben, keine Versprechungen für die Zukunft, aber in diesem Moment sah sie seine Gefühle in seinen Augen. Und sie wusste, ganz gleich, was nach dieser Nacht auch passieren mochte, was sich jetzt zwischen ihnen abspielte, war richtig und gut.

Sie schlang die Arme um seinen Nacken und drückte die Lippen auf seinen Mund. Von da an übernahm er die Führung und küsste sie hungrig, bis sie glaubte, dass er sie so sehr begehrte, wie sie ihn plötzlich begehrte. Sie hielt sich zurück, während er sie entkleidete, und fürchtete, er könnte enttäuscht sein, aber er war geduldig, während er sie nach und nach von allen Kleidungsstücken befreite, bis sie nur noch in das flackernde Licht der Lampe gehüllt war.

Es dauerte bloß Sekunden, bis er sich ausgezogen hatte, aber diese Sekunden dehnten sich für Julie Ann zu einer Ewigkeit. Er hatte eine breite, muskulöse Brust mit wenigen weichen braunen Haaren. Taille und Hüften waren schmal, seine Beine lang und sehnig. Und dann der Rest von ihm! Ihr Blick glitt kurz zu seinen Augen, und sie fühlte, wie sie errötete.

„Ich glaube nicht, dass das geht!", stieß sie hervor.

Er lachte und kam näher. „Das geht schon so seit Jahrhunderten", erinnerte er sie.

„Nicht bei mir." Sie wich zurück, bis sie die Bettkante in den Kniekehlen fühlte.

Er lachte wieder und drückte sie auf das Bett, streckte sich neben ihr aus und hielt sie fest, bevor sie wegrutschen konnte. „Jetzt ist nicht der richtige Zeitpunkt, um sich wie ein komisches Kind aufzuführen, Julie Ann."

Sie seufzte. „Erinnerst du dich, wie du mich gefragt hast, ob ich Angst habe?"

„Das war vor hundert Jahren."

„Nun ja, jetzt habe ich Angst."

„Nicht mehr lange." Er streichelte ihre Haare, während er sie küsste, berührte sie aber sonst nicht.

Es war neu für Julie Ann, nackt mit Gray zusammen zu sein, geküsst zu werden. Es gab so viel zu entdecken. Sie wollte alles genießen, bis es nicht mehr neu war. Als seine Hand von ihren Haaren zu ihrem Hals und ihrer Schulter glitt, seufzte sie. Als seine Zunge sie sanft eroberte, öffnete sie ihm die Lippen. Als seine Hand weiterwanderte und sich auf eine Brust legte, stöhnte sie.

Und dann begann er langsam, ihr all die Dinge beizubringen, über die sie stets nachgedacht hatte. Seine Lippen berührten Stellen an ihrem Körper, bis sie um mehr flehte. Seine Hände glitten über sie, bis sie zu einer Folter wurden. Sein Körper liebkoste sie, als er sich über sie schob. Und die Qual, die sie litt, war so süß, wie sie es niemals für möglich gehalten hatte.

„Berühre mich!"

Sie öffnete die Augen und sah das Verlangen in seinen Augen. Sie war in einem Nebel von Empfindungen verloren, der alles verdeckte, ihr Verlangen nach Gray ausgenommen. Wie benommen ließ sie sich von ihm halb über ihn ziehen, während er ihr zeigte, wie sie ihm Lust bereiten konnte. Nichts in ihrem Leben hatte sie auf die wundervolle Befriedigung vorbereitet, die sie empfand, als sie erkannte, was sie mit ihm machen konnte. Sie war ein Nichts, eine Mason, und doch konnte sie diesen Mann dazu bringen, sie zu begehren. Sie war von ihrer eigenen Macht erfüllt.

Als er sich herumrollte und sie unter sich zog, musste er wohl ihre Gefühle erkennen, denn er stöhnte kurz auf. „Jetzt weißt du, was du machen kannst", sagte er und umschmiegte mit den Händen ihr Gesicht. Er küsste sie und drängte ihre Beine auseinander und gab ihr keine Chance zu einem Protest.

Sie versteifte sich, aber er ignorierte es. Sie fühlte, wie er einen Zugang zu ihrer Weiblichkeit suchte, und in diesem Moment wollte sie als Beruhigung die Worte von Liebe hören, die er noch nie ausgesprochen hatte. Und dann war es schon zu spät, um sich noch Sorgen zu machen. Ihr Aufschrei wurde von seinem Mund auf ihren Lippen gedämpft.

Er war so sanft, wie er nur sein konnte, aber er konnte nicht sanft genug sein. Sie fühlte sich, als würde sie entzweigerissen, und stemmte sich mit ganzer Kraft gegen ihn. Er löste die Lippen von ihrem Mund.

„Julie Ann, wehr dich nicht. Wehr dich nicht, Liebling."

Tränen stiegen ihr in die Augen, als er die Arme fest um sie schlang und still auf ihr lag. Sie entspannte sich langsam, Muskel um Muskel, bis der größte Schmerz vorbei war. „Tut mir leid", murmelte sie und schluckte, damit sich der Kloß in ihrem Hals auflöste.

„Mir auch." Er stemmte sich hoch und strich die Haare aus ihrem Gesicht. „Soll ich aufhören?"

„Ich bin in Ordnung."

Er lachte leise. „Ich werde dafür sorgen, dass du mehr als in Ordnung bist."

Wundersamerweise behielt er recht. Mit zärtlicher Geduld nahm er ihren Widerstand und verwandelte ihn in Verlangen. Er küsste ihre Nase, ihr Ohr, ihre Lider, während er sich in ihr bewegte. Er sagte ihr, wie sehr er sie wollte, wie oft er an sie gedacht hatte, als er auf dem College war. Sie wusste, dass er es ehrlich meinte. Und sie wusste noch etwas: Er wollte sie nicht lieben, aber er verliebte sich trotzdem in sie. Zum ersten Mal in ihrem Leben würde jemand sie lieben.

Er bewegte sich schneller, und sie war in einem Wirbelwind gefangen. Sie konnte sich nicht länger mit Liebe oder Schmerz oder einer der unzähligen Kombinationen der beiden beschäftigen. Sie konnte nur noch das tiefe dunkle Erwachen in ihr fühlen und die angespannten Bewegungen des Mannes über ihr.

Als sie diesmal aufschrie, fiel Gray wie ein Echo ein.

Es dauerte lange, bis einer von ihnen sprach. Gray hatte sich auf die Seite gerollt und Julie Ann an sich gezogen. Sie versuchte, nicht daran zu denken, wie sehr sich ihr Leben verändert hatte.

„Julie Ann, ich war nicht schnell genug, um dich zu schützen." Zuerst wusste sie nicht, was er meinte. Dann begriff sie, dass er von Empfängnisverhütung sprach. Alles war so schnell geschehen, dass sie nicht einmal daran gedacht hatte.

„Was meinst du, du warst nicht schnell genug?", fragte sie.

„Ich wollte nicht … ich hatte nicht vor …" Er stockte und gab ihr frustriert einen Klaps auf den Po. „Es war eben so", sagte er endlich. „Wann war deine letzte Periode?"

„Vor zwei Monaten." Sie hörte, wie er tief einatmete. „Keine Sorge, das läuft bei mir nicht regelmäßig. Es ist immer wieder eine Überraschung."

„Ich hoffe nur, du hast nicht noch eine Überraschung vor dir", sagte er schwer.

Sie versuchte sich ein Baby vorzustellen. Grays Baby. Sie hatte nie gewagt, sich ein eigenes Kind vorzustellen. Sie hatte so viel Liebe zu geben. Ein Baby war ein Geschenk des Himmels, und der Himmel überhäufte Julie Ann Mason nicht mit Geschenken. Mit fast abergläubischem Eifer hatte sie sich selbst davon abgehalten, auf einen Ehemann und Kinder irgendwann zu hoffen, weil sie fürchtete, nie etwas zu bekommen, das sie sich wirklich wünschte.

Aber sie hatte auch nie erwartet, jemand wie Gray würde in ihr Leben treten.

„Julie Ann?"

„Ich werde nicht schwanger." Sie versicherte sich selbst, dass es stimmte.

240

„Versprich mir, dass du es mich sofort wissen lässt, falls es doch passiert."

„Was würdest du denn dann machen?", fragte sie neugierig.

„Ich weiß es nicht."

„Ich würde das Baby bekommen."

„Ein Baby würde unser beider Leben ruinieren."

Sie wusste, dass er auf ihre unterschiedlichen Zukunftspläne anspielte, Pläne, die nicht die zwischen ihnen wachsende Liebe einschlossen. Wenn sie realistisch dachte, wusste sie, dass er recht hatte, aber es machte sie trotzdem traurig, dass er glaubte, etwas so Schönes wie ihr Kind könnte etwas ruinieren.

„Dann sollten wir sehr vorsichtig sein", sagte sie.

„Ich muss morgen zurück auf das College. Noch vorsichtiger können wir gar nicht sein."

„Wirst du mir schreiben?"

Er strich ihr über das Haar. „Wirst du zwischen den Zeilen lesen?"

„Ja."

Er schwieg so lange, dass sie schon dachte, er wäre eingeschlafen. „Julie Ann ..." Seine Stimme klang zärtlich, und seine Worte kamen einer Liebeserklärung näher als alles, was er bisher gesagt hatte. „Mein Vater mag vielleicht recht haben, was uns beide angeht. Aber nach der heutigen Nacht stört mich das überhaupt nicht mehr."

6. KAPITEL

*G*ray wusste nicht, was schlimmer war, Dillons Schnarchen oder der Donner. Nach der Aussprache mit Julianna hatte er jedenfalls seine Vergangenheit nicht überwunden, wie er gehofft hatte. Stattdessen hing sie greifbar im Raum, und ungeachtet des Unwetters, des Hotelzimmers und des schnarchenden Dillon war Gray wieder einundzwanzig Jahre alt und daheim in Granger Junction.

Die Weihnachtsbeleuchtung funkelte entlang der Hauptstraße von Granger Junction, als Gray, von der Ole Miss kommend, die prächtige Südstaaten-Villa ansteuerte, die sein Zuhause war. Der Rücksitz seines Sportwagens war voll gestellt mit verschiedenen Koffern, bunt einge-packten Geschenken und einer Reisetasche mit Schmutzwäsche. Der Sitz neben ihm wurde von dem gut geformten Körper einer Ole-Miss-Studentin, Paige Duvall, eingenommen, die bei ihrer Tante in der Stadt die Feiertage verbringen sollte, während ihre Eltern mit ihrer Yacht im Mittelmeer kreuzten.

„Ich habe einfach keine Lust, diese weite Strecke bis Griechenland zu fliegen", hatte sie ihm mit einem Hauch Zynismus erklärt. „Sei ein Gentleman und nimm mich mit, Gray."

Paige faszinierte Gray. Sie war alles, was seine Eltern schätzten: schön, mit einem makellosen familiären Hintergrund in alter Südstaa-tenmanier, und trotz ihrer träge sinnlichen Stimme und ihrer großen dunklen Augen eine Lady. Sie war auch intelligent, was sie nicht ei-gens hervorkehrte, wie sie überhaupt nichts eigens hervorkehrte. Sie studierte Französisch, um eben irgendetwas zu studieren, und Gray schätzte sie, für den Fall, dass sie sich jemals wirklich für irgendetwas oder irgendjemanden interessierte, für so kraftvoll ein, dass man sie unbedingt berücksichtigen musste.

Gray vermutete, dass Paige sich zumindest vorübergehend für ihn interessierte. Sie kannten einander von Kindesbeinen an, weil Paige gelegentlich bei ihrer Tante Mattie gewohnt hatte, wenn ihre Eltern verreist waren. Im letzten Jahr hatten sie beide sich ein paarmal ge-troffen, obwohl Gray in ihr nie mehr als eine Freundin gesehen hatte. Doch er hatte stets gern beobachtet, wie sie lässig durchs Leben schlen-derte. Sie war jetzt neunzehn, und sie wirkte bereits vom Leben leicht gelangweilt.

„Ich bin neugierig, ob Tante Mattie in diesem Jahr auch wieder die-sen ganzen Zirkus macht", sagte sie jetzt. „Sie hat immer Angst, dass meine Eltern nicht richtig feiern. Als ich sechzehn wurde, habe ich Weihnachten bei ihr verbracht, und sie ließ mich Weihnachtsplätzchen dekorieren, bis ich dachte, der Arm würde mir abfallen."

Gray lachte. „Und du musstest den Baum schmücken und die Mistelzweige aufhängen und süßen Punsch trinken, bis du nur noch durch das Wohnzimmer gewankt bist. Ich erinnere mich an dieses Weihnachten."

„Das überrascht mich."

Gray bezweifelte das. „Du bist nur schwer zu ignorieren, Paige." Er lächelte ihr zu.

„Wenn das wahr ist", entgegnete sie lässig, „dann ignoriere mich morgen Abend nicht, Granger. Begleite mich in den Country Club zum Weihnachtsball."

Er wollte sie nicht begleiten, weil er gar nicht hinging. Er hatte vor, sich fortzustehlen, um Julie Ann wiederzusehen. Fast sechs Wochen waren seit der Nacht in dem Strandhaus vergangen. Er hatte ihr zweimal geschrieben, aber keine Antwort erhalten. Den morgigen Tag musste er bei seinen Eltern verbringen, weil sie einen Empfang gaben, aber wenn sie dann zum Ball gingen, gehörte der Abend ihm.

„Ich habe aber schon Pläne für morgen Abend", erklärte er Paige.

„Das Mason-Girl?"

„Woher weißt du von Julie Ann?"

„Es ist eine kleine Stadt, Granger. Eine kleine, kleine Stadt."

Wahrscheinlich hatte ihre Tante sie über die Geschichte informiert. „Julie Ann ist etwas Besonderes", sagte er nach einer längeren Stille. „Du würdest sie wahrscheinlich mögen. Zumindest würde sie dich nicht langweilen."

„Soviel ich weiß, sind deine Eltern nicht einverstanden."

„Weißt du noch etwas?", fragte er sarkastisch. „Vielleicht erfahre ich etwas."

„Ich weiß, dass deine Eltern vor Begeisterung sterben würden, wenn du mich zu dem Ball morgen Abend begleitetest. Warum gehst du nicht mit mir hin, zeigst dich und schleichst dich dann davon?"

„Mir ist es gleichgültig, ob meine Eltern vor Begeisterung sterben."

„Dann mach es für mich …"

Gray stimmte widerstrebend zu. Es würde ihm nur wenig von der Zeit mit Julie Ann wegnehmen. Der restliche Abend würde ihnen gehören.

Er setzte Paige bei ihrer Tante ab und fuhr nach Hause zu der üblichen überschwänglichen Begrüßung durch seine Mutter und dem Rückenklopfen seines Vaters. An diesem Abend und am folgenden Tag

243

wurde Julie Ann Mason nicht erwähnt, und Gray hütete sich, von sich aus das Gespräch darauf zu bringen. Julie Ann ging nur ihn etwas an, auch wenn offenbar alle in Granger Junction anders darüber dachten.

Gray war den ganzen Tag mit einem ständigen Strom von Gästen beschäftigt, und erst abends vor dem Ball fand er die Zeit, das Geschenk für Julie Ann einzupacken. Es war ein kleiner Saphir, blau wie ihre Augen, an einer dünnen Goldkette. Alle anderen Geschenke hatte er jeweils in den Läden einpacken lassen, bis auf dieses eine. Er schob es in die Tasche seines Smokings, um es Julie Ann an diesem Abend zu geben.

Paige trug ein weißes Taftkleid, das beim Gehen schimmerte, und als sie auf dem Ball ankamen, gratulierte Richter Sheridan seinem Sohn zu der Wahl seiner Begleiterin. Die Mischung aus Weihnachtsliedern, duftenden Tannenzapfen, teurem Parfüm und Champagnerbowle versetzte Gray in Feststimmung. Er ging später als beabsichtigt und sang „Jingle Bells" auf dem ganzen Weg zu Julie Anns Haus.

Dort gab es keine Feststimmung. Wenn überhaupt möglich, wirkte das Haus noch heruntergekommener. Es gab keine Weihnachtsbeleuchtung, keinen Kranz, kein Anzeichen eines Baums im Haus. Es gab überhaupt kein Anzeichen für irgendetwas im Haus.

Gray stieg aus dem Wagen und ging an die Tür, aber auf sein Klopfen reagierte niemand. Als er durch das Fenster spähte, wurden seine Befürchtungen bestätigt. Das Haus war leer. Die Räder seines Wagens drehten im Schlamm durch, als er losjagte.

Gray saß auf dem Sofa im Arbeitszimmer und starrte auf die künstlichen Scheite im elektrischen Kamin, als seine Eltern vom Ball zurückkamen. Sein Vater betrat das Arbeitszimmer und schloss die Tür hinter sich.

„Du hast ein hübsches Mädchen allein gelassen", tadelte Richter Sheridan seinen Sohn.

„Paige wusste, dass ich weggehen würde."

„Bist du zu dieser Mason?"

„Das weißt du doch."

„Sie ist fort."

Gray nickte und sah seinen Vater zum ersten Mal an. „Wo ist sie?" Der Richter zuckte die Schultern. „Kann ich nicht sagen."

„Kannst du nicht oder willst du nicht?"

Der Richter zuckte wieder die Schultern.

Gray stand auf. Seine Stimme klang ruhig. „Lassen wir doch in diesem Punkt mal die Höflichkeit beiseite, Richter. Du sagst mir, was du denkst, und ich sage dir, was ich denke."

244

„Ich habe dir doch gesagt, dass so ein Mädchen nur Ärger macht. Du hättest sie nicht schwängern sollen."

Gray blieb die Antwort im Hals stecken.

Sein Vater sah den geschockten Blick in Grays Augen. „Verdammt!", fluchte der Richter. „Ich hätte wissen müssen, dass sie lügt!"

Gray schluckte und schob die Hände in die Hosentaschen, ballte sie zu Fäusten. „Julie Ann lügt nicht", sagte er.

„Dann habe ich mein Geld nicht verschwendet."

Gray bekam die ganze Geschichte zu hören. Der Schulleiter von Junction war von mehreren Lehrkräften auf Julie Anns geheimnisvolle Anfälle von Übelkeit aufmerksam gemacht worden. Damit konfrontiert, hatte sie gestanden, schwanger zu sein, hatte sich jedoch geweigert, den Vater des Kindes zu benennen. Der Schulleiter hatte Gerüchte über Gray und Julie Ann gehört und war zu Grays Vater gegangen.

Der Rest war einfach. Grays Vater hatte ein paar Fäden gezogen und dafür gesorgt, dass Julie Ann aus der Schule ausgeschlossen und von beiden Arbeitsstellen gefeuert wurde. Dann hatte er ihr Geld geboten. Sie hatte eine Abtreibung abgelehnt, aber sie war einverstanden gewesen, wegzugehen und das Kind zu bekommen.

„Sie hat ein Dokument unterschrieben, in dem sie dich all deiner Verpflichtungen entbindet", endete der Richter. „Darin steht, dass du nicht der Vater des Kindes bist und dass das Geld nur ein Darlehen ist. Sollte sie jemals wieder Kontakt zu irgendeinem Sheridan aufnehmen, muss sie es mit Zinsen zurückzahlen."

Gray hatte sich noch nie so elend gefühlt. Er versuchte sich vorzustellen, wie verzweifelt Julie Ann gewesen sein musste, dass sie sich auf eine solche Abmachung eingelassen hatte.

„Wo ist sie?", fragte er.

Richter Sheridan betrachtete seine Fingernägel. „Ich weiß es nicht. Sie war am nächsten Tag verschwunden."

„Was ist mit ihrer Familie?"

„Ihre Schwester ist bei Ray Silver untergekrochen, dem die Tankstelle unten am ..."

„Was ist mit ihrer Mutter?"

„Ich habe ihr das Weggehen versüßt", antwortete der Richter mit einem Blinzeln. „Sie ist eine Woche später verschwunden. Ich wollte nicht, dass dein kleines Mädchen zu seiner Mama zurückgelaufen kommt und einen Balg mit sich herumschleppt."

Gray war größer als sein Vater. Er trat auf ihn zu und richtete sich zu seiner vollen Höhe auf. Seine Hände steckten nicht mehr in den

Taschen, waren aber noch immer zu Fäusten geballt. „Hör mir gut zu, Richter", sagte er ruhig. „Du sagst mir jetzt, wo Julie Ann ist, und du sagst es mir schnell. Ich kenne dich, und ich weiß, dass sie nicht einfach verschwunden ist. Wo immer sie ist, du lässt sie beobachten, um sicherzugehen, dass es keinen Ärger mehr gibt."

„Ich habe dir einen Gefallen getan, Junge." Richter Sheridan lachte. „Die ist für immer fort."

„Wo ist sie?"

„Wozu willst du das wissen?"

„Das geht dich verdammt wenig an!"

„Das geht mich wohl etwas an, da du hingegangen bist und ihr ein Kind angedreht hast."

„Du hast nur einen Sohn, Richter, und in genau einer Minute verlasse ich dieses Haus. Willst du das?"

„Droh mir nicht!" Der Richter lachte nicht mehr.

„Es ist keine Drohung." Gray nickte, während der zufriedene Gesichtsausdruck seines Vaters schwand. „Ja, Sir, ich meine es ernst."

„Sie ist eine Herumtreiberin!"

„Sie war der beste Mensch in dieser gottverlassenen Stadt."

„Und du liebst sie so sehr, dass dein Vater dir sagen musste, dass sie schwanger ist. Wenn du sie findest, wird sie erwarten, dass du sie heiratest. Willst du für den Rest deines Lebens an so eine gebunden sein?"

„Sie bekommt mein Kind!"

„Sie wird es zur Adoption freigeben. Es wird ein gutes Zuhause bekommen."

Gray dachte an Julie Ann, allein, ungeliebt, verängstigt. Sie hatte sich ihm als das kostbarste aller Geschenke gegeben. Sie hatte nichts von ihm erwartet, weil sie nie etwas von irgendjemandem bekommen hatte.

Es lag ihm etwas an ihr, aber Heirat? Was würde das für sie beide bedeuten?

„Lass es gut sein, mein Sohn", sagte sein Vater und legte ihm die Hand auf die Schulter. „Ich werde mich vergewissern, dass es ihr gut geht. Ich habe Freunde in Jackson, die dafür sorgen werden, dass das Baby die richtigen Eltern bekommt."

„Jackson?"

Richter Sheridans Augen blickten plötzlich sehr wachsam drein. „Verdirb deiner Mutter nicht das Weihnachtsfest. Sie weiß von alledem nichts."

„Ist Julie Ann in Jackson?" Der Richter nickte endlich. „Ich werde sie mit oder ohne die Adresse finden."

Richter Sheridan zögerte, seufzte und ging an den Sekretär neben dem Kamin, holte ein Adressbuch heraus und zeigte Gray eine Seite. Gray merkte sich die Adresse und wandte sich ab.

„Was du jetzt tust, kann dein ganzes Leben verändern", warnte sein Vater. „Und das von deiner Mutter und von mir."

„Es hat sich schon verändert. Dein Enkelkind ist unterwegs."

Gray jagte in seinem Wagen mit neunzig Stundenkilometern aus der Stadt, als er vor dem Haus von Paiges Tante einen weißen Fleck sah. Er rammte den Fuß auf die Bremse und fuhr vor das Haus, stieg aus und lehnte an seinem Wagen, während Paige sich hastig von dem jungen Mann verabschiedete, der sie heimgebracht hatte. Gray lächelte nicht, als sie zu ihm kam.

„Wie viel hast du gewusst?", fragte er direkt.

Sie verzog keine Miene. „Ich wusste, dass sie fort ist."

„Und deshalb hast du mich zu dem Ball überredet? Hast du gedacht, ich würde von dir zu bezaubert sein, dass ich nicht zu ihr ginge?"

„Ich dachte", erwiderte sie, „du könntest jemanden brauchen, der dich zurückhält, bevor du einen ernsthaften Fehler begehst."

„Dann weißt du, dass sie schwanger ist?"

„Ich habe es mir gedacht." Sie legte die Hand an Grays Arm, als er sich von ihr wandte, um zu gehen. „Meine Tante hat mich angerufen und gesagt, dein Vater habe im Vertrauen mit ihr gesprochen. Sie sagte, du hättest dich mit einem Mädchen in der Stadt eingelassen, das nicht gut für dich sei. Sie sagte, das Mädchen sei verschwunden und dein Vater fürchte, du könntest sie suchen. Sie hat mich gebeten zu versuchen, dir die ganze Sache leichter zu machen."

Er schüttelte ihre Hand ab. „Bloß ein kleiner Gefallen, wie?"

„Ich mag dich, Granger, ich habe dich immer gemocht. Ich möchte nicht zusehen, wie du verletzt wirst."

Trotz seines Ärgers erkannte er, dass sie es ehrlich meinte. „Julie Ann ist allein in Jackson, und sie ist von mir schwanger. Was für ein Mann lässt ein Mädchen in einer solchen Situation allein?"

„Liebst du sie?"

„Sie ist etwas ganz Besonderes."

„Liebst du sie?"

„Verdammt, ich bin zu jung, um zu wissen, was das Wort bedeutet!"

„Bist du dann auch zu jung, um Ehemann und Vater zu sein?"

„Ich habe bereits bewiesen, dass ich Vater sein kann."

Paige schüttelte den Kopf. „Du hast bewiesen, dass du ein Kind zeugen kannst. Das ist ein Unterschied."

„Warum kümmerst du dich um diese Angelegenheit?"

Sie schien mit sich selbst zu ringen. „Du und ich, wir sind einander ziemlich ähnlich", sagte sie zuletzt. „Ich glaube, wir verstehen uns. Vielleicht könnte es zwischen uns eines Tages mehr als Verstehen geben."

Gray kannte Paige gut genug, um zu wissen, wie schwer es ihr gefallen war, das auszusprechen. Er fühlte Bedauern in sich hochsteigen. „Würdest du mich haben wollen, obwohl ich eine andere Frau mit meinem Kind allein gelassen habe?"

„Ich weiß es nicht", antwortete sie ehrlich.

Er beugte sich vor und küsste sie auf die Wange. „Wünsch mir Glück."

Sie schüttelte den Kopf und lächelte traurig. „Du wirst mehr als Glück brauchen. Du wirst ein Wunder brauchen."

Gray erreichte Jackson in den frühen Morgenstunden, kaufte an einer Tankstelle eine Straßenkarte und fand Julie Anns Adresse ohne Schwierigkeiten. Es war zu spät – oder zu früh –, um sie zu wecken, aber er wollte wenigstens vorbeifahren. Es war eine Gegend mit heruntergekommenen zweigeschossigen Häusern an einer Durchgangsstraße mit Fastfood-Restaurants und Verkaufsplätzen von Gebrauchtwagen. Jackson war eine attraktive Stadt, grün und großzügig, ein Juwel des Südens ... aber auf Julie Anns Wohngegend konnte Jackson nicht stolz sein.

Julie Ann wohnte über einer Garage neben einem großen Haus, das sich in einem kaum besseren Zustand befand als das, in dem sie aufgewachsen war. Gray schlug mit der Faust gegen das Lenkrad. Sein Vater konnte nur sehr wenig Geld verschwendet haben, dass Julie Ann so wohnen musste.

Er wollte gerade überlegen, wo er die nächsten Stunden verbringen sollte, als die Lichter in dem Apartment angingen. An dem heruntergezogenen Rollo sah er die Umrisse einer Gestalt. Er schlug die Wagentür zu, jagte über den Rasen, nahm jeweils zwei Stufen auf einmal zu ihrer Wohnung hinauf und klopfte hart an die Tür.

„Julie Ann, ich bin es, Gray!", rief er.

Es kam keine Antwort.

Er probierte an der Tür. Zu seiner Überraschung war nicht abgeschlossen. In der schäbigen Wohnung war keine Spur von Julie Ann zu sehen. Dann hörte er eine Toilettenspülung. Er stand mitten im Raum, als sie aus dem Bad kam und sich das Gesicht mit einem Handtuch abrieb. Ihre Augen waren rot gerändert, ihre Wangen gerötet. Ihr dünnes weißes Nachthemd verbarg kaum ihre fast skelettartige Gestalt.

„Gray!" Sie schloss die Augen und schwankte.

Er war im nächsten Moment bei ihr und zog sie an sich. Er fühlte, wie sie zusammensackte, hob sie mühelos hoch und trug sie zu dem Sofa. Sie wog so wenig wie ein Kind. Er legte sie hin, kniete sich neben sie und rieb ihre Hände zwischen den seinen. „Julie Ann!"

Sie rührte sich fast eine Minute nicht und bewegte sich endlich, als er noch einmal ihren Namen rief. Ihre Lider hoben sich flatternd, und sie wandte den Kopf und erfasste ihn langsam mit ihrem Blick. „Gray?"

„Du bist ohnmächtig geworden."

„Das passiert mir manchmal."

„Von jetzt an ist das verboten", sagte er, nur halb im Scherz.

„Warum bist du hier?"

„Rate!"

Ihre Blicke trafen sich. „Ich kann nicht."

Er sah den Schmerz in ihren Augen, und es wurde auch sein Schmerz. In diesem Moment wusste er, dass sie nicht erwartet hatte, ihn jemals wiederzusehen. „Was hat mein Vater dir gesagt?"

„Er hat mir gesagt, ich sollte mich nicht mit dir in Verbindung setzen. Ich hatte das sowieso nicht vor."

„Ich wusste bis vor wenigen Stunden nicht, dass du schwanger bist."

„Du hättest nicht herkommen sollen."

Er streichelte ihre Wange. Sie war jetzt leichenblass, aber ihre Augen glänzten fiebrig. Er fragte sich, ob sie nicht nur schwanger, sondern auch krank war. „Warum hast du mir nichts gesagt?"

Sie drehte ihr Gesicht von ihm weg. „Geh fort, Gray. Du kannst nichts tun."

„Ich kann dich heiraten."

Sie antwortete nicht.

„Ich will dich heiraten", beharrte er. „Du trägst mein Kind, Julie Ann. Ich habe ein Recht darauf, dem Kind ein richtiger Vater zu sein." Er sah, wie sie krampfhaft schluckte. „Bist du in Ordnung?", fragte er. „Musst du dich übergeben?"

Tränen liefen ihr über die Wangen. „Du wolltest kein Kind." Ihre Stimme brach. „Du hast gesagt, es würde unser beider Leben ruinieren."

„Ich dachte nicht wirklich, du könntest schwanger werden."

„Besser nur ein Leben ruiniert als zwei."

„Hast du es mir deshalb nicht gesagt?"

„Dein Vater sagte, wenn ich es dir sage und du mich heiratest, wirft er dich ohne einen Cent hinaus."

„Also hast du stattdessen sein Geld genommen."

Sie sah ihn an. „Ich habe nichts davon ausgegeben. Ich habe von dem Geld gelebt, das ich gespart habe. Er bekommt jeden Cent wieder."

„Und du wolltest dein Kind weggeben?"

„Niemals!" Sie versuchte sich aufzusetzen, sank jedoch in die Kissen zurück. „Niemand wird mir dieses Kind wegnehmen!"

„Beruhige dich." Er wollte ihr über das Haar streicheln, aber sie stieß seine Hand weg. „Ich musste es doch wissen", erklärte er.

„Jetzt weißt du es. Geh und lass mich allein."

Er stand auf, hob sie wie eine Lumpenpuppe hoch und trug sie in das Schlafzimmer. Sie wehrte sich schwach, aber er achtete nicht darauf. „Du gehst jetzt ins Bett", sagte er ruhig. „Und ich lege mich neben dich. Morgen fahren wir nach Alabama, besorgen uns eine Heiratslizenz und suchen uns einen Geistlichen. Ich weiß nicht, wie es danach weitergeht, aber wir werden zusammen sein."

„Ich will dich nicht heiraten."

Er ließ sie hinunter und hielt sie auf dem Bett fest, damit sie ihm nicht entkommen konnte. „Sieh mir in die Augen und sag es noch einmal."

Sie versuchte es, aber ihr Blick wanderte zur Seite, als sie es aussprach. „Ich will dich nicht heiraten."

„Warum hast du mir nichts gesagt?", fragte er noch einmal. „Hast du wirklich gedacht, ich wollte es nicht wissen?"

Tränen stiegen ihr in die Augen. „Ich wollte nicht, dass es dir für mich leidtut. Ich wollte nicht, dass du mich hasst!"

„Natürlich tut es mir für dich leid. Es tut mir auch für mich leid", sagte er wahrheitsgemäß. „Das ist im Moment für uns beide keine ideale Situation, aber wir können etwas Gutes daraus machen, Liebling, wenn du der Sache eine Chance gibst."

„Was ist mit deinen …" Ihre Stimme verklang.

Er wartete, aber sie schwieg. „Mach dir wegen meiner Eltern keine Sorgen", beruhigte er sie.

„Was ist mit deiner Freundin?"

„Meiner Freundin?"

„Dein Vater sagte, du hättest ein hübsches kleines Girl auf der Ole Miss." Sie imitierte Richter Sheridan perfekt.

Gray lachte. „Du klingst mehr nach meinem Vater als er selbst." Er dachte an Paige und schob den Gedanken beiseite. „Es gibt niemanden außer dir, Julie Ann." Er stand auf und begann seinen Smoking auszuziehen, erinnerte sich an ihr Geschenk und streckte es ihr entgegen. „Das wollte ich dir gestern Abend geben. Scheint schon eine Ewigkeit her zu sein."

250

Sie stemmte sich hoch, packte es aus und betastete die Goldkette. „Wunderschön."

„Leg sie um."

Sie schüttelte den Kopf.

„Warum nicht?"

Sie hob den Blick zu ihm. „Du hast die Kette gekauft, bevor du von dem Kind gewusst hast?"

Er nickte.

„Dann nehme ich das anstelle eines Eherings."

Gray lächelte. „Wie wäre es mit der Kette und einem Ehering?"

„Nein. Du hast das für mich besorgt, weil du wolltest, nicht, weil du musstest."

„Dann darf ich dir die Kette heute später umlegen?" Sie nickte so schwach, dass er nicht sicher war. „Bei unserer Hochzeit?", drängte er. „Ja."

Er zog sich ganz aus, glitt unter die Decke und legte seine Arme um sie. „Es tut mir so leid", flüsterte er und zog sie an sich. „Ich werde nicht zulassen, dass dir jemals wieder so wehgetan wird."

Sie seufzte, ohne dass er wusste, ob aus Erleichterung oder Resignation. „Mach keine Versprechungen, die du nicht halten kannst", sagte sie heiser. „Ich könnte sie nämlich glauben."

„Glaube sie." Er hielt sie fest und betete, dass er fähig sein würde, ihr die Wärme, die Liebe und die Schönheit schenken zu können, die sie in ihrem Leben brauchte. In diesem Moment gab es nichts auf der Welt, was er sich mehr wünschte.

7. KAPITEL

Julianna erwachte allmählich von den gedämpften Geräuschen einer Hurrikanwarnung im Fernsehen. Einen Moment war sie verwirrt. Der einzige Vorteil der Armut in ihrer Kindheit war, dass sie ohne Fernseher aufgewachsen war. Dadurch hatte sie die Welt des gedruckten Wortes entdeckt, hatte sich eine bessere Zukunft durch Lesen geschaffen und war gleichzeitig an eine bessere Bildung herangekommen.

Infolgedessen hatte sie sich nie einen Fernseher gekauft, nicht einmal zu dem Zeitpunkt, als es ihr finanziell so gut ging, dass sie sich jedes gewünschte Modell hätte leisten können. Sie zog Bücher und ihre Arbeit vor, und jetzt war der Ton eines Fernsehers eine unerwünschte Störung.

Sie öffnete die Augen, und die Ereignisse der letzten vierundzwanzig Stunden stürzten auf sie ein. „Gray."

Sie hatte seinen Namen ausgesprochen, und sein Klang war so gespenstisch wie das Heulen des Windes. Sie stemmte sich hoch und stolperte ans Fenster. Sie öffnete die Vorhänge, blickte auf das Toben der Hölle hinunter, schloss die Vorhänge rasch wieder und lehnte sich mit weichen Knien gegen die Wand.

„Julianna?"

Sie hob den Kopf und sah Gray in der Tür stehen.

„Alles in Ordnung?" In seinen Augen schimmerte Sorge – und noch etwas, das sie nicht erkennen wollte.

„Ich bin in Topform", antwortete sie und versuchte zu lächeln. Plötzlich wurde ihr bewusst, dass sie nur ein kurzes schwarzes Nachthemd trug – und dass Gray sie mit einem eigentümlichen Ausdruck in den Augen betrachtete. Sie nahm sich zusammen. Nein, sie würde nicht weglaufen. Das wäre unter den gegebenen Umständen lächerlich gewesen. „Wo sind die anderen?", fragte sie, um ihre Verwirrung zu überspielen.

Das Leuchten in Grays Augen schwand. „Dillon ist mit Jody nach unten zum Frühstück. Sie hatte keine gute Nacht. Der Sturm hat sie wach gehalten."

„Und wie war deine Nacht?"

Er lauschte der heiseren Musik ihrer Stimme. Was sie wohl gesagt hätte, wenn er ihr die Wahrheit verriet? Er war an diesem Morgen erwacht und hatte einen Moment geglaubt, wieder in Jackson, Mississippi, am Morgen ihres Hochzeitstages zu sein. „Ich habe nicht gut geschlafen", gab er zu. „Und du?"

„Ich auch nicht."

„Ich hätte gestern Abend dieses Gespräch nicht erzwingen dürfen. Nicht bei all diesen anderen Dingen, die hier vor sich gehen."

Sie war überrascht von seinen Worten, wusste sie doch, dass eigentlich sie sich hätte entschuldigen sollen. Sie war schroff und abweisend gewesen. „Es kann auch für dich nicht einfach sein." Sie bemühte sich darum, fair zu sein. „Lass uns nicht mehr über die Vergangenheit sprechen. Ich habe mir mein eigenes Leben hier aufgebaut. Du hast dir dein Leben aufgebaut in ... in Granger Junction?"

„Ich lebe in Biloxi."

Sie war überrascht. Gray hätte in die Fußstapfen seines Vaters treten und der nächste Richter Sheridan von Granger Junction werden sollen. „Ich bin mit einer Scheidung einverstanden. Du kannst sie einreichen, oder ich tue es, das spielt keine Rolle für mich."

„Im Moment müssen wir uns um einen Hurrikan kümmern."

„Hat sie – oder er – schon einen Namen?"

„Der Sturm ist eine ‚Sie'. Eve. Man weiß noch nicht, was Eve machen wird. Im Moment liegt sie fest. Sie könnte sich totlaufen oder uns mit voller Wucht treffen."

„Ich liebe es, wenn man mir Mut macht."

„Ich habe dich nie belogen."

Seltsamerweise hatte er recht. Was immer Gray auch getan haben mochte, er hatte nie gelogen. „Ich weiß."

„Es gibt heute keine Flüge."

Sie seufzte. „Ich werde Freunde anrufen und fragen, ob ich bei ihnen bleiben kann."

„Jody und ich haben vorhin versucht, ihre Mutter anzurufen. Alle Leitungen auf der Insel sind unterbrochen."

„Was wirst du machen?", fragte sie.

Er konnte ihr unmöglich seinen Plan verraten. Nur den ersten Schritt. „Ich nehme dich zum Frühstück mit."

„Aber ich will nicht über die Vergangenheit sprechen", warnte sie ihn. „Ich treffe dich in ein paar Minuten unten."

Der Speisesaal war überfüllt, als sie eintrat. Gray saß bei Dillon und Jody am Tisch. Sie war erleichtert, dass es keine privaten Gespräche geben konnte.

Gray wartete, bis sie mit dem Frühstück halbwegs fertig waren. „Wir haben noch etwas Zeit, bis wir das Hotel verlassen müssen. Was haben Sie vor, Dillon?"

Dillon zuckte die Schultern. „Ich krieche schon irgendwo unter."

„Ich habe gehofft, Sie würden mir helfen."

253

„Wenn ich kann."

„Sie sollen mir helfen, Julianna zu überreden, mit Jody und mir mitzukommen, und Sie sollen auch kommen. Meine Freundin hat in ihrem Haus eine Menge Platz. Und wir sind dort vor dem Sturm auf jeden Fall in Sicherheit."

Julianna blickte von ihrem Teller auf. „Du hast eine Freundin in Honolulu?"

„Ich soll mich heute in ihrem Haus mit ihr treffen."

Julianna verstand augenblicklich die Situation. Wenn Gray geplant hatte, hier bei einer Frau zu wohnen, konnte es nur die Frau sein, mit der „es ernst geworden war". „Und du willst, dass ich bei ihr wohne?"

Sein Blick blieb fest. „Ja, genau."

Sie wollte ihm sagen, was sie von seinem Angebot hielt, konnte es aber nicht, nicht mit Dillon und Jody am Tisch. „Ich glaube, ich werde mich irgendwo anders behaglicher fühlen. Das Hotel wird mir zweifellos erlauben, in der Halle zu bleiben."

Dillon zerstörte ihre Hoffnung. „Ich habe mich bereits erkundigt. Sie haben jeden freien Zentimeter vergeben."

„Ich finde schon etwas."

Gray schüttelte den Kopf. „Dein Platz ist bei mir."

„Es geht mich ja nichts an", warf Dillon ein, „aber Gray hat recht. Sie können nicht bei diesem Wetter herumlaufen und nach einer Unterkunft suchen. Wir alle müssen das Ende des Sturms abwarten."

„Julianna", fragte Jody, „magst du Gray nicht?" Ihre gerunzelte Stirn sagte deutlich, dass, wenn Julianna Gray nicht mochte, sie ihn auch nicht mehr mögen würde.

Julianna merkte, wie sich die Falle um sie schloss. „Gray ist ein netter Mensch."

„Warum kommst du dann nicht mit uns?" Jody schob schmollend die Unterlippe vor. „Magst du uns nicht?"

„Ich mag euch sehr", versicherte Julianna.

Gray lehnte sich zurück. „Dillon, wenn Julianna nicht mitkommen will, sind Sie trotzdem eingeladen."

„Ich bleibe bei Julianna", antwortete Dillon.

Julianna hatte keine Wahl. Wenn sie es ablehnte, mitzukommen, würde nicht nur Dillon keine bequeme Unterkunft haben, auch Jody würde sich zurückgestoßen und verunsichert fühlen. „Das war sehr schlau von dir", sagte sie schließlich an Gray gewandt. „Also gut, ich komme mit."

Jody hatte sie beide betrachtet und zog besorgt ihre Stirn kraus. „Warum seid ihr zwei so traurig?"

254

Julianna wusste nicht, was sie antworten sollte. Gray sah ihr in die Augen, als er für sie beide sprach. „Manchmal laufen die Dinge nicht so, wie sie sollten, Jody. Wenn Menschen dann darüber nachdenken, was eigentlich hätte passieren sollen, können sie sehr traurig werden."

„Und was hätte passieren sollen?", fragte Jody.

„Ich sage dir, was jetzt passieren sollte", warf Dillon ein und stand auf. „Du solltest mir zeigen, wie diese Videospiele am Pool funktionieren."

Julianna sah Dillon und der fröhlich drauflosplaudernden Jody nach, die den Speisesaal verließen. „Und was hätte passieren sollen?", fragte sie. „Was hast du dir erhofft, als du mich vor zehn Jahren geheiratet hast?"

„Weißt du das nicht? Ich habe gehofft, wir würden einander trotz allem glücklich machen."

„Wir hatten nie wirklich eine Chance, nicht wahr?"

„Erinnerst du dich an unsere Hochzeitsnacht?"

Wie Ellies Tod war auch ihre Hochzeitsnacht eine allzu schmerzliche Erinnerung, um sie wieder auffrischen zu wollen. „Ich habe mich redlich bemüht, mich nicht zu erinnern."

„Wir hatten eine Chance." Gray ließ seine Serviette auf seinen Teller fallen und stand auf. „Aber vielleicht war es für uns leichter zu glauben, wir hätten keine."

Julianna sah ihm nach, und erneut verlor sie ihren Kampf gegen die Erinnerungen.

„Bis dass der Tod uns scheidet." Gray umklammerte die Goldkette, ohne sich um die missbilligenden Blicke des Friedensrichters zu kümmern. Der alte Mann hätte offenbar einen üblichen goldenen Ring vorgezogen.

„Kraft meines mir vom Staate Alabama verliehenen Amtes erkläre ich euch hiermit zu Mann und Frau." Der alte Mann blickte über seine Brille hinweg. „Sie dürfen die Braut küssen."

Julie Ann sah, wie Gray sich zu ihr herunterbeugte. Sie schloss die Augen, als er sie küsste, hatte vorher aber den Schock in seinem Gesicht erkannt. Sie war sicher, dass ihr Ausdruck seinem entsprach. Sie war eine verheiratete Frau. Es erschien ihr absurd.

Sie unterschrieben die Urkunde und schüttelten dem Friedensrichter und seiner Frau die Hand, aber erst in Grays Wagen auf dem Rückweg nach Mississippi traf sie das volle Ausmaß des Schrittes, den sie soeben getan hatten.

„Wie fühlst du dich?", fragte Gray.

Sie war noch völlig verwirrt. Gray hatte sie am Morgen nicht in das Klinikum gebracht, in dem sie bisher behandelt worden war, sondern zu dem besten Frauenarzt der Stadt. Der Arzt hatte ihr Medikamente gegen Übelkeit, Vitamine gegen ihre Blutarmut und vier Stunden Bettruhe täglich verschrieben. Für den Anfang. Danach waren sie nach Alabama gefahren, dem nächsten Staat ohne Wartezeit bei einer Heirat. Und zum ersten Mal seit langer Zeit hatte Julie Ann wieder etwas essen können.

Sie brauchte Gray so sehr, aber hatte sie das Richtige getan?

„Liebling, du siehst aus, als wolltest du aus dem Wagen springen. Beruhige dich." Gray begann ihren Nacken zu massieren. „Wir sind jetzt verheiratet."

„Was haben wir nur getan?"

„Was wir tun mussten."

„Dein Vater hat gesagt, dass er dir kein Geld mehr gibt, wenn du mich heiratest."

„Lass ihn doch."

„Ich glaube nicht, dass ich ihm oder deiner Mutter heute Abend gegenübertreten kann."

Er legte die Hand wieder an das Lenkrad. „Wir fahren nicht nach Granger Junction. Ich spreche morgen mit meinen Eltern. Diese Nacht gehört uns."

Erst jetzt wurde ihr bewusst, dass es ihre Hochzeitsnacht war!

Er schien ihre Gedanken zu lesen. „Du musst erst einmal ganz gesund werden. Keine Spielchen."

„Definiere ‚Spielchen'!"

Er lächelte. „Spielchen: Jene Aktivität, die ein frisch verheirateter Ehemann möglichst häufig mit seiner frisch verheirateten Ehefrau genießen möchte."

Sie lachte leise. „Spielchen: Jene Aktivität, die der Frauenarzt der frisch verheirateten Ehefrau speziell angeraten hat, sofern sie sich danach fühlt."

Der Rest der Fahrt war angefüllt mit Lachen und Ausgelassenheit, und Julie Ann wunderte sich, dass sie so viel Freude miteinander haben konnten. Sie hielten an für das Abendessen, und Julie Ann aß unter Grays aufmerksamen Blicken immerhin einen halben Hamburger. Danach fuhren sie weiter in Richtung Küste und kamen bei Mondschein schließlich an dem Strandhaus an.

Nach der langen Fahrt gingen sie ein Stück am Strand spazieren, bis Julie Ann stehen blieb.

„Ich werde mich sehr bemühen", sagte sie.

„Bemühen?"

„Ich will, dass du glücklich bist."

Er legte die Hände auf ihre Schultern. „Warum? Sei bloß nicht dankbar dafür, dass ich dich geheiratet habe, Julie Ann. Du verdienst mehr, als ich dir jemals geben kann."

Sie sah die Ernsthaftigkeit in seinen Augen. Sie wollte ihm sagen, dass sie ihn liebte, aber sie brachte die Worte nicht über die Lippen. „Niemand hat sich jemals um mich gekümmert", sagte sie stattdessen. „Nicht meine Mutter, nicht mein Vater. Du bist der einzige Mensch in meinem Leben, der jemals fand, ich würde irgendetwas verdienen. Wenn ich dich glücklich machen will, ist das dann nicht in Ordnung?"

Er umfasste mit den Händen ihre Wangen. „Ich werde auch versuchen, dich glücklich zu machen. Komm, ich zeig dir, wie."

Ohne Vorwarnung bekam sie Angst. Sie war nicht mehr Julie Ann Mason. Sie war jetzt Julie Ann Sheridan. Ein besseres Leben lag vor ihr, aber sie war für ein solches Glück nicht geboren.

Gray schien tief in ihre Seele hineinsehen zu können. „Hab keine Angst, Julie Ann."

Sie nickte, aber sie folgte ihm nicht, als er sich dem Strandhaus zuwandte.

„Kommst du?" Er wandte den Kopf und betrachtete sie mit Augen, die alles sahen.

Sie war stumm, blieb zerrissen zwischen dem großen Wunsch, an ihre gemeinsame Zukunft zu glauben, und ihrer ebenso großen Angst.

„Lass dir Zeit", sagte er und wandte sich wieder ab. „Ich warte auf dich."

Sie sah ihm nach, wie er an der Wasserlinie entlangging, den Rücken gerade durchgedrückt, den Kopf gegen den heftigen Winterwind zurückgeworfen. Er war zu ihr gekommen, weil er glaubte, dass sie in Zukunft zusammen sein sollten. Niemand hatte ihn gezwungen, zu ihr zu kommen.

Sie tat einen zögernden Schritt auf ihn zu, aber der Wind schien sie festzuhalten. Sie könnte weitergehen und das in Anspruch nehmen, was Gray ihr angeboten hatte. Oder sie könnte zurückbleiben und ein Opfer ihrer eigenen Vergangenheit, ihrer eigenen Zweifel werden.

„Gray, warte."

Der Wind riss ihre Worte mit sich. Julie Ann hob die Hände, als wolle sie die Kräfte herausfordern, die sie von Gray fernhielten, aber sie fasste ins Leere. Nichts trennte sie beide, ausgenommen ihre eigenen Zweifel.

Und dann lief sie los und rief seinen Namen so laut, dass er es hörte. „Gray!"

Er wartete, sah sie jedoch nicht an.

„Gray, ich liebe dich!"

Diesmal drehte er sich um und streckte die Arme aus. Sie schlang die Arme heftig um seine Taille und vergrub ihren Kopf an seiner Schulter. „Ich liebe dich", wiederholte sie. „Ich liebe dich."

In diesen Sekunden, in denen er sie festhielt, und in der nachfolgenden langen, wunderbaren Nacht begann Julie Ann zu glauben, dass Liebe und Glück ihr so nahe waren wie der Mann, den sie geheiratet hatte.

Zehn Jahre später, in dem Speisesaal eines Hotels, Tausende von Meilen entfernt von Granger Inlet, fragte Julianna sich, wie sie jemals an das Unmögliche hatte glauben können.

„Ob wir auch durchkommen?", murmelte Julianna, nachdem sie alle in den Kleinbus eingestiegen waren. Der Fahrer – Gray hatte ihn am Vortag gebeten, ihn heute abzuholen – verstaute noch das Gepäck.

Gray lächelte beruhigend. „Ich habe ihn gefragt. Er hat gesagt: ‚Kleines Regen, kleines Wind, nicht große Sache.'"

„Ist es weit?"

„Offenbar nicht."

Sie wunderte sich, dass er das nicht genau zu wissen schien. „Warst du noch nicht hier?"

„Es ist meine erste Reise auf die Inseln."

Der Fahrer stieg ein und schlug die Tür zu. Gleich darauf fuhren sie langsam durch die vom Regen überfluteten Straßen.

Gray wusste, dass Julianna keine Fragen mehr stellen würde, sich aber Gedanken über die Frau machte, die sie bald kennenlernen würde. „Paiges Vater hat Besitzungen um den ganzen Erdball. Sie arbeitet für ihn als Managerin. Das Haus, zu dem wir jetzt fahren, gehört auch ihm. Paige kommt her, um es für einen möglichen Verkauf zu schätzen."

„Paige?"

Ihr betroffener Ton überraschte ihn. „Paige Duvall. Ich kenne sie seit Jahren."

„Ich weiß."

Jetzt war er betroffen. „Woher kennst du Paige? Ihr zwei habt euch nie kennengelernt."

Sie lächelte ohne Wärme. „Dein Vater hat dafür gesorgt, dass ich über sie Bescheid wusste." Gray wollte sich abwenden, aber sie hielt ihn zurück. „Ist Paige die Frau, die du vielleicht heiraten wirst?"

Er nickte knapp.

„Ich wette, der Richter ist begeistert."

„Paige ist vielleicht gar nicht hier. Sie war in Europa, sollte aber heute Morgen hier ankommen. Wenn sie nicht einen früheren Flug genommen hat, wird sie erst nach dem Sturm eintreffen."

Nun glaubte Julianna Grays großzügiges Angebot zu verstehen. Die Chance, dass seine Frau und seine Geliebte sich treffen würden, war gering.

Der Kleinbus schob sich die Kalakaua Avenue am Kapiolani Park entlang und dann in die Diamond Head Road. Es waren einige Streifenwagen der Polizei und ein paar Lieferwagen unterwegs. Ansonsten hatten sich die Inselbewohner eingeigelt. Gray hoffte nur, dass das Haus nicht direkt an der Küste lag, sonst würde der Sturm zu einer überwältigenden Macht, wenn Hurrikan Eve die Insel traf. Zu seiner Erleichterung stoppte der Fahrer kurz und bog dann links ein auf eine Straße, die von der Küste wegführte. Er hielt Minuten später. „Hier!"

Gray erhaschte einen Blick auf helle Ziegelsteine und dunkles Holz. Und Glas – viel mehr Glas, als er zu sehen gewünscht hätte. „Ich sehe nach, wie wir hineinkommen", erklärte Gray den anderen.

Dillon schloss sich ihm auf seinem Weg zu der Haustür an. Innerhalb von Sekunden waren sie bis auf die Haut durchnässt. Gray hörte die Türklingel durch das leere Haus schrillen.

„Niemand zu Hause", sagte er zu Dillon. Er schob seine Kreditkarte in den Türspalt, und mit wenig Mühe sprang die Tür auf. „Ich muss mit Paige über ein Alarmsystem sprechen."

Sie fanden einen Schirm in dem Ständer an der Vordertür und benutzten ihn für den Rückweg zum Wagen. Gray nahm Jody, während der Fahrer mit dem Gepäck kämpfte. Julianna bildete den Abschluss.

Erst auf halber Strecke zum Haus blickte Gray auf und sah eine Frau auf der Veranda.

„Gray!"

Die schlanke Frau lief in den Regen hinaus. Ihre kurzen dunklen Haare und ihr dünnes Kleid klebten sofort an ihrer gebräunten Haut. Sekunden später lag Paige in seinen Armen. „Ich war im hinteren Teil des Hauses. Ich dachte, ich müsste das alles allein durchstehen!" Sie klammerte sich förmlich an ihn.

Gray legte einen Arm um Paige und hielt sie fest. Er fühlte mehr, als dass er sah, wie Julianna den Schutz des Regenschirms verließ und ihren Weg zum Haus allein machte.

Paige Duvall war eine der schönsten Frauen, die Julianna je gesehen hatte, und sie hatte bei ihrer Tätigkeit in der Modebranche eine Menge schöner Frauen gesehen. Bisher hatte Julianna gedacht, ihre eigene Schönheit in der Gegenwart anderer Frauen behaupten zu können. Ein Blick auf Paige löschte diese Vorstellung jedoch aus.

Falls Paige überrascht war, die Ehefrau ihres Verlobten vor sich zu sehen, zeigte sie es nicht. Gelassen akzeptierte sie die neue Situation, sagte den Männern, sie sollten Juliannas und Jodys Gepäck in ihr eigenes Schlafzimmer stellen. Sie selbst nahm sich eines der kleineren Gästezimmer und überließ Gray und Dillon ein anderes.

Julianna packte gerade ihren Koffer aus, als es an der Tür klopfte und Paige hereinkam. „Kann ich Ihnen noch etwas bringen?", fragte Paige. „Brauchen Sie mehr Kleiderbügel?"

„Danke, ich werde wohl nicht lange hier sein. Nur bis das Unwetter vorbei ist."

„Das kann eine Weile dauern."

Julianna sah Paige ruhig in die Augen. „Ich will ehrlich zu Ihnen sein. Ich weiß nicht, wie ich es sagen soll, ohne dass es schroff klingt, aber ich möchte genauso wenig hier sein, wie Sie mich hier haben wollen. Ich werde gehen, sobald ich eine andere Unterkunft finde."

Paige setzte sich auf die Bettkante und streckte die Beine von sich. „Dann bin ich an der Reihe, ehrlich zu sein. Ich bin nicht begeistert, dass Sie hier sind, aber ich möchte noch weniger, dass Sie jetzt gehen und Granger sich die nächsten Tage um Sie Sorgen macht. Er muss endlich aufhören, sich um Sie zu sorgen."

Julianna war überrascht, dass in Paiges Worten jeder böse Unterton fehlte. Paige erinnerte sie an eine schlanke träge Katze, die passiv die Welt vorbeiziehen sieht und nur gelegentlich – und dann blitzartig – zupackt, um sich zu schnappen, was sie haben will, die übrige Zeit jedoch ein tolerantes, allwissendes Lächeln zeigt. Julianna wünschte sich, Paige nicht mögen zu können, aber bisher gab es nichts, was sie nicht mochte.

„Gray braucht sich nicht um mich zu sorgen – und Sie auch nicht", sagte Julianna ruhig.

„Ich habe längst herausgefunden, dass es keinen Sinn hat, sich zu sorgen." Paige ließ die Hand über ein Kleid gleiten, das Julianna über das Bett gelegt hatte. „Ich war in Ihrer Show in New Orleans. Ich habe zwei Ihrer Kleider gekauft. Dieses hier erinnert mich an das eine." Sie stand auf und strich sich das Haar aus der Stirn. „Fühlen Sie sich bitte wie zu Hause, und lassen Sie es mich wissen, wenn Sie etwas brauchen."

Julianna konnte es nicht zulassen, dass Paige ohne Erklärungen eine Bombe platzen ließ und verschwand. „Sie waren in meiner Show? Wussten Sie denn, wer ich bin?"

„Ich habe es erraten. Granger war gerade in Washington, aber als er zurückkam, habe ich ihm sofort von meiner Vermutung erzählt. Von da an war es nicht schwer herauszufinden, wer Sie wirklich sind."

Julianna hatte sich schon gefragt, wie Granger sie gefunden hatte. Es überraschte sie, dass er durch Paige auf ihre Spur gekommen war. „Wie haben Sie die Verbindung hergestellt? Wir sind uns nie begegnet. Sie haben mich nie gesehen."

„Granger hat ein Foto von Ihnen." Paige hielt inne, als wünschte sie sich, das nicht enthüllt zu haben. Mit einem Schulterzucken fuhr sie fort: „Sie haben sich natürlich verändert, aber ich fand genug Ähnlichkeit, um nachzuforschen, vor allem, da eines Ihrer Modelle mir sagte, Sie stammten aus Mississippi."

Offenbar hatte Paige sich einige Mühe gemacht, ihre Identität zu enthüllen. Julianna fragte sich, warum. Dass sie die Frage laut ausgesprochen hatte, merkte sie erst, als Paige antwortete.

„Granger ist in einer Zwickmühle gefangen. Sie sind die Einzige, die ihm heraushelfen kann."

„Wieso glauben Sie, dass ich ihm da raushelfen will?"

„Sie schulden es ihm."

„Ich könnte Ihnen so einiges über Schulden erzählen."

„Erzählen Sie es nicht mir, erzählen Sie es Granger." Paige wandte sich zu der Tür, doch vorher sah Julianna, wie sich ihre großen mandelförmigen Augen in einer Gefühlsaufwallung verdunkelten. „Erzählen Sie es Granger, und lassen Sie ihn frei, Julianna. Das hat er zumindest verdient. Und Sie auch."

Paiges Haus war der Traum eines Architekten und der Albtraum eines Meteorologen. Der Bau war fest, aber mit zahllosen Fenstern und gläsernen Schiebetüren versehen, um die Umgebung mit dem Inneren verschmelzen zu lassen. Gray befürchtete nur, dass Hurrikan Eve mit seiner Wucht die Umgebung für immer mit dem Inneren verschmelzen lassen würde. Zum Glück gab es genug Holzbretter, sodass Gray und Dillon die meisten Fenster zunageln konnten.

Während ihrer gemeinsamen Arbeit hatten die beiden Männer eine unerwartete Kameradschaft entwickelt.

„Ich möchte jetzt nicht in deinen Schuhen stecken."

Gray wusste, dass Dillon sein Leben und nicht seine durchweichten Tennisschuhe meinte. Der Opalsucher schien sich ihm als Zuhörer anzubieten. „Ich wette, du wünschst dir schon, in diesem Flugzeug auf einem anderen Platz gesessen zu haben."

„Ich war mit meinem Sitz zufrieden. Es passiert nicht oft, dass ein Sitznachbar wie Julianna aussieht."

„Es passiert auch nicht oft, dass ein Exmann mitten im Flugzeug einen Streit anfängt."

„Wärst du wirklich ein Exmann, hätte ich wahrscheinlich nicht so aufgepasst." Dillon hämmerte einen Nagel in die Bretter, um seine Worte zu unterstreichen.

„Wir lassen uns scheiden."

„Darf ich dann der Lady den Hof machen?" Dillon drehte sich um, damit er die Wirkung auf Gray sehen konnte. Er nickte. „Hatte ich auch nicht erwartet."

„Was du und Julianna macht, Dillon, geht mich nichts an."

„Ich würde dich beim Wort nehmen, wäre sie nicht genauso verwirrt wie du. Sie braucht keinen Opalsucher, der ihr Leben noch komplizierter macht." Dillon trat zurück, um sein Werk zu bewundern, und blinzelte heftig gegen die Regentropfen, die von seiner Hutkrempe liefen.

Sie brachten das Werkzeug zurück in den Schuppen und warfen das restliche Holz auf einen Stapel.

„Ist genug Essen im Haus?"

Gray war über den Themenwechsel froh. „Paige sagt, es reicht. Als sie von dem heraufziehenden Sturm hörte, hat sie umgebucht. Sie kam schon gestern und hat eingekauft."

Zurück im Haus, zogen die beiden Männer Hemd, Schuhe und Socken aus. Paige brachte ihnen Handtücher, damit sie sich abtrocknen konnten. Dillon ging schon in sein Zimmer voraus. Gray blieb, um einige Augenblicke mit Paige allein zu haben.

Er lächelte. „Wir haben getan, was möglich war. Du brauchst dir keine Sorgen zu machen."

„Es ist eine ungewöhnliche Situation, Granger."

Er wusste, dass sie auf Julianna und nicht auf den Hurrikan anspielte und auf eine Antwort wartete, die alles in Ordnung brachte. Doch diese Antwort gab es nicht. „Ich kann nur sagen, es tut mir leid. Ich hatte keine andere Wahl."

„Weiß sie, dass du die Scheidung willst?"

Gray nickte.

„Und sie weiß, dass ich einer der Gründe bin?"

Er nickte wieder.

„Nun, du hast immer gesagt, sie sei eine mutige Frau."

„Und du hast mir immer gesagt, du seist eine tolerante Frau."
Sie lächelte dünn. „Wir werden sehen. Ich habe bereits viel von dir
toleriert. Aber es gibt diesen sprichwörtlichen Tropfen, der das Fass
zum Überlaufen bringt."
Gray wusste, dass Julianna mehr als ein Tropfen war. Er fuhr mit
dem Daumen über Paiges Wange. „Hältst du noch ein wenig durch?"
„Was machen schon ein oder zwei Tage aus?" Sie drückte einen Kuss
in seine Handfläche und verschwand in der Küche.
Paige war tatsächlich tolerant gewesen. In den Jahren nach Ellies
Tod und Juliannas Verschwinden war sie für ihn da gewesen, wenn er
sie brauchte, nichts fordernd, nichts erwartend, stets ein offenes Ohr
bietend für seine düstersten Gedanken. Sie beide hatten eine Freundschaft entwickelt, die Gray über seine schlimmsten Depressionen und
Paige über einige in einer Sackgasse endende Beziehungen hinwegge-
holfen hatte, einschließlich einer kurzen Ehe mit einem Mann, der ihr
Vermögen, aber nicht ihr Leben mit ihr hatte teilen wollen.
Die Vertiefung ihrer Freundschaft war so schrittweise vor sich gegangen, dass keiner von beiden es richtig mitbekommen hatte. Wenn
auch die wilde, impulsive Freude junger Liebe fehlte, baute sie doch
auf gegenseitigem Respekt und gemeinsamem Teilen auf. Jeder von
ihnen war es leid, allein zu leben. Unabhängig voneinander waren sie
zu dem Schluss gelangt, dass eine Heirat ihrem Leben jene Tiefe geben
könnte, die ihnen fehlte. Es war nur natürlich gewesen, dass sie sich
einander zuwandten.
Jetzt fragte Gray sich, ob er seine Beziehung mit Paige ernsthaft
dadurch gefährdete, dass er Julianna in ihr Haus gebracht hatte. Paige
kannte ihn gut. Sie musste seine inneren Kämpfe erkennen. Und ganz
gleich, wie tolerant sie war, sie war auch eine Frau, die ihre Zukunft
schützen musste.
Und wer war er? Ein Mann, der so durcheinander war, dass er manchmal nicht wusste, ob er einundzwanzig oder einunddreißig war. Ein
Mann, der so verwirrt war, dass er fast die Frau, die ihn hasste, in die
Arme genommen hätte. Ein Mann, der so von seinen Schuldgefühlen
geplagt wurde, dass er seine Ehefrau in das Haus seiner Verlobten gebracht hatte, um diese Folter zu beenden.
Er war alle diese Männer, und er war Gray Sheridan, ein Mann, der
wusste, dass ein neues Leben erst beginnen kann, wenn das alte endet.
Er, Paige und Julianna mussten die nächsten Tage durchstehen, ganz
gleich, wie schmerzlich es sein würde, weil nur dann jeder von ihnen
fähig war, die Vergangenheit hinter sich zu lassen und neu zu beginnen.

263

8. KAPITEL

*J*ulianna beschäftigte sich den ganzen Tag mit Kochen und anderen Vorbereitungen, um nicht nachdenken zu müssen. Und sie wollte so weit wie möglich von Gray entfernt sein. Begrabene Gefühle kamen ebenso an die Oberfläche wie begrabene Erinnerungen. Sie hatte Gray im Regen stehen gesehen, Paige in seinen Armen, und sie hatte heiße Wellen von Eifersucht verspürt. Sie hatte gesehen, wie er Jody hochhob und spielerisch herumschwenkte, und sie hatte solche Traurigkeit verspürt, dass sie glaubte, es nicht zu überleben.

Sie wollte nichts fühlen, nur schlafen und vergessen, dass sie lebte. Als es dann jedoch Zeit war, ins Bett zu gehen, kam der Schlaf nur mühsam. In den Stunden kurz vor der Morgendämmerung hörten der Sturm und der Regen auf.

Julianna erwachte von der Stille, stand leise auf, schlüpfte in einen Umhang und trat auf eine der drei *lanai*, wie die Veranden auf Hawaii hießen. Als sie die Tür hinter sich schloss, merkte sie, dass sie nicht allein war.

„Hat dich auch die Stille geweckt?" Gray lehnte am Geländer.

„Ich wusste nicht, dass jemand wach ist." Sie ging an das andere Ende der *lanai*.

„Das glaube ich dir." Bitterkeit schwang in seiner Stimme.

„Ist das nur eine Pause, oder ist der Sturm abgezogen?"

„Eve ist eine unberechenbare chaotische Dame. Vielleicht unternimmt sie eine kleine Kreuzfahrt auf dem Pazifik."

„Bon voyage." Julianna wollte nach drinnen gehen, aber Gray hätte das als Rückzug angesehen, und es wäre auch einer gewesen. Sie blieb und holte tief Luft. „Riech nur diese Luft. Der Regen kommt so heftig herunter, dass er die Blumen vernichten könnte, aber alles, was er tut, ist, ihren Duft freizusetzen."

„Zu schade, dass es keine Parallele zu Menschen gibt."

Früher hätte Julianna ihm gesagt, dass es eine Parallele gebe, aber das konnte sie jetzt nicht mehr. Sie hatte herausgefunden, dass es Dinge gab, die nicht einmal der Mutigste überwinden konnte. „Als ich das erste Mal hierherkam, wohnte ich in einer Ein-Zimmer-Wohnung über einem alten Lagerhaus. Ich habe in etlichen schlimmen Wohnungen gehaust, aber das war eine der schlimmsten. Doch gleichgültig, wie schlimm das Apartment war, ich konnte jederzeit tags oder nachts nach draußen gehen, und es gab immer etwas Schönes zu erleben." Sie unterbrach sich, als sie erkannte, dass sie fast vergessen hatte, mit wem sie sprach.

„Und das hat dich geheilt?" Grays Stimme klang zynisch.

„Würdest du mir glauben, wenn ich sagte, Ja?"

Schweigen war seine Antwort.

„Nein, es hat mich nicht geheilt", fuhr sie fort. „Aber es hat geholfen."

„Warum bist du hierhergekommen?"

„Warum nicht?"

„Du brauchst nichts mehr zu verbergen, Julianna. Du brauchst kein Geheimnis aus deiner Vergangenheit zu machen. Stille doch meine Neugierde."

„Warum?"

„Weil du mit mir verheiratet bist."

Sie wandte sich ihm zu und verschränkte die Arme, wie er es vorhin getan hatte. „Das bedeutet gar nichts."

„Findest du?" Seine Stimme klang leise und unnachgiebig. „Dann hast du jetzt eine komische Vorstellung von dem, was Ehe bedeutet." Er kam näher, und sie fühlte sich plötzlich klein und zerbrechlich. „Ich habe dich geheiratet ... für gute ... und für schlechte Zeiten."

„Und es waren schlechtere Zeiten, als du dir je hättest vorstellen können, nicht wahr?", reizte sie ihn.

„Oh ja, viel schlechtere." Er blieb Zentimeter von ihr entfernt stehen. „Und weißt du, was das Schlimmste war? Zu sehen, wie du mich hassen gelernt hast. Du hast mich schon lange vor Ellies Tod gehasst. Deshalb sind wir auch an diesem Tag in das Strandhaus gefahren. Ich wollte alles offenlegen, damit unsere Ehe eine Chance bekam. Sie hing schon an einem seidenen Faden."

„Inzwischen hatten wir keine Ehe mehr."

„Weil du sie aufgegeben hattest."

„Ich habe nichts aufgegeben, Gray. Da war nichts, was ich hätte aufgeben können, selbst wenn ich gewollt hätte. Du wolltest mich nicht. Du wolltest unser Kind nicht. Und was hast du doch für ein Glück gehabt! Du bist uns beide losgeworden!"

Er schüttelte sie in seinem Zorn, und er ließ sie erst los, als er erkannte, was er tat. Sie fiel gegen das Geländer. „Du bist von deinem Hass vergiftet", sagte er, die Hände an seinen Seiten zu Fäusten geballt.

Reue packte sie. Wie hatte sie etwas so unglaublich Grausames sagen können? Nicht einmal in ihren schlimmsten Vorstellungen hatte sie angenommen, Gray wäre über den Tod seines Kindes froh gewesen. Sie schloss die Augen, um seinen Zorn nicht sehen zu müssen.

„Es tut mir leid", flüsterte sie. „Oh, Gray, es tut mir so leid. Vielleicht wolltest du Ellie nicht, aber ich weiß, dass du auch nicht wolltest, dass sie stirbt."

Sie war überrascht, Sekunden später seine Hände wieder an ihren Armen zu fühlen. „Mach die Augen auf."

Sie tat es und drängte die Tränen zurück, die sie sich nie erlaubt hatte.

„Wir haben dich fast zerstört, nicht wahr? Mein Vater, meine Mutter ... ich."

„Ich bin nicht mehr der Mensch, der ich war."

„Doch", sagte er sanft und nachdrücklich. „Du hast das alles auf die einzig mögliche Art überlebt, indem du nämlich deinen Hass am Leben gehalten hast. Aber jetzt ist es Zeit herauszufinden, wie tief er wirklich geht."

„Es spielt keine Rolle mehr."

„Wir werden über diesen Tag im Strandhaus sprechen."

„Nein! Ich will nicht!"

„Tut mir leid, Julianna, wir werden darüber sprechen."

Sie versuchte seine Hände abzustreifen, aber seine Finger gruben sich in ihre Arme. „Was soll das denn bringen?", fragte sie flehend.

„Man muss eine Wunde ausbluten lassen." Er ließ sie los, aber der Ausdruck in seinen Augen zeigte, dass er sie nicht fortlassen würde.

„Was soll ich denn sagen? Dass ich dir verzeihe, dass du mich bei der Geburt unseres Kindes allein gelassen hast?"

„Ich will deine Vergebung nicht."

„Was willst du dann?"

„Wenn du in dein Flugzeug nach Kunai steigst, werden wir beide verstehen, was in Granger Inlet passiert ist und warum. Du kannst mich weiter hassen, wenn du willst, aber du wirst es verstehen. Und ich auch."

„Ich verstehe es schon!"

„Ich nicht."

Sie wandte sich der Dunkelheit zu und fühlte, wie er näher kam, um sie an dem Geländer gefangen zu halten. „Zwing mich nicht", flüsterte sie, und ihre Stimme brach.

Er blieb unnachgiebig. „Es ist längst überfällig, Julie Ann."

Sie wollte ihm sagen, dass dies nicht ihr Name war, aber sie wusste, dass es nicht stimmte. Zehn Jahre schwanden und ließen eine junge Frau zurück – verängstigt, verzweifelt und allein. Und die Erinnerungen, die in ihr erstarrt waren, begannen sich langsam in ein Jahrzehnt alte Tränen aufzulösen.

Nach der vielversprechenden Hochzeitsnacht kehrten Gray und Julie Ann nach Granger Junction zurück, um seine Eltern über die Hochzeit zu informieren. Richter Sheridan hatte schon so etwas vermutet und seine Frau vorbereitet, und die beiden setzten sich mit dem jungen Paar zusammen, um dessen Zukunft zu besprechen.

Grays Mutter weinte dekorative Tränen. Grays Vater meinte, er sollte sie beide hinauswerfen wegen der Schande, die sie über die Familie gebracht hatten, er könne aber Grays Mutter nicht so wehtun. Da man den einmal begangenen Fehler nicht mehr rückgängig machen könne, müssten jetzt alle Beteiligten zusehen, das Beste daraus zu machen.

Julie Ann sagte nur wenig, aber jedes Wort, das sie sagte, war ein Wort zu viel. Zuletzt hörte sie nur noch zu, während die Sheridans über ihre Zukunft entschieden. Gray sollte wieder an die Ole Miss gehen. Er brauchte noch ein Jahr, um den untersten akademischen Grad zu erhalten. Julie Ann sollte in Granger Junction bei ihren Schwiegereltern zurückbleiben, wo sie die nötige ärztliche Behandlung und Ruhe bekam.

Gray weigerte sich anfänglich, ließ sich aber von seinen Eltern überzeugen. In Granger Junction hatte Julie Ann nichts anderes zu tun, als sich auszuruhen und kräftiger zu werden. Gray konnte sich auf sein Studium konzentrieren und die nötigen Prüfungen machen, die er für sein Jurastudium brauchte. Und er war nicht so weit weg, dass er nicht an einigen Wochenenden zu ihr nach Hause kommen könnte.

Als Gray sie um ihre Meinung fragte, hatte Julie Ann keine andere Wahl, als zuzustimmen, obwohl sie schon da hinter Richter Sheridans gutmütiger Fassade die Feindseligkeit spürte. Sie stimmte zu, weil sie es für das Beste für Gray und ihre gemeinsame Zukunft hielt. Sie hatte bisher ihr Leben lang Feindseligkeit überstanden. Sie würde noch eine Weile durchhalten.

Danach waren ihre Energien, die sie durch die letzten Tage gebracht hatten, erschöpft. Die Übelkeit kehrte in nie gekanntem Ausmaß zurück, und sie verbrachte den Rest der Weihnachtstage im Krankenhaus. Der Tag ihrer Entlassung war auch der Tag, an dem Gray zur Ole Miss abfuhr.

Julie Anns Versuche einer Unterhaltung mit Grays Mutter wurden mit kalten, formellen Antworten abgefertigt. Unterhaltungen mit seinem Vater drehten sich um die Pläne, die dieser einmal für Gray gehabt und die sie ruiniert hatte.

Julie Ann hatte keine wirklichen Freunde in Granger Junction, und da die Sheridans jeden ihrer Schritte überwachten, konnte sie auch keine finden. Sie musste sich auf ihr Zimmer beschränken wie ein widerborstiges Kind, scheinbar um ihrer Gesundheit und der Gesundheit des Babys willen. In Wahrheit war sie in die oberen Räume verbannt worden, weil die Sheridans den Anblick des lebenden Mahnmals, dass ihr Sohn eine Mason geheiratet hatte, nicht ertrugen.

Als Gray zu ihrem ersten gemeinsamen Wochenende nach Hause kam, warf sie einen Blick in sein erschöpftes Gesicht und wusste, dass sie ihn nicht mit ihrem Elend belasten konnte. Zusätzlich zur Schule hatte er einen Job angenommen, um Geld für die Geburt des Babys sparen zu können, und sein Zeitplan nahm ihn mit. Sie versicherte ihm, dass seine Eltern sich gut um sie kümmerten und dass es ihr an nichts fehle.

Er schlief in dieser Nacht neben ihr ein, nachdem sie sich kurz geliebt hatten, und sie hielt ihn an sich gedrückt und schwor sich, seine bereits vorhandenen Probleme nicht noch zu vergrößern. Irgendwie würden sie beide die nächsten Monate schon überstehen.

Richter Sheridan schien zu fühlen, dass Julie Ann nicht mit Gray über seine hinterhältige Kampagne sprach, durch die er ihr das Gefühl vermittelte, unerwünscht zu sein. Er weitete diese Kampagne schrittweise aus und erwähnte immer öfter, wie traurig es doch sei, dass Gray niemals eine Chance bekomme, sein volles Potenzial auszuschöpfen. Und er erwähnte auch immer öfter „dieses hübsche kleine Mädchen, Paige Duvall", die ja so eine gute Freundin für die ganze Familie Sheridan sei, besonders aber für Gray. Er begann auch in anderer Hinsicht an Julie Anns Selbstbewusstsein zu kratzen. Er machte Bemerkungen darüber, wie die Schwangerschaft ihren Körper entstellte. Und er überlegte laut, wie sie wohl eine gute Ehefrau und Mutter sein könne, wenn man den Mangel an Vorbild dafür während ihrer Kindheit in Betracht zog.

Als Gray das nächste Mal heimkam, sagte sie ihm, wie sehr sie ihn vermisse. Wäre es nicht möglich, dass sie ihm auf dem College half? Sie könnte doch für ihn kochen, sein Apartment sauber halten, seine Wäsche waschen. Vielleicht könnte sie auch einen Teilzeit-Job finden, sodass er seinen Job aufgeben und sich auf die Studien konzentrieren könne.

Gray schüttelte den Kopf. Sie war nicht in der Lage, irgendetwas Derartiges zu tun, und außerdem teilte er sein Apartment mit drei Männern, von denen keiner einen zusätzlichen Mitbewohner akzeptieren würde. Falls sie zu ihm zöge, würde er sich ein anderes, teureres Apartment suchen müssen. „Du fehlst mir auch", versicherte er ihr. „Aber für den Augenblick ist es so am besten."

Diesmal weinte sie, als er wegfuhr. Sie waren so kurze Zeit zusammen gewesen, und auch da waren sie nicht unter sich gewesen. Jetzt war er wieder weg, und bevor sie ihn wiedersah, würden Wochen vergehen.

An diesem Abend informierte Richter Sheridan sie, dass er ihre Schwester aus der Stadt gejagt habe. „Nur, damit du es nicht von jemand anderem erfährst", fügte er hinzu. „Wir wollen keine Masons in Granger Junction."

Unterschwellige psychologische Manipulation wuchs sich zu einem regelrechten Allfronten-Krieg aus. Der Richter begann, Julie Ann vor anderen zu beleidigen. Er weigerte sich zu essen, wenn sie am Tisch saß. Er teilte ihr so wenig Geld zu, dass sie jedes Mal bitten musste, wenn sie Shampoo oder andere Toilettenartikel brauchte, und dann musste sie sich jedes Mal einen Vortrag über das Schnorren anhören. Sogar Mrs Sheridan wirkte über diese Vorgänge betroffen. Sie versuchte zu mildern, indem sie Julie Ann half, ihm aus dem Weg zu gehen, aber der Richter sorgte dafür, dass er sie stets fand und demütigen konnte.

Als Gray das nächste Mal heimkam, konnte Julie Ann ihr Elend nicht länger für sich behalten. Sie sagte ihm, dass sein Vater sie hasse. „Ich kann nicht hierbleiben", sagte sie flehend. „Er versucht mich zu zerstören!"

Sie erfuhr nicht, was sich an diesem Abend abspielte, als Gray mit seinem Vater sprach, aber als er aus Richter Sheridans Arbeitszimmer kam, war in seinen Augen ein Ausdruck von Vorsicht. „Es wird jetzt besser werden", erklärte er und legte tröstend seine Arme um sie. „Er will dir nichts Böses tun."

Julie Ann wusste, dass das Gegenteil stimmte. Sie flehte Gray an, sie mitzunehmen, aber er war unbeugsam. Ihr Arzt in Granger Junction sei ein Freund der Familie. Hier bekomme sie bessere Versorgung als an einem Ort, an dem sie bloß die Frau eines Studenten sei. „Und wir müssen jeden Penny sparen", erinnerte Gray sie. „Für das Baby."

Julie Ann hatte mit Feindseligkeit und Vernachlässigung gelebt, aber nie mit Sadismus. Nachdem Gray an diesem Sonntagnachmittag weggefahren war, warf sie einen Blick in Richter Sheridans Gesicht und wusste, dass sie das Haus verlassen musste. Sie wartete, bis an diesem Abend alle schliefen. Dann schlich sie sich mit einem kleinen Koffer nach unten.

Die Fahrt nach Oxford, wo die Ole Miss angesiedelt war, dauerte die ganze Nacht und den größten Teil des nächsten Vormittags. Julie Ann saß stundenlang in Bushaltestellen in Hattiesburg und Jackson herum und überlegte, ob sie Gray anrufen oder einfach vor seiner

Tür auftauchen sollte. Als sie Oxford erreichte, entschied sie sich für einen Kompromiss und rief ihn von der Bushaltestelle an, weil sie so erschöpft war, dass sie nicht zu seinem Apartment gehen konnte, und so pleite, dass sie sich kein Taxi leisten konnte. Er war nicht zu Hause, und sie hinterließ die Nummer des öffentlichen Telefons an der Bushaltestelle bei einem seiner Mitbewohner. Erst am Abend klingelte endlich das Telefon.

Julie Ann hatte gehofft, Gray überzeugen zu können, aber der angespannte Zug um seinen Mund zerstörte ihre Hoffnung. Sie saßen einander in einer Pizzeria gegenüber. Julie Ann nippte an einer Cola und versuchte zu erklären.

„Du hast mir einmal erzählt, das Töten würde deinem Vater Freude bereiten", erinnerte sie ihn. „Er hat versucht, mich zu töten."

Gray schüttelte bloß den Kopf, als hätte die Schwangerschaft ihren klaren Verstand zerstört.

„Nicht körperlich", erklärte sie, „aber gefühlsmäßig. Ich glaube, er hofft, ich würde das Baby verlieren, wenn er mich nicht zur Ruhe kommen lässt."

„Das Baby ist sein Enkelkind."

„Er wollte, dass ich das Baby abtreibe!" Julie Ann warf ihre Serviette auf den Tisch. „Er wollte mich dafür bezahlen, noch bevor du überhaupt erfahren hast, dass ich schwanger war. Als ich nicht wollte, versuchte er mich dafür zu bezahlen, dass ich die Stadt verlasse und das Kind weggebe. Erinnerst du dich nicht mehr?" Sie wollte aufstehen, wurde jedoch von Schwindel gepackt. Sie stützte den Kopf in ihre Hände. „Bitte, Gray, ich kann nicht zurück. Mach mit mir, was du willst, aber schick mich nicht zurück."

Sie verbrachten die Nacht in einem Motel, und zum ersten Mal von all den Nächten, die sie zusammen verbracht hatten, drehte Gray sich im Bett von ihr weg. Am nächsten Tag hängte Gray überall auf dem Campus Zettel aus, auf denen er jemanden suchte, der seinen Platz in seinem Apartment übernahm. Er jagte Hinweisen nach Apartments nach, in denen er mit Julie Ann wohnen könnte. Und er bewarb sich um weitere Teilzeit-Jobs, zusätzlich zu dem, den er schon hatte. Sie blieben noch zwei Nächte in dem Motel, aber es war klar, dass Grays Ersparnisse rasch schwanden.

Billige Wohnungen, Jobs und Studenten, die Grays Anteil an dem Apartment mieten wollten, waren rar. Nach ihrer dritten gemeinsamen Nacht erkannte Julie Ann, dass die Möglichkeiten, die sie hatten, nur wenige waren. Sie konnte nach Granger Junction zurückkehren, oder

Gray konnte die Schule verlassen und einen Dauerjob annehmen, um sie beide zu unterhalten. Sie wusste, dass Gray sich für Letzteres entscheiden würde, sollte sie in Oxford bleiben, aber er würde es ihr übel nehmen, dass sie ihn dazu gebracht hatte. Als er an diesem Morgen ins College ging, kündigte sie das Motelzimmer, hinterließ seine Kleider in einer Tasche an der Anmeldung und nahm den Bus zurück nach Granger Junction.

Gray fühlte die Wärme von Juliannas Körper, während er hinter ihr auf der *lanai* stand. Sie schwieg lange, aber er fühlte, dass sie sich nicht einfach weigerte, mit ihm zu sprechen, sondern sich an damals erinnerte.

„Ich hatte keine Ahnung, wie schlimm die Dinge sich daheim entwickelt hatten, bis meine Mutter es mir nach Ellies Tod erzählte", sagte er endlich.

Julianna nickte. „Ich versuchte es dir in Oxford zu sagen. Du wolltest nicht hören."

„Die wenigen Male, die ich danach heimkam, warst du so in dich gekehrt."

„Das war eben meine Art, mit diesen Dingen fertig zu werden."

„Als ich nach meiner Graduierung heimkam, war ich wütend. Ich hatte so hart für dich und das Baby gearbeitet, aber nur meine Eltern haben mich erwartet. Du warst nicht da. In jedem Brief hatte ich dich darum gebeten."

„Ich habe deine Briefe nicht gelesen."

„Warum nicht?", drängte er.

„Was konntest du schreiben, das mich nicht noch mehr verletzt hätte?" Ihre Stimme war jetzt die des achtzehnjährigen Mädchens, das sie damals gewesen war, verletzt, von den erlittenen Misshandlungen blutend.

Gray schauderte. „Ich habe es damals nicht verstanden. Ich dachte, du wärst bloß verdrießlich. Ich hatte mit meinem Vater gesprochen, nachdem du dich das erste Mal beschwert hast, und er hatte zugegeben, er sei härter zu dir gewesen, als er hätte sein sollen. Aber er entschuldigte sich und ..."

„Und?"

„Und er sagte, schwangere Frauen seien eben immer übersensibel und schwierig. Er versprach aber, es wiedergutzumachen. Und dann bist du einfach nach Oxford gefahren, ohne ihm überhaupt eine Chance zu geben."

„Oh, aber er hat seine Chance bekommen, Gray, nachdem ich zurückkam. Er hat sich geändert, das stimmt. Er wurde noch schlimmer. Er hat sogar dein kleines Geheimnis verraten."

„Geheimnis?"

Ihr Lachen war bitter. „Er erzählte mir, du würdest die Scheidung schon vorbereiten und gleich nach der Geburt die Vormundschaft für das Baby beantragen."

„Und du hast ihm geglaubt?"

„Ich weiß nicht, ob ich ihm geglaubt habe oder nicht. Ich wollte es nicht, aber jedes Mal, wenn er mich sah, fragte er mich, ob ich von dir gehört hätte. Hat mich gefragt, ob du schon mit mir über die Scheidung gesprochen hättest." Sie hörte Grays gemurmelten Fluch. „Ich versuchte ihm auszuweichen, aber manchmal musste ich mein Zimmer verlassen, und wenn ich es tat, wartete er auf mich und …"

„Hör auf!" Gray schnitt ihr das Wort ab. „Ich weiß das jetzt. Damals habe ich es nicht gewusst. Alles waren nur Lügen. Er war ein grausamer, kranker Mann."

„War?"

„Er starb im vergangenen Jahr."

Sie fand keine Worte, um zu sagen, dass es ihr leidtat. „War er lange krank?"

„Ja."

„Ich würde gerne wissen, ob er je erfahren hat, was es bedeutet, einem anderen Menschen absolut ausgeliefert zu sein."

Gray wusste es nicht. Als es zu Ende ging, war er an das Krankenbett seines Vaters getreten, aber es war das erste Mal gewesen, seit Julie Ann verschwunden war, dass er sich im selben Zimmer mit dem Mann aufhielt, der sie so brutal behandelt hatte.

Julianna sprach weiter, und sie klang auch jetzt so, als würde sie den Albtraum jener Tage im Sheridan-Haus noch einmal durchleben. „Hat deine Mutter dir auch erzählt, dass er an kalten Tagen in mein Zimmer kam und die Heizung abstellte? Er lachte und sagte: ‚Mädchen, du bist nicht einmal so viel wert, wie die Heizung für dieses Zimmer kostet.'"

„Warum hast du mir nie genau gesagt, was er tat? Du hast mir nie etwas detailliert erzählt."

Sie stieß langsam den Atem aus. „Zuerst wollte ich nicht, dass du weißt, wozu dein eigener Vater fähig ist. Dann habe ich gesehen, dass es zwecklos wäre, weil du es ohnedies nicht geglaubt hättest. Du wolltest es nicht glauben. Es hätte dein Leben zu sehr durcheinandergebracht."

Gray versuchte diese Zeit zurückzuholen, um zu sehen, ob es stimmte, was sie sagte. „Du hast mir etwas bedeutet", sagte er schließlich. „Ich war jung und überarbeitet, aber ich versuchte das Beste für dich und für mich zu tun. Vielleicht wollte ich nicht die Wahrheit hören, aber hättest du mir genau gesagt, was da vor sich ging, hätte ich dich augenblicklich herausgeholt."

Julianna hob ihr Kinn an. „Du kanntest mich besser als jeder andere auf der Welt. Du hättest wissen sollen, dass ich mich nicht grundlos beklagen würde."

„Ich dachte, du wärst einsam. Du hattest solche Schwierigkeiten mit der Schwangerschaft, und du hattest keine Freunde in Granger Junction. Ich habe sogar deinen Arzt angerufen und ihn nach seiner Meinung gefragt, und er meinte, Depressionen seien ganz natürlich."

„Sicher, unter diesen Umständen."

„Er sagte mir auch, du seist in ernster Gefahr, das Baby zu verlieren, und du brauchtest viel Ruhe, sonst würdest du mit Sicherheit eine Fehlgeburt erleiden."

„Der Mann war ein Prophet."

Gray hörte den Schmerz hinter ihren spöttischen Worten. „Ich dachte, nach der Geburt des Babys und dem Ende des College könnten wir alles hinter uns lassen. Ich habe dir geschrieben und versucht, es dir verständlich zu machen."

„Ich habe es verstanden."

„An dem Tag, an dem ich nach dem Abschluss heimkam, konnte ich an nichts anderes denken als daran, wie wütend ich war. Ich hatte Pläne gemacht. Ich hatte mir sogar ein Apartment von einem Freund besorgt, damit wir ein paar Tage allein verbringen konnten, bevor wir nach Granger Junction zurückfuhren. Und dann bist du nicht gekommen. Zuerst wollte ich dich schütteln. Dann habe ich einen Blick auf dich geworfen und gewusst, dass etwas ganz Schreckliches vor sich ging."

Ihre stolze Haltung änderte sich. Sie sank unter der Last dessen, was jetzt kommen musste, in sich zusammen. „Wir wissen beide, was dann passiert ist", flüsterte sie. „Bitte, lass uns das jetzt nicht auch noch durchmachen."

„Entweder sprichst du darüber, oder ich spreche darüber, Julianna." Als sie nicht antworten wollte oder konnte, begann er, ihren Albtraum in allen Einzelheiten auszubreiten.

9. KAPITEL

*G*ray nahm immer zwei Stufen zu dem Haus seiner Eltern auf einmal. „Julie Ann!", schrie er. Er hörte hinter sich einen schockierten Ausruf seiner Mutter, war jedoch zu ärgerlich, um sich darum zu kümmern. Er hatte eine grässlich lange Abschlussfeier über sich ergehen lassen und dabei vor Zorn über Julie Anns Fehlen gekocht. Er hatte am nächsten Vormittag seine Kleider in Koffer und seine Bücher in Kartons geworfen. Dann war er in halsbrecherischem Tempo heimgefahren, um Julie Ann zur Rede zu stellen.

In den letzten fünf Monaten hatte er härter gearbeitet, als er es überhaupt für machbar gehalten hätte. Und wofür? Für eine Ehe, auf die Julie Ann offenbar keinen Wert legte. Sie hatte ihm nicht ein einziges Mal geschrieben. Wenn er angerufen hatte, war sie jedes Mal nicht an den Apparat gegangen. Sie hatte die ganzen letzten Monate geschmollt, weil ihre Lebensumstände nicht ideal waren. Sie hatte sich nicht einmal bemüht zu verstehen, dass er das Beste tun wollte, für sie beide und für ihr Kind!

Als Gray die Schlafzimmertür aufstieß, war er wütend. Das Zimmer war so dunkel, dass er für einen Moment allein zu sein glaubte. Er tastete sich zu dem Schränkchen und schaltete die Lampe ein, und dann sah er Julie Ann zum ersten Mal seit einem Monat. Sie saß in einem Sessel in der Ecke, die Hände verschränkt. Das Herz blieb ihm bei ihrem Anblick stehen.

Ihr zarter Körper war angeschwollen, ihre Haut teigig weiß. Ihre Haare, die sie für ihn länger hatte wachsen lassen, hingen leblos um ihr Gesicht, aber ihre Augen waren der größte Schock. Hinter der Nickelbrille starrten sie ihm entgegen, als wäre er ein Fremder.

„Warum sitzt du in einem abgedunkelten Zimmer?" Er ging an das Fenster und öffnete das Rollo.

„Ist das auch etwas von den Dingen, die ich nicht tun soll?" Es war die Stimme, an die er sich erinnerte und die er liebte, aber in ihrer Frage schwang ein Ton mit, der ihn erschreckte.

„Du kannst tun, was du willst, Julie Ann. Ich habe dich nur gefragt, warum."

„In der Dunkelheit kann ich verschwinden."

Er setzte sich ihr gegenüber auf das Bett. Sein Zorn war verraucht. Das hier war kein schmollendes Kind. Etwas ganz Schreckliches stimmte hier nicht. „Wenn du verschwindest, was soll ich dann tun?" Er tastete nach ihrer Hand.

Sie wirkte überrascht, als er sie berührte. „Ich wusste nicht, dass du heute kommst."

„Haben meine Eltern es dir nicht gesagt?"

Sie lächelte, und es war das seltsamste Lächeln, das er je gesehen hatte. „Dein Vater sagte, du würdest irgendwann später in der Woche kommen."

„Du musst ihn falsch verstanden haben."

Sie hob den Blick zu ihm, und die Traurigkeit in ihren Augen erschütterte ihn. „Natürlich", murmelte sie. „Ich habe ihn falsch verstanden."

„Warum bist du nicht zu meiner Abschlussfeier gekommen?"

„Es ging mir nicht gut genug."

Er nickte. „Was sagt der Arzt?"

„Er spricht nicht viel mit mir. Er spricht mit deinen Eltern."

„Mein Vater sagte mir, du habest zwar ein paar Rückschläge gehabt, würdest dich aber ansonsten gut machen. Er sagte, er habe dich lange zu überreden versucht, wenigstens zu meiner Abschlussfeier zu kommen."

Zum ersten Mal sah Gray einen Funken Leben in ihren Augen. „Dein Vater ist ein Lügner", sagte sie und entzog ihm die Hand. „Unter anderem. Er sagte mir, dass er mich hier nicht haben will – und du auch nicht!"

Gray fühlte seinen Ärger zurückkehren. „Mein Vater hat mir einen Job in seiner Kanzlei angeboten."

„Ich werde nicht hier wohnen, und ich werde nicht zulassen, dass sie mein Kind großziehen."

„Du willst nicht einmal darüber sprechen?"

„Ich werde nicht hier wohnen."

Er wollte sie anschreien, um die entsetzlichen Barrieren zu durchbrechen, die sie um sich errichtet hatte, aber seine Eltern hätten jedes einzelne Wort gehört. Frustriert fuhr er sich durch die Haare. „Lass uns spazieren fahren."

„Ich fühle mich nicht gut."

„Verdammt, in der einen Minute sagst du mir, dass du nicht hierbleiben willst, und in der nächsten Minute bringe ich dich nicht dazu, das Haus zu verlassen!"

Sie stand auch auf und legte die Hände an ihren angeschwollenen Bauch, als müsse sie ihn schützen. „Wohin willst du fahren?"

Sie sah so schutzlos aus, dass sich sein Ärger in Frustration verwandelte. Er musste einen Weg finden, um zu ihr durchzudringen. Die Schwangerschaft hatte alles Positive aus ihr verdrängt, hatte sie mit

Ängsten und Misstrauen angefüllt. Er wollte die alte Julie Ann wiederhaben, und er kannte den einzigen Ort, der dabei helfen könnte.

„Lass uns zum Strandhaus fahren. Wir bleiben ein paar Tage da. Du kannst draußen in der Sonne liegen, und ich kümmere mich um dich. Es wird uns beiden guttun."

„Das Strandhaus?"

Er streckte lächelnd die Hand nach ihrer Wange aus. „Ja, erinnerst du dich noch? Wir haben dort unsere Hochzeitsnacht verbracht."

Sie zuckte zurück.

Er ließ die Hand sinken. „Fein, dann vergiss es!" Er wollte das Zimmer verlassen, aber ihre Stimme hielt ihn zurück.

„Gray?"

Er sah sie wieder an. „Ja?"

„Ich komme mit."

Er wollte ihr sagen, dass er nicht mehr fahren wollte, dass ihr Desinteresse seine Freude daran, mit ihr allein zu sein, abgetötet hatte, aber ihre Augen waren so traurig, dass er sie nicht noch mehr verletzen durfte. Also nickte er.

Die Fahrt nach Granger Inlet verlief in Schweigen. Julie Ann blickte aus dem Fenster, als würde sie jeden Kilometer zählen. Gray konzentrierte sich aufs Fahren und versuchte, nicht an ihre Probleme zu denken. Er glaubte noch immer, dass sich alles einrenken ließe. Wenn er mit Julie Ann ein paar Tage allein war, würde er auch wieder zu ihr durchdringen.

Unterwegs hielten sie, um Lebensmittel zu kaufen, und es war dunkel, als sie das Strandhaus erreichten. Julie Ann war auf den letzten Kilometern eingeschlafen, und als Gray den Motor abstellte, wurde sie nicht wach. Er stieg aus und kam auf ihre Seite, um ihr zu helfen. Nachdem er die Tür geöffnet hatte, beugte er sich herunter und streichelte ihre Wange. „Julie Ann", rief er sanft. „Aufwachen, Liebling."

Sie öffnete die Augen, lächelte ihn an und streckte die Arme nach ihm aus, als wollte sie ihn umarmen, aber im letzten Moment stockte sie und ließ die Hände in den Schoß sinken.

Gray machte einen Schritt zurück, damit sie aussteigen konnte. Und er erkannte, wie sehr er sich danach sehnte, wieder ihre Liebe und ihr Vertrauen zu gewinnen. Er hatte sie in diesen letzten Monaten vermisst und sich oft gewünscht, die Umstände ihrer Heirat wären anders gewesen, aber trotz aller Schwierigkeiten hatte er sich kein einziges Mal gewünscht, sie hätten nicht geheiratet.

Irgendwo entlang des Weges ihrer schwierigen Beziehung hatte er ihr sein Herz geschenkt.

„Damals erkannte ich, dass ich dich liebe, obwohl mir wahrscheinlich das Wort Liebe gar nicht in den Sinn gekommen ist", sagte Gray zu Julianna. Sie stand noch immer mit dem Rücken zu ihm gewandt und blickte in die Nacht von Hawaii hinaus.

„Warum sagst du mir das jetzt? Glaubst du, das ändert irgendetwas?" Julianna wollte sich noch weiter von ihm zurückziehen, doch da war kein Platz mehr.

„Wir müssen absolut ehrlich sein."

„Du hast mich nicht geliebt! Vielleicht hast du seit damals versucht, dich davon zu überzeugen, dass du Liebe empfunden hast, aber das war es nicht. Vielleicht hast du Mitleid verspürt, vielleicht hast du dich für mich verantwortlich gefühlt, weil ich von dir schwanger geworden war, aber das war es dann auch schon!"

„Ich habe dich geliebt, und du hast mich geliebt."

Sie schluckte zweimal und versuchte Letzteres abzustreiten, aber sie konnte es nicht. Sie hatte ihn geliebt. Und alles, was er ihr angetan hatte, wog wegen ihrer Liebe umso schwerer. „Ich habe dich geliebt, aber ich war eine Närrin."

„Wann hast du aufgehört, mich zu lieben? War das, bevor ich graduierte? Denn als ich damals nach Hause kam und wir zu dem Strandhaus fuhren, war ich sicher, dass du mich hasst."

„Ich habe dich damals nicht gehasst", sagte sie, bevor sie sich bremsen konnte. „Ich habe dich so sehr geliebt, dass es mich fast zerstört hat."

„Dann sag es mir", verlangte er sanft. „Sag es mir, wie es für dich war. Ich muss es verstehen …"

Julie Ann folgte Gray in das Strandhaus. Er ließ sie nichts tragen, sondern bestand darauf, dass sie sich sofort hinlegte. Sie lehnte sich auf dem Sofa zurück, während er Lebensmittel und Kleider auspackte, und setzte sich nur auf, als er ein Glas Milch vor sie auf den Tisch stellte.

„Es gibt noch mehr davon", sagte er, nachdem sie den letzten Schluck genommen hatte.

„Hast du eine Kuh mitgebracht?"

Er lachte. „Wie wäre es mit etwas zu essen?"

„Lieber nicht." Sie legte sich wieder zurück.

„Weißt du, wenn du Scherze machen kannst, dann kannst du auch lächeln." Gray setzte sich auf die Kante des Sofas und sah sie an. Er strich ihr eine Haarsträhne von den Augen.

Wie lange hatte sie schon über nichts lächeln können? Seit Monaten hatte sie keine Hoffnung mehr für ihre Zukunft, abgesehen von einer

Flucht aus Granger Junction mit ihrem Baby. Dieser Gedanke, so traurig er auch war, hatte sie vorangetrieben, aber er brachte sie nicht zum Lächeln.

Gray streichelte ihr Haar. „Ich weiß, dass es hart war, Liebling, aber es war auch hart für mich."

Wenn er wüsste, wie hart das Leben für sie gewesen war, dann wäre er genauso sadistisch wie sein Vater. Julie Ann wollte nicht glauben, dass Gray über all das Böse Bescheid wusste, das sie hatte ertragen müssen, aber es war auch schwer, das Gegenteil zu glauben. Er war der Sohn des Mannes, der sie gequält hatte. Er war außerdem in diesem Haus aufgewachsen. Wie konnte er da nicht wissen, wozu sein Vater fähig war?

Sie stellte ihn auf die Probe. „Wenn du weißt, wie hart es war, Gray, wie kannst du dann vorschlagen, ich sollte weiterhin bei deinen Eltern leben?"

„Das ist jetzt nicht der beste Zeitpunkt, um darüber zu sprechen. Lass es uns für ein paar Tage locker angehen, bevor wir Pläne machen."

Julie Ann schloss die Augen und versuchte, Gray auszuschließen. Sie fühlte, wie er aufstand und wegging, und bald darauf schlief sie ein. Als sie erwachte, stand ein schlichtes Essen, Käse und Obst, vor ihr auf dem Tisch. Gray war nirgendwo zu sehen.

Sie zwang sich dazu, ein paar Stückchen Käse und eine Hand voll Weintrauben zu essen. Ganz gleich, wie sie sich fühlte, sie musste ein Kind ernähren. Als Gray nicht wieder auftauchte, ging sie durch das Haus und suchte ihn. Endlich entdeckte sie ihn vom Schlafzimmerfenster aus. Er war unten am Strand und saß im Sand.

Was dachte Gray? Dachte er wirklich an eine Scheidung nach der Geburt des Kindes? Dann hätte er seine Verantwortung für sie und das Baby erfüllt. Sobald das Baby geboren war, konnte er sie abfinden und das Kind selbst großziehen. Aber sie würde es nicht zulassen. Sie liebte das Kind in ihr mit einer Leidenschaft, die sie bisher nur für den Vater dieses Kindes aufbewahrt hatte. Wenn sie Gray nicht haben konnte, wollte sie sein Baby haben. Sie würde schon eine Möglichkeit finden, dem Kind alles zu geben, was es brauchte, vor allem aber die Liebe, die sie in sich hatte und die sonst niemand haben wollte. Bis dahin musste sie noch zwei Monate überstehen.

Lustlos bürstete sie ihr Haar und bemerkte, dass Gray ihren Koffer sorgfältig ausgepackt und ihre Sachen in die Fächer der Kommode gelegt hatte. Wieso bemühte er sich dermaßen, für sie zu sorgen? Wollte er damit den Schlag mildern, der ihr bevorstand?

Sie zog ein neues Umstandskleid an, das Grays Mutter ihr gekauft hatte. Julie Ann vermutete, dass dies Mrs Sheridans Art war, sich für das Verhalten ihres Mannes zu entschuldigen. Es hatte ihr zwar nicht geholfen, aber es war nett, dass sie heute Abend etwas Ansprechendes tragen konnte.

„Du siehst aber hübsch aus." Gray stand auf, als er sie am Strand auf sich zukommen sah.

Julie Ann versuchte zu lächeln. Sie hatte fast vergessen, wie es ging. „Danke. Tut mir leid, dass ich eingeschlafen bin."

„Deshalb sind wir doch hier. Wir brauchen beide Ruhe." Er streckte ihr die Hand entgegen. „Fühlst du dich für einen Spaziergang stark genug?"

Sie schob ihre Hand in die seine und zwang sich, daran zu denken, dass es nichts zu bedeuten hatte. „Für einen kurzen."

Sie gingen zeitig zu Bett, und Gray hielt die Arme um sie geschlungen, während er schlief, genau wie in ihrer Hochzeitsnacht. Julie Ann lag steif in seinen Armen und wollte die liebevolle Geste als nichts anderes sehen als eine List, aber sie konnte auch nicht von ihm abrücken. Er hatte sie an diesem Abend nicht geliebt, aber er hatte ihren Rücken massiert und ihren angeschwollenen Bauch gestreichelt und sich über die antwortenden Tritte ihres Kindes gefreut. Wäre sie nicht monatelang immer wieder daran erinnert worden, dass Gray sie nur geheiratet hatte, weil er musste, hätte sie sich sogar davon überzeugen lassen, dass sie ihm etwas bedeutete.

Sie erwachte am nächsten Morgen von dem Geruch von gebratenem Speck und dem Gefühl, als würde etwas auf ihren Unterleib drücken. Als sie die Augen in stummem Schmerz öffnete, stand Gray in der Tür, einen Holzspachtel in der Hand. „Ein Ei oder zwei, Liebling?"

Das liebevolle Kosewort war zu viel für sie. Sie hatte die Brutalität seines Vaters überlebt und Grays offensichtliche Gleichgültigkeit dieser Brutalität gegenüber, aber sie würde Grays Freundlichkeit nicht überleben können. Der Traum von einem Glück mit ihm lockte, und wenn sie die Hand danach ausstreckte und ihr dieser Traum erneut entzogen wurde, würde sie verrückt werden. Sie war jetzt schon nahe daran, verrückt zu werden. „Hör auf, mir etwas vorzumachen!" Sie schleuderte die Bettdecke beiseite, schwang die Beine über die Bettkante und zuckte zusammen.

„Wovon sprichst du?"

„Hör auf, mir vorzumachen, ich würde dir etwas bedeuten! Ich weiß, dass das nicht stimmt! Ich habe dir nie etwas bedeutet."

Sein Zorn flammte genauso schnell auf wie der ihre. Er schleuderte den Spachtel zu Boden, kam zu ihr und zog sie am Arm aus dem Bett. „Wovon, zum Teufel, sprichst du?"

Sie sah ihn an und vergaß für einen Moment den Schmerz, so als würde tief in ihrem Körper etwas zusammengepresst werden. „Ich schaffe die nächsten Monate, wenn du bloß aufhörst, den liebenden Ehemann zu spielen. Ich kenne die Wahrheit, und ich kann damit leben."

„Bist du verrückt geworden?"

„Nur beinahe!" Sie versuchte ihm ihren Arm zu entreißen, aber sein Griff verstärkte sich.

„Du willst, dass ich dich schlecht behandle, Julie Ann? Habe ich das richtig verstanden?"

„Ich will, dass du mich allein lässt! Das hast du doch in den letzten Monaten so großartig getan. Erinnere dich daran, wie du das gemacht hast, und dann mach weiter so!"

Seine Finger drückten noch fester zu, bis sie vor Schmerz protestieren wollte, dann ließ er die Hand sinken. „Na schön", sagte er, seine Stimme zitterte dabei. „Ich lasse dich allein. Sieh zu, wie es dir gefällt. Wenn du es magst, können wir daraus vielleicht eine dauernde Einrichtung machen." Er drehte sich auf dem Absatz um und verließ den Raum. Sie stand bewegungslos da, bis sie den Motor seines Autos hörte. Als sie das Wohnzimmerfenster erreichte, war er schon weg.

Sie brach auf dem Sofa zusammen. Tränen strömten über ihre Wangen. Sie war froh, dass er weg war, und doch fühlte sie eine quälende Einsamkeit. Was hatte sie getan? Wenn sie sich nun irrte und Gray wirklich versucht hatte, ihre Ehe in Ordnung zu bringen … Wenn sie nun von Richter Sheridan alle guten Gefühle zwischen ihnen vergiften ließ …

Sie rief sich in Erinnerung, dass Gray sie bei seinen Eltern zurückgelassen und nicht auf ihr Flehen gehört hatte. Und hatten seine letzten Worte nicht genau das ausgedrückt, was er erwartet hatte? Sein Wunsch nach einer Scheidung war bei der ersten Gelegenheit an die Oberfläche gekommen.

Der Druck in ihrem Unterleib setzte erneut ein, strahlte diesmal weiter aus und schickte Schmerz an ihrer Wirbelsäule hoch und zwischen ihre Beine. Sie blieb flach liegen, bis es nachließ. Im Lauf ihrer Schwangerschaft hatte sie sich an Schmerzen gewöhnt, und obwohl dies hier anders war, machte sie sich keine Gedanken, weil sie zu sehr mit ihrer Auseinandersetzung mit Gray beschäftigt war. Sie weinte, bis sie keine Tränen mehr hatte, und ging dann unter die Dusche.

Als sie wieder herauskam, verdunkelte sich der Himmel. Schwarze Wolken trieben heran und verdeckten die Sonne. Sie versuchte die Wolken genau wie die Krämpfe zu ignorieren, die in unregelmäßigen Intervallen zu kommen schienen, aber die Wolken gingen genauso wenig weg wie die Krämpfe.

Um die Mittagszeit konnte sie nicht mehr so tun, als wäre nichts. Regen zeichnete spinnenartige Muster auf die großen Fenster, die auf Granger Inlet hinauszeigten. Julie Ann hatte begonnen, die Zeit zwischen den Krämpfen zu messen, obwohl ihr das Ergebnis nichts sagte. Sie hatte noch zwei Monate bis zu der Geburt, Zeit genug, um mehr über die Vorgänge bei einer Geburt zu erfahren, und sie hatte dem sie einschüchternden Arzt nur wenige Fragen gestellt.

Ein Donnerschlag jagte sie in das hintere Schlafzimmer, wo sie die Vorhänge schloss, sich auf das Bett legte und den bitteren Geschmack der Angst schluckte. Der Sturm und der Schmerz würden bald vorbei sein. Gray würde zurückkommen, und sie würde in Sicherheit sein.

Das heftige nächste Donnern fiel mit einem Schmerz zusammen, der sie fast entzweiriss. Sie schrie auf und hatte solche Angst, dass sie kaum Luft bekam. Irgendetwas Schreckliches ging vor sich. Sie konnte nicht länger so tun, als gehörte dies zu dem natürlichen Ablauf ihrer Schwangerschaft. Das war kein Symptom, das sie ihrem Arzt bei ihrem nächsten Besuch schildern konnte. Das Kind kam, und wenn sie jetzt keine Hilfe fand, musste sie es allein zur Welt bringen. Unter großen Schwierigkeiten schaffte sie es ins Wohnzimmer, wo sie auf das Telefon starrte.

Ihr fiel kein einziger Mensch ein, den es kümmern würde, ob sie lebte oder starb. Sie war völlig allein, konnte niemanden anrufen, und doch musste sie jemanden verständigen. Diesmal würde sie es nicht allein schaffen.

Julie Ann blätterte in dem Telefonbuch auf der Suche nach dem nächstgelegenen Krankenhaus, als ein Blitz in der Nähe einschlug. Die Lichter gingen aus und wieder an, aber als sie endlich die Nummer fand, schluchzte sie bereits haltlos.

Als sie den Hörer abhob, kam kein Wählton. In dem Krampf der nächsten Wehe starrte sie ungläubig auf das Telefon. Ihre einzige Verbindung zu der Welt außerhalb von Granger Inlet war unterbrochen.

Zwischen Schmerz und Angst schwankend, konnte sie kaum atmen. Sie taumelte zurück ins Schlafzimmer, ließ sich auf das Bett sinken und starrte blicklos zur Zimmerdecke. Das Gewitter war direkt über ihr. Bestimmt würde es vorbeiziehen. Bestimmt würde das Telefon bald repariert werden. Bestimmt würde Gray zurückkommen, wenn er erkannte, welche Angst sie haben musste.

Bei jeder Wehe grub sie die Fingernägel in die Matratze. Sie hatte aufgehört, die Zeitabstände zu messen, aber die Wehen kamen jetzt in geringeren Abständen, genau wie die Donnerschläge, die das Haus erzittern ließen. Bei der nächsten Wehe fühlte sie warme Flüssigkeit über ihr Bein fließen, und als es vorbei war, schaltete sie die Nachttischlampe ein und sah den Blutfleck auf dem Laken unter ihr.

Außer sich vor Angst schob sie sich wieder aus dem Bett, um das Telefon noch einmal auszuprobieren. Die Leitung war noch immer tot, aber vom Wohnzimmer aus sah sie, dass das Gewitter sich gelegt hatte. Zwar hingen noch immer dunkle Wolken am Horizont, doch der Himmel über dem Strandhaus war heller, und der Regen ließ nach.

Sie hatte nicht viel Auswahl. Sie konnte im Haus bleiben und beten, dass Gray zurückkam, oder sie konnte sich in das Gewitter hinauswagen, sich die fünfhundert Meter zum nächsten Nachbarn durchschlagen und ihn um Hilfe bitten. Letztlich überwog die Sorge um ihr Kind ihr Entsetzen.

Sie hing sich einen dünnen Plastikumhang um und trat auf die Veranda hinaus. Die Stufen waren glatt vom Regen. Julie Ann hielt sich an dem Geländer fest, während sie sich hinuntertastete. Auf der halben Treppe wurde sie von der nächsten Wehe überfallen. Sie setzte sich auf die Stufe, und der Regen lief an ihrem Nacken hinunter und durchweichte ihre Bluse, während sie wartete, dass der Schmerz nachließ. Wimmernd stemmte sie sich hoch, noch bevor er ganz verschwunden war, und stieg die restlichen Stufen hinunter.

Aus Angst, nahe am Wasser zu gehen, wählte sie den längeren Weg landeinwärts. Sie stolperte den Pfad entlang, der sich durch dichtes Oleander- und Zwergpalmen-Gestrüpp wand. Der Horizont glitzerte von zuckenden Blitzen, und Julie Ann schlug die Hände vor das Gesicht, wenn Donner um sie herum die Luft erzittern ließ. Sie stolperte über eine Wurzel und fiel mit einem Knie in eine Pfütze, zwang sich wieder auf die Beine und taumelte weiter, obwohl sie von der nächsten Wehe gepackt wurde.

Es kam ihr so vor, als wäre sie schon stundenlang gegangen, als das Sommerhaus in Sicht kam. Kein Wagen parkte davor, drinnen brannte kein Licht. Sie hatte um die Möglichkeit gewusst, dass das Haus noch nicht für den Sommer bewohnt wurde, aber die Erkenntnis, dass es so war, war unerträglich. Schluchzend schaffte sie es den Weg hinauf und hämmerte mit letzter Kraft gegen die Tür.

Es war niemand zu Hause.

Das nächste Sommerhaus war genauso weit entfernt und genauso leer. Julie Ann brach auf der Veranda zusammen, wenigstens vor dem Regen geschützt. Der Schmerz war jetzt genauso ein Teil von ihr wie Arme und Beine. Er beherrschte sie vollständig und ließ keinen Raum mehr für Gedanken. Ein Urinstinkt sagte ihr, dass sie die Geburt nicht länger hinausschieben konnte. Mit zitternden Händen zog sie den Regenumhang und ihre blutgetränkte Hose aus und legte beides unter sich. Blitze erleuchteten die Stelle, an der sie lag, und der Regen, der vom Wind durch das Blätterdickicht geblasen wurde, kühlte ihre fieberheiße Haut.

Sie rang noch einmal nach Luft, als ihr Körper begann, ihr Baby zur Welt zu bringen. Dann begann sie zu schreien …

10. KAPITEL

ch bin zu dir zurückgekommen." Gray presste die Worte erstickt hervor. „Nachdem ich von dem Strandhaus weggefahren war, war ich so wütend darüber, wie du mich behandelt hast, dass ich hinterher, als ich ruhiger wurde, nicht einmal genau wusste, wo ich war. Ich habe dann meinen Weg nach Pass Christian zurückgefunden und bin in einer Bar an der Hauptstraße gelandet. Ich war gerade bei meinem dritten Bier, als ich begriff, dass das Dröhnen in meinen Ohren nicht von der Jukebox kam."

Es war jetzt zehn Jahre später, und Julianna wusste, dass es ihr nichts ausmachen sollte, was Gray an jenem Tag getan hatte oder wohin er gefahren war. Aber es machte ihr etwas aus. Sie hasste sich dafür, aber es war so. Sie lehnte sich gegen das Geländer der *lanai* und ließ die morgendliche Brise die Tränen trocknen, die sich aus ihren Augen stahlen.

„Du bist zu mir zurückgekommen?", flüsterte sie.

„Ich bin zurückgekommen. Hast du dich nie gefragt, wer dich gefunden hat ... dich und das Baby?"

„Natürlich habe ich mich gefragt. Aber ich erinnere mich an so wenig. Ich wurde ohnmächtig, kam zu mir, wurde wieder ohnmächtig. Dann wurde ich wieder wach und hörte ein winziges Wimmern." Sie holte tief Luft. „Ich setzte mich auf und sah das Baby. Und ich sah Blut."

„Schsch, du brauchst nicht weiterzusprechen." Die Worte kamen gepresst tief aus seinem Innersten, und er legte zum Trost seine Hände auf ihre Schultern, obwohl er nicht wusste, zu wessen Trost.

„Wir bringen das zu Ende, und dann sprechen wir nie, nie wieder darüber." Sie versuchte seine Hände abzuschütteln, aber er gab sie nicht frei.

„Du brauchst nicht weiterzusprechen", wiederholte er.

Sie ignorierte ihn. „Das Baby war so winzig ... Ich wollte nach dem Winzling greifen, aber ich wurde wieder ohnmächtig. Aber ich sah die Augen. Sie waren blau." Sie konnte nicht zu Ende sprechen.

„Ich fand dich kurz nach Ellies Geburt." Gray schluckte schwer bei diesen Worten.

„Ich habe mir noch lange danach gewünscht, dass mich niemand gefunden hätte."

Er schloss die Augen, während seine Hände ihre Schultern noch fester umfassten. Er wusste, was sie meinte. An jenem Tag wäre sie fast an Blutungen gestorben. Hätte er sie später gefunden, wäre sie nicht mehr am Leben.

„Hilft es dir zu wissen, dass ich dich verstehe?", fragte er. „Denn hinterher wollte ich auch nicht mehr leben."

„Es hilft nicht."

„Dann hilft es vielleicht, wenn wir die Geschichte zu Ende bringen", sagte er. Noch während sie protestierte, versetzten seine nächsten Worte sie beide um zehn Jahre zurück.

Gray schaltete den Motor aus und sprang fast im selben Moment aus dem Wagen. Sobald er begriffen hatte, dass er Donner hörte, war er aus der Bar gerannt und in seinen Wagen gesprungen.

Jetzt jagte er die Stufen zu dem Strandhaus hinauf. „Julie Ann!" Er lief durch das Haus. Im Schlafzimmer brannte die Lampe neben dem Bett und die Decke war zurückgeschlagen.

Dann sah er das Blut.

„Julie Ann!" Keine Antwort. Sie war nirgendwo im Haus. Er lief zum Telefon, um zu sehen, ob sie auf dem daneben liegenden Notizblock eine Nachricht hinterlassen habe. Er fand das Telefonbuch, aufgeschlagen auf der Seite mit den Notrufnummern. Er hob ab, um die Polizei anzurufen, und hörte keinen Ton.

Panik überkam ihn. Wann war die Leitung zusammengebrochen? Nachdem Julie Ann fort war? Vorher?

Er wusste, dass er etwas tun musste. Es war nicht ungewöhnlich in dieser Gegend, dass ein Telefon ausfiel, während die anderen weiter funktionierten. Er raste die Stufen hinunter und sprang in seinen Wagen. Beim nächsten Nachbarn fuhr er in die Einfahrt und ließ den Motor laufen. Sein Klopfen war vergeblich, und Sekunden später war er wieder in seinem Wagen und raste zum nächsten Haus.

Dichte Büsche schirmten die breite Veranda vor dem Haus ab, und zuerst bemerkte Gray nichts Ungewöhnliches. Erst als er die oberste Stufe erreichte, sah er Julie Ann und das Baby.

„Ich habe die Nabelschnur durchgeschnitten", berichtete er Julianna mit monotoner Stimme. „Ich wusste nicht, was ich sonst tun sollte. Ellie lebte noch, obwohl ich es zuerst gar nicht glauben konnte. Ich zog meine Jacke und mein Hemd aus und wickelte sie darin ein, weil es trocken war. Nachdem ich Ellie in den Wagen getragen hatte, holte ich dich. Ich wusste, dass ich euch beide verliere, wenn ich dich nicht sofort ins Krankenhaus bringe." Er stockte, als er sich an den Albtraum von Straßen erinnerte, die nirgendwohin zu führen schienen, an Kurven, die ihn nicht dorthin brachten, wohin er wollte. In Wirklichkeit hatte er es in Rekordzeit zu dem Krankenhaus geschafft, aber sogar jetzt erschien es ihm noch so, als hätte er Stunden gebraucht.

„Du hast sie in deinen Armen gehalten." Juliannas Stimme brach. „Du hast sie wirklich in deinen Armen gehalten!"

„Sie war so klein. Sie hat die Augen nicht geöffnet, aber sie war so schön."

Julianna schluchzte leise. „Sie haben mir nicht einmal erlaubt, sie zu berühren. Ich habe sie angefleht. Nur ein Mal! Aber sie haben es nicht erlaubt."

„Sie hatten Angst um dich. Du wärst fast gestorben."

Sie erinnerte sich daran, in dem Krankenhaus erwacht zu sein, Schläuche und Nadeln an ihrem Körper befestigt, als wäre sie kein menschliches Wesen mehr. Sie war allein in dem Zimmer gewesen, abgesehen von einer Maschine, die neben ihr in gleichmäßigem Rhythmus piepte. Sie hatte schreien wollen und es nicht gekonnt, weil in ihrem Hals und die Kehle hinunter ein Schlauch steckte.

Später war eine Schwester mit ernstem Gesicht gekommen und hatte gesehen, dass ihre Augen offen waren. Sie war verschwunden und Minuten später mit einem Arzt zurückgekehrt, und auch er hatte ein ernstes Gesicht gemacht. Julie Ann war zwischen Wachen und Bewusstlosigkeit dahingetrieben, ohne richtig zu begreifen, wo sie war, ohne ein vertrautes Gesicht zu sehen.

„Du hast mich nicht besucht." Sie schluchzte noch immer. „Niemand hat mich besucht. Ich lag da und wusste nicht, ob ich überhaupt lebe."

„Sie haben mich nicht zu dir gelassen." Grays Hände spannten sich krampfhaft an ihre Schultern. „Du warst dem Tod so nahe. Und sie haben mich auch nicht mehr zu Ellie gelassen, nachdem sie sie mir weggenommen hatten. Sie sagten, das sei so am besten, weil sie wahrscheinlich nicht überleben werde. Ich bin nur bis an die Schwingtüren zu der Intensivstation herangekommen. Eine Woche habe ich dort Tag und Nacht zugebracht."

Wieder durchbrach ein Schluchzen ihre starre Selbstkontrolle. „Ich dachte, du wärst zurück nach Granger Junction gefahren. Als sie mich endlich von allen diesen Maschinen losmachten, hatte ich Angst, nach dir zu fragen. Ich habe immer wieder gefleht, dass sie mir etwas über Ellie sagen, aber sie haben es nicht getan."

„Und dann, als sie mich endlich zu dir ließen, musste ich es dir sagen."

„Und dann hast du dich so kalt gegeben."

Er schauderte. „Nicht kalt, verdammt ... schuldbewusst! Hast du eine Ahnung, wie ich mich fühlte, als sie mir sagten, dass sie es nicht geschafft hatte? Ich wusste, dass ich unsere Tochter getötet hatte. Und ich hätte dich beinahe auch getötet! Hätte ich auch nur die Spur einer Emotion gezeigt, wäre ich vor deinen Augen zusammengebrochen, und ich war sicher, dass dich das endgültig umgebracht hätte. Ich dachte, ich müsste stark sein!"

„Ich hätte deine Arme um mich fühlen müssen."

„Ich hatte Angst, dich zu berühren."

Julianna schluchzte jetzt unkontrolliert. Gray wusste, dass es zu spät war, sie zu trösten. Fehler der Vergangenheit ließen sich nicht mehr beheben. Aber obwohl er sich sagte, er solle es erst gar nicht versuchen, drehte er sie zu sich herum, schlang die Arme um sie und zog sie fest an sich. Sie wehrte sich nicht. Er bezweifelte allerdings, dass sie überhaupt wusste, was er tat.

„Ich fühlte mich so unsauber." Er verstärkte die Umarmung und streichelte zögernd über ihr seidiges Haar. „Ich konnte dich nicht berühren, weil ich dich dann auch beschmutzt hätte."

„Du hast sie nicht getötet. Ich war das!"

„Wie kannst du das sagen?" Er schob die Finger in ihr Haar und zog behutsam, bis sie ihm das Gesicht zuwandte. In dem schwachen Schein der Morgendämmerung sah er die Qual in ihren Augen.

„Ich hätte dich nicht wegjagen dürfen. Ich hätte einfach wissen müssen, dass ich Wehen bekommen könnte."

„Du hattest keine Schuld. Überhaupt keine! Sag mir bitte nicht, dass du das all die Jahre über geglaubt hast!"

Ihr unausgesprochener Schmerz war Antwort genug.

Gray lockerte seinen Griff in ihrem Haar, und sie barg das Gesicht wieder an seiner Brust. Seine Arme umschlossen sie in einer Umarmung, die er nicht früher lösen wollte, bevor sie die Wahrheit verstand. Er drückte die Wange gegen ihr Haar. „Keiner von uns hat sie getötet", flüsterte er. „Sie hätte nicht einmal überlebt, wäre sie zum richtigen Termin in einem Krankenhaus zur Welt gekommen. Sie lebte überhaupt nur so lange, weil sie ein kleiner Kämpfer war. Wie ihre Mutter."

Julianna versuchte sich loszureißen, um ihm zu widersprechen, aber er hielt sie fest. „Was sagst du da? Was meinst du damit?"

Er strich mit bebenden Fingern über ihr Haar. „Sie ist nicht durch die Umstände ihrer Geburt gestorben. Eine ihrer Herzkammern war nicht entwickelt. Die Ärzte sagten, sie hätte nicht einmal mit einer Operation ihren ersten Geburtstag erlebt."

„Nein!" Ihr Aufschrei zerschnitt die morgendliche Stille. „Du lügst!"

„Warum sollte ich lügen?" Gray ließ sie nur Zentimeter zurückweichen. „Ich versuche nicht, mich von Schuld freizusprechen, Julianna. Ich werde mir nie verzeihen, was geschehen ist. Aber du verdienst die Wahrheit."

„Warum hast du mir das damals nicht gesagt? Warum hat mir das niemand gesagt?"

„Du hast die Stadt am Tag ihres Begräbnisses verlassen. Die Ärzte hatten es vermutet, aber die endgültigen Resultate der …", er drängte seinen Schmerz zurück, „… der Autopsie kamen erst später."

Sie starrte ihn wie ein verletztes Tier an, das darum flehte, von seinen Leiden erlöst zu werden. „Nein", wimmerte sie. „Nein!"

Er zwang sich zum Weitersprechen. „Du warst fort, und es gab keine Möglichkeit, dir irgendetwas zu sagen – nicht, dass ich dich liebte, nicht, dass ich von den Misshandlungen durch meinen Vater erfahren hatte, nicht, dass unserem Kind durch seinen Tod monatelanges Leiden erspart worden war. Die Worte waren Asche in meiner Kehle."

Julianna wollte sich die Ohren zuhalten, aber Gray hielt ihre Arme an ihren Seiten fest. „Ich habe dich gehasst!", stieß sie hervor. „Am Tag von Ellies Begräbnis hast du mich nach Granger Junction zurückgebracht, aber du hast mich nicht hingehen lassen! Sie haben mein Baby ohne mich begraben!"

Er flehte um ihr Verständnis. „Der Arzt sagte, du könntest nicht teilnehmen. Deine Gesundheit war so zerbrechlich. Er wollte dich noch im Krankenhaus behalten, aber du hast gedroht, es zu verlassen. Also hat er mir erlaubt, dich nach Hause zu nehmen. Ich hatte jedoch die strikte Anweisung, dafür zu sorgen, dass du bis zum Ende des Monats im Bett bleibst."

„Und während du bei dem Begräbnis warst, bin ich aufgestanden, habe die Halskette abgenommen, die ich von dir hatte, und habe Granger Junction verlassen." Sie warf den Kopf zurück. „Und ich habe keinen einzigen Blick zurückgeworfen."

„Lügnerin", sagte er sanft. „Du hast seither jeden Tag einen Blick zurückgeworfen. Jedes Mal, wenn du ein Kind siehst, das so alt ist, wie Ellie jetzt wäre, jedes Mal, wenn du Donner hörst, jedes Mal, wenn du eine schwangere Frau siehst, jedes Mal, wenn du die Augen schließt und einzuschlafen versuchst."

Das Feuer in ihren Augen verwandelte sich in Schock. „Woher weißt du das?"

„Weil ich auch zurückblicke. Ich blicke zurück, und ich frage mich, was wäre gewesen, wenn? Was wäre gewesen, wenn ich dich zu dem

Begräbnis hätte gehen lassen? Wenn ich deine Hand gehalten und mit dir geweint hätte, so wie ich es gewollt hatte? Wenn ich dich an dem Tag des Gewitters nicht allein gelassen hätte?"

Er fügte nicht hinzu, dass er manchmal den kleinen Saphiranhänger, den sie abgelegt hatte, in der Hand hielt und hoffte, er könne ihm auf magische Weise eine Antwort auf alle seine Fragen geben. Er war das Einzige, was von Julie Ann übrig geblieben war.

Es war jetzt hell genug, dass Julianna Gray deutlich sehen konnte. Tränen verschleierten seine Augen. „Du blickst zurück?" Sie hob die Hand und berührte zögernd seine von einer Träne feuchten Wange. „Oh Gray, du blickst wirklich zurück?"

Er legte die Finger über ihre Hand. „Nachdem ich meine Tochter begraben hatte, ging ich nach Hause, und ihre Mutter war verschwunden. Seit damals haben mich die Fragen manchmal fast zum Wahnsinn getrieben."

Julianna wusste, dass er nicht log. „All diese Jahre …", flüsterte sie und konnte nicht weitersprechen. Ihre Erkenntnis war so zerbrechlich, dass sie befürchtete, alles wäre gar nicht wahr, wenn sie es aussprach.

„All diese Jahre hast du geglaubt, du würdest als Einzige leiden", beendete er den Satz für sie.

Sie nickte. Was immer er auch seit ihrem Wiedersehen gesagt hatte, sie hatte nicht wirklich geglaubt, dass seine Gefühle so tief gingen.

„Auch andere haben gelitten. Meine Mutter war nicht mehr sie selbst seit Ellies Tod. Sie machte sich Vorwürfe, weil sie zuließ, dass mein Vater dich so behandelte."

„Ich glaube, sie hatte vor seiner Grausamkeit genauso viel Angst wie ich."

„Als Ellie starb, haben alle auf der Säuglingsstation geweint." Er drückte ihre Hand. „Sie sagten, sie hätten noch nie ein Baby gesehen, das so verzweifelt leben wollte."

Julianna schluchzte, und Gray ließ ihre Hand los und zog Julianna wieder fest an sich. „Ellie hat nur eine kleine Weile gelebt", sagte er, und seine Tränen fielen auf ihr Haar. „Aber es gab Menschen, die sie geliebt haben."

Julianna schlang die Arme um Grays Taille und hielt ihn fest. Bis zu diesem Moment hatte sie nicht verstanden, warum er gekommen war. Jetzt wusste sie es.

Sie versuchte ihm jenen Trost zu geben, nach dem sie sich bei Ellies Tod gesehnt hatte. Ihre Hände glitten an seinem Rücken auf und ab. Ihr Körper presste sich enger an seinen. „Danke, dass du mir das alles erzählt hast", sagte sie mit kaum hörbarer Stimme. „Du weißt nicht, wie viel das für mich bedeutet."

„Ich habe dich zehn Jahre lang gesucht, um es dir zu erzählen." Sie nickte an seiner Brust. Sie glaubte ihm jetzt. Hätte Ellie ihm nichts bedeutet und hätte sie selbst ihm nichts bedeutet, hätte er sich das alles erspart. „Verstehst du, warum ich fortging?"

Seine Arme spannten sich an. „Ja, aber es war ein Fehler. Wir beide haben so viele Fehler gemacht."

Jetzt konnte sie es zugeben. „Ja, wir beide. Ich vor allem." Sie staunte über ihre eigenen Worte. Sie hatte auch Fehler gemacht. All die Jahre über hatte sie die volle Schuld Gray und seinem Vater gegeben, aber auch sie hatte Fehler begangen. Es war falsch gewesen zu glauben, Gray würde sich nichts aus ihr machen. Hatte sie sich auch in anderen Dingen geirrt?

„Hattest du vor, dich von mir scheiden zu lassen, Gray?" Sie versuchte sich von ihm zurückzuziehen, aber er hielt sie fest. „Falls alles anders ausgegangen wäre, falls das Baby gesund zur Welt gekommen wäre, hättest du dich scheiden lassen und versucht, die Vormundschaft zu bekommen?"

„Nein! Ich war jung und unreif, aber ich wollte, dass unsere Ehe funktioniert. Ich habe alles getan, was mir überhaupt in den Sinn kam, um ein gemeinsames Leben für uns aufzubauen."

„Nein!", rief sie klagend. Sie wusste, dass er die Wahrheit sagte. Welchen besseren Beweis brauchte sie als die Tatsache, dass er sich in all den Jahren nicht hatte scheiden lassen? Sie hatte zugelassen, dass Richter Sheridans Gift das einzig Gute in ihrem Leben tötete. Sie hatte Grays Vater exakt das gegeben, was er sich gewünscht hatte. „Nein!"

Gray wiegte sie vor und zurück, verstand ihren Schmerz. Es war auch sein Schmerz. „Wir können die Vergangenheit nicht ändern, aber wir können jetzt weitermachen", sagte er endlich und legte die Hände an ihr Gesicht. „Jetzt können wir anfangen zu heilen."

Sie hielt den Atem an bei dem Ausdruck in seinen Augen. Sie sah den jungen Mann, den sie mit ihrer ganzen Seele geliebt hatte. Sie sah seine Verletzbarkeit. Sie sah die Tränen auf seinen Wangen. „Wie?", flüsterte sie.

Er wollte ihr sagen, dass der Schmerz, den sie beide durchlitten hatten, abgeklungen war, weil sie ihn miteinander teilten. Er wollte ihr sagen, dass sie jetzt, nachdem sie erfahren hatte, dass sie nie wirklich allein gewesen war, wieder anfangen konnte zu vertrauen. Stattdessen beugte er sich zu ihr hinunter, als wäre sein Wille von seinen Tränen aufgelöst worden. Er wusste, dass er kein Recht dazu hatte. Er wusste, dass er zerstören würde, was immer er soeben Gutes bewirkt hatte. Dennoch konnte er sich nicht aufhalten.

Julianna schloss die Augen, als Grays Lippen die ihren federleicht berührten. Sie hielt sich steif und zwang sich dazu, nicht zu reagieren. Erneut berührte er mit den Lippen die ihren, ließ sie auf ihrem Mundwinkel verweilen, als wolle er den Kuss nicht beenden.

„Ich möchte dich nur einen Moment festhalten", murmelte er an ihrer Wange. „Lass mich nehmen, was ich vor zehn Jahren gebraucht habe."

„Das ist nicht richtig." Sie versuchte zurückzuweichen, aber sie beide wussten, dass sie es nicht überzeugend genug versuchte. Sie stöhnte, als sein Mund ihre Lippen suchte. Sie spürte den fordernden Druck seiner Lippen, und mit einem weiteren Stöhnen öffnete sie ihre Lippen. Verlangen erwachte in ihr.

Sie war zehn Jahre lang gefühllos gewesen und hatte es nicht einmal gemerkt. Als Empfindungen zurückkehrten, war es wie das Prickeln bei der Rückkehr von Blut in eingeschlafene Glieder. Der Kuss war eine Erinnerung, eine Realität. Als seine Zunge ihre Unterlippe streichelte, kam sie ihm entgegen, und als sich der Kuss vertiefte, vergaß sie ihre Zweifel.

Sie legte die Hände an seine Brust, aber nicht, um ihn von sich zu schieben, ließ sie stattdessen über seine Schultern zu seinem Nacken hinaufgleiten. Ihre Finger stahlen sich in sein weiches Haar, als seine Zunge die ihre suchte. Sie drückte sich eng an ihn und hatte trotzdem das Gefühl, ihm noch nicht nahe genug zu sein.

Er fühlte sich so warm an, und in diesem Moment schien es ihr, als wäre ihr immer kalt gewesen. Sie ließ ihn jene Flammen anfachen, die so lange in ihr ruhig und klein gebrannt hatten. Nur für den Moment erlaubte sie sich den Traum, die letzten zehn Jahre hätten nie existiert.

Sie trennten sich endlich und wichen gleichzeitig zurück.

„Wir sind nicht mehr dieselben, die wir einst waren", sagte sie, um sich selbst genauso daran zu erinnern wie ihn.

Gray fragte sich, wie weit das stimmte. Er war nicht derselbe, aber er hatte sich auch nicht völlig verändert. Er war noch der Mann, der von einer zarten Blume, die mitten im Unrat wuchs, fasziniert gewesen war. Er war noch der Mann, der diese Blume gepflückt und durch seine Sorglosigkeit verwelken und fast hatte sterben lassen. Aber er war auch älter und reifer geworden, ein Mann, der nicht verleugnen konnte, was er fühlte. In dem kurzen Zeitraum, in dem er Julianna in den Armen gehalten hatte, hatte er sich vollständig, komplett gefühlt.

Zum ersten Mal seit zehn Jahren war er ganz vollständig gewesen. Er strich eine Locke von ihrer Wange. „Wir sind mehr, als wir waren", verbesserte er sie. „Mehr, nicht weniger."

„Ich bin viel weniger." Sie suchte nach Worten, um ihm zu sagen, was aus ihr geworden war. „Ich war von Hass, von Wut erfüllt."

„Nur, weil du mich so sehr geliebt hast." Er berührte noch immer ihre Wange. „Nur, weil du so sehr verletzt worden bist. Und ich kenne dich, Julie… Julianna. Du hast alles für dich behalten, weil du niemanden belasten wolltest und weil du Angst hattest, wieder verletzt zu werden."

Sie wunderte sich, wie er so sicher sein konnte. War die verletzbare junge Frau, die sie einst gewesen war, noch immer ein Teil von ihr? Sie blickte in seine Augen, hoffte, Aufrichtigkeit zu sehen. Sie sah, was sie suchte. Gray glaubte noch immer an sie. Nach allem, was gewesen war, glaubte er noch immer an sie.

Dieses Wissen war für sie so wichtig wie alles andere, das in dieser Nacht enthüllt worden war.

Paige trat auf die *lanai* heraus. „Ich dachte, ich hätte Stimmen gehört", sagte sie, während Julianna und Gray sich voneinander trennten. Paiges dunkle Augen verrieten nichts.

„Der Sturm scheint uns zu verschonen", murmelte Gray.

„Ich habe eben eine Durchsage gehört", erwiderte Paige. „Das könnte jetzt die sprichwörtliche Ruhe vor dem Sturm, dem echten Sturm, sein. Wir sind noch nicht in Sicherheit."

„Ich sehe nach Jody." Julianna unternahm keinen Versuch, ihre Hast zu verbergen.

Granger und Paige schwiegen eine Weile, bis sie sagte: „Du hast mir nie erzählt, dass Julianna so schön ist, Granger."

„Als Mädchen bestand sie nur aus Armen und Beinen und Augen."

„Sie ist ganz sicher kein Mädchen mehr."

Er fragte sich, wie viel Paige beobachtet hatte. „Julianna ist keine Bedrohung." Sogar für seine Ohren klang er unsicher.

„Nein?" Paige trat neben ihn. „Wieso fühle ich mich dann bedroht?"

Gray lehnte sich gegen das Geländer. „Sobald ich frei bin, sprechen wir beide über Heirat."

„Um die Gespenster zu verjagen?"

„Wie meinst du das?"

„Mit mir verheiratet zu sein wäre so einfach. Ich könnte dich nie so verletzen, wie sie es getan hat. Ich glaube, man muss jemanden schon sehr, sehr lieben, um so verletzt werden zu können."

„Ich liebe dich, Paige."

„Du magst mich sehr. Das ist ein Unterschied." Bevor er widersprechen konnte, fuhr sie fort: „Wir sind gute Freunde, allerbeste Freunde. Falls wir heiraten, werden wir eine bequeme Ehe haben, weil sie auf Freundschaft beruhen wird. Aber das kann nur funktionieren, wenn wir beide die Wahrheit erkennen."

„Und die wäre?"

„Wenn wir einander heiraten, opfern wir die Möglichkeit, eines Tages mehr zu bekommen. Wenn du mich heiratest, Granger, kannst du nie wieder haben, was du einst mit Julianna hattest. Das zwischen uns wäre gut, aber anders. Ganz anders."

Er betrachtete ihr Gesicht, das wie üblich nichts verriet. „Und wenn du mich heiratest, wirst du aus demselben Grund nie wirkliche Leidenschaft erleben? Ich werde dein Bett, aber nicht dein Herz wärmen?"

„Du wirst beides wärmen, und sogar sehr gut. Aber du wirst beides nicht in Brand stecken, weil es diesen zündenden Funken zwischen uns nie gegeben hat."

„Ich habe bisher keine Klagen von dir gehört."

„Bisher habe ich auch geglaubt, was ich dir anbiete, wäre genug."

Er stützte sich mit beiden Händen auf das Geländer. „Was hat deine Meinung geändert?"

„Ich habe gesehen, wie du Julianna geküsst hast."

Er schämte sich augenblicklich.

„Ich liebe dich", sagte Paige, nachdem sie einander sekundenlang angesehen hatten. „Ich liebe dich zu sehr, um dich unglücklich zu machen, und ich liebe mich zu sehr, um im Schatten einer anderen Frau zu leben. Granger, ich will nicht mehr über eine Heirat sprechen, bevor ich nicht ganz sicher bin, dass du über Julianna hinweg bist. Und im Moment bin ich weit davon entfernt, das zu glauben."

Paiges Worte waren eine Enthüllung. Er war nach Hawaii gekommen, um seine Vergangenheit abzuschließen. Er hatte nicht im Traum an eine Zukunft mit Julianna gedacht. Und jetzt räumte Paige den Weg.

„Die Situation ist für alle stressbeladen." Gray überlegte sich seine Worte genau. „Der Sturm, mein Wiedersehen mit Julianna. Du darfst nichts hineinlesen, was nicht da ist." Er fragte sich, wen er überzeugen wollte.

„Ich sehe, was ich sehe", antwortete sie rätselhaft.

293

„Vielleicht siehst du nur, was du sehen willst. Vielleicht willst du mich gar nicht heiraten."

Sie lächelte, aber ihre Augen spiegelten keinen Humor wider. „Wir wollten beide Frieden und Freundschaft. Ich will das immer noch, aber vielleicht sollten wir beide mehr erwarten."

„Und dann gar nichts finden?"

Sie stellte sich auf die Zehenspitzen, küsste ihn und strich ihm dabei die Haare aus der Stirn. „Vielleicht, Granger. Oder vielleicht finden wir beide alles … mit jemand anderem."

11. KAPITEL

Julianna duschte. Sie war so aufgewühlt, dass sogar das über ihren nackten Körper sprühende Wasser ein Angriff auf ihre zerbrechliche Selbstbeherrschung war, aber die Wärme beruhigte sie allmählich, und als sie sich angezogen hatte und das Schlafzimmer betrat, konnte sie Jody einigermaßen unbefangen begrüßen.

„Ist der Hurrikan vorbei?", fragte Jody. „Kann meine Mommy heute kommen und mich holen?"

„Mal sehen, ob das Telefon wieder funktioniert", erwiderte Julianna. „Dann können wir uns erkundigen."

Von dem Anschluss im Schlafzimmer aus erreichten sie den Airport, aber wie Julianna befürchtet hatte, gab es keine Flüge, solange Eve sich nicht entschieden hatte.

„Kopf hoch", sagte Julianna zu dem Mädchen. „Du bist in Sicherheit. Deine Mommy ist in Sicherheit."

„Und du gehst heute weg?"

Jody brauchte sie. Julianna konnte sie nicht im Stich lassen. „Ich bleibe, bis deine Mommy kommt."

Wenig später betraten sie die Küche, um Frühstück zu machen. Julianna wusste, dass sie wieder mit Gray zusammentreffen musste, war aber froh, dass sie jetzt noch Zeit hatte, sich zu fassen.

„Cornflakes? Toast?", fragte sie Jody.

„Pfannkuchen", erwiderte das Mädchen genüsslich. „Ich weiß, wie man die macht. Willst du helfen?"

„Wenn ich auch helfe, bekomme ich dann etwas ab?", fragte eine männliche Stimme.

Julianna drehte sich zu Gray in der Tür um. Erschöpfung von ihrer Aussprache zeichnete sein Gesicht. „Wie willst du denn helfen?", fragte sie. „Kannst du kochen?"

„Hast du vergessen, wie ich für uns Frühstück gemacht habe?"

Julianna hatte nichts vergessen. Sie konnte wahrscheinlich sogar trotz der verstrichenen Jahre noch die genauen Tage angeben, an denen er etwas für sie gekocht hatte. „Ich erinnere mich, dass du Speck braten konntest. Warum fängst du nicht damit an?"

„Ist Kaffee da?"

„Stark und schwarz."

Er nickte und holte den Speck aus dem Kühlschrank. „Ich trinke meinen Kaffee noch immer stark und schwarz und brate den Schinkenspeck, bis er knusprig ist. Manche Dinge ändern sich nicht."

Sie lächelte. „Du hast dich offenbar in diesen Dingen nicht verändert. Du bist noch immer so beharrlich wie früher. Ich wette, du bist Dynamit im Gerichtssaal."

Gray sah zu, wie Julianna mit Jody arbeitete. „Ich bin kein Anwalt", sagte er, während Jody Eier aufschlug.

Julianna sah ihn mit großen Augen an. „Du machst Scherze!"

„Ich bin Architekt. Ich spezialisiere mich auf das Restaurieren historischer Gebäude. Es ist nicht sehr lukrativ, aber ich mag meine Arbeit."

Sie konnte sich die nächste Frage nicht verkneifen. „Was hat dein Vater gesagt, als er es erfuhr?"

„Ich war nicht da, also weiß ich es nicht." Er legte den Speck in die Pfanne. „Ich habe Granger Junction bald nach dir verlassen und meinen Vater erst kurz vor seinem Tod wiedergesehen."

„Was kommt jetzt dran?", fragte Jody und klopfte mit einem Löffel gegen die Schüssel. Trotz ihres Vertrauens in ihre Fähigkeiten hatte sie offenbar keine Ahnung, was sie tun sollte.

Julianna war froh, für einen Moment abgelenkt zu sein. „Lebt deine Mutter noch?", fragte sie Gray nach einer Weile.

„Sie arbeitet Vollzeit für das Junction-Krankenhaus in der Spendenbeschaffung. Jetzt wollen sie einen neuen Flügel anbauen. Das Projekt liegt ihr sehr am Herzen." Gray blickte auf und hielt Juliannas Blick fest. „Sie hat das Strandhaus und das ganze Land auf Granger Inlet verkauft und das Geld dem Krankenhaus gespendet. Der Flügel wird nach Ellie benannt werden."

Julianna blickte nicht weg. „Sagst du ihr meinen Dank?"

„Sie wird sich sehr darüber freuen."

Julianna nickte und blickte auf ihre Hände hinunter. „Wirst du mich verständigen, wenn die Einweihung ist?"

„Du wirst eine Einladung bekommen."

Gestern noch hätte sie ihm gesagt, dass sie unter keinen Umständen jemals wieder nach Granger Junction zurückkehren würde. Heute wären die gleichen Worte nicht mehr wahr gewesen. Sie würde zurückkehren und dabei sein, wenn ihre Tochter geehrt wurde. Zum ersten Mal würde sie Blumen auf Ellies Grab legen. Und vielleicht würde sie endlich ihren Hass gegen die kleine Stadt in Mississippi hinter sich lassen.

„Das sieht aber nicht richtig aus", sagte Jody stirnrunzelnd.

Julianna spähte ihr über die Schulter und erkannte, dass sie die trockenen Zutaten vergessen hatten. Sie holte Messbecher und Löffel und erklärte Jody den Gebrauch. Als sie aufblickte, merkte sie, dass Gray sie noch immer betrachtete.

„Du siehst mit deinen Haaren wie zehn aus."

Sie brauchte einen Moment, um zu begreifen, dass er die Zöpfe meinte, die Jody ihr vorhin zum Zeitvertreib geflochten hatte. „Ich fühle mich beleidigt. Älter als Jody?"

Gray schob das Gummiband von dem einen Zopf und kämmte mit seinen Fingern durch ihre Haare, bis sie sich gelöst hatten. Dann begann er mit dem zweiten Zopf. Julianna stand in stummer Überraschung da, bis er fertig war. Seine Hände waren so sanft, seine Augen so warm, ihre Körper so nahe.

„Als ich dich in dem Flugzeug sah, habe ich dich für eine Hawaiianerin gehalten." Seine Finger waren mit ihren langen Haaren verwoben. „Ich sah nur diese herrlichen Haare, dann die Kleider und die Muschelketten. Und zuletzt sah ich dein Gesicht."

„Hattest du erwartet, ich würde nach zehn Jahren noch immer so aussehen wie damals?"

Er lächelte. „Ja, aber ich weiß nicht, warum. Ich sehe jedenfalls nicht mehr so aus."

Sie betrachtete sein klares, starkes Gesicht. „Du hast dich verändert, aber ich mag diese Veränderungen. Du bist ein Mann geworden, der weiß, was er will, und es sich auch nimmt."

Sie hatte bis zu einem gewissen Grad recht, obwohl er im Moment gerade auf einem Gebiet nicht wusste, was er wollte. Er trat einen Schritt zurück, um sein Werk zu betrachten. „Was ist aus deiner Brille geworden?"

„Ich trage Kontaktlinsen. Ohne sie sehe ich gar nichts."

Sein Blick wanderte über den Rest von ihr. „Ich werde nicht nach allem anderen fragen."

Sie lachte, und es klang überraschend warm und heiser. „Ich schätze, ich war ein Spätzünder."

„Es hat sich gelohnt, darauf zu warten."

„Fertig." Jody hielt Julianna und Gray die Schüssel mit dem Teig hin. „Können wir sie denn jetzt backen?"

„Was ist das denn für ein Frühstück?" Dillon lehnte im Türrahmen, und seinen intelligenten grünen Augen schien nichts zu entgehen.

„Pfannkuchen." Jody kippte die Schüssel, damit er es sehen konnte. Er verzog das Gesicht. „Yankee-Fressalien."

Julianna war froh über Dillons Auftauchen. „Kein Steak und keine Eier, mein Junge. Nur das Beste, was der fünfzigste Staat anzubieten hat."

„Wie ist es mit einer Tasse Tee für einen heimwehkranken Mann?"

Sie deutete lachend auf den Teekessel. „Ich habe Teebeutel im Schrank gesehen. Aber jetzt ist vielleicht die letzte Chance auf eine Tasse guten Kaffee vor der Rückkehr in das Land der Opalminen."

„Wart ihr zwei denn jemals in Australien?", fragte Dillon und schob sich zwischen Julianna und Gray.

Julianna war froh, mit Dillon plaudern zu können. Sie und Gray mussten erst ihr inneres Gleichgewicht wiederfinden, und sie vermutete, dass Dillon das merkte.

„Sydney und die Küste von Queensland", erwiderte sie. „Ich habe dort Märkte für meine Designs gesucht. Auf meinen Reisen durch Australien habe ich jedenfalls keinen anständigen Kaffee bekommen."

„Verkaufst du deine Kleider auch in Australien?"

„Bisher läuft das Geschäft noch nicht großartig, aber es wird besser."

Paige stieß zu ihnen, und gemeinsam aßen sie von Jodys Pfannkuchen, bis sie nicht mehr konnten. Sogar Dillon aß seinen Anteil.

„Wir sollten alles lose Herumliegende im Garten einsammeln", schlug Dillon hinterher vor. „Falls der Sturm kommt, fliegen die Sachen uns direkt durch ein Fenster."

Gray nickte. „Willst du helfen, Krabbe?", fragte er Jody.

Julianna sah den dreien nach, als sie abzogen. Dann blickte sie zu Paige. „Ich spüle. Dann habe ich etwas zu tun."

Paige erhob sich ebenfalls. „Ich helfe Ihnen."

Dann stand Julianna in der Küche und kam sich seltsam fehl am Platz vor. Sie war mit dem Mann verheiratet, den die Frau neben ihr heiraten wollte, und doch teilten sie sich in die Hausarbeit.

„Ich weiß, dass Sie und Granger heute Morgen die Möglichkeit hatten, miteinander zu sprechen", sagte Paige unvermittelt.

„Ich nehme an, es war höchste Zeit", erwiderte Julianna vorsichtig. „Jetzt können wir beide aufhören zurückzublicken und mit unserem Leben weitermachen."

„Ich glaube nicht, dass es so einfach sein wird, wie Sie sich das vorstellen." Paige begann abzutrocknen. „Es sind auch noch gute Gefühle da. Keiner von euch beiden konnte in den vergangenen zehn Jahren auch an das Positive denken."

Julianna erkannte, dass Paige gesehen haben musste, wie Gray sie küsste. „Gray wird Sie heiraten", sagte sie ruhig. „Er wird dann nur noch an Sie denken."

„Wissen Sie, was verrückt ist?" Paige zwang sich zu einem Lachen. „Sie klingen genau wie Granger. Ihr beide habt die gleichen schwachen Seiten, und das ist nicht das Einzige, was ihr gemeinsam habt."

„Das ist eine ungewöhnliche Unterhaltung.“

„Das ist eine ungewöhnliche Situation.“ Paige betrachtete Juliannas Profil. „Hören Sie, ich will nicht um den heißen Brei herumschleichen. Es ist ganz einfach. Ich will Granger haben, aber nicht, wenn er mich nicht haben will. Ich habe ihm schon gesagt, dass ich mich für eine Weile zurückziehe. Jetzt sage ich es auch Ihnen, weil er zu sehr Gentleman ist, um es zu glauben. Ich war einmal mit einem Mann verheiratet, der mich nicht wirklich wollte. Ich werde diesen Fehler kein zweites Mal begehen.“

Julianna konnte sich nicht vorstellen, dass irgendein Mann Paige nicht wollte. „Vor langer Zeit habe ich mir an jedem Tag meines Lebens gewünscht, Sie zu sein. Sie waren für das angenehme Leben geboren. Und jetzt wollen Sie mir beibringen, dass es nicht perfekt war?“

Paige lachte ein wenig und berührte Juliannas Arm. „Wissen Sie, was wirklich komisch ist?“, fragte sie. „Vor langer Zeit sagte Granger zu mir, dass, wenn Sie und ich uns jemals begegnen würden, wir wahrscheinlich Freundinnen werden könnten. Ich wünsche, ich könnte Sie hassen, aber ich fürchte, das schaffe ich nicht.“

„Sie geben aber schnell auf.“

„Ich achte darauf, nie mit dem Kopf durch die Wand zu gehen.“

„Ich suche mir immer eine Wand.“

„Genau wie Granger.“

„Vor langer Zeit war ich eine seiner Wände“, sagte Julianna. „Und Sie sehen, was damals passierte.“

„Keiner von euch ist jetzt noch ein Kind.“ Paiges Lächeln war unmöglich zu durchschauen. „Noch bin ich eines. Ich bin bereit, eine Bindung einzugehen, aber nicht mit einem Mann, der eine andere Frau küsst, als wäre er am Verhungern.“

Julianna fühlte ihre Wangen heiß werden. „Es war nicht so, wie es ausgesehen hat.“

„Es war genau so, wie es ausgesehen hat, und sogar noch mehr.“ Paige reichte Julianna das Geschirrtuch, damit sie sich nach der Arbeit die Hände abtrocknen konnte. „Wissen Sie, ich fühle mich einsam, wenn ich an Sie und Granger denke, aber ich werde nicht wütend. Vielleicht sagt das mehr über die Beziehung zwischen Granger und mir als irgendetwas sonst.“

„Warum erzählen Sie mir das?“

„Eve hat mich etwas gelehrt.“

„Eve?“

Paige seufzte, und Julianna erkannte, dass dies das Äußerste an Emotionen war, was Paige während der gesamten Unterhaltung gezeigt hatte. „Manche Leute sagen, dass in allem eine Botschaft liegt."

„Und?"

Paige hielt Juliannas Blick stand, ohne mit der Wimper zu zucken. „Bleiben Sie nicht vor der Küste von Grangers Leben hängen, während Sie zu entscheiden versuchen, was Sie tun sollen", riet Paige. „Wenn Sie ihn wirklich haben wollen, dann machen Sie es schnell und sauber. Ich denke, ich kann damit fertig werden. Nicht fertig werden kann ich allerdings mit dem Warten …"

„Ich will ihn nicht."

Paige ignorierte ihre Worte. „… mit dem Warten oder dem Zusehen oder dem Hoffen. In diesen Dingen war ich nie gut. Andererseits habe ich so viele Stürme überlebt, dass ich weiß, ich werde auch diesen überleben."

„Ich will ihn nicht", wiederholte Julianna.

Paige nickte. „Sie müssen sich Ihrer Sache sicher sein. Ich glaube nämlich, dass Granger Sie will, und wenn er das begreift, dann müssen Sie mit Ihrer Entscheidung leben. Und ich auch."

Nach dem vielversprechenden Wetter am Morgen kam am Mittag Regen auf. Am späten Nachmittag explodierte am Himmel ein Feuerwerk, für das die Natur sorgte, und der Wind frischte wieder auf. Nach dem Abendessen brachte Julianna Jody zu Bett, und während sie zu viert im Wohnzimmer Brandy tranken und sich bereits wie alte Freunde unterhielten, fiel der Strom aus. Paige hatte zum Glück für Kerzen gesorgt.

Dillon erzählte im goldenen Kerzenschein von seinem Leben im australischen Outback, in Coober Pedy, wo die meisten Menschen in „Dugouts" lebten, selbst gegrabenen Wohnhöhlen.

„Und was hält dich an einem solchen Ort?", fragte Paige und schenkte sich noch Brandy nach.

Dillons Augen leuchteten auf, als er die obersten zwei Knöpfe seines Sporthemdes öffnete und eine dicke Goldkette hervorzog. Ein riesiger ungeschliffener Opal schimmerte den anderen entgegen. „Das hier hält mich dort", sagte er. „Das Feuer des Regenbogens … Opale! Und dieser Bursche hier war mein erster Fund."

„Wie lange suchst du schon Opale?", fragte Gray.

„Drei Jahre. Ich finde genug, um weitermachen zu können. Aber eigentlich bin ich Techniker, und manchmal verdiene ich noch etwas

Geld dazu durch Jobs als technischer Berater. Darum war ich jetzt auch in den Staaten."

„Und du verlierst nicht den Mut?", fragte Paige.

„Am ersten Tag nach meiner Rückkehr könnte ich eine halbe Million in der Rainbow Fire Mine finden."

„Du bist eine Spielernatur", stellte Julianna fest.

„Ein Spieler", bestätigte Dillon. „Ich vermute, du auch."

Julianna lächelte. „Beruflich gesehen, ja."

„Wie bist du so schnell so weit gekommen?", fragte Paige.

Julianna hatte seit ihrer Unterhaltung mit Paige nach Anzeichen von Feindseligkeit gesucht, aber keine gefunden. „Ich kam mit zwanzig nach Honolulu und nähte in einer Kleiderfabrik Sachen für Touristen. Ich machte Vorschläge, aber niemand hörte auf mich. Also habe ich das durch Überstunden verdiente Geld gespart, Stoff gekauft und nach meinen eigenen Entwürfen genäht." Sie sprach nicht über die Nächte mit zwei Stunden Schlaf und die Wochenenden, an denen sie ihre Nähmaschine nicht verlassen hatte. „Als ich genug zusammenhatte, klapperte ich die Hotelboutiquen ab. Die großen Läden blieben mir verschlossen, aber kleinere Geschäfte nahmen meine Sachen in Kommission."

„Eine Ein-Frau-Kleiderfabrik", warf Paige ein.

„Als ich erkannte, dass ich nicht meinen Job behalten und meine Kunden beliefern konnte, gab ich meinen Job auf. Es war ein großes Wagnis, aber ich hatte mein Auskommen, und dann gab mir eines Tages der Besitzer eines Ladens in Waikiki die Adresse einer Lady, die sich nach meinen Entwürfen erkundigt hatte. Ich rief sie noch am selben Abend an. Lehua besaß eine Kleiderfabrik und wollte eine neue, teurere Linie auf den Markt bringen. Und dafür wollte sie meine Designs." Julianna starrte in ihr Glas. Sie fand keine Worte, um ihre Dankbarkeit auszudrücken, die sie auch heute noch für Lehua empfand, die ihr gezeigt hatte, was Erfolg wirklich bedeutete, und die ihr Talent anerkannt hatte. „Lehua hat mich praktisch adoptiert. Sie war alt und einsam. Ich war jung und einsam. Sie starb, als ich fünfundzwanzig war. Damals hatte ich schon eine eigene Klientel, weil ich zwar für Lehua arbeitete, die Linie aber meinen Namen trug. Lehua hinterließ mir die Fabrik." Sie blickte auf und lächelte traurig. „Sie fehlt mir noch immer."

„Das ist eine erstaunliche Geschichte", stellte Paige fest. „Du hast den amerikanischen Traum wahr gemacht."

Ein Donnerschlag erschütterte das Haus, als wollte er Paiges Feststellung unterstreichen. Julianna stand auf und lauschte an der Tür zu ihrem und Jodys Schlafzimmer, aber Jody schlief fest, von ihr war nichts zu hören.

„Ich beneide dich", fuhr Paige fort, als Julianna sich wieder auf das Sofa neben Gray setzte, sorgfältig darauf achtend, ihn nicht zu berühren. „Du hast so viel erreicht."

„Du aber auch", sagte Gray. „Du bist Vizepräsidentin eines großen Unternehmens."

„Das meinem Vater gehört", setzte sie trocken hinzu. „Trotzdem danke, Granger."

Julianna fragte sich, ob Paige die leidenschaftsloseste Frau war, die sie je getroffen hatte, oder die emotionalste – so emotional, dass sie ihre Gefühle hinter Schloss und Riegel halten musste, um nicht verletzt zu werden. „Dein Job muss interessant sein", forschte sie. „Viele Reisen, viele Menschen."

„Ein Ort sieht so ziemlich aus wie der andere, und unter der Oberfläche sind sich alle Menschen ähnlich."

„Du bist zu jung, um schon so übersättigt zu sein", sagte Dillon. „Und viel zu intelligent."

„Nicht übersättigt, sondern realistisch." Paige wollte nach der Brandyflasche greifen, überlegte es sich aber. „Ich will nicht undankbar klingen. Es hat seine Vorteile, reich und schön zu sein, nicht wahr, Julianna?"

„Der Unterschied zwischen uns ist, dass ich beides nicht immer war und es daher nicht für selbstverständlich hinnehme." Sie lächelte Paige zu. „Aber wir beide wissen, dass es nicht genug ist, um glücklich zu sein. Das haben wir gemeinsam."

Paiges Lächeln verriet wieder Verletzbarkeit. „Ich bin nicht sicher, dass eine von uns beiden fähig ist, Glück zu erkennen."

„Und du, Gray, was machst du?", fragte Dillon.

„Ich bin Architekt, spezialisiert auf Restaurierung. Mein Büro ist in Biloxi, und ich arbeite viel in Mississippi, aber ich habe auch anderswo Aufträge, bis hinüber nach Kalifornien."

Paige hatte ihr inneres Gleichgewicht wiedergefunden. „Granger hat einen klingenden Namen auf seinem Gebiet. Er hat mehr Preise gewonnen, als er an die Wände hängen kann."

„Das ist wunderbar", sagte Julianna ehrlich erfreut.

„Jody sollte auf sein und uns ihre Geschichte erzählen", sagte Paige, und es klang herausfordernd. Als Gray nicht reagierte, trank sie ihr Glas aus und wünschte eine gute Nacht. Dillon griff das Stichwort auf und zog sich auch zurück.

„Was ist mit Jody?", fragte Julianna nach einem längeren Schweigen, das auf Gray und ihr lastete. „Ich will nicht allzu neugierig sein, Gray, aber sie bedeutet mir etwas."

Er zögerte. „Ich kidnappe Jody." Er wartete auf ihren Protest, darauf, dass sie ihn verurteilte, aber ihre Augen weiteten sich nur. „Jodys Mutter ist die Freundin eines Freundes. Ich lasse die Namen weg, weil du sie kennen könntest."

Sie überlegte sich seine Antwort und nickte. „Weiter."

„Ihre Mutter muss Jody aus dem Land schaffen. Ich kenne die Einzelheiten nicht, aber ich weiß genug, dass ich helfen wollte. Also habe ich mich als Freund der Familie ausgegeben, Jody von der Schule abgeholt und hierher gebracht. Ich sollte mich mit ihrer Mutter hier auf dem Flughafen in Honolulu treffen. Sie wollte eine andere Route über Kanada fliegen. Nun, Hurrikan Eve hat diesen Plan durchkreuzt. Alexis, Jodys Mutter, ist geschieden, hat aber die Vormundschaft für das Kind. Ihr Exmann hat nicht einmal ein Besuchsrecht. Aber Alexis und Jody wurden die ganze Zeit überwacht. Nur mit einem Trick war es mir möglich, Jody unbemerkt wegzubekommen."

„Überwacht? Von wem?" Julianna beugte sich zu ihm und vergaß, dass sie ihm bereits viel zu nahe war.

„Von den Leuten, die Jodys Vater angeheuert hat, um Alexis unter Druck zu setzen."

„Wie gefährlich ist der Mann?" Als er nicht antwortete, berührte sie seinen Arm. „Gray, bist du in Gefahr?"

„Alexis und Jody sind in Gefahr."

„Warum hast du ihnen geholfen? Du hast sie nicht einmal gekannt."

„Ich habe ihnen geholfen, weil sie Hilfe brauchten." Er zögerte. „Als ich von Jody hörte, dachte ich an Ellie und daran, wie wenig ich ihr helfen konnte."

Julianna stockte der Atem. Was hatte er noch alles um Ellies willen getan? Wie oft hatte er für etwas gebüßt, das nicht seine Schuld gewesen war? Gray war ein noch besserer Mensch, als sie angenommen hatte – damals, als er ihre Welt gewesen war.

„Jody weiß nicht, was vor sich geht", erklärte er. „Sie denkt, sie ist auf einer Ferienreise. Aber Alexis wird mit ihr in Australien leben. Sie hofft, dass ihr Exmann das Interesse verliert, wenn sie erst einmal aus dem Blickfeld sind. Sie hat einen Ort auf einer abgelegenen Insel gefunden."

Sie nickte und zog ihre Hand von seinem Arm zurück. Lange saßen sie schweigend nebeneinander, bis Julianna die Kraft zum Sprechen fand. „Gray, ich habe dir Unrecht getan. Ich weiß das jetzt. All die Jahre über ..." Sie holte tief Luft, um ihre Stimme ruhig zu halten. „All diese Jahre über habe ich dir an allem die Schuld gegeben. Aber du warst genau so wie ich ein Opfer der Umstände."

„Dann vergibst du mir?"

„Ich bin nicht mehr sicher, ob es überhaupt etwas zu vergeben gibt."

Er umschloss ihre Hand mit der seinen, obwohl er wusste, dass er sich eigentlich zurückziehen sollte. „Wie fühlst du dich jetzt?"

„Verwirrt, ängstlich." Julianna schaffte ein Lächeln, obwohl sie am liebsten geweint hätte. „Irgendwann werden wir alles richtig sehen, und wir werden weitermachen, wie wir es zuvor getan haben. Nur jetzt sollst du wissen, dass ich dir alles Gute wünsche." Sie erinnerte sich an Paiges Bitte, ihre Beziehung mit Gray rasch und sauber zu klären. „Ich wünsche dir und Paige all das Glück, wozu wir nie eine Chance hatten."

„Paige und ich, wir sprechen im Moment nicht über unsere Zukunft. Ich bin immer noch ein verheirateter Mann."

„Aber die Scheidung sollte doch wohl eine reine Formsache sein."

„Eine Scheidung ist ein Ende. Wir haben uns geliebt."

„Die Liebe ist mit unserer Tochter gestorben."

„Wirklich?" Gray zog sie an sich. „Erinnerst du dich genau daran, wann unsere Liebe starb? Ich nicht. Ich erinnere mich, wie sie begann, aber nicht, wann sie endete."

„Gray, nicht", sagte sie leise, als er sich zu ihr hinunterbeugte, doch als er ihren Mund fand, hatten ihre Lippen sich schon erwartungsvoll geöffnet. Ihre Hände ruhten auf seinen Schultern, und als er sie an sich zog, streichelte sie zögernd seinen Nacken.

Manchmal in ihren Träumen, in denen sie alle Bitterkeit vergaß, hatte sie sich an das Gefühl von Grays Lippen auf ihren Lippen erinnert. Jetzt küsste sie ihn so, wie sie ihn oft in ihren Träumen geküsst hatte. Ohne Bitterkeit schenkte sie sich ihm, und während sie das tat, erkannte sie, dass trotz allem ein Teil von ihr Gray gehörte und ihm immer gehören würde. Schließlich löste er seinen Mund von ihren Lippen, um ihr Gesicht mit Küssen zu bedecken. Sie hörte seinen heftigen Atem und fühlte seinen hektischen Herzschlag an ihrer Brust.

„Nein!" Sie klammerte sich an ihn und wollte das süße Vergessen eines weiteren Kusses. Sie hatte ein Leben der Einsamkeit vor sich. Sie wollte dieses Leben noch nicht beginnen.

Gray drückte ihren Kopf an seine Brust. „Ich habe nie vergessen, wie du dich in meinen Armen angefühlt hast. Nie! Ich habe nach dir gesucht, Julianna. Ich habe Leute angeheuert, die nach dir suchten. Ich habe dich nie vergessen."

„Ich bin alle paar Monate umgezogen und nahm alle nur erdenklichen Jobs an. Und trotzdem habe ich ständig über meine Schultern geblickt aus Angst, du könntest mich finden."

„Wovor hattest du Angst?" Er sprach für sie die Worte aus, die sie nicht über die Lippen brachte. „Deine Liebe zu mir ist nicht mit Ellie gestorben, nicht wahr? Du hast mich noch immer geliebt, als du Granger Junction verlassen hast." Er ließ sie nicht zu Wort kommen, als sie den Kopf schüttelte. „Du willst es nicht glauben, nicht einmal jetzt, aber es ist wahr."

„Ich habe dich nicht geliebt, ich habe dich gehasst."

„Du hast meinen Vater gehasst. Hattest du Angst vor ihm?"

„Er war ein Bastard, aber ich hatte keine Angst vor ihm."

„Ihm konntest du entgegentreten, mir nicht. Du hattest damals Angst vor der Liebe, und du hattest seither immer Angst."

„Du weißt gar nichts über mich jetzt. Woher willst du wissen, wovor ich Angst habe?"

„Wie viele Männer hast du geliebt?"

„Soll ich eine Zählung veranstalten?", fragte sie ärgerlich. „Sollen wir unsere Liebhaber gegeneinander aufwiegen?"

„Keine Liebhaber, verdammt noch mal. Ich spreche von Liebe. Wie viele Männer hast du geliebt?"

„Wie viele Frauen hast du geliebt?"

„Es gab da einmal ein Mädchen." Er zwang sich dazu, Julianna aus seinem Griff freizugeben. „Dieses Mädchen besaß alles, was ein Mann sich nur wünschen konnte – Süße und Sonnenschein und warmherzige Hingabe. Und dann, als ich gerade erkannte, was sie mir bedeutete, war sie fort. Und nichts konnte sie wiederbringen."

Julianna holte zitternd Luft. „Ich liebte da einmal einen jungen Mann, aber diese Liebe hat sich in etwas anderes verwandelt."

„Schmerz, Julianna, nicht Hass. Hättest du mich gehasst, wärst du nicht weggelaufen. Du bist weggelaufen, weil du mich geliebt hast. Der Hass kam später."

Und der Hass war abgefallen wie verdorrte Blätter im Wind. Sie ließ den Kopf sinken und schloss die Augen. „Es spielt keine Rolle, ob ich dich geliebt oder gehasst habe. Wir haben einander freigegeben. Nur das spielt eine Rolle."

„Ich möchte es von dir hören."

„Warum?"

„Ich muss es wissen. Kannst du mir nicht so viel geben?"

Es schien so wenig zu sein, und doch kamen die Worte nicht. Julianna hatte Angst, sie auszusprechen, als würde sie dadurch noch mehr verlangen. Sie öffnete die Augen und starrte auf ihre gefalteten Hände. „Ich habe dich nicht gehasst, damals nicht. Ich litt eine solche Qual."

„Hast du mich noch immer geliebt?"

„Ich weiß es nicht."

„Ich habe dich noch nie lügen hören."

Langsam hob sie den Blick zu seinen Augen, sah seinen Schmerz, seine Fragen, und sie wusste, dass sie nicht noch einmal lügen konnte. „Ich habe dich geliebt", flüsterte sie mit Tränen in den Augen. „Und ich hatte solche Angst, du könntest es erkennen. Ich hätte deine Ablehnung nicht ertragen. Das hätte mich umgebracht, Gray."

Er schüttelte den Kopf. „Ich war beim Begräbnis unserer Tochter, und ich habe ihr versprochen, dich wieder glücklich zu machen. Ich habe Ellie versprochen, dass ich irgendwie, irgendwann einen Weg finden würde, dich wieder zum Lachen zu bringen, und dann ging ich nach Hause, und du warst fort."

„Wie konnten zwei Menschen einander solchen Schmerz zufügen?"

Er fragte sich das Gleiche, aber er fragte sich noch mehr. Was fügten sie einander jetzt zu? „Ich habe keinen Schmerz gefühlt, als ich dich vorhin küsste."

Ganz gleich, was er als Nächstes sagen würde, sie konnte es nicht ertragen. Sie beide waren schon zu weit gegangen. Julianna stand rasch auf. „Du hast dein Versprechen unserer Tochter gegenüber erfüllt", sagte sie leise. „Wir haben miteinander gesprochen. Du hast alles geklärt."

„Das einzige Lachen, das ich von dir gehört habe, macht mich so traurig, dass ich weinen könnte." Gray stand ebenfalls auf.

„Ich habe meine Arbeit. Ich habe meine Freunde. Und jetzt verstehe ich die Vergangenheit. Das ist viel mehr, als ich je erwartet hätte." Sie wandte sich mit merkwürdig weichen Knien ab und wollte gehen, aber seine Hand hielt sie auf.

„Und Liebe?"

Sie hielt ihr Gesicht abgewandt. „Was hat mir die Liebe gebracht, Gray, dass ich sie wieder in meinem Leben haben wollte?"

Sie fühlte, wie sich seine Finger anspannten und dann lösten. Ihr Arm war frei. Sie verließ den Raum, ohne zurückzublicken, denn wenn sie das getan hätte, wäre sie wahrscheinlich nicht gegangen.

306

12. KAPITEL

*I*rgendwann in der Nacht erwachte Jody und begann zu weinen. Vor dem Haus heulte der Sturm, und Julianna zündete hastig eine Kerze an und beruhigte das kleine Mädchen. Jody schlief sofort wieder ein, aber Julianna setzte sich an den Tisch. Sie wollte nicht, dass sie beide schliefen, während die Kerze brannte.

„Julianna?" Durch die Dunkelheit näherte sich ein Licht. Gray tauchte vor ihr auf. „Ich fürchte, Eve hat sich entschieden", flüsterte er, um Jody nicht zu wecken. „Sie hält Kurs auf diese Insel."

Julianna hatte schon damit gerechnet. „Wo wird sie an Land kommen?"

„Nördlich von hier, aber es wird uns so vorkommen, als würde sie uns direkt besuchen. Wir haben alles vorbereitet. Jetzt können wir nur noch warten."

„Warum bist du gekommen? Um mir das zu sagen?", fragte sie, während er seine Kerze auf den Tisch stellte.

„Ich wusste, dass du nicht schläfst. Hast du große Angst vor dem Sturm?"

Sie war überrascht, dass ihre Angst gar nicht so groß war. Noch überraschter war sie, dass Gray sie danach fragte. „Ich bin okay."

„Gut." Gray berührte ihre Wange. „Es wird uns nichts geschehen. Wir liegen höher als die Flut, und unter den Hurrikans ist dieser hier von untergeordneter Bedeutung."

Sie versuchte seine streichelnden Finger zu ignorieren. „Wann wird er uns treffen?"

„Zwischen acht und neun. Jetzt ist es halb fünf. Dillon meint, wir sollten uns in der Bibliothek versammeln."

Sie dachte an den gemütlichen kleinen Raum mit den wenigen Fenstern und nickte. „Ich lasse Jody noch eine Stunde schlafen."

Gray zögerte zu gehen. „Erinnerst du dich an die Nacht in Granger Inlet, als wir gemeinsam das Gewitter durchgestanden haben?"

„Gray", warnte sie ihn. „Wir sind nicht allein."

„Das nicht, aber es gibt noch mehr, was zu sagen wäre."

„Bitte, haben wir nicht alles gesagt?"

„Nicht annähernd alles."

„Dann haben wir genug gesagt."

„Nicht annähernd genug, Julianna. Nicht annähernd das Wichtigste."

„Jetzt ist nicht mehr der richtige Zeitpunkt …"

„Julianna, du kannst nicht ignorieren, was zwischen uns passiert. Keiner von uns kann das. Wir können nicht so tun, als würden wir nichts füreinander empfinden."

Ihre Worte verrieten ihre Verzweiflung. „Sobald du von hier weg bist, wirst du anders empfinden."

„Und wenn ich weg bin und noch immer so empfinde, was dann?"

„Was ist mit Paige? Hast du sie vergessen?"

Er schwieg. Diese Frage hatte er sich auch immer wieder während der langen schlaflosen Nacht gestellt.

Julianna deutete sein Schweigen richtig. „Es gibt keinen Platz für mich in deinem Leben."

„Ich bin in deinem Leben. Ich bin dein Ehemann."

Sie wollte ihm sagen, dass ein Stück Papier nichts bedeutete, aber eine Stimme von der anderen Seite des Zimmers hielt sie auf.

„Julianna?"

„Ich bin hier, Kleines. Gray ist auch hier."

„Ich hatte einen bösen Traum." Jody schniefte. „Meine Mommy und mein Daddy haben gestritten. Ich habe sie gehört."

Julianna setzte sich zu ihr auf das Bett und drückte Jody an sich. „Es war nur ein Traum. Du hast Gray und mich sprechen gehört." Gray setzte sich auf die andere Seite des Bettes und begann Jodys Haar zu streicheln. Er konnte Julianna nicht ansehen. Er wusste, dass sie genauso empfand wie er. So wie jetzt hätten sie bei Ellie sitzen sollen. Das war es, was sie verloren hatten.

„Mein Daddy wurde böse und hat meine Mommy geschlagen." Jodys Stimme brach. „Und ich bin weggelaufen."

„Du vermisst deine Mommy", tröstete Julianna. „Es war nur ein Traum."

„Nein, war es nicht."

Ehe Julianna widersprechen konnte, legte Gray die Hand unter Jodys Kinn. „Das geschah schon vor einer langen Zeit", erklärte er ihr. „Dein Daddy und deine Mommy leben nicht mehr zusammen. Er kann deiner Mommy nicht mehr wehtun."

Jody seufzte. „Ich wünschte, mein Daddy wäre wie du, Gray."

Julianna war den Tränen nahe. Sie hatte wenig über die Umstände von Jodys Anwesenheit in Hawaii gewusst, aber die Ängste des kleinen Mädchens sagten genug. „Wir kümmern uns um dich", versprach sie. „Gray und ich kümmern uns um dich, und dann kommt auch deine Mommy bald."

„Bleibt hier", sagte Jody, während ihr die Augen zufielen. „Geht nicht weg." Im nächsten Moment war sie eingeschlafen.

Julianna und Gray sahen einander im flackernden Kerzenlicht an. „So wäre es gewesen", sagte er endlich.

„Bitte, nicht …"

„Du und ich und unser Kind. Eine Familie."

„Wie kannst du bloß …", flüsterte sie.

Er küsste das kleine Mädchen auf die Wange, bevor er aufstand. „Ich kann es sagen, weil es eines Tages doch so sein könnte."

„Nein."

„Denk darüber nach, Julie Ann."

„Julie Ann ist nicht mehr, Gray."

Er ragte über ihr auf, sammelte seine Geduld, sammelte seine Selbstbeherrschung, seine Stimme klang ruhig. „Dann hoffe ich nur für dich, mein Schatz, dass du gern mit Julianna lebst, denn wenn du dich davor fürchtest, irgendetwas anderes außer Angst zu fühlen, wird sie deine einzige Gesellschaft in den vor dir liegenden Jahren sein."

Er ging hinaus und ließ seine Kerze neben der ihren auf dem Tisch zurück. Als er die Tür schloss, flackerten beide Flammen im Luftzug und erloschen.

Julianna weckte Jody um halb sechs und brachte sie in die Bibliothek. Gray, Paige und Dillon rückten die Möbel so weit wie möglich von den Fenstern weg, sorgten für Notvorräte an Essen und Trinken, legten Decken, Taschenlampen, Radios und Kissen zurecht, während Jodys Mut mit dem Anwachsen des Sturms zu sinken schien.

„Ich habe nicht die leiseste Ahnung, was man mit solchen Wesen anfängt", gab Paige leise zu und deutete auf Jody, die in einer Ecke auf Grays Schoß saß, die Arme um seinen Hals gelegt. „Ich kann ohne Wimpernzucken mit Bankpräsidenten und Senatoren umgehen, aber mit einem Kind?" Sie schauderte.

Julianna ging in die Küche, um noch mehr Vorräte zu holen, und Paige folgte ihr. „Du brauchst nicht viel zu wissen", sagte Julianna. „Du warst auch mal ein Kind."

„Nie." Paige lächelte schwach. „Und du auch nicht. Erkennst du nicht eine Leidensgefährtin?"

Julianna begriff, dass Paige ihr erneut die Hand zur Freundschaft reichte. „Du glaubst wirklich, dass wir etwas gemeinsam haben?"

„Sicher. Wir lieben immerhin denselben Mann, auch wenn wir ihn auf eine sehr unterschiedliche Weise lieben."

„Ich liebe Gray nicht."

„Weißt du, für eine kluge Frau benimmst du dich sehr dumm."

„Du musst dein Leben lang geübt haben, dass du jemandem so unbeteiligt eine Beleidigung an den Kopf werfen kannst", sagte Julianna trocken.

„Sagen wir so – ich verteile großzügig Ratschläge, nehme aber selten welche an." Paige drückte Juliannas Arm. „Wenn du denkst, dass es mich nicht schmerzt, täuschst du dich, aber ich sehe über den Schmerz hinaus. Du dagegen siehst nur deinen Schmerz. Du musst es auf die harte Tour lernen. Ich kenne das. Noch eine Ähnlichkeit zwischen uns."

Julianna wollte auf Paige wütend werden, empfand jedoch nur widerstrebende Bewunderung. Paige litt, versuchte aber trotzdem, fair und sogar großzügig zu sein. Gegen ihren Willen lächelte Julianna. „Ich weiß nicht, warum du meine Freundin sein willst."

„Ich auch nicht."

„Du bist viel netter, als ich es an deiner Stelle wäre."

„Ich bin viel netter, als ich eigentlich bin." Paige schnitt eine vielsagende Grimasse. „Ich kann es selbst kaum glauben."

Julianna lachte, und der Klang dieses Lachens überraschte sie beide.

Sie wurden von Dillon unterbrochen. In einem Ölzeugmantel, den er aus einem seiner Koffer geholt hatte, stampfte er von der *lanai* in die Küche herein und brauchte seine ganze Kraft, um die Tür hinter sich zu schließen.

„Was hast du bloß draußen gemacht?", fragte Julianna. „Hat dir niemand gesagt, dass ein Hurrikan im Anzug ist?"

„Ich musste noch einmal nachsehen, ob alles in Ordnung ist." Er wirkte besorgt. „Der große Baum hinter dem Haus …"

„Ein Kanonenkugelbaum", warf Julianna ein.

„Passender Name für einen alten Baum, der vielleicht umstürzen wird." Dillon schälte sich aus dem Ölzeug und wischte sich das Gesicht mit dem Handtuch trocken, das Julianna ihm geholt hatte. „Im Moment bläst der Wind vom Haus weg. Da würde der Baum in den Nachbargarten fallen. Aber wenn das Auge des Sturms vorbeigezogen ist, wechselt die Windrichtung. Mit etwas Glück trifft er dann unseren Schuppen, ansonsten das Haus."

„Aber glaubst du, dass die Bibliothek sicher ist?", fragte Paige besorgt.

„Soweit ich das feststellen kann, muss er die Bibliothek verfehlen."

Um sieben kam es Julianna so vor, als würde der Sturm, der das Haus erschütterte, auch in ihrem Inneren heulen. Doch ihre größte Angst war, dass sie nicht aufgehört haben könnte, Gray zu lieben. Dass sie sich sogar jetzt, trotz allem, was sie gesagt hatte, in seine Arme werfen und ihn anflehen könnte, sie nie wieder zu verlassen.

Sie bereiteten in der Bibliothek ein etwas dürftiges Frühstück. Jody kletterte ruhelos von Grays auf Juliannas Schoß und wieder zurück und fragte immer wieder, wann der Hurrikan denn endlich vorüber sei.

Die Erwachsenen zeigten ihre Spannung auf unterschiedliche Weise. Paige fingerte an einer Haarlocke herum. Die uncharakteristische Geste beeinträchtigte irgendwie ihre makellose Schönheit und machte sie menschlicher. Dillon lag entspannt auf dem Boden, doch seine ganze Haltung drückte aus, dass er jederzeit zum Handeln bereit war.

Gray schenkte seine Aufmerksamkeit Jody und nickte geduldig, während sie ihre Ängste aussprach. Die einzigen Anzeichen seiner Spannung waren die große Wachsamkeit in den Augen und ein harter Zug um den Mund.

Während der Sturm weiter anwuchs, fiel es Julianna immer schwerer, so zu tun, als wäre nichts, was sie um Jodys willen getan hatte. Ihre Handflächen wurden feucht, ihr Herz schlug schneller. Bei jedem geisterhaften Heulen des Sturms krampfte sich ihr Magen zusammen.

Um halb acht wurden das Brüllen des Sturms und das Prasseln des Regens so laut, dass eine normale Unterhaltung unmöglich war. Die Erwachsenen schrien miteinander und versuchten daraus ein Spiel zu machen, indem sie überdramatisierten, um Jody abzulenken, bis sie sich die Ohren zuhielt und die Augen schloss.

Julianna fühlte angesichts des Rückzugs des kleinen Mädchens einen Klumpen in ihrer Kehle. Tränen brannten in ihren Augen, als sie Gray in stummem Elend sah. Er tastete nach ihrer Hand, und sie rückte näher an ihn heran. Dillon und Paige rückten ebenfalls enger zusammen, und Julianna fühlte, wie Dillon nach ihrer anderen Hand griff.

Etwas krachte gegen die Seite des Hauses, und Julianna unterdrückte einen Aufschrei. Und während der Sturm lauter und lauter brüllte, kauerten sie in einem Kreis beisammen, von den Umständen zusammengeführt, aber keine Fremden mehr.

Gray spürte, wie Julianna jedes Mal zusammenzuckte, wenn etwas das Haus traf. Einmal war es eindeutig das Klappern eines Mülleimers. Ein anderes Mal folgte das Splittern von Glas. Dillon verließ kurz ihren Unterschlupf und kam mit der geschrienen Meldung zurück, dass das Fenster im Bad zerbrochen sei.

Jody schluchzte an Grays Brust, und Gray hätte am liebsten auch geweint, nicht aus Angst vor dem Sturm, sondern aus Angst vor dem, was danach kommen würde. Angst vor dem Ende des Sturms – Angst vor der Stille.

Als hätten seine Gedanken sich auf Eve übertragen, entstand ein plötzliches, betäubendes Fehlen von Geräuschen.

Jody brach als Erste die Stille. „Es ist vorbei! Die Sonne scheint!" Jody lief zu dem Fenster und zeigte auf einen winzigen Sonnenstrahl, der seinen Weg am Rand der Holzverschalung in den Raum fand. „Meine Mommy kann mich jetzt holen."

Gray stand auf. „Das Schlimmste wird bald vorbei sein", versprach er dem Kind. „Aber jetzt ist es noch nicht vorbei. Das nennt man das Auge des Sturms, Jody."

„Da ist kein Sturm", sagte sie abweisend. „Es ist vorbei!" Jody lief an Julianna und Gray vorbei in die Halle.

„Ich weiß, wie sie sich fühlt." Julianna lächelte dünn.

„Bist du in Ordnung?" Gray drehte sie zu sich herum.

Sie versuchte, noch einmal zu lächeln, schaffte es aber nicht. „Ich bin nicht sehr tapfer."

Aus den Augenwinkeln sah Gray, wie Paige Dillon folgte, um das Haus zu überprüfen. „Du bist die tapferste Frau, die ich kenne", sagte er sanft. „Du lässt dich auch jetzt nicht unterkriegen."

Sie fühlte die magnetische Anziehungskraft seines Körpers. „Da ich es schon durchstehen muss, bin ich froh, hier bei dir zu sein." Sie erkannte, was sie enthüllt hatte, aber es war zu spät, um es zurückzunehmen.

„Bekomme ich eine Einladung für alle weiteren Hurrikans in deinem Leben?" Er schlang die Arme um sie und drückte sie an sich. Ihr weicher Körper war eine einzige Folter. Gray fühlte ihr hilfloses Lachen an seiner Brust. „Wie sieht es mit großen Gewittern aus? Kleineren Unwettern?"

Sie legte die Arme um seine Taille. „Du verstehst es, eine Situation auszunützen, nicht wahr?"

„Offenbar nicht gut genug, aber ich lerne."

„Wir sollten Jody suchen und ihr alles erklären." Julianna wollte sich befreien, aber Gray hielt sie fest.

„Wenn das hier vorüber ist, müssen wir noch einmal miteinander sprechen, Julianna. Wir haben uns noch viel zu sagen, und bevor nicht alles gesagt ist, wird es diesen Frieden, den du dir so sehr wünschst, nicht geben."

Vier besorgte Erwachsene versammelten sich wenig später in der Küche, nachdem sie das Haus vergeblich nach Jody abgesucht hatten. Dillon zog sein Ölzeug an, Gray einen Anorak mit Kapuze. Gray öffnete die Tür ins Freie. „Sie muss draußen sein, aber wir finden sie, bevor der Sturm uns wieder trifft", sagte er entschlossen. „Ihr beide bleibt im Haus. Habt ihr verstanden?" Er war draußen, bevor eine der Frauen widersprechen konnte. Dillon folgte ihm.

„Es ist mein Fehler", flüsterte Julianna. „Ich hätte ihr erklären sollen, wie ein Hurrikan funktioniert. Sie hätte es verstanden, aber wir wollten Eve vor ihr ja nicht einmal einen Hurrikan nennen."

„Du warst wunderbar zu Jody", versicherte Paige. „Selbstvorwürfe helfen jetzt nicht und …" Ehe Paige sie zurückhalten konnte, war Julianna im Freien und schloss die Tür hinter sich.

Julianna verstand sofort, warum Jody sich sicher gefühlt hatte. Der Himmel war noch grau, aber Wolken rissen auf, und die Sonne brach durch. Es regnete nicht, und der Sturm hatte sich zu einer frischen Brise abgeschwächt.

Verstreut lagen Überbleibsel auf dem Boden, die das Wüten des Sturmes hinterlassen hatte. Blütenblätter mischten sich mit Zweigen und der Inhalt von Mülltonnen mit einer toten Taube, einem Parkverbotsschild. Weder Gray noch Dillon waren zu sehen, noch gab es ein Anzeichen von Jody.

„Jody!" Julianna war nicht sicher, ob sie sich nur einbildete, dass der Wind stärker und der Himmel schwärzer wurde. Der Hurrikan konnte jeden Augenblick erneut losbrechen. Wieder schrie sie: „Jody!" Ihr Blick fiel auf den Kanonenkugelbaum, und Dillons Warnung durchzuckte sie.

„Ich habe dir doch gesagt, dass du drinnen bleiben sollst!" Starke Hände packten sie von hinten an den Schultern und drehten sie herum. Grays Gesicht verriet seine Angst.

„Du hast sie nicht gefunden?"

„Geh zurück ins Haus!"

„Wo könnte sie hingegangen sein?"

„Verdammt, wenn ich das wüsste! Willst du endlich zurück ins Haus gehen, damit ich weitersuchen kann?"

„Nein! Hör auf, mir zu befehlen!" Sie fasste ihn vorn an der Jacke. „Und hör auf, die Zeit zu vergeuden. Wir müssen Jody finden!"

„Glaubst du, ich würde sie finden, wenn du hier draußen bist?"

„Das solltest du lieber tun." Sie trat einen Schritt zurück. „Ich bleibe hier draußen."

„Dann bleib in der Nähe des Hauses." Seine Augen schimmerten wie Stahl. „Wenn Eve wieder losschlägt, dann mit mehr Wut, als die Hölle je gesehen hat."

Julianna sah Gray nach, als er um das Haus herum verschwand, aber seine Worte hatten die gewünschte Wirkung nicht verfehlt. Sie wusste, dass ein Mensch gegen einen Hurrikan machtlos war. Sie steckte die zitternden Hände tief in die Taschen. „Jody!"

Fieberhaft versuchte sie sich zu erinnern, wo Kinder sich versteckten, wenn sie ihren ganzen Kummer ausweinen wollten und Erwachsene sie nicht finden sollten. Auf Bäumen, unter Veranden, in abgestellten Autos.

Sie kniete sich in den Schlamm, spähte unter die hintere *lanai*, hoffte, Jody da unten zu finden. Als sie sich aufrichtete, war sie schlammverspritzt, das war alles, was sie erreicht hatte. „Jody!"

Der Wind fing an zu heulen. Sie fühlte Regentropfen, dann nichts, als ob der Regen nur eine Warnung gewesen wäre. Eine tödliche Warnung. „Jody!"

Im Zickzack rannte sie durch tropisches Unterholz, rief immer und immer wieder Jodys Namen. „Antworte mir!"

Die Antwort war ein entferntes schrilles Kreischen des Sturmwindes und das kurze Sichtbarwerden einer Wasserwand, die das Auge des Hurrikans einfasste und direkt auf sie zukam.

„Geh hinein!", hörte Julianna Gray hinter sich schreien.

„Hast du sie gefunden?"

„Noch nicht. Sie wird herauskommen, wenn sie den Wind hört."

„Jody! Der Sturm kehrt zurück. Du musst ins Haus!" Nichts. Keine Antwort. „Gray, hast du im Schuppen nachgesehen?"

„Ja, als Erstes." Seine Stimme klang nicht mehr befehlend, sondern flehend. „Julianna, Liebes, geh ins Haus! Ich kann nicht auf dich aufpassen und zur gleichen Zeit Jody suchen."

„Ich sehe selbst noch einmal nach." Sie rannte zu dem Schuppen, über dem der Kanonenbaum aufragte, stieß die Tür auf, noch bevor Gray sie erreichte, und sah unter dem Tisch und der Werkbank nach.

„Sie ist nicht hier!" Gray packte sie am Arm. „Ich habe nachgesehen."

Sekunden, bevor harte Windböen das winzige Bauwerk erschütterten, hörte Julianna ein leises Wimmern. „Ich hab sie gehört!" Julianna riss sich los. „Ich hab sie gehört!"

„Wir müssen hier raus! Der Baum kann auf uns stürzen!"

„Aber ich habe sie gehört!", schrie sie ihn an.

„Sie ist nicht hier!"

Julianna deutete auf eine Tür. „Was ist da drinnen?"

„Der Holzstoß! Da habe ich auch nachgesehen!"

Sie riss die Tür auf und starrte in die Dunkelheit. „Jody?" Falls eine Antwort kam, wurde sie von dem Heulen des Windes geschluckt.

Gray packte sie wieder am Arm. „Muss ich dich hinaustragen?"

Etwas Großes und Haariges wischte an Juliannas Beinen entlang. Sie schrie auf. Eine junge Tigerkatze mit ängstlich geweiteten gelben Augen verschwand unter dem Tisch. Julianna wandte sich wieder dem Holzstoß zu. „Jody, bist du da?"

Gray ließ Juliannas Arm los und drängte sich stürmisch an ihr vorbei. „Jody!"

Sie sahen beide zur gleichen Zeit den Schuh des kleinen Mädchens. Er war zwischen zwei Scheiten des Holzstoßes eingeklemmt. Jody lag auf dem Boden hinter dem Holzstoß. Ihre Augen waren geschlossen und öffneten sich langsam als Gray sich zu ihr hinunterbeugte.

„Ich bin hingefallen", murmelte sie benommen.

Gray räumte etliche Scheite weg, um an das kleine Mädchen heranzukommen. Julianna stand dicht hinter ihm. „Sollten wir sie bewegen?"

„Wir haben keine Wahl." Gray ließ sich auf ein Knie nieder und hob Jody auf seine Arme. „Hol ein Seil und binde unsere Gürtel zusammen. Schnell!"

Auf dem Arbeitstisch fand sie eine Rolle starker Schnur, stellte sich dicht neben Gray und schlang die Schnur um ihren und seinen Gürtel, ließ extra einen Meter Freiraum zwischen ihnen.

„Zieh mir die Jacke aus und wickle Jody ein!"

„Die Katze", murmelte Jody, während Julianna sie so gut wie möglich einwickelte.

„Die lässt sich jetzt nicht einfangen", sagte Gray gepresst. „Sie kommt hier klar." Er sah Julianna an. „Du musst die Füße so tief wie möglich in den Boden stemmen, sonst kommen wir nie zum Haus! Ich kann nicht für uns beide und Jody sorgen!"

Sie nickte und holte tief Luft, als er die Tür des Schuppens aufstieß.

Das Chaos regierte. Julianna begriff erst jetzt, wie isoliert sie im Haus gewesen waren. Drinnen war ihr der Hurrikan entsetzlich vorgekommen. Hier draußen überstieg er jedes Fassungsvermögen. Der Regen schien vom Boden aufwärts zu fallen und von den Seiten der Bäume und des Hauses. Der Wind saugte alles an, was er berührte, jagte Fontänen loser Teile hoch und ließ sie in der Luft tanzen.

„Vorwärts!", schrie Gray.

Obwohl sie direkt neben ihm war, konnte Julianna ihn kaum hören. Sie hakte ihre Finger in seinen Hosenbund und taumelte in den Sturm hinaus.

Das Haus schien Meilen entfernt zu sein. Jeder Schritt brachte sie nur Zentimeter näher an ihr Ziel. Der Wind half ihnen, indem er in der richtigen Richtung blies, aber sie mussten sich gegen seine Gewalt stemmen, sonst wären sie umgeweht worden. Julianna stolperte und hätte beinahe sie alle zu Boden gerissen. Im nächsten Moment lag sie dann doch am Boden. Gray hatte sich mit ihr hingeworfen, um einem Ast auszuweichen, der durch die Luft wirbelte, wo sich eben noch ihre Köpfe befunden hatten.

Der Sturm war der Albtraum, den sie nie überwunden hatte. Trotz des Grauens versuchte sie aufzustehen, aber ihre Knie hielten sie nicht. Sie fühlte den Zug an ihrem Gürtel und Grays aufmunternde Schreie. Sie versuchte es noch einmal und schaffte es, wurde aber sofort von einem mächtigen Windstoß umgerissen, dem sie nichts entgegenzusetzen hatte.

„Komm schon, Julianna, du schaffst es!" Gray kauerte neben ihr, Jody in den Armen. „Los, komm!"

Sie versuchte es noch einmal mit demselben Ergebnis, aber beim nächsten Mal schaffte sie es tatsächlich, tat taumelnd zwei Schritte und wurde wieder zu Boden gefegt.

Von ihrem Gewicht gezogen, stürzten auch Gray und Jody. Julianna wusste, was sie zu tun hatte. Weinend öffnete sie ihren Gürtel mit zitternden Fingern und befreite Gray. „Geh! Ich schaffe es schon! Bring Jody hinein!"

„Nein!" Er versuchte sie auf die Beine zu ziehen, aber Jody begann aus seinen Armen zu rutschen. „Halte dich an meinem Gürtel fest!", befahl er. „Wir schaffen es!"

„Du musst weiter!" Sie deutete auf das Haus. Durch ihre Tränen sah sie die Trostlosigkeit in Grays Gesicht.

„Ich kann dich nicht verlassen." Er griff erneut nach ihr.

„Geh! Um Ellies willen!"

Sie wusste, dass er verstand. Auch er erlebte noch einmal ihren Albtraum. Jody an seine Brust gedrückt, wandte er sich ab und setzte sich in Richtung Haus in Bewegung. Julianna versuchte aufzustehen und ihm zu folgen, aber der Sturm warf sie vornüber in einen Strom, der über den Abhang vom Haus herunterlief. Sie kroch noch einen halben Meter auf Händen und Knien weiter und griff nach einem Halt, den es nicht gab.

Etwas traf sie am Kopf, und sie schrie auf. Benommen kroch sie weiter, hoffte, in die richtige Richtung zu kriechen. Wasser lief ihr in die Augen und blendete sie. Ihr Kopf dröhnte gnadenlos. Das Wasser färbte sich rot, und sie wusste, es war Blut.

„Gray", schluchzte sie, während sie weiterkroch. Sie erinnerte sich, wie sie nach ihm gerufen hatte, als sie ihre Tochter gebar. Damals hatte sie geglaubt, er würde sich nichts aus ihr machen. Jetzt wusste sie es besser. Er hatte sich damals etwas aus ihr gemacht. Er wäre damals an ihrer Seite gewesen, hätte er gekonnt. Er wäre auch jetzt an ihrer Seite gewesen, hätte es eine Möglichkeit gegeben.

Der Gedanke gab ihr die Kraft, gegen die Mächte des Sturms anzukämpfen. Sie blickte auf und sah verschwommen Paiges Haus. Ihr Kopf hämmerte, und das Bild verschwand, aber sie kroch voran.

Vor ihr kämpfte Gray sich an das Haus heran. Er stolperte zweimal, fing sich jedes Mal. Sogar Jodys geringes Gewicht machte es noch schwerer, den Windstößen standzuhalten. Jeder Schritt brachte ihn näher an das Haus heran, aber weiter von Julianna weg. Er wagte nicht, nach hinten zu sehen, ob sie vorankam. Er ertrug den Gedanken nicht, dass sie sich der Wut des Sturms ohne seine Hilfe stellen musste. Er arbeitete sich schneller voran, bis jeder Muskel in seinem Körper schmerzte, aber er musste zurück zu Julianna, musste sie in Sicherheit bringen.

Als er noch immer Meter von dem Haus entfernt war, sah er die breitschultrige Gestalt eines Mannes von der *lanai* herunterspringen. Dillon, der sich gegen die Windrichtung bewegen musste, kam gegen den Sturm nur langsam voran, erreichte Gray aber endlich. Gray sah, wie sich sein Mund bewegte, aber die Worte gingen in dem Brüllen des Hurrikans unter.

„Julianna?"

Gray deutete über seine Schulter, doch ehe Dillon in der angegebenen Richtung weitergehen konnte, packte Gray ihn am Ärmel seines Ölzeugs. Dann drängte er ihm Jody in die Arme. Dillon widersprach, so viel war deutlich, auch wenn er ihn nicht hören konnte. Gray schüttelte den Kopf, und Dillon hatte keine andere Wahl, als Jody ins Haus zu bringen.

Gray drehte sich um und machte sich auf den Weg zurück. Der Wind in seinem Rücken war tückisch gewesen, aber das war nichts im Vergleich dazu, ihm die Stirn zu bieten. Es kam Gray so vor, als würde er versuchen, sich einen Weg durch eine Mauer zu bahnen, mit nichts anderem als seiner Verzweiflung, die ihn leitete.

Er bückte sich tief, um dem Wind weniger Angriffsfläche zu bieten, verlor dadurch aber jede Übersicht. Er stolperte voran und sah nichts als das Wasser, das um seine Knöchel hochstieg. Er schrie Juliannas Namen, obwohl sie ihn kaum hören konnte.

Julianna kroch über Kies, von dem sie hoffte, dass es ein Weg war. Die Steine rissen ihre Knie auf, während Wasser an ihr vorbeischoss. Der Sturm peitschte lange Strähnen ihres Haars über ihr Gesicht und in ihren Mund, und sie fühlte einen stechenden Schmerz, als etwas Scharfes ihre Handfläche zerschnitt. Desorientiert hob sie den Kopf.

„Julianna!"

Zuerst dachte sie, sich Grays Ruf nur eingebildet zu haben, aber im nächsten Moment hörte sie ihn wieder. „Julianna!"

Sie versuchte aufzustehen. „Gray!", stieß sie hervor, bevor sie auf die Knie fiel. Sie sah ihn auf sich zukommen, sich nur langsam gegen den Sturm voranstemmend. Kriechend arbeitete sie sich ihm entgegen. Blut und Regen mischten sich mit ihren Tränen.

Starke Arme schlossen sich um sie. „Ich habe dich! Gott sei Dank, dich habe dich!" Gray presste sie an seine Brust. „Ich helfe dir beim Aufstehen. Komm!"

Sie wollte ihm von dem Schmerz in ihrem Kopf berichten, aber ihre Zunge konnte keine Worte formen. Er zog sie auf die Beine, einen Arm fest um ihre Taille geschlungen. Sie stolperte, aber er hielt sie aufrecht. „Jody?", krächzte sie an seinem Ohr.

„Dillon hat sie!", schrie er.

Mit Gray als Anker tat sie einen Schritt, dann noch einen. Ihr benebeltes Gehirn schätzte, dass sie den halben Weg hinter sich hatte. Ihre Knie gaben nach, aber Gray konnte sie aufrecht halten. Er schwankte unsicher, bis sie sich wieder gegen den Wind zurücklehnte. Er bewegte sich voran und zog sie neben sich her.

Gray war trunken vor Erleichterung. Er war von einer so immensen Angst geplagt worden, dass er zum ersten Mal begriff, wie Julianna sich in Unwettern fühlte. Der Hurrikan war zu mehr als einem Naturereignis geworden. Er war zu seiner persönlichen Schlacht geworden, zu einer diabolischen Macht, die ihn von der Frau trennte, die er liebte.

Plötzlich gab es für ihn keinen Zweifel mehr. Er liebte Julianna. Nichts sonst erklärte sein Entsetzen darüber, dass sie zu Schaden kommen könnte. Nichts sonst erklärte seine Freude darüber, dass er sie in Sicherheit bringen konnte. Er liebte sie, und er hatte sie zehn lange Jahre geliebt.

„Wir schaffen es!", rief er. „Wir sind fast am Haus!"

Grays Worten folgte ein explosionsartiger Knall. Julianna wirbelte herum, und in ihrem Kopf drehte sich alles, als sie den Kanonenkugelbaum direkt auf sie zustürzen sah.

Gray hörte den Knall im selben Moment. Im nächsten Augenblick lag sie in dem dahinströmenden Wasser, Gray schützend über ihr. Sie stöhnte auf. Dann wurde sie in seinen Armen ohnmächtig.

13. KAPITEL

Bevor Julianna die Augen öffnete, hörte sie ein Stöhnen und wusste, dass es ihr eigenes Stöhnen war. Sie zwang ihre bleischweren Lider, sich zu öffnen. Verschwommen sah sie ein Zimmer in Gold und Schwarz, und einen Moment konzentrierte sie sich darauf, dass es ein Zimmer war und nicht das Zentrum eines heftigen Sturms. Dann erinnerte sie sich an etwas Wichtigeres.

„Gray." Ihre Lippen waren trocken, ihre Stimme brüchig.

„Ich bin hier." Seine Hand umschloss die ihre, sein Daumen beschrieb Kreise auf ihrem Handrücken. „Eve wollte keinen von uns."

„Was ist passiert?"

„Erinnerst du dich an den umstürzenden Baum?"

Sie schloss die Augen und nickte, dumpfer Schmerz jagte in Wellen durch ihren Kopf. „Du hast dich auf mich geworfen."

„Eine einmalige Chance für jeden Mann."

Sie wollte lachen, stattdessen lief ihr eine Träne über die Wange. „Du wolltest mich schützen. Du hast mich mit deinem Körper abgeschirmt." Sie rieb ihr Gesicht an seiner Hand. „Ich dachte, du würdest sterben. Ich wollte auch sterben."

Er schwieg, aber Worte waren überflüssig. Er legte sich neben sie und schlang die Arme um sie, küsste ihre Stirn, ihre Wange, küsste jede ihrer Tränen weg, bis es auch seine Tränen waren. Behutsam strich er mit den Lippen über ihren Mund, bis sie den Kuss erwiderte. Erst dann zog er sich so weit zurück, dass er ihr Gesicht sehen konnte.

„Ich möchte mit dir leben, nicht mit dir sterben", sagte er und fuhr mit einem Finger die Spur ihrer Tränen entlang. „Wir haben diese Chance bekommen."

Julianna wusste, wie viel mehr Mut zum Leben gehörte als zum Sterben. Sie wandte ihr Gesicht ab. „Erzähl mir, was passiert ist."

Gray war enttäuscht, hörte aber nicht auf, ihre Hand zu streicheln. „Der Baum hat uns verfehlt." Nur um Zentimeter, aber das verschwieg er. „Du warst ohnmächtig, von dem Schock und einer leichten Gehirnerschütterung, sagt Dillon."

„Dillon?"

„Er arbeitet in einer Rettungsmannschaft der Opalschürfer und ist ausgebildeter Sanitäter. Er hat auch deinen Kopf versorgt."

Julianna betastete den sorgfältig festgeklebten Verband. Der Sturm blies gleichmäßig gegen die Schlafzimmerfenster, aber ohne die ursprüngliche Wucht. „Der Hurrikan. Ist er vorbei?"

„Der schlimmste Teil. Sie stufen Eve schon zu einem tropischen Sturm herunter. Jody geht es gut, Julianna. Sie will dich sehen. Sie wartet schon sehnsüchtig."

„Wie lange war ich bewusstlos?"

„Ungefähr eine Stunde. Du warst aber nicht die ganze Zeit völlig bewusstlos. Du bist ein paarmal zu dir gekommen und hast interessante Sachen gesagt."

Sie befeuchtete ihre Lippen und stellte aus Angst keine Fragen.

„Zum Beispiel, als ich dich auszog und in trockene Sachen gesteckt habe, hast du dich bei mir bedankt."

Ihre Augen forderten ihn heraus. „Ich danke dir nochmals."

Er lächelte. „War mir ein Vergnügen, glaub mir."

„Da ich mich nicht erinnere, muss ich deinen Worten glauben."

Er konnte nicht widerstehen und zog sie noch ein wenig auf. „Als wir damals zusammen waren, hast du nie solche Unterwäsche getragen."

„Bei den wenigen Gelegenheiten, bei denen wir zusammen waren, konntest du ohnedies kaum erwarten, mich aus meiner Unterwäsche zu bekommen", erinnerte sie ihn trocken.

„Ich habe seit damals ein paar Dinge dazugelernt." Seine Augen schimmerten wie feinstes Silber.

„Mehr als ein paar, möchte ich wetten!" Sie glühte vor Eifersucht bei dem Gedanken, dass er diese Dinge mit anderen gelernt hatte. „Was habe ich noch gesagt?"

„Das werde ich dir bei Gelegenheit sagen. Aber jetzt macht sich erst mal ein kleines Mädchen ziemliche Sorgen um dich." Er gab ihr einen Kuss auf die Stirn, ging an die Tür und drehte sich um. „Sei nicht wütend auf sie, Julianna."

„Das könnte ich gar nicht."

Gray öffnete die Tür. „Sie ist jetzt wach, Krabbe."

Julianna setzte sich auf, als sie Schritte hörte. Der Schmerz strahlte durch den Kopf und über ihren Nacken aus.

„Paige hat mir gesagt, dass du nicht wirklich tot bist." Jody flog an Gray vorbei und landete auf dem Bett, kletterte auf Juliannas Schoß und klammerte sich an sie. „Ich habe eine riesige Beule am Kopf. Willst du fühlen?"

„Kann es gar nicht erwarten." Julianna strich durch das seidige Haar des Mädchens. „Oh ja, eine richtige Beule!" Julianna drückte Jody an sich. „Warum bist du ins Freie gegangen?"

„Ich wollte sehen, ob der Sturm vorbei war. Ich habe dir nicht geglaubt. Da war ein Kätzchen, und …" Ihre Stimme erstarb.

321

„Und du hast es in den Schuppen gejagt und bist auf den Holzschei-
ten ausgerutscht, als du es fangen wolltest", beendete Julianna für sie
den Satz.

„Woher weißt du das?"

„Ich war auch mal acht Jahre alt."

„Ich schreibe das alles in mein Buch hinein, aber da wird es eine Kobra und kein Kätzchen", sagte Jody begeistert. „Eine große hässliche
Kobra. Und das kleine Mädchen versucht davonzulaufen und schafft
es nicht, und es ist auch kein Schuppen, sondern ein verwunschenes
Haus in Indien."

„Ich glaube, ich sollte ein Gratisexemplar von diesem Buch bekommen."

„Ich werde das kleine Mädchen Julianna nennen."

„Danke." Julianna drückte Jody an sich.

„Wir sollten Julianna jetzt ausruhen lassen", sagte Gray und wartete,
bis Jody aus dem Zimmer gehüpft war. „Schlaf jetzt, Liebling", sagte er.

Sie sank zurück und schloss die Augen, und er blieb bei ihr, bis sie
eingeschlafen war.

„Was hast du davon, aus einem zugenagelten Fenster zu starren?",
fragte Paige und kam zu Gray in das Wohnzimmer.

Er drehte sich um und ergriff ihre Hand. „Du weißt, was ich getan
habe."

Sie drückte seine Hand. „Du tust es, seit du Julianna im Flugzeug
gesehen hast. Du ringst mit dir selbst, Granger."

„Du weißt, dass du mir sehr viel bedeutest, nicht wahr?"

„Ich weiß es."

„Dann weißt du auch, dass ich dir auf keinen Fall wehtun möchte."

„Ich weiß auch das."

„Ich kann dich nicht heiraten, Paige."

„Ich hasse es, mich zu wiederholen, aber ich weiß auch das. Ich
glaube, ich habe es immer gewusst."

Er legte einen Arm um sie und zog sie an sich. „Es tut mir leid."

Paige drückte die Wange an seine Schulter. „Sei froh, dass du uns wenigstens auf lange Sicht größeren Schmerz erspart hast. Und auf diese
Weise bleiben wir Freunde."

„Warum bist du nicht mehr davon berührt?", fragte er.

Sie lachte und drückte ihn kurz, ehe sie ihn losließ. „Brauchst du
Tränen, Granger?"

Er grinste ein wenig einfältig. „Nein."

„Ich bin angekratzt, aber nicht zerbrochen", sagte sie, und einen Moment lang dachte er, ihre Augen würden sich vor Schmerz verdunkeln.

„Und du bist frei, um den Mann zu finden, den du wirklich brauchst."

Sie lächelte anzüglich. „Bring du lieber erst mal dein Leben in Ordnung, bevor du versuchst, mich zu verheiraten."

„Leichter gesagt als getan."

„Julianna wird es sich schon überlegen, Granger."

„Was wirst du machen?"

„Ich kümmere mich um unsere Besitzungen in Neuseeland, sobald ich einen Flug bekomme. Die Familie meiner Mutter stammt aus Neuseeland. Ich möchte für eine Weile zu meinen Wurzeln zurückkehren. Vielleicht finde ich heraus, wer ich bin", fügte sie trocken hinzu.

„Ich weiß, wer du bist." Er strich ihr die Haare aus dem Gesicht. „Du bist eine der wunderbarsten Frauen, die ich je kennengelernt habe."

Sie stellte sich auf die Zehenspitzen und legte die Hände auf seine Schultern. Ihr Kuss war tröstend. Und traurig.

Den Rest des Tages verbrachte Julianna abwechselnd mit Schlafen und Wachen. Jody unterhielt alle mit Ideen für ihren im Entstehen begriffenen Roman, aber die Erwachsenen blieben still, als hätte Eve ihre leichte Unterhaltung fortgerissen und ihnen nur ihre Gedanken gelassen.

Die Elektrizität funktionierte wieder, der Sturm hatte sich bis auf gelegentliche halbherzige Böen so gut wie gelegt, und es hatte völlig zu regnen aufgehört. Der Rundfunk meldete große Schäden und Überschwemmungen in tiefer gelegenen Gebieten, aber dank der frühzeitigen Warnungen und der Massenevakuierung waren keine Menschenleben zu beklagen.

„Morgen Nachmittag fliegen wieder Maschinen." Dillon stellte seine Kaffeetasse ab. „Ich fahre morgen früh zum Airport, sobald wir hier aufgeräumt haben, und sehe zu, ob ich einen Flug bekomme."

Das Telefon unterbrach weitere Pläne. Paige meldete sich und lächelte Jody zu. „Da ist eine Mommy am Telefon. Ich glaube, sie will mit dir sprechen."

„Ich kann kaum glauben, dass sie schon die Verbindung zum Festland hergestellt haben", sagte Julianna, nachdem Gray und Jody zum Telefon gelaufen waren.

„Wir leben in einem Zeitalter der Kommunikation", sagte Paige betont. „Aller Arten von Kommunikation."

Dillon griff das Stichwort auf. „Sogar in einem Ort wie Coober Pedy müssen wir immer auf dem Laufenden sein. Meistens erledigen wir das von Angesicht zu Angesicht. Ich glaube, das ist immer noch die beste Methode."

Juliannas Kopf fing an zu schmerzen. Als sie immer wieder von demselben Albtraum aus ihrem Nachmittagsschlaf gerissen worden war, hatte sie einen verzweifelten Plan entwickelt. „Dillon, ich möchte mit dir zum Flughafen fahren. Vielleicht bekomme ich eine Maschine nach Kauai."

Schweigen war die Antwort. Dann das Rücken eines Stuhls. Paige stand auf und trug die Reste von dem Tisch in die Küche. Sie machte Julianna ein Zeichen, sitzen zu bleiben.

„Dann bist du also morgen wieder in Coober Pedy und suchst Opale", sagte Julianna zu Dillon.

„Und du, Julianna? Als ich dich kennenlernte, bist du weggelaufen, und du läufst noch immer weg." Er legte seine Hand auf die ihre. „Hässliche Angewohnheit."

Sie blickte auf seine schwielige Hand, eine starke Hand, ein starker Mann. Ein guter Mann. „Hast du jemals Angst gehabt?", fragte sie.

„Nicht oft, aber einmal dachte ich, ich würde sterben. Mein Partner Jake und ich hatten gerade den ersten Schacht der Rainbow Fire Mine gegraben. Ich bin hinuntergestiegen und wurde verschüttet. Jake war weggefahren. Er hatte mich davor gewarnt, während seiner Abwesenheit hinunterzusteigen. Ich konnte nur einen winzigen Lichtpunkt über meinem Kopf sehen. Ich wusste, solange ich Licht sehe, gibt es auch Luft zum Atmen, aber wenn ich mich bewegte, würde ich sofort ersticken."

Julianna schauderte. Sie konnte den Gedanken nicht ertragen, auf eine solche Weise zu sterben.

„Jake ist kein junger Mann mehr, und wenn er müde wird, geht er in den Pub. Der Narr glaubt, dass er damit alles heilen könnte. Ich steckte also da unten, wagte nicht einmal zu niesen und fragte mich, ob Jake auf dem Weg zurück zum Stollen wäre oder im Pub ein Bier trank. Er hat mich gerettet, der Himmel segne seine schwarze Seele. Er kam mit einer Flasche Bier für jeden von uns zurück und hat mich zusammen mit anderen Schürfern herausgeholt, und dann hat er mir die ganze verdammte Flasche über den Kopf gekippt."

„Und wenn er nicht zurückgekommen wäre?"

„Aber er ist gekommen."

Julianna schwieg. Kein Wort über Gray war gefallen, aber sie wusste, was Dillon ihr damit hatte sagen wollen.

Er drückte noch einmal ihre Hand und ließ sie los. „Ich lebe allein. Abends in meiner Wohnhöhle stelle ich den Videorecorder an. Oder ich gehe in den Pub und rede mit anderen Schürfern über Opale oder spiele Billard."

„Ich nehme meine Arbeit mit nach Hause."

„Vielleicht bist du gern allein, ich nicht." Dillon lehnte sich zurück. „Ich steckte da unten in der Erde und habe mich gefragt, warum Jake Donovan der einzige Mensch auf der ganzen Welt war, der sich wundern würde, wo ich war. Ich hätte da unten in diesem kleinen Zugang zur Hölle stecken können, bis sich die Himmel öffneten und die Engel Hosianna sangen, und die Leute hätten nur gesagt: ‚Dillon Ward muss schon trocken sein wie der Schwanz eines Dingos. Der kommt gar nicht mehr in den Pub. Hat wohl dem Alkohol ganz abgeschworen.'" Er unterbrach sich. „Was würden die Leute wohl über Julianna sagen?"

Julianna wurde nicht wütend, weil er es wagte, sie herauszufordern. Dillon war ein Freund geworden, genau wie sonderbarerweise auch Paige. Mit der Freundschaft waren bestimmte Rechte gekommen. Und bestimmte Einsichten.

„Ich hatte entsetzliche Angst vor Eve, aber das war nichts im Vergleich zu dem, was ich jetzt fühle", sagte sie leise. „Kannst du das verstehen, Dillon? Ich kann nicht bei Gray bleiben. Ich weiß nicht, was ich für ihn fühle."

„Du hast ihm gesagt, dass du ihn liebst."

Juliannas Augen weiteten sich.

„Gray hat dich ins Haus getragen", sagte Paige von der Tür her. „Du hast die Augen geöffnet und ihm gesagt, dass du ihn liebst."

„Ich wusste nicht, was ich sage", protestierte Julianna.

„Du weißt jetzt nicht, was du sagst", korrigierte Paige.

„Meine Mommy holt mich morgen!", rief Jody von der anderen Tür her. Gray stand neben ihr.

Julianna zog sich hastig in ihr Schlafzimmer zurück, aber Gray folgte ihr und setzte sich neben sie auf das Bett.

„Du willst also weg?" Offenbar hatte er einen Teil der Unterhaltung im Wohnzimmer gehört. Seine Finger glitten über ihr Haar. „Ich weiß, dass du Angst hast. Ich habe auch Angst." Er sah ihr voll ins Gesicht, und als er die Qual in ihren Augen bemerkte, setzte er flüsternd hinzu: „Ich will dich, aber ich habe Angst vor dem Schmerz. Ich kann dir aber versprechen, dass ich dir keinen Schmerz mehr zufügen werde."

Er zog sie an sich, und obwohl sie nicht reagieren wollte, verging sie doch fast in seinem Kuss.

„Ich werde dich festhalten, wenn du Angst hast, Julianna, und du kannst mich festhalten", flüsterte er. „Wir werden gemeinsam ein Leben aufbauen, ein Heim gründen, Kinder haben, so viele du willst. Wir können alles haben, Liebling, wenn du nur daran glaubst, dass es möglich ist."

Einen Moment lang erlaubte sie sich, daran zu glauben, aber im nächsten Moment zerstörte ihre Angst alle Träume. „Nein!" Sie stieß Gray von sich und sprang auf. „Bitte, Gray!"

Er ging an die Tür. Sein Gesicht verriet nichts. „Julianna, jedes Mal, wenn du dich umdrehst, werde ich da sein. Ich werde da sein, und du wirst dir wünschen, stärker und tapferer zu sein, denn du wirst mich haben wollen, aber du wirst ein zu großer Feigling sein, um es zuzugeben. Bis du eines Tages ... eines Tages ..."

Sie schüttelte verzweifelt den Kopf. „Morgen werde ich nach Hause fliegen."

Er beugte sich zu ihr und küsste sie zart auf die Wange. „Der eigentliche Weg nach Hause hat für uns beide vor vier Tagen in einem Flugzeug begonnen." Er drehte sich um und war im nächsten Moment gegangen.

14. KAPITEL

Julianna saß auf dem menschenleeren Strand auf der anderen Seite der Straße vor ihrem Haus an der Poipu-Küste und verglich Stoffmuster mit den Farben des Meeres. Seit Jahren versuchte sie vergeblich, diese leuchtenden Farben einzufangen, und in der einen Woche, die sie jetzt zu Hause war, hatte sie es erneut vergeblich probiert.

Sie hatte geweint, als Dillon sie zum Abschied an sich drückte. Überraschenderweise hatte sie auch bei Paiges Abreise geweint, und am überraschendsten war, dass auch Paige geweint hatte. Ihre Freundschaft war so unglaublich wie eine Rückkehr von Eve, aber sie existierte trotzdem.

Dann war sie mit Gray und Jody zum Flughafen gefahren, hatte Jodys rührendes Wiedersehen mit ihrer hübschen Mutter beobachtet und sich von ihr verabschiedet.

Und dann hatte sie Gray Lebewohl gesagt.

Zum ersten Mal hatte sie begriffen, warum sie ihn vor zehn Jahren in Granger Junction ohne ein Wort verlassen hatte. Der Abschied war unerträglich gewesen.

Jetzt war eine Woche vergangen. Sie war allein auf Kauai, vermisste Gray, sehnte sich nach ihm, erinnerte sich an ihn …

Sie überquerte die Straße vor ihrem Haus und zwang sich, an blaugrüne Wellen und schimmernden Sand zu denken. Aber silbergraue Augen leuchteten tief in ihrem Inneren, dort, wo die geheimsten Träume geboren wurden …

Für eine Frau, die angeblich ihre Vergangenheit aus ihrem Leben verbannen wollte, hatte Julianna allerdings einen seltsamen Ort ausgesucht. Gray parkte seinen Mietwagen und stieg vor dem Haus aus. Es erinnerte ihn auf verblüffende Weise an das Strandhaus in Granger Inlet. Er wusste, dass Julianna sich etwas Eleganteres hätte leisten können, aber er wusste auch, warum sie es nicht getan hatte. Einst hatte sie ihm erzählt, dass sie am liebsten am Strand leben wollte. Einst hatte sie das Strandhaus in Granger Inlet für das Paradies gehalten.

Gray betrachtete die *lanai* vor dem Haus, die der Veranda in Granger Inlet ähnelte, und fragte sich, warum er nicht länger hatte warten können. Er hatte Juliannas Jet nachgeblickt und sich ermahnt, ihr Zeit zum Atmen zu lassen. Zu viel war innerhalb von vier Tagen passiert.

Eine Woche war nicht lang genug, aber länger hatte er es nicht ausgehalten. Er schob die Hände in die Hosentaschen und ging auf das Haus zu.

Julianna hörte das Klopfen an der Vordertür. Sie bekam selten Besuch, weil sogar ihre Freunde wussten, wie eifersüchtig sie ihre Privatsphäre abschirmte. Jetzt lief sie durch das Haus und war froh über die Unterbrechung ihrer Einsamkeit.

„Gray!" Einen Moment fragte sie sich, ob er nicht bloß ihrer Einbildung entsprungen sei.

Das Haar fiel ihr lose und zerzaust auf den Rücken, ihre Füße waren bloß, ihre Augen groß und verletzlich. Einen Moment fragte Gray sich, ob sie nicht bloß seiner Erinnerung an Julie Ann entsprungen sei.

„Du hast mir gefehlt." Er machte einen Schritt auf sie zu. „Ich habe dir gesagt, dass ich nicht aufgebe."

Sie versteifte sich ein wenig und hatte plötzlich schreckliche Angst davor, ihm in die Arme zu sinken.

„Und ich habe dir gesagt, dass du aufgeben sollst."

„Ich tue nicht immer, was man mir sagt."

Sie fragte sich, wie viel Glück sie für sich in Anspruch nehmen durfte, ohne eine Katastrophe zu riskieren. Das Schicksal teilte mit der einen Hand aus und nahm mit der anderen weg.

„Willst du mich nicht hineinbitten, Julianna?", fragte er.

Sie wusste, dass sie sich nichts vormachen konnte. Sie wollte Gray, sie wollte ihn wirklich. Sie sehnte sich so sehr nach ihm, dass ihre ganze Abwehr nichts nützte. Und er wollte sie. Sie waren noch immer Mann und Frau. Sie konnten eine ganze Nacht zusammen verbringen.

„Du nimmst ja das Ganze recht cool, nicht wahr?" Sie hob ihr Kinn an. „Meinst du, ich sehe nicht, was hier vor sich geht?"

„Ich sehe nur, dass du noch immer in der Tür stehst."

„Eine Nacht wird nichts ändern."

Er hob eine Augenbraue. „Nein?"

Sie fühlte die Arme um sich und schmiegte sich an ihn. Hinter ihm schlug die Tür zu.

„So habe ich das nicht geplant", murmelte er. „Ich dachte an mehr Raffinesse."

Sie lösten sich voneinander, gingen ins Schlafzimmer. Gray legte seine Hände an ihre Hüften, zog sie nahe genug, dass sie die Stärke seines Verlangens fühlte. „Davon habe ich geträumt", flüsterte er. „Bis der Schlaf zur Qual wurde."

Julianna wusste über Träume Bescheid. Sie schloss die Augen, während er ihre Bluse öffnete und sie ihr abstreifte, ihren BH öffnete und die dünne Spitze entfernte.

„Nur diese eine Nacht", sagte sie laut. Mit bebenden Fingern begann sie sein Hemd aufzuknöpfen.

Seine Hände legten sich währenddessen auf ihre Brüste, und sie schloss die Augen unter den Empfindungen, die durch ihren Körper fluteten. Als sein Hemd zu Boden glitt, öffnete sie die Augen. „Du bist nicht mehr derselbe", flüsterte sie. Seine Brust war breiter, muskulöser. Auch seine Schultern waren breiter, als hätten sie mehr Last getragen.

„Du auch nicht. Wir beide sind nicht mehr dieselben."

Sie schmiegte sich an ihn. „Ich habe mich getäuscht. Julie Ann ist noch immer in mir."

„Ich habe sie geliebt. Dich liebe ich noch mehr." Er entkleidete sie vollständig, trat zurück und bewunderte ihren nackten Körper, während er sich ganz auszog.

Julianna holte tief Luft, als sie die Wahrheit erkannte. Zehn Jahre hatte sie auf Gray gewartet. In allen wichtigen Belangen hatte ihr Leben stillgestanden.

Ihre Träume waren nicht neu. Sie hatte jahrelang von ihm geträumt. Dann hatte sie die Träume so tief begraben, dass sie sich ihren Weg an die Oberfläche erkämpfen mussten. Jetzt jagten sie einer nach dem anderen durch ihre Gedanken. Träume von Gray, Träume von gemeinsamen Kindern, Träume von einem Schicksal, das sie beide kontrollieren konnten.

Unmögliche Träume …

Sie schlang die Arme um ihn, und es war, als wäre sie nach Hause gekommen. Hungrig suchte sie mit dem Mund seine Lippen, schenkte Trost und Lust und erhielt sie zehnfach zurück. Er zog sie enger an sich und bewegte seinen Körper in einem langsamen Rhythmus gegen den ihren und setzte das in ihr brennende Feuer frei, während er mit den Händen rastlos über ihren Rücken wanderte.

Ihre Haut fühlte sich wie Samt und Seide an, während er sie liebkoste. Sie war zur Frau herangereift, schlank und zart, aber eine Frau in jeder Hinsicht. Während sie sich an ihn klammerte, fühlte er sie beben, und er begann zu begreifen, wie viel Mut sie in diesem Moment aufbrachte. Er hielt sie fest und hoffte, sie würde den Mut finden, für immer bei ihm zu bleiben.

Schließlich machte Gray einen Schritt zurück, hielt Juliannas Hände fest und führte sie zum Bett, ohne den Blick von ihr zu wenden.

„Hilf mir dabei, es langsam und genießerisch zu tun." Er um-schmiegte mit den Händen ihr Gesicht. „Das letzte Mal, dass ich eine Frau so sehr begehrt habe, war in meiner Hochzeitsnacht."

„Ich weiß nicht, ob ich dir helfen kann." Sie presste sich an die Hitze seiner Haut. „Es ist auch für mich so lange her."

Er sank mit ihr auf das Bett, vergrub stöhnend das Gesicht an ihrer Schulter und kostete ihre warme Haut mit Zunge und Zähnen, während seine Hände über sie glitten.

Julianna legte ihre Wange an Grays Haar und erschauerte, während seine Hände sie abwechselnd erregten und beruhigten. Sie klammerte sich an ihn, als er sie auf das kühle Laken drückte, sie lagen miteinander verschlungen auf dem Bett, und Julianna sehnte sich gleichzeitig nach Warten und Erfüllung, nach Anfang und Ende. Gray legte die Hände an ihr Gesicht und küsste sie mit langsamen rhythmischen Bewegungen seiner Zunge. Sein Mund glitt tiefer, küsste die Vertiefung an ihrer Kehle, glitt noch tiefer.

Als er eine steife Brustspitze in seinen Mund nahm, stöhnte Julianna vor Lust auf und bog sich ihm entgegen. Sein Mund war warm, aber sie fühlte sich noch wärmer, fieberte und war so bereit für seine Liebe, dass sie sich wie ein Gefäß vorkam, das nur darauf wartete, gefüllt zu werden. Seine Hände schweiften über sie, während sein Mund erst ihre eine, dann ihre andere Brust erforschte. Er streichelte die straffe Haut auf ihrem Bauch und schob die Hand dann tiefer zu den dunklen Lo-cken zwischen ihren Beinen, bis sie ein Bein um ihn schlang und ihn lockte, zu ihr zu kommen.

Stattdessen rollte er sich mit ihr herum, sodass sie auf ihm lag. „Ver-wöhne mich, liebe mich", flüsterte er stöhnend.

Sie hörte das Stöhnen und wusste, dass seine Beherrschung fast völ-lig aufgebraucht war. Ein neues Gefühl von Macht durchströmte sie. Sie war nicht mehr die Jungfrau, die er in die Mysterien körperlicher Liebe eingeführt hatte. Sie war eine Frau, die geben und nehmen, die lehren und lernen konnte.

Sie beugte sich über ihn und begann ihn mit Fingern und Lippen zu streicheln, strich über seine Brust, wanderte tiefer. „Bald", versprach sie mit vor Leidenschaft rauer Stimme. „Sehr bald."

Gray bewegte sich unter ihr und ergab sich den Foltern ihres Mundes.

Sie erhob sich über ihm, und Macht und Angst kämpften in ihr ge-geneinander. Gray zog ihren Kopf zu sich herunter, während sie ihn langsam in sich aufnahm. Er füllte sie vollständig aus. Julianna sank gegen ihn, den Kopf in seiner Schulterbeuge. Ihr Herz schlug hektisch. Grays Arme packten sie krampfartig, und sie wusste, dass er versuchte, sein Verlangen zu bezähmen.

„Ich … lasse … dich … nie … wieder … los!" Er stockte zwischen den Wörtern, als würde ihm jedes einzelne Schmerz bereiten.

In der ursprünglichsten aller Arten miteinander vereinigt, empfand Julianna nur, wie richtig diese Verbindung war. Ihre Brüste streiften über seine Brust, als sie sich zu bewegen begann, und sie schob die Arme unter ihn, um ihre Verbindung noch zu steigern.

Macht schloss Angst aus. Sie bewegte sich schneller, und sie sah die Pein der Lust in seinem Gesicht, als er sich ihr entgegenbog. Sie begann sich emporzuschwingen, körperlich nicht mehr mit der Erde verbunden, sondern nur noch mit dem einzigen Mann, den sie je geliebt hatte. Mit einer kraftvollen Bewegung drehte Gray sie auf die Seite, dann auf den Rücken. Sie war unter ihm gefangen, aber sie schwebte trotzdem weiter, weg von jeder Beherrschung, an einen Ort, an dem es keine Beherrschung mehr gab.

Sie starrte in silbrige Augen, in denen die Glut der Leidenschaft, vermischt mit Liebe, schimmerte. Sie stöhnte lustvoll auf und hob sich ihm wieder und wieder entgegen, bis sie nichts anderes mehr tun konnte, als ein letztes Mal aufzustöhnen und in seinen Armen zu vergehen.

Julianna schlief. Und Grays Arm war auch eingeschlafen. Sie fühlte sich so wunderbar an, dass er es nicht übers Herz gebracht hatte, sie wegzuschieben. Jetzt schob er sie gerade so weit weg, dass das Blut wieder zu zirkulieren begann.

Jetzt erst verstand er sie ganz. Sie liebte ihn, aber sie hatte entsetzliche Angst, es sich selbst einzugestehen, weil sie sicher war, ihn dann zu verlieren. Sie hatte so wenig vom Leben bekommen, und das meiste war ihr wieder weggenommen worden. Jetzt vertraute sie nichts und niemandem. Sie kapselte sich ab, damit das Schicksal sie nicht noch einmal verletzen konnte.

Gray schlang die Arme fester um sie. Das Schicksal hatte sie beide zusammengeführt. Jetzt hatten sie den Rest ihres Lebens, um glücklich zu sein. Er fragte sich nur, wie er Julianna überzeugen könnte.

Fast eine Stunde später fühlte er, wie sie allmählich erwachte, aber sie zog sich nicht von ihm zurück, sondern schmiegte sich noch enger an ihn. Er streichelte ihren Rücken und küsste ihr Haar, bis sie ganz wach war.

„Ich hatte vergessen, wie schön es ist, neben dir aufzuwachen", sagte sie scheu.

Er zog ihre Hand an die Lippen und küsste jede ihrer Fingerspitzen. „Ich habe das Haus eines Mannes in Washington, D.C., restauriert. Das Haus war fast zweihundert Jahre alt, der Mann tausend. Er war Chinese, verheiratet mit einer Amerikanerin, die in Peking unterrichtete, als sie sich kennen lernten. Als ich ihn nach seiner Ehe fragte, sagte er, dass die Chinesen ein Sprichwort haben. Wenn zwei Menschen von Gott füreinander bestimmt werden, finden sie einander, ganz gleich, wie weit voneinander entfernt oder wie unterschiedlich sie auch sein mögen. Dann sah er mich an und meinte, die meisten Menschen würden ihn nicht verstehen, ich aber schon."

„Gray ..."

„Es gibt Dinge, die wir nie verstehen werden", fuhr Gray fort. „Ich weiß nicht, warum deine Schwester starb. Ich weiß nicht, warum du solche Eltern hattest, Julianna. Ich weiß nicht einmal, warum uns Ellie genommen wurde. Aber ich verstehe, warum wir einander vor zehn Jahren gefunden haben und warum wir einander wiedergefunden haben. Das war so vorherbestimmt. Wir waren füreinander bestimmt."

„Nein!" Julianna wollte sich aufsetzen, aber Gray hielt sie fest.

„Glaubst du wirklich, du kannst einfach aufstehen und so tun, als wäre nichts geschehen?", fragte er. „Meinst du, wenn du so tust, dann bist du sicher?"

„Verdirb es nicht", flehte sie.

Er hatte mehr über Julianna erfahren, aber auch über sich selbst. Er wusste, dass er keine Nacht mehr in Unsicherheit über ihre gemeinsame Zukunft verbringen könnte. „Reich die Scheidung nicht ein, Julianna. Du hast doch gesehen, was wir noch gemeinsam haben. Sag mir, dass du uns eine Chance gibst."

„Es kann nicht gut gehen, Gray."

Er tat, als hätte er nichts gehört. „Ich kann mein Büro überall haben, sogar auf Kauai. Ich muss dann zu den Baustellen weiter reisen, aber etliche Reisen können wir zusammen machen. Wir werden Kinder haben. Wir werden ein gemeinsames Heim haben."

„Nein!" Julianna riss sich los, aber seine starken Finger umklammerten ihr Handgelenk und unterbrachen ihre Flucht.

„Läufst du schon so lange weg, dass du vergessen hast, wie man stehen bleibt?"

Sie war in hektischer Eile, von ihm wegzukommen. Er bot ihr alles an, was sie sich wünschte, und sie wusste, dass sie nichts davon annehmen durfte. Sie riss ihren Arm los und glitt vom Bett. Er schwieg, während sie sich anzog, und er schwieg, als sie die Tür hinter sich zuschlug. Er schwieg auch, als er mit der Faust in kraftlosem Schmerz gegen die mit einer Grastapete verkleidete Wand schlug.

Julianna war schon meilenweit an der Küste entlanggegangen, ehe sie erkannte, dass es bald dunkel wurde. Sie kehrte um, und obwohl sie erschöpft war, beschleunigte sie ihre Schritte. Zu ihrer Überraschung war der Strand nicht leer.

Eine entwurzelte Palme lag vor ihr auf dem sonnengetränkten Sand. Ein Mann saß auf dem Stamm der Palme und beobachtete sie. Als sie sich ihm näherte, stand er auf und ging auf sie zu. Silbrige Augen schimmerten in dem vielfarbigen Licht der Abenddämmerung.

Sie hörte Grays Worte, die er vor einer Woche zu ihr gesagt hatte: „Jedes Mal, wenn du dich umdrehst, werde ich da sein …"

„Ich war gespannt, ob du bemerkst, dass es dunkel wird", sagte Gray beiläufig.

Julianna lächelte ihm zu, aber ihre Lippen zitterten. „Wenn ich weggelaufen bin, habe ich nie darauf geachtet, wohin ich laufe."

„Eines war diesmal allerdings anders. Du warst leicht zu verfolgen."

„Bist du mir die ganze Zeit gefolgt?"

Er nickte.

„Ich glaube, irgendwie habe ich es gewusst."

Gray ergriff ihre Hand, gemeinsam schlenderten sie schweigend über den von Palmen beschatteten Strand.

Ein Stück vor ihrem Haus blieben sie stehen. Gray pflückte eine duftende weiße Blüte von einem überreich blühenden Busch und schob sie in eine Locke ihres Haars oberhalb ihres Ohrs. „Das linke Ohr für eine verheiratete Frau, habe ich gehört."

Sie nickte, tief berührt von der einfachen Geste.

„Wirst du manchmal an mich denken?", fragte er.

„Ja." Julianna schloss die Augen, als er sie flüchtig küsste.

„Wenn du mich jemals brauchst, bin ich im ersten Flugzeug hierher." Er drehte sich um und ging am Strand weiter.

„Gray?"

Er blieb nicht stehen.

„Gray, wohin willst du?"

Er hielt inne, sah sie aber nicht an. „Nach Hause."

„Hast du denn heute Abend einen Flug?" Sie fühlte Panik in sich hochsteigen, eine viel größere Panik als jene, die sie vor ihm hatte weglaufen lassen.

„Ich fahre zum Airport und sehe, was sich machen lässt."

Sie machte einen Schritt auf ihn zu, dann noch einen. „Warum?"

Er antwortete nicht.

„In der einen Minute sprichst du von für immer, und in der nächsten kannst du nicht schnell genug wegkommen."

„‚Für immer' galt, als ich noch nicht begriff, wie groß deine Angst wirklich ist."

„Bleib bis morgen", bat sie. „Bleib heute Nacht bei mir. Die heutige Nacht gehört uns."

Er betrachtete ihr Gesicht, als müsse er sich ihre Züge einprägen. „Ich bin nicht so stark", sagte er und wandte sich ab. „Diesmal laufe ich weg."

Mit tränenerfüllten Augen blickte Julianna Gray nach, bis er aus ihrer Sicht verschwunden war.

Innerhalb von vier Tagen hatte sie Gray gefunden und wieder verloren. Sein Auftauchen war ein Wunder gewesen, und wie alle Wunder hatte es ihr Trost, Erkenntnis und Heilung gebracht. Sie hatte alles genommen und ihm nichts als eine Stunde in ihren Armen gegeben.

„Gray ..."

In diesem Moment erkannte sie, dass diesmal nicht das Schicksal, sondern sie selbst über ihr Leben bestimmt hatte. Sie hatte solche Angst vor dem Glück gehabt, dass sie es zerstört hatte, bevor es ihr richtig gehörte. Sie war schlimmer als ein Feigling, sie war eine Närrin.

Julianna tat einen Schritt, dann noch einen. Die Brise kühlte ihre Wangen, als sie zu laufen begann. „Gray!"

Sie knickte in dem weichen Sand um, lief weiter, bis sie auf dem leeren Strand vor ihrem Haus war. Grays Wagen parkte noch davor, und einen Moment lang wusste sie nicht, wo Gray war. Dann sah sie ihn auf der von dichten Büschen gesäumten Straße. Sie rief ihn.

Er drehte sich um, kam zu ihr und blieb mit dem Rücken zu der rauschenden Brandung stehen.

Sie versteckte ihre Angst unter Ärger. „Du kommst nach zehn Jahren wieder in mein Leben und erwartest, dass ich alles vergesse, was zwischen uns passiert ist?"

„Du sollst es nicht vergessen, sondern überwinden."

„Ich habe jeden verloren, den ich je geliebt habe!"

„Du bist dabei, mich zu verlieren. Noch einmal."

„Ich habe nicht gesagt, dass ich dich liebe!"

Mit funkelnden Augen kam er näher. „Sag es, verdammt!" Er legte seine Hände auf ihre Schultern, als wollte er sie schütteln.

„Ich habe Angst." Sie schluckte schwer.

Er nickte und ließ sie los. Die Abendbrise bewegte die Luft und raschelte in den Palmen. „Ich liebe Julianna Mason Sheridan!", rief er. Eine plötzliche unheimliche Stille folgte, als würde irgendjemand irgendwo lauschen. Sogar die Nachtvögel stellten ihren Gesang ein. „Und sie liebt mich! Und so wahr mir Gott helfe, wenn wir nie miteinander glücklich sein dürfen, dann soll der Blitz mich jetzt erschlagen!"

Noch ein Moment tiefer Stille folgte, dann schrie in der Ferne eine Möwe, Stimmen trieben über das Wasser von einem Boot, das vom Meer hereinkam, der Wind setzte erneut ein und raschelte in den Palmwedeln eine alte geflüsterte Melodie.

Julianna fühlte, wie etwas in ihr aufbrach. Ihre tief sitzende Angst war nicht so einfach, konnte nicht so einfach sein, aber sie war auch nicht viel komplizierter. Das Leben würde weitergehen, ob sie Gray nun liebte oder nicht. Nur wenn sie jetzt nicht die wichtigsten Worte ihres Lebens sprach, verlor sie ihn mit Sicherheit.

„Ich liebe dich", sagte sie stockend. Sie schluckte und wiederholte die Worte lauter. „Verdammt, Gray, ich liebe dich. Ich liebe dich!", rief sie.

Im nächsten Moment lag sie in seinen Armen.

„Es wird gut gehen", versprach er. „Wir werden es schaffen, wir werden es schaffen."

Seltsam genug, aber sie wusste, dass es diesmal stimmte. Sie hob ihr tränenüberströmtes Gesicht und fand seinen Mund mit ihren Lippen.

– ENDE –

Anne Mathers

Verzauberte Tage in Honolulu
Roman

Aus dem Amerikanischen von
Barbara Kruse

1. KAPITEL

Wenn die Frau nicht in eine heftige Diskussion mit der Angestellten der Autovermittlung verstrickt gewesen wäre, hätte Alessandro Conti sie bestimmt nicht bemerkt, davon war er überzeugt. Anscheinend war sie mit dem gleichen Flug wie er aus Los Angeles gekommen. An Bord war sie ihm nicht aufgefallen, doch das war nicht weiter verwunderlich in einer voll ausgebuchten Boeing 747.

Außerdem hatte Alessandro den größten Teil der fünfstündigen Flugzeit nach Honolulu damit verbracht, Morales' Bericht zu lesen. Er hatte so sehr gehofft, darin einen Hinweis zu entdecken, wo Virginia und Maria sein könnten. Vergeblich. Der Detektiv Morales hatte ihre Spur bis zum Festland verfolgt, doch in San Diego verlor sie sich dann. Alex, wie er von allen genannt wurde, war ziemlich sicher, dass Virginia sich auf dem Weg zur mexikanischen Grenze befand, doch ohne konkretere Hinweise war es unmöglich, sie aufzuspüren.

Deshalb hatte Alex Morales eingeschaltet. Er sollte die beiden finden. Nun hoffte Alex, eine Nachricht zu Hause vorzufinden, um mit Virginia Kontakt aufnehmen zu können. Deshalb stand er jetzt hier in der Ankunftslounge, wartete auf seinen Wagen und beobachtete dabei die Frau, die immer noch mit der kleinen Chinesin von der Autovermietung stritt.

Das Haar dieser Frau war faszinierend. Eine solche Farbe hatte Alex noch nie gesehen. Es war von einem leuchtenden, äußerst lebhaften Rot, und obwohl die Frau es zu einem Zopf geflochten trug, konnte Alex sich gut vorstellen, wie es offen aussah.

Nun gut, dachte er, diese Frau hat rotes Haar, andere sind blond. Das interessiert mich alles nicht. Frauen sind mir ziemlich gleichgültig geworden. Und daran war Virginia schuld. Sie hatte mit ihren steten Forderungen nach Sex in Alex jede Lust getötet, mit ihr zu schlafen. Als er schließlich herausfand, was mit ihr nicht in Ordnung war, starben auch die Zuneigung und die Liebe, die er einmal für sie empfunden hatte.

In letzter Zeit hatte er sich häufig gefragt, ob das Mädchen, das er geheiratet hatte, eigentlich von jeher nur in seiner Vorstellung existiert hatte. Für Virginia war es eine reine Vernunftentscheidung gewesen, ihn zu heiraten, das wusste Alex inzwischen. Sie brauchte ein Heim, Geld, Sicherheit, und er konnte ihr all diese Dinge bieten.

Trotzdem reichte es nicht. Nur, was Virginia suchte, gab es vermutlich gar nicht, und ihre Art, mit dem Problem umzugehen, ließ Alex'

Gefühle erkalten. Vielleicht hatte sie recht mit ihren Vorwürfen, vielleicht sollte er nach sechs Jahren Ehe mehr Verantwortung empfinden. Doch sein Mitgefühl, seine Gutgläubigkeit und seine Geduld hatten Grenzen. Virginia würde sich niemals ändern, weil sie sich gar nicht ändern wollte. Und er war nicht länger der gutgläubige Mensch, den sie geheiratet hatte. Man kann einen Menschen nicht von der Selbstzerstörung abhalten, wenn er keine Hilfe will, dachte Alex.

Als er vor einer Woche nach New York abreiste, war ihm nicht klar, in welchem Spannungszustand Virginia sich befand. Sonst hätte er sie nicht allein gelassen. Andererseits musste er sich aber auch um seine Firma kümmern, er hatte Verpflichtungen.

Am Abend vor seiner Abreise machte Virginia einen fast normalen Eindruck. Sie hatten sich sogar während des Dinners unterhalten. Nichts ließ darauf schließen, dass Virginia ihn verlassen wollte. Ein Streit hätte Alex vielleicht misstrauisch gemacht, doch Virginia blieb friedlich.

Sein Magen verkrampfte sich. Nicht im Traum wäre er darauf gekommen, dass sie die Insel verlassen könnte. Schließlich liebte sie trotz allem den Komfort ihres Hauses, den Luxus seidener Bettwäsche und kostspieliger Kleidung.

Es war jedoch nicht die Sorge um seine Frau, die Alex zutiefst bedrückte. Virginia war egoistisch und würde schon aufpassen, dass ihr nichts passierte. Doch sie hatte ihre gemeinsame fünfjährige Tochter mitgenommen. Das Kind interessierte sie immer nur dann, wenn sie es als Waffe gegen Alex ausspielen konnte.

„Signore, hier bin ich."

Carlo Venturas ruhige Stimme holte Alex aus seinen Gedanken. Alex wandte sich dem Mann zu, der sein ganzes Leben lang der Conti-Familie gedient hatte, schon bevor Alex geboren war.

„Carlo."

Die rothaarige Frau hatte jetzt ihre Bemühungen bei der Autovermietung aufgegeben und eilte aus dem Gebäude. Hübsche Beine, bemerkte Alex. So ein Quatsch, dachte er dann ärgerlich, was gehen mich die Beine dieser Rothaarigen an. Er reichte Carlo seine Aktentasche, und sie gingen hinaus.

„Gibt es irgendwelche Neuigkeiten?"

„Nein, Signore." Carlo schüttelte bedauernd den grauhaarigen Kopf. „Kein Wort, Signore. Es tut mir leid."

Alex schwieg. In einer großen Stadt wie San Diego war es leicht, unterzutauchen. Eine allein reisende Frau mit einem Kind erregte keinen

Verdacht. Vielleicht sollte er dankbar dafür sein, dass Virginia allein war. Denn wenn ein anderer Mann im Spiel gewesen wäre, müsste er sich wahrscheinlich noch mehr um die Sicherheit seiner Tochter sorgen. Carlo hatte den dunkelblauen Mercedes vor dem Flughafengebäude geparkt. Als sie einsteigen wollten, entdeckte Alex wieder die Rothaarige, die gerade in ein Taxi stieg. Vermutlich war sie eine Touristin. Hawaii hatte das ganze Jahr über Saison, und die meisten Touristen begannen ihren Urlaub in Oahu. Waikiki war immer noch das beliebteste Ferienziel im ganzen Pazifik.

Die Fremde trug keinen Lei um den Hals, und Alex fragte sich, ob sie schon einmal auf Hawaii gewesen war. Auch Alex war den lächelnden Wahine ausgewichen, doch in seinem Fall war es eher Gewohnheitssache. Die meisten Besucher fanden den Brauch, mit einer Girlande aus Orchideen begrüßt zu werden, ganz reizend. Aber anscheinend war die Ankunft der rothaarigen Frau anders verlaufen.

Alex setzte sich ans Steuer des Wagens, während Carlo den Träger bezahlte, der Alex' Gepäck transportiert hatte.

„In Ordnung, Signore", sagte er, als alles verladen war, und stieg neben Alex ein.

Alex fuhr zunächst in die City. Da es laut Carlo zu Hause keine Neuigkeiten gab, wollte Alex zuerst im Büro nachsehen, ob dort eine Nachricht eingetroffen war. Immerhin war es vierundzwanzig Stunden her, seit er zuletzt mit dem Detektiv Morales gesprochen hatte, und in dieser Zeit konnte sich etwas ereignet haben.

Alex fuhr den Nimitz Highway entlang, an der Dole Ananaskonservenfabrik vorbei nach Downtown Honolulu. Der Sirupduft, den die Konservenfabrik verströmte, war angenehm vertraut, doch diesmal amüsierte Alex sich nicht über den riesigen Wassertank in Form einer Ananas. Auch den Jachthafen, in dem sein eigenes Boot, die „Maroso", vor Anker lag, streifte er heute nur mit einem flüchtigen Blick. Am Flughafen war der Himmel noch verhangen gewesen, Honolulu und der nahe Strand von Waikiki lagen jedoch in strahlendem Sonnenschein. Aus diesem Grund war die Insel ja auch so beliebt. Es regnete fast nie, und eine sanfte Brise sorgte dafür, dass es nie unerträglich heiß wurde.

Das Conti-Geschäftsgebäude befand sich am Ala Wai Boulevard, nicht weit von der First Hawaiian Bank. Es war einer der vielen Wolkenkratzer, die in den letzten Jahren entstanden waren. Weithin sichtbar überragten sie die kleineren Gebäude, Kirchen und schattigen Parks, die sie umgaben.

Carlo wartete im Auto, während Alex in sein Büro ging. Die Conti-Corporation, von Alex' Großvater zwischen den Kriegen gegründet, hatte sich inzwischen äußerst gewinnbringend entwickelt. Es war ein weltweites Unternehmen. Alex war Geschäftsführer, sein Vater, der sich offiziell zwar aus dem Geschäftsleben zurückgezogen hatte, behielt den Titel des Präsidenten. Alex war jedoch für alles verantwortlich, und es war sein Wort, das zählte.

Glücklicherweise besaß er fähige Mitarbeiter, an die er auch wichtige Aufgaben delegieren konnte, denn seit Virginias Verschwinden hatte er nur wenig Zeit im Büro verbracht. Bei so weit gestreuten Geschäftsinteressen, wie Kohlebergbau in Europa, Stahlbergwerke in Asien, Öl in Kanada und Smaragde in Kolumbien, war es auch unbedingt notwendig, Spezialisten zu beschäftigen.

„Mr Conti!" Sophy Ling, eine der beiden Sekretärinnen, die das Vorzimmer betreuten, lächelte ihm herzlich zu.

„Hallo, Sophy", grüßte Alex zurück. „Irgendwelche Nachrichten für mich?"

Sophy sah ihn bedauernd an. Anscheinend hatte die Nachricht von Virginias Verschwinden sich inzwischen herumgesprochen. Alex wollte die unliebsame Publicity natürlich vermeiden, und bisher war er auch noch nicht von Reportern verfolgt worden. Doch es war nur eine Frage der Zeit, bis es dazu kam.

„Ist Jeff in seinem Büro?", fragte er. Rose Fraser, Sophys Kollegin, nickte. Jeff Blaisdell war Alex' Cousin und persönlicher Assistent und hatte während Alex' Abwesenheit die Angelegenheiten der Firma vertreten. „In Ordnung. Ich bin in Mr Blaisdells Büro, falls Sie mich brauchen."

„Mr Conti …", begann Sophy zögernd.

„Ja?"

„Wir … das heißt, Rose und ich … es tut uns so leid mit Mrs Conti. Wenn wir irgendwie helfen können …"

„Das können Sie nicht." Alex zwang sich, ruhig und freundlich zu reagieren, schließlich meinten die Mädchen es gut. „Aber ich danke Ihnen. Ich weiß es zu schätzen."

Jeffs Büro lag direkt hinter dem Vorzimmer und hatte einen wunderschönen Ausblick über ganz Honolulu. Bei Alex' Eintreten erhob Jeff sich hinter seinem Schreibtisch. Er war der Sohn von Alex' Tante und glich in seinem Äußeren mehr seinen Neuenglandvorfahren als dem italienischen Stamm der Familie. Er war fast so groß wie Alex, aber viel hellhäutiger. Seit er vor fünf Jahren in die Firma eingetreten war, hatten die beiden Männer gut zusammengearbeitet. Alex wusste, wie froh seine Tante darüber war. Jeff war bis dahin nämlich nicht sehr an Arbeit interessiert gewesen und hatte häufig den Job gewechselt. Jahrelang war er durch Europa getingelt und nur nach Hause zurückgekommen, wenn er Geld brauchte.

Vor fünf Jahren hatte er jedoch seine Meinung geändert, und Alex hatte ihn, ohne zu zögern, als Assistenten eingestellt. Schließlich gehörte Jeff zur Familie. Natürlich hatten einige erfahrene Mitglieder des Aufsichtsrates ihre Bedenken, doch bis jetzt hatte Jeff das in ihn gesetzte Vertrauen nicht enttäuscht.

„Alex." Jeff gab seinem Cousin die Hand und bat ihn, auf der Couch Platz zu nehmen. „Gibt es etwas Neues?"

Alex verzog das Gesicht und blieb stehen. „Das wollte ich dich gerade fragen. Ich habe Morales gestern in San Diego verlassen. Seitdem habe ich nichts mehr von ihm gehört."

„San Diego?" Jeff riss seine blauen Augen vor Erstaunen weit auf. „Ist Virginia denn dort?"

„Ich bezweifle es." Alex war erschöpft. „Ich glaube, sie will nach Mexiko. Das ist die einzige logische Schlussfolgerung."

„Ah …" Jeff nickte. „Kann ich dir einen Drink anbieten?"

„Nein, danke. Ich wollte dir nur sagen, dass ich zurück bin und dass ich morgen ins Büro kommen werde. Jetzt fahre ich erst einmal nach Hause, um mich etwas auszuruhen. Ich glaube, ich könnte eine ganze Woche lang schlafen."

„Warum tust du das nicht?", fragte Jeff prompt. „Ich werde hier mit allem fertig, und mit Rose und Sophy auf den Fersen kann ich mir gar keine Fehler erlauben. Du siehst wirklich müde aus, Alex. Gönn dir eine Pause."

Alex ging zur Tür. „Ich sehe dich morgen." Er lächelte. „Ich bin nur fünf Jahre älter als du, Jeff. Ich bin noch nicht reif fürs Altenteil."

„Schon gut." Jeff hob abwehrend die Hände. „Aber falls du es dir doch noch überlegst, ich bin hier."

„Danke."

Alex war allerdings fest entschlossen, ins Büro zu gehen. Ohne Maria war das Haus entsetzlich leer, und er konnte die mitleidigen Gesichter seines Personals kaum ertragen. Außerdem hasste er das Nichtstun und diese Hilflosigkeit, nicht zu wissen, wo seine Tochter war. Während er arbeitete, war er wenigstens ein bisschen abgelenkt.

Als er sein eigenes Büro betrat, läutete gerade das Telefon. Ob das Virginia war?

Es war sein Vater. Alex ließ sich tief in seinen Ledersessel sinken, während er Vittorio Contis aufgebrachter Stimme zuhörte.

„Alex? *E tu?*"

„*Si, Papa.*"

Vittorio Conti war überzeugt davon, dass fast alle Telefone abgehört wurden, und sprach daher, so oft es möglich war, italienisch.

„Ich habe es zuerst im Haus versucht, doch Mama Lu sagte, du bist noch nicht vom Flughafen zurück", sagte er jetzt. „Daher nahm ich an, dass du mit Jeff reden wolltest. Gibt es immer noch keine Nachricht von den beiden?"

„Nein", erwiderte Alex unnötig schroff. Er war immer noch enttäuscht, weil es nicht Virginia war, die angerufen hatte. In knappen Worten schilderte er seinem Vater Morales' Nachforschungsergebnisse.

„San Diego, eh? Was zum Teufel tut sie da? Sie muss doch wissen, dass wir sie früher oder später aufspüren."

„Ich glaube, Virginia denkt überhaupt nicht nach", erwiderte Alex resigniert. „Sie folgt einfach ihrem Instinkt. Sie will etwas haben, und sie versucht, es zu bekommen. Es ist ihr egal, ob sie dabei anderen Schaden zufügt."

„Aber einfach Maria mitzunehmen …"

„Hör zu, Papa, ich möchte dieses Gespräch jetzt lieber beenden. Ich bin todmüde und will dringend nach Hause. Ich rufe dich und Mum an, sobald ich etwas Neues weiß, okay?"

„Okay." Der alte Herr wusste, wann er sich geschlagen geben musste. „Dann also bis später."

„Ja, bis später", sagte Alex dankbar. „Ciao, Papa. Und – danke für deinen Anruf."

Die Weiterfahrt zum Haus verlief schweigend. Carlo kannte Alex gut genug, um jetzt keine Fragen zu stellen. Alex brütete vor sich hin. Er erinnerte sich, wie sehr seine Tochter sich vor den Stimmungsschwankungen ihrer Mutter fürchtete. Ohne Mama Lu als Beschützerin und Vermittlerin war Maria Virginia hilflos ausgeliefert.

Der Besitz der Contis befand sich direkt hinter dem Waiahole Valley, einem fruchtbaren Gebiet, mit reichlich Orchideenblüten und Obstbestand. Das Haus lag vor Blicken abgeschirmt zum Meer hin, und die ausgezeichneten Wachleute hinderten ungebetene Besucher daran, hineinzukommen.

Leider hindern sie niemanden daran, herauszukommen, dachte Alex jetzt bedauernd.

Alex hatte von Geburt an in Kumaru gelebt. Als sein Vater sich aus dem Geschäftsleben zurückzog, überließ er das Haus Alex und seiner Frau. Nach seiner Heirat mit Virginia bezog Alex zunächst den neu angebauten Flügel. Er vermutete, dass dieser Bereich ursprünglich einmal als Alterssitz für seine Eltern gedacht gewesen war, doch schon nach kurzer Zeit wurde klar, dass diese beiden Haushalte nicht unter einem Dach existieren konnten. Virginia hatte ihre Schwiegereltern abgelehnt und dies auch stets deutlich gezeigt. Obwohl beide ihr einziges Enkelkind von Herzen liebten, waren sie schließlich in ein kleineres Haus, etwas näher zur Stadt gelegen, umgezogen.

Im Souterrain des Hauses waren eine Sauna und ein Fitnessraum untergebracht, in dem Alex viel von seinen Frustrationen abarbeitete. Hier befanden sich auch Mama Lus Wohnung und ein großes Spielzimmer für Maria. Die alte Hawaiianerin war erst Alex' Kindermädchen gewesen und jetzt Marias. Gleichzeitig arbeitete sie als unentgeltliche Haushälterin, denn Virginia hatte sich nie dafür interessiert, für ihre Familie zu sorgen. Das alles war ihr viel zu langweilig. Außerdem, warum sollte sie sich mit diesen Dingen belasten, wenn „diese dumme alte Frau" das doch gern und freiwillig übernahm?

Ja, es hatte sich eine Menge verändert seit der Zeit, als Alex' Mutter noch dem Haushalt vorstand. Sie war zwar eine Haole, also ein Neuling auf der Insel, und erst nach ihrer Heirat mit Vittorio Conti hierhergekommen. Die neue Mrs Conti legte jedoch von Anfang an großen Wert darauf, ihrem Mann das gemütliche Heim zu schaffen, welches er nach einem langen Arbeitstag brauchte.

Nicht so Virginia. Sie begrüßte Alex abends stets mit einer Beschwerde über ihn selbst, über Maria oder über einen der Angestellten. Ihr ständiges Verlangen nach Unterhaltung ging mit der Zeit allen auf die Nerven. Wenn sie nicht den Menschen mitgenommen hätte, den Alex am meisten auf der Welt liebte, wäre ihm ihr Fortgehen vielleicht sogar willkommen gewesen. Eine Lösung des Problems wäre es natürlich auch nicht gewesen, aber Alex hätte das Gefühl gehabt, wenigstens ein Mal, wenn auch nur für kurze Zeit, wieder frische Luft atmen zu können.

Alex parkte den Wagen. Noch bevor er aussteigen konnte, stürmte ein glatzköpfiger Mann in weiter schwarzer Hose und dunkelgrüner Mandarinjacke die Stufen des Eingangs herab.

„*Padrone*", rief er aufgeregt, „*Padrone*, Sie haben einen Gast."

Alex' Herz schlug schneller. „Einen Gast?", wiederholte er. „Was für einen Gast?"

„Was für einen Gast?" Wong Lee, Alex' persönlicher Bediensteter und Mama Lus Ehemann, war sichtlich verwirrt. „Was für einen Gast haben Sie denn erwartet?"

„Der *Padrone* hat überhaupt keinen Gast erwartet", mischte Carlo sich ein. „Was der *Padrone* meint – ist es ein privater Gast, oder ist er geschäftlich hier?"

„Danke, Carlo, ich werde das selbst klären." Alex wollte keinen Streit heraufbeschwören. Carlo und Wong Lee gerieten ohnehin schon oft aneinander, denn Mama Lu war nach wie vor sehr freizügig mit ihren Gefälligkeiten. Obwohl Carlo und Wong Lee beide in den Sechzigern waren, empfanden sie noch immer so etwas wie sexuelle Rivalität.

„Wer ist dieser Besucher, Lee? Jemand vom Festland?"

„Ja, Sir." Wong Lee warf Carlo Ventura einen triumphierenden Blick zu. „Sie sagt, sie ist Mrs Ginias Cousine. Sie sagt, Mrs Ginia hat sie eingeladen."

„Virginias Cousine?", wiederholte Alex skeptisch. Dann eilte er ins Haus. Er konnte sich nicht daran erinnern, je von einer Cousine gehört zu haben, und ganz bestimmt war sie nicht bei der Hochzeit anwesend gewesen. Soweit er wusste, war Virginias Mutter ein Einzelkind.

Wer ist diese Frau dann? überlegte Alex, während er sein Jackett auf eine polierte japanische Kommode in der Eingangshalle warf.

Mama Lu, eine gebürtige Polynesierin, hatte das Auto gehört und näherte sich jetzt, um Alex zu begrüßen. Das geschah alles recht gemächlich, denn Mama Lu war nicht nur schon älter, sondern wog auch fast zweihundertfünfzig Pfund. Wie schon oft fragte Alex sich, was Mama Lu wohl für Wong Lee und Carlo so unwiderstehlich machte.

„Eine Dame wartet auf Sie."

„Ich weiß." Er atmete tief durch. „Wo ist sie, und vor allem, wer ist sie?"

„Nun … sie sagt, sie ist die Cousine Ihrer Frau." Mama Lu deutete auf die Tür zum Salon. „Ich habe sie dort hineingeschickt."

„Danke."

Das war eindeutig. Mama Lu, die Alex zu gern begleitet hätte, verstand. Alex bemerkte, dass ihre Augen gerötet waren und erkannte, dass sie sich ebensolche Sorgen machte wie er selbst.

„Ich sage dir, warum sie hier ist, sobald ich es weiß", versprach er.

Die junge Frau, die ihn erwartete, stand am Fenster. Demnach musste sie seine Ankunft beobachtet haben und konnte sich auf die Begegnung vorbereiten. Vielleicht war sie deshalb jetzt so ruhig, obwohl sie noch vor Kurzem auf dem Flughafen in heller Aufregung gewesen war? Denn es war die rothaarige Frau von vorhin. Was wollte sie?

Alex war ganz anders, als Camilla ihn sich vorgestellt hatte. Nach Virginias Beschreibung hatte Camilla einen Mann in mittleren Jahren mit Bauchansatz und beginnender Glatze erwartet. Virginia hatte das Bild eines Mannes gezeichnet, der gemein und rücksichtslos war und sich mehr fürs Geldverdienen als für das Glück seiner jungen Frau interessierte. Sie schrieb, er hätte sie nur geheiratet, weil er einen Erben brauchte. Nach der Geburt des Kindes hatte er sich dann nicht mehr um sie gekümmert. Daher war sie einsam und allein auf dem riesigen Besitz und sehnte sich nach einer Freundin.

Vielleicht stimmt das ja alles, dachte Camilla, während sie Alex Conti betrachtete. Nun war Virginia dummerweise nicht da, und Camilla fühlte sich als ungebetener Eindringling.

„Sie sind Virginas Cousine?", fragte Alex höflich.

Camilla wurde rot. Sie hatte diesen Schwindel erfunden, um von Mama Lu ohne Schwierigkeiten ins Haus gelassen zu werden.

„Nicht … nicht direkt", gab sie zu. Ach, warum war Virginia ausgerechnet heute nicht zu Hause?

„Nicht direkt?" Fragend und fast ein wenig drohend sah Alex Conti Camilla an. „Entweder sind Sie ihre Cousine, oder Sie sind es nicht. Wissen Sie es denn nicht?"

„Ich heiße Camilla Richards."

„Wirklich?"

„Ja, wirklich." Sie wollte sich nicht einschüchtern lassen. „Virginia und ich sind zusammen zur Schule gegangen. Wir kennen uns seit … seit fünfzehn Jahren."

Alex' Gesichtsausdruck blieb undurchdringlich. Camilla hatte den Eindruck, durch ihr Erscheinen etwas Unverzeihliches getan zu haben. Sie kam zu der Überzeugung, dass Virginia doch nicht übertrieben hatte.

„Sie sind also nicht die Cousine meiner Frau", stellte er fest. „Würden Sie mir dann bitte sagen, was Sie hier suchen?"

Camilla schluckte. „Also wirklich …"

„Also wirklich was? Hat Virginia Sie geschickt? Ist es das? Hat sie Ihnen aufgetragen, auf jeden Fall hier einzudringen, egal mit welchen Mitteln? Was will sie? Sind Sie ihre Botschafterin? Denn in diesem Fall, Miss Richards …"

„Nein!" Mit einem heftigen Ausruf unterbrach Camilla diese Flut von Anschuldigungen. „Nein, natürlich hat Virginia mich nicht geschickt. Ich weiß überhaupt nicht, wovon Sie reden. Virginia hat mich eingeladen, zu ihr zu kommen. Ich bin ihr Gast. Und als Ihre Haushälterin mich nicht hereinlassen wollte, habe ich eben gesagt, ich sei Virginias Cousine. Es schien das einzige Vernünftige."

Alessandro Conti sah sie misstrauisch an. „Wollen Sie mir dieses Märchen wirklich verkaufen? Virginia soll Sie eingeladen haben?"

„Natürlich." Camilla warf den Kopf zurück. Dabei bemerkte sie, dass ihr Haarknoten sich zu lösen begann und ihr einige feuerrote Strähnen ins Gesicht hingen. „Wie ich schon sagte, sind wir zusammen zur Schule gegangen. Und als sie mir jetzt schrieb und berichtete …"

„Was berichtete?"

„Dass … dass …" Camilla war ratlos. Sie konnte Alex Conti unmöglich verraten, was Virginia geschrieben hatte. Andererseits musste sie ihm eine glaubhafte Erklärung für ihre unangemeldete Ankunft aus London liefern. „Sie … ach, sie fragte einfach, ob ich nicht mal Urlaub auf Hawaii machen wollte. Es wäre nett, von alten Zeiten zu sprechen. Ich dachte natürlich, Sie wüssten über mich Bescheid."

Alex fuhr sich mit einer Hand durch das dichte schwarze Haar. Er war wirklich ein überaus attraktiver Mann, stellte Camilla fest. Exklusive, anscheinend maßgeschneiderte Kleidung betonte seine sportliche Figur.

„Ich?", fragte er kopfschüttelnd. „Glauben Sie wirklich, Virginia hätte darüber mit mir gesprochen?"

„Ja." Camilla fuhr sich mit der Zunge über die trockenen Lippen.

„Dann kennen Sie Ihre sogenannte Freundin nicht besonders gut", entgegnete Alex. „Wann wurde diese Einladung denn ausgesprochen? Und was beabsichtigen Sie jetzt zu tun?"

„Ich verstehe Sie nicht."

„Ich sagte …"

„Ich weiß, was Sie sagten. Soll das heißen, ich kann nicht hierbleiben?"

Verständnislos sah Alex Camilla an. „Haben Sie etwa die Absicht, zu bleiben? Unter diesen Umständen?"

Hilflos hob sie die Schultern. „Was denn für Umstände?"

„Die Tatsache, dass Virginia nicht hier ist", erklärte Alessandro Conti ungeduldig. „Ich dachte, das hätte Ihnen bereits jemand gesagt."

„Ja, schon." Camilla war verwirrt. „Aber sie wird doch bald zurückkommen, nicht wahr?"

„Wird sie das?" Alex kam ein paar Schritte näher und wirkte plötzlich sehr bedrohlich. „Reden Sie. Wann wird sie zurückkommen?"

Camilla wich zurück. „Ich weiß es natürlich nicht genau. Heute irgendwann, nehme ich an."

„Heute noch?"

Er war jetzt nur noch auf Armeslänge von ihr entfernt, und obwohl er keinerlei aggressive Gebärden machte, bekam Camilla es mit der Angst zu tun.

„Erwarten Sie sie denn nicht jeden Augenblick zurück?" Am liebsten hätte sie schützend die Arme vor das Gesicht gehalten. Um Himmels willen, was hatte sie nur getan? Der Mann führte sich ja so auf, als wäre sie für Virginias Abwesenheit verantwortlich.

Einen Moment lang schwiegen sie beide. Camilla kämpfte mit dem Impuls, davonzulaufen.

Schließlich sagte Alessandro: „Da Virginia vor fast einer Woche verschwunden ist, werde ich sie wohl kaum ausgerechnet heute zurückerwarten, oder?"

2. KAPITEL

Das Zimmer, in das man sie geführt hatte, war ganz anders als jeder Raum, den Camilla bislang bewohnt hatte. Sie arbeitete als einigermaßen erfolgreiche Anwältin in Lincolns Inn in London und hatte sich von ihrem recht großzügigen Gehalt Reisen durch ganz Europa geleistet. Einmal war sie mit einer Freundin sogar auf Sri Lanka gewesen. Doch in keinem Hotelzimmer hatte sie auch nur annähernd den Luxus vorgefunden, wie ihn dieses Zimmer in Alessandro Contis Haus bot. Gegen ihren Willen war Camilla beeindruckt.

Das ist fantastisch, staunte Camilla, nachdem die gewichtige Haushälterin, die sich trotz ihrer Beleibtheit mit der für Polynesierinnen typischen Behändigkeit bewegte, gegangen war. Camilla war zwar ziemlich weit gereist, doch an riesige Zimmer, in denen Stufen zum zweiten, höher gelegenen Teil des Raumes führten, war sie nicht gewöhnt. Auch nicht an chinesische Seidentapeten oder an Betten von der Größe eines mittleren Schlafzimmers, die Baldachine trugen und völlig von Vorhängen umschlossen wurden, sodass man von der Sonne nicht geblendet wurde.

Im Augenblick war es allerdings dunkel draußen, so dunkel, dass Camilla sich nicht davon überzeugen konnte, ob die Aussicht ebenso prachtvoll war wie das Zimmer. Irgendwo unterhalb der Terrasse hörte sie das Meer rauschen. Trotz der unglücklichen Umstände fühlte sie sich sehr wohl hier und fast in Ferienstimmung.

Schließlich war sie auf Oahu, nur wenige Meilen vom berühmten Strand von Waikiki entfernt. Und obwohl Virginias Verschwinden Camilla beunruhigte, war sie dennoch verständlicherweise von ihrer Umgebung beeindruckt. Hawaii war eine Insel, die fast jeder ein Mal im Leben besuchen möchte, und bisher hatte sie Camillas Erwartungen weit übertroffen.

Was sie von ihrem Gastgeber halten sollte, konnte Camilla noch nicht recht beurteilen. Alessandro Conti schien das genaue Gegenteil dessen zu sein, was Virginia in ihrem Brief geschrieben hatte. Camilla wusste nicht, wie sie die unterschiedlichen Eindrücke miteinander vereinbaren sollte.

Sie wusste natürlich, wie sehr das Aussehen eines Menschen trügen konnte. In ihrer Arbeit als Anwältin musste sie oft zwischen einer klugen Lüge und einer unklugen Wahrheit unterscheiden, und die unwahrscheinlichste Geschichte war manchmal doch zutreffend.

Camilla hatte keinen Grund, die Dinge, die Virginia ihr geschrieben hatte, nicht zu glauben. Im Gegenteil, sie konnte sich Alessandro Conti durchaus gewalttätig vorstellen, und einen winzigen Moment lang hatte sie sich während ihres Gesprächs mit ihm tatsächlich bedroht gefühlt. Die Situation war jedenfalls ziemlich ungemütlich und das nicht nur, weil Virginia nicht da war.

Warum ist sie eigentlich nicht hier? fragte Camilla sich zum wiederholten Male. Virginia hatte sie gebeten, nein, geradezu angefleht, nach Hawaii zu kommen, und nun war sie mit ihrer kleinen Tochter anscheinend auf und davon.

Camilla verstand es nicht. Warum lud Virginia sie ein und verschwand dann? Warum behauptete sie in ihrem Brief, wie eine Gefangene gehalten zu werden? Und nun hatte sie die Insel verlassen, ohne jemandem ihr Ziel anzuvertrauen? Warum hatte sie Maria mitgenommen? Der Vater des Kindes machte sich große Sorgen um seine Tochter, da gab es für Camilla gar keinen Zweifel. Seine Gefühle für Virginia waren jedoch nicht so leicht zu durchschauen. Er sorgte sich gewiss auch um seine Frau, aber da war noch etwas anderes, etwas, das er nicht aussprach.

Vielleicht hatte Virginia recht. Vielleicht bereute Alessandro seine Ehe.

Zum Zeitpunkt der Hochzeit bereiste Camilla gerade Italien. Nach Beendigung der Schulzeit hatten ihre und Virginias Wege sich ohnedies getrennt. Camilla hatte die kostspielige Privatschule nur dank der Großzügigkeit ihrer Patin besuchen können. Camillas Eltern waren beim Bergsteigen in der Schweiz ums Leben gekommen, als Camilla gerade zehn Jahre alt war. Für einige Zeit fand ihre Patin es amüsant, die Ersatzmutter zu spielen. Schließlich wurde ihr die ständige Inanspruchnahme jedoch lästig. Darum wurde Camilla als Dreizehnjährige in die Queen Catherines Schule geschickt, wo sie die nächsten fünf Jahre blieb.

Virginias Lebensumstände waren zu diesem Zeitpunkt ganz ähnlich. Vermutlich wurden die beiden Mädchen deshalb Freundinnen. Virginias Mutter war eine jener Frauen, die stets auf die Hilfe und Unterstützung anderer vertrauten. Virginias Vater wurde nie erwähnt. Das Privatvermögen, das Virginias Mutter einst besessen hatte, war längst für kostspielige Kleider und aufwendigen Lebensstil ausgegeben worden. Virginias Schulgeld wurde von einer älteren Verwandten bezahlt, und als Virginia schließlich die Schule verließ, war ihre Mutter in argen finanziellen Schwierigkeiten.

Daher war es nicht verwunderlich, dass Virginias Mutter danach trachtete, ihre Tochter mit einem gut situierten Mann zu verheiraten, und diese fügte sich ohne weiteres.

Erst ein Jahr nach dem Schulabschluss sahen die beiden Freundinnen sich wieder. Camilla besuchte die Universität und war trotz Geldschwierigkeiten entschlossen, ihr juristisches Examen zu machen. Sie traf sich regelmäßig mit ihrer Patin und war ihr sehr dankbar für alles, was sie für sie getan hatte, doch Camilla hatte nicht die Absicht, ihr weiterhin zur Last zu fallen. Mithilfe eines kleinen Stipendiums und eines Abendjobs in einem Fast-Food-Restaurant gelang es ihr, sich einigermaßen über Wasser zu halten. Camilla war mit ihrem Leben zufrieden.

Virginia hatte sich verändert. Sie war nicht länger der fröhliche Teenager. Camilla wollte es kaum glauben, aber Virginia wirkte berechnend, kühl und arrogant – ganz anders als früher. Sie dachte gar nicht daran, selbst für ihren Lebensunterhalt zu sorgen, sondern überließ dies gern anderen. Camilla kam mit dieser Einstellung nicht zurecht, die Freundinnen hatten sich nichts mehr zu sagen. Erst zwei Jahre später sahen sie sich wieder.

Diesmal war es eine reine Zufallsbegegnung in der Bond Street. Camilla hatte inzwischen ihr Examen in der Tasche und suchte verzweifelt nach einem Job. Bevor sie nicht mindestens zwei Jahre in einer juristischen Kanzlei gearbeitet hatte, durfte sie nicht selbstständig als Anwältin arbeiten. In jener Zeit steigender Inflation und hoher Arbeitslosigkeit war es nicht leicht, einen Job zu finden.

Virginia hingegen war in Hochstimmung. Sie bestand darauf, eine nahe gelegene Weinbar aufzusuchen, und bestellte Champagnercocktails, die Camilla dann bezahlen musste. Triumphierend erzählte sie von ihrer bevorstehenden Heirat. Ein sehr reicher argentinischer Polospieler war ihr Auserwählter. Sie und ihre Mutter planten eine Hochzeit zu Weihnachten.

Camilla versuchte, Virginias Begeisterung zu teilen. Insgeheim hatte sie jedoch Zweifel. Die Aussicht, einen bekannten Playboy zu heiraten, nur weil er viel Geld hatte, kam ihr nicht sehr verlockend vor. Virginia gab sich zwar überglücklich, aber sie wirkte doch sehr nervös.

Natürlich versuchte Camilla nicht, die Begeisterung der Freundin zu dämpfen. Sie kam jedoch zu dem Schluss, dass die Virginia, die sie in Queen Catherines kennengelernt hatte, und die Frau von heute nicht viel gemeinsam hatten.

Die geplante Hochzeit kam schließlich doch nicht zustande. Einen Monat nach der Begegnung von Camilla und Virginia machte sich der reiche Polospieler mit einem amerikanischen Fotomodell auf und davon. Camilla bedauerte ihre Freundin aufrichtig. Sie konnte sich gut vorstellen, wie gedemütigt Virginia war. Die Hoffnung, Virginia würde nun ihre Lebenseinstellung ändern und sich andere Zukunftsziele setzen, erfüllte sich jedoch nicht.

Neun Monate später erhielt Camilla überraschend eine Einladung zu Virginias Hochzeit. Diesmal war Virginias Verlobter ein amerikanischer Geschäftsmann, Alessandro Conti, und nach der Hochzeit wollte das Paar auf seinem luxuriösen Besitz auf Hawaii wohnen.

Es klang, als wäre ein Traum wahr geworden. Allerdings wusste Camilla nichts über diesen Amerikaner. Weder sein Name noch sein Foto tauchten in britischen Klatschblättern auf, vermutlich, weil er nicht interessant war. Reich, aber alt und langweilig.

Camilla konnte die Einladung nicht annehmen, da sie für diesen Zeitpunkt eine Urlaubsreise nach Italien gebucht hatte. Sie schickte ein hübsches Hochzeitsgeschenk und erhielt dafür eine Danksagung. Danach hörte sie sechs Jahre lang nichts mehr von Virginia.

Aus heiterem Himmel traf dann Virginias Brief ein. Er wurde Camilla durch ihren früheren Arbeitgeber nachgeschickt. Was Virginia über ihren Ehemann schrieb, war alles andere als schmeichelhaft. Die Ehe sei ein Fehler gewesen. Ihr Mann misshandle sie. Alex – so nannte sie ihn – machte sich nichts aus ihr, hatte es vermutlich nie getan. Virginia behauptete, verrückt zu werden, wenn sie sich nicht endlich mit jemandem aussprechen konnte. Sie bat Camilla flehentlich, nach Oahu zu kommen. Virginias Mutter lag seit einiger Zeit krank in einer Klinik in Surrey, und Virginia hatte keinen Menschen, an den sie sich mit ihren Sorgen wenden konnte.

Darum war Camilla nun hier, doch Virginia war verschwunden. Aus noch ungeklärten Gründen war sie fortgelaufen und hatte ihre kleine Tochter mitgenommen. Das war vielleicht ganz gut so, denn sonst hätte Camilla Alessandro Conti ernsthaft verdächtigt, etwas mit dem Verschwinden seiner Frau zu tun zu haben. Die Beschreibung, die Virginia von ihrem Ehemann und dem Zustand ihrer Ehe in dem Brief an Camilla gegeben hatte, ließ alle möglichen Spekulationen zu.

Camilla seufzte. Es war alles äußerst verwirrend. Außerdem hatte sie Kopfschmerzen. Sie holte zwei Tabletten aus ihrer Reisetasche und ging dann ins Bad, um sie mit Wasser hinunterzuschlucken.

Ich sehe müde aus, stellte sie fest, als sie in den riesigen geschliffenen Kristallspiegel sah. Das war nicht weiter verwunderlich. Immerhin war sie seit fast zwei Tagen unterwegs, in Los Angeles hatte sie nur kurz

Aufenthalt gehabt. Dazu kam noch eine zehnstündige Zeitverschiebung. In England war es jetzt fünf Uhr früh.

Die polynesische Haushälterin hatte ihr gesagt, dass Mr Conti gewöhnlich gegen neun Uhr das Abendessen einnahm. Camilla hatte also reichlich Zeit, zu duschen und sich ein wenig auszuruhen.

Sie zog die Haarnadeln heraus und schüttelte ihr Haar. Die teure Dauerwelle, die sie sich vor der Abreise in London hatte machen lassen, vermochte keineswegs ihr Haar zu bändigen, wie Camilla gehofft hatte. Im Gegenteil, die üppige Pracht war wirrer denn je. Unter ihren Augen lagen dunkle Schatten, und ihr Kostüm war zerknittert. Camilla mochte sich gar nicht vorstellen, welchen Eindruck sie auf Alessandro Conti gemacht hatte. Sicherlich war er nur bildschöne und makellos zurechtgemachte Frauen gewohnt. Camilla war zwar durchaus hübsch, doch ohne Make-up fand sie sich fade. Seufzend wandte Camilla sich vom Spiegel ab. Eine Dusche und anschließend ein wenig Entspannung würden ihr guttun.

Camilla erwachte durch ungewohnte Geräusche, durch den schrillen Schrei eines Seevogels und das ununterbrochene Rauschen des Ozeans. Im ersten Moment wusste sie nicht, wo sie war, und setzte sich verwirrt auf.

Dann kam die Erinnerung zurück. Sie war in Hawaii, auf der Insel Oahu. Genauer gesagt in Alessandro Contis Haus Kumaru. Gestern Nachmittag war sie angekommen. Virginia war nicht da. Obwohl niemand mit ihrem Besuch gerechnet hatte, hatte man sie, Camilla, in dieses Zimmer geführt, damit sie sich vor dem Abendessen noch ein wenig erholen konnte. Sie war dann unter die Dusche gegangen – doch hier brach die Erinnerung ab.

Verwirrt fasste Camilla sich ins Haar. Es war trocken. Dann stellte sie erschrocken fest, dass sie nackt im Bett lag. Das war höchst beunruhigend, denn Camilla schlief niemals nackt. Um sich vor Virginia nicht mit ihren T-Shirts zu blamieren, die sie sonst immer trug, hatte sie sich für diese Reise extra zwei sehr schicke Seidennachthemden gekauft. Wieso hatte sie die nicht angezogen? Das konnte doch nur bedeuten …

Camilla wurde rot. Die Schlussfolgerung war offensichtlich. Sie musste eingeschlafen sein, und jemand – Mama Lu vermutlich – hatte beschlossen, sie nicht zu wecken. Stattdessen hatte man ihr den Bademantel ausgezogen und sie zugedeckt.

Du lieber Himmel!

Camilla stand auf. In ihrem Koffer fand sie den Morgenrock, der zu einem der beiden Nachthemden gehörte, und zog ihn an. Frustriert fuhr sie sich mit der Hand durchs Haar.

Die Situation war restlos verfahren. Sie war nicht nur ein unangemeldeter und offenbar unwillkommener Gast, dessen Gastgeberin sich leider aus dem Staub gemacht hatte, sondern sie hatte außerdem noch das Abendessen mit Virginias Ehemann verschlafen.

Camilla seufzte. Alessandro Conti war ihr zwar mit großem Misstrauen begegnet, doch immerhin war es ihr gelungen, seinen Verdacht zu zerstreuen. Schließlich konnte sie ihn überzeugen, dass sie weder etwas mit Virginias Verschwinden zu tun hatte, noch als deren Botschafterin fungierte.

Jetzt jedoch hatte sie durch ihre Ungeschicklichkeit all diese gute Vorarbeit zerstört. Einer sogenannten Freundin, die zu einem derart kritischen Zeitpunkt einfach einschlief, würde Alessandro Conti wohl kaum glauben, dass sie ernsthaft um seine Frau besorgt war.

Camilla seufzte erneut. Daran konnte sie nun nichts mehr ändern. Sie musste abwarten, wie Alex Conti entschied. Möglicherweise musste sie noch heute sein Haus verlassen, weil er ihren Aufenthalt hier nicht wünschte. Dann musste sie entscheiden, ob sie gleich nach England zurückkehrte oder in einem Hotel noch ein paar Tage auf Virginia wartete.

Im Badezimmer lagen frische Handtücher, und auch die Phiolen mit Dusch- und Badegel waren neu aufgefüllt. Camilla konnte nicht genug staunen über diesen Luxus. Allerdings beherbergte Alessandro Conti sonst bestimmt eine ganz andere Kategorie von Gästen als sie – Politiker, Kongressabgeordnete, vielleicht hin und wieder einen Senator oder einen Richter. Vielleicht waren auch einige Leute darunter, die etwas außerhalb des Gesetzes standen. Alessandro Conti war italienischer Abstammung. Womöglich gehörte er der Mafia an?

Nein, da ging doch wohl die Fantasie mit ihr durch. Camilla verbannte diesen Gedanken und konzentrierte sich stattdessen auf das, was sie tat. Der Duschstrahl war kräftig und belebend. Camilla sah das Wasser an ihrem Körper herabfließen und im Abfluss verschwinden. Das erinnerte sie an die berühmte Szene aus dem Film „Psycho", in welcher die jugendliche Heldin von dem geisteskranken Hotelbesitzer unter der Dusche ermordet wird. Sie erinnerte sich daran, wie ein Schatten durch den Duschvorhang gefallen war und eine Hand das Messer hob …

„Aloha! Miss Richards!"

Camilla fuhr erschrocken herum. Der massige Schatten vor dem Duschvorhang passte gut in ihre Gedankengänge. Vor Entsetzen ließ sie den Verschluss der Shampooflasche fallen. Doch dann wurde ihr klar, dass dort draußen lediglich die Haushälterin stand.

„J...ja?", fragte sie mit zittriger Stimme. „Was möchten Sie?"

„Ich habe Ihnen ein Tablett mit Kaffee ins Schlafzimmer gestellt", antwortete Mama Lu. „Ich habe mir schon gedacht, dass Sie heute Morgen früh aufwachen werden. Wenn Sie das Frühstück aufs Zimmer wollen, werde ich es bringen. Aber vielleicht möchten Sie lieber draußen frühstücken."

Camilla fand es ziemlich unpassend, dass die Haushälterin ihr Zimmer betrat, ohne vorher anzuklopfen, doch sie unterdrückte eine diesbezügliche Bemerkung.

„Ich möchte lieber draußen frühstücken." Vielleicht würde Alessandro Conti ihr ja Gesellschaft leisten? „Äh ... danke für den Kaffee. Er wird mir bestimmt guttun."

„Gern geschehen."

Die Haushälterin zog sich zurück, und Camilla machte sich erleichtert fertig.

An diesem Morgen trug Camilla cremefarbene Bermudas und eine kragenlose Seidenbluse. Das war angenehm kühl und sah dennoch nicht allzu sehr nach Ferienkleidung aus. Camilla wollte den Eindruck vermeiden, sie betrachtete ihren Aufenthalt auf Oahu als Ferien und Erholung. Das war der Situation nicht angemessen. Virginias Verschwinden beunruhigte sie sehr. Camilla verstand es immer noch nicht. Gleich nachdem sie Virginias Brief erhalten hatte, begann Camilla mit den Reisevorbereitungen, um nach Hawaii zu fahren. Sie hatte Virginia kein Telegramm geschickt, um ihre Ankunft anzukündigen. Vielleicht war das ein Fehler gewesen. Hatte Virginia die Hoffnung verloren?

Aber vielleicht war sie auch gar nicht fortgelaufen. Womöglich hatte Virginia sich spontan zu einem mehrtägigen Ausflug entschlossen, ohne jemandem etwas davon zu erzählen. Natürlich war das unverantwortlich. Aber wenn Camilla sich recht erinnerte, hatte Virginia auch früher schon völlig unberechenbar gehandelt.

Camilla beschloss, Alessandro Conti diese Überlegungen mitzuteilen. Sie trank ihren Kaffee aus, blickte ein letztes Mal in den Spiegel und verließ das Zimmer.

Die Eingangshalle lag in strahlendem Sonnenschein. Um diese Zeit standen die Fensterläden noch weit offen, und das Sonnenlicht warf goldene Muster auf den Boden aus edlem Marmor. Camilla spähte nach rechts und links, um den richtigen Weg zum Wohnzimmer zu entdecken. Schon bei ihrer Ankunft war sie von der Größe des Hauses beeindruckt gewesen, doch nun wirkte es noch viel riesiger auf sie. Vom langen Flur aus führten Gänge in alle Richtungen.

Camilla blieb vor einer zweiflügeligen Tür stehen. Sie war ziemlich sicher, dass sie gestern nicht diesen Weg gegangen war, und wollte umkehren. In diesem Moment wurde die Tür geöffnet, und Alessandro Conti stand vor ihr.

Wie ärgerlich, dachte Camilla, jetzt nimmt er bestimmt an, ich durchsuche sein Haus.

Alessandro Conti trug einen maßgeschneiderten perlgrauen Anzug aus feinstem Material.

„Guten Morgen. Haben Sie sich verlaufen?"

„Ich … ja", erwiderte Camilla. Da Alessandro zielstrebig den Flur entlangging, blieb Camilla nichts anderes übrig, als neben ihm herzulaufen. „Ich muss wohl den falschen Gang erwischt haben."

„Das kann leicht passieren", beruhigte er sie freundlich. „Haben Sie gut geschlafen?"

„Sehr gut." Camilla schluckte. „Ich muss mich für gestern Abend entschuldigen. Ich meine, weil ich einfach so eingeschlafen bin. Ich nehme an, Mama Lu hat es Ihnen erzählt."

„Mama Lu? Oh ja." Er nickte. „Sie waren offenbar sehr müde."

„Dennoch war es unhöflich", meinte Camilla verlegen. „Ich nehme an, es gibt keine Neuigkeiten?"

„Über Virginia?" Seine Stimme bekam einen harten Klang.

„Nein. Nein, ich fürchte nicht."

Camilla schüttelte den Kopf. „Ich verstehe das nicht."

„Nein." Nachdenklich sah er sie an. „Ich glaube, das verstehen Sie wirklich nicht."

Sie hatten jetzt wieder die Eingangshalle mit dem enormen Kristallleuchter und dem Mosaikfußboden aus feinstem Marmor erreicht. Dies war ein starker Kontrast zu den Ahornholzböden in den Korridoren und dem kostbaren Teppichboden in ihrem Zimmer. Camilla hatte schon am Abend zuvor die elegante Mischung verschiedener Stilarten bewundert.

„Haben Sie schon gefrühstückt?", fragte Alessandro Conti, während er vor Camilla eine Wendeltreppe hinabstieg.

In diesem Moment tauchte Wong Lee auf. „*Padrone*", rief er und breitete die Arme aus. „Alles ist bereit, *Signore*."

„Danke, Lee." Alessandro Conti wartete, bis auch Camilla den Fuß der Treppe erreicht hatte. „Das ist Wong Lee", stellte er vor. „Er und Mama Lu kümmern sich um uns – um mich", verbesserte er. „Lee, dies ist Miss Richards. Sie kommt aus England."

357

Er hat mich nicht als Virginias Freundin vorgestellt, bemerkte Camilla und lächelte dem Chinesen freundlich zu. Nun, das ist vielleicht auch besser so. Virginia scheint hier nicht besonders viele Freunde zu haben.

„Ich freue mich, Sie kennenzulernen, Miss Richards", sagte Wong Lee und verbeugte sich tief.

Camilla sah sich neugierig um. Der Raum war eine Art Wintergarten. Sie hatte noch nie so viele Pflanzen gesehen, die ihr unbekannt waren. Neugierig fragte Camilla nach den Namen der Gewächse.

„Die Mutter des *Signore* ist eine begeisterte Gärtnerin", erzählte Wong Lee und breitete erneut die Arme aus, wobei er die Pflanzen beim Namen nannte. „Die Mutter des *Signore* liebt es, das Schöne zu schaffen. Doch es soll auch in England schöne Gärten geben. Haben Sie einen Garten, Miss Richards?"

„Nein. Ich … äh, ich habe nur eine Wohnung mit einem kleinen Balkon."

„Lee." Alessandros Stimme klang ein wenig mahnend.

Sofort beeilte sich der kleine Chinese, die Türen zu öffnen, die auf eine sonnige Terrasse führten.

„Bitte, Signore. Ich werde Mama Lu sagen, dass Sie … beide … hier sind."

„Tu das." Alessandro forderte Camilla mit einer Handbewegung auf, ihm auf die Terrasse zu folgen.

Unter einer Schatten spendenden Pergola war ein Tisch für zwei Personen gedeckt. Ein Krug mit frisch gepresstem Orangensaft, eine Kanne Kaffee und eine Platte mit Blaubeerpfannkuchen standen bereit, ebenso Butter auf Eis, verschiedene Sorten Konfitüre und Ahornsirup.

Camilla beobachtete ihren Gastgeber, doch er schien dieses reichhaltige Angebot nicht weiter bemerkenswert zu finden. Von Virginias Verschwinden einmal abgesehen, war dies für ihn ein ganz normaler Tag. Für Camilla hingegen war dies alles neu und aufregend. Selbst unter den gegenwärtigen Umständen konnte sie ein Gefühl von Spannung und Freude nicht ganz unterdrücken.

Alessandro Conti wartete höflich am Tisch, bis Camilla sich gesetzt hatte. Dann goss er ihr Orangensaft ein.

„Es ist wunderbar hier", sagte Camilla überwältigt. „Wie … wie …"

Fast hätte sie gesagt wie im Urlaub, doch sie unterdrückte die unpassende Bemerkung in letzter Sekunde.

„Wie im Urlaub?", vollendete Alessandro dafür spöttisch ihren Satz.

„Nun … ja." Es hatte keinen Sinn, Alessandro anzulügen. „Dies ist ein herrlicher Ort."

Alessandro nickte. „Mir gefällt er auch."

„Oh, ich bin sicher, Virginia ..." Verflixt, wieder war sie ins Fettnäpfchen getreten. „Virginia gefällt es bestimmt auch hier", beendete sie dann den Satz.

„Nein." Es klang sehr entschieden. „Meine Frau findet Kumaru langweilig."

„Kumaru." Es gefiel Camilla, wie Alessandro den Namen aussprach.

„Jawohl, Kumaru."

Mama Lus Erscheinen unterbrach glücklicherweise dieses Gespräch. Die Haushälterin trug an diesem Tag ein langes, fließendes Gewand in exotischen Farben und lächelte breit über das ganze Gesicht. Camilla fragte sich unwillkürlich, ob Mama Lu wohl daran dachte, wie sie gestern ihren Gast ausgezogen hatte, und ob sie Camillas schlanken Körper mit ihren eigenen schwellenden Formen verglich. Denn Mama Lu war zwar sehr dick, aber keineswegs unförmig.

„Alles in Ordnung hier?", fragte sie.

Alessandro sah zu ihr auf. Sein Gesicht nahm einen wesentlich weicheren, fast zärtlichen Ausdruck an. In diesem Augenblick fand Camilla ihn noch attraktiver. Ihr Herz pochte schneller, und verlegen presste sie die plötzlich feucht werdenden Handflächen an den Stoff ihrer Bermudahosen.

„Was möchten Sie zum Frühstück, Miss Richards?", fragte Alessandro höflich. „Sie brauchen es nur zu sagen."

„Oh." Camilla zögerte. „Zu Hause trinke ich morgens nur schwarzen Kaffee. Dies hier ist großartig. Ich bin nicht sehr hungrig."

„Nicht hungrig?", rief Mama Lu fassungslos. „Aber Sie hatten kein Abendessen."

„Ich weiß." Camilla lächelte sie um Verzeihung bittend an.

Hoffentlich machte Mama Lu jetzt keine große Szene.

Die Haushälterin sah Camilla argwöhnisch an. „Mögen Sie etwa keine Pfannkuchen?"

Camilla war sicher, dass Alessandro seiner Haushälterin keineswegs gestattete, alle Gäste so zu behandeln, doch sie war eben kein normaler Gast.

„Ich ... ich liebe Pfannkuchen."

Camilla rang nach Luft, als Mama Lu nun ihren Teller ergriff, ihn großzügig mit Pfannkuchen belud, üppig Ahornsirup darübergoss und den Teller wieder vor sie hinstellte.

„Guten Appetit." Sie schenkte Kaffee nach. „Rufen Sie mich, wenn Sie noch etwas brauchen."

„Lassen Sie den Teller stehen, wenn Sie nicht essen mögen", sagte Alessandro Conti, nachdem Mama Lu davongerauscht war. „Da Mama Lu nicht gerade schlank ist, möchte sie, dass auch alle anderen gut essen."

„Hmm." Der Duft der Pfannkuchen war so verführerisch, dass Camilla sie probierte.

„Also", sagte Alessandro nach einer Weile, „wollen Sie mir jetzt erzählen, warum Sie wirklich hier sind?"

Camilla verschluckte sich. „Warum?", fragte sie. „Sie wissen, warum. Virginia … Virginia hat mich eingeladen."

„Ja. Aber warum hat sie Sie eingeladen?", fragte er weiter. „Warum gerade jetzt? Und warum hat sie Sie niemals zuvor erwähnt?"

Das tat weh. Natürlich hatte Camilla angenommen, Virginias Mann wüsste von ihrer Freundschaft.

„Ich … ich weiß es nicht." Ohne nachzudenken, spießte sie ein weiteres Stück Pfannkuchen auf die Gabel. „Ich weiß es wirklich nicht."

Alessandro schien ihr zu glauben. Aber seine nächste Frage war ebenso unangenehm. „Und Sie wussten wirklich nicht, dass Virginia bei Ihrer Ankunft nicht anwesend sein würde?"

„Nein. Woher sollte ich das wissen? Ich dachte, sie ist glücklich hier."

„Woher wissen Sie denn, dass sie das nicht ist?"

„Sie sagten, Virginia langweilte sich", erinnerte sie Alessandro in jenem kühl-präzisen Ton, den sie auch vor Gericht verwendete.

„Ach ja", gab er zu. „Das habe ich vergessen."

Camilla seufzte. „Sie haben also immer noch keine Ahnung, wo sie sein könnte?"

Er schüttelte den Kopf.

„Was werden Sie tun?"

Alessandro legte seine Serviette fort und stand auf. Schweigend ging er zum anderen Ende der Terrasse. „Was schlagen Sie vor?", fragte er nach einer ganzen Weile.

„Ich?" Camilla stellte verlegen fest, dass sie fast den ganzen Berg Pfannkuchen auf ihrem Teller aufgegessen hatte. Sie tupfte sich den Mund ab. „Nun, Nachforschungen anstellen, denke ich."

„Und wo würden Sie diese Nachforschungen anstellen?"

„Ja, wo? Hm … wissen Sie, ob die beiden noch auf der Insel sind? Könnte Virginia vielleicht bei Freunden sein?"

„Eine Frau und ein Kind, auf die die Beschreibung der beiden zutrifft, haben am Tag von Virginias Verschwinden die Insel verlassen", erklärte Alessandro. „Sie sind nach Los Angeles geflogen, mit United Airlines, Flugnummer …"

360

„Sie sagten, eine Frau und ein Kind, auf die die Beschreibung der beiden zutrifft", unterbrach Camilla ihn. „Hat sie denn nicht ihren richtigen Namen benutzt?"

Alessandro kam zum Tisch zurück. „Ich muss jetzt gehen", sagte er, ohne Camillas Frage zu beantworten. „Ich muss einige Anrufe erledigen, und dann fahre ich ins Büro. Sie dürfen noch ein paar Tage bleiben, wenn Sie das wollen. Ich schlage jedoch vor, dass Sie sich bereits um einen Rückflug nach London bemühen. Die Zeit zwischen April und Oktober ist die Hauptsaison, wie Sie ja wohl schon am Flughafen festgestellt haben."

„Am Flughafen?"

„Als Sie versuchten, ein Auto zu mieten", erklärte er.

„Woher wissen Sie das?"

Jetzt wirkte er ein wenig verlegen. „Ich habe Sie gesehen", sagte er und fügte hinzu: „Ihr Haar ist recht auffällig."

„Sie wollten mich abholen? Aber Sie sagten doch ..."

„Ich wollte Sie keineswegs abholen. Ich bin mit dem gleichen Flug wie Sie aus Los Angeles gekommen."

„Los Angeles!" Camilla betrachtete ihn argwöhnisch. „Dann wissen Sie also, wo Virginia ist."

Alessandro war jetzt ziemlich gereizt, versuchte jedoch, sich zu beherrschen. „Wieso sagen Sie das?"

Camilla war es leid, zu ihm hochzusehen, sie sprang auf.

„Nun, Sie sagten, eine Frau und ein Kind, auf welche die Beschreibung ..."

„Ach das!" Er seufzte und fuhr sich mit einer Hand durchs Haar. „Ja. Virginia und Maria – das ist meine Tochter – sind nach Los Angeles geflogen. Aber ich habe sie nicht gefunden. Ihre Spur führt bis nach San Diego, doch danach ... nichts."

„Sie haben also Nachforschungen anstellen lassen?"

„Ja." Offenbar passte es Alessandro gar nicht, seine persönlichen Angelegenheiten mit ihr besprechen zu müssen. „Sie glauben doch wohl nicht, dass ich Virginia das durchgehen lasse?"

Camilla wusste nicht mehr, was sie glauben sollte. Was wollte er Virginia nicht durchgehen lassen?

„Ich muss jetzt fort", wiederholte er. „Wie ich bereits sagte, Sie können noch ein paar Tage bleiben, wenn Sie wollen. Ich werde jedoch kaum Zeit haben, mich um Sie zu kümmern."

Das war nicht gerade einladend. Camilla spürte, dass es Alessandro lieber sehen würde, wenn sie sofort abreiste. Das konnte sie auch verstehen, doch sie würde seinem Wunsch nicht nachgeben. Sie wollte wissen, was mit Virginia los war. Ihr Brief war so flehentlich gewesen, dass Camilla Virginia jetzt nicht einfach im Stich lassen konnte. Sie musste herausbekommen, warum sie verschwunden war.

Camilla lächelte, als sie antwortete: „Ich brauche keine Unterhaltung, Mr Conti. Ich bin sicher, ich kann mir auch allein wunderbar die Zeit vertreiben. Es wäre wirklich falsch, jetzt abzureisen, ohne Virginia die Möglichkeit zu geben, mit mir Kontakt aufzunehmen."

Alessandro, der bereits zur Tür gegangen war, erstarrte bei diesen Worten. „Damit könnten Sie recht haben", gab er widerstrebend zu. „Virginia könnte tatsächlich versuchen, mit Ihnen Kontakt aufzunehmen." Er dachte über diese Möglichkeit nach.

„Wenn sie es tut, habe ich dann Ihre Zusicherung, dass Sie es mir sagen werden?"

„Sie meinen, auch dann, falls Virginia das nicht will?"

„Genau das meine ich, Miss Richards."

Sie holte tief Luft. „Und wenn ich Nein sage, werden Sie eine Möglichkeit finden, mich so bald es geht von hier zu entfernen, richtig?"

Seine Nasenflügel bebten. „Nein", sagte er. Es klang jedoch sehr feindselig. „So unhöflich bin ich nicht, Miss Richards. Falls ich jedoch herausfinde, dass Sie mich angelogen haben …"

„Ich habe Sie nicht belogen." Camilla verlor die Nerven. „Ich habe Ihnen wirklich alles gesagt, was ich weiß." Na ja, fast alles. „Ich habe auch keine Ahnung, was hier vorgeht. Sie ja angeblich auch nicht."

„Angeblich?"

Camilla fühlte, wie ihr die Röte ins Gesicht stieg.

„Nun, ich kenne Sie ja gar nicht, nicht wahr?", verteidigte sie sich. „Ich meine, ebenso gut könnten Sie selbst etwas mit Virginias Verschwinden zu tun haben."

Ängstlich wartete sie auf Alessandros Reaktion. Ihr heftiger Ausbruch hatte ihm ihre wahre Einstellung offenbart, und falls er darauf mit Wut reagierte, war das verständlich.

Alessandro schüttelte jedoch nur den Kopf. „Natürlich", sagte er. „Wie Sie selbst sagen, sind wir Fremde. Und von Ihrem Standpunkt aus gesehen wirkt die Situation natürlich ganz anders. Aber ich versichere Ihnen, Virginia hatte von mir nie etwas zu befürchten. Wäre es anders, so hätte diese Farce einer Ehe nicht einmal sechs Monate gehalten, geschweige denn sechs Jahre."

3. KAPITEL

ie Sonne brannte heiß. Auch der Sand war bereits sehr warm, doch noch konnte Camilla barfuß am Strand entlanglaufen. Hin und wieder bückte sie sich, um eine Muschel aufzuheben. Währenddessen kreisten ihre Gedanken wieder um das gleiche Thema: Virginias Ehe war hoffnungslos zerrüttet.

In ihrem Brief hatte Virginia zwar entsprechende Andeutungen gemacht, aber ihr Davonlaufen war eine echte Verzweiflungstat. Camilla verstand nur nicht, warum Virginia und Alessandro sich nicht scheiden ließen, da sie doch beide in dieser Verbindung unglücklich waren. Schließlich war eine Scheidung in den Vereinigten Staaten eine simple Angelegenheit. Ein Kurztrip nach Nevada zum Beispiel, und man war wieder frei – frei, um den gleichen Fehler noch einmal zu machen. Ein Leben als unabhängige Singlefrau hat entschieden seine Vorteile, sagte Camilla sich wieder einmal.

Ich kann meine Prinzipien nicht einfach auf andere übertragen, ermahnte sie sich. Bisher hatte eben noch kein Mann ihren Erwartungen entsprochen. Andererseits wünschte sich nicht jeder eine scharfzüngige Anwältin mit feuerrotem Haar zur Gefährtin.

Das brachte ihre Gedanken wieder auf Alessandro Conti. Als er zugab, sie schon am Flughafen bemerkt zu haben, hatte er verlegen gewirkt. Zwar war es nur ihr Haar, das seine Aufmerksamkeit erregte, dennoch war ihm dieses Geständnis ganz offensichtlich unangenehm.

Camilla blieb stehen, legte den Kopf weit in den Nacken und genoss die wärmenden Sonnenstrahlen auf ihren geschlossenen Lidern. Wie konnte jemand an diesem Ort unglücklich sein? Sie öffnete die Augen wieder und sah sich um. In beide Richtungen erstreckte sich kilometerweit weißer Sandstrand, Palmen ragten in den tiefblauen Himmel. Von ein paar Seevögeln abgesehen, hatte Camilla den Strand für sich allein. Natürlich handelte es sich um Alessandro Contis Privatgelände, dennoch fand Camilla die völlige Einsamkeit bemerkenswert. Sie trat näher ans Wasser, bis die Wellen ihre Füße umspülten. Das Wasser war warm und doch erfrischend. Sie wünschte, sie hätte ihren Badeanzug angezogen.

Seufzend machte sie sich auf den Rückweg. Sie war nicht hier, um sich zu amüsieren. Sie war dem Notruf ihrer Freundin Virginia gefolgt und sollte sich jetzt wirklich ernsthaft überlegen, wie sie ihr helfen konnte.

Leider fiel Camilla überhaupt nichts ein. Alessandro hatte die Sache in die Hand genommen. Wenn er seine Frau nicht finden konnte, wie sollte Camilla das schaffen? Schließlich kannte sie sich hier überhaupt nicht aus. Das hatte sich schon am Flughafen herausgestellt, als es ihr nicht gelang, ein Auto zu mieten, da hierfür ein internationaler Führerschein erforderlich war. Die Sache mit dem Auto war Virginias Idee gewesen. Sie hatte vorgeschlagen, Camilla sollte behaupten, sie besichtige mit dem Wagen die Insel und sei dabei zufällig am Besitz der Contis vorbeigekommen.

Nachdem dieser Plan undurchführbar wurde, hatte Camilla keine Sekunde gezögert, sich von einem Taxi nach Kumaru fahren zu lassen. Sie machte sich Sorgen um ihre Freundin und offenbar mit gutem Grund.

Die Strecke zum Haus zurück kam Camilla viel länger vor als auf dem Hinweg. Vielleicht, weil sie immer noch müde war. Außerdem hatte sie sich noch nicht an das heiße Klima gewöhnt. Alessandro scheint die Hitze nichts auszumachen, dachte Camilla. Dabei hatte sie sein Bild vor Augen. Er wirkte im Anzug ebenso kühl und sachlich wie die Geschäftsleute in London. Alessandro …

Camilla verbot sich diese Gedanken. Wenn sie nicht aufpasste, nannte sie ihn irgendwann laut beim Vornamen, und das würde sehr peinlich sein. Anders wäre es gewesen, wenn Virginia da wäre. Doch solange sie verschwunden blieb, war es sicher besser, wenn Camilla Abstand zu Alessandro hielt.

Camilla hatte endlich das Haus erreicht und stieg die Stufen zur Terrasse empor. Sie bückte sich, um die Schuhe wieder anzuziehen, als sie spürte, dass sie beobachtet wurde. Sie richtete sich auf. Auf dem Balkon über ihr stand ein Mann. Sie fragte sich unwillkürlich, wie lange er sie schon beobachtet hatte.

„Hallo", rief er ungezwungen. „Hat Ihnen der Spaziergang gefallen?"

„Ja, danke." Camilla beschattete die Augen mit der Hand. Wer war dieser Mann? Was machte er hier?

„Sie sind Camilla, richtig?", fragte er jetzt und beugte sich über das Geländer. „Kommen Sie herauf."

Camilla missfiel es, wie selbstverständlich er ihren Vornamen gebrauchte. Schließlich hatte er sich nicht einmal vorgestellt.

„Vielleicht", erwiderte sie nicht gerade freundlich.

Er erwartete sie an der geschwungenen Treppe. „Lassen Sie uns ins Wohnzimmer gehen. Ich habe Mama Lu gebeten, uns Kaffee zu bringen."

Camilla sah ihn erneut unfreundlich an, begleitete ihn jedoch ins Wohnzimmer. Durch weit geöffnete Türen erkannte sie den Balkon, von dem herab der Mann sie angesprochen hatte. Das Wohnzimmer war sehr groß und kostbar und geschmackvoll eingerichtet. In einer Ecke stand ein großes Puppenhaus.

Es war der bislang einzige Hinweis auf das Kind, von dem Camilla bisher nur gehört hatte. Zu gern hätte sie Virginias Tochter kennengelernt. Wem sie wohl ähnlicher war? Ihrer Mutter oder ihrem Vater?

„Sie werden sich sicherlich fragen, wer ich bin", sagte der junge Mann. „Ich heiße Jeff Blaisdell", verkündete er mit jener Selbstgefälligkeit, die Camilla stets zutiefst reizte. „Alex' Cousin."

„Al… Mr Contis Cousin."

Darauf wäre sie nie gekommen. Obwohl beide Männer groß und breitschultrig waren, gab es keine erkennbare Familienähnlichkeit. Jeff war blond und blauäugig, Alessandro dunkel, mit braunen Augen. Jeffs Gesichtszüge waren wesentlich weicher.

„Mr Conti", rief er spöttisch. „Sagen Sie bloß, Sie nennen ihn Mr Conti. Ich dachte, Sie sind eine Freundin von Ginny."

„Ginny? Ach, Sie meinen Virginia." Camilla konnte überaus pedantisch sein. „Ja. Wir sind Freundinnen. Mr Conti habe ich aber erst gestern kennengelernt."

„Ach, wirklich?" Jeff Blaisdell schien das nicht zu interessieren. „Warum setzen wir uns nicht und plaudern ein wenig darüber? Dann können Sie mir auch erzählen, wann Sie Gi… Virginia zuletzt gesehen haben."

Camilla zögerte. Sie war jedoch erschöpft, und die Sofas sahen sehr einladend aus. Dennoch wählte sie einen Sessel, damit Jeff Blaisdell sich nicht direkt neben sie setzen konnte.

Wong Lee brachte Kaffee.

„Darf ich einschenken, Signora?", fragte er, wobei er Camilla und nicht den Cousin seines Arbeitgebers ansah.

„Das machen wir selbst, Lee", erklärte Jeff, doch Wong Lee beachtete ihn einfach nicht.

Camilla brauchte einen Moment, um die Situation zu erfassen.

„Ich … ja, schon gut, Mr Wong. Danke."

„Ich danke Ihnen, Signora. Signore." Das wurde eher nachlässig hinzugefügt, doch Jeff Blaisdell schien sich nichts daraus zu machen.

„Ich fürchte, Lee und ich sind nicht die besten Freunde", sagte er und wartete, bis Camilla ihm Kaffee eingeschenkt hatte. „Danke. Ich finde, niemand macht besseren Kaffee als Mama Lu."

„Damit kenne ich mich nicht so gut aus."

„Ah ja, richtig, Sie sind ja Engländerin", erinnerte sich Jeff Blaisdell. „Ich nehme an, Sie ziehen Tee vor, oder? Das kann ich verstehen, ich

365

habe noch nie einen Engländer getroffen, der einen halbwegs annehmbaren Kaffee kochen konnte."

Camilla lehnte sich zurück. Sie fragte sich, wie jemand so verletzend sein konnte, ohne es überhaupt zu merken. Wieso redete er hier über Tee und Kaffee, während die Frau seines Cousins verschwunden war?

„Also", fuhr er fort und steckte sich einen Keks in den Mund, „wie gut kennen Sie Virginia?"

„Wir sind zusammen zur Schule gegangen."

„Wirklich?" Er war überrascht. „Ich hätte Sie für fünf Jahre jünger gehalten."

„Wir sind gleichaltrig. Tut mir leid, Sie zu enttäuschen."

„Hey, das ist keine Enttäuschung." Jeff hatte sich anscheinend zu einer Charmeoffensive entschlossen, und Camilla fühlte sich immer unbehaglicher. „Frauen sind wie Wein, sie werden mit den Jahren immer besser."

Oh nein! Nur mit Mühe unterdrückte Camilla ein Stöhnen. Sie hatte wirklich keine Lust, sich länger diesen Blödsinn anzuhören. Hoffentlich kam er endlich zum Zweck seines Besuchs – falls es einen gab.

„Mr Conti – ich meine, Ihr Cousin – ist nicht hier", erklärte Camilla. „Er wollte ins Büro fahren. Wenn Sie ihn also sehen möchten …"

„Sicher, ich sehe Alex später noch." Jeff schenkte sich Kaffee nach. Anscheinend hatte er viel Zeit.

Überrascht bemerkte Camilla den feuchten Fleck unter seinem Arm. Es war noch früh am Tag, nicht sehr heiß, schon gar nicht in diesen schattigen Räumen. Der Wagen, mit dem Jeff gekommen war, verfügte sicher über Aircondition.

Egal, Jeff Blaisdell interessierte sie nicht. Männern seines Schlages war sie in London schon häufig begegnet. Ihre plumpen Annäherungsversuche hatte sie stets abgewehrt.

„Alex und ich arbeiten zusammen", erklärte er jetzt. „Sein Vater und meine Mutter sind Geschwister, daher sind wir beide gleichermaßen an der Zukunft der Conti-Corporation interessiert."

„Ich verstehe."

„Ich vertrete Alex in seiner Abwesenheit. Man könnte sagen, ich bin sein Vizepräsident." Er lachte plötzlich. „Ja, das beschreibt meine Position am besten. Was meinen Sie?"

„Ich bin sicher, Sie kennen Ihren Wert, Mr Blaisdell", erwiderte sie kühl.

„Ich heiße Jeff, Camilla. Ich halte nicht viel davon, Zeit mit unnötigen Formalitäten zu verlieren. Und Ginnys Freunde sind auch meine Freunde. Hat sie Ihnen je von mir erzählt?"

„Nein." Camilla hatte ihren Kaffee ausgetrunken und stellte die Tasse auf den Tisch zurück. „Es ist … es ist schon ein paar Jahre her, seit wir zuletzt Kontakt hatten."

„Aber sie hat Ihnen doch geschrieben, nicht wahr?" Jeff hatte sich vorgebeugt. Jetzt legte er eine Hand auf Camillas Unterarm. „Als ich Alex gestern Abend anrief, sagte er mir, Virginia habe Sie eingeladen."

„Das stimmt."

Camilla sah ihn böse an, und Jeff ließ sie los. Entschuldigend breitete er die Arme aus.

„Es tut mir leid, wirklich. Aber wir sind alle ziemlich verzweifelt. Wir möchten natürlich wissen, wo sie ist … und Maria. Es ist eine scheußliche Situation."

Er äußerte sein Bedauern ein bisschen spät, fand Camilla. Sie hielt Jeff Blaisdell für einen Egozentriker, der sich nur dann Sorgen machte, wenn es ihn selbst betraf. Sie mochte ihn nicht. Ihre Ablehnung war instinktiv und heftig.

„Nun …" Endlich stand er auf. „Ich würde natürlich gern den ganzen Morgen hier mit Ihnen verbringen, aber leider muss ich mich im Büro blicken lassen. Es war wirklich besonders nett, Sie kennenzulernen, Camilla. Falls Sie noch eine Weile auf der Insel bleiben, müssen wir unbedingt etwas zusammen unternehmen."

„Auf Wiedersehen, Mr Blaisdell", sagte Camilla so höflich, wie es ihr möglich war.

Camilla war erleichtert. Sie hoffte sehr, Jeff Blaisdell während ihres restlichen Aufenthaltes auf der Insel nicht wiederzusehen.

Aber er hatte sich als Virginias Freund bezeichnet. Vielleicht hätte sie ihn fragen sollen, wo seine Freundin hingegangen sein mochte. Als Familienmitglied wusste er sicher ebenso viel wie Alessandro und war vermutlich eher bereit, darüber zu plaudern.

Mama Lu kam, um das Tablett zu holen. Camilla dankte ihr für den Kaffee.

„Mr Jeff ist also wieder fort?", fragte die Haushälterin.

Camilla war ganz sicher, dass Mama Lu genau wusste, wann Jeff Blaisdell das Haus verlassen hatte.

„Ja. Vor fünf Minuten."

„Hm. Ich dachte es mir."

„Sie … äh … Sie kennen die Familie, sicher sehr gut", sagte Camilla.

Mama Lu nickte. „So gut wie meine eigene", bestätigte sie. „Ich war schon da, bevor Vito und Sophia heirateten."

„Vito und Sophia? Sind das Mr Contis Eltern?"

„Sein Vater und dessen Schwester", erklärte Mama Lu geduldig. „Miss Sophia ist Mr Jeffs Mutter."

„Ah, ich verstehe. Also ist Mr Blaisdell Mr Contis Cousin."

„Haben Sie das bezweifelt?", fragte Mama Lu streng.

„Er wirkt … ja, er wirkt ganz anders als Mr Conti."

Mama Lu hob die Schultern. „Er kommt seinem Vater wohl mehr nach, als Miss Sophia erwartet hatte."

„Seinem Vater?" Camilla wusste, wie ungehörig all diese Fragen waren, aber sie konnte ihre Neugier nicht unterdrücken. Alles, was Alessandro nur im Entferntesten betraf, interessierte sie. „Leben seine Eltern denn auch hier?"

„Seine Mutter. Niemand weiß genau, wo sein Vater ist."

„Oh. Ich verstehe."

„Cal Blaisdell hat seine Frau und seinen Sohn verlassen, als Jeff fast noch ein Baby war", erklärte die Haushälterin. „Er hatte sie nur geheiratet, weil er glaubte, dass sie die Firma ihres Daddys erbt. Aber Alex' Großvater starb und hinterließ alles Vito. Kam ziemlich plötzlich. Vermutlich hatte er einfach nicht mehr die Zeit gehabt, Cal in sein Testament mit einzuschließen."

Camilla wurde verlegen. Hier wurden ihr Dinge zugetragen, die sie nichts angingen. Immerhin hegte auch Mama Lu keine große Zuneigung zu den Blaisdells, und das war irgendwie beruhigend.

„Wann möchten Sie Mittag essen?", fragte Mama Lu jetzt.

Camilla war dankbar für den Themenwechsel.

„Egal. Wann es Ihnen passt. Ich möchte keine Mühe machen."

„Es ist keine Mühe." Mama Lu ging zur Tür. „Sie bleiben eine Weile?"

„Ich weiß nicht. Ein paar Tage vielleicht."

„Sie suchen auch nach Miss Virginia?"

„So könnte man es nennen." Camilla seufzte. „Ich habe erwartet, sie hier zu treffen. Das sagte ich Ihnen ja schon gestern."

„Hm." Mama Lu überlegte. „Nun, wenn überhaupt jemand sie finden kann, dann Alex."

„Glauben Sie?"

„Ich bin sicher. Er möchte das kleine Mädchen zurückhaben."

„Sie meinen Maria?"

„Genau." Die Haushälterin ging zur Tür. „Sie hat einen Fehler gemacht, die Kleine mitzunehmen. Alex wird nicht ruhen, bis er sie gefunden hat, und dann ..."

Den Rest dieses Satzes konnte Camilla nicht mehr verstehen.

Als Camilla an diesem Abend zum Dinner kam, war Alex nicht allein. Ein Mann und eine Frau waren bei ihm.

Den Nachmittag hatte Camilla damit verbracht, sich mit dem Grundriss des Hauses vertraut zu machen. Um acht Uhr wurde sie zum Essen in der Bibliothek erwartet, und diesmal bereitete es ihr keine Schwierigkeiten, den Weg zu finden.

Sie hatte entdeckt, dass Virginia und Alex keineswegs die Master Suite bewohnten, wie sie zuerst angenommen hatte. Beim Lunch hatte sie Mama Lu erzählt, wie sie sich morgens verirrt hatte und dann Alex begegnet war. Die Doppeltüren, durch die er gekommen war, führten in den Südflügel, hatte Mama Lu erklärt. Alex' Vater hatte diesen Flügel anbauen lassen, als sein Sohn und Virginia heirateten. Obwohl die Eltern jetzt nicht mehr hier lebten, bewohnten die jungen Contis immer noch die Räume im Seitenflügel.

„Ich sagte immer, Miss Virginia wäre lieber in die großen Apartments gezogen", behauptete Mama Lu, während sie ihren Gast mit Salat aus Flusskrebsen und Limonensorbet verwöhnte. Virginia war beim Personal nicht sonderlich beliebt, das wurde für Camilla immer deutlicher.

Nach dem Lunch hatte Camilla sich dann das Haus angesehen. Sie wäre gern auch draußen umhergeschweift, doch das musste sie auf einen anderen Tag verschieben – falls sie so lange hierbleiben durfte. Hinter den Bäumen erkannte sie Stallungen, und gelegentlich hörte sie Pferde wiehern. Sie wollte jedoch die nur unwillig gewährte Gastfreundschaft Alessandros nicht gleich überstrapazieren. Außerdem patrouillierten ständig Wachleute über das Gelände, und Camilla hatte keine Lust, mit einem von ihnen aneinanderzugeraten.

Gegen Abend hörte Camilla Alessandros Wagen vorfahren. Ein wohliger Schauer lief ihr über den Rücken. Alessandro Conti löste nie geahnte Gefühle von Spannung, Erregung und Erwartung in ihr aus. Camilla war beunruhigt. Schließlich war dieser Mann mit ihrer Freundin verheiratet. Darüber hinaus lebten sie in jeder Hinsicht in verschiedenen Welten.

Leider konnte sie sich nicht mit einer Entschuldigung vor dem gemeinsamen Dinner drücken. Sie befand sich in Alessandros Haus, war sein Gast, und noch dazu ein unwillkommener Gast. Sie konnte es sich nicht leisten, Alex zu verärgern. Außerdem wollte sie wissen, ob es Neuigkeiten über Virginia gab.

Die Garderobenfrage bereitete ihr einiges Kopfzerbrechen. Schließlich entschied sie sich für eine jadegrüne Chiffonbluse und eine dreiviertellange schwarze Hose. Die Aufmachung betonte ihre Figur und ihr rotes Haar, war elegant, aber nicht zu auffällig. Alessandro sollte nicht glauben, dass sie versuchte, ihn auf sich aufmerksam zu machen.

Klopfenden Herzens näherte Camilla sich der Bibliothek. Sie probierte ihre Atemübungen, die sie immer machte, bevor sie den Gerichtssaal betrat. Zeugin der Verteidigung, dachte sie halb spöttisch. Sie hatte nie gewusst, wie beängstigend das sein konnte.

Durch die geöffneten Türen hörte sie Stimmen, ohne jedoch die Worte zu verstehen. War Virginia zurückgekehrt? Die Stimmen waren ihr fremd, wie sie beim Näherkommen erkannte. Neben Alex Conti standen ein Mann und eine Frau. Obwohl Camilla sie nie zuvor gesehen hatte, kamen ihr die beiden bekannt vor.

In diesem Moment entdeckte Alessandro Camilla. Sein Vater sprach auf ihn ein, doch er schien überhaupt nicht mehr zuzuhören. Eben hatte er noch recht geistesabwesend gewirkt, doch nun trat ein Leuchten in seine Augen. Das dauerte aber nur Sekunden, um dann einem grimmigen Ausdruck zu weichen. Alessandros Mutter hatte dies bemerkt und stieß ihren Mann ungeduldig an.

Alle drei sahen nun Camilla aufmerksam entgegen. Sie wurde rot vor Verlegenheit. Es war ihr unangenehm, so im Mittelpunkt des Interesses zu stehen. Irgendwie kam sie sich deplatziert vor. Virginia hatte sie zwar eingeladen, aber diese Einladung konnte ja wohl nicht länger als gültig angesehen werden.

„Sie sind Camilla, nicht wahr?" Die Frau spürte ihre Verlegenheit und trat auf sie zu. „Ich bin Sonya Conti, Alex' Mutter. Ich glaube, wir sind uns noch nicht begegnet."

„Guten Abend." Erleichtert ergriff Camilla die dargebotene Hand. „Nein, wir sind uns noch nicht begegnet. Ich war leider verreist, als … als Virginia und Ihr Sohn heirateten."

Sonya nickte. Sie betrachtete Camilla aufmerksam, doch keineswegs ablehnend.

„Das hat Alex uns erzählt." Sie wandte sich um. „Dies ist Alex' Vater. Vito, komm her und begrüße Camilla."

Vito Contis Haar war grau, und er war fülliger als sein Sohn, doch ansonsten war die Ähnlichkeit unverkennbar. Auch er ergriff nun

370

Camillas Hand. Er begrüßte Camilla zwar höflich, aber nicht so herzlich wie seine Frau.

„Alex sagt, Sie und Virginia seien zusammen zur Schule gegangen", begann er sogleich mit dem Verhör. „Wo war das?"

„Vito …"

„Queen Catherines", antwortete Camilla prompt, denn jedes Zögern konnte falsch verstanden werden. „In Hertfordshire."

„Hertfordshire?" Vito Conti runzelte die Stirn. „Ist das eine Stadt?"

„Es ist eine Grafschaft, Papa", sagte sein Sohn. „Die Engländer haben ihren Staat nicht in Länder unterteilt, sondern in Grafschaften. „Hertfordshire liegt in der Nähe von London."

„Wirklich?" Sein Vater schien nicht überzeugt. „Aber Sie müssen die Schule doch schon vor zehn Jahren beendet haben?"

„Vor elf Jahren, Mr Conti." Camilla gab sich große Mühe, nicht unwillig zu wirken.

Alex seufzte ungeduldig. „Miss Richards weiß nicht, wo Virginia ist, Papa." Er leerte sein Glas und drehte es in der Hand. „Kann ich Ihnen etwas anbieten, Miss Richards? Vielleicht einen Martini oder einen Cocktail?"

„Was soll denn das?", mischte Sonya Conti sich erneut ein. „Warum nennst du sie Miss Richards, Alex? Sie ist … Virginias Freundin. Kannst du sie nicht beim Vornamen nennen? Ich bin sicher, Camilla wäre das lieber."

Camilla nickte. „Ja." Sie befeuchtete die Lippen mit der Zunge. „Und ich hätte gern ein Glas Weißwein – Alex."

Das war ein wenig forsch, aber zumindest bestand jetzt nicht mehr die Gefahr, dass sie unabsichtlich seinen Vornamen aussprach. Alex protestierte nicht. Aber das konnte er sich auch kaum leisten, da seine Mutter den Vorschlag gemacht hatte.

Mit einem Glas gekühlten Chablis in der Hand fühlte Camilla sich schon bedeutend sicherer. Der Wein schmeckte köstlich und tat ihr gut.

„Haben Sie meine Schwiegertochter jemals gesehen, nachdem Sie beide die Schule verlassen hatten?", fragte Vito Conti weiter.

Camilla nickte. „Natürlich. Wir … wir sind in Verbindung geblieben."

Konnte man zwei Begegnungen, eine davon zufällig, wirklich so bezeichnen? Camilla wusste es nicht. Doch was sollte sie sonst sagen?

„Sie haben sich gegenseitig geschrieben?"

Alex sah seinen Vater ungeduldig an. „Hat das etwas zu bedeuten?", fragte er. „Ob Virginia nun mit einem Menschen in Verbindung blieb oder mit hundert, hilft uns das weiter? Wir wissen trotzdem nicht, wo sie jetzt ist. Camilla … Camilla weiß es auch nicht. Gönn uns allen eine Pause, ja? Wenn Morales etwas Neues erfährt, wird er es uns sofort mitteilen."

Vito hätte gern darüber gestritten, doch seine Frau teilte die Meinung ihres Sohnes. Sie alle machten sich Sorgen. Sie zeigten es nur auf unterschiedliche Weise.

„Kommen Sie", sagte Sonya und berührte Camilla am Arm. „Setzen wir uns, um unseren Aperitif zu genießen." Sie führte Camilla zu einer Sitzgruppe. „Sie müssen uns erzählen, wie Ihnen unsere Insel gefällt. Sind Sie zum ersten Mal auf Hawaii?"

Camilla war dankbar für den Themenwechsel. Sie ahnte, dass die Contis noch einmal auf ihre Verbindung zu Virginia zurückkommen würden, doch im Augenblick hatte sie Ruhe davor. Es ist eben kaum zu verstehen, dass Virginia jemanden einlädt und kurz vor seiner Ankunft verschwindet, dachte Camilla. Das wirft natürlich viele Fragen auf, vor allem bei den Familienangehörigen.

Draußen war es bereits dunkel. Eine Motte umkreiste die Stehlampe. Es hätte eine ruhige, friedliche Stimmung sein können, doch das war nicht der Fall. Alle vier in diesem Raum waren nervös. Wenn auch aus unterschiedlichen Gründen. Camilla fragte sich unwillkürlich, wie Virginia eigentlich ihr unverantwortliches Handeln rechtfertigen wollte.

Außer den Büchern, die in deckenhohen Regalen standen, waren in dem Raum etliche Schachspiele aufgestellt, einige davon hinter Glas. Es gab auch ein paar Kunstgegenstände, echte Sammlerstücke. Dennoch war auch dieser Raum, wie alle Zimmer des Hauses, sehr wohnlich. In diesen Zimmern konnte man leben und sich wohl fühlen, es waren keine Ausstellungsräume. Ob Virginia das wohl auch so sah?

Es fiel Camilla zunehmend schwerer, objektiv zu bleiben. Sie erinnerte sich, dass Virginia schon als sehr junge Frau das gute Leben genoss, gern Geld ausgab und unbedingt jemanden heiraten wollte, der ihr das ermöglichte, egal wen. Ob sie in ihren Lebensstil jedoch auch die Rolle als Frau und Mutter eingeplant hatte, wusste Camilla nicht.

4. KAPITEL

*S*ie sind nicht verheiratet?" Sonya hatte lange überlegt, ob sie Camilla das fragen sollte. Es war schließlich sehr persönlich. Doch dann tat sie es, weil sie es gern wissen wollte.

Camilla schüttelte den Kopf. „Nein."

„Sie sind also eine Karrierefrau. Vielleicht ein Fotomodell?"

„Oh nein." Camilla machte eine abwehrende Handbewegung. Sie spürte, dass Alessandro und sein Vater sie beobachteten. „Ich … ich bin Rechtsanwältin."

„Rechtsanwältin?" Vito baute sich vor Camilla auf. „Ein Anwalt? Vielleicht Virginias Anwalt, hm?"

„Das bin ich nicht."

„Aber Sie könnten es sein."

„Das glaube ich nicht. Ich darf in den Vereinigten Staaten nicht praktizieren. Und davon abgesehen befasse ich mich nicht mit …"

Sie unterbrach sich erschrocken. Sie hatte Scheidung sagen wollen und erkannte jetzt, welch schwierige Wendung das Gespräch genommen hatte. Camilla wusste zwar von Virginias Scheidungswünschen, doch das wusste hier niemand. Und tatsächlich hatte Virginia in ihrem Brief das Wort Scheidung nicht ausdrücklich erwähnt.

„Womit befassen Sie sich nicht, Camilla?" Alex sah sie so finster an, als hätte er nun die Bestätigung für seinen Verdacht erhalten. „Erpressung vielleicht?"

„Erpressung?"

„Alex!"

Camilla und Sonya riefen es gleichzeitig. Camillas Erstaunen war so echt, sie konnte es unmöglich gespielt haben. Selbst Alex sah das ein. Er schwieg.

Camilla hatte nun etwas, worüber sie nachdenken musste. So unglaublich es schien, Alex vermutete tatsächlich eine Absicht hinter Virginias Handlungsweise. Sie hatte seine Tochter entführt, um sich einen Vorteil zu verschaffen.

Wong Lees Ankündigung, das Essen sei serviert, wurde von allen mit großer Erleichterung aufgenommen. Selbstverständlich würde die Familie Camilla auch während des Essens weiter ausfragen, darüber war sie sich im Klaren. Nach dem Essen konnte sie sich jedoch endlich zurückziehen. Notfalls würde sie Kopfschmerzen vortäuschen.

Der Tisch war überaus festlich gedeckt und mit Blumen geschmückt. Camilla kam aus dem Staunen nicht mehr heraus. Für sie wirkte alles wie eine Filmszene. Sie konnte sich kaum vorstellen, dass Menschen wirklich so lebten. Doch anscheinend taten sie das, denn weder Alessandro noch seine Eltern wirkten sonderlich beeindruckt.

Das Essen war ausgezeichnet. Die Vorspeise bestand aus hauchdünnem Räucherschinken mit frischer Ananas, die hier überall im Überfluss wuchs, wie Sonya erzählte. Es folgten ein Ragout aus Meeresfrüchten in einer cremigen Soße und anschließend Käse, Obst und Kaffee.

Alles war wunderbar, aber keiner von ihnen hatte so rechten Appetit. Alex trank viel. Es hatte jedoch scheinbar keine Wirkung auf ihn, und er achtete auch nicht auf die vorwurfsvollen Blicke seiner Mutter.

Auch Camilla aß nur wenig. Sie achtete darauf, nicht mehr als zwei Glas Wein zu trinken. Sie war nicht an größere Mengen Alkohol gewöhnt und wollte in dieser Situation auf jeden Fall einen klaren Kopf bewahren. Gespannt hörte sie der Unterhaltung von Alex' Eltern zu.

Es gab immer noch keine Spur von Virginia und Maria. Plötzlich wandte Sonya sich mit Tränen in den Augen an Camilla. „Ich bete zu Gott, dass Virginia sich um sie kümmert", rief sie verzweifelt und bekreuzigte sich. „Er weiß, wie wenig sie sich um ihr Kind bemüht hat, als sie noch hier war."

Sie holte ein Taschentuch aus ihrer Handtasche und putzte sich umständlich die Nase. Ihr Mann tätschelte ihr beruhigend die Hand.

„Nur Mut, Sonya."

Camilla und Alex sahen sich über die Köpfe seiner Eltern hinweg in die Augen.

Da seine Frau so erregt war, vermied es Alex' Vater weiter über Virginia und Maria zu sprechen. Sobald sie sich vom Tisch erhoben hatten, erklärte Vito, er wolle mit Sonya nach Hause fahren. „Es ist schon spät, und deine Mutter ist müde. Komm morgen zu uns, damit wir in Ruhe reden können. Ich habe ein paar Ideen, doch das hat Zeit bis morgen."

Alex war einverstanden. „Gut." Er begleitete seine Eltern zur Tür, während Camilla zurückblieb. „Wir finden sie, Mama", beteuerte er. „Ich gebe niemals auf."

Camilla wartete vor der Tür zur Bibliothek. Nervös überlegte sie, was sie tun sollte. Vielleicht war es besser, nach England zurückzukehren. Hier konnte sie doch nichts ausrichten, und die Situation beunruhigte sie.

Es ist nicht nur die Situation, gestand sie sich ein, als Alex auf sie zukam. Alex beunruhigte sie zutiefst. Sie fühlte sich viel zu sehr zu ihm hingezogen. Es war wahnsinnig, besonders unter den gegebenen Umständen. Camilla war jedoch machtlos gegen ihre Gefühle. Länger hierzubleiben, würde alles verschlimmern.

Sie wünschte Alex eine gute Nacht, doch er schüttelte den Kopf. „Trinken Sie noch ein Glas mit mir." Es war mehr ein Befehl als eine Bitte. „Was möchten Sie? Wieder Weißwein? Oder schließen Sie sich mir an und trinken einen Scotch?"

„Glauben Sie nicht …?"

Alex verzog spöttisch den Mund. „Was soll ich glauben?", fragte er. Er folgte Camilla in die Bibliothek und schloss die Türen hinter sich. „Sie haben die sehr ärgerliche Angewohnheit, Sätze anzufangen und sie dann nicht zu beenden, Miss Richards. Zum Beispiel weiß ich immer noch nicht, was Sie eigentlich über Ihr spezielles juristisches Gebiet sagen wollten."

Camilla schluckte. Sie hatte geglaubt, Alex hätte das längst vergessen. Trotz reichlichen Weingenusses war seine Konzentrationsfähigkeit jedoch keineswegs beeinflusst. Es fiel Camilla schwer, Alex' kühlem, kritischem Blick standzuhalten.

Er trat an die Hausbar. „Also, erzählen Sie."

„Was denn?", fragte sie.

„Okay. Beginnen wir damit, was Sie am liebsten trinken möchten. Und sagen Sie nicht, nichts. Ich hasse es, allein zu trinken."

Camilla seufzte. „Haben Sie vielleicht Mineralwasser?"

Er sah sie zweifelnd an. „Wasser?"

„Oder Fruchtsaft. Irgendetwas."

„Keinen Scotch?"

„Ich … ich mag keinen Whisky", erklärte sie rasch. „Eigentlich mag ich überhaupt keinen Alkohol. Nur …"

„wein", beendete er ihren Satz. „Also schön. Bitte sehr. Versuchen Sie das."

Er reichte ihr ein langstieliges Glas. Camilla nahm es zögernd. Sie passte nicht richtig auf, und als ihre und Alex' Fingerspitzen sich berührten, hätte sie das Glas beinahe fallen gelassen.

Alex reagierte rasch. Für einen kurzen Augenblick umfassten seine Hände Camillas Hand und das Glas. Ihr Herz schlug schneller, und ihr wurde ein wenig schwindlig. Alex war so dicht bei ihr, viel näher als den ganzen Abend über. Sie spürte die Wärme seines Körpers.

Instinktiv sah Camilla zu Alex auf. Sein Blick war jedoch alles andere als zärtlich. Nachdenklich betrachtete er sie. Dann ließ er ganz plötzlich ihre Hand los.

Verwirrt und ein wenig beschämt senkte Camilla den Blick. Sie war überwältigt von der Heftigkeit ihrer sinnlichen Empfindungen. Nie zuvor hatte ein Mann eine derart starke sexuelle Anziehungskraft auf sie ausgeübt.

Sex war für Camilla eine biologische Gegebenheit, ein Trick der Natur, um die Erhaltung der Art zu sichern. Ihre bisherigen Erfahrungen waren nicht sonderlich aufregend gewesen, und so glaubte sie, sehr gut auch ohne Sex leben zu können. Zum ersten Mal spürte sie jetzt heftiges Begehren. Gleichzeitig war da die Angst, die Kontrolle über sich zu verlieren.

„Also …" Alex hatte sich einen großzügig bemessenen Whisky eingegossen und war zu Camilla zurückgekehrt. „Sie wollten mir gerade erzählen, was Sie uns vor dem Essen erklären wollten. Womit befassen Sie sich nicht, Miss Richards?"

Sie versuchte auszuweichen. „Müssen wir denn so förmlich sein? Ich heiße Camilla."

„Ich weiß, wie Sie heißen." Alex trank einen Schluck und sah Camilla böse an. „Warum beantworten Sie nicht endlich meine Frage? Oder können Sie sie nicht beantworten?"

Wenn er sich doch endlich setzen würde. Ihre Knie zitterten, doch unaufgefordert wollte sie nicht Platz nehmen.

„Ich … ich kann mich gar nicht mehr an die Frage erinnern."

„Doch, das können Sie", widersprach er drohend. „Ich will jetzt genau wissen, was es ist, womit Sie sich nicht befassen, und hören Sie auf, mit mir zu spielen. Es ist spät, und ich bin nicht in der Stimmung für solche Dinge. Ich lasse keinen Narren aus mir machen."

„Das habe ich auch gar nicht vor." Camilla probierte von ihrem Drink. „Uuh, was ist denn das? Ich habe doch um Fruchtsaft gebeten."

„Das ist Fruchtsaft", erklärte Alex ungeduldig. „Mit Eis und ein ganz klein wenig Tequila. Es wird Ihnen nicht schaden." Er musterte sie spöttisch. „Ich verspreche es Ihnen."

Camilla betrachtete das Getränk misstrauisch. „Nun ja …"

„Um Himmels willen …"

Weil er sie so wütend ansah, nahm sie hastig noch einen Schluck. „Na schön. Ich denke, es schmeckt recht gut", behauptete sie dann.

„Ihre Begeisterung ist überwältigend. Können wir jetzt im Thema fortfahren?"

Camilla versuchte nicht länger, seiner Frage auszuweichen. Sie holte tief Luft und sagte: „Es gibt viele Dinge, mit denen ich mich beruflich nicht befasse. Ich denke, was Sie meinen, ist Scheidung."

Alex kam ein wenig näher. „Virginia hat mit Ihnen über Scheidung gesprochen?"

„Nein." Das entsprach immerhin der Wahrheit. „Nein, das hat sie nicht."

„Warum …?"

„Es war der Ton ihres Briefes", erklärte Camilla. „Ich habe den Eindruck bekommen, dass Virginia nicht glücklich ist."

„Glücklich!" Alex blickte sie an. „Sie hatten den Eindruck, Virginia sei nicht glücklich? Das haben Sie bisher nicht gesagt."

„Nein."

„Warum sind Sie hier?"

„Das habe ich Ihnen gesagt. Virginia hat mich eingeladen", erwiderte sie.

„Wirklich eingeladen? Oder hat sie um Ihren juristischen Beistand gebeten?"

„Sie hat mich eingeladen", beharrte Camilla. „Ich gebe zu, ich habe mir Sorgen um sie gemacht. Aber wir haben nichts verabredet, in welcher Hinsicht ich etwa für sie tätig werden sollte. Das hätte ich ja auch nicht gekonnt, wie ich Ihnen schon sagte."

Alex betrachtete Camilla prüfend. Schließlich wandte er sich ab und leerte sein Glas. Camilla hatte plötzlich das Bedürfnis, Alex etwas Tröstliches zu sagen.

„Ich bin sicher, es gibt keinen Grund zur Sorge", begann sie. „Virginia hatte vielleicht einfach das Bedürfnis, eine Weile allein zu sein – mit ihrer Tochter natürlich", fuhr sie hastig fort. „Sie … Sie beide haben sich vermutlich über irgendetwas gestritten. Wahrscheinlich versucht Virginia auf diese Weise, Ihre Aufmerksamkeit zu erregen."

„Meine Aufmerksamkeit!" Alex fuhr herum. Sein dunkles Gesicht war vor Zorn gerötet. „Mein Gott! Glauben Sie wirklich, das ist alles? Ein kleiner Streit unter Liebenden?"

Er lachte bitter, und dann schleuderte er plötzlich sein leeres Glas gegen eines der Bücherregale, wo es in zahllose Scherben zersprang. „Glauben Sie etwa, ich wäre so in Sorge, wenn Virginia klar bei Verstand wäre?"

Camilla wich zur Tür zurück. „Klar bei Verstand?", wiederholte sie. „Meinen Sie … meinen Sie, Virginia ist nicht zurechnungsfähig?"

„Zurechnungsfähig ist ein juristischer Begriff. Das wissen Sie. Nein, unzurechnungsfähig ist sie nicht, jedenfalls nicht in diesem Sinne. Aber Drogen beeinflussen das Gemüt, nicht wahr? Besonders ein Gemüt, das so verdorben ist wie Virginias."

Ganz gegen ihre Erwartung hatte Camilla tief und fest geschlafen und erwachte ausgeruht und ohne Kopfschmerzen.

Eigentlich ein Wunder, wenn man bedachte, in welcher Verfassung sie zu Bett gegangen war. Sie hatte erwartet, überhaupt nicht schlafen zu können, doch der Tequila war wohl stärker als geahnt und hatte seine Wirkung gezeigt.

Im Badezimmer erinnerte sie sich voller Entsetzen an das, was Alex ihr in der Nacht gesagt hatte. Virginia war süchtig, abhängig von sogenannten harten Drogen wie Heroin und Kokain. Während der letzten drei Jahre war sie immer wieder in Kliniken gewesen, aber Drogen nahm sie schon sehr viel länger.

Demnach muss Virginia schon vor ihrer Heirat Rauschgift genommen haben, überlegte Camilla jetzt. Wenn Alex die Wahrheit sagt, hat Virginia schon bald nach dem Schulabschluss regelmäßig Marihuana geraucht. In den Kreisen, in denen sie sich damals bewegte, war der Genuss von „Gras" nicht ungewöhnlicher als der von Zigaretten und Alkohol. Außerdem war dieser Stoff überall leicht erhältlich.

Camilla hatte nie den Wunsch verspürt, mit Drogen zu experimentieren. Ihre diesbezüglichen Erfahrungen hatte sie durch ihre Arbeit gemacht und schnell erkannt, wie gefährlich auch nur der geringste Missbrauch war. Sie musste mit ansehen, wie schnell der Drang nach dem Suchtmittel alles andere unwichtig werden ließ. Viele Abhängige opferten Heim und Familie, um ihre Sucht zu finanzieren.

Genau das hatte Virginia auch getan – tat es noch. Alex zufolge würde Virginia alles tun, um ihre Sucht zu befriedigen. Damit Alex ihr beschaffte, was sie wollte, schreckte sie nicht davor zurück, ihre eigene Tochter zu kidnappen.

Doch was wollte Virginia? Camilla konnte nur raten. In ihrem Brief hatte sie von Gemeinheit und Missbrauch geschrieben – aber wer missbrauchte hier wen?

Alex hatte Camilla auch erzählt, dass Virginia nicht zum ersten Mal das Leben ihrer Tochter in Gefahr brachte. Einmal hatte sie das Kind sogar mitgenommen, um einen Dealer in Honolulu aufzusuchen. Sie hatte ihre Tochter nicht nur verantwortungslos an einen solch entsetzlichen Ort gebracht, sondern auf dem Rückweg auch noch einen Autounfall verursacht. Virginia blieb bis auf ein paar Schnittwunden und Prellungen unverletzt. Maria hatte jedoch eine Schädelfraktur erlitten.

Natürlich hatte Virginia das alles tief bereut, erzählte Alex verbittert. Solange Maria im Krankenhaus lag, war Virginia voller Selbstvorwürfe. Sie sah ein, dass es so nicht weitergehen konnte, wenn sie nicht sich und ihr Kind erneut in Gefahr bringen wollte. Es folgte also eine weitere Entziehungskur in einer Klinik.

Doch in letzter Zeit hatte sich die Situation wieder verschlimmert. Virginia bestritt zwar heftig, zu ihren alten Gewohnheiten zurückgekehrt zu sein, aber die Zeichen waren nicht zu übersehen.

Alex hatte jedoch nicht damit gerechnet, dass Virginia Maria noch einmal in diese Dinge hineinziehen würde. Er glaubte, sie hätte ihre Lektion gelernt. Virginia hatte nie große Zuneigung für ihre Tochter gezeigt. Daher kam Alex nicht einmal im Traum auf den Gedanken, sie könnte das Kind entführen.

Als er vor zehn Tagen nach New York fliegen musste, hatte er sein Personal ermahnt, wachsam zu sein, doch keine weiteren Anweisungen gegeben. Und als Virginia dann erklärte, sie wollte in Honolulu einkaufen gehen, hatte sich niemand etwas dabei gedacht. Seit dem Autounfall wurde sie stets von Carol oder einem der Sicherheitsleute chauffiert. Sie ließ sich und Maria am Ala Moana Center absetzen und verabredete, ein paar Stunden später wieder abgeholt zu werden.

Erst als er zum vereinbarten Zeitpunkt vergeblich auf Virginia wartete, wurde der Wachmann misstrauisch. Doch noch immer hoffte er – und mit ihm alle anderen auf Kumaro – dass Virginia und Maria noch auftauchen werden. Deshalb wartete man Stunde um Stunde damit, bevor man Alex in New York endlich benachrichtigte. Da war es allerdings bereits zu spät. Virginia hatte die Insel unter falschem Namen verlassen, ihre Spur war nicht mehr zu verfolgen.

Camilla sah in den Spiegel, der über dem Waschbecken hing.

Konnte es wahr sein? Hatte Virginia wirklich all diese Dinge getan, wie ihr Mann behauptete? Doch wenn sie es nicht getan hatte, wo war sie dann? Und was machte sie in diesem Augenblick?

Camilla seufzte. Es gab keine Antworten auf diese Fragen. Natürlich konnte sie ihre Freundin nicht verurteilen, ohne ihre Version gehört zu haben. Sie erinnerte sich jedoch daran, wie Virginia bei ihrer letzten Begegnung ausgesehen hatte. Diese Fahrigkeit, dieser Mangel an Konzentration, die unnatürlich glänzenden Augen – alles Symptome, die Camilla damals schwachen Nerven zuschrieb. Hatte Virginia sich auch damals schon am Rande eines Zusammenbruchs befunden?

Camilla verließ das Bad und kehrte ins Schlafzimmer zurück. Auf ihrem Nachttisch stand eine Kanne mit Kaffee. Mama Lu musste ihn gebracht haben, während Camilla im Bad war. Es war inzwischen schon recht spät. Niemand hatte Camilla geweckt. Aus Rücksicht? Oder hatte Alex das so angeordnet? Vielleicht war es ihm sehr recht, dass Camilla lange schlief, weil er ihr nicht beim Frühstück begegnen wollte. Vielleicht bereute er inzwischen, dass er so viel über Virginia erzählt hatte. Camilla goss sich eine Tasse Kaffee ein und trank. Sie überlegte, was sie nun tun sollte. Am einfachsten wäre es, so bald wie möglich nach London zurückzukehren und Alex und Virginia ihrem Schicksal zu überlassen. Schließlich ging es sie im Grunde nichts an. Jetzt, da sie Bescheid wusste, schien dies das Vernünftigste zu sein.

Es würde allen viel Peinlichkeit ersparen, dachte Camilla. Wenn Virginia zurückkehrt, hat sie bestimmt kein großes Bedürfnis, ausgerechnet mich sehen zu wollen. Aus welchen Gründen auch immer dieser Brief geschrieben wurde, durch Virginias Flucht hatte sich alles geändert. Sie war keine Gefangene in Kumaru, und sie wurde auch nicht misshandelt. Wenn Alex die Wahrheit sagte, konnte man Virginia kein Wort glauben.

Es gab noch einen weiteren Grund, weshalb sie abreisen sollte. Camilla stellte die leere Tasse auf den Nachttisch zurück. Es hatte mit ihren Gefühlen zu tun. Es war sehr unklug, hierzubleiben, während Alex eine so schwierige Zeit durchmachte. Da die Empfindungen aller Beteiligten derart aufgewühlt waren, konnte es leicht zu Missverständnissen kommen.

Und Schlimmeres konnte passieren. Beschämt erinnerte Camilla sich daran, wie erregt sie gestern Abend auf Alex' Nähe reagiert hatte. Nie zuvor hatte sie so etwas für den Mann einer anderen Frau empfunden, niemals hätte sie einem anderen diese Gefühle so offen gezeigt. Natürlich hatte Alex gemerkt, was in ihr vorging. Vielleicht hatte er deshalb all dies über Virginia erzählt.

Camilla bezweifelte, dass Alex Conti je zuvor einer fremden Person seine privaten Probleme anvertraut hatte. Auf diese Weise hatte er versucht, eine peinliche Situation zu meistern und Camilla klarzumachen, warum sie hier war.

Deshalb legte Alex an diesem Morgen offensichtlich auch keinen Wert darauf, sie zu sehen. Es war wieder wunderschönes Wetter. Immerhin hatte Camilla Hawaii gesehen oder zumindest etwas davon. Schade, dass sie es nicht genießen konnte. Auf jeden Fall nahm sie ein paar unvergessliche Erinnerungen mit zurück nach London.

Heute hatte Camilla keine Schwierigkeiten, den Weg zur Terrasse zu finden. Obwohl es schon so spät war, war der Frühstückstisch noch gedeckt – allerdings nur für eine Person, wie Camilla es erwartet hatte.

Sie setzte sich nicht sofort an den Tisch. Stattdessen trat sie an den Rand der Terrasse und sah hinab zum Strand. Camilla bewunderte die

Kulisse der hoch in den leuchtend blauen Himmel ragenden Palmen. Ein Bündel Seetang war am Strand angeschwemmt worden, und dort stritten jetzt laut kreischend ein paar Möwen.

Camilla war so in ihre Beobachtung vertieft, dass sie die Schritte hinter sich gar nicht hörte. Erschrocken zuckte sie zusammen, als eine Stimme sagte: „Guten Morgen."

Es war Alex. Ihn hatte sie hier nicht erwartet. Eigentlich müsste er längst gefrühstückt haben und in sein Büro nach Honolulu gefahren sein, dachte Camilla verwirrt. Doch er stand vor ihr, groß, dunkel und sehr attraktiv, in schwarzer Hose und weißem Hemd, und betrachtete sie ungewöhnlich wohlwollend.

„Guten Morgen."

Verwirrt stützte Camilla sich auf das Geländer, das die Terrasse umgab. Alex' Nähe verwirrte sie. Ihre Hände begannen zu zittern. Verlegen verschränkte sie die Arme vor der Brust, um das Zittern zu verbergen.

Falls Alex das bemerkt hatte, so ließ er sich zumindest nichts anmerken. Dafür war Camilla ihm dankbar. Meine Güte, dachte sie entsetzt, ich benehme mich ja wie ein alberner Teenager.

„Wie geht es Ihnen?", fragte Alex.

„Danke, gut." Warum fiel es ihr so schwer, sich in Gegenwart dieses Mannes natürlich zu verhalten? „Aber ich fürchte, ich habe wieder verschlafen."

„Das kommt vor. Ich glaube, es liegt an der Zeitverschiebung. Obwohl es mir persönlich immer schwerer fällt, wenn ich nach Osten fliege statt gen Westen. Zumindest gewinnen Sie auf diese Weise Zeit, anstatt sie zu verlieren."

Camilla nickte. „Das stimmt." Sie fühlte sich verpflichtet, etwas über Virginia zu sagen.

„Ich nehme an, es gibt … äh … nichts Neues?"

„Nein." Zu ihrer Erleichterung wandte Alex sich ab. „Kein Wort. Es ist, als ob Virginia vorn Erdboden verschwunden wäre."

Camilla versuchte es noch einmal. „Ihr Detektiv …"

„Er hat nichts gefunden. Nicht eine Spur. Seit sie in Los Angeles ein Auto gemietet hat und damit in Richtung San Diego fuhr, hat niemand sie mehr gesehen. Und glauben Sie mir, viele Leute halten nach Virginia und Maria Ausschau."

Camilla seufzte. „Das tut mir so leid."

„Es tut Ihnen leid?" Er drehte sich wieder um. „Warum sollte es Ihnen leidtun? Es ist doch nicht Ihre Schuld, oder?"

„Nein, natürlich nicht, aber …"

„Aber?" Jetzt wurde Alex misstrauisch. „Wenn Sie Virginia angeblich seit sechs Jahren nicht mehr gesehen haben, warum sollte es Ihnen dann leidtun?"

„Glauben Sie mir etwa nicht?"

„Doch, wenn Sie es sagen." Es klang allerdings nicht sehr überzeugt.

„Es ist wahr." In Shorts und Freizeithemd fiel es ihr viel schwerer, sachlich ihren Standpunkt zu vertreten, als in einem Kostüm, wie sie es vor Gericht trug. „Ich, verstehe nicht, warum sie mir nach all dieser Zeit geschrieben hat. Warum tat sie das, wenn sie gar nicht die Absicht hatte, hier zu sein?"

Alex betrachtete Camilla eindringlich. „Sind Sie sich da ganz sicher?"

„Natürlich." Camilla war gekränkt. „Ich hoffe, Sie glauben nicht, dass ich mich selbst eingeladen habe. Ganz und gar nicht! Ich hatte andere Pläne."

„Andere Pläne?"

„Es ist Urlaubssaison", erklärte Camilla. „Ich wollte mit jemandem verreisen. Das musste ich absagen, weil ich das Gefühl hatte, Virginia hätte Hilfe nötig."

„Aha." Alex überlegte einen Moment. „Ist diese Person ein Mann?", fragte er.

„Wie bitte?"

„Der Jemand, mit dem Sie Urlaub machen wollten. Sie tragen keinen Ring, daher nehme ich an, dass Sie nicht verheiratet sind."

Das überraschte Camilla sehr. Sie hatte nicht damit gerechnet, dass Alex überhaupt etwas an ihr auffallen würde, schon gar nicht ein solches Detail.

Camillas Schweigen machte ihn ungeduldig.

„Es ist nicht wichtig", sagte er. „Ich hätte gar nicht fragen sollen. Es geht mich nichts an." Er blickte zum Haus hinüber. „Sie sind sicher hungrig. Ich werde Lee bitten, Ihnen Kaffee zu bringen. Sie können ihm dann sagen, was Sie essen möchten."

Camilla trat einen Schritt auf Alex zu. „Ich … es war eine Frau." Sie wollte dieses Missverständnis unbedingt aufklären. „Wir wollten eine Radtour durch Wales machen, zusammen mit etlichen anderen. Nun fährt sie mit den übrigen aus unserer Gruppe. Da es mehrere waren, ist es wohl nicht so schlimm gewesen, dass ich abgesagt habe."

„Ich verstehe."

Alex schien das nicht länger zu interessieren. Da Wong Lee in diesem Moment auftauchte, winkte Alex ihn heran. Das Gespräch war beendet.

Camilla äußerte ihre Wünsche, doch Wong Lee hatte ganz andere Vorstellungen von einem Frühstück. Fast war es schon komisch, wie eifrig er sich bemühte, Camilla davon zu überzeugen, dass Brötchen und Kaffee keineswegs ein ausreichendes Frühstück waren. Camilla bemerkte Alex' Fortgehen gar nicht, so abgelenkt war sie. Erst als Wong Lee ebenfalls verschwand, um Mama Lu ihre Wünsche mitzuteilen, stellte Camilla fest, dass sie allein war.

5. KAPITEL

Camilla aß mit großem Appetit einen von Mama Lus ausgezeichneten Blaubeermuffins. Dazu trank sie mehrere Tassen von dem aromatischen Kaffee, der so gar keine Ähnlichkeit mit dem faden Getränk hatte, das sie sich zu Hause zubereitete.

Das Gespräch mit Alex beschäftigte Camilla noch immer. Darüber hinaus musste sie ständig an Virginia denken. Ihr Verhalten war ihr rätselhaft. Wie konnte eine Mutter ihrem Kind nur so etwas antun? Hatte Virginia das Kind trotz aller Versprechungen wieder als Drogenkurier benutzt? Warum hatte sie ihre Tochter nicht nach Hause geschickt, bevor sie die Insel verließ? Wo immer Virginia sich jetzt befand, es war sicher kein geeigneter Aufenthaltsort für ein kleines Mädchen. Oder hatte sie einen besonderen Grund, das Kind mitzunehmen, ein Motiv, das sie erst noch herausfinden mussten?

Camilla dachte noch über diese Frage nach, als ein Schatten auf den Tisch fiel. Sicher waren Wong Lee oder Mama Lu gekommen, mit ihr zu schimpfen, weil sie so wenig gefrühstückt hatte. Reuig lächelnd sah Camilla auf und begegnete Alex' finsterem Blick.

„Ich muss jetzt gehen", sagte er. „Es passt mir zwar nicht, aber ich muss mich um meine Firma kümmern. Immerhin lenkt es mich ab." Er machte eine kleine Pause. „Ich frage mich nur, ob Sie schon entschieden haben, was Sie nun tun wollen."

„Was soll ich denn tun?" Camilla war verblüfft. „Ich dachte, ich …"

„Ich weiß, was Sie gestern gesagt haben", unterbrach er sie unfreundlich, „aber anscheinend hat Virginia nicht die Absicht, sich mit Ihnen in Verbindung zu setzen."

„Nein?"

„Etwa doch?" Er holte tief Luft. „Sie sind jetzt schon fast zwei Tage hier, und soweit ich weiß, hatten Sie keinerlei Kontakt zu Virginia. Stimmt das?"

„Nun … ja."

„Reden wir darüber. Glauben Sie wirklich, Virginia riskiert es, Sie anzurufen? Dann könnte ich sie ausfindig machen."

„Vermutlich nicht." Camilla fror plötzlich. „Mit anderen Worten, Sie wollen, dass ich abreise."

Alex fuhr sich mit einer Hand durchs Haar.

„Ich denke, es wäre das Beste", sagte er. „Meinen Sie nicht?"

Camilla wandte sich ab. „Vielleicht. Ich weiß aber nicht, ob ich heute noch einen Flug bekomme."

„Sie müssen ja nicht heute abreisen", erwiderte Alex ungeduldig. „So unhöflich bin ich nicht." Er räusperte sich. „Warum ziehen Sie nicht für ein paar Tage in ein Hotel in Waikiki?", fragte er dann. „Meine Sekretärin könnte das arrangieren. Natürlich auf meine Kosten."

„Nein!" Camilla empfand sein Angebot als Beleidigung. „Nein, ich werde heute Morgen noch die Fluggesellschaft anrufen. Natürlich nur, wenn Sie nichts dagegen haben, dass ich Ihr Telefon benutze. Sonst könnte ich auch mit einem Taxi in die Stadt fahren."

„Seien Sie nicht albern." Alex reagierte ebenso aggressiv wie Camilla. „Sie brauchen die Fluggesellschaft nicht anzurufen. Ich werde mich selbst darum kümmern."

„Ich würde aber lieber …"

„Ich habe gesagt, ich mache das. Heute ist es sowieso zu spät dafür. Die Frühmaschine ist bereits weg, und der Nachmittagsflug nach Los Angeles ist normalerweise ausgebucht. Also überlassen Sie das alles mir, ich werde Ihnen rechtzeitig mitteilen, was ich arrangiert habe."

„Wenn Sie darauf bestehen."

„Das tue ich."

Alex wirkte ruhelos. Er hatte zwar gesagt, er müsste gehen, aber er ging nicht. Im Gegenteil, er schien fasziniert von der Aussicht, die Camilla ebenfalls schon bewundert hatte. Das Schweigen zwischen ihnen war spannungsgeladen.

Camilla besann sich auf ihre Rolle als Gast. Sie wollte nicht undankbar erscheinen. Schließlich hatte Alex sie ja nicht hergebeten.

„Ich … ich habe mich gefragt …" Sie räusperte sich und begann noch einmal. „Ich habe mich gefragt, ob Virginia vielleicht einen besonderen Grund hatte, Maria mitzunehmen. Ich meine, das wäre doch möglich", fügte sie hastig hinzu, als Alex sie ansah. „Sie hat einen Grund", bestätigte er. „Auf diese Weise erreicht sie, dass ich mache, was sie will."

„Ja, das kann ich verstehen."

Camilla verstand gar nichts. Und anscheinend war Alex an ihren Theorien nicht sonderlich interessiert. Trotzdem sprach sie weiter. „Glauben Sie, ihr Fortlaufen hat etwas mit ihrer Sucht zu tun?"

„Das hat es."

„Und wenn es noch einen anderen Grund gibt?"

„Einen anderen Grund?" Endlich hatte sie seine Aufmerksamkeit erregt. „Was für einen weiteren Grund könnte es geben?"

„Vielleicht eine Scheidung?" Ihr Herz pochte heftig.

Alex sah Camilla mitleidig an. „Eine Scheidung? Das ist nicht Ihr Ernst."

„Wieso nicht?"

„Das werde ich Ihnen verraten." Es klang verächtlich. „Virginia kann jederzeit eine Scheidung haben, und sie weiß es."

„Wirklich?"

„Ja. Ja, sie kann eine Scheidung haben. Meine Güte, Camilla, was glauben Sie eigentlich, war für ein Leben wir führen? Falls Sie romantische Vorstellungen hegen, liegen Sie völlig daneben. Keine Liebe kann eine solche Ehe überdauern. Waren Sie schon einmal mit einem Menschen zusammen, der sie immer anlog? Für den die Wahrheit ein Fremdwort ist? Virginia und ich haben schon vor Jahren den Punkt überschritten, an dem es kein Zurück mehr gibt. Aber ich bin nun einmal ein sentimentaler Idiot und fühlte mich immer noch für sie verantwortlich."

„Das habe ich nicht gewusst."

„Nein. Nein, wahrscheinlich nicht. Denn sonst wären Sie ja nicht hergekommen, richtig?"

„Richtig." Camilla stand auf. „Danke, dass Sie es mir gesagt haben."

„Danken Sie mir nicht dafür. Ich hätte Sie gar nicht damit belasten sollen. Erstens geht es Sie nichts an, und zweitens wäre es unfair, von Ihnen ein Urteil zu erwarten." Er schloss für einen Moment die Augen. „Anscheinend werde ich verrückt. Es ist keineswegs meine Gewohnheit, Fremde mit meinen Problemen zu behelligen."

„Manchmal hilft es."

Alex verzog das Gesicht. „Oh ja, Sie sind daran gewöhnt, zuzuhören, wenn fremde Menschen ihre Sorgen erzählen, nicht wahr? Das gehört zu Ihrem Job. Es heißt ja, eine Beichte erleichtert die Seele, nicht wahr?"

Camilla seufzte. „Ich sehe Sie nicht als einen Fremden", sagte sie, wobei sie ihre Worte sorgfältig wählte. „Und dies ist auch nicht Teil meines Berufs."

„Nicht?" Er sah ihr ins Gesicht.

Camilla umfasste nervös die Lehne ihres Stuhls. „Nein."

„Nein. Sie sind eine gute Freundin, nicht wahr, Camilla? Sie würden doch nicht auf den Gedanken kommen, mich anzulügen?"

Camilla wusste nicht, was sie darauf erwidern sollte. Die Atmosphäre war plötzlich wie elektrisch aufgeladen. Alex sah sie an, als könnte er all ihre verbotenen Gedanken lesen. Oh Himmel, er hatte sie doch nicht etwa durchschaut, oder? Er konnte doch nicht wissen, wie sehr sie sich danach sehnte, ihn zu trösten, ihn zu berühren …

„Ich muss jetzt gehen." Seine Worte kamen abrupt und hatten etwas Endgültiges. Was immer er auch dachte, er war nicht bereit, mit Camilla darüber zu diskutieren. „Sie kommen zurecht?"

Sie nickte. „Natürlich."

„Ich könnte jemanden bitten, Ihnen die Insel zu zeigen", schlug er vor. Es klang, als fühlte er sich schuldig. Oder war das wieder nur ihre Einbildung? „Sie möchten doch sicher einige der Parks und Gärten sehen. Und natürlich Pearl Harbor. Das will jeder sehen."

„Nein. Ich brauche keine Unterhaltung." Camilla lächelte. „Außerdem kann ich ja schwimmen gehen. Und sonnenbaden."

„Passen Sie auf, dass Sie sich keinen Sonnenbrand holen. Jedenfalls, wenn Sie Ihre Meinung ändern sollten, rufen Sie mich an. Ich bin sicher, Jeff würde nur zu gern den Tag mit einer schönen Frau verbringen. Ach, das habe ich vergessen, Sie kennen Jeff ja gar nicht, oder? Nun, er ist mein ..."

„... Cousin", ergänzte Camilla, ohne nachzudenken. „Ich weiß." Als Alex sie misstrauisch ansah, fügte sie hinzu: „Wir sind uns schon begegnet."

„Ach, tatsächlich? Wie interessant. Wollen Sie mir davon erzählen?"

Camilla seufzte. „Das war gestern. Ich dachte, er hätte es Ihnen erzählt." Verlegen blickte sie zu Boden. „Hat Mama Lu Ihnen denn nichts gesagt?"

„Nein, das hat sie nicht getan." Alex presste den Mund zu einer schmalen Linie zusammen. „Aber im Moment haben wir wohl alle wichtigere Dinge im Kopf, nicht wahr?" Er ballte die Hand um seinen Autoschlüssel zur Faust. „So. Er kam also her. Was wollte er?"

Camilla wurde ärgerlich. Alex führte sich auf, als hätte sie sein Vertrauen missbraucht. Dabei hätte sie auf die Begegnung mit seinem Cousin gern verzichtet.

„Ich weiß es nicht", sagte sie. „Warum fragen Sie ihn nicht selbst?"

„Das werde ich tun." Alex sah sie kalt an. „Verlassen Sie sich darauf."

Das war zu viel! Nur weil Jeff Blaisdell in seiner Abwesenheit hierhergekommen war, behandelte Alex sie jetzt wie eine Verschwörerin. Er litt wirklich unter Verfolgungswahn.

Camilla drehte sich um und überquerte die Terrasse. Zum Teufel mit Alex, dachte sie, soll er doch selbst mit seinen Problemen fertig werden. Jedenfalls bin ich nicht bereit, den Blitzableiter für seine schlechte Laune zu spielen.

Alex holte Camilla ein, als sie gerade die Treppe erreicht hatte, und legte eine Hand auf ihre Schulter.

„Warten Sie", verlangte er.

Camilla wollte sich widersetzen, doch Alex' fester Griff hinderte sie am Weitergehen. Seine Berührung löste höchst beunruhigende Empfindungen in ihr aus. Ihr Herz klopfte schneller, und das Atmen fiel ihr schwer. Hoffentlich merkte Alex nichts davon. Sie machte ein abweisendes Gesicht.

„Nun?", fragte sie dann kühl.

Alex betrachtete Camilla aufmerksam. Auch er schien die Spannung, die zwischen ihnen herrschte, zu spüren. Er lockerte den Griff. Fast zärtlich strich er mit dem Daumen über Camillas Wange.

Camilla rang nach Atem, als Alex die Hand tiefer gleiten ließ und ihre Kehle streichelte. Sein Blick fiel auf ihre leicht geöffneten Lippen.

„Es tut mir leid", sagte er dann mit rauer Stimme.

Im ersten Moment wusste Camilla überhaupt nicht, wovon Alex sprach. „Wirklich?" Unwillkürlich beugte sie sich weiter vor. Ihr Mund war nur noch wenige Zentimeter von seinem entfernt, und sie sehnte sich danach, ihn zu küssen, seine Zunge zu spüren.

„Ja", bestätigte er. Abrupt ließ er sie los und trat einen Schritt zurück. „Ich glaube, wir alle machen Fehler", fügte er noch hinzu, bevor er die Treppe hinaufstürmte.

Camillas Erkundungen waren nicht sehr ermutigend. Die Angestellte der Fluggesellschaft in Honolulu war zwar äußerst hilfsbereit, doch es gab bereits eine Warteliste für die Flüge der nächsten Tage. Nach dem Wochenende konnte Camilla jedoch mit Sicherheit ein Ticket nach Los Angeles erhalten. Für den Fall, dass unerwartet Buchungen storniert würden, notierte die junge Frau Camillas Telefonnummer.

Camilla machte sich allerdings keine großen Hoffnungen. Obwohl es in Hawaii keine Hauptsaison gab, nahmen die meisten Menschen ihren Jahresurlaub doch während der Sommermonate. Sie musste sich darauf einstellen, noch mindestens zwei weitere Tage zu bleiben. Die Aussicht war keineswegs erfreulich.

Alex hatte zwar versprochen, sich um ihre Abreise zu kümmern, aber nach dem morgendlichen Gespräch wollte Camilla unbedingt selbst etwas unternehmen. Am liebsten wäre sie Alex überhaupt nicht mehr begegnet. Sie hatte sich hoffnungslos blamiert, und der Gedanke an ihr Verhalten beschämte sie zutiefst.

Im Grunde hatte sie nichts getan, sie hatte sich Alex nicht an den Hals geworfen, ja, ihn nicht einmal berührt. Trotzdem war ihre Einladung mehr als deutlich gewesen. Camilla konnte sich selbst nicht verstehen.

Es gibt nichts, wofür ich mich schämen müsste, versuchte sie sich einzureden, als sie später am Strand entlangschlenderte. Nach dem Telefonat mit der Fluggesellschaft hatte sie sich in ihrem Zimmer umgezogen und trug jetzt Shorts und einen Bikini. Alex würde erst am späten Nachmittag zurückkommen, und Camilla wollte die Zeit für ein Bad im Meer nutzen.

Eigentlich gäbe es wichtigere Dinge zu erledigen, dachte Camilla. So vieles muss in Ordnung gebracht werden. Virginia und Maria werden immer noch vermisst, und mein Verhältnis zu Virginias Mann ist in einem beschämend verwirrenden Zustand. Camilla fühlte sich jedoch heiß und verschwitzt und musste sich unbedingt abkühlen.

Sie hätte natürlich auch duschen können, doch das wollte sie nicht. Der Ozean lag direkt vor der Tür, er schien auf sie zu warten. Sie konnte doch nicht eine so lange Reise machen, ohne wenigstens einmal im Pazifik zu baden.

Eine Viertelstunde später kauerte Camilla immer noch am Strand, das Kinn auf die Knie gestützt. Die Sonne brannte heiß auf ihre Schultern, doch sie bemühte sich nicht, das mitgebrachte Badetuch als Sonnenschutz zu benutzen. Wenn ich einen Sonnenbrand bekomme, geschieht es mir nur recht, dachte Camilla. Vielleicht verschwindet dann das Gefühl, dass Alex' Finger immer noch wie Feuer auf meiner Haut brennen.

Sie seufzte. Vielleicht hatte er ja gar nichts gemerkt. Immerhin hatte er sie berührt, nicht umgekehrt. Er wollte sich vielleicht entschuldigen und hatte überhaupt nicht wahrgenommen, dass sie sich wie ein liebeskranker Teenager aufführte. Nein, wie eine sexhungrige Idiotin, verbesserte sie sich.

Meine Güte! Vielleicht dachte Alex jetzt, dass sie verzweifelt einen Mann brauchte. Sie hatte ihm bereits von ihren Urlaubsplänen mit der Freundin erzählt. Vielleicht sollte sie doch seinen Vorschlag annehmen und in ein Hotel ziehen, bis sie einen Flug bekam. Ja, das war das Beste. Sie beschloss, sofort zu telefonieren, sobald sie ins Haus zurückkam.

Mittlerweile prickelte die Haut auf ihren Schultern. Camilla stand auf und zog Schuhe und Shorts aus. Zum ersten Mal in diesem Jahr trug sie einen Bikini. Nervös sah sie über die Schulter zum Haus. Natürlich wurde sie nicht beobachtet. Aber Jeff Blaisdell war schon einmal unangemeldet hier erschienen. Er hatte Alex nichts von diesem Besuch erzählt, ein Umstand, den Camilla nicht verstand.

Sie lief ins Wasser. Es war herrlich, warm und dennoch erfrischend und belebend. Camilla schwamm rasch hinaus, wobei ihre Beine immer wieder Tang und Seegras berührten. Die Flut war ziemlich stark. Schaumkronen schaukelten rechts und links von ihr auf dem Wasser. Um der unruhigen Brandung zu entgehen, musste sie weiter hinausschwimmen, als es ursprünglich ihre Absicht war. Obwohl sie eine gute Schwimmerin war, wagte sie es nicht, zu lange im Meer zu bleiben.

Camilla hatte das Bad sehr genossen, und als sie wieder an Land ging, war sie in wesentlich besserer Stimmung. Sie hatte vorhin einfach zu heftig reagiert. In ein paar Tagen war sie fort von hier, für immer aus Alex' Leben verschwunden. Und aus Virginias. Um Himmels willen, wo steckte sie nur?

Camilla hatte das Handtuch um die Schultern geschlungen und sah auf den Ozean hinaus. Da hörte sie plötzlich ihren Namen rufen.

„Miss Richards! Camilla! Wollen Sie einen Anruf entgegennehmen?"

Ein Anruf? Camilla blinzelte und erkannte Mama Lu, die ihr von der Terrasse aus heftig zuwinkte. Camilla lief ins Haus.

Wer mochte der Anrufer sein? Wer außer den Contis und Jeff Blaisdell wusste überhaupt, dass sie hier war? Virginia konnte es nicht sein. Mama Lu hätte ihre Stimme sofort erkannt, mit Sicherheit eher als Camilla.

Dann erinnerte sie sich an das Gespräch mit dem Büro der Fluggesellschaft. Natürlich, das musste es sein. Vielleicht war ein Fluggast von der Reise zurückgetreten, und sie bekam doch noch einen Flugplatz nach Los Angeles. Ein Gefühl entsetzlicher Leere befiel Camilla. Dennoch musste sie das Gespräch annehmen.

Mama Lu wartete ungeduldig.

„Wer ... wer ist es denn?", fragte Camilla, als sie im Haus war.

„Sie sagt, sie ist vom Büro der New Zealand Airlines", erklärte Mama Lu und folgte Camilla ins Haus. „Sie können das Gespräch hier annehmen." Sie deutete auf das Telefon im Gartenzimmer. „Einfach den Hörer aufnehmen."

Camilla blinzelte. New Zealand Airlines! Sie war nicht mit New Zealand Airlines geflogen, und sie hatte dieses Büro auch nicht angerufen. Es sei denn ... Nachdenklich runzelte sie die Stirn. Vielleicht versuchte ihre Fluggesellschaft, ihr alternativ einen Platz bei der Konkurrenz zu anzubieten. Erstaunlich, dass sie so eng zusammenarbeiten, dachte Camilla.

„Danke", rief sie Mama Lu nach und nahm den Hörer ab.

„Hallo? Hier spricht Camilla Richards."

„Miss Richards?" Die Stimme hatte einen chinesischen Akzent.

„Ja."

In diesem Moment hörte Camilla ein leises Klicken. Der Hörer des Telefons, das im oberen Stockwerk stand, war aufgelegt worden.

„Camilla?", flüsterte die Stimme plötzlich. „Camilla, ich bin es, Virginia."

„Virginia!" Camilla ließ sich auf einen Hocker sinken. „Virginia, um Gottes willen, wo bist du?"

„Das ist jetzt unwichtig." Virginia sprach hastig. „Du glaubst doch nicht, dass die alte Närrin meine Stimme erkannt hat, oder? Was hat sie gesagt? Sagte sie, es sei die Fluggesellschaft?"

Camilla schluckte. „Sie ... sie sagte, es sei die New Zealand Airlines, ja."

„Nun, das ist dann in Ordnung, oder?"

„Ich nehme an ..." Camilla schüttelte den Kopf. „Aber ich bin nicht mit New Zealand geflogen."

„Nicht? Verdammt! Ich war sicher, du würdest es tun." Virginia schien verärgert. „Na ja, egal. Dann musst du dir eben eine Ausrede einfallen lassen, warum die dich angerufen haben. Mir ist jedenfalls nichts anderes in den Sinn gekommen."

„Aber warum? Und warum musst du überhaupt deine Stimme verstellen?"

„Spinnst du?", fuhr Virginia sie an. „Du bist seit drei Tagen dort und hast wirklich keine Ahnung?"

Camilla seufzte. „Virginia ..." Ihr wurde bewusst, wie leicht man sie im Gartenzimmer durch die geöffneten Fenster und Türen belauschen konnte, und sie senkte die Stimme. „Was ist denn los? Wo bist du? Warum bist du fortgegangen, obwohl du wusstest, dass ich komme?"

„Ich wusste es nicht. Oder ich konnte jedenfalls nicht sicher sein. Jedenfalls ist das jetzt unwichtig. Ich will wissen, was Alex macht. Sucht er immer noch in San Diego nach mir?"

„Ich nehme es an." Camilla holte Luft. „Bist du denn dort? In San Diego? Virginia, du weißt, das ist verrückt. Er wird dich auf jeden Fall finden."

„Vielleicht." Es klang gleichgültig. „Aber darüber will ich jetzt nicht sprechen. Ich habe dich nicht angerufen, um mir von dir Vorhaltungen anzuhören. Ich habe getan, was ich tun musste. Mehr brauchst du im Moment nicht zu wissen."

„Das stimmt nicht." Camilla wurde ungeduldig. „Du hast mich unter falschen Voraussetzungen zu dir bestellt, Virginia, und ich will wissen ..."

„Nicht jetzt, Camilla. Ich habe nicht die Zeit, dir meine Gründe zu erklären. Du bist dort, und nur darauf kommt es an. Wenn ich dich brauche, werde ich dich anrufen."

„Nein!"

„Was soll das heißen, nein?"

„Ich meine, ich reise ab, sobald ich einen Flug bekommen kann. Ich habe deswegen heute Morgen schon telefoniert."

„Bitte tu das nicht." Virginias Stimme wurde lauter. „So hast du doch schon eine wunderbare Erklärung für meinen Anruf."

„Ich werde keine Lügen erzählen, Virginia."

„Aber du wirst nicht abreisen. Das kannst du nicht tun."

„Ich muss."

„Warum?" Virginia klang verzweifelt. „Um Himmels willen, Camilla, tu mir das nicht an. Ist es Alex? Was hat er über mich gesagt? Hat er dich aufgefordert, zu verschwinden? Wenn er dir Lügen erzählt hat …"

„Virginia …"

„Also, schieß los. Was hat er gesagt? Es ist nicht alles nur meine Schuld, weißt du." Ihre Stimme bekam einen beschwörenden Klang. „Hör mal, ich kann es dir jetzt nicht erklären, aber ich brauche dich dort."

„Wegen Alex?" Camilla war schockiert.

„Ja. Nein. Wie ich schon sagte, ich kann es jetzt nicht erklären. Aber jeder erzählt Lügen über mich. Ich habe niemanden, dem ich vertrauen kann. Hörst du mir überhaupt zu, Camilla?"

Camilla hörte zu, aber sie wusste nicht, was sie darauf erwidern sollte. Inzwischen schrie Virginia fast ins Telefon, und Camilla traute sich nicht, etwas zu sagen, aus Angst, es könnte falsch sein.

„Ich möchte dir ja helfen, Virginia." Sie wählte ihre Worte mit Sorgfalt. „Aber hier ist jeder krank vor Sorge um dich und Maria und ich … nun, ich bin einfach nur im Weg."

Es folgte ein langes Schweigen. Camilla befürchtete schon, Virginia hätte aufgelegt. Doch schließlich sprach sie wieder, und diesmal hatte sie sich besser unter Kontrolle.

„Hör mal", sagte Virginia, „ich habe meine Gründe für das, was ich tue. Ich kann sie dir nicht erklären. Nicht jetzt. Aber wenn du um meinetwillen nicht bleiben willst, tu es für Maria."

„Maria?" Camilla erschrak. „Virginia, ich kenne Maria nicht einmal. Wie kann mein Aufenthalt ihr helfen? Warum … Warum lässt du sie nicht nach Hause kommen? Ich meine", fügte sie hastig hinzu, „du hast sicher deine Gründe fortzugehen, wie du sagst, aber Maria … Maria wäre hier doch sicher glücklicher? Zu Hause."

„Du willst wohl sagen sicherer, nicht wahr?", rief Virginia ärgerlich. „Und du sagst, Alex hat dich nicht gegen mich eingenommen. Du kannst mir nichts vormachen, Camilla. Ich kenne dich zu gut. Lass dich nicht auf seine Seite ziehen. Ich brauche dich."

„Das hat er nicht. Ich meine nur …" Camilla suchte nach Worten. „Natürlich macht er sich Sorgen um dich."

„Nicht um mich. Nur um Maria. Nur sie ist ihm wichtig. Nun, jetzt habe ich sie, und sie wird erst zurückkommen, wenn ich es sage. Soll er doch schwitzen."

„Oh Virginia." Camilla umklammerte den Hörer. Wenn nur Alex hier wäre. Er fände vielleicht die richtigen Worte, um zu Virginia durchzudringen.

Virginia änderte erneut den Tonfall. „Was hältst du von Alex?", fragte sie. „Gut aussehend, nicht wahr? Und reich, steinreich! Da habe ich wirklich einen Goldfisch gefangen, nicht wahr?"

„Warum hast du ihn dann verlassen? Virginia, ich bin sicher, er macht sich viel aus dir."

„Hör auf damit. Ich habe dich gefragt, was du von ihm hältst. Findest du ihn nicht attraktiv?" Und nach einer kurzen Pause: „Hast du versucht, ihn zu trösten?"

„Nein!" Camilla war entsetzt.

Doch Virginia lachte nur. „Was regst du dich so auf? Ich weiß doch, was für ein Leben du in London führst. Freier Sex. Ich bin sicher, du hast daran gedacht."

„Das habe ich nicht."

Camilla spürte, wie sie trotz ihrer Vorsätze sehr ärgerlich wurde. Virginia ging entschieden zu weit. Was Virginia ihr hier unterstellte, war eine Unverschämtheit.

„Du kannst ihn gern haben", sprach Virginia gleichgültig weiter. „Ich will ihn nicht. Nicht mehr. Er hat schon ewig lange nicht mehr mit mir geschlafen, und es ist mir egal, was er tut."

Camilla traute ihren Ohren kaum. „Ich dächte nicht einmal im Traum daran … Virginia, er ist dein Mann."

„Er liebt mich nicht", erwiderte Virginia barsch. „Ich glaube, er hat mich nie geliebt. Ich habe schließlich andere Möglichkeiten gefunden, mich zu amüsieren. Andere Männer. Männer, die mir das Gefühl gaben, eine Frau zu sein und nicht ein …"

„Virginia, hör auf." Camilla verlor die Beherrschung. „Ich möchte über deine intimen Angelegenheiten nicht reden. Das ist etwas, das ihr beide, du und Alex, untereinander ausmachen müsst."

„Hat er das gesagt?"

„Nein." Dieses Gespräch verwirrte Camilla. „Virginia, bitte, sag mir, wo du bist. Sag mir wenigstens, wann du zurückkommst."

„Das kann ich nicht." Ihre Stimme klang plötzlich kraftlos.

„Ich muss jetzt gehen."

„Noch nicht!"

„Warum nicht?"

„Virginia, was soll ich denn machen?"

„Das habe ich dir gesagt: Bleib!"

„Ich kann nicht."

„Warum kannst du nicht?"

„Weil ich Alex gesagt habe, dass ich abreise."

„Sag ihm, du hast deine Meinung geändert."

„Das kann ich nicht tun."

„Warum denn nicht?"

„Es geht eben nicht. Virginia, warum tust du das?"

„Warte ab, du wirst schon sehen." Mit diesen Worten legte Virginia den Hörer auf.

6. KAPITEL

Camilla hüllte sich in ein flauschiges, cremefarbenes Badetuch ein. Mit einem weiteren Tuch trocknete sie ihr tropfnasses Haar. Sie hatte gerade geduscht und überlegte, was sie nun tun sollte.

Der Anstand verlangte es natürlich, Alex von Virginias Anruf zu erzählen und die ganze Angelegenheit ihm zu überlassen. Möglicherweise gelang es ihm sogar noch, festzustellen, woher der Anruf gekommen war. Camilla wusste zwar nicht, wie er das bewerkstelligen sollte, doch vielleicht sah Alex eine Chance. Außerdem hatte sie ihm ja versprochen, dass sie ihn informieren würde, falls Virginia zu ihr Kontakt aufnehmen sollte.

Das war Virginia gegenüber natürlich nicht fair, die sich darauf verließ, dass Camilla und sie befreundet waren. Virginia konnte ja nicht wissen, dass Camilla inzwischen ganz anders darüber dachte. Camilla empfand Virginias Verhalten als unrecht, und freundschaftliche Gefühle hegte sie auch keine mehr für sie. Ihr tat Alex leid, sie stand ganz auf seiner Seite.

Trotzdem scheute sie sich davor, ihm Einzelheiten ihres Gesprächs mit Virginia mitzuteilen. Es war so verworren gewesen, dass sie es kaum wiedergeben konnte. Außerdem mochte Camilla viele von Virginias Bemerkungen nicht wiederholen, denn sie waren für Alex sehr verletzend. Und wie sollte sie ihm erklären, dass Virginia sie, Camilla, unbedingt in Kumaru festhalten wollte?

Es gab also nur zwei Möglichkeiten – entweder sie verschwieg den Anruf und hoffte, dass Mama Lu ihn nicht erwähnte, oder sie log, wie Virginia es vorgeschlagen hatte. Beides war Camilla gleichermaßen unangenehm.

Wong Lee servierte ihr den Lunch im Esszimmer. Leider hatte Camilla zu wenig Appetit, um die Shrimps in Papayablättern mit Spinatsalat und die Crêpes mit Bananenfüllung richtig zu genießen. Das ist schade, dachte Camilla, denn Mama Lu hatte sich ihretwegen große Mühe gegeben. Camilla saß immer noch am Tisch und sah nachdenklich aus dem Fenster, als Alex ins Zimmer trat.

Zuerst wollte sie aufspringen. Ein Blick in sein finsteres Gesicht genügte, um seine Stimmung zu erraten. Dies war kein freundschaftlicher Besuch. Camilla legte die Gabel zur Seite und faltete die Hände im Schoß.

Glücklicherweise trug sie nicht mehr den winzigen Bikini, sondern ein hübsches, nicht zu tief ausgeschnittenes, kurzes Leinenkleid. Das

Haar hatte sie mit Kämmen zurückgesteckt, und so bot sie ein Bild der Unschuld. Jedenfalls hoffte sie das.

„Hi."

Camilla sah zu Alex auf.

„Hallo."

„Sie sehen hübsch und erfrischt aus", bemerkte er und lockerte seine Krawatte. „Hat Ihnen das Essen geschmeckt?"

„Oh ja. Es war köstlich." Camilla schob den Teller fort. „Leider bin ich nicht sehr hungrig."

„Nein?"

„Nein." Sie schluckte. „Vermutlich setzt mir die Hitze zu. Ich bin einfach nicht daran gewöhnt."

„Aber Mama Lu hat mir erzählt, Sie waren schwimmen", erwiderte Alex. „Hat Sie das nicht abgekühlt?"

„Ein bisschen." Sie fragte sich, was Mama Lu ihm noch erzählt hatte, und ob die Haushälterin vielleicht doch Virginias Stimme am Telefon erkannt hatte. „Das … äh … das Wasser war wunderbar."

„Wie schön." Alex betrachtete Camilla eindringlich. „Also – wollen Sie mich nicht fragen, was ich hier mache? Ob es irgendwelche Neuigkeiten gibt?"

„Gibt es welche?" Vielleicht hatte Virginia ihn auch angerufen?

„Mein Gott", stöhnte Alex. Er beugte sich vor und stützte dabei die Hände auf die Tischplatte. „Wie macht ihr Engländerinnen das bloß? Sie sitzen hier, die Unschuld in Person, und dabei lügen Sie ununterbrochen. Himmel, mir wird übel davon."

„Mr Conti …"

„Nein!" Er atmete tief durch und sprach leiser weiter. „Spielen Sie jetzt nicht die Beleidigte. Das zieht bei mir nicht. Ich weiß Bescheid. Haben Sie mich verstanden? Ich weiß Bescheid. Also, warum ersparen wir uns nicht unnötiges Gerede und kommen zur Sache?"

Die Konfrontation war also unvermeidlich. Camilla erhob sich zögernd. Sie hatte jedoch nicht die Absicht, sich von Alex anschreien zu lassen.

„Ja. Tun wir das", stimmte sie zu. „Wenn Sie mir sagen, wovon Sie eigentlich reden, werde ich versuchen, Ihnen darauf zu antworten. Was glauben Sie zu wissen? Und welche Lügen habe ich angeblich erzählt? Ich kann mich nicht erinnern …"

„Oh Camilla, ersparen Sie mir das. Virginia hat Sie angerufen, oder etwa nicht? Sie brauchen nicht zu antworten. Es war keine Frage. Sie hat Sie angerufen und aufgefordert, zu bleiben, nicht wahr?

Sie hat natürlich nicht daran gedacht, dass ich das Gespräch abhören könnte."

„Sie haben es abgehört?" Camilla verschluckte sich fast vor Entsetzen. „Sie meinen …"

„Meinen Sie etwa, ich hätte nicht längst mit der Möglichkeit gerechnet, dass sie anrufen könnte?", fragte Alex verächtlich. „Es war doch klar, dass sie früher oder später Kontakt aufnehmen würde. Schließlich will sie etwas erreichen, nicht wahr? Aber wenn einem das Gehirn mit Crack vernebelt ist, dann denkt man nicht ganz klar."

„Meine Güte!" Camilla schüttelte den Kopf. „Dann hat Mama Lu also gar nicht …"

„Virginias Stimme erkannt? Nein, das glaube ich nicht."

„Aber wie?"

„Alle eingehenden Anrufe werden vom Überwachungsdienst aufgezeichnet."

„Nicht von der Polizei?"

„Noch nicht, nein." Alex sprach nach kurzem Zögern weiter. „Wenn irgend möglich, will ich dies vermeiden."

„Ich verstehe."

„Wirklich?" Er betrachtete Camilla eindringlich. „Aber Sie waren bereit, für Virginia zu lügen, nicht wahr? Nach allem, was ich Ihnen erzählt habe, sind Sie immer noch bereit, an ihre mögliche Unschuld zu glauben."

„Nein. Ja. Ach, ich weiß es nicht." Camilla ging unruhig auf und ab. „Ich wusste nicht, was ich tun sollte. Ich dachte noch darüber nach, als Sie kamen. Immerhin ist Virginia meine Freundin", verteidigte sie sich. „Während Sie nur …"

„… nur ein Fremder sind, nicht wahr?", vollendete Alex ihren Satz. „Und was ist mit Maria? Ist es Ihnen gleichgültig, was aus dem Kind wird? Ist sie auch nur eine Fremde?"

Camilla schluckte. „Natürlich nicht. Ich habe doch nur gezögert, das Vertrauen einer Freundin zu missbrauchen. Und Sie sehen mich an, als hätte ich ein schlimmes Verbrechen begangen."

„Wie möchten Sie denn von mir angesehen werden?", konterte er. Auf einmal überlagerten ganz andere Gefühle die spannungsgeladene Atmosphäre.

Camilla schüttelte den Kopf. Ihr Blick glitt tiefer, dorthin, wo sich die Muskeln seiner breiten Brust unter dem Hemd spannten. Trotz der Aircondition klebte der Stoff an seiner Haut. Obwohl sie einige Meter voneinander entfernt standen, glaubte Camilla, den Duft seines

Rasierwassers wahrzunehmen und die Wärme, die von seinem Körper ausging.

Doch dann wandte Alex sich ab, und Camilla schämte sich wieder einmal. Jeder hier war krank vor Sorge um Virginia und Maria, und ihr einziger Beitrag war, Virginias Mann anzuschmachten. Denn genau das tat sie. Weil ihr so etwas aber nie zuvor passiert war, wusste sie jetzt nicht, wie sie mit der Situation umgehen sollte.

Alex hatte Camilla den Rücken zugekehrt und sah auf die Terrasse hinaus.

„Jedenfalls sind Sie nicht auf die Idee gekommen, Mama Lu zu warnen, wer da wirklich am Telefon war, oder? Auf diese Weise hätte ich vielleicht den Anruf zurückverfolgen können."

„Ich dachte, diese Dinge wären bereits arrangiert", sagte Camilla verlegen.

„Woher wollten Sie das wissen?"

„Ich wusste es nicht. Aber sagten Sie nicht gerade, die Polizei könnte eingeschaltet werden?"

„Haben Sie deshalb Mama Lu nichts gesagt?"

„Nein." Camilla seufzte. „Das war nicht der Grund, und Sie wissen es. Also – sind Sie jetzt überhaupt nicht weitergekommen?"

„Das habe ich nicht gesagt."

„Aber …"

„Vergessen Sie es." Es klang barsch. „Wie kann ich Ihnen etwas erzählen? Wir wissen doch, auf welcher Seite Sie stehen. Und es ist nicht meine."

„Das ist nicht wahr."

„Was ist nicht wahr? Sie nehmen einen Anruf von Virginia entgegen, und Sie hätten mir vermutlich kein Wort davon gesagt", rief er anklagend. „Sie sitzen ganz gelassen hier und machen Konversation, obwohl Sie genau wissen, wie verzweifelt ich auf Nachrichten von Virginia und meiner Tochter warte. Und Sie behaupten, auf meiner Seite zu sein. So ein Blödsinn, Camilla. Ich glaube Ihnen kein Wort."

Camilla zitterte. „Ich gehe dann."

„Sie gehen? Wohin?"

„Meinen Koffer packen, natürlich. Ganz offensichtlich kann ich hier nicht länger bleiben."

„Zum Teufel damit", schimpfte Alex. „Sie werden nirgendwohin gehen, Camilla. Sie bleiben hier. Sie glauben doch wohl nicht im Ernst, dass ich die einzige Verbindungsmöglichkeit zu Virginia gehen lasse?"

„Sie können von mir nicht erwarten, dass ich jetzt noch bleibe."

„Wieso nicht?"

„Nein." Hilflos hob sie die Hände. „Sie glauben vermutlich, mit Ihren Anschuldigungen recht zu haben, doch das ist unwichtig. Sie können mich nicht zwingen, in diesem Haus zu bleiben. Ich ... ich finde, es ist für alle besser, wenn ich nach England zurückfliege. Wenn Virginia merkt, dass ich nicht mehr hier bin, kommt sie vielleicht nach Hause. Ich meine, sie hat doch erreicht, was sie wollte, oder nicht? Sie hat bewiesen, dass sie tun kann, was immer sie will. Mein ... mein Rat ist, Sie sollten sich beide zusammensetzen, wenn dies vorbei ist, und über alles reden. Unter ... unter vernünftigen Menschen ..."

„Virginia ist aber kein vernünftiger Mensch", entgegnete Alex. „Was soll ich denn noch machen, um Ihnen das zu beweisen? Virginia kann nicht klar denken. Wie sie schon am Telefon sagte, tut sie dies, um mich schwitzen zu lassen. Nun, okay, ich schwitze. Aber kommt sie nach Hause? Nein. Und warum nicht? Weil es nicht das ist, was sie will, verflucht noch mal."

„Aber ... was will sie dann?", flüsterte Camilla.

Alex schloss entnervt die Augen. „Ich weiß es nicht. Ich wünschte, ich wüsste es. Aber bis dahin werden Sie bleiben."

„Sie können mich nicht gefangen halten", protestierte Camilla.

Alex öffnete die Augen und sah sie warnend an. „Treiben Sie es nicht zu weit, Camilla. Mehr kann ich im Augenblick nicht ertragen, und ich lasse nicht ein zweites Mal einen Narren aus mir machen. Sie brauchen einen Pass, um die Insel zu verlassen. Und Sie werden mir Ihren geben. Nur, um Fehler zu vermeiden", fügte er drohend hinzu.

Camilla tanzte. Sie befand sich im Freien, auf einer mondbeschienenen Terrasse, wo chinesische Lampen ein flackerndes Licht verbreiteten. Musik klang durch die sanfte Abendluft, eine herrlich romantische Ballade, Blumenduft beschwingte ihre Sinne. Sie trug ein Kleid aus Seidenchiffon in verschiedenen Blautönen. Es flatterte um ihre nackten Waden und verfing sich zwischen den Beinen ihres Partners. Ihr Haar fiel lose um ihre Schultern wie strahlend rote Flammen.

Sie war erregt. Ihr Herz schlug schnell, und sie spürte das Blut durch ihre Adern kreisen. Es war nicht nur die Nacht und die Musik, die sie in einen solchen Zustand versetzte. Es war die Leidenschaft in den Augen des Mannes, mit dem sie tanzte. Sein Blick zeigte ihr deutlich, wie hinreißend er sie fand, wie schön, wie begehrenswert. Und er verlangte nach ihr ...

Er hielt sie in den Armen. Der exotische Rhythmus der Gitarren, zu dem sie sich bewegten, war nur ein Vorwand. Er hielt sie fest und so dicht an seinem kraftvollen Körper, dass sie bei jeder Bewegung das Spiel seiner Muskeln fühlte.

Seine Hände lagen auf ihrem Rücken, auf ihrer nackten Haut. Sie trug nichts als das dünne Kleid, das am Rücken bis zur Taille ausgeschnitten war. Camilla lehnte sich in den Armen des Mannes zurück, und er zog sie noch fester an sich.

Sie streichelte seinen Nacken, fuhr mit einer Hand durch sein dichtes, dunkles Haar. Als sie den Kopf wandte, berührten ihre Lippen seine Wange. Sie roch den Duft seines Rasierwassers. Es war ein sinnlicher, sehr männlicher Duft, der ihre Sinne erregte.

Sie fuhr mit der Zungenspitze sacht über seine Wange. Sie wollte ihn schmecken, nicht nur fühlen und riechen. Er ließ seine Hände tiefer gleiten, presste seine Hüften gegen ihre, und sie spürte seine Erregung.

Dann beugte er den Kopf und küsste sie. Seine Zunge drang tief in ihren Mund ein, heiß und feucht und besitzergreifend. Camilla schwankte, sie klammerte sich an den Mann, bereit, ihr ganzes weiteres Dasein in seine Hände zu legen.

Mit den Lippen glitt er ihren Hals hinab, über ihre Kehle bis zu ihrer Brust. Seine Zunge hinterließ eine feuchte, heiße Spur auf ihrer Haut. Über dem dünnen Stoff ihres Kleides umschlossen seine Lippen ihre Brustspitze, und Camilla seufzte auf vor Wonne.

Nie zuvor hatte sie einen Mann so sehr begehrt. Sie fühlte sich von einer erregenden Schwäche erfasst und gleichzeitig stark in ihrem unbändigen Verlangen. Sie waren füreinander geschaffen, und alles andere war unwichtig. Vielleicht waren noch andere Tänzer auf der Terrasse – mochten sie zusehen. Sie liebte diesen Mann, und sie hatte nichts zu verbergen.

Als er sie hochhob und auf eine gepolsterte Schaukel legte, deren Lehne nur wenig Sichtschutz bot, wusste Camilla, dass er sie jetzt lieben würde.

„Alex", rief sie leise, zog ihn auf sich und schlang die Beine um seine Hüften …

Camilla erwachte schlagartig. Sie bekam keine Luft, was daran lag, dass sie ihr Kopfkissen umklammert hielt und ihr Gesicht darin verborgen hatte.

Doch es war nicht die Angst vor dem Ersticken oder das feuchte, an ihrem Körper klebende Nachthemd, das sie hochschrecken ließ. Es war dieser viel zu reale Traum.

Zitternd schob sie das verschwitzte Kissen zur Seite und setzte sich im Bett auf. Meine Güte, dachte sie entsetzt, als die Einzelheiten des Traums in ihr Bewusstsein drangen. Sie hatte von Alex geträumt, und nicht nur das, sie hatte diesen Traum im Unterbewusstsein wirklich erlebt. Dass sie zitterte und so frustriert war, war der Beweis dafür.

Himmel! Sie setzte sich auf die Bettkante und stützte den Kopf in die Hände. So etwas war ihr noch nie widerfahren. Sie hatte zwar gelesen, dass Menschen durch ihre Träume tatsächlich körperlich erregt werden konnten, doch sie hatte nur darüber gelacht. Jetzt hingegen fühlte sie alles so wirklich, als hätte sie es tatsächlich erlebt.

Camilla stand auf und trat ans Fenster. Draußen zeigte sich der allererste Schimmer der Morgenröte am Horizont. Sie hatte keine Ahnung, wie spät es war, doch der Tag konnte jetzt nicht mehr lange auf sich warten lassen. Camilla fühlte sich erleichtert. Sie wagte nicht, ins Bett zurückzukehren, erneut einzuschlafen und vielleicht die gleichen beschämenden Empfindungen noch einmal zu erleben.

Es war verrückt. Einerseits kannte sie Alex kaum. Vor allem aber war er Virginias Ehemann. Auch wenn seine Ehe eine Katastrophe war, gab ihr das nicht das Recht, sich einzumischen. Davon abgesehen bin ich ihm sowieso gleichgültig, dachte sie enttäuscht. Ich bin für ihn nur deshalb wichtig, weil ich eine Verbindungsmöglichkeit zu Virginia bin. Sobald Alex sein Problem mit Virginia gelöst hat, werde ich überflüssig. Das darf ich nie vergessen, damit ich mir keine falschen Hoffnungen mache.

Camilla öffnete die Balkontür und trat hinaus. Die Luft war kühl und erfrischend. Sie streckte die Arme über den Kopf und reckte sich ausgiebig. Sofort fühlte sie sich besser. Schließlich war alles nur ein Traum gewesen. Ihr Unterbewusstsein hatte ihr einen Streich gespielt, Szenen der Vergangenheit heraufbeschworen und daraus einen verwirrenden Traum geschaffen.

Selbstverständlich hatte sie schon oft mit Männern getanzt, wenn es auch ganz anders war als in ihrem Traum. Erst kürzlich hatte einer der Partner der Anwaltskanzlei, in der sie arbeitete, Camilla zu einem Jägerball nach Gloucestershire mitgenommen. Sie hatte auch ein fantastisches Kleid getragen, an das sie sich mit Begeisterung erinnerte. Allerdings war es nicht so sexy wie das Kleid aus ihrem Traum.

Das Kleid in ihrem Traum war durchsichtig gewesen, und sie hatte nichts darunter an. Wollte sie von Alex Conti wirklich so gesehen werden?

Aber er fand mich schön, dachte sie. Nie zuvor hatte sie sich so begehrenswert gefühlt. Kein Mann hatte sie jemals so angesehen, in Wirklichkeit nicht und auch nicht im Traum. Kein Mann hatte sich jemals in so eindeutiger Weise an sie gepresst, dass sie seine Erregung spüren konnte.

Camilla presste die Hand auf ihren flachen Leib. Wie würde es sich anfühlen, von Alex gehalten zu werden? Wie wäre es, wenn er ihre Brüste berührte, ihren Körper streichelte und sie leidenschaftlich küsste?

Halt! Sie durfte jetzt nicht auch noch in Tagträumereien verfallen. Sie machte sich selbst etwas vor, wenn sie glaubte, Alex könnte in ihr jemals etwas anderes sehen als eine Freundin von Virginia, die er dulden musste, weil sie seine einzige Verbindung zu seiner Frau darstellte. Als er sie warnte, die Insel nicht zu verlassen, hatte er ihr klar zu verstehen gegeben, was er von ihr hielt. Zwar hatte er seine Drohung, ihr den Pass wegzunehmen, bisher nicht wahr gemacht, doch wenn es nötig war, würde er das tun, daran zweifelte Camilla nicht. Sie befanden sich in einer Art Waffenstillstand. Bevor Virginia nicht ihren nächsten Zug machte, konnte Camilla überhaupt nichts tun.

Virginia!

Camilla ließ den Blick in die Ferne schweifen.

Virginia hatte sie angerufen. Doch als Virginia Kumaru verließ, konnte sie nicht wissen, ob Camilla ihrer Einladung folgen würde. Gestern hatte sie angerufen und auch gewusst, wie lange Camilla schon in Kumaru war. Woher wusste sie das? Wer hatte es ihr gesagt?

Allmählich erwachte Camilla aus der Befangenheit, in die der Traum sie versetzt hatte. Natürlich! Wieso war ihr das nicht sofort aufgefallen? Es war nur so zu erklären, dass sie sich durch Alex und seine Vorhaltungen ablenken ließ. Virginia hatte angerufen, und das war keineswegs ein Zufall. Sie wusste von Camillas Ankunft. Jemand hatte es ihr gesagt.

Das konnte nur eines bedeuten – irgendjemand wusste, wo Virginia sich befand. Jemand, der Alex' Aktionen kannte und auch ihre und der diese Beobachtungen an Virginia weiterleitete. Aber wer?

Mama Lu oder Wong Lee kamen nicht in Frage. Sie waren Alex treu ergeben, auf sie konnte er sich unbedingt verlassen. Also vermutlich war es einer der anderen Bediensteten. Oder einer der Sicherheitsleute.

Camilla stöhnte. Wenn sie doch nur früher daran gedacht hätte. Das hätte sie Alex erzählen und ihn auf diese Weise vielleicht davon überzeugen können, dass sie nichts vor ihm verbarg. Sie hatte nach wie vor keine Ahnung, wo Virginia sich befand. Wenn Alex sich die Aufzeichnungen des Telefongesprächs sorgfältig angehört hatte, wusste er das.

Diese Tonbandaufzeichnung bereitete Camilla Unbehagen. Sie erinnerte sich, wie verächtlich Virginia von ihrem Mann gesprochen hatte und wie gleichgültig ihr sein Wohlergehen war. Von den Bemerkungen über seinen Sex einmal ganz abgesehen. Hatte Camilla deshalb von Alex geträumt? Weil sie instinktiv wusste, wie unrecht Virginia hatte?

Sie kehrte ins Zimmer zurück und sah auf die Uhr, die auf dem Nachttisch stand. Kurz nach sechs. Wenn sie Alex erwischen wollte, bevor er ins Büro fuhr, dann musste sie sich jetzt anziehen. Obwohl er sie so schlecht behandelt hatte, war sie zu Zugeständnissen bereit. Da er am vergangenen Abend bei seinen Eltern zum Dinner gewesen war, bot sich jetzt die erste Gelegenheit für ein Gespräch nach jener peinlichen Szene.

Als Camilla auf die Terrasse trat, fand sie den Frühstückstisch wieder nur für eine Person gedeckt vor. Es war noch früh, und Mama Lu hatte ihr noch nicht einmal den üblichen Morgenkaffee gebracht, deshalb fragte Camilla sich, ob dieses Gedeck überhaupt für sie gedacht war. Vielleicht wollte Alex frühstücken und fort sein, bevor sie aufstand.

Mama Lu klärte sie auf. Auf Camillas Frage erklärte sie, Mr Conti sei in der Nacht gar nicht zu Hause gewesen.

„Nein, nicht weil es weitere Nachrichten von Mrs Virginia gibt", fügte die Haushälterin hinzu, als Camilla sie ängstlich ansah. „Er hat bei seinen Eltern übernachtet und lässt Ihnen ausrichten, er kommt im Verlauf des Tages zurück."

„Danke", erwiderte Camilla etwas unwirsch.

Mama Lu stemmte die Hände in die gewaltigen Hüften und sah Camilla prüfend an. „Etwas nicht in Ordnung?"

„Was? Oh nein." Camilla war nicht in der Verfassung, sich mit Mama Lu zu streiten. „Danke für die Nachricht."

„Bitte sehr." Mama Lu ging jedoch nicht fort. „Alles in Ordnung?", fragte sie nach einer Weile.

„Wie? Oh ja, ja, danke."

„Sie haben gestern Abend nicht viel gegessen", beklagte sich Mama Lu. Wong Lee hatte das Essen serviert, doch seine Frau hielt sich stets über alles, was im Haus vorging, auf dem Laufenden, und war es noch so unbedeutend.

„Nein." Camilla zwang sich zu einem Lächeln und nahm am Tisch Platz. „Aber heute Morgen will ich mir mehr Mühe geben."

„Sie hatten Streit mit Alex gestern Nachmittag, nicht wahr? Wegen des Telefonanrufs von Mrs Virginia. Sie hätten es ihm sagen sollen. Lässt Sie wie eine Komplizin wirken, wenn Sie wissen, was ich meine."

Camilla ärgerte sich darüber. „Ist es eine Gewohnheit von Ihnen, die Privatangelegenheiten Ihres Arbeitgebers mit seinen Gästen zu diskutieren?"

Mama Lu erschütterte die Kritik nicht. „Ich meine, Sie sollten wissen, dass er das sehr übel genommen hat", sagte sie gleichgültig. „Hat Ihnen wohl vertraut und fühlt sich nun hintergangen."

„Hintergangen?" Camilla wollte das gar nicht glauben. „Ich habe ihn nicht hintergangen. Wie hätte ich ihm überhaupt etwas davon erzählen können? Er war doch gar nicht da."

„Sie hätten im Büro anrufen können."

„Ach ja? Hätte denn jeder dort erfahren sollen, dass seine Frau nicht ihn, sondern mich angerufen hat?"

„Dann, als er nach Hause kam."

Camilla ballte die Hände zu Fäusten. „Dazu hatte ich keine Gelegenheit."

„Nicht?"

„Nein. Um Himmels willen, was macht das jetzt schon noch? Er wusste doch längst alles, was es zu wissen gibt."

„Hm." Mama Lu zögerte. „Also, was hat sie gesagt? Muss ja ziemlich schlimm gewesen sein, wenn Alex sich so darüber aufregt."

Camilla holte tief Luft. „Wenn Sie glauben, ich werde Ihnen das erzählen …"

„Hat sie Ihnen gesagt, warum sie abgehauen ist?"

„Nein."

„Und was ist mit ihrer Ehe, he? Ja, ich glaube, davon hat sie Ihnen erzählt."

Mama Lu wartete. Was sie in Camillas Gesichtsausdruck las, gab ihr recht. „Sie hat Ihnen gesagt, Alex macht sich nichts aus ihr, ja? Dass sie getrennte Zimmer haben? Dass er sie wer weiß wie lange schon nicht angerührt hat?"

„Mama Lu, bitte!"

„Okay, okay. Sie wollen nicht darüber sprechen. Ich kann das verstehen. Aber egal, was sie Ihnen erzählt hat, denken Sie immer daran, sie hat Alex geheiratet, weil sie sein Geld brauchte, um ihrer kleinen Gewohnheit nachzugehen, *capisce*?"

Camilla schluckte. „Das können Sie nicht genau wissen."

404

„Das glauben Sie." Mama Lu lächelte spöttisch. „Ich musste unzählige Male hinter ihr herräumen. Ich weiß Bescheid, glauben Sie mir. Sie sollten sie mal nach ihrer Mutter fragen. Warum sie in diesem Sanatorium in England eingesperrt ist. Angeblich kann sie froh sein, überhaupt noch zu leben, aber glauben Sie mir, ich wäre lieber tot als in einem Irrenhaus."

„Ein Irrenhaus?" Camilla war entsetzt.

Doch Mama Lu nickte nur. „Das ist richtig. Ein Irrenhaus. Das kommt nämlich dabei heraus, wissen Sie. Das Zeug macht Sie nicht körperlich fertig, es zerstört den Verstand. Und Alex hat gezahlt und gezahlt, damit sie es einigermaßen bequem hat. Schon bald nach der Hochzeit fing das an."

Camilla konnte es kaum glauben. „Aber Virginia hat gesagt, ihre Mutter sei krank."

„Das ist sie." Mama Lu verzog das Gesicht. „Völlig durchgedreht, wenn Sie mich fragen."

„Ich weiß nicht, was ich dazu sagen soll."

„Zumindest könnten Sie Alex glauben, wenn er Ihnen sagt, dass er vor Sorge um Maria ganz außer sich ist."

„Ich glaube ihm ja."

„Und sagen Sie ihm alles, was ihm helfen könnte, sie zu finden."

„Das habe ich. Das heißt … kommt er heute Morgen noch mal hierher?"

„Ich glaube nicht." Mama Lu runzelte die Stirn. „Wollen Sie es mir erzählen?"

„Ich … ich möchte es ihm lieber selbst sagen." Camilla spürte, wie sie vor Verlegenheit rot wurde. „Meinen Sie, er hat etwas dagegen, wenn ich in sein Büro fahre?"

„In sein Büro?" Mama Lu blickte Camilla zweifelnd an. „Er hat Anweisung gegeben, dass Sie auf dem Grundstück bleiben sollen."

„Waaas?"

Mama Lu hob beschwichtigend die Hände. „Regen Sie sich darüber nicht auf. Nach dem, was gestern passiert ist, hatte er doch keine andere Wahl."

„Wie meinen Sie das?"

„Nun, Mrs Virginia könnte doch wieder anrufen, nicht wahr?", gab Mama Lu zu bedenken. „Man ahnt ja nicht, was sie tut, wenn sie Sie nicht erreicht, nicht wahr?"

Da saß sie nun in der Klemme. Sie war Alex' Faustpfand, sein Schlüssel zu Virginia, vor allem aber zu Maria. Er hatte ihr zwar nicht den Pass fortgenommen, doch er verhinderte nach Kräften, dass sie die Insel verließ, bevor er es erlaubte. Verflixt, das ließ sie sich nicht bieten!

„Sie könnten ja sein Büro anrufen", schlug die Haushälterin vor. „Ich bin sicher, wenn Sie Alex dringend sprechen wollen, dann wird er kommen."

„Nein!"

„Was soll das heißen?" Mama Lu breitete die Arme aus. „Wenn Alex Sie hier nicht fortlassen will, haben Sie keine andere Möglichkeit."

„Wirklich nicht?" Camilla hielt dem Blick von Mama Lu mit Entschlossenheit stand. „Was sagt wohl die Polizei dazu, wenn eine Ausländerin gegen ihren Willen hier festgehalten wird?"

„Nein, nein!" Mama Lu schüttelte heftig den Kopf. „So etwas würden Sie doch nicht machen, oder?"

„Vielleicht doch." Camilla war allerdings nicht sicher, ob sie wirklich Anzeige erstatten würde. „Ich will ja gar nicht fortlaufen", fügte sie ungeduldig hinzu. „Ich will nur mit Alex reden. Einer der Sicherheitsleute könnte mich zum Büro fahren, oder nicht? Er könnte auch auf mich warten und mich wieder zurückbringen, falls Sie das für nötig halten."

„Nun …" Mama Lu wirkte nicht mehr ganz so sicher. „Ich nehme an, das lässt sich machen."

„Großartig!"

Camilla war erleichtert, doch die Haushälterin überlegte immer noch. „Ich könnte Alex anrufen."

„Nein." Camilla seufzte. „Tun Sie das bitte nicht. Ich verspreche Ihnen, Sie können mir vertrauen."

„Kann ich das?"

„Sie müssen es eben tun", erwiderte Camilla selbstbewusster, als sie sich fühlte. „Könnte ich jetzt vielleicht Toast haben? Und Kaffee. Ich habe wirklich Hunger."

7. KAPITEL

*C*amilla war entschlossen, nach Honolulu in Alex' Büro zu fahren. Er konnte nicht über ihr Tun und Lassen bestimmen, und das wollte sie ihm beweisen. Außerdem wollte sie endlich das ständige Misstrauen ausräumen, das Alex gegen sie hegte.

Obwohl Camilla behauptet hatte, sehr hungrig zu sein, fiel es ihr doch schwer, den Toast, den Mama Lu ihr servierte, zu essen. Das Gespräch mit Alex, zu dem sie sich selbst entschlossen hatte, lag ihr im wahrsten Sinne des Wortes schwer im Magen. Sie wagte keine Prognose, wie er darauf reagieren würde.

Wong Lee erschien und sagte, der Wagen sei bereit. Es war eine schwarze, lang gestreckte Limousine mit getönten Fensterscheiben, durch die man zwar hinaus-, aber nicht hineinsehen konnte.

Der Fahrer war einer der Wachleute – jedenfalls nahm Camilla das an. Er war ein gut aussehender Mann und trug zu seiner engen Hose ein olivgrünes Hemd mit Epauletten und einer angehefteten Nummer.

Er beobachtete Camilla durch den Rückspiegel. Wahrscheinlich fragte er sich, wer sie war und warum er sie zum Büro seines Arbeitgebers fahren sollte. Schließlich hatte Camilla sich bisher kaum auf dem Grundstück blicken lassen. Vermutlich kannte er ihren Namen, aber keineswegs den Grund ihres Aufenthaltes.

Eine lärmende Gruppe von Menschen erwartete sie hinter den Toren des Grundstücks – Pressefotografen. Oje! Offensichtlich war es Alex doch nicht geglückt, Virginias und Marias Verschwinden geheim zu halten. Camilla fühlte mit ihm. Alex hatte im Moment wirklich genug Probleme, und diese Einmischung in sein Privatleben war eine unerträgliche Zumutung.

Sie fragte sich, wer wohl die Presse informiert hatte. Bei so vielen Angestellten war es eben unmöglich, alle zum Schweigen zu verpflichten. Außerdem zahlte die Klatschpresse gut für derartige Informationen – besonders für Informationen über einen Mann, der darauf achtete, in der Öffentlichkeit kein Aufsehen zu erregen.

Camilla betrachtete aufmerksam die Umgebung, während sie nach Honolulu hineinfuhren. Ihr besonderes Interesse galt Diamond Head und den beiden Türmen des Hyatt Regency Hotels, welche den Strand von Waikiki überragten. Der Fahrer chauffierte Camilla die Kalakaua Avenue entlang, und erst, als sie die überfüllten Geschäftsstraßen der City erreichten, wandte Camilla den Blick vom Ozean ab. Es gab viel zu sehen: Menschen, die schwammen, windsurften oder am Strand Volleyball spielten. Urlauber, dachte Camilla neidisch. Sie wünschte, sie wäre eine von ihnen.

Sie fuhren ins Geschäftsviertel von Honolulu. Weitere Wolkenkratzer waren im Bau. Hier herrschte Bewegung und lebhaftes Treiben. Viele Menschen trugen die kräftigen, leuchtenden Farben, für die Hawaii so berühmt war. Vermutlich macht es ihnen Spaß, ihren Arbeitsalltag auf diese Weise etwas aufzulockern, überlegte Camilla.

Der Wagen bog um eine Ecke und fuhr eine Straße entlang, in der sich viele Bürogebäude befanden. Camilla sah die Firmenschilder von Versicherungsgesellschaften und Börsenmaklern sowie etliche Banken. Vor dem Eingang des Conti-Gebäudes hatte sich wieder eine Gruppe von Reportern versammelt. Camilla war das sehr unangenehm. Sie wollte mit der Presse nicht in Berührung kommen. Deshalb war sie sehr erleichtert, als der Fahrer den Wagen in eine Tiefgarage lenkte, zu der ein Wärter ihnen Einlass gewährte.

„Sie können von hier aus mit dem Aufzug direkt Mr Contis Büro erreichen", sagte der Fahrer. „Drücken Sie einfach auf den Knopf zum fünfunddreißigsten Stockwerk. Mr Contis Empfang wird Sie dann wissen lassen, ob Sie ihn sehen können."

„Danke." Anscheinend wollte er sich nicht die Mühe machen, ihr die Tür zu öffnen, sodass Camilla das selbst tun musste. „Ich ... äh ... treffe ich Sie später hier wieder?"

„Nicht mich", erwiderte der Fahrer. „Ich habe nur den Auftrag, Sie hierher zu bringen. Ich nehme an, Carlo wird Sie wieder zurückbringen."

„Carlo?"

„Carlo Ventura", erklärte er. „Mr Contis Fahrer. Mama Lu sagte, Mr Conti wird sich selbst darum kümmern. Ich soll zum Haus zurückfahren."

„Ich verstehe."

In Wirklichkeit verstand Camilla überhaupt nichts. Sie hatte jedoch keine Lust, dieses Gespräch fortzusetzen. Alex wird schon dafür sorgen, dass ich sicher in sein Haus zurückkomme, dachte sie gehässig. Schließlich braucht er mich noch, bis er seine Tochter wieder in die Arme schließen kann.

Der Wagen glitt davon, und Camilla sah sich suchend um. Dann entdeckte sie den Aufzug, der sie mit erstaunlicher Geschwindigkeit in die fünfunddreißigste Etage brachte. Als die Türen sich öffneten, war Camilla ein wenig mulmig zumute.

Ein Wachmann erwartete sie, ein Farbiger in dunkelblauer Uniform. Er saß hinter einem Pult in einer luxuriösen Empfangshalle. Und er trug einen Revolver. Er erkundigte sich höflich nach Camillas Anliegen.

„Ich möchte Mr Conti sprechen. Mein Name ist Camilla Richards. Er kennt mich."

„Haben Sie einen Termin, Miss Richards?"

Er war ungefähr so herzlich wie eine Planierraupe.

„Nein", gab sie zu und spielte nervös mit ihrer Handtasche. „Ich bin aber sicher, er wird mich empfangen, wenn Sie ihm sagen, dass ich hier bin. Ich … ich bin sein Hausgast. Ich wohne zurzeit in Kumaru."

„Ja, Miss Richards." Ob der Mann ihr glaubte oder nicht, konnte Camilla nicht beurteilen.

Jetzt streckte er eine Hand nach ihrer Tasche aus. „Sie haben doch sicher nichts dagegen, wenn ich nachsehe, ob dort ein Kassettenrekorder drin ist? Bitte. Ich habe meine Anweisungen."

„Haben wir das nicht alle?", murmelte Camilla gereizt. Wenn sie allerdings an die Reporter hier am Gebäudeeingang und am Tor zu Kumaru dachte, hatte sie für diese Maßnahme Verständnis.

Nach der erfolglosen Durchsuchung der Handtasche griff der Mann zum Telefonhörer und sprach anscheinend mit jemandem in Alex' Büro. Camilla schnappte das Wort „angeblich" auf, was nicht sehr ermutigend war. Nach dem Anruf wurde sie gebeten, auf einer Couch Platz zu nehmen und zu warten.

Ein paar Augenblicke später kam eine hübsche Chinesin vom anderen Ende des Korridors her und auf Camilla zu. Sie war klein, zierlich und sah sehr exotisch aus mit ihrem Pagenkopf.

„Miss Richards?" Ihr Aussehen war zwar asiatisch, doch ihr Akzent war es nicht. Anscheinend war sie in den Vereinigten Staaten aufgewachsen, was sich auch an ihrer Haltung und an ihrem Kleidungsstil zeigte. „Ich bin Sophy Ling. Würden Sie bitte mit mir kommen?"

Camilla stand auf und folgte ihr. Neben der zierlichen Miss Ling kam sie sich wie eine Riesin vor. Zum Glück trug sie heute ihr elegantes blassgrünes Kostüm.

„Machen Sie hier Urlaub, Miss Richards?", fragte die junge Chinesin höflich.

„Sozusagen." Camilla hatte nicht die Absicht, Sophy Ling die Gründe für ihren Aufenthalt mitzuteilen.

Am Ende des Korridors betraten sie ein Büro. Vor den großen Fenstern waren Jalousien angebracht, die einen zu starken Lichteinfall verhinderten. Vier Schreibtische, zwei davon mit Computern und elektrischen Schreibmaschinen ausgestattet, standen im rechten Winkel zueinander. Hier arbeiteten Sophy und eine weitere junge Frau, die sich gerade mit einem Mann unterhielt. Erst als der Mann sich aufrichtete, erkannte Camilla Jeff Blaisdell. Es fiel ihr schwer, sich ihre Enttäuschung nicht anmerken zu lassen.

„Ach, ach, ach, wen haben wir denn da?", rief er und kam um den Schreibtisch herum. „Ist das nicht unsere schöne Camilla, die den Löwen in seiner Höhle aufsucht? Sie haben mir gar nicht gesagt, dass wir Besuch erwarten, Sophy. Ich habe mich schon gewundert, warum Sie so plötzlich verschwunden sind."

Sophy bedachte Jeff mit einem Blick, der ihr Camillas Sympathien einbrachte. Das zweite Mädchen, das silberblondes Haar hatte, beobachtete die Szene interessiert. Anscheinend brachte sie Jeff wesentlich mehr Wohlwollen entgegen als Camilla und Sophy.

„Wir haben Miss Richards nicht erwartet, Mister Blaisdell", sagte Sophy. „Da Ihnen die Dame jedoch bekannt ist, sollte ich Mr Conti von ihrem Eintreffen informieren. Er befindet sich in einer Konferenz mit Mr Cassells, doch ich bin sicher, er hat nichts dagegen, kurz unterbrochen zu werden."

„Das ist nicht nötig." Jeff hielt Sophy zurück, als sie nach dem Telefonhörer greifen wollte. „Ich werde Alex sagen, dass Camilla hier ist. Doch zunächst wird sie sicher gern eine Tasse Kaffee trinken. Wir gehen in mein Büro, Sophy. Ach, und schicken Sie eines der Mädchen zum Konditor. Sahnetörtchen für mich. Was möchten Sie, Camilla?"

Camilla ignorierte Jeff und sah Sophy an. „Wenn es Ihnen recht ist, werde ich warten, bis Mr Conti Zeit hat", sagte sie. „Ist es in Ordnung, wenn ich zur Rezeption zurückgehe?"

Sophy schwieg verlegen, während Jeff und die andere Sekretärin sich ansahen. Dann öffneten sich wie auf ein Stichwort die Doppeltüren am anderen Ende des Büros, und zwei Männer traten in den Raum. Der eine von ihnen war bereits über sechzig Jahre alt, ein väterlicher Typ mit vollem grauem Haar. Der andere war Alex. Überrascht blieb Alex stehen.

„Hey, du hast Besuch, Alex", rief Jeff betont munter. Dabei sah er Camilla so erfreut an, als hätte sie nicht gerade erst seine Gastfreundschaft so unhöflich abgelehnt. „Kann ich etwas für dich tun?"

Alex' Gesichtsausdruck war unergründlich. Keiner ahnt, was er wirklich denkt, überlegte Camilla. Sie wartete nervös.

„Wir sprechen später weiter, Jim", sagte Alex zu seinem Begleiter und trat auf Camilla zu. „Hallo. Dies ist ein – unerwartetes – Vergnügen."

Camilla zwang sich zu einem Lächeln. Sie war sehr befangen, und das keineswegs, weil Jeff und die beiden Mädchen sie beobachteten. Bis zu diesem Augenblick hatte sie versucht, jeden Gedanken an die vergangene Nacht zu verdrängen. Doch als sie Alex jetzt gegenüberstand, war die Erinnerung an den Traum wieder da, an das, was Alex im Traum mit ihr getan hatte, und an ihre Reaktionen.

„Ich schlage vor, wir gehen in mein Büro", sagte Alex.

Camilla war erleichtert. Auf diese Weise bestand wenigstens keine Gefahr, dass sie sich vor versammelter Mannschaft blamierte. Camilla tauschte mit Sophy noch einen verständnisvollen Blick, bevor sie Alex folgte. Sophy steht also auf meiner Seite, dachte Camilla befriedigt. Ganz offensichtlich findet sie Jeff Blaisdell genauso widerlich wie ich.

Nachdem sie sein Büro betreten hatten, schloss Alex die Tür und lehnte sich mit dem Rücken dagegen.

„Nun? Ich nehme an, Sie bringen mir Neuigkeiten?"

Camilla schluckte. Ihr Besuch war für Alex allem Anschein nach keine Überraschung.

„Woher wissen Sie das?"

„Nennen Sie es einfach Intuition."

„Ohne Zweifel hervorgerufen von Mama Lu", konterte Camilla

„Sie haben doch wohl nicht im Ernst erwartet, dass sie Ihnen erlaubt, das Haus zu verlassen, ohne mich vorher zu fragen?"

Camilla seufzte. „Vermutlich nicht."

„Also bitte." Alex ging zu seinem Schreibtisch. Dabei kam er dicht an Camilla vorbei, und unwillkürlich trat sie einen Schritt zurück.

„Also, was soll der ganze Aufwand? Hätten Sie das, was Sie zu sagen haben, nicht auch Mama Lu erzählen können?"

Das schmerzte. Es brachte Camilla allerdings auch wieder zur Besinnung.

„Das hätte ich tun können, ja", erwiderte sie schnippisch. „Ich dachte jedoch, es wäre Ihnen lieber, wenn ich Ihre persönlichen Angelegenheiten nicht mit ihren Angestellten bespreche. Offenbar ein Irrtum meinerseits."

„Mama Lu ist wohl kaum eine Angestellte", erwiderte Alex ebenso unfreundlich. „Sie hat schon vor meiner Geburt auf den Besitz gewohnt und gehört praktisch zur Familie."

„Und ich nicht." Camilla wollte nur weg, fort von hier, bevor sie etwas sagte oder tat, was sie später bedauerte. „Also schön, ich werde meine Gedanken mit Mama Lu besprechen. Es tut mir leid, Sie gestört zu haben."

„Verdammt noch mal!"

Alex eilte auf Camilla zu, um sie daran zu hindern, den Raum zu verlassen. Er packte sie am Oberarm.

„Wo wollen Sie hin?", rief er ungeduldig. „Jetzt sind Sie nun einmal hier, reden Sie endlich."

„Ich hätte große Lust, Ihnen einmal kräftig meine Meinung zu sagen. Sie sind unmöglich, Mr Conti", erwiderte sie giftig. „Lassen Sie meinen Arm los, bevor ich Ihnen die Krallen zeige."

Alex hielt sie jedoch weiterhin fest, und Camilla hätte am liebsten geschrien. Vielleicht sollte sie das tun. Das wäre ihm sicher äußerst unangenehm. Zwar neigte sie sonst nicht zur Hysterie, aber jetzt kämpfte sie schwer um ihre Selbstbeherrschung.

„Wollen Sie mich endlich loslassen?" Tränen standen in ihren Augen. Mein Gott, dachte sie verzweifelt, das kann doch nicht wahr sein. Sie ließ sich doch sonst nicht so von Emotionen leiten.

„Schon gut, schon gut." Alex gab Camilla frei und steckte die Hände in die Hosentaschen. „Es gibt eigentlich keinen Grund für uns, so aggressiv zu sein, oder? Verzeihen Sie mir. Ich bin überreizt. Ich habe zurzeit sehr viele Probleme."

Camilla rieb sich den schmerzenden Arm. „Was Sie nicht sagen." Das war ziemlich unhöflich, doch sie konnte es nicht ändern. Ihre Nerven waren zum Zerreißen gespannt, und Alex' Verhalten erschwerte die Situation noch.

„Gut." Alex atmete tief durch. „Also – was wollten Sie mir sagen?"

Camilla schwieg. Der Grund ihres Besuchs spielte auf einmal keine Rolle mehr. Sie wünschte, Alex würde nicht so nahe bei ihr stehen. Sie spürte, wie ihr Herz schneller schlug. Warum ging Alex nicht an seinen Schreibtisch zurück? Warum blickte er sie so durchdringend an? Er brachte nicht nur ihre körperlichen Reaktionen durcheinander, er lähmte auch ihren Verstand.

„Camilla?" Seine Stimme klang rau und fast ein wenig verzweifelt. Sie sahen sich an.

Camilla öffnete den Mund, doch sie brachte keinen Ton heraus. Alex stöhnte plötzlich auf, packte sie bei den Schultern und zog sie an sich. Camilla leistete keinen Widerstand. Seine Berührung brachte ihre Sinne in Aufruhr, sie drängte sich Alex entgegen.

Zuerst war sein Kuss hart und aggressiv, als ob Alex seinem Verlangen nur unwillig nachgäbe. Er hatte nicht die Absicht gehabt, sie zu küssen, das war Camilla vage bewusst. Er hatte geglaubt, seine Gefühle beherrschen zu können. Dieser Kuss war als Bestrafung gedacht, nicht als Ausdruck des Verlangens. Unter dem Druck seiner Lippen öffnete

Camilla bereitwillig den Mund. Hingebungsvoll erwiderte Camilla Alex' Kuss, der immer zärtlicher und inniger wurde.

Sie streichelte seine Brust und legte schließlich die Hände in seinen Nacken. Leidenschaftlich drängte sie sich an Alex, während er ihre Hüften umfasste und sie noch fester an sich zog. Camilla wurde es heiß von der Wärme, die sein Körper ausstrahlte, und von ihrer beider Verlangen. Alex strich über ihre Hüften die Taille hinauf und umfasste schließlich ihre Brüste mit beiden Händen.

Er wollte mit ihr schlafen, hier und jetzt, Camilla wusste es. Er hatte ein Bein zwischen ihre Schenkel gedrängt, und sie spürte unmissverständlich seine wachsende Erregung. Verstört bemühte sie sich darum, wieder zur Besinnung zu kommen. Dies ist kein Traum, erinnerte sie sich, dies ist Alex, und er ist immer noch Virginias Mann.

„Nein", stieß Camilla hervor, als Alex die Knöpfe ihres Kleides öffnen wollte.

Ihr unsicherer Widerstand brachte ihn zumindest halbwegs zur Besinnung, und er ließ sie ebenso plötzlich los, wie er sie vorhin an sich gerissen hatte. Camilla trat einen Schritt zurück und trocknete die feuchten Handflächen an ihrem Kleid. Dabei vermied sie es, Alex anzusehen.

Das Schweigen war zermürbend. Camilla fuhr sich mit der Zunge über die Lippen, unterließ das jedoch sogleich wieder. Alex könnte diese Geste als Provokation deuten.

Ihre wenigen Erfahrungen mit Männern halfen Camilla in dieser Situation nicht weiter. Natürlich war sie schon öfter geküsst worden, doch noch nie hatte sie bei sich oder ihrem Partner einen solchen Aufruhr der Gefühle erlebt.

Sie kam sich wie eine Jungfrau vor. Alex hielt sie mit Sicherheit dafür. Immerhin war sie fast dreißig Jahre alt, unverheiratet, ohne festen Freund oder Verehrer. Alex konnte leicht annehmen, dass sie nie zuvor mit einem Mann geschlafen hatte, und ihre prüde Zurückweisung schien das noch zu bestätigen.

In ihrem zweiten Studienjahr im College hatte Camilla ihre Jungfräulichkeit verloren. Er war ebenfalls Student und galt allgemein als „toller Hecht". Neugier und die Angst, von ihren Kommilitonen als prüde und altmodisch angesehen zu werden, waren der Anlass für dieses Erlebnis. Der betreffende junge Mann rechtfertigte seinen Ruf als Frauenheld jedoch lediglich durch die Zahl seiner Eroberungen und keineswegs durch die Qualität seiner Darbietung. Seine lieblose Besitznahme ließ Camilla kalt. Danach hatte sie mit dem Studenten nur noch eine kameradschaftliche Beziehung.

Später lernte sie natürlich noch andere Männer kennen, doch Sex spielte in diesen Beziehungen nie eine große Rolle. Camilla war inzwischen überzeugt, dass sie einfach nicht die Begabung für eine leidenschaftliche Liebesaffäre hatte. Natürlich wollte sie irgendwann einmal heiraten, weil sie sich einen Gefährten und Kinder wünschte. Jetzt erkannte sie, wie falsch sie sich eingeschätzt hatte. Wenn Alex sie küsste, verlor sie jede Kontrolle über sich, und der Gedanke, mit ihm zu schlafen, steigerte ihr Verlangen unermesslich.

Aber er ist Virginias Mann, ermahnte sie sich erneut. Alex ist offensichtlich schon sehr, sehr lange nicht mehr mit einer Frau zusammen gewesen. Sonst hätte er mich gewiss niemals angerührt.

Das Telefon klingelte, und Camilla zuckte zusammen. Sie war ganz in ihre Gedanken vertieft gewesen und hatte fast vergessen, wo sie war. Jetzt wollte sie schnell den Raum verlassen.

„Warten Sie."

Alex drückte auf einen Knopf auf seinem Schreibtisch. Dann unterhielt er sich über die Sprechanlage mit seinem Anrufer.

„Nein. Ja. Hier in Honolulu. Nein, ich glaube, es hat keinen Sinn, dass Sie noch länger dort bleiben. Ja. Sobald Sie zurück sind."

Er legte auf. „Also, Sie sind gekommen, um mir etwas zu sagen", begann er. „Wenn Sie das jetzt tun könnten und außerdem vergessen, was eben war, so wäre ich Ihnen dankbar."

Das glaube ich gern, dachte Camilla gekränkt und schämte sich. Natürlich wollte Alex vergessen, was geschehen war, und das konnte er nicht, wenn sie sich als eine jener Frauen erwies, die eine Situation endlos lange erörtern mussten. Camilla fühlte sich durch das Geschehene sehr betroffen, und sie hatte Anlass genug, Alex deswegen Vorhaltungen zu machen. Doch das wollte sie nicht tun.

Kühl und sachlich antwortete sie: „Heute Morgen ist mir etwas aufgefallen. Als Virginia anrief, sagte sie, ich sei schon seit drei Tagen im Haus ..."

„Ja?"

„Nun ..." Camilla musste sich räuspern, bevor sie weitersprechen konnte. „Ich meine, sie sagte, sie sei weggelaufen, weil ... weil sie nicht sicher wusste, ob ich komme. Und trotzdem ... trotzdem ..."

„Trotzdem war sie sicher, Sie dort telefonisch zu erreichen", beendete Alex ihren Satz.

Camilla nickte. „Ja. Ich nehme an, das ist Ihnen auch schon aufgefallen."

Alex zögerte. „Ich bin Ihnen für Ihren Hinweis dankbar."

„Aber Sie wussten es schon, nicht wahr?" Sie seufzte. „Und ich dachte, ich hätte eine aufregende Entdeckung gemacht." Sie schüttelte den Kopf. „Ich hätte es wissen müssen."

„Wieso aufregend?" Alex betrachtete sie aufmerksam.

Verlegen blickte Camilla zu Boden. „Nun, das ist doch offensichtlich. Jemand muss ihr erzählt haben, dass ich dort bin." Sie blinzelte. „Sie glauben doch wohl nicht, dass ich das war?"

„Seien Sie nicht albern."

Camilla war erneut gekränkt. Musste er sie wie ein unvernünftiges Kind behandeln? Woher sollte sie wissen, was er dachte? Sie wusste nicht einmal mehr, was sie selbst denken sollte.

Alex merkte, wie unfreundlich er gewesen war. Er seufzte und fuhr sich mit beiden Händen durchs Haar. „Ich wollte nur sicher sein, dass Sie zu dem gleichen Schluss kommen wie ich", sagte er mit erschöpft klingender Stimme. „Es tut mir leid, wenn ich Sie gekränkt habe. Ein weiterer Punkt gegen mich."

Camilla verstand. Im Grunde konnte sie ihm keinen Vorwurf machen. Jedenfalls war sie ebenso schuldig wie er. Sie wollte von ihm geküsst werden, seit sie in sein Büro getreten war, ja sogar schon seit ihrer ersten Begegnung. Es fiel ihr schwer, sich das einzugestehen.

„Und, hat es Ihnen geholfen?", fragte sie.

„Der Anruf hat uns ein ganzes Stück weitergebracht. Ach, im Grunde können Sie es ruhig wissen. Virginia hat sie von hier aus angerufen, aus Honolulu. Die Behauptung, eine Frau und ein Kind, auf die die Beschreibung Virginias und meiner Tochter zutrifft, hätten die Insel verlassen, war nur eine Finte. Man hat uns absichtlich in die Irre geführt. Deswegen konnten wir sie in San Diego auch nicht finden. Virginia und Maria waren nie dort."

Camilla holte tief Luft. „Sie meinen, das war alles geplant?"

„So sieht es aus."

„Aber warum hat sie mir dann geschrieben?"

„Das ist der einzige Punkt, der nicht ins Bild passt", bestätigte Alex mit grimmigem Gesicht. „Warum sollte sie Ihnen schreiben, wenn sie doch beabsichtigte, Maria zu entführen?"

Camilla schluckte. „Ich hoffe, Sie glauben nicht, ich hätte das nur erfunden?"

„Nein." Er machte eine abwehrende Handbewegung. „Meine Güte, Camilla, habe ich etwa angedeutet, Sie könnten etwas damit zu tun haben?"

„Vielleicht nicht …"

415

„Hören Sie, Virginia hat Ihnen geschrieben. Sie sagten das, und ich glaube es." Alex atmete schwer. „Aber es passt nicht ins Bild. Das müssen Sie doch verstehen. Ebenso unverständlich ist dieser Anruf von gestern. Warum riskierte sie, entdeckt zu werden, nur um Ihre Stimme zu hören?"

„Aber Sie haben sie nicht gefunden, nicht wahr? Sie sagten doch, Sie konnten den Anruf nicht zurückverfolgen."

„Das stimmt auch." Alex zögerte. „Es gibt dennoch Hinweise auf ihren Aufenthaltsort. Zum Beispiel gibt es keine Zeitverschiebung zwischen Virginias Rede und Ihren Antworten."

„Was bedeutet das?"

„Wenn Virginia sich auf dem Festland befunden hätte, hätte so etwas auftreten müssen. Kaum merklich, aber bei einer Tonbandaufnahme doch feststellbar."

„Und das ist alles?"

„Nein." Alex seufzte. „Bei allen Telefonaten wird die Gesprächsdauer aufgezeichnet, wegen der Gebühren. Bei einem Auslandsanruf hört man etwa alle zehn Sekunden ein leises Klicken. Diese Aufnahme war jedoch völlig klar."

„Ich verstehe." Camilla war beeindruckt. „Mit anderen Worten, Sie sind davon überzeugt, dass Virginia die Insel niemals verlassen hat."

„Davon bin ich überzeugt."

„Warum dann dieses Manöver?"

„Um ihnen Zeit zu geben – um uns in die Irre zu führen."

„Ihnen?"

„Nun, Sie selbst haben darauf hingewiesen, dass Virginia einen Komplizen haben muss. Ich frage mich, ob er von diesem Gespräch mit Ihnen weiß."

„Er?" Camilla zögerte. „Sind Sie sicher, dass es ein Mann ist?"

„Sie nicht? Können Sie sich vorstellen, Virginia tut all dies für eine Frau?" Er verzog spöttisch den Mund. „Nein. Beantworten Sie diese Frage nicht. Es ist nicht fair, von Ihnen ein Urteil zu erwarten. Sie kennen Virginia nicht so wie ich."

Camilla biss sich auf die Lippe. Alex hatte natürlich recht. Sie kannte Virginia nicht. Die verbitterte Frau, mit der sie am Telefon gesprochen hatte, besaß überhaupt keine Ähnlichkeit mit dem fröhlichen jungen Mädchen, das Camilla einst gekannt hatte. Dennoch, Virginia hatte ihr geschrieben, sie hatte sie angerufen. Sie erwartete immer noch etwas von ihrer einstigen Freundschaft. Zu dieser Verpflichtung kam bei Camilla jetzt noch ein Schuldgefühl hinzu.

Sie bemerkte, dass ihre Handtasche auf den Boden gefallen war, als Alex sie in die Arme genommen hatte, und hob sie auf. Wenn sie nur wüsste, was Alex wirklich dachte. Es gelang ihm viel besser als ihr, seine Gefühle zu verbergen. Sie konnte jedoch nicht vergessen, was vorgefallen war, konnte es vermutlich niemals mehr. Deshalb musste sie auch fort – nicht nur fort aus seinem Büro, sondern auch fort von der Insel. Fort von jeder Versuchung.

„Ich werde jetzt gehen", sagte sie und nahm die Tasche unter den Arm. „Es ist beinahe Mittag."

Alex sah sie an. „Sind Sie hungrig?"

„Nein." Sie war ehrlich. „Nein, nicht besonders. Aber ich bin sicher, Sie müssen noch arbeiten, und … und …"

„Ich werde einen Wagen bestellen."

„Nein. Nein, tun Sie das nicht." Camillas Hände waren schon wieder feucht. „Da ich schon einmal in Honolulu bin, möchte ich gern zum Büro der Fluggesellschaft und herausfinden, ob man dort mit meiner Buchung Glück gehabt hat. Ich … nun, ich vergaß, es Ihnen zu sagen, aber ich habe gestern Morgen dort angerufen. Bevor … bevor Virginia anrief. Sie haben meinen Namen auf die Warteliste gesetzt."

„Tatsächlich? Ist das klug?"

Camilla war verblüfft. „Wieso nicht?"

Alex seufzte. „Ich dachte, das hätten wir bereits besprochen, Camilla. Wir waren uns einig, dass Sie bleiben, bis wir genau wissen, was Virginia eigentlich vorhat."

„Nein." Camilla schüttelte den Kopf. „Nein, darüber waren wir uns ganz und gar nicht einig. Ich meine, ich weiß zwar, was Sie gesagt haben, aber die Umstände …"

„Haben sich nicht verändert. Ich dachte, auch das hätten Sie verstanden. Was … was geschehen ist, war ein Fehler. Ich meine, wir sind ziemlich entnervt und, nun ja, es hätte nicht geschehen dürfen. Aber es ist nun einmal passiert. Dennoch, das ändert nichts an der Situation. Bis ich genau weiß, was Virginia vorhat, möchte ich Sie hierbehalten."

„Das ist unmöglich." Camilla geriet in Panik. „Ich habe schließlich Verpflichtungen."

„Wo? In England?" Alex glaubte ihr nicht. „Soweit ich weiß, sind Sie auf Virginias Einladung hierhergekommen, um Ferien zu machen. Ferien, Camilla! Normalerweise nimmt man sich dafür nicht nur ein paar Tage Zeit."

„Vielleicht." Camilla fühlte sich elend. „Aber … um Himmels willen, Sie müssen doch begreifen, dass ich jetzt nicht mehr bleiben kann."

417

„Warum nicht?"

„Warum nicht?" Fassungslos sah sie Alex an. „Sie wissen genau, warum nicht."

„Sie meinen, weil ich Sie geküsst habe. Das ist doch kein Verbrechen, Camilla." Seine Gelassenheit machte sie wütend. „Es ist ja nicht so, als hätte ich Ihr Vertrauen missbraucht." Er lächelte spöttisch. „Wenn ich mich recht erinnere, haben Sie sich keineswegs energisch gewehrt."

Camilla verschluckte sich und hustete. „Sie sind immer noch Virginias Mann", keuchte sie. „Und ich … ich bin ihre Freundin."

„Und deswegen dieser Aufstand? Nur weil ich mit ihr verheiratet bin und Sie immer noch einen Rest von Loyalität verspüren?"

„Ist das so ungewöhnlich?" Camilla war wütend. „Ich habe keineswegs die Angewohnheit, meine Freundinnen zu hintergehen."

„Ach, stellen Sie sich nicht so an. Vielleicht haben Sie vergessen, was Virginia am Telefon gesagt hat. Ich weiß es aber noch genau. Sie hätte nichts dagegen, wenn Sie und ich zusammenkämen. So oder ähnlich hat sie es ausgedrückt."

„Es ist mir egal, was sie gesagt hat." Camilla spielte nervös mit ihrer Handtasche. „Und … und wenn Sie schon unbedingt auf diesen Anruf zurückkommen wollen, dann sollten Sie sich auch an meine Antwort erinnern."

„Das ist nicht nötig." Alex war das Thema leid. „Na schön, geben Sie mir ein paar Minuten Zeit, dann gehe ich mit Ihnen essen. Vielleicht bekommen wir diese verfahrene Situation in den Griff, wenn wir uns beide ein bisschen beruhigt haben."

„Nein, danke."

Camilla ging zur Tür. Zum Glück folgte Alex ihr nicht, denn sie fühlte sich keineswegs so selbstsicher, wie sie auftrat.

„Ich finde, es hat keinen Sinn, dieses Gespräch fortzusetzen. Ich lasse Sie wissen, was ich bei der Fluggesellschaft erreicht habe."

„Aber danach werden Sie zum Haus zurückkehren?"

„Das muss ich ja wohl, oder?"

Bevor Alex etwas erwidern konnte, verließ Camilla das Büro.

8. KAPITEL

Eine Stunde später saß Camilla in einem Fast-Food-Restaurant an der Kalakaua Avenue. Von hier aus konnte man den Strand von Waikiki sehen. Der bestellte Hamburger lag unberührt vor ihr. Einen Pappbecher mit Kaffee hatte sie bereits geleert. Sie wünschte sich mehr davon, doch wenn sie sich erneut an der langen Schlange am Tresen anstellte, ging ihr Sitzplatz verloren. Nach einer Weile konnte sie jedoch den Anblick und vor allem den Geruch des Hamburgers nicht länger ertragen. Ihr wurde übel davon. Sie wollte nichts essen, doch wenn sie das Restaurant verließ, blieb ihr nichts anderes übrig, als nach Kumaru zurückzukehren.

Wäre sie doch bloß so vernünftig gewesen, das Angebot der Fluggesellschaft anzunehmen. Weil ein Fluggast von seiner Buchung zurückgetreten war, hatte man ihr für morgen Früh einen Platz im Flugzeug angeboten. Anstatt diese Gelegenheit wahrzunehmen, war Camilla in Panik geraten. Sie brachte eine fadenscheinige Entschuldigung vor, weshalb ihr Name von der Warteliste gestrichen werden sollte.

Ich muss verrückt geworden sein, dachte sie jetzt voller Schrecken.

„Haben Sie etwas dagegen, wenn ich mich zu Ihnen setze?"

Camilla blickte auf. Ein junger Mann stand neben ihrem Tisch, in der Hand ein Tablett mit Hamburger, Pommes frites und Cola.

Sofort erhob sie sich, doch er versperrte ihr den Weg.

„Gehen Sie nicht meinetwegen", bat er. „Können wir nicht zusammen hier sitzen?"

Camilla sah ihn ablehnend an. „Ich wollte sowieso gerade gehen. Entschuldigen Sie mich." Sie drängte sich an ihm vorbei. „Guten Appetit."

Draußen schlug ihr die Wärme entgegen. Es war sehr heiß. Eigentlich hätte sie daran gedacht, ein wenig zu bummeln, doch jetzt sehnte sie sich nach einer kühlen Dusche. Oder nach einem Bad im Meer. Wenn sie direkt nach Kumaru fuhr, konnte sie noch schwimmen, bevor Alex zurückkam.

Andererseits sollte er nicht glauben, dass sie seinen Forderungen unverzüglich nachkam. Und was sollte sie sagen, wenn er sie fragte, ob sie einen Platz im Flugzeug bekommen hatte? Die Wahrheit etwa? Oder sollte sie es riskieren, ihn selbst die Wahrheit herausfinden zu lassen?

Beide Möglichkeiten waren gleich unerfreulich. Nachdem sie vorhin noch so selbstsicher aufgetreten war, würde er nun annehmen, dass er sie eingeschüchtert hatte. Oder schlimmer noch, dass sie ihre Meinung geändert hatte, weil sie sich Hoffnungen machte, mit ihm ein Verhältnis anfangen zu können.

„Mein Gott!" Camilla schüttelte verzweifelt den Kopf.

Schließlich ging sie in die exklusive Einkaufsarkade des Hemmeter Center. Der Gebäudekomplex war ihr schon vorher aufgefallen, als sie am Hyatt Regency Hotel vorbeifuhr. Mit dem Aufzug fuhr sie in den ersten Stock. Hier reihte sich eine Boutique an die andere. Ein künstlicher Wasserfall verbreitete Kühle und eine angenehme Atmosphäre.

Camilla schlenderte an den Geschäften entlang und blickte in die Schaufenster. Für eine Weile stellte sie sich vor, eine Touristin mit viel Geld zu sein. Sie bewunderte ein dunkelblaues Kleid. So etwas hätte sie sich unter anderen Umständen schrecklich gern zur Erinnerung gekauft. Im Moment hatte sie nicht einmal den Mut, nach dem Preis zu fragen. Außerdem war es vermutlich sowieso viel zu teuer. Kostspielige Kleider waren in ihrem Budget derzeit nicht vorgesehen.

Camilla blickte sich um. Am Brunnen, der den künstlichen Wasserfall auffing, waren Tische aufgestellt. Das Restaurant war eine Mischung aus Café und Bar. Viele Gäste tranken die farbenfrohen, mit exotischen Früchten verzierten Cocktails, die auf Hawaii so beliebt waren. Camilla hatte Durst.

Glücklicherweise fand sie gleich einen freien Tisch. Eine langhaarige Polynesierin in exotischem Gewand nahm Camillas Bestellung entgegen. Sie entschied sich für einen Chi Chi, einen Cocktail, der ähnlich schmeckte wie Pina Colada. Nur verwendete man hier Wodka anstelle von Rum, und daher war der Drink lieblicher und der Ananasgeschmack ausgeprägter.

Es war köstlich. Camilla entspannte sich ein wenig und genoss die Atmosphäre. Sie hatte nicht einmal Einwände, als sich jemand an ihren Tisch setzte. Leben und leben lassen, dachte sie. Wenigstens ist es eine Frau, stellte Camilla erleichtert mit einem flüchtigen Blick auf die Beine ihres Gegenübers fest. Der muss ich wenigstens keine Abfuhr erteilen.

In diesem Moment berührte die Frau Camillas Knie.

Oh nein! Camilla unterdrückte ein Stöhnen. Nicht das! Wieso erregte sie immer diese Art von Aufmerksamkeit? Konnte eine Frau in der Öffentlichkeit nicht in Ruhe einen Drink genießen, ohne belästigt zu werden?

Sie blickte auf und umfasste das Glas, entschlossen, es notfalls als Waffe zu gebrauchen. Doch als sie die aufdringliche Frau ansah, wurde Camilla blass vor Schreck.

„Virginia?", flüsterte sie fassungslos. „Mein Gott, Virginia, bist du es wirklich?"

„Psst, nicht so laut."

Virginia sah sich ängstlich um und hob warnend eine Hand. Kopf und Schultern waren von einem schwarzen Schleier bedeckt.

„Virginia …"

„Nenne nicht meinen Namen", flüsterte Virginia und beugte sich über den Tisch. „Jemand könnte dich hören. Jemand könnte mich erkennen. Er bringt mich um, wenn er es erfährt."

„Alex?" Camilla blickte Virginia zweifelnd an. „Da irrst du dich gewiss."

„Alex?" Virginia schien verwirrt, doch dann schüttelte sie den Kopf. „Das ist jetzt nicht so wichtig. Ich muss mit dir sprechen, Camilla. Deshalb bin ich hier."

„Aber wie hast du mich gefunden?" In ihrer Verblüffung fiel Camilla nichts Gescheiteres ein.

Virginia seufzte. „Ich wusste, dass du bei Alex im Büro warst. Frag mich nicht, woher, ich wusste es einfach. Ich … ich habe gewartet, bis du aus dem Conti-Gebäude kamst. Seitdem bin ich dir gefolgt."

Camilla war wie vor den Kopf geschlagen. Kaum zu fassen, Virginia saß tatsächlich hier neben ihr. Nachdem man tagelang vergeblich mit großem Aufwand nach ihr und Maria gesucht hatte, tauchte sie einfach so auf.

Sie war viel dünner geworden, Camilla erkannte es an ihren knochigen Fingern, die sie ständig spreizte und wieder zusammenballte. Das Gesicht der Freundin war hinter dem Schleier nur verschwommen zu erkennen. Dies war sicher auch Virginias Absicht. Dennoch zog ihre Aufmachung große Aufmerksamkeit auf sich.

„Meinst du nicht, du solltest Alex wissen lassen, wo du bist?", fragte Camilla.

Virginia seufzte wieder. „Weiß er es denn nicht?" Sie trommelte mit den Fingernägeln auf die Tischplatte. „Ich dachte, er hätte das Telefon angezapft. Doch das musste ich riskieren."

Camilla streckte eine Hand aus. „Virginia, du brauchst Hilfe."

„Allerdings, ich brauche Hilfe", bestätigte sie, zuckte jedoch vor der Berührung zurück. „Und deshalb brauche ich dich. Du bist der einzige Mensch, dem ich vertrauen kann."

Camilla biss sich auf die Lippe. Sie war keine Expertin, doch sie konnte auch so erkennen, dass es Virginia nicht gut ging. Ihre Hände zitterten, sie war unnatürlich blass, und sie zuckte vor der kleinsten

Berührung zurück. Alles Symptome, die dann auftraten, wenn jemand dringend eine Dosis seiner Droge brauchte. Wenn Alex doch hier wäre.

„Versuch jetzt nicht, mich zu therapieren, Camilla", sagte Virginia zwar leise, doch mit einem Anflug von Hysterie. „Ich habe nicht viel Zeit, und du musst noch vieles wissen."

„Vir…" Camilla unterbrach sich. „Bitte, du musst dir von Alex helfen lassen."

„Alex?" Virginia lachte verächtlich. „Glaubst du wirklich, Alex würde mir jetzt helfen?"

„Das hat er doch früher auch getan."

„So – er hat also über mich geredet?", fragte Virginia wütend. Sie verschränkte die Finger ineinander, drehte und zerrte sie, bis die Knöchel weiß hervortraten. „Hat er dir gesagt, wie sehr er mich hasst? Hat er damit seine Erzählung angefangen?"

„Nein. Vir… er hasst dich nicht. Er will nur … dass du zurückkommst."

„Du meinst, er will Maria zurückhaben", widersprach sie. Für einen Moment wurde sie ganz ruhig. „Nun, sag ihm, er kann sie haben. Aber nur zu meinen Bedingungen."

„Virginia!"

„Sieh mich nicht so an, als ob du Mitleid mit mir hättest. Ich brauche dein Mitleid nicht, Camilla. Mitleid ist unpraktisch. Ich brauche deine Hilfe."

„Warum?"

„Warum?" Virginia legte den Kopf in den Nacken und rang nach Luft. „Das ist eine gute Frage, Camilla. Leider weiß ich nicht, ob ich sie beantworten kann."

„Versuch es."

Virginia senkte den Kopf. „Ach, das ist eine lange Geschichte. Du wirst sie nicht wirklich hören wollen."

„Doch, es interessiert mich ehrlich. Wirklich."

„Na gut. Ich werde es dir erklären. Aber ich bin sicher, es wird dir nicht gefallen." Virginia holte tief Luft. „Ich habe Alex seines Geldes wegen geheiratet. Und wir waren danach nicht glücklich."

Camilla zögerte. „Aber ihr bekamt doch Maria."

„Ja, wir bekamen Maria." Virginia lächelte zynisch. „Vermutlich denkst du, wenn man mit einem Mann ein Baby hat, ist alles in Ordnung."

„Nein …"

„Gut, denn das stimmt nicht. Ach, du kannst es ruhig wissen, ich habe Maria nur bekommen, weil ich Angst hatte, dass Alex mich sonst fallen lässt. Was glaubst denn du, warum unsere Ehe überhaupt so lange gehalten hat? Ganz bestimmt nicht, weil wir etwas dafür getan hätten."

Camilla wusste nicht, was sie darauf sagen sollte. „Aber du musst das Baby doch geliebt haben", meinte sie schließlich.

„Muss ich das? Camilla, ich bin nicht der mütterliche Typ. Vielleicht, wenn sie ein Junge gewesen wäre …" Virginia hob die mageren Schultern. „Was macht das jetzt noch aus? Es ist sowieso alles nur Theorie. Jeff sagt …"

„Jeff?" Camilla stutzte. „Jeff Blaisdell", wiederholte sie dann.

Virginia stöhnte. „Er wird mich umbringen, jetzt bringt er mich wirklich um." Sie legte die Arme um ihren Körper und schaukelte in ihrem Stuhl vor und zurück. „Camilla, du musst mir versprechen, dass du Alex nichts von Jeff erzählst. Bitte, wenn ich dir überhaupt noch etwas bedeute, erwähnst du seinen Namen nicht."

Camilla war entsetzt. „Du meinst … er hat damit zu tun?"

„Darauf kann ich nicht antworten." Virginia presste die Lippen zusammen.

„Du hast mir bereits geantwortet." Camilla rieb sich den Nacken. „Jeff Blaisdell", wiederholte sie. „Ich kann es gar nicht glauben."

„Woher hätte ich denn sonst erfahren sollen, dass du im Büro bist?", fragte Virginia. „Jeff hat es mir erzählt. Unabsichtlich natürlich, aber dennoch …"

„Aber, Virginia, der Mann ist ein Schleimer."

„Nein, das ist er nicht." Sie verteidigte ihn vehement. „Das verstehst du nicht, Camilla. Jeff und ich kennen uns schon seit Jahren. Er … er war es, der mich damals mit Alex bekannt machte. Wir kannten uns schon in London, bevor er hierherkam, um für die Conti Corporation zu arbeiten."

„Ach, wirklich?" Camilla dachte nach. „Trotzdem …"

„Nichts trotzdem! Er liebt mich, Camilla. Ich weiß, dass er mich liebt. Und ich liebe ihn."

Camilla betrachtete Virginias Gesicht. Ihre Stimme hatte so geklungen, als müsste Virginia sich selbst von der Wahrheit ihrer Worte überzeugen. Hatte sie vielleicht doch ihre Zweifel?

„Du sagtest, ich sei der einzige Mensch, dem du vertrauen kannst", erinnerte Camilla Virginia jetzt. „Wo kommt Jeff da ins Spiel?"

„Oh. Nun, wenn du es unbedingt wissen willst, es war seine Idee."

„Deine Tochter zu kidnappen und zu verschwinden?"

„So war es nicht."

„Und ob es so war", widersprach Camilla. Dann wurde ihr bewusst, wie leicht sie Virginia mit ihrer Reaktion verschrecken konnte, und sie zügelte sich. „Aber was wolltest du denn damit erreichen?"

„Das würdest du doch nicht verstehen." Virginia schmollte.

„Versuch es."

„Nein. Ich … ach, es ist alles schiefgelaufen, ganz falsch."

Camilla erschrak. „Maria geht es doch gut, oder? Es ist … es ist ihr doch nichts passiert?"

„Nein." Virginia war gekränkt. „Wofür hältst du mich eigentlich? Sie ist immerhin meine Tochter, das arme kleine Ding."

„Was meinst du denn dann?" Camilla konnte ihre Ungeduld nur mit Mühe beherrschen. „Was ist schiefgelaufen?"

„Ich weiß es nicht. Ich weiß es nicht." Virginias Schultern zuckten, und sie kämpfte mit den Tränen. „Camilla – ich will ihm doch so gern vertrauen. Das tue ich auch. Aber ich bin nicht mehr sicher. Ich bin mir in gar nichts mehr sicher."

„Sprichst du über … Jeff?"

„Von wem denn sonst. Er sagte, wir würden zusammen sein. Er sagte, ich bräuchte mir keine Sorgen zu machen um … um alles. Aber er ist verändert, Camilla. Er hat sich verändert. Ich weiß nicht mehr, was er denkt."

Camilla versuchte ganz ruhig zu bleiben. Sie wusste, sie würde endlich alles erfahren. Doch nur, wenn sie richtig vorging. Virginias Stimmung schwankte heftig. Jeden Augenblick konnte sie ihre Meinung ändern. Wenn Camilla auch nur ein falsches Wort sagte, hatte sie ihre Chance verspielt.

„Virginia", sagte sie besänftigend. „Du hast gesagt, du kannst mir vertrauen. Warum tust du es jetzt nicht? Sag mir, was ich für dich tun soll."

Virginia seufzte und blickte sich erneut ängstlich um. „Ich möchte, dass du mit Alex sprichst."

„Ich?"

„Ja, du." Virginia nickte heftig, und ihr schwarzer Schleier bewegte sich wie die Flügel einer Fledermaus. „Du musst ihn überreden zu tun, was Jeff von ihm will. Falls nicht … falls nicht …"

Camilla war entsetzt. „Du hast Angst vor ihm, Virginia."

„Nein! Nein." Wieder versuchte sie, sich selbst zu überzeugen. „Camilla, dies ist mir sehr wichtig. Du musst für mich sprechen. Falls … falls etwas schiefgeht …"

„Was könnte denn schiefgehen?"

„Frag nicht." Virginia stand auf. „Glaub mir, du willst es gar nicht wissen", fügte sie barsch hinzu, und bevor Camilla Virginia daran hindern konnte, lief sie bereits davon.

Camilla fuhr mit einem Taxi nach Kumaru. Sie hatte daran gedacht, in Alex' Büro zurückzukehren, doch die Möglichkeit, dort Jeff Blaisdell zu begegnen, hielt sie davon ab. Sie hatte ihn von Anfang an nicht gemocht, hatte mit ihrer Einschätzung recht behalten und wollte ihn möglichst nie wieder sehen. Denn vermutlich konnte sie sich dann nicht beherrschen und würde ihm sehr genau sagen, was sie von ihm hielt. Das durfte sie jedoch nicht riskieren. Wer weiß, welche Gründe Virginia hatte, sich vor ihrem Geliebten zu fürchten.

Diesmal wurden ihr sofort die Tore zur Auffahrt geöffnet. Es war jedoch nicht leicht, durch die Meute der wartenden Reporter hindurchzukommen. Während der Taxifahrer laut hupend im Schritttempo sein Fahrzeug lenkte, hielt Camilla den Kopf abgewandt und verdeckte ihr Gesicht so gut es ging mit der Hand. Sie wollte ihr Bild nicht in irgendeiner Illustrierten wiederfinden.

Mama Lu kam ihr bereits an der Tür entgegen.

„Wo sind Sie gewesen?", rief die Haushälterin und folgte Camilla ins Wohnzimmer. „Alex hat jede halbe Stunde angerufen und gefragt, ob Sie zurück sind. Ihr zwei seid ja wie Hund und Katze. Wollen Sie mir jetzt erzählen, weshalb Sie unbedingt zu ihm fahren mussten? Geteiltes Leid ist halbes Leid, sagt man nicht so?"

Camilla zögerte. Es war sicher nicht klug, etwas mit Mama Lu zu besprechen, da diese jede Information an Alex weitergeben würde. Andererseits hatte Camilla großes Verlangen, mit jemandem zu reden, der ungefährlich war – im Gegensatz zu Alex – und der keine wandelnde Katastrophe darstellte wie Virginia. Während sie noch zögerte, übernahm Mama Lu das Kommando.

„Sie setzen sich jetzt, und ich hole uns einen Tee. Dann plauschen wir ein bisschen, hm? Über die Männer und wie sie unser Leben durcheinanderbringen."

Sie war verschwunden, bevor Camilla reagieren konnte. Erschöpft ließ sie sich auf das Sofa sinken. Für eine Auseinandersetzung mit Mama Lu fehlte ihr jetzt ohnehin die Kraft. Es war ein anstrengender Tag gewesen, und er war noch nicht vorbei.

Mama Lu kehrte mit einem Tablett voller Köstlichkeiten zurück, liebevoll zusammengestellt – wie alle Mahlzeiten in diesem Haus. Leider war Camilla immer zu angespannt, um Mama Lus Essen genießen zu können.

Da sie jedoch kein Mittagessen hatte, meldete sich jetzt der Hunger. Von Mama Lu ermutigt, aß Camilla einige Lachssandwiches sowie ein Cremetörtchen und trank mehrere Tassen Tee.

Die Haushälterin saß neben Camilla. Das Sofa bog sich an dieser Stelle bedenklich durch. Sie begnügte sich mit einem Sandwich und einer einzigen Tasse Tee und schien ganz zufrieden, Camilla zusehen zu können.

Sie wartete, bis Camilla gesättigt war, bevor sie fragte: „Also? Was ist geschehen? Hat es mit Mrs Virginia zu tun?"

„Hat was mit Mrs Virginia zu tun?" Vor lauter Schuldbewusstsein wurde Camilla rot. Doch dann begriff sie, was Mama Lu meinte.

„Ach! Sie meinen, weshalb ich Alex … äh, Mr Conti sehen wollte. Ja. Ja, das hat es. Ich … hm … ich erinnerte mich, dass sie erwähnte, ich sei schon seit drei Tagen hier. Als sie anrief, meine ich."

„Aha. Und?"

„Jemand muss es ihr gesagt haben", erwiderte Camilla rasch. „Ich … ich dachte zuerst, es wäre einer der Angestellten hier gewesen. Oder einer der Sicherheitsleute."

„Ich verstehe." Mama Lu nickte. „Aber jetzt nicht mehr, hm?"

„Nicht mehr, was?"

„Sie sagten, sie hätten zuerst geglaubt, es sei jemand von hier gewesen. Aber jetzt haben Sie Ihre Meinung geändert. Wieso?"

„Nun …" Camillas Gesicht glühte. „Ich meine – wer würde so etwas tun? Ich bin sicher, alle Angestellten hier sind vertrauenswürdig."

„Das möchte ich behaupten. Und was hat Alex gesagt?"

„Alex? Ach, Sie meinen Mr Conti." Camilla nutzte jede Gelegenheit, um ein bisschen Zeit zum Nachdenken zu gewinnen. „Nun – ich glaube, er war schon von allein darauf gekommen."

„Und deswegen war er so wütend?"

„Er war nicht wütend." Camilla strich sich mit der Hand über die Stirn. „Puuh, es ist heiß, nicht wahr? Trotz der Klimaanlage."

„Kommt ganz darauf an, was Sie gemacht haben, nicht wahr?"

Camilla wagte es nicht, darauf einzugehen. Sie drehte ihre Tasche in den Händen und überlegte, auf welche Weise sie dieses Gespräch beenden und sich verabschieden konnte.

„Wer hat nun Alex' Meinung nach Virginia gesagt, dass Sie hier sind?"

„Das weiß ich auch nicht."

„Was glauben Sie denn?" Mama Lu sah Camilla prüfend an.

„Das … jeder könnte es gewesen sein." Camilla wünschte, sie wäre eine bessere Lügnerin. „Vielleicht jemand aus dem Büro. Dort arbeiten viele Leute."

„Jemand wie Mr Jeff vielleicht?"

„Mr Jeff?" Mama Lu besaß eine zu gute Beobachtungsgabe, und unter ihrem Blick wurde es Camilla immer unbehaglicher. „Ich … äh … ich weiß es nicht. Ich werde jetzt duschen. Durch das Herumlaufen in der Stadt fühle ich mich ganz verschwitzt."

Sie stand auf, doch Mama Lu war schneller und versperrte Camilla mit ihrem massigen Körper den Weg.

„Möchten Sie einen Rat?"

„Einen Rat? Ich glaube nicht."

„Wenn Sie Alex etwas zu sagen haben – egal, was es ist –, sagen Sie es, bevor er es selbst herausfindet. Das kommt Sie sonst teuer zu stehen."

Camilla schluckte. „Mama Lu, das ist verrückt."

„Wirklich? Immerhin waren Sie fast drei Stunden lang verschwunden."

„Ich war einkaufen."

„Und was haben Sie gekauft?"

„Das muss ich Ihnen nicht sagen." Camilla hob trotzig den Kopf. „Was glauben Sie denn, was ich gemacht habe? Vielleicht mit Virginia zu Mittag gegessen?"

9. KAPITEL

Camilla saß auf dem Balkon und beobachtete, wie die Schatten auf der Terrasse länger wurden. Dies war vielleicht ihre letzte Gelegenheit, die Abendsonne auf Hawaii und den herrlichen Ausblick zu genießen. Im Osten schimmerte der Himmel wie geschmolzenes Gold. Auch das Meer veränderte seine Farbe von Blau zu hellstem Silber.

Die Luft war warm und angenehm, doch bei dem Gedanken, bald Alex gegenübertreten zu müssen, fröstelte es Camilla.

Mama Lu hatte natürlich recht. Sie musste Alex von der Begegnung mit Virginia erzählen. Wie sie ihm allerdings erklären sollte, warum sie das nicht sofort getan hatte, das wusste sie nicht, und der Gedanke daran beunruhigte sie.

Mama Lu hatte zwar so getan, als wüsste sie über Camillas Tun und Lassen Bescheid, doch das stimmte nicht. Nein, sie hatte keine Ahnung davon, dass Virginia sich tatsächlich mit Camilla getroffen hatte. Wahrscheinlich hielt hier jeder eine solche Handlung von Virginia für unwahrscheinlich.

Camilla hatte nun folgende Möglichkeiten: Entweder sie verheimlichte diese Begegnung und gefährdete damit die Sicherheit des Kindes. Das kam natürlich nicht in Frage. Oder sie erzählte Alex alles, auch auf die Gefahr hin, dass er es für ein Komplott zwischen Virginia und ihr hielt.

Es gab noch einen dritten, wenn auch feigen Weg. Sie konnte das nächste Flugzeug besteigen, egal wohin, und die Contis ihren Problemen überlassen. Anscheinend war Jeff Blaisdell auch in die Sache verwickelt. Das jedoch wollte Camilla Alex auf keinen Fall erzählen, denn sie hatte keinen Beweis dafür. Virginia konnte auch gelogen haben. Es wäre nicht das erste Mal gewesen.

Sie sah auf die Uhr. Halb sieben, und Alex war noch nicht zu Hause. Hatte er beschlossen, nochmals eine Nacht in der Stadt zu verbringen? Nach allem, was heute Morgen zwischen ihnen vorgefallen war, hielt er es vielleicht für besser, bei seinen Eltern zu wohnen, bis Camilla abgereist war.

Das Geräusch eines herannahenden Wagens unterbrach ihre Gedanken. Das musste Alex sein. Himmel, was sollte sie jetzt tun?

Sie konnte nicht länger auf dem Balkon sitzen bleiben. Sie konnte sich nicht länger vor ihrer Verantwortung drücken. Virginia war zwar Marias Mutter, doch sie war zurzeit keineswegs in der Lage, sich angemessen um das Kind zu kümmern. Camilla stand auf. Sie musste Alex von Virginia erzählen.

Sie stand vor dem Frisiertisch und cremte ihr Gesicht ein, als energisch an die Tür geklopft wurde.

„Ja", rief sie. Da sie gerade geduscht hatte, trug sie nur ein blaues Seidentop. „Kommen Sie herein, Mama Lu. Will Mr Conti mich sehen?"

„Allerdings. Das will er", verkündete Alex und stieß die Tür auf.

Camilla war starr vor Schreck, während Alex sie anerkennend musterte.

„Möchten Sie vielleicht einen Morgenmantel überziehen?", schlug er schließlich vor. „Ich habe Ihnen etwas zu sagen."

Camilla ergriff hastig den weißen Bademantel, den sie sonst immer nach dem Duschen trug, und zog ihn an. Der Stoff war noch etwas feucht und klebte unangenehm auf der Haut. Am liebsten hätte sie Alex aufgefordert, hinauszugehen und zu warten, bis sie sich angekleidet hatte, doch sie wagte es nicht.

„Sie wollen mir etwas sagen?", fragte sie. „Über Virginia?"

„Worüber sonst?"

Alex schloss die Tür und kam näher, die Hände in den Hosentaschen. Er trug zwar noch den Anzug, den er im Büro anhatte, doch er hatte die Krawatte abgelegt und das Hemd am Kragen geöffnet. Camilla fragte sich, ob er wohl am ganzen Körper so gebräunt war wie an jenen Stellen, die sie sehen konnte. Doch dann schämte sie sich wegen dieses Gedankens.

Alex war zwar ziemlich heftig in Camillas Zimmer gestürmt, doch jetzt hatte er keine Eile, zum Thema zu kommen. Im Gegenteil, interessiert beobachtete er Camilla, die sehr verlegen war. Dann zog er plötzlich einen Umschlag aus der Tasche.

„Wissen Sie, was das ist?", fragte Alex.

Camilla war verblüfft. „Nein."

„Nein?"

„Nun, es sieht wie ein Brief aus. Ist er von Virginia?"

„Wissen Sie das nicht?"

„Nein."

Alex sah auf den Umschlag, dann in Camillas Augen. „Sie haben diesen Umschlag nie zuvor gesehen?", fragte er.

„Nein." Camilla schluckte. „Ist der Brief von Virginia? Nun erzählen Sie doch schon, was steht drin?"

Alex zögerte. Dann warf er den Umschlag auf den Frisiertisch.

„Lesen Sie selbst. Er ist mit der Maschine geschrieben, doch die Unterschrift ist ohne Zweifel Virginias."

„Ich … ich hätte es lieber, wenn Sie mir sagen, was in dem Brief steht", entgegnete Camilla. Alex sollte nicht sehen, wie sehr ihre Hände zitterten. Er hielt sie ohnedies bereits für eine Verdächtige, und ihre Nervosität würde diese Vermutung noch bestärken.

Alex sah sie an. Dann nahm er den Umschlag, öffnete ihn und zog ein Stück Papier heraus.

„Sie hatten recht", sagte er. „Virginia will die Scheidung. Wenn ich Maria zurückhaben will, muss ich Virginias Bedingungen zustimmen."

Camilla hatte unbewusst den Atem angehalten und stieß ihn jetzt erleichtert aus. Endlich zu wissen, was Virginia wollte, nahm eine Last von ihr. Sie konnte nicht verstehen, warum Alex sie weiterhin so merkwürdig ansah.

„Na also", sagte sie, „das ist doch eine gute Nachricht, nicht wahr? Ich meine – jetzt, wo Sie wissen, was Virginia will, können Sie doch miteinander verhandeln."

„Kann ich das?"

Alex sah Camilla abschätzend an. „Mir fällt auf, dass Sie gar nicht fragen, welches Virginias Bedingungen sind. Liegt es daran, dass Sie sie bereits kennen?"

„Ich?" Camilla war entsetzt. „Wie könnte ich das wissen?" Ihr Gesicht glühte, und sie wusste, Alex glaubte ihr nicht.

„Wissen Sie, wie ich diesen Brief bekommen habe? Er wurde bei der Empfangsdame im Conti-Gebäude abgegeben. Von einem Kind. Und dieses Kind hatte den Brief von einer Dame bekommen."

„Und?"

„Die Frau, die dem Kind den Brief gegeben hat, könnten Sie gewesen sein."

„Das ist doch absurd!"

„Wirklich?" Alex betrachtete aufmerksam Camillas Gesicht. „Und wenn ich Ihnen jetzt auch noch sage, dass die Frau einen schwarzen Schleier trug?"

Camilla schluckte. „Warum … warum sollte ich einen Schleier tragen?"

Alex bewegte sich blitzschnell und mit der Geschmeidigkeit einer Katze. Er fasste Camilla bei den Schultern, drehte sie herum und zwang sie, sich im Spiegel zu betrachten.

„Muss ich Ihnen das wirklich erklären?", fragte er und zog an einer Strähne ihres Haars. „Warum sollte wohl jemand den Wunsch haben, sein Gesicht vor einem völlig Fremden zu verbergen? In diesem Fall war es nötig, denn selbst ein Kind würde sich an ein solch auffallendes Äußeres erinnern."

„Nein! Nein, ich war es nicht." Camilla war entsetzt. Das durfte Alex nicht glauben. Sie musste ihn von ihrer Unschuld überzeugen. Sie musste endlich die Wahrheit sagen. „Ich war es nicht", wiederholte sie kaum hörbar. „Wenn Sie mich loslassen, werde ich Ihnen erklären ..."

Aber Alex hörte überhaupt nicht zu, wie Camilla nun bemerkte. Er sah sie fasziniert an, denn ihr Morgenmantel hatte sich geöffnet und gab den Blick auf Camillas schlanke, von dem seidenen Top nur unzureichend bedeckte Gestalt frei. Dieser Anblick hatte Alex völlig in den Bann geschlagen, und Camilla erstarrte.

„Alex ..." Unter seinem vielsagenden Blick wurde ihr heiß. Sie wusste, sie hätte den Morgenmantel wieder schließen müssen, doch sie tat es nicht. Sie hätte sich von Alex losreißen müssen, doch auch das tat sie nicht. Und als er den Morgenmantel jetzt über ihre Schultern zurückzog, sodass er zu Boden glitt, war es zu spät, an Widerstand zu denken.

Alex strich über Camillas Schultern, berührte mit den Daumen die Unterseite ihrer Brüste und ließ die Hände über Camillas Taille bis zu den Hüften hinabgleiten. Camilla zitterte.

„So weich", flüsterte Alex. Dann küsste er Camilla zart auf ein Ohrläppchen.

Lustvolle Schauer rieselten Camilla über den Rücken.

Alex hob den Kopf, und ihre Blicke begegneten sich im Spiegel.

„Das dürfen wir nicht", flüsterte sie, doch er hörte nicht darauf.

„Warum nicht?" Er streichelte zärtlich ihren Nacken. „Du willst es doch genauso sehr wie ich."

„Das ... das ist nicht der Punkt", stammelte sie.

„Ganz im Gegenteil. Es ist genau der Punkt, auf den es ankommt." Dann küsste er Camilla hingebungsvoll.

Die Welt versank um sie herum. Camilla hatte bangen Herzens gehofft, ihre Reaktion einigermaßen beherrschen zu können, doch vergebens. Sobald Alex' Lippen ihren Mund berührten, war sie keines klaren Gedankens mehr fähig. Sie erwiderte seine Küsse mit einer hemmungslosen Leidenschaft, die sie sich nie zugetraut hatte. Sie begehrte Alex, begehrte ihn mit jeder Faser ihres Körpers und ihres Herzens. Es hatte keinen Sinn, sich noch länger etwas vorzumachen, sie fühlte sich zu Alex hingezogen wie noch zu keinem Mann zuvor.

431

Ihr Körper schien in Flammen zu stehen. Sie umarmte Alex und drängte sich in einem kaum erträglichen Verlangen nach Vereinigung an ihn. Ihre Brüste spannten, die Spitzen hatten sich aufgerichtet. Als Alex ihren Hals küsste und mit den Lippen langsam tiefer glitt, drängte Camilla sich ihm entgegen, und als er die Spaghettiträger des Seidentops herunterzog, seufzte sie glücklich auf. Sie stöhnte vor Lust, während Alex eine rosige Brustspitze mit den Lippen umschloss und daran saugte. Der Anblick seines dunklen Kopfes an ihrer Brust erregte Camilla noch zusätzlich. Sie griff in sein dichtes Haar und drückte seinen Kopf noch fester an sich.

Alex umfasste Camillas Hüften, und sie bäumte sich ihm lustvoll entgegen. Getrieben von dem heißen Verlangen, ganz eins mit ihm zu werden, legte sie ein Bein um seine Hüfte. Stöhnend hob Alex sie hoch und trug sie zum Bett. Aufseufzend ließ sie sich zurücksinken und zog Alex mit sich.

Wieder küssten sie sich, noch hungriger als zuvor, während Alex das Seidentop über Camillas Hüften zerrte. Dann ließ er seine Hände forschend über ihren Körper gleiten, und Camilla wand sich lustvoll unter seinem Griff.

Als er dann langsam mit dem Mund über ihren flachen Bauch und tiefer glitt, stieß Camilla einen schwachen Protest aus.

„Bitte …"

Doch Alex war nicht mehr zu halten. Das Verlangen nach Camilla überwältigte ihn.

„Camilla, ich muss es tun. Ich muss dich ganz besitzen. Du machst mich verrückt."

Im Nachhinein fragte Camilla sich, was wohl passiert wäre, wenn Mama Lu nicht in diesem Augenblick an die Tür geklopft hätte. Mitten im Liebesakt hätte Alex bestimmt nicht so schnell seine Beherrschung wiedergewinnen können wie jetzt.

Camilla verstand zunächst nicht, warum die ersehnte Erfüllung ausblieb, sie stöhnte auf vor Schmerz und ungestilltem Verlangen. Als sie endlich begriff, dass tatsächlich jemand an die Tür geklopft hatte, steckte Alex bereits sein Hemd in die Hose. Er hob ihren Morgenmantel vom Boden auf und warf ihn ihr zu.

„Zieh das an."

Benommen folgte sie seiner Aufforderung. Sie hatte kaum Zeit, den Gürtel des Morgenmantels zuzubinden, da stand Alex bereits an der Tür.

Mein Gott, ich habe etwas Unverzeihliches getan, dachte Camilla und versuchte, ihr zerwühltes Haar mit den Händen zu glätten. Wäh-

432

rend jeder andere sich Sorgen um Virginia und Maria machte, ließ sie sich verführen. In den letzten fünfzehn Minuten hatte sie nur an Alex und an ihr brennendes Verlangen gedacht, und jetzt schmerzte ihr Körper vor unerfüllter Begierde.

Sie fürchtete sich vor Mama Lus Eintreten. Mit einem Blick würde die Haushälterin erkennen, was hier vorgefallen war. Mehr noch, dann wusste sie auch über Camillas Gefühle Bescheid, denn diese waren ihr allzu deutlich vom Gesicht abzulesen. Camilla konnte sich einfach nicht verstellen.

Sie hätte sich jedoch keine Sorgen zu machen brauchen. Alex öffnete die Tür und trat hinaus, wobei er die Tür sofort wieder hinter sich schloss.

„Miss Richards fühlt sich nicht wohl. Ich habe ihr vorgeschlagen, sich ein wenig auszuruhen. Sie hat Kopfschmerzen, und ich wollte ihr gerade im Bad ein Glas Wasser holen. Deshalb habe ich auch das Klopfen nicht gleich gehört."

Der Klang von Alex' Stimme verhallte, als er und Mama Lu den Korridor entlanggingen. Mit einem Seufzer ließ Camilla sich aufs Bett fallen. Ob Mama Lu diese Geschichte nun glaubte oder nicht, sie würde sich jedenfalls an die Anweisungen ihres Arbeitgebers halten. Was immer sie Camilla sagen wollte, es musste warten.

Camilla bedeckte das Gesicht mit den Händen. Jetzt, da Alex fort war, konnte sie kaum glauben, dass sie beide eben noch in leidenschaftlicher Umarmung auf dem Bett gelegen hatten. Der Anblick des Briefumschlags, achtlos auf den Boden geworfen, erinnerte sie wieder an den Anlass von Alex' Besuch.

Er erinnerte sie außerdem daran, dass sie Alex noch nichts von ihrer Begegnung mit Virginia erzählt hatte. Das Eintreffen des Briefes – offenbar von Virginia selbst an das Kind übergeben – hatte alles andere in den Hintergrund gerückt.

Camilla schluckte. Sie wusste immer noch nicht, welche Bedingungen Virginia und Jeff stellten, aber sie wollte den Brief dennoch nicht lesen. Sie hob den Umschlag auf und legte ihn in eine Schublade. Früher oder später würde Alex zurückkommen, um ihn zu holen. Und dann musste sie ihm endlich alles sagen, was sie wusste.

Camilla schlief schlecht. Mehrmals wachte sie auf in der Annahme, es sei bereits morgens. Sehr gern hätte sie sich zur Beruhigung heiße Milch gemacht, doch der Gedanke, in Mama Lus Küche zu hantieren, war nicht sehr verlockend.

Wenn Mama Lu sie dort entdeckte, musste sie ihr erklären, was mit ihr los war. Das hieß, sie musste weiter lügen, und das fiel ihr sehr schwer. Mama Lu ahnte wahrscheinlich längst, was vorgefallen war. Da sie ja angeblich an Kopfschmerzen litt, hatte die Haushälterin ihr das Abendessen aufs Zimmer gebracht, wobei sie Camilla äußerst abschätzend betrachtete.

Am nächsten Morgen stand Camilla zeitig auf und ging auf die Terrasse, noch bevor Mama Lu den Frühstückstisch gedeckt hatte. Wong Lee kam mit dem Geschirr. Er sah ungewöhnlich ernst aus und war nicht zu kleinen Scherzen aufgelegt wie sonst.

„Äh … wird Mr Conti nicht mit mir frühstücken?", fragte Camilla, da Wong Lee nur ein Gedeck auflegte.

„Nein, Miss Richards. Der *Padrone* ist bereits vor einigen Stunden in die Stadt gefahren."

„Schon vor einigen Stunden?", fragte Camilla überrascht. „Aber es ist doch gerade erst sieben."

„Ja." Wong Lee verbeugte sich. „Ich werde Ihnen Kaffee bringen, Miss Richards", fügte er ohne weitere Erklärungen hinzu. „Dann können Sie mir sagen, wie Sie Ihre Eier möchten, ja?"

„Nein. Das heißt …" Camilla hielt ihn am Ärmel zurück. „Ist das alles, was Sie mir sagen können? Dass Mr Conti in die Stadt gefahren ist? Warum ist er fortgefahren? Gibt es eine neue Entwicklung?"

„Er erhielt einen Brief, Miss Richards", erklärte der Chinese zögernd.

Camilla seufzte ungeduldig. „Ja. Ja, das weiß ich. Aber ich verstehe es nicht. Warum fährt Mr Conti mitten in der Nacht in die Stadt?" Sie zögerte. „Hat er eine weitere Botschaft erhalten? Wissen Sie, was hier vorgeht?"

„Nein, Miss Richards." Er verbeugte sich erneut und ging.

Camilla hatte das sichere Gefühl, dass er ihr nichts anvertrauen würde, selbst wenn er etwas wusste. Und bestimmt wusste er etwas. Er und auch Mama Lu.

Doch als Wong Lee mit dem Kaffee zurückkam, bedrängte Camilla ihn nicht weiter mit Fragen. Es war nicht fair, ihn mit ihren Problemen zu belasten, und wahrscheinlich zog sie sowieso die falschen Schlüsse. Vielleicht konnte Alex einfach nicht schlafen, genau wie sie.

Camilla trank Kaffee und aß einen Toast. Es war wieder einmal ein herrlicher Tag. Sie fragte sich, was ein Mensch, der in dieser wunderbaren Umgebung lebte, sich eigentlich noch mehr wünschen konnte. Virginia hatte alles gehabt – einen attraktiven Ehemann, ein schönes

Heim, eine liebevolle Familie, genügend Geld. Warum zerstörte sie ihr Leben? Sie hatte mehr als eine Chance bekommen, von vorn zu beginnen. Aber etwas – oder jemand – trieb sie weiter in die Selbstzerstörung. War es Jeff Blaisdell? Oder schaffte Virginia es einfach nicht – trotz aller Unterstützung – gegen ihre eigene Schwäche anzugehen?

Ein Auto hielt vor dem Haus. Das wird Alex sein, dachte Camilla. Nun muss ich mit ihm reden, auch wenn es mir ziemlich schwerfällt.

Zögernd stand Camilla auf, um Alex entgegenzugehen. Der Mann, der in der Eingangshalle stand, war jedoch nicht Alex. Es war Jeff Blaisdell. Camillas erster Impuls war, umzukehren und zu fliehen. Jeff hatte sie hier nicht erwartet, und sie wollte ihn auch nicht sehen. Er löste großes Unbehagen bei ihr aus, fast Angst. Dann beruhigte sie sich jedoch ein wenig. Jeff kann nicht wissen, dass ich Virginia getroffen habe, dachte sie. Deshalb kann er nicht gekommen sein.

„Hallo", grüßte Jeff freundlich, als er Camilla bemerkte.

Camilla bewunderte ihn widerwillig für seine schauspielerischen Fähigkeiten. Er benahm sich allen Ernstes so, als wäre die Welt völlig in Ordnung, und dabei war er mitschuldig an Virginias Verschwinden.

Sie durfte ihn nicht merken lassen, dass sie an seiner Aufrichtigkeit zweifelte. Dabei ging es nicht nur um Virginias Sicherheit, sondern auch um ihre eigene. Bis sie nicht mit Alex gesprochen hatte, war sie, abgesehen von Virginia, der einzige Mensch, der etwas von Jeff Blaisdells Anteil an dieser Affäre wusste. Und wenn Virginia, seine Geliebte, ihm schon misstraute, dann sollte Camilla das wohl erst recht tun.

„Hallo", erwiderte sie. „Wollten Sie … wollten Sie zu Alex?"

„Alex?" Jeff betrachtete Camilla spöttisch. „Seit wann ist aus Mr Conti Alex geworden?"

„Also schön. Mr Conti." Camilla dachte gar nicht daran, Jeffs Frage zu beantworten. Doch sie zwang sich zu lächeln. „Jedenfalls, wenn Sie ihn sehen wollen, kommen Sie vergeblich. Er ist nicht hier."

„Ich weiß."

„Sie wissen das?" Sie war ehrlich verblüfft. „Oh, aber …"

„Deswegen bin ich ja hier", erklärte Jeff. „Es gibt gute Nachrichten, Camilla. Man hat Virginia gefunden."

„Wirklich?" Camilla wusste nicht, was sie davon halten sollte.

Er nickte. „Ja. Ist das nicht wunderbar? Alex hat mich angerufen, und ich dachte, Sie sollten das auch wissen. Virginia wurde ins Krankenhaus gebracht, und ich bin sicher, Alex braucht Ihre Hilfe jetzt, für Maria. Kommen Sie mit?"

Camilla war nie zuvor auf einer Jacht gewesen. Sie hatte sich manchmal gefragt, ob sie wohl seefest war, doch es gab nie einen Anlass, das herauszufinden, und im Grunde war es ja auch nicht wichtig, das zu wissen. Nun erfuhr sie es – auf eine Weise, die schlimmer nicht sein konnte.

Jeff Blaisdell hatte sie auf eine Jacht verschleppt und eingesperrt. Es war Alex' Jacht. Das Schiff besaß etliche bequeme Kabinen, doch Jeff hatte Camilla in den Maschinenraum eingeschlossen. Der Geruch von Öl und Diesel bereitete ihr Übelkeit.

Als Camilla mit Jeff die Villa verließ, um mit ihm zu Alex nach Honolulu zu fahren, hatte sie natürlich keine Ahnung, dass dies eine Falle war. Wie auch? Sie war so erleichtert über die Nachricht von Virginias und Marias Rückkehr, dass sie jede Vorsicht außer Acht ließ. Ohnehin wäre es schwierig gewesen, Jeffs Vorschlag abzulehnen, ohne Verdacht zu erregen.

Er hatte Mama Lu die gleiche Geschichte erzählt. Die Haushälterin hatte vor Freude geweint, als sie hörte, Alex' Tochter sei gesund und auf freiem Fuß. Die Nachricht von Virginias Befreiung löste hingegen wesentlich weniger Freude aus. Trotzdem waren alle Angestellten froh darüber.

Jeff teilt diese Gefühle sicher nicht, hatte Camilla gedacht. Denn wenn Virginia gefunden worden war, befand Jeff sich jetzt in einer äußerst heiklen Lage. Andererseits war Virginia seit Jahren rauschgiftsüchtig. Jeder wusste es, und Alex kannte sie bereits als notorische Lügnerin. Wenn Virginia Jeff als ihren Komplizen bezeichnete und dieser das bestritt, war es durchaus möglich, dass man ihm glaubte und nicht Virginia.

Offensichtlich hält er mich aber für eine Gefahr, überlegte Camilla weiter. Entweder weiß er doch, dass Virginia inzwischen mit mir gesprochen hat, oder er hat gemerkt, dass ich ihm gegenüber misstrauisch bin. Jedenfalls muss er einen wichtigen Grund haben, mich verschwinden zu lassen, damit ich nicht als Zeugin gegen ihn aussagen kann. Ich fürchte, Jeff ist zu allem fähig.

Hätte ich doch Alex nur erzählt, was ich weiß, dachte Camilla verzweifelt. Ob er überhaupt schon bemerkt hat, dass ich verschwunden bin? Wahrscheinlich nicht. Er ist sicherlich noch viel zu sehr mit Virginia und Maria beschäftigt.

Wie spät mag es jetzt sein? fragte Camilla sich. Wie lange bin ich hier schon eingeschlossen? Sie hatte in dem dämmrigen Raum jegliches Zeitgefühl verloren. Es war zu dunkel, um die Zeit zu erkennen, die ihre Armbanduhr anzeigte.

Camilla stöhnte. Das Seil, mit dem ihre Handgelenke an ihre Fußknöchel gefesselt waren, schnitt schmerzhaft ins Fleisch. Hätte sie doch nur darauf bestanden, Alex anzurufen, bevor sie sich so leichtfertig Jeff auslieferte. Aber in dem Moment, als Jeff auftauchte, hatte sie daran überhaupt nicht gedacht.

Jeff hatte seine Rolle ja auch sehr überzeugend gespielt. Während der Fahrt nach Honolulu wirkte er so aufrichtig, dass Camilla sich fragte, ob Virginia nicht vielleicht doch gelogen hatte.

In Honolulu war es um diese Tageszeit sehr ruhig. Sie begegneten nur wenigen Fahrzeugen. Camilla achtete kaum darauf, so gespannt war sie auf das Wiedersehen mit Virginia. Da Jeff wirklich nach Honolulu fuhr, gab es auch keinen Grund, misstrauisch zu werden.

Erste Zweifel meldeten sich erst, als Jeff die Hauptstraße verließ und zum Jachthafen fuhr. Seine Erklärung, Virginia und Maria hätten sich die ganze Zeit über auf Alex' Jacht versteckt und Alex sei noch mit seiner Tochter an Bord, klang jedoch einleuchtend. Der nächstliegende Ort bot oft das beste Versteck. Alex hätte Virginia niemals so dicht in seiner Nähe vermutet.

Daher hatte Camilla Jeff gutgläubig an Bord der Jacht begleitet. Das Schiff wirkte jedoch recht verlassen. Es war sehr groß, ein schwimmender Palast, mit jedem erdenklichen Luxus ausgestattet. Das ideale Versteck für Virginia, dachte Camilla, abgeschieden und doch komfortabel.

Als Erstes betraten sie den Salon, und hier gab es sogar ein Telefon. Camilla achtete jedoch nicht besonders auf solche Einzelheiten. Der Gedanke, Alex wiederzusehen, beschäftigte sie viel mehr. Sie dachte auch an Maria und fragte sich, ob das Kind vielleicht die Ehe der Eltern retten konnte.

Es war jedoch niemand im Salon. Mit leichtem Unbehagen folgte Camilla Jeff in die hinteren Quartiere. Hier gab es deutliche Beweise für den längeren Aufenthalt mehrerer Personen. Überall lagen leere Fast-Food-Packungen, schmutzige Teller und Zeitschriften. Über allem hing der unangenehme Geruch von abgestandenem Zigarettenqualm. Camilla entdeckte zu ihrem Entsetzen sogar eine gebrauchte Spritze, achtlos auf den Boden geworfen.

Aber auch hier war niemand. Nur eine Puppe lag auf einer Couch. Wo war Maria? Und wo war Alex?

Erst jetzt erkannte Camilla, wie unvorsichtig sie gewesen war. Im ersten Moment aber wunderte sie sich nur, wieso Alex und Maria nicht auftauchten, um sie zu begrüßen. Sie mussten doch längst bemerkt haben, dass jemand an Bord gekommen war. Erstaunt drehte sie sich zu Jeff um, um ihm ihre Verwunderung mitzuteilen.

Doch dazu kam es gar nicht mehr. Jeff stand ziemlich dicht hinter ihr und hielt eine Spritze in der Hand. Camilla verstand überhaupt nicht, was das zu bedeuten hatte. Als sie es endlich begriff, war es zu spät. Die Nadel stach bereits in ihren Arm.

Sie wollte schreien, doch Jeff hatte damit gerechnet. Er hielt Camilla den Mund zu. Und schon spürte sie, wie die Droge ihre Widerstandskraft lähmte.

„Was ... was haben Sie getan?", stammelte sie. Erst wurde ihr Arm, dann ihr ganzer Körper schwer und gefühllos.

Jeff stopfte Camilla eine schmutzige Serviette in den Mund, um sie zum Schweigen zu bringen.

„Keine Sorge", sagte er barsch. „Sie werden nicht sterben. Noch nicht. Es ist nur ein harmloses Beruhigungsmittel. Etwas, das Sie ein bisschen kooperativer macht."

Camillas Zunge fühlte sich geschwollen an. Die Leinenserviette wirkte wie ein Knebel. Camilla wurde übel. Noch bevor Jeff sie gefesselt hatte, wurde sie bewusstlos.

Als Camilla wieder zu Bewusstsein kam, lag sie im Maschinenraum. Sie war allein. Angestrengt lauschte sie, doch es war nichts zu hören. Anscheinend hatte Jeff das Schiff verlassen.

Was hat er vor mit mir? fragte sie sich voller Angst. Will er mich vielleicht beseitigen, sobald die Nacht hereingebrochen ist? Dann ist hier weit und breit bestimmt keine Menschenseele.

Jeff ist also ganz ungestört, wenn er mich umbringen will.

Ich könnte mich ohnehin nicht bemerkbar machen. Die grässliche Serviette hat er mir zwar aus dem Mund genommen, aber dafür ein Pflaster darübergeklebt, sodass ich nicht schreien kann. Und da meine Hände an die Füße gekettet sind, kann ich das Pflaster auch nicht abreißen oder mich befreien. Mir bleibt nichts anderes übrig, als inbrünstig zu hoffen, dass Alex mich findet, bevor Jeff zurückkommt. Doch woher soll Alex wissen, dass ich auf seinem Schiff gefangen gehalten werde?

Camillas Kopf schmerzte, sicher war das eine Nachwirkung des Betäubungsmittels. Wenigstens war ihr Verstand klar. Jeff hatte ihr also nicht Heroin oder Morphium gegeben, was in großen Dosen den Geist verwirrte. Vielleicht hob er sich das für später auf. Camilla fürchtete sich entsetzlich. Gab es überhaupt noch Hoffnung auf Befreiung?

Und wo steckte Virginia? War sie wirklich im Krankenhaus, wie Jeff gesagt hatte? Lebte Virginia überhaupt noch? Die Behauptung, sie sei im Krankenhaus, konnte alles bedeuten. Dort gab es auch Leichenhallen. Was passierte, wenn Virginia und Maria längst tot waren? Wenn Camilla der einzige Mensch war, der die Verbindung zwischen Jeff und Virginias Verschwinden kannte?

Panik erfasste sie. Mein Gott, dachte sie verzweifelt, habe ich wirklich diese weite Reise nach Hawaii gemacht, um in einem stickigen, dunklen Maschinenraum zu sterben? War dies die Strafe dafür, dass sie sich in Virginias Mann verliebt hatte? Ja, sie liebte Alex, sie liebte ihn so sehr, dass sie sich ein Leben ohne ihn gar nicht mehr vorstellen konnte.

Alex – wo war er jetzt? Was tat er? Suchte er bereits nach ihr? Vermisste er sie überhaupt schon? Mama Lu musste ihm doch erzählt haben, dass Jeff sie abgeholt hatte. Aber vielleicht war Alex noch gar nicht zu Hause gewesen und hatte deshalb auch noch gar nicht nach ihr gefragt. Dann wusste er auch noch nichts von ihrem Verschwinden.

Camilla weinte. Heiße Tränen liefen über ihre Wangen. Es war alles so sinnlos. Sie war nun einmal nicht zur Heldin geboren. Sie war eine ganz normale Frau, die in schreckliche Ereignisse hineingeraten war – und sie hatte Angst.

Nach und nach wurde es immer dunkler im Maschinenraum. Das spärliche Licht, das durch Ritzen hereingefallen war, verblasste. Außerdem wurde es deutlich kühler. Camilla fror. Wenigstens war die Luft jetzt wesentlich frischer, das Atmen fiel ihr leichter.

Im Dunkeln tauchten neue Ängste auf. Unheimliche Geräusche erschreckten Camilla. Gibt es Ratten an Bord? fragte sie sich erschrocken und versuchte vergebens, in der Dunkelheit etwas zu erkennen. Waren es etwa die langen Beine einer Spinne, was da so in ihrem Nacken kitzelte? Nur das Pflaster auf ihrem Mund hinderte Camilla daran, vor Entsetzen laut zu schreien. Endlich jedoch wurde die Erschöpfung stärker als die Furcht. Camilla war sehr müde. Sie ließ sich zur Seite sinken und schlief ein.

Die schaukelnden Bewegungen der Jacht drangen in Camillas Bewusstsein und weckten sie. Sie öffnete die vom Schlaf und von Tränen verklebten Augen und sah sich um. Schwaches Licht erfüllte den Raum. Es war wieder Tag. Camilla hatte die Nacht unbeschadet überstanden.

Das Gefühl der Erleichterung hielt jedoch nicht lange an. Sie merkte, jemand war an Bord. Jemand bewegte sich auf dem Deck über ihr. Jeff musste zurückgekommen sein. Camilla brach der Angstschweiß aus.

Jeff war jedoch nicht allein. Camilla lauschte angestrengt. Sie meinte Stimmen zu hören und erschrak. Hatte Jeff einen Komplizen mitge-

439

bracht? Gegen Jeff allein hatte sie vielleicht eine winzige Chance. Gegen zwei Männer war sie machtlos.

Tränen schossen ihr in die Augen, doch diesmal kämpfte sie dagegen an. Weinen war sinnlos, damit erreichte sie überhaupt nichts. Nicht bei einem Mann wie Jeff Blaisdell. Er sollte nicht wissen, wie hilflos sie sich fühlte.

Sie richtete sich auf so gut es ging. Es konnte nicht lange dauern, bis Jeff und sein Komplize bei ihr waren. Ihr blieben vielleicht nur noch Sekunden, um ihre Fassung wiederzugewinnen.

Doch nichts geschah. Niemand kam in den Maschinenraum. Während Camilla starr vor Furcht angestrengt lauschte, erkannte sie, dass eine der beiden Stimmen eine weibliche war. Nicht nur weiblich, es war die Stimme eines kleinen Mädchens.

Camilla stöhnte vor Aufregung. Wer könnte das sein außer Maria? Aber was machte sie hier? Warum war sie zurückgekommen? Und, noch wichtiger, wer war bei ihr?

Camilla konzentrierte sich auf die Stimmen. Die zweite Stimme war die eines Mannes. Camilla versuchte, sie zu erkennen. War das Alex? War es möglich? Für sie hörte es sich so an wie Alex' Stimme. Oder bildete sie sich das ein? Glaubte sie zu hören, was sie unbedingt hören wollte?

Die beiden Besucher schienen jetzt näher gekommen zu sein. Camilla kannte sich auf der Jacht nicht aus und konnte nur vermuten, dass sie sich jetzt in unmittelbarer Nähe des Maschinenraumes befanden.

Die Hilflosigkeit machte sie fast wahnsinnig. Sie schloss die Augen. Ironischerweise wusste nur Jeff, wo sie war. Wenn ihm etwas zustieß, oder wenn er geflohen war, was sollte dann aus ihr werden? Er hatte nichts Gutes mit ihr vor, aber zumindest wäre das Ende kurz gewesen. Wenn man sie hier allein zurückließ, konnte es Tage dauern, bis sie starb.

Verzweiflung erfasste sie. Das durfte einfach nicht geschehen. Es konnte nur ein Traum sein, ein entsetzlicher Albtraum! Doch als sie die Augen wieder öffnete, waren die Wände ihres Gefängnisses noch da, genauso wirklich wie vorher. Camilla schluchzte laut. Dann hörte sie Schritte, das hastige Tapsen eines Kindes und den schwereren, bedächtigeren Schritt eines Mannes.

„Das wird eine Katze gewesen sein", hörte Camilla Alex sagen. Er befand sich fast direkt vor der Maschinenraumtür. Für einen Augenblick war Camilla unfähig, sich zu rühren.

„Es hörte sich nicht an wie eine Katze, Daddy", antwortete eine Kinderstimme.

440

Camilla lauschte angestrengt. Ja, es waren Alex und offensichtlich Maria.

„Was ist hier drin?", fragte Maria und rüttelte an der Tür.

„Nur die Motoren", erklärte Alex.

Diese Antwort beschwor bei Camilla die Vorstellung herauf, dass Alex Maria nun an die Hand nehmen und fortführen würde.

Nun musste sie schnell etwas tun, um auf sich aufmerksam zu machen. Sie warf sich auf dem Boden hin, und her, scharrte mit den Füßen und stöhnte so laut sie konnte. Als Alex endlich die Tür öffnete, fiel Camilla ihm buchstäblich vor die Füße.

„Mein Gott!" Alex sah Camilla entsetzt an.

Maria, die viel Ähnlichkeit mit ihrer Großmutter hatte, kniete neben Camilla nieder und berührte das Pflaster auf ihrem Mund.

„Ist das die Dame, nach der du gesucht hast, Daddy?", fragte sie. „Du musst dem Polizisten sagen, dass ich sie gefunden habe, ja?"

10. KAPITEL

*D*as Hotel stand am Piccadilly. Camilla war oft daran vorbeigekommen, doch nie drinnen gewesen. Der Klient muss schon sehr vermögend sein, überlegte sie. Merkwürdig, dass Mr Bayliss, ihr Arbeitgeber und Hauptinhaber der Anwaltskanzlei, sich nicht persönlich um diesen Mr Victor kümmerte. Es musste auch ein sehr einflussreicher Klient sein, denn normalerweise kamen die Mandanten zu ihnen in die Kanzlei und nicht umgekehrt.

Camilla hatte den Auftrag nicht besonders gern übernommen. Mr Victor wünschte, sein Testament zu ändern, eine Aufgabe, die eigentlich in Mr Bayliss' Fachgebiet fiel. Ihm machte es auch Freude, als Testamentsvollstrecker zu fungieren.

Camilla seufzte und betrat die Lobby.

„Ich bin Camilla Richards", teilte sie dem Mann an der Rezeption mit. „Ich habe eine Verabredung mit Mr Victor in Suite 904. Wollen Sie ihm bitte sagen, dass ich da bin?"

Während sie wartete, sah sie sich in der Halle um. Seit Honolulu war sie nicht mehr in einem so großen Hotel gewesen, und sie hatte es sich zur Regel gemacht, nicht an ihren Aufenthalt auf Hawaii zu denken.

„Miss Richards?" Der Mann am Empfangspult wandte sich an sie.

„Ja?"

„Mr Victor bittet Sie, in seine Suite zu kommen. Der Lift ist dort vorn links. Fahren Sie bis zum neunten Stockwerk, dort wird Mr Victors Sekretär Sie empfangen."

„Danke."

Die Fahrt in dem schnellen Aufzug erinnerte Camilla an ihren Besuch in Alex' Büro, daran, wie er sie in dem sonnendurchfluteten Raum geküsst hatte. Er war sehr liebevoll gewesen.

Nein, verbesserte sie sich energisch. Liebe war weder damals noch später im Spiel. Ihre Beziehung beschränkte sich auf ein paar heftige Begegnungen, von denen keine befriedigend endete.

Das ist auch besser so, versuchte Camilla sich zu überzeugen. Eine solche Verbindung hatte keine Zukunft, alle Umstände sprachen dagegen. Alex hatte sich ihr nur aus Frust und Verzweiflung zugewandt. Er hatte ihr nichts vorgemacht, er hatte ihr nie etwas versprochen.

Vor elf Wochen und sechs Tagen hatte Camilla Hawaii verlassen. Dieser Zeitraum sollte ihr wirklich genügen, um sich in jeder Hinsicht von ihren Erlebnissen zu erholen. Sie wollte sich nicht mehr an die entsetzliche Nacht auf Alex' Jacht und an Jeffs anschließende Verhaftung erinnern – aber sie konnte es nicht vergessen.

Vielleicht wäre es anders, wenn sie wie Virginia und Maria die Geschehnisse mit jemandem teilen könnte. Doch sie musste ganz allein damit fertig werden. Sie hatte niemanden, mit dem sie darüber sprechen konnte, der sie tröstete, wenn böse Träume sie plagten.

Von Alex und Virginia hatte sie nichts mehr gehört. Ihr Leben und ihre Zukunft ging sie nichts an – nicht mehr. Offensichtlich wollte keiner von beiden sie daran teilhaben lassen. Dennoch war Camilla froh über den glücklichen Ausgang. Hoffentlich nutzte Virginia die Chance, zu einem normalen, zu einem glücklichen Leben zurückkehren zu können.

Ihr Schicksal hatte wirklich an einem Seidenfaden gehangen. Und Jeff spielte dabei eine teuflische Rolle. Er hatte Virginias Drogenabhängigkeit ausgenutzt, um die Kontrolle über sie zu erlangen. Sein Ziel war, durch Virginia das Conti-Unternehmen in seine Gewalt zu bringen.

Camilla verstand längst nicht alles, was sich in diesem Drama ereignet hatte. Alex' Vater hatte sich die Mühe gemacht, es ihr zu erklären.

Nachdem Jeffs Vater seine Familie verließ, hatte Alex' Vater je zehn Prozent der Aktienanteile an der Conti-Gesellschaft auf seine Schwester und auf ihren Sohn übertragen, um ihr Einkommen zu sichern. Die Aktienmehrheit teilten sich nun Alex, sein Vater, Jeffs Mutter und Jeff, wobei Alex' Anteil ihm die Kontrolle ermöglichte. Wenn es Virginia gelungen wäre, von Alex weitere zehn Prozent als Scheidungsabfindung zu erhalten, und wenn Jeff Virginia geheiratet hätte, dann hätte er mit ihrem und seinem Anteil sowie dem seiner Mutter die Kontrolle über die Gesellschaft gewonnen.

Camilla kam das alles sehr spekulativ vor. Sie bezweifelte, ob Alex sich auf einen solchen Handel eingelassen hätte. Andererseits hatte Jeff Maria in seiner Gewalt.

Erst als Camilla auftauchte, gab es für Jeff Probleme. Bis dahin glaubte er, Virginia völlig im Griff zu haben, und ahnte nichts von ihrem wachsenden Misstrauen. In ihren klareren Momenten fragte Virginia sich jedoch, was geschehen würde, wenn Jeff erst einmal sein Ziel erreicht hatte und sie für ihn nutzlos geworden war. Deshalb hatte sie an Camilla geschrieben.

Jeff war von Anfang an misstrauisch. Doch als er herausfand, dass Virginia Camilla angerufen hatte, verschlechterte sich die Situation rapide. Als Virginia Camilla ins Hyatt Regency folgte, war sie bereits völlig verzweifelt. Jeff geriet in Zugzwang, denn Camillas Einmischung machte alles komplizierter, und Virginia erwies sich als immer unzuverlässigere Komplizin. Jeff geriet in Hektik, und darum machte er Fehler. Er wusste ganz genau, wenn Virginia nicht durchhielt, war sein Plan wirkungslos.

Es schmerzte Vittorio sehr, solche Dinge über ein Mitglied seiner Familie sagen zu müssen, aber Jeffs Verhalten hatte in ihm jegliche Zuneigung zu seinem Neffen zerstört. Für Jeff gab es keine Möglichkeit mehr, seinen Plan aufzugeben und Virginia laufen zu lassen. Mit ihrem Wissen wäre sie stets eine Bedrohung für Jeff geblieben.

Vermutlich um sich zu schützen, hatte Virginia Jeff schließlich von ihrer Begegnung mit Camilla erzählt. Daraufhin geriet Jeff in Panik. In jener Nacht war er zur Jacht zurückgekehrt. Während Virginia schlief, spritzte er ihr eine hohe Dosis Rauschgift – seiner Meinung nach genug, um sie zu töten. Jeder hätte an einen Unglücksfall geglaubt.

Erst als Alex Jeff anrief und ihm sagte, dass Virginia und Maria gefunden worden waren, merkte er, welch entsetzlichen Fehler er gemacht hatte. Virginia war nicht tot, sie lebte – gerade noch. Sie hatte sich ans Telefon geschleppt und Alex angerufen, bevor sie zusammenbrach. Deswegen hatte man sie mit dem Rettungswagen ins Krankenhaus in Honolulu gebracht. Die Ärzte hofften, sie durchzubringen.

Camilla fröstelte. Die Erinnerung an jenen Morgen und an ihre eigene Gefangenschaft auf der Jacht jagte ihr heute noch Entsetzen ein. Ob Jeff mich auch umgebracht hätte? fragte sie sich. Er hatte sie ohne Nahrung und Wasser zurückgelassen und so ihren Tod zumindest riskiert.

Alex hatte natürlich keine Ahnung, dass Jeff Camilla als Geisel in seiner Gewalt hatte. Er war zwar misstrauisch gegen Jeff, konnte ihm aber nichts konkret vorwerfen. Virginia sagte nichts, noch nicht, und Maria war ganz ahnungslos. Für Jeff war es jedoch nur eine Frage der Zeit, bis die Wahrheit herauskommen würde. Camillas Beseitigung war seine letzte Chance, sich zu retten.

Vielleicht wäre er damit sogar durchgekommen, wenn Maria nicht ihre Puppe auf der Jacht vergessen hätte. Alex hatte Camilla erst nach Stunden vermisst, und Jeffs Erklärung, er hätte sie auf ihren Wunsch hin in die Stadt gefahren, wurde zu dem Zeitpunkt ohne Weiteres akzeptiert. Außerdem schwebte Virginia noch in Lebensgefahr, was Alex' ganze Aufmerksamkeit band.

Alex war überaus froh und erleichtert über Camillas Rettung, doch auch jetzt hatte er keine Zeit, sich um sie zu kümmern. Virginia, Maria und die Polizei, die den untergetauchten Jeff suchte, nahmen seine ganze Energie in Anspruch.

Deshalb hatte Camilla auch den größten Teil der Geschichte von Alex' Vater erfahren. Nach einer gründlichen Untersuchung im Krankenhaus – um sicher zu sein, dass sie durch die Gefangenschaft keinen gesundheitlichen Schaden erlitten hatte – wurde Camilla entlassen. Alex' Eltern bestanden darauf, sie bei sich aufzunehmen, bis sie nach England zurückfliegen konnte. Sie hatten natürlich keine Ahnung, was zwischen Camilla und ihrem Sohn vorgefallen war.

Camilla nahm die Einladung gern an. Kumaru wollte sie auf keinen Fall wiedersehen, und Alex verbrachte sowieso jede Minute an Virginias Krankenbett. Für Camilla blieb nur eins – so schnell wie möglich nach Hause zurückzukehren und alles zu vergessen, was gewesen war. So stand sie also jetzt, drei Monate später, in einem Hotelaufzug, der sie zu einem wichtigen Klienten bringen sollte. Die Aufzugtüren öffneten sich, Camilla verließ den Lift. Ein älterer Mann – anscheinend Mr Victors Privatsekretär – erwartete sie.

„Miss Richards? Wollen Sie mir bitte folgen, Mr Victor erwartet Sie."

Camilla folgte ihm und überlegte dabei, wie sie das Gespräch eröffnen sollte. Falls Mr Victor schon älter war, wünschte er vielleicht Rat bezüglich möglicher Steuerersparnis im Erbschaftsfall. Vorsorglich hatte sie einige Unterlagen mitgebracht.

Der Privatsekretär öffnete eine Flügeltür. „Miss Richards, *Signore*", verkündete er mit breitem Lächeln. Camilla ließ vor Schreck die Aktentasche fallen, denn der Mann, der sich zu ihr umdrehte, war Alex Conti.

„Danke", sagte er. „Sie können uns jetzt allein lassen. Miss Richards und ich haben etwas zu besprechen."

„Ja, *Signore*." Der Mann zog sich diskret zurück.

Camilla war sprachlos. Ihr Herz schlug heftig, und sie wusste nicht, wie sie sich verhalten sollte. Alex hatte sie unter falschen Voraussetzungen hierher gelockt und betrachtete sie amüsiert. Wessen Idee war dieser grausame Streich? Seine – oder Virginias?

Camilla schluckte. Ja, natürlich. Es entsprach durchaus Virginias Art, eine peinliche Situation auf diese Weise ins Lächerliche zu ziehen. Obwohl Camilla nicht verstand, was sie damit bezweckte.

„Ich hoffe, der kleine Trick macht dir nichts aus", sagte Alex jetzt. Er hatte abgenommen und wirkte trotz der Sonnenbräune blass und angespannt.

Natürlich lag eine anstrengende Zeit hinter ihm. Neben der Sorge um Maria – und um seine Frau – musste er sich auch noch mit der Anklage gegen Jeff und dem entsetzlichen Familienskandal auseinandersetzen.

„Wie…wieso Mr Victor?", fragte Camilla, um überhaupt etwas zu sagen.

„Mein zweiter Name ist Vittorio – wie der meines Vaters", erklärte Alex lächelnd.

„Wessen … wessen Idee war das?"

„Unsere Begegnung? Meine natürlich. Ich verstehe die Frage nicht."

Camilla hob ihre Aktentasche auf. Sie fühlte sich zunehmend verwirrter. „Ich dachte, es sei vielleicht Virginias Idee." Na bitte, jetzt hatte sie es endlich ausgesprochen.

„Virginia?"

„Ja, Virginia", bestätigte Camilla hastig. „Ich dachte, sie und Maria sind wahrscheinlich bei dir. Virginia hat schon immer gern in London eingekauft, und Maria war noch nie hier. Es gibt so viel zu sehen …"

„Verdammt noch mal", fluchte Alex und kam mit schnellen Schritten auf sie zu. „Bist du verrückt geworden? Warum sollte ich denn mit Virginia nach London fliegen? Du weißt, was ich für sie empfinde. Meine Güte, wofür hältst du mich? Für einen Heiligen?"

„Ich … ich dachte nur …"

„Ja?" Er stand jetzt ganz dicht vor ihr. „Was dachtest du? Etwa, dass ich bei Virginia Trost suchte, nachdem du mich verlassen hattest?"

„Ich habe dich nicht verlassen." Camilla verstand überhaupt nicht, wie Alex zu dieser Behauptung kam. Er war es doch gewesen, der sich kaum um sie gekümmert hatte.

„Was hast du denn sonst getan?", fuhr er sie an. „Oh, ich bin dir dankbar, dass du darauf verzichtet hast, Anklage gegen Jeff zu erheben. Mein Vater hat mir erklärt, dass du deine schrecklichen Erlebnisse auf der Jacht so bald wie möglich vergessen wolltest. Das kann ich verstehen. Aber musstest du deshalb Hawaii verlassen? Musstest du mit dem nächstmöglichen Flugzeug nach England zurückkehren? Das kann ich nicht verstehen. Du musst gewusst haben, wie dringend ich dich wiedersehen wollte. Oder bedeutete dir unsere Beziehung überhaupt nichts?"

Camilla war fassungslos. Ihre Hände schmerzten, die Aktentasche wurde ihr zu schwer, doch irgendwie brachte sie es nicht fertig, sie loszulassen. Wie gebannt blickte sie auf Alex' Mund.

„Unsere Beziehung?", flüsterte sie.

„Jawohl, unsere Beziehung. Wir hatten doch eine Beziehung. Oder war das nur eine Einbildung von mir?"

„Aber … Virginia …"

„Sie ist nicht länger meine Frau."

„Ist sonst alles in Ordnung mit ihr?"

„Soweit es das jemals sein kann, ja." Da Camilla ihn zweifelnd ansah, seufzte er ungeduldig. „Sie nähert sich dem Ende einer weiteren Entziehungskur. Und es sind auch keine Anklagen gegen sie erhoben worden, falls du dir deshalb Sorgen machst. Ist damit die Situation geklärt?"

„Könnte ich vielleicht meine Aktentasche abstellen?"

„Meine Güte!" Ungeduldig ging Alex auf und ab.

Camilla trat nervös von einem Fuß auf den anderen und wusste nicht, wie es weitergehen sollte. „Wie ... wie geht es Maria?", fragte sie schließlich. „Ich wollte ihr dafür danken, dass sie ihre Puppe vergessen hatte. Wenn sie nicht ..."

„Dann wärst du jetzt nicht am Leben", sagte Alex, ohne Camilla anzusehen. „Glaub mir, Maria weiß, wie wichtig das war. Sie hat es oft genug gehört."

„Von dir?"

„Von mir, von ihrer Mutter, von ihren Großeltern. Besonders meine Tante, Jeffs Mutter, ist dankbar dafür."

Camilla senkte den Kopf. „Und ansonsten geht es Maria gut?", fragte sie, weil ihr einfach nichts einfiel. „Keine ... keine seelischen Nachwirkungen?"

„Kaum. Sie reagiert zwar ängstlich, wenn ich fort muss, doch Mama Lu ist eine große Hilfe, und Marias Großeltern sorgen dafür, dass sie sich niemals einsam fühlt."

Camilla sah sich um. „Wo ist sie denn? Ist sie nicht hier?"

„Nein. Nein, dies ist eine Reise, die ich allein machen musste." Alex stützte sich auf das Fensterbrett und sah hinaus. „Ich habe herausgefunden, dass es Dinge gibt, die noch wichtiger sind als Marias Gefühle. Ist das nicht seltsam? Noch vor sechs Monaten war sie der wichtigste Mensch in meinem Leben."

Camilla trat einen Schritt auf ihn zu. Sie wusste, was er ihr sagen wollte. Dennoch fiel es ihr schwer, es zu glauben. Als Alex sich zu ihr umdrehte, wäre sie am liebsten zurückgewichen, doch sie tat es nicht.

„Ich bin froh, dass du gekommen bist", sagte sie. Wie gern hätte sie ihn berührt, sich in seine Arme geworfen. Stattdessen stand sie hilflos da und verschränkte nervös die Hände ineinander.

„Bist du das wirklich?"

Er war hier, er hatte ihr gesagt, warum er gekommen war. Wieso konnte sie es dennoch nicht glauben?

„Ich habe dich nicht verlassen", sagte sie jetzt. Alex sah sie zweifelnd an. „Das habe ich nicht getan", wiederholte sie. „Aber ich konnte doch nicht für immer bei deinen Eltern bleiben. Und ich wusste nicht, was du fühltest, nicht wahr?"

„Wirklich nicht?"

„Nein." Camilla holte tief Luft. „Denn du warst niemals da …"

„Du weißt, warum", unterbrach er sie.

„Ja, aber ich dachte … ich meine … da war Virginia …"

Alex zog die Brauen zusammen. „Wolltest du etwa, dass ich weiterhin bei Virginia bleibe?"

„Nein", sagte sie und schüttelte heftig den Kopf. „Nein, natürlich nicht."

„Was wolltest du dann?"

„Dich", seufzte sie kaum hörbar, „nur dich."

Stöhnend riss Alex Camilla an sich und küsste sie lange und leidenschaftlich. Und sie erwiderte seine Küsse voller Hingabe.

„Hör niemals auf, mich zu küssen", flüsterte sie schwer atmend.

„Keine Angst, das tue ich nicht", versprach er und küsste sie erneut.

Camilla hielt ihn fest umarmt und streichelte seinen Rücken. Da das Hemd sie störte, zog sie es aus dem Hosenbund und schob ihre Hände darunter. Unwillkürlich presste Alex Camilla noch fester an sich. Seine Erregung war deutlich zu spüren.

„Ich will dich aber so sehr", gestand Alex mit rauer Stimme.

Camilla nickte. Auch sie sehnte sich nach Alex, sie wollte mit ihm schlafen.

Ungeduldig zog Alex Camilla die Kostümjacke aus und öffnete hastig die Knöpfe ihrer Bluse. Als er den Kopf senkte und mit dem Mund ihre aufgerichteten Brustspitzen liebkoste, glaubte sie, es vor Verlangen und Lust nicht länger aushalten zu können. Erregt drängte sie Alex, sie zu lieben.

„Langsam", mahnte er. „Ich habe so lange auf diesen Augenblick gewartet. Es soll schön sein, für uns beide."

Er hatte ihr jetzt die Bluse und den Büstenhalter ausgezogen und umfasste ihre Brüste mit beiden Händen. Wieder umkreiste er mit der Zunge ihre Brustspitze und sog daran, bis Camilla meinte, vor Lust zu vergehen.

Dann hob er sie hoch und trug sie ins Schlafzimmer. Dort legte er sie sanft auf das breite Bett und zog sich aus. Camilla sah Alex fasziniert zu. Sie war so hingerissen von dem Anblick seines nackten Körpers, dass sie völlig vergaß, ihren Rock und die Schuhe auszuziehen, die sie noch immer trug.

Lächelnd zupfte Alex an ihrem Rockbund und meinte: „Eigentlich stört mich so viel Stoff, dich nicht?" Dann streifte er ihr die Sachen ab und legte sich zu ihr.

Camilla presste sich an ihn und stöhnte: „Jetzt, bitte."

Auch Alex hielt es nicht länger aus. Erregt drang er in Camilla ein. Sie schrie leise auf, doch im nächsten Moment schon war die Lust stärker als der Schmerz. Alex bewegte sich erst langsam, dann immer schneller, riss Camilla mit in einem leidenschaftlichen Rhythmus der Ekstase, bis sie gemeinsam den Gipfel der Erfüllung erreichten.

„Es tut mir leid."

Alex' Worte brachten Camilla aus ihren Träumen in die Wirklichkeit zurück. Wie so oft, wenn sie etwas nicht gleich verstand, zog sie den falschen Schluss.

„Mach dir keine Vorwürfe. Es ist genauso meine Schuld."

„Schuld?" Er richtete sich auf und stützte sich auf einen Ellbogen. „Was meinst du denn damit?"

„Nun … ich …"

„Ja?" Eindringlich sah er sie an. „Du willst doch nicht sagen, dass dies ein Fehler war, oder?"

„Natürlich nicht."

„Was dann?"

„Nun …" Camilla seufzte. „Du hast doch gesagt, es tut dir leid."

„Es tut mir leid, dass ich die Kontrolle verloren habe", sagte er mit rauer Stimme. „Camilla, so habe ich es nicht gewollt. Ich wollte dich sanft verführen, nicht so wild und ungestüm."

„Das hast du nicht getan. Ich wollte es doch ebenso sehr. Du musst das wissen. Für mich war es wunderschön."

Alex lächelte. „Darüber reden wir später. Jedenfalls hast du in wenigen Augenblicken ein Problem gelöst, mit dem ich mich seit drei Monaten herumquäle."

„Ein Problem?", wiederholte sie. „Was für ein Problem?"

„Dich zu begehren", erwiderte er heftig. „Tu nicht so, als hättest du das nicht gewusst. Meiner Familie erzähle ich seit Wochen nur noch von dir, sie hat kaum etwas anderes zu hören bekommen. Dich zu lieben, hat mich zu einem sehr schwierigen Menschen gemacht, das kannst du mir glauben."

Dich zu lieben!

Camilla lächelte. Der Gedanke, dass Alex sich seit ihrer Abreise von Hawaii ebenso miserabel gefühlt hatte wie sie, war ihr keineswegs unangenehm.

449

„Ich nehme an, du findest das auch noch komisch."

„Nein, überhaupt nicht", versicherte sie rasch und küsste ihn zärtlich.

Alex erwiderte ihren Kuss, erst sanft, dann immer leidenschaftlicher, bis sie beide außer Atem waren. Camilla presste sich glücklich an ihn. Alex liebte sie, genauso stark, wie sie ihn liebte. Bei ihm fand sie Erfüllung und Geborgenheit. Er gehörte ihr, so wie sie ihm gehörte, jetzt und für immer.

Diesmal ließen sie sich Zeit mit der Liebe. Alex war ein erfahrener Lehrmeister und führte Camilla zu immer neuen Gipfeln der Lust.

Eng aneinandergepresst lagen Camilla und Alex da, nachdem ihre Erregung abgeklungen war. Sie legte den Kopf an seine Brust und flüsterte: „Ich liebe dich, ich liebe dich, ich liebe dich."

„Wirklich?" Alex umfasste ihr Kinn und sah sie an. „Tust du das wirklich?"

„Soll ich es dir noch einmal beweisen?" Ihre grünen Augen glitzerten. „Du musst es längst wissen. Ich habe nur nicht geglaubt ..."

„Dass auch ich dich liebe?", fragte Alex zärtlich, und sie nickte scheu. „Liebling, ich glaube, ich habe mich schon am ersten Tag in dich verliebt. Als ich vom Flughafen nach Hause kam und du dort auf mich wartetest, betrachtete ich das als Fügung des Schicksals."

„Ich dachte, du hättest etwas gegen meine Anwesenheit."

„Nein, mich irritierte nur, dass du eine Freundin von Virginia warst. Ich hatte eine ziemlich geringe Meinung von Virginia, deshalb empfand ich auch Vorbehalte gegen alle, die zum persönlichen Umkreis von Virginia gehörten. Und eine smarte Anwältin, die mir sagte, was ich zu tun und zu lassen hätte, hatte mir gerade noch gefehlt."

„Das habe ich nicht gemacht."

Camilla war empört, und Alex lachte.

„Doch, das hast du getan. Und ich glaube, mir war von Anfang an klar, welche Gefahr du darstelltest."

„Gefahr?"

„Für meinen Seelenfrieden", erklärte Alex. „Meine Güte, nach der Erfahrung mit Virginia hatte ich nicht die Absicht, mich jemals wieder auf eine feste Beziehung zu einer Frau einzulassen. Nochmals zu heiraten, kam überhaupt nicht in Frage."

„Nochmals zu heiraten?", wiederholte Camilla aufgeregt. „Heißt das ... was ich glaube?"

Alex sah sie vorwurfsvoll an. „Hör auf, danach zu angeln."

Sie lachte. „Das tue ich nicht."

„Du wirst mich doch nicht abweisen, oder?"

„Nein." Prüfend sah sie ihn an. „Nicht, wenn es wirklich das ist, was du willst."

„Das ist es", versicherte er. „Glaub mir, ich möchte nicht noch einmal eine solche Zeit verbringen wie diese letzten Wochen."

„Es ist fast drei Monate her ..."

„Meinst du, ich weiß das nicht?" Zärtlich fuhr er mit den Fingern durch ihr Haar. „Aber England liegt auf der anderen Seite der Welt. Ob es mir nun gefiel oder nicht, ich musste in Honolulu bleiben, bis die Sache mit Jeff in Ordnung gebracht war."

„Ist er ...?"

„Im Gefängnis?" Alex schüttelte den Kopf. „Nein, das ist er nicht. Mein Vater hat ihm einen guten Anwalt verschafft. Nach längeren Verhandlungen war Virginia bereit, keine Klage zu erheben. Ich nehme an, sie wollte nicht noch mehr schlechte Publicity. Es war nicht leicht, doch der Name der Familie ist noch einigermaßen sauber."

„Ich verstehe."

Camilla sah immer noch besorgt aus, und Alex zog sie an sich.

„Glaub mir, ich möchte den Bastard ebenso gern eingelocht sehen wie du, aber meine Tante bedeutet mir – uns allen – viel, und sie hätte am meisten darunter zu leiden. Jeff ist also sozusagen auf Bewährung. Er weiß genau, beim geringsten Fehler geht es ihm an den Kragen."

„Du meinst, er arbeitet immer noch für dich?"

Camilla war entsetzt, und Alex lachte leise.

„Oh nein, so gutmütig bin ich auch wieder nicht. Jeff hat alle Chancen verspielt, jemals zur Führung der Conti Corporation zu gehören. Er hat seine Aktienanteile zurückgegeben. Das war eine unserer Bedingungen. Darüber hinaus musste er Hawaii verlassen. Zurzeit befindet er sich in Venezuela. Ich glaube nicht, dass er uns noch einmal Schwierigkeiten machen wird."

„Ah." Camilla seufzte erleichtert auf. „Und Virginia?"

„Sie weiß über uns Bescheid", sagte Alex. „Ich habe es ihr gesagt. Aber vorher hatte Virginia geäußert, dass wir beide gut füreinander wären."

„Nein!" Camilla konnte es nicht glauben.

„Doch. Virginia ist nicht dumm. Sie erkannte meine Gefühle für dich, als du nach England zurückkehrtest. Damals war es wirklich nicht leicht, es mit mir auszuhalten. Ich konnte dir nicht nachfliegen, was ich am liebsten getan hätte, sondern musste mich um Maria, Virginia, Jeff und die Firma kümmern."

„Und jetzt … jetzt seid ihr also geschieden?", fragte Camilla.

„Das war die Idee meiner Mutter. Du weißt ja, die Familie geht meinen Eltern über alles. Meine Mutter ist zwar keine Italienerin, aber sie ist seit über vierzig Jahren mit meinem Vater verheiratet. Und sie meinte, du seist vielleicht davongelaufen, weil ich verheiratet war. Sie hält dich für ein anständiges Mädchen, das niemals eine Beziehung mit einem verheirateten Mann eingehen würde."

„Meine Güte!" Camilla lächelte.

„Wenn meine Mutter zu unserer Hochzeit eingeladen wird, hat sie keine Einwände."

„Unsere Hochzeit …", wiederholte Camilla träumerisch.

Alex nickte. „Und die sollte lieber bald stattfinden, denn ohne dich werde ich nicht zurückkehren." Er küsste Camilla.

„Wird … wird Maria etwas dagegen haben?", fragte Camilla ängstlich.

„Um sie brauchst du dir keine Sorgen zu machen."

„Aber sie wird doch bei uns leben, oder nicht? Ich meine, Virginia …"

„Virginia wollte Maria nie", erklärte Alex. „Unsere Ehe war von Anfang an ein Fehler. Nur Maria hielt mich an Virginias Seite. Virginia blieb, weil ich das Geld hatte, ihre Drogensucht zu finanzieren. Außerdem dachte ich damals, es sei besser für Maria, beide Elternteile zu haben."

„Meinst du, sie wird mich mögen?"

„Nun, sie hat bereits das Gefühl, dafür sorgen zu müssen, dass dir nichts geschieht", erzählte Alex. „Ich sagte dir ja schon, sie weiß, wie wichtig sie für deine Rettung war. So eine Aufgabe nimmt Maria nicht leicht, das kannst du mir glauben", versicherte Alex lächelnd und küsste Camilla zärtlich.

Ein Jahr danach führte Alex Camilla zum Essen aus. Es war ihr erster gemeinsamer Ausgehabend seit der Geburt ihres kleinen Sohnes. Alex wollte seine Frau unbedingt wieder einmal für sich allein haben.

„Weißt du", sagte er und griff über den Tisch nach ihrer Hand, „ich habe mich nie für einen eifersüchtigen Mann gehalten. Doch in letzter Zeit musste ich meine Meinung ändern."

Camillas Augen funkelten. „Eifersüchtig? Auf wen denn?"

„Auf unseren Sohn natürlich", sagte Alex gekränkt. „James Alexander Victor, um genau zu sein. Seit drei Monaten sind wir nicht mehr allein gewesen."

Camilla lächelte. „Wir schlafen doch im selben Zimmer, Liebling."

„Wenn man uns lässt", grollte er.

„Oh Alex!" Sie lachte. „Ich kann den Kleinen doch nicht verhungern lassen, oder?"

„Nein. Aber ich bin froh, dass er von jetzt an die Flasche bekommt." Er hob Camillas Hände an die Lippen. „Ich will dich ganz für mich, und dass wir sofort ein Baby bekamen, passte gar nicht in meine Vorstellung von Gemeinsamkeit."

„Dann hättest du nicht so tun dürfen, als wolltest du dein Testament ändern, während du in Wirklichkeit ganz andere Dinge im Kopf hattest, Mr Victor."

„Na schön, na schön. Ich gebe zu, ich konnte meine Hände nicht von dir lassen. Aber lass uns eine Weile keine weiteren Babys haben. Vielleicht für die nächsten zehn Jahre nicht, ja?"

Camilla schüttelte den Kopf. „Vielleicht sollten wir nicht ganz so lange warten. Aber ein paar Jahre schon. Damit werde ich fertig."

„Und mit mir?", fragte er leise.

„Oh ja. Ich glaube, auch mit dir. Ich lerne täglich hinzu."

„Camilla, was meinst du damit?"

Sie lachte. Diese Frage wollte sie hier, in einem der besten Restaurants von Honolulu, nicht beantworten. „Ich glaube, Maria hätte auch etwas dagegen, wenn wir schon bald wieder ein Baby bekämen", sagte sie. „Sie ist begeistert von James, aber sie soll sich erst einmal an den kleinen Bruder gewöhnen, bevor sie noch eine kleine Schwester bekommt, nicht wahr?"

„Wie du meinst, Liebling." Alex sah Camilla voller Zuneigung an. „Aber ich glaube, wir sollten schon einmal ein bisschen üben. Schließlich heißt es doch, Übung macht den Meister."

Dagegen ließ sich nichts sagen.

– ENDE –

Barbara Bretton

Sehnsucht liegt in deinem Blick

Roman

Aus dem Amerikanischen von
Ursula Maria Röder

PROLOG

*H*unter Phillips hatte einen Sturzflug über der Wüste Arizonas gemacht, sich hungrigen Haien an der mexikanischen Küste gegenübergesehen und war abseits der Pisten in Klosters Ski gefahren, aber solche Angst hatte er noch nie gehabt.

Seit drei Wochen hangelte er sich mit nachbarschaftlichen Ratschlägen, Ambulanzbesuchen und entsprechenden Videobändern durch. Jetzt war er jedoch aufgeschmissen.

„Wein doch nicht", sagte er zu dem schreienden Säugling in seinen Armen. „Es gibt keinen Grund zum Weinen."

Die Kleine war trocken. Sie war satt. Sie war warm verpackt. So weit, so gut.

„Komm, Daisy", sagte er und begann, mit ihr auf und ab zu gehen. „Ich habe genauso wenig Erfahrung wie du. Gib mir wenigstens irgendeinen Hinweis ... einen Tipp."

Daisy verzog ihr winziges Gesicht und schrie noch lauter.

„Ich bin beeindruckt", sagte er und zuckte zusammen. Sie hatte unglaublich kräftige Lungen. Ihm wäre jedoch ein klarer Satz lieber gewesen. Oder ein halber. Ein Wort hätte ihm schon gereicht, wenn er dann gewusst hätte, womit er die Kleine beruhigen konnte.

Hunter war nie damit fertig geworden, wenn weibliche Wesen weinten. Wenn dieses weibliche Wesen dazu noch blond und blauäugig war und kaum über sechs Pfund wog, wurde die Angelegenheit richtig nervenaufreibend.

Als er Daisy das erste Mal im Arm gehalten hatte, war er sich plump und ungeschickt vorgekommen, wie ein Bär, der versucht, einen Schmetterling in seinen Tatzen zu halten. Seine Muskeln verspannten sich jedes Mal, wenn er sie hochnahm, aber wenigstens schaffte er es jetzt, ohne das Gefühl zu bekommen, sie könnte ihm entgleiten.

Aber dieses Schreien war etwas anderes. Es klang so, als trüge sie die Sorgen der ganzen Welt auf ihren kleinen Schultern. Gleichgültig wie sehr er sich auch bemühte, er konnte nicht verstehen, was sie wollte.

„Mir gefällt das alles nicht besser als dir, Daisy", sagte er zu dem Säugling. Er war nicht als Vater geeignet. Es hatte auch nicht so kommen sollen. Er hatte sich sein Leben eingerichtet, sich um sich gekümmert und ... *wumms!* Plötzlich war sie da, ein kleiner Mensch, ganz allein auf der Welt und vollkommen auf ihn angewiesen.

Daisy hatte etwas Besseres verdient. Sie hätte in eine richtige Familie gehört, zu Eltern, die sie liebten und umsorgen wollten. Auf jeden

Fall hatte sie keinen zielstrebigen Werbefachmann verdient, der nur stehen bleiben und an Rosen riechen würde, wenn er daraus einen sechzig Sekunden langen Werbespot fürs Fernsehen entwickeln konnte.

Er legte seinen Handrücken gegen ihre Stirn. Ihre Temperatur erschien ihm normal, aber wie sollte er das beurteilen? Es war erst zwei Uhr nachmittags. Der Kinderarzt würde noch in seiner Praxis sein. Vielleicht sollte er sich ein Taxi kommen lassen und mit Daisy zum Arzt fahren.

„Na gut, Daisy", entschied er und wickelte sie in eine Decke, um sie vor der kühlen Luft Ende September zu schützen. „Wenn du mir nicht sagen willst, was du hast, sagst du es vielleicht dem Doktor." Das sollte sie lieber machen, und zwar schnell, denn Hunter war mit seinen Nerven wahrlich am Ende. Nichts und niemand hatten ihn jemals so hilflos gemacht wie Daisys Schreien.

Das Taxi wartete bereits unten am Straßenrand auf ihn. Eine schlanke, schwarzhaarige Frau um die fünfzig beugte sich herüber, um ihm die Tür zu öffnen.

„Vierundfünfzigste und Dritte", sagte er und schnallte Daisy in dem Kindersitz an, den er mit heruntergeschleppt hatte. Daisys Geschrei klang in dem engen Wagen noch lauter.

„Die arme Kleine", sagte die Fahrerin und reihte sich in den fließenden Verkehr ein. „Ist sie krank?"

Hunter zuckte mit den Schultern. „Ich weiß es nicht. Sie weint schon seit zwei Stunden so. Irgendetwas muss sie haben."

„Sie ist ein Baby", meinte die Frau schmunzelnd. „Liegt wohl daran."

„Niemand würde so schreien, wenn er nichts hätte."

„Vielleicht wollte sie nur eine Runde durch die Stadt drehen."

Hunter schnaubte. „Das wäre ja noch schöner", brummte er.

Die Taxifahrerin lachte leise. „Sie weint nicht mehr, oder?"

Er richtete sich auf und starrte Daisy an. „Sie haben recht. Sie hat sich beruhigt." Nicht nur das, ihr fielen sogar die Augen zu.

„Passiert immer wieder", tröstete die Frau. „Ich habe selbst drei von der Sorte großgezogen, und ich kann Ihnen nicht sagen, was Eltern gemacht haben, ehe das Auto erfunden wurde." Sie hielt an. Die Ampel zeigte Rot. „Wollen Sie immer noch zur Dritten und Vierundfünfzigsten?"

„Nein", sagte er. „Fahren Sie einfach ein bisschen herum."

Sie lächelte ihn im Rückspiegel an. „Sie sind ein kluger Mann."

Nein, dachte er, als sie zum Riverside Drive hinunterfuhren. Ein kluger Mann hätte sich das alles gar nicht erst aufgehalst.

1. KAPITEL

Wo ist das Kind?", schrie der Regisseur, ein Neurotiker höchsten Grades mit vierfachem Magengeschwür. „Das Model kann ohne das Kind nicht arbeiten."

Hunter Phillips konnte sich lebhaft vorstellen, was Custer am Little Big Horn gefühlt haben musste. „Wo ist das Kind?", erkundigte er sich bei der Produktionsassistentin, die ihm am nächsten stand. „Das ist eine Werbung für Windeln. Die kann man nicht ohne Kind machen."

Die Augen der Assistentin weiteten sich. Sie musterte Hunter überrascht. „Ich dachte, das wäre das Kind."

„Das ist mein Kind", antwortete er und hob die acht Monate alte Daisy von seiner linken Schulter auf die rechte. „Wo ist das Berufsmodel?"

Die Assistentin drückte ihr Klemmbrett an sich und holte tief Luft. „Weiß ich nicht."

„Was ist nun, Phillips?" Der Regisseur sah aus, als würde ihm gerade das fünfte Magengeschwür wachsen. „Zeit ist Geld."

Das hat man denen in Yale beigebracht? dachte Hunter. „Denise sieht mal nach. Sie wissen doch, wie das mit dem Verkehr so ist. Wahrscheinlich stecken sie irgendwo im Midtown Tunnel fest."

Der Produzent warf einen interessierten Blick auf Daisy. „Was ist mit ihr?"

Daisy wählte genau den Moment, um Apfelsaft auf Hunters letzte gute Armani-Jacke zu spucken. Alles hatte ein Ende …

„Vergessen Sie, dass ich etwas gesagt habe", brummte der Produzent. „Wir brauchen ein Berufsmodel."

„Genau, verdammt!", fluchte Hunter. Nie würde er zulassen, dass Daisy in dieses Affentheater hineingezogen würde, nur weil irgendwer irgendwo Mist gebaut hatte. Amanda Bennett, das beste Babymodel im Land, war für die Rolle engagiert worden. Bloß Amanda war nirgends zu sehen, und man konnte nun mal schlecht einen Dreißig-Sekunden-Werbespot für umweltfreundliche Wegwerfwindeln ohne die Hauptperson, die sie tragen sollte, drehen.

Die junge Produktionsassistentin legte den Hörer des Wandtelefons auf und drehte sich zu den versammelten Angestellten von Crosse, Venner und Saldana, einer bekannten Werbeagentur, um. „Die Mutter hat ihre Meinung geändert", sagte sie mit Tränen in den Augen. „Sie hat einen Exklusivvertrag mit Pampers unterschrieben. Pech für uns."

Alle Blicke richteten sich auf Hunter und Daisy. „Vergessen Sie es!", wandte er sofort ein. „Sie ist kamerascheu."

„Das ist Schicksal", erwiderte der Regisseur. „Karma. Sie müssen sie uns testen lassen. Wenn wir dem Alten bis fünf nichts liefern, rollen sämtliche Köpfe."

Mit anderen Worten, er sollte das geringere der beiden Übel wählen. Daisy war vergangene Nacht sechsmal aufgewacht, und Hunter hatte kaum mehr als eine Stunde Schlaf gehabt. Das mochte ihm mit zweiundzwanzig gereicht haben, aber mit vierunddreißig war es nicht einmal annähernd genug. Es war erst zehn Uhr morgens, und er fühlte sich schon gerädert.

„Lasst mir ein paar Minuten Zeit", sagte er und ging zur Tür. „Ich hole mein Adressbuch und sehe nach, was ich tun kann." Er war nicht bereit, ihnen seine Tochter so einfach auszuliefern.

Er stieß die Schwingtür auf, trat in den Flur hinaus und stand direkt vor einer blendend aussehenden Frau. Das Fotomodel lehnte an einer Leiter, rauchte lässig eine Zigarette und hatte den Blick wie einen Laserstrahl auf ihn gerichtet. Sie war eine jener großen, schlanken Blondinen, die davon lebten, dass sie anderen Menschen Sachen verkauften, die diese nicht wollten. Es hatte mal eine Zeit gegeben – als er noch Liebeskraft besessen hatte –, da hätte eine Frau wie sie ihn magisch angezogen.

Hunter grinste. Die Schöne erwiderte huldvoll sein Lächeln. Es war schon länger her, dass er mit irgendjemand geflirtet hatte. Frisch gebackene Väter fanden nicht viel Zeit zum Flirten.

„Hallo!", sagte sie.

„Hallo", antwortete er und bemühte sich um einen Ton, der leicht an Rambo erinnern sollte.

„Sie sind ganz nass."

„Wie bitte?" Er hatte eine Reihe verrückter Annäherungsversuche erlebt, aber das war schon einmalig.

Sie ließ ihren Blick tiefer gleiten und wandte sich dann ab. „Ihre Hose. Sie sind ganz nass."

Er stöhnte. Die Bilder eines romantischen Erlebnisses zerplatzten wie eine Seifenblase. Daisy sabberte glücklich und zog mit ihren patschnassen Fingern an seinem Ohr. Das Fotomodel kehrte ins Studio zurück und ließ ihn mit Ei im Gesicht, Apfelsaft auf seiner Schulter und dem üblichen Nass auf der Hose stehen. Es gab nichts Besseres als eine triefende Windel, um einen Mann auf den Boden der Wirklichkeit zurückzuholen.

„Danke, Daisy", brummte er und sah das rosige, hellhaarige Baby mit den blauen Augen betrübt an. „Du hast wohl etwas gegen langbeinige Blondinen, was?"

„Sie war nicht Ihr Typ."

Er blinzelte. Bisher hatte Daisy noch kein Wort gesagt. Das wäre ein schrecklicher Anfang.

„Hier oben", meldete sich eine leise weibliche Stimme. „Auf der Leiter."

Er schaute hoch und sah eine kleine Gestalt in schwarzen Leggings und einem knallroten Pullover. Ein weißes T-Shirt lugte aus dem V-förmigen Ausschnitt hervor, und große glänzende Goldreifen hingen an ihren Ohren. Sie hockte auf der obersten Sprosse der Leiter.

„Vergessen Sie die Fotomodeltypen", sagte sie vergnügt und schüttelte ihr kurzes, schwarzes glattes Haar nach hinten. „Sie wissen nie, was man im Notfall macht."

„Ich nehme an, Sie wissen es aber?"

„Soda. Es kann Wunder wirken."

„Ich werde daran denken."

„An Ihrer Stelle würde ich nicht zu lange warten. Wenn die Flecken erst einmal getrocknet sind, kann man nichts mehr machen."

„Wissen Sie, ich weiß guten Rat zu schätzen", entgegnete er und wurde ein wenig ungeduldig. „Nur im Moment habe ich wichtigere Dinge im Kopf, als Flecken auszuwaschen."

„Ich weiß", erwiderte sie trocken. „Sie sah gut aus, aber sie ist nach drinnen gegangen."

„Vergessen Sie Marcy", meinte er. „Ich suche jemand Jüngeres."

„Seien Sie vorsichtig", riet sie ihm über die Schulter und stieg von der Leiter herunter. „Damit könnten Sie rasch in Schwierigkeiten geraten."

„Ein Baby", erklärte er ihr und hob Daisy wieder auf die andere Schulter. „Sie wissen nicht zufällig, wo ich eines finden kann, oder?"

„Also ist es doch wahr", sagte sie und schaute ihn an. Sie hatte genauso blaue Augen wie Daisy. „Ich habe so ein Gerücht gehört, Amanda sei zur Konkurrenz übergelaufen."

„Hat ihre Trainingshosen genommen und ist auf und davon." Er warf ihr einen zweiten Blick zu. „Sind Sie von Fancy Pants Windeln?"

„Ich bin die Kinderbetreuerin."

Seine Augen weiteten sich. „Ach ja?"

„Ich entlocke den Kleinen das entzückende Lächeln vor der Kamera."

„Sie vollbringen solch ein Wunder", meinte er und schmunzelte. „Warum haben Sie das nicht gleich gesagt?"

461

„Hatte nicht viel Sinn", antwortete sie in ihrer leisen Art. „Ohne das Baby bin ich nichts."

„Mir geht es genauso. Wenn ich nicht rasch für Ersatz sorge, kann ich Steine klopfen gehen."

Sie kam näher, und er nahm den Duft nach frischen Blumen wahr, der von ihr ausging, als sie nach Daisys kleiner Hand griff. „Sie ist hübsch." Sie sah ihn an. „Ich glaube, sie könnte es wie von selbst."

„Kommt nicht in Frage!", wehrte er ab. „Suchen Sie sich ein anderes Baby."

„Hören Sie, Mr ..." Sie hielt inne.

„Hunter."

„Hören Sie, Mr Hunter, ich ..."

„Hunter ist mein Vorname."

Daisy produzierte kleine Bläschen mit ihren Lippen. Hunter und die Frau lachten auf.

„Jeannie Ross." Sie reichte ihm die Hand. Ihr Griff war fest und ihre Hand zierlich.

„Hunter Phillips."

„Ich habe keinen Vorteil davon, Hunter. Ich bekomme mein Geld, ob wir drehen oder nicht."

Daisy streckte ihre kleinen Arme nach Jeannie aus.

„Was ist denn das?", wollte Hunter wissen. „Eine Verschwörung?"

„Darf ich?" Jeannie griff nach Daisy, und die Kleine ließ sich gern von ihr auf den Arm nehmen. „Sie ist so hübsch."

Hunter bemerkte sofort, wie geübt Jeannie Daisy auf dem Arm hielt und den seligen Blick seiner Tochter, als sie mit ihren Patschhändchen an den glänzenden Ohrringen zupfte.

„Ich möchte mein Kind nicht ins Showgeschäft lassen."

„Aus einem Drehtag ist noch keine Karriere geworden", erwiderte Jeannie Ross. „Was bleibt Ihnen denn anderes übrig? Wenn Sie nicht bald jemanden finden, ist für Sie Feierabend. Sie sagten es eben selbst."

Er zuckte zusammen. „Sind Sie immer so offen?"

Ihr Lächeln schwächte ihre Worte ab. „Ich habe gelernt. Es spart Zeit."

„Eine Stunde", sagte er. „Wenn sie den Streifen nicht in sechzig Minuten fertig haben, ist sie wieder draußen."

„Einverstanden." Sie musterte Hunter und schüttelte den Kopf. „Jetzt beruhigen Sie sich, ja? Ich verspreche Ihnen, es wird ihr gefallen. Ich sorge dafür."

Es war das übliche Gedränge.

Hunter hatte nie besonders darauf geachtet, aber heute kam es ihm so vor, als hätte er nie in seinem Leben eine abscheulichere Gruppe Menschen zusammen gesehen.

Der Gedanke, dass sein kleines Mädchen von ihnen begrapscht wurde, jagte ihm einen kalten Schauer über den Rücken. Wenn Jeannie Ross nicht da gewesen wäre, hätte er Daisy geschnappt und wäre gleich auf Jobsuche gegangen.

Daisy weinte nur ein Mal, als die Assistentin mit der Regieklappe dicht vor ihr herumfuchtelte, um die nächste Szene zu markieren. Sofort war Jeannie da, beruhigte das kleine Mädchen und achtete darauf, dass ihr niemand mehr die Klappe so dicht vor das Gesicht hielt.

Hunter schaute dem ganzen Geschehen mit gemischten Gefühlen zu. Er war bestürzt und stolz zugleich, wie leicht die Kleine das Drehen hinter sich brachte. Selbst der Regisseur, so hartgesotten wie er war, konnte sich bei Daisys Charme ein Schmunzeln nicht verbeißen.

Hunter war überrascht, dass es ihn schmerzte, wie gut seine Kleine ohne ihn zurechtkam. Aber nachdem er das überwunden hatte, fiel ihm auf, wie hübsch Jeannie anzusehen war. Sie war auch ein Naturtalent, wenn man sah, wie sie mit kleinen Kindern umgehen konnte. Sie hockte am Rand, schnitt Grimassen, machte Seifenblasen und tat einfach alles, was Daisy zum Lachen brachte und glücklich machte.

Vielleicht gab es doch so etwas wie Mutterinstinkt, überlegte Hunter. Denn selbst nach acht Monaten verstand er nicht immer sofort, was Daisy wollte oder brauchte.

Das arme Kind. Fremde verstanden es besser als er. Jeannie verlangte von ihr nichts, was die Kleine nicht von sich aus ganz natürlich geben konnte.

„Sie ist die Beste im Geschäft", flüsterte die junge Produktionsassistentin, als Jeannie Daisy ein Lachen für die Kamera entlockte.

„Daisy?"

Die Assistentin schüttelte den Kopf. „Jeannie. Ich möchte wetten, sie könnte jeden Tag mehrere Aufträge haben, wenn sie wollte."

Hunter widersprach ihr da nicht. Babys waren zurzeit groß im Geschäft. Jeder Geschäftsmann von der Madison Avenue bis Hollywood verlangte nach Kleinkindern, um seine Waren anzupreisen. Jeannie war eine der wenigen, die es verstand, schreiende Kleinkinder in ausgereifte Berufsmodels zu verwandeln.

„Sie kann so gut mit Kindern umgehen", raunte die Assistentin neben ihm. „Es ist eine Schande, dass sie keine eigenen hat."

Er blickte auf Jeannies Ringfinger und bemerkte, dass er bloß war. Es ging ihn zwar nichts an, ob sie verheiratet war oder nicht, doch es überraschte ihn, dass sie ungebunden war.

Sie strahlte eine Wärme, eine Zärtlichkeit gemischt mit einer schlummernden Sexualität aus, die stärker war als der zur Show getragene Sexappeal so mancher Models, mit denen er sich früher getroffen hatte. Obwohl Jeannie recht klein war, besaß sie eine wohlproportionierte Figur, was nicht weniger anziehend wirkte.

Genau wie Jeannie versprochen hatte, war die Arbeit für Daisy nach knapp einer Stunde vorbei. Hunter fühlte sich fast enttäuscht.

„Die Kleine ist großartig, Phillips", sagte der Regisseur, nachdem er die Sache für erledigt erklärt hatte. „Sie kann eine Menge Arbeit bekommen, wenn Sie wollen."

„Vergessen Sie es", brummte Hunter. „Das war das erste und letzte Mal."

„Ihr Pech", erwiderte der Regisseur. „Es gibt nicht viele Kinder in dem Alter mit so einer starken Persönlichkeit."

Jeannie Ross kam mit Daisy auf Hunter zu. „Ihre Tochter ist ein Traumkind", sagte sie lächelnd. Ihre blauen Augen strahlten. „Ich wünschte fast, die Dreharbeiten hätten länger gedauert."

Hunter nahm ihr seine Tochter ab. Daisy fing sofort an zu weinen, als Jeannie sie losließ. „Zumindest versteht sie es, sich den richtigen Zeitpunkt auszusuchen", bemerkte er über Daisys Jammern hinweg. „Sie hat gewartet, bis sie von der Bühne ist."

Jeannie klopfte Daisy auf den Po. „Ich glaube, es gibt da ein kleines Problem."

Hunter verzog das Gesicht. Es gab ein paar Dinge, an die er sich als Vater noch immer nicht ganz gewöhnt hatte. „Vielleicht sollte ich mir das Honorar in Windeln auszahlen lassen."

„Kinder bleiben nicht für immer Babys", bemerkte Jeannie. Ihre Stimme klang noch immer fröhlich, aber das Strahlen in ihren Augen verschwand. „Genießen Sie es, solange sie so klein ist."

Er hob Daisy auf den anderen Arm. „Sie waren großartig heute Morgen. Ich bin beeindruckt."

Sie senkte den Kopf. „Danke. Manche Frauen sind Raketenforscherinnen, andere Kinderbetreuerinnen."

„Ich habe gehört, Sie sind eine der besten im Geschäft."

„Kleinigkeit", antwortete sie. „Wenig Konkurrenz."

„Sie sollten lernen, ein Kompliment anzunehmen, Ross. Ich schmeiße damit nicht so um mich."

„Dann geben Sie es an Ihren Boss weiter", erwiderte sie fröhlich. „Die Arbeit kann ich immer gebrauchen." Jetzt strahlten ihre Augen wieder. „Aber sagen Sie ihm auch, dass ich ab heute Abend Ferien habe." Sie hatte noch einen Auftrag heute Nachmittag, anschließend sechs Wochen frei, und danach sollte sie für einen Auftrag nach Maui fliegen.

„Ich muss Daisy eben die Windeln wechseln. Aber dann könnten wir irgendwo etwas zusammen essen gehen. Ich bin Ihnen schließlich etwas dafür schuldig, dass sie meine Haut gerettet haben."

Sie zögerte. Ihr Blick ruhte auf Daisy. „Es ist nicht so, als würde ich Ihr Angebot nicht schätzen, Hunter, aber ich glaube nicht, ich …"

„Schon gut", unterbrach er sie. Offenbar war Daisy hier die ganze Anziehungskraft. „Danke, dass Sie so gut auf sie aufgepasst haben."

Sie drückte der Kleinen sacht einen Fuß. „Gern geschehen. Sie ist süß."

Daisy schrie erneut auf, und Hunter bekam sofort ein schlechtes Gewissen. „Ich wechsle ihr besser die Windel."

Jeannie nickte. „Bis dann, Hunter."

Er sah ihr nach, wie sie den Flur hinunterlief. „Das war's mit Flirten", sagte er zu Daisy auf dem Weg zu seinem Büro, wo er einen Windelkarton aufbewahrte. Es hatte eine Zeit gegeben, da hatten sich die Frauen um ihn gerissen. Jetzt kam es ihm jedoch so vor, als wäre Daisy die einzige weibliche Person, die sich um ihn riss.

Nicht allzu viele Frauen, die er kannte, waren bereit, eine fertige Familie in Kauf zu nehmen. Selbst ein Baby zu bekommen, war eine Sache, jedoch ein fremdes Kind großzuziehen, war etwas anderes. Das wusste er aus eigener Erfahrung.

Vor fünf Monaten war er das letzte Mal verabredet gewesen, und es sah nicht so aus, als würde er in naher Zukunft noch einmal so ein Glück haben. Wahrscheinlich war das gut so, da er oft kaum morgens Zeit hatte, sich die Zähne zu putzen, geschweige denn sich um noch jemanden zu kümmern.

Sie war sowieso nicht mein Typ, sagte er sich. Ihm gefielen schlanke langbeinige Blondinen. Jeannie Ross erreichte wohl knapp einen Meter Fünfzig, und ihr Haar war so schwarz wie die Nacht.

Dennoch konnte er sich des merkwürdigen Gefühls nicht erwehren, als wäre das nur der Anfang ihrer Bekanntschaft …

Jeannie stand an dem Abend an einem Imbissstand Schlange. Da sah sie ihn. Zuerst war sie sich nicht ganz sicher, dass der erschöpfte Mann mit dem schlafenden Baby auf dem Arm wirklich derselbe Werbemensch war, mit dem sie sich am Vormittag so nett unterhalten hatte. Doch sein markantes Profil verriet ihn. Es gab nicht allzu viele Männer in New York, die aussahen, als wären sie geradewegs einer Marlboro-Reklame entsprungen. Er lehnte am anderen Ende der langen Theke, hatte die Augen halb geschlossen und wartete offenbar auf das, was er bestellt hatte.

„Das übliche, Jeannie?" Thunfischbrot mit Mayonnaise, sauren Gurken und eine Diätcola.

„Und ein Brötchen. Heute war ein langer Tag."

Al schüttelte den Kopf. „Glauben Sie mir, ich finde Ihre Arbeit gut, Jeannie, aber wann kochen Sie sich mal eine richtige Mahlzeit?"

„Ach, Sie wissen ja, wie das ist, Al", sagte sie und warf einen verstohlenen Blick zu Hunter Phillips, der im Stehen zu schlafen schien. „Es bleibt nie genug Zeit, noch einkaufen zu gehen." Nicht ganz richtig, aber fast wahr.

Was Jeannie betraf, so gab es wochentags keinen einsameren Ort als einen Platz in der abendlichen Warteschlange an der Kasse. Man konnte eine Menge über einen Menschen erfahren, wenn man ihm in den Einkaufswagen guckte. Die Suppendosen für eine Person ließen eindeutige Schlüsse zu.

Al war noch mit ihrer Bestellung beschäftigt. Jeannie wandte sich leicht um und schaute sich mindestens zum dritten Mal nach Hunter um. Beim Anblick des hübschen blondhaarigen Babys auf seinem Arm fiel ihr das Schlucken schwer. Wenn Männer wüssten, welche Wirkung sie so auf eine weichherzige Frau hatten, würde sich manch ein Junggeselle ein Baby mieten, um so anziehend und verletzlich zugleich auszusehen.

Ich kann ja zu ihm gehen, dachte Jeannie.

Sie zögerte jedoch. Sie war ihm erst einmal begegnet, und das war schließlich rein geschäftlich gewesen.

Das Baby mochte ich aber gleich. Wäre es nicht schön, es noch einmal auf den Arm nehmen zu können?

Sie wich einen Schritt zurück. Umso mehr ein Grund, von ihm wegzubleiben. Sie konnte es sich nicht leisten, sich auch nur für einen Augenblick an seine kleine Tochter zu gewöhnen.

Ich brauche ihn mir ja nur genau anzusehen. Er sieht richtig bemitleidenswert aus.

Gut aussehende dunkelhaarige Männer mit kräftigen Schultern konnten nicht bemitleidenswert sein, selbst wenn sie sich anstrengten. Wahrscheinlich wartete zu Hause eine ebenso gut aussehende Frau auf ihn und noch drei weitere, nette Kinder.

„Hier ist Ihr Sandwich, Jeannie." Al beugte sich vor und reichte ihr eine braune Papiertüte. „Bon appétit."

„Bis morgen, Al." Sie nahm die Tüte und ging zur Kasse. Sie war sicher, sie würde hier wegkommen, ehe Hunter Phillips sie entdeckte.

Sie wollte ihr Wechselgeld gerade einstecken und nach draußen huschen, als es geschah.

„Jeannie? Sind Sie's?"

Langsam drehte sie sich um. „Hunter." Sacht berührte sie den Fuß der schlafenden Kleinen. „Hallo, Daisy."

Aus der Nähe sah er noch erschöpfter aus. Dunkle Ringe zeigten sich unter seinen braunen Augen. Er musste ein Gähnen unterdrücken. Seine elegante Krawatte sah aus, als wäre sie in eine Dreschmaschine geraten, und seine Hose hatte sich nicht mehr retten lassen nach dem kleinen Zwischenfall von heute Morgen.

Seltsamerweise störte sie das alles nicht. Ihr kam es eher so vor, als sähe er so müde und zerknittert noch anziehender aus als mancher Bräutigam am Tag seiner Hochzeit.

„Wohnen Sie hier in der Nähe?", fragte er und hob Daisy etwas höher.

Jeannie nickte und bemühte sich, nicht hinzusehen, wie die Patschhändchen der Kleinen auf der Wange ihres Vaters ruhten. „Der alte Bau aus der Vorkriegszeit auf der anderen Straßenseite."

Er gab einen leisen Pfiff von sich. „Das Haus kenne ich. Hohe Decken, großartiger Ausblick … Wie haben Sie das geschafft?"

„Pures Glück. Ich kam in die Stadt, als eine alte Bekannte von mir ihre Collegeausbildung beendet hatte. Ich wohne zur Untermiete." *Na gut, jetzt bin ich an der Reihe.* „Sind wir Nachbarn?"

Er nannte eine Adresse zwei Häuserblöcke weiter. „Nicht so beeindruckend wie ihr Haus, aber es gefällt uns."

Uns. Hunter und Daisy? Hunter und Frau und Daisy? Ich brauche ihn nur zu fragen, ich Närrin. Das ist schließlich kein Verbrechen.

„Frikadelle mit Brot, Extraportion Senf, Kohlsalat", rief jemand hinter der Theke.

„Hier", meldete sich Hunter. „Ich komme sofort."

„Hören Sie, ich will Sie nicht aufhalten", sagte Jeannie.

Er suchte nach seiner Brieftasche und versuchte, dabei seine Aktentasche, den Windelkarton sowie das schlafende Kind zu balancieren.

„Kommen Sie her, ich helfe Ihnen", sagte Jeannie und wollte ihm Aktentasche und Windelkarton abnehmen. Er reichte ihr stattdessen die Kleine.

467

Daisy machte die Augen auf. Sie sah Jeannie halb verschlafen an, wie Kinder das so gut können, steckte dann den Daumen in den Mund und schlief prompt wieder ein. Im ersten Augenblick hätte Jeannie die Kleine am liebsten der Kassiererin übergeben und wäre um ihr Leben gerannt, doch dann setzte die Vernunft ein.

Ich arbeite acht Stunden am Tag mit Babys, sagte sie sich, nehme sie auf die Arme, spiele mit ihnen und trockne ihnen die Tränen. Das ist nichts anderes.

War es aber doch. Jeannie wusste nicht wie oder warum, aber vom ersten Moment an, als sie Daisy und Hunter gesehen hatte, hatte sie das Gefühl gehabt, ihr Leben würde nie wieder so sein wie vorher.

„Albern", sagte sie laut und rieb ihre Nase an Daisys gut duftendem Hals. Sie war müde und hungrig und konnte nicht klar denken. Ein Baby war ein Baby. Morgen würde sie mit Amanda oder Troy arbeiten, und Daisy würde nicht mehr als irgendeines der knuddeligen kleinen Gesichter in ihrem Erinnerungsalbum sein. „Was braucht dein Vater so lange?" Sie wandte sich zur Theke um, wo Hunter in eine Unterhaltung mit Al vertieft war. Hunter hatte eine braune Papiertüte in der Hand, nicht größer als ihre, und nahm noch eine zweite doppelt so große entgegen.

„Sie haben einen ganz schönen Appetit", bemerkte sie, als er wieder zurückkam.

„Die ist für mich", sagte er und hielt die kleinere der beiden Tüten hoch. „Die andere ist für uns beide."

Sie war zu überrascht, um sofort zu antworten. „Für uns beide?", brachte sie schließlich über die Lippen.

„Ja", antwortete Hunter, als hätten sie das schon hundertmal durchgesprochen. „Ich wollte Sie für heute Nachmittag zum Essen einladen."

„Und ich hatte abgelehnt." Sie versuchte, nicht darüber nachzudenken, dass Daisy das Gesichtchen an ihre Wange gelehnt hatte. „Ich trenne Arbeit und Vergnügen sorgfältig."

„Wir haben geschäftlich nichts mehr miteinander zu tun. Daisy ist im Ruhestand."

„Möglich", entgegnete Jeannie. „Aber Sie nicht."

„Keine Sorge. Die Chance, dass wir beide zusammen arbeiten müssen, steht eine Million zu eins." Er hatte selten etwas mit Werbeaufträgen zu tun, für die Kinder oder Tiere gebraucht wurden. Sie jedoch arbeitete nur in solchen Fällen.

„Woher wissen Sie, dass zu Hause nicht ein Ehemann auf mich wartet?"

Sein Gesichtsausdruck verriet ihr, dass er seine Einladung gar nicht von der romantischen Seite betrachtet hatte. „Er kann gern mitkommen." Er hielt für einen Atemzug inne. „Sind Sie verheiratet?"

Sie schüttelte den Kopf. „Sie?"

„Nein. Daisy und ich sind allein."

Er hatte dieses Lächeln, das eine Frau ungewollt körperlich spürte. Nicht dass es Jeannie etwas ausmachte. Sie war nicht mehr an ihm interessiert als er an ihr.

„Na, was sagen Sie, Jeannie? Abendessen ohne irgendwelche Verpflichtungen. Bei mir sieht es zwar aus wie im Schweinestall, aber ich kann uns am Tisch etwas Platz machen."

Sie dachte an ihre makellose, saubere Wohnung. Ruhig. Aufgeräumt. Einsam.

„Warum kommen Sie mit Daisy nicht zu mir?" Die Worte rutschten ihr heraus, ehe sie merkte, was sie da sagte.

„Klingt prima." Er tauschte seine Papiertüten gegen seine Tochter aus. „Lassen Sie mich meine Sachen nach Hause bringen, etwas für Daisy einpacken, und wir sind bei Ihnen."

„Klingeln Sie zweimal, dann lasse ich Sie rein", sagte sie. „Der Pförtner hat Urlaub."

„In einer halben Stunde?", fragte Hunter.

Sie nickte. „In Ordnung."

2. KAPITEL

Es dauerte eine Weile, bis Jeannie zur Tür kam. Hunter und Daisy warteten geduldig, während sie die verschiedenen Schlösser, Ketten und Riegel öffnete, die in einer Stadtwohnung notwendig waren.

„Hallo", sagte sie und zog die Tür weit auf. „Kommen Sie herein."

„Woher wussten Sie, wer es ist?", fragte er. Seine Stimme klang ungemein fürsorglich. „Sie haben nicht zuerst durch den Spion geguckt."

Sie lachte, bat ihn herein und schloss hinter ihm die Tür. „Sie haben zweimal geklingelt, wie abgemacht."

„Jeder andere hätte auch zweimal schellen können. Das ist nicht gerade ein Geheimcode."

„Sie überraschen mich, Hunter", meinte sie und streckte ihre Arme nach Daisy aus. „Ich hätte nicht gedacht, dass Sie der Typ sind, der sich Sorgen macht."

„Was glauben Sie, was einem nach achtmonatiger plötzlicher Vaterschaft übrig bleibt", erwiderte er und übergab ihr Daisy.

Jeannie sah ihn an, als wollte sie etwas sagen, schien es sich jedoch dann anders zu überlegen. „Die Garderobe ist links neben der Tür", sagte sie bloß.

Er streifte seine abgetragene Lederjacke ab, eines der wenigen Kleidungsstücke, das Daisy noch nicht gekennzeichnet hatte. „Schon gut. Ich hänge sie einfach über einen Stuhl."

„Haben Sie auch etwas für Daisy mitgebracht?"

Er deutete auf eine große Reisetasche zu seinen Füßen. „Alles, bis auf ihre Nachtlampe."

Jeannie hantierte mit dem Baby herum wie jemand, der viel Übung darin hat. Hunter beneidete sie, wie leicht sie Daisy auf einer Hüfte balancieren konnte, während sie in der Tasche herumstöberte. Ehe es ihm richtig bewusst wurde, hatte Jeannie auf dem Boden neben dem Esstisch über einem hübschen handgeknüpften Teppich eine Decke ausgebreitet. Seltsam, aber Daisys farbenfrohes Spielzeug wirkte, als passe es genau hierher.

Genau wie Daisy. Jeannie zeigte keine Regung, als die Kleine über die Decke krabbelte, den teuren Teppich erreichte und munter vor sich hin sabberte.

„Keine Sorge", sagte Jeannie, als Hunter sich bückte, um seine Tochter wegzuziehen. „Der Teppich gehört mir, nicht Clare. Er hat schon Schlimmeres überstanden."

Hunter konnte an ihrer offenen, ehrlichen Art erkennen, dass sie meinte, was sie sagte. Babys wurden nun mal mit gewissen Fehlern geboren. Nassen Windeln. Sabbern. Klebrigen Fingern. Es wunderte ihn nicht, dass Freunde sich mit ihm nur an öffentlichen Plätzen trafen.

„Ich fürchte, die Wohnung ist für Babys nicht ganz sicher. Lassen Sie Daisy nicht aus den Augen", bat sie. „Ich decke eben den Tisch."

Fünf Minuten später saßen Jeannie und er am Tisch. Er hatte einen tragbaren Babysitz eingepackt, und Daisy thronte stolz zwischen ihnen. Mit ihren kleinen Händen hämmerte sie in ihrem eigenen Rhythmus auf dem Plastikteller herum, der vor ihr stand. Jeannie hatte noch ein rot-weiß und blau gestreiftes Lätzchen gefunden, das einer ihrer Neffen bei einem Besuch vergessen hatte, und Hunter hatte es Daisy umgebunden.

„Greifen Sie zu", sagte Jeannie und deutete auf das Essen. „Ich möchte Daisy gern füttern."

„Da fühle ich mich ja wie im Urlaub. Ich habe gedacht, Sie hätten bei der Arbeit genug mit Kindern zu tun."

„Das ist etwas anderes", antwortete Jeannie. „Daisy ist ein Sonderfall."

Hunter lebte davon, dass er den Menschen Dinge verkaufte, die sie nicht brauchten. Er kannte sich aus mit Schmeicheleien. Er merkte, ob sie ehrlich gemeint waren oder nicht. Doch wenn er Jeannie so zusah, wie sie Daisy fütterte, konnte er nicht anders, als ihr zu glauben, dass sie es wirklich ehrlich meinte.

Zumindest hoffte er, dass es ehrlich war, obwohl er nicht sagen konnte, warum ihm das wichtig war. Sie waren nicht einmal Freunde – verdammt, sie kannten sich kaum.

Allerdings hätte er nichts dagegen gehabt, daran etwas zu ändern. Ihr T-Shirt lag so eng an ihren Brüsten, dass er sehen konnte, wie rund und fest sie waren. Sie trug keinen BH, und sein Blick glitt mehrmals wie magisch angezogen zu den schemenhaften Umrissen ihrer Knospen.

Jeannie rutschte leicht zur Seite und griff nach einem Lappen, um Daisy den Mund abzuwischen. Ihr T-Shirt glitt hinten im Rücken et-was hoch, sodass er ihre schmale Taille sehen konnte. Er zweifelte nicht daran, dass er sie leicht mit den Händen umfassen könnte.

Ich muss mich zusammenreißen, hielt er sich vor. Eine farbige Parade erotischer Bilder zog blitzschnell an seinem geistigen Auge vorbei. Wie ihre Wangen glühen würden vor Leidenschaft ... Wie weich ihre Haut sein mochte ... Wie herrlich ein Kuss schmecken würde ... Wie sie sich ihm hingeben würde ...

„Hunter?" Jeannie riss ihn aus dem Nebel sexueller Erregung. „Haben Sie was?"

„Nein, nein", murmelte er und wandte sich dem Essen zu. „Alles in Ordnung."

Er vertilgte die Frikadellen und ein halbes Thunfischsandwich. „Greifen Sie zu, Jeannie, solange noch etwas da ist", sagte er.

Sie lachte und wischte Daisy das Gesicht ab. „Das müssen Sie gerade sagen. Ihre Tochter hat einen ganz hübschen Appetit."

„Das hat sie von ihrer Mutter geerbt", antwortete Hunter und war erleichtert, dass er sich auf neutralem Boden bewegen konnte. „Callie konnte essen wie ein Holzfäller."

Sie hatte sich schon gefragt, wann sie auf dieses Thema kommen würden. „Sind Sie Witwer?"

Er schüttelte den Kopf. „Bin nie verheiratet gewesen."

„Ach so." Sie streute Pfeffer auf ihr Thunfischsandwich und rückte die Gurkenstreifen zurecht. Wir leben immerhin in den neunziger Jahren, ermahnte sie sich. Familien entstanden nicht mehr nur nach dem Mutter-Vater-Kind-Ideal. Sie hätte allerdings gern gewusst, wer die Mutter war und … wo sie war.

„Keine weiteren Fragen?"

Ihre Wangen röteten sich. „Das geht mich ja nichts an."

„Callie war meine Schwester." Er holte tief Luft und wehrte sich gegen den Schmerz, den er jedes Mal wieder von Neuem empfand, wenn er darauf zu sprechen kam. „Sie ist bei Daisys Geburt gestorben."

„Oh, nein … Hunter." Sofort stand sie neben ihm und legte ihm leicht die Hand auf die Schulter. „Das tut mir leid."

„Mir auch", flüsterte er. Er würde nie den nächtlichen Anruf vergessen … oder die schrecklichen Worte. „Sie hat in Tokio gelebt und als Übersetzerin dort gearbeitet. Ich wollte zu ihr fliegen, sobald das Baby geboren war, aber …" Er konnte plötzlich kaum schlucken. „Als das Telefon nachts schellte, wusste ich Bescheid. Der Arzt brauchte es mir nicht mehr zu sagen." *Es tut mir leid, Mr Phillips. Sehr leid.*

„Und was ist mit Daisys Vater?"

Er hob die Schultern an. „Eine von Callies Freundinnen meinte, es könnte ein Engländer sein, der dort mit ihr zusammengearbeitet hat, aber wir wissen es nicht genau." Sein Lachen klang bitter. „Ihre biologische Uhr hat so laut getickt, sie konnte an nichts anderes mehr denken. Sie wollte unbedingt ein Baby vor ihrem vierzigsten Geburtstag, egal was kommen mochte. Der Vater war Callie unwichtig."

Jeannie verstand seinen Schmerz besser, als er es sich jemals würde vorstellen können. „Der Wunsch nach Mutterschaft kann sehr stark sein, Hunter. Die meisten Frauen würden alles für ihre Kinder geben."

Er schaute ihr in die Augen. „Sogar ihr Leben?"

„Wenn das Schicksal es so will."

Hier geschah irgendetwas. Hunter merkte nicht immer gleich alles, aber er wusste, dass plötzlich etwas anders war. Nach außen hin sprachen sie von Callie, aber er spürte, dass Jeannie mit ihren Gedanken woanders weilte.

Ausgerechnet in dem Moment drehte Daisy ihren Teller mit dem restlichen Brei um.

„Das ist typisch meine Kleine", sagte er, griff nach einer Serviette, um den Brei aufzuwischen. „Immer im Mittelpunkt."

Jeannie verschwand in die Küche und kam mit einer Rolle Papiertücher zurück. „Zum Glück gibt es diese hier. Ich kann mir nicht vorstellen, dass es eine Mutter gibt, die sie nicht zu schätzen ..." Sie brach ab und wischte den Brei von Daisys Fuß.

„Hören Sie", sagte Hunter und hockte sich auf die Fersen. „Sie brauchen nicht erst zu überlegen, was Sie sagen. Das Leben geht weiter. Ich kenne das." Um ehrlich zu sein, es half ihm, über Callie zu sprechen. Bis auf die erforderlichen Behörden, was das Sorgerecht für Daisy betraf, hatte er weder mit Freunden noch mit sonst jemandem über seine Situation gesprochen und schon gar nicht über seine Gefühle.

Allerdings hatte ihn auch niemand gefragt.

„Was ist mit Ihren Eltern?", wollte Jeannie wissen und strich mit den Fingern über die Ecke des Teppichs. „Fühlten sie sich zu alt, um einen Säugling zu versorgen?"

Hunter spürte, wie sein Kinn sich verspannte. „Sie sind noch nicht zu alt", fuhr er sie an.

„Entschuldigung." Jeannie richtete sich auf. „Es geht mich sowieso nichts an."

„Es macht mir nichts aus, darüber zu sprechen."

„Tatsächlich?" Sie zog die Brauen hoch. „Sie hätten mich glatt täuschen können."

„Es ist eine lange Geschichte."

Jeannie warf die verbrauchten Papiertücher in den Abfalleimer hinter der Küchentür. „Ich gehe nirgendwohin."

Es kam ihm so vor, als hätte er acht Monate darauf gewartet, dass das jemand zu ihm sagen würde. „Meine Eltern haben Daisy nur einmal gesehen. Sie waren auf dem Weg zu den Bahamas und haben Zwischenrast gemacht, um ihre Enkelin kennenzulernen." Der ganze Besuch hatte gut fünfzehn Minuten gedauert. Daisy, blondhaarig, blauäugig und fröhlich, war Callie wie aus dem Gesicht geschnitten. Es war mehr gewesen, als sie ertragen konnten. „Auf dem Rückweg sind sie nicht vorbeigekommen."

„Haben sie das gewollt, oder lag das an Ihnen?"

„Sie haben es so gewollt."

Jeannie hatte das Gefühl, sie bahne sich einen Weg durch ein Minenfeld. „Manche Leute haben feste Ansichten, wie man ein Kind großziehen soll."

Ganz kurz schilderte er Jeannie, wie seltsam abweisend seine Eltern sich verhielten, nachdem er sie vom Tod ihrer Tochter verständigt hatte. Er hatte sie gebeten, ihn nach Tokio zu begleiten, doch sie hatten abgelehnt.

„Daisy war achtundzwanzig Stunden alt, als ich im Krankenhaus ankam." Die bittersüße Erinnerung zerriss ihm fast das Herz. „Ich habe sie auf den ersten Blick gehasst."

Jeannie hielt die Luft an und strich der Kleinen unwillkürlich liebevoll übers Haar.

„Ich hätte Daisy sofort eingetauscht, wenn ich dadurch meine Schwester wiederbekommen hätte." Von Trauer benommen hatte er sich mit einem Berg auszufüllender Formulare auseinandersetzen müssen. „Es hat drei Tage gedauert, bis ich schließlich alles geklärt hatte und Callie überführen lassen konnte. Ich war schon auf dem Weg zum Flughafen, als mir einfiel, was ich vergessen hatte – Daisy." Callies Tod hatte alles andere aus seinem Gedächtnis verdrängt. „Daisy lag noch auf der Kinderstation des Krankenhauses." Die Versuchung, einfach davonzulaufen, war groß gewesen. „Ich wollte kein Kind. Ich mochte mein Leben wie es war. Bei C V & S hatte ich einige Fortschritte gemacht und gute Aussichten auf eine steile Karriere. Aber es gab nur mich, sonst niemanden."

Jeannie kannte Hunter kaum, konnte ihn aber gut verstehen. Zorn. Schmerz. Das furchtbare Bedürfnis jedes Detail zu rekapitulieren. Sie hatte vor nicht allzu langer Zeit etwas Ähnliches durchgemacht.

Sie setzte sich hin und stützte ihre Ellenbogen auf den Tisch. Daisy spielte mit ihren bunten Plastikschlüsseln. Hunter schien sich ganz in den Erinnerungen zu verlieren.

„Daisy hat mich irgendwo zwischen Japan und Hawaii das erste Mal nass gemacht. Da wusste ich ganz genau, wir würden uns miteinander abfinden müssen." Seine Eltern waren in ihrer Trauer unerreichbar. Er hatte keine anderen Geschwister. „Ich habe mit dem Gedanken gespielt, ein nettes junges Paar zu suchen, das sie adoptieren würde. Ich habe sogar mit ein paar Anwälten gesprochen, die ich kannte, aber als es dann zum endgültigen Schritt kam, bin ich davor zurückgeschreckt."

Daisy war die Tochter seiner Schwester. Callie lebte in dem hilflosen Säugling weiter, und in gewisser Weise auch er. Nur ein kaltherziger Mensch hätte ihr den Rücken zukehren können. Selbst wenn er manchmal glaubte, dass er nicht viel besser sei, hatte er das nicht übers Herz gebracht.

„Ich bin nicht direkt der geeignete Vater", behauptete er ehrlich. „Ich hätte nie gedacht, dass ich jemals eine feste Bindung eingehen würde, viel weniger ein Kind großziehen."

„Sie haben das Richtige getan", sagte Jeannie leise. „Sie haben auf Ihr Herz gehört."

Der Blick, den er ihr zuwarf, war mehr als skeptisch. „Wir haben in den ersten sechs Wochen fünf Haushälterinnen gehabt …"

„Haben Sie jetzt eine Haushälterin?"

Er schüttelte den Kopf. „Die letzte ist nach Irland gegangen, um ihrer Tochter zu helfen. Was mir fehlt ist eine Leih-Ehefrau."

„Wie schaffen Sie das nur? Ich habe für so viele Werbeagenturen gearbeitet, ich weiß, wie wenig mitfühlend man da bei familiären Problemen ist." Wie oft hatte sie es miterlebt, dass Babys und Kleinkinder nachlässig behandelt wurden!

„Ich schaffe es auch nicht", gab Hunter zu. „Wenigstens in letzter Zeit nicht mehr. Daisy teilt sich seit zwei Wochen mein Büro mit mir."

„Die Bosse müssen ja richtig begeistert sein."

„Es wird allmählich knifflig", gestand Hunter. „Tragbare Autositze und Wiegen passen nicht ganz in die Vorstellungswelt der Agentur. Und jetzt wo sie mich zusätzlich unter Druck setzen, weiß ich nicht, wie lange ich es noch aushalten kann." Von seinem Ehrgeiz, den er hatte verdrängen müssen, ganz zu schweigen.

„Was meinen Sie mit ‚unter Druck setzen'?" Sie winkte ihm, ihr in die Küche zu folgen, wo sie Kaffee kochen wollte.

Hunter lehnte sich gegen den Türrahmen zwischen Küche und Esszimmer, sodass er Daisy im Auge behalten und mit Jeannie reden konnte. „Grantham schickt mich ab Donnerstag auf eine viertägige Kreuzfahrt. Ich soll die Werbekampagne für die Schiffsfirma ausarbeiten."

„Schwere Aufgabe", sagte Jeannie und maß das Kaffeepulver ab. „Ich fühle mit Ihnen."

Er warf ihr einen wenig begeisterten Blick zu. „Sie können das gern für mich tun, zusammen mit einem acht Monate alten Kleinkind."

Sie stellte den Kaffeeautomaten an und schwang sich auf die Anrichte. „Kennen Sie niemanden, der für die Zeit auf Daisy aufpassen könnte?"

475

„Niemanden, dem ich sie so lange anvertrauen würde."

„Freunde? Familie?"

„Meine Familie wohnt in Kalifornien, und für meine Freunde existieren Babys nur in Werbespots. Ich sitze zwischen zwei Stühlen, genau wie Grantham das gern sieht."

Ich könnte es tun, ging es Jeannie durch den Kopf, ich hätte am Wochenende Zeit. Doch sie bemühte sich sofort, den Gedanken zu verdrängen, und räusperte sich. „Ich wünschte, ich könnte Ihnen helfen, aber ..." Sie ließ ihren Satz unvollendet. Gefährlicher Boden war das. Es war so lange her, dass sie sich um jemanden hatte sorgen können. Und es war das Letzte, was sie jetzt brauchte.

„Ich würde Sie auch nicht danach fragen." Er sagte es ganz offen und entschieden. Aus irgendeinem unerfindlichen Grund fühlte es sich an wie eine Ohrfeige. „Ich bin verantwortlich für Daisy. Ich werde sie keinem Fremden aufhalsen, damit ich die Kreuzfahrt machen kann."

Eine befangene Stille senkte sich zwischen sie.

Im Nebenzimmer kaute Daisy glücklich auf ihren Plastikschlüsseln herum.

„Ich habe noch nie ein so ausgeglichenes Baby gesehen", bemerkte Jeannie und versuchte, die Stille zu unterbrechen. „Ist sie immer so ruhig?"

„Meistens. Man hat mir erzählt, wenn die Zähne kommen, ist das zu Ende."

Wieder stockte ihre Unterhaltung. Das Telefon klingelte, und Jeannie griff nach dem Hörer. Sicher war Hunter genauso dankbar für diese Unterbrechung wie sie.

Hunter hob Daisy aus ihrem Stuhl und ging mit ihr ins Wohnzimmer, damit Jeannie ungestört telefonieren konnte. Es war nicht seine Art, so offen mit einem Fremden zu reden. Nicht einmal seine engsten Kollegen auf der Arbeit kannten die ganze Geschichte über Callie und seine Eltern.

Wo er herkam, sprach man nicht über seine Gefühle. Er trat ans Fenster und schaute auf die von Bäumen eingesäumte Straße hinunter. Daisy gähnte und lehnte ihr Köpfchen an seine Schulter.

Jeannies Lachen drang von der Küche zu ihm herüber. Es kam ihm so vor, als erlebte er eine Szene aus einer Fernsehserie der Fünfzigerjahre. Mom kocht Kaffee. Dad entspannt sich nach dem Abendessen. Baby schläft schon.

Er hatte sich nie nach Heim und Herd gesehnt. Vielleicht, weil er als Kind das Gefühl gehabt hatte, dass diese Art von Leben seltsam leer sei.

476

Das Aroma des frischen Kaffees wehte zu ihm herüber. Jeannie hatte ihr Telefongespräch beendet, und er hörte sie mit Tassen und Tellern in der Küche herumhantieren. Eigentlich hatte er über Jeannie gestaunt. Er hätte sie sich in einer weniger aufwendigen Umgebung vorgestellt. Stattdessen musste er sich eingestehen, dass er ihre Wohnung sehr gemütlich fand.

Auch hatte er sich während des Essens Gedanken über ihre körperlichen Vorzüge gemacht, die Form ihrer Brüste, ihre Taille und ihr seidiges Haar bewundert. Aber ihre erotische Anziehungskraft ging noch weit darüber hinaus. Sie fühlte sich ganz offensichtlich wohl in ihrer Haut. Sie konnte freizügig geben und gehörte wohl zu jenen Frauen, bei denen ein Mann vergisst, wie kalt und einsam es auf der Welt ist.

Schade, dass sie nicht sein Typ war.

„Entschuldigen Sie, dass es so lange gedauert hat." Sie kam mit einem Tablett in der Hand ins Wohnzimmer. „Ich wollte mich mit meiner Freundin Kate zum Essen getroffen haben. Das war mir ganz entfallen."

Er blickte auf seine Uhr. „Es ist noch nicht einmal acht Uhr. Wenn das so ist, können Daisy und ich uns sofort verabschieden, damit Sie …"

„Seien Sie nicht albern!" Sie stellte das Tablett auf den Sofatisch und setzte sich auf die Couch. „Ich habe Urlaub, schon vergessen? Sechs Wochen, in denen ich nichts anderes tun kann als mich entspannen."

Er rückte für Daisy ein paar Kissen aneinander, dann nahm er Jeannie gegenüber Platz. Sie bewegte sich lässig-elegant, als sie den Kaffee in die zwei dicken roten Tassen einschenkte.

„Ich kann Ihnen Sahne, Zucker und was ihr Herz sonst noch begehrt anbieten."

„Schwarz."

„Aha, sie lieben ihn pur." Sie reichte ihm eine Tasse und rührte sich Zucker in ihre. „Ich kann nicht auf Zucker verzichten."

„Und ich nicht auf Pizza", sagte Hunter und lachte. „Mit viel Käse, Zwiebeln und Peperoni. Sobald Daisy Zähne hat, werde ich ihr das erste Stück kaufen."

Sie nippte an ihrem Kaffee. „Sie sind gern Vater, nicht wahr?"

„Ich liebe Daisy", gestand er ihr und griff nach den Schokoladenplätzchen. „Ich bin nicht ihr Vater."

„Sie stehen aber an der Stelle."

„Vielleicht, doch das ändert nichts an der Tatsache, dass sie meine Nichte ist und nicht meine Tochter."

„Für die Kleine sind Sie aber Daddy."

„Der Gedanke erschreckt mich", sagte er nach einer Weile. „Neuerdings fühle ich mich glücklich, wenn ich zwei passende Socken finde." Die Verantwortung, die er mit dem Großziehen des Kindes auf sich genommen hatte, war überwältigend. „Wer weiß? Eines Tages könnte ihr richtiger Vater vor der Tür stehen und sie zu sich holen wollen."

„Ich kann mir nicht vorstellen, dass das passieren sollte."

„Wer weiß", seufzte Hunter. „Ich habe jedenfalls aufgegeben zu raten, was die Zukunft mir bringt."

„Wissen Sie, trotz allem können Sie sich wirklich glücklich schätzen. Aus etwas Schrecklichem ist etwas Wunderbares erwachsen. Das passiert nicht alle Tage. Es geht eher andersherum."

Ihr Ton hatte sich leicht verändert. Er klang etwas wehmütig. Hunter überlegte, ob sie wohl tiefen Kummer kennengelernt hatte. Sie schien in seinem Alter zu sein. Es war ziemlich wahrscheinlich, dass sie in den Jahren den einen oder anderen Sturm erlebt hatte. Sie war jedoch nicht so davon gezeichnet, dass man es ihr anmerken konnte.

Daisy wachte auf, und Hunter machte ihr eine frische Windel, während Jeannie ihr eine Flasche wärmte. Sie bestand darauf, Daisy zu füttern. Hunter sah ihr zu, wie geschickt sie dem Baby die Flasche gab.

„Sie können das aber sehr gut", lobte er. „Gehört das auch zu ihren Aufgaben im Beruf?"

„Manchmal", antwortete sie und zog das Handtuch zurecht, das sie sich über die Schulter gelegt hatte. „Das hängt ganz von dem Auftrag ab. Ich könnte alles – angefangen von Ersatzmutter bis zum Verkehrspolizisten – sein."

Daisy machte ein Bäuerchen, und sie mussten beide lachen.

„Was machen Sie denn in Ihren sechs freien Wochen?", wollte Hunter wissen, während Daisy schon wieder die Augen zufielen.

„Nicht viel", erwiderte Jeannie und seufzte. „Ich wollte auf die Bermudas fahren, aber ich habe bis jetzt noch nicht gebucht. Ich glaube, ich werde die Wohnung gründlich aufräumen und zur Abwechslung einmal lesen."

In dem Moment kam ihm die Idee.

„Warum kommen Sie nicht mit mir mit?"

„Auf die Bermudas?"

„Irgendwohin."

„Wie bitte?"

„Eine Kreuzfahrt mit unbestimmtem Ziel. Je mehr ich darüber nachdenke, desto vernünftiger erscheint es mir. Ich weiß nicht, warum mir das nicht eher eingefallen ist. Meine Probleme wären dann gelöst."

„Ich kann Ihnen nicht folgen, Hunter. Fangen Sie noch einmal von vorne an."

„Ich muss arbeiten. Sie haben Ferien. Daisy braucht jemanden, der auf sie aufpasst. Es ist doch ganz einfach."

„Für mich nicht."

„Es ist doch so." Er beugte sich vor, stützte die Ellenbogen auf die Knie und schaute ihr in die Augen. „Ich kann Daisy nicht zu Hause lassen. Sie möchten für ein paar Tage verreisen. Die Agentur hat für mich eine Zweizimmer-Kabine auf dem Kreuzfahrtenschiff, für das wir arbeiten, gebucht." Er lehnte sich vollkommen zufrieden zurück. „Besser kann es doch gar nicht passen."

„Ihnen kann es nicht besser passen", entgegnete Jeannie und stand auf. „Ich weiß zwar nicht, was für einen Handel Sie machen wollen, Hunter, aber ich weiß jetzt wenigstens, warum Sie mit mir essen wollten." Sie sah ihn recht vorwurfsvoll an. „Danke, nein. Suchen Sie sich eine andere Babysitterin. Ich habe Urlaub."

„Vielleicht habe ich mich nicht richtig ausgedrückt." Hunter suchte nach einem anderen Aspekt. „Die Werbekampagne für die ‚Star des Atlantik' muss vollkommen sein, oder ich bin Geschichte."

„Wir alle haben unsere Probleme. Heutzutage ist niemand mehr sicher, ob er morgen noch seinen Job hat."

„Stimmt", erwiderte er und war froh, dass er wenigstens so weit gekommen war. „Es ist ja nicht das Ende der Welt, wenn man nur für seinen eigenen Kopf zu sorgen hat. Hören Sie, ich erwarte nicht, dass Sie mich verstehen, aber wenn man auch an ein Kind denken muss, ist das wirklich die Hölle."

Jeannie spürte, wie ihre Abwehr sank. Das hatte ihr ausgerechnet noch gefehlt, dass sie sich gefühlsmäßig an Daisy oder ihren Vater binden würde. Er sah sie so herzlich bittend an, sie hätte fast vergessen, dass er ein erfahrener Werbemann war. „Natürlich verstehe ich Sie, aber ich weiß nicht, was ich davon habe."

„Eine Kreuzfahrt", antwortete er, und seine Begeisterung wuchs. „Sie können sich wunderbar entspannen. Neue Leute kennenlernen."

„Werbeleute? Nein, danke." Sie konnte sich bildhaft vorstellen, wie die Gerüchteküche auf Hochtouren laufen und ihnen ein Verhältnis andichten würde.

„Ich bin der einzige Werbemensch", sagte er. „Alle Kosten sind gedeckt, Jeannie. Es ist wirklich wie Urlaub."

„Stimmt. Ein Urlaub mit einem acht Monate alten Kleinkind."

„Ich bin auch noch da", erinnerte er sie. „Wenn ich nicht arbeiten muss, passe ich selbstverständlich auf Daisy auf. Sie können dann tun, was Sie wollen." Jeannie sah gut aus. Er wollte nicht ihre ganze Freizeit in Anspruch nehmen, besonders da sie es deutlich gemacht hatte, dass er nicht ihr Typ war. „Es erwachsen keine Verpflichtungen für Sie daraus, wenn Ihnen das Sorgen macht. Ich bin abends so müde, ich würde mich nicht einmal mehr an Miss World ranmachen."

„Danke für das Kompliment", erwiderte sie und lächelte ein bisschen. Sie erinnerte sich an die vollbusige Blondine, die er am Morgen in der Agentur abschätzend angeschaut hatte. Kleine Brünette waren wohl nicht sein Geschmack. „Ich überlege mir ihr Angebot."

„Mehr kann ich wohl nicht verlangen, nicht wahr?"

„Wahrscheinlich schon", antwortete sie. „Aber ich würde es Ihnen nicht raten."

„Sie finden, dass ich Sie bedränge, oder?"

„Sie rücken mir unangenehm nah, auch wenn Sie recht charmant sein können."

„Das liegt am Beruf", erwiderte er und hob seine breiten Schultern. „Bei C V & S überleben nur die, die es am besten können. Ob Sie es glauben oder nicht, ich kann unter normalen Umständen ein ganz netter Mensch sein."

„Da muss ich mich wohl auf Ihre Worte verlassen."

Hunter leerte seine zweite Tasse Kaffee, dann stand er auf. „Ich habe ein bisschen übertrieben", sagte er und begann, Daisys Sachen einzusammeln. „Vergessen Sie, worum ich Sie gebeten habe. Ich greife dieser Tage nach jedem Strohhalm." Er stopfte die leere Flasche und die Decke in seine Reisetasche. „Ich schulde Ihnen immer noch ein Essen, so wie Sie sich heute Morgen um Daisy gekümmert haben."

„Mich um Kinder zu kümmern, ist mein Beruf", erwiderte sie. „Dafür brauchen Sie sich nicht zu bedanken."

Hunter merkte, wann etwas aussichtslos war. Die Lady war nicht interessiert. Es war an der Zeit, sich zu verabschieden. Sie hob Daisy aus den Kissen und drückte sie an sich. Er beobachtete, wie sie die Kleine liebkoste, und sah den Kuss, den sie Daisy auf die Wange drückte, als sie sich unbeobachtet glaubte.

„Passen Sie auf sich auf, Jeannie", sagte er und nahm seine Tochter an der Tür an sich.

„Sie auch, Hunter."

Das war es dann wohl, dachte er.

3. KAPITEL

*D*as wäre es wohl auch gewesen, wenn da nicht die Schlüssel zurückgeblieben wären.

Ein paar Stunden später wollte Jeannie zu Bett gehen. Ehe sie das Wohnzimmer verließ, sah sie etwas unter dem Sofa hervorgucken. Daisys bunte Plastikschlüssel.

Sie lächelte, bückte sich und griff danach.

„Oh, Daisy", sagte sie laut und rasselte mit den Schlüsseln. „Was wirst du nur ohne dein Spielzeug machen?"

Sie schaute auf die Uhr. Kurz nach elf. Hunter mochte inzwischen schlafen. Daisy wohl auch. Morgen früh würde sie ihn als Erstes im Büro anrufen und ihm bestellen, dass Daisys Schlüssel sicher bei ihr aufgehoben wären.

Wenn sie nur Platz hätte für jedes gerettete Lieblingsspielzeug der Kleinen, die sie in den vergangenen Jahren in Obhut gehabt hatte. Stoffhunde mit Schlappohren, große Pandabären, kleine Decken, Silberrasseln und Puppen jeder Größe und Art.

Christy und Sara waren nicht anders gewesen. Wenn Jeannie die Augen zumachte, konnte sie sich den großen, alten Dinosaurier aus Frottee, den die beiden so heiß und innig geliebt hatten, vorstellen. „Nein, Mommy, nein!", hatten sie jedes Mal geschrien, wenn sie ihnen Dino wegnehmen wollte, um ihn zu waschen.

„Er ist ja nicht lange weg", hatte sie dann gesagt und gelacht. „Hat Daddy euch nicht …"

Sie blinzelte und zwang sich, in die Gegenwart zurückzukehren. Daisy und Hunters missliche Lage berührte sie tiefer, als sie sich das hätte vorstellen können. Erinnerungen aus einer lang vergessenen Zeit ihres Lebens wurden geweckt. Hunter konnte gar nicht ahnen, wie sehr seine Erzählung sie berührte. Niemand hätte das vorhersehen können. Sie hatte ihm arg zugesetzt, als er vorhin vorschlug, sie solle ihn auf seiner Kreuzfahrt begleiten. Allerdings nicht aus dem Grund, den sie ihm angegeben hatte. In Wahrheit wollte sie nichts lieber, als jegliche Vernunft vergessen und zustimmen.

Etwas sehr Seltsames war ihr passiert, als sie ihn heute Morgen zum ersten Mal gesehen hatte. Sie hatte oben auf der Leiter gesessen und auf Amanda Bennett und deren Mutter gewartet, als Hunter mit Daisy auf dem Arm aus dem Aufnahmeraum gestürmt kam. Was sie da empfunden hatte, hatte sie richtig im Herzen gespürt. Sein dunkles Haar reichte im Nacken bis auf den Kragen. Seine Krawatte hing schief. Ein großer nasser Fleck hatte sich auf seiner Hose ausgebreitet. Zweifellos war daran das bildhübsche Baby auf seinem Arm schuld.

Sie hatte den Atem angehalten. Bei der Arbeit sah sie jeden Tag hübsche Babys und gut aussehende Männer. Aber die beiden hatten etwas an sich, was sie tief in der Seele berührte. Es war ihr so vorgekommen, als erwache sie aus einem langen Schlaf.

Eigentlich spielt es keine Rolle, sagte sie sich. Kluge Frauen verreisen nicht mit fremden Männern. Hunter war unverfroren, starrsinnig und überheblich wie alle guten Werbeleute. Überhaupt nicht ihr Typ. Und doch besaß er etwas, eine gewisse Grundanständigkeit, die alles andere unwichtig erscheinen ließ. Er mochte sich nicht wie ein Vater fühlen, doch als sie gemerkt hatte, wie er sich um die Kleine sorgte, wusste sie, dass er sich wie einer benahm.

Ihr Verstand sagte ihr, dass es verrückt sei, mit Hunter zu verreisen. Er und Daisy waren acht Monate ohne sie ausgekommen. Die vier Tage auf See würden die beiden es auch noch schaffen.

Ihr Herz wollte sie jedoch zu etwas anderem bewegen.

Tu es, Jeannie. Vergiss die Vernunft und ergreif die Chance, flüsterte ihr eine leise Stimme zu.

Sie war es leid, allein zu sein ... Leid, ihrem Herzklopfen nachts in der stillen Wohnung zu lauschen ... Leid, darüber nachzudenken, warum das Schicksal sie verschont hatte und nicht die, die sie liebte.

Es würde ihr nicht alle Tage so eine Gelegenheit in den Schoß fallen, überlegte sie. Vielleicht sollte sie aufhören, anderen Leuten zuzuschauen, wie sie sich vergnügten, und einmal an sich selbst denken.

Am nächsten Morgen rief Hunter bei Baby Minders, Nannies-To-Go und sogar bei einer Schwester eines Basketballkameraden an, jedoch ohne Erfolg. Es wäre leichter gewesen, das Bernsteinzimmer zu finden als jemanden, der am kommenden Wochenende bei der Kreuzfahrt auf Daisy aufpassen wollte. Sobald die Damen hörten, dass er alleinstehend war, machten sie einen Rückzieher.

Daisy hatte mittags einen Termin beim Kinderarzt zur Vorsorgeuntersuchung, deshalb war es bereits nach zwei, als Hunter ins Büro zurückkehrte.

Lisa, seine Assistentin, schaute von ihrem Computer auf. „Haines hat zweimal angerufen", berichtete sie und schob ihre modische Brille ins Haar. „Er will die Berechnungen für die Sache mit Amstar sehen."

Hunter stöhnte und bückte sich für Lisa, damit sie Daisy aus der Trage heben konnte. „Wer will das nicht? Rufen Sie die Buchhaltung an, und prüfen Sie nach, was die wissen." Er wollte in sein Büro gehen.

„Jeannie Ross hat angerufen." Mit glänzenden Augen reichte sie ihm Daisy. „Sollte ich etwas darüber wissen?"

„Gehen Sie wieder an ihre Arbeit, Lisa." Er betrat sein Büro und schloss die Tür hinter sich. Es dauerte ein paar Minuten, bis er Daisy in ihren tragbaren Autositz verpackt hatte, und dann noch ein paar Minuten, ehe er Jeannie erreichte.

„Ich habe Daisys Schlüsselring", sagte sie nach den üblichen Höflichkeitsfloskeln.

Er lehnte sich auf dem Stuhl zurück und legte die Füße auf den Schreibtisch. „Großartig. Ich habe die ganze Wohnung dafür auf den Kopf gestellt."

„Wenn Sie möchten, gebe ich sie bei Ihrem Pförtner ab."

„Ich hole sie mir nach der Arbeit", erwiderte er und freute sich aufrichtig, ihre Stimme zu hören.

„Hören Sie", begann sie behutsam. „Ich habe noch einmal über das nachgedacht, was Sie gestern Abend gesagt haben."

In seinem Büro holte Hunter die Beine vom Tisch und richtete sich gerade auf. „Über die Kreuzfahrt?"

„Ja", antwortete Jeannie. Einen Herzschlag lang herrschte Pause. „Suchen Sie noch jemanden, der auf Daisy aufpasst?"

„Mehr als je zuvor." Er berichtete ihr vom Besuch beim Kinderarzt und sagte, bei Daisy könne jeden Tag der erste Zahn durchstoßen.

„Halten Sie mich für verrückt", antwortete Jeannie. „Aber Sie können mit mir rechnen."

„Sie kommen mit?"

Ihr Lachen klang so angenehm in seinem Ohr. Leise, sexy, weiblich. Vergiss es, ermahnte er sich, sie ist nur Babysitterin und an mir nicht interessiert.

„Ich kann es selbst noch nicht glauben, aber ich komme mit."

„Wir müssen noch über das Finanzielle sprechen. Ich will nicht, dass Sie es umsonst machen."

„Da werden wir uns schon einig", erwiderte sie leichthin. „Im Augenblick ist mir wichtiger, dass ich weiß, wann und wo die Reise losgeht."

Er kramte in den Unterlagen auf seinem Schreibtisch herum und fand den Reiseplan.

„Donnerstagmorgen am Pier", wiederholte sie seine Instruktion. „Bis dann."

„Na, Daisy", meinte Hunter, nachdem er aufgelegt hatte. „Es sieht ganz so aus, als würde das Leben interessanter werden."

Jeannie war in den nächsten Tagen sehr beschäftigt. Sie musste waschen, Sachen aus der Reinigung holen und letzte Besorgungen machen. Sie hatte so viel zu tun, dass sie kaum Zeit hatte, über irgendetwas nachzudenken. Und das war wahrscheinlich gut so. Hätte sie es sich nämlich noch einmal gründlich überlegen können, wäre sie von ihrem Versprechen zurückgetreten.

Den Abend vor der Abreise schleppte sie sogar ihre Freundin Kate Mullen mit in eine Boutique ganz in der Nähe von Bloomingdales. Sie sollte ihr beim Aussuchen eines Cocktailkleides helfen. Sie konnte sich nicht erinnern, wann sie das letzte Mal ein Kleid gekauft hatte, nur weil es ihr gefiel. Das Erlebnis war berauschend.

„Sieh dir das an!", sagte Jeannie und drehte sich vor dem Ankleidespiegel. „Mit Spaghettiträgern, eng in der Taille und einem weiten Rock."

„Das Kleid ist recht auffallend", bemerkte Kate. „Ich dachte, du wärst nicht an ihm interessiert."

„Darf ich mir nicht ein Kleid kaufen, nur weil es gut aussieht?"

„Nicht so ein Kleid. Auf dem steht ja schon in großen Buchstaben ‚Verführ mich' drauf."

Ein Schauer der Erregung lief Jeannie über den Rücken. „Ich bin nicht sein Typ, Kate. Er mag sie jung, blond und hirnlos."

„Du sagst das nicht einfach nur, damit ich mir keine Sorgen um dich mache?"

Jeannie drehte sich erneut vor dem Spiegel. „Er war wild auf das aufgetakelte Fotomodel, das für die Windelwerbung engagiert wurde." Aber er hat mich zum Essen eingeladen, ging es ihr durch den Kopf. Und ich werde auch mit ihm auf Kreuzfahrt gehen.

„Du bist verrückt", sagte Kate. „Nur ein verrückter Mensch kann so etwas machen."

„Dann bin ich eben verrückt." Jeannie genoss die Vorstellung. „Jeder hat das Recht, einmal im Leben verrückt zu sein."

„Der Mann arbeitet in der Werbebranche", erinnerte Kate sie. „Er lebt davon, dass er sich Lügen ausdenkt."

„Dann ist es ja doppelt gut, dass ich nicht auf der Suche nach einem Mann bin", meinte sie und griff nach dem Reißverschluss des Kleides.

Kate runzelte die Stirn. „Warum kaufst du dann das Kleid?"

„Weil es aus schwarzer Seide ist, viel Geld kostet und mir gefällt."

„Hoffnung währet ewiglich", zitierte Kate und seufzte. „Selbst für diejenigen von uns, die über dreißig sind und noch nie verheiratet waren."

Jeannie warf ihrer Freundin einen durchdringenden Blick zu und wandte sich dann rasch ab. *Wenn du nur die ganze Geschichte kennen würdest, Kate …*

„Mr Phillips, ich fürchte, wir können einfach nicht länger warten."

„Noch fünf Minuten", bat Hunter und spähte zur Anlegestelle hinunter. „Sie wird jeden Moment hier sein."

Der Zahlmeister, ein schlanker Mann um die fünfzig, musterte Hunter mit einem etwas geringschätzigen, aber auch mitleidsvollen Blick. „Ich werde mit dem Hafenmeister über die Verspätung sprechen. Garantieren kann ich allerdings nichts – bei den Gezeiten und so." Er eilte davon.

„Sie hätte uns nicht im Stich gelassen, ohne uns zu benachrichtigen nicht wahr, Daisy?", fragte er die Kleine, die in der Trage auf seinem Rücken saß. So viel wusste er über Jeannie Ross, dass sie genauso verantwortungsbewusst wie hübsch war – eine Seltenheit in Werbekreisen. Wenn Jeannie Ross einen Auftrag übernahm, so konnte man sicher sein, dass sie nicht nur pünktlich erschien, sondern zehn Minuten vor der Zeit da war.

In der Ferne heulte die Sirene eines Unfallwagens. Wenn ihr etwas passiert war? New York war eine raue Stadt, und sie war noch nicht so lange hier. Wenn sie sich nun entschieden hatte, etwas Verrücktes zu tun und den langen Weg durch den Central Park gewählt hatte?

Er wirbelte herum, wollte den unzugänglichen Zahlmeister suchen und ihn bitten, bei der Polizei und im Krankenhaus anzurufen. Stattdessen sah er sich plötzlich Jeannie gegenüber. Sie war bepackt mit Koffern, und eine riesige Ledertasche hing ihr über der Schulter.

„Wo zum Teufel waren Sie?", fuhr er sie an und fühlte sich ungeheuer erleichtert. „Auf dem ganzen verdammten Schiff wird nach Ihnen gesucht."

Sie stellte ihre Taschen hörbar laut auf Deck ab. „Kein Wunder", entgegnete sie genauso kurz angebunden. Die Frau mochte klein sein, aber sie konnte ganz schön dreist werden. „Sie hätten mir die richtige Nummer der Anlegestelle geben sollen."

Er ließ sich von ihrer Logik nicht beeindrucken. „Die Abfahrt ist extra Ihretwegen verschoben worden. Ich sollte dem Zahlmeister ganz schnell Bescheid sagen, dass Sie endlich da sind."

„Machen Sie sich keine Mühe. Ich bin ihm in der Nähe der Fallreeps begegnet. Es ist alles in Ordnung."

485

Sie zuckten beide zusammen, als das Schiffshorn ertönte.

„Gut, dass Sie sich gefunden haben", bemerkte der Zahlmeister, als er mit einem Klemmbrett in der Hand an ihnen vorbeikam. „Wir haben abgelegt."

Jeannie und Hunter musterten einander mit wachsendem Entsetzen. Für die nächsten Tage mussten sie sich miteinander abfinden. Schweigend sahen sie zu, wie der Schlepper das Schiff aufs offene Meer hinauszog.

„Warum schauen wir uns nicht nach unseren Zimmern um?", schlug er vor, als es zu regnen anfing.

„Gute Idee", stimmte Jeannie ihm zu. „Ich möchte gern auspacken, und Daisy kann sich vor ihrem Mittagsschlaf an ihr neues Bett gewöhnen."

Um den Weg durch das Labyrinth an Fluren zu finden, hätten sie glatt einen Kompass und einen Führer brauchen können.

„Wir sind auf dem verkehrten Deck", behauptete Jeannie und überprüfte ihr gelbes Ticket. „Das ist Deck B. Wir wollen aber auf C."

„Das ist C", widersprach Hunter ihr. „Die Wände sind grün."

„Auf Deck B sind die Wände grün. C hat gelbe Wände." Sie fuchtelte ihm mit ihrem Ticket unter der Nase herum. „Sehen Sie? Beides ist farblich aufeinander abgestimmt."

Hunter murmelte eine Verwünschung.

„Ich wünschte, Sie würden damit aufhören", erklärte Jeannie, während sie die Treppe zu Deck C hinaufstiegen.

„Womit aufhören?"

„Irgendetwas vor sich her zu brummen. Das ist unhöflich."

Er hielt ihr die Tür auf. „Übertreiben Sie es nicht, Ross. Wir haben noch vier Tage vor uns."

Sie blieb im Türrahmen stehen. „Was soll das denn heißen?"

„Fragen Sie mich nicht."

„Ich frage Sie aber. Es ist nicht meine Schuld, dass ich zu spät war. Es ist Ihre."

Er erwiderte nichts. In Wirklichkeit brachte ihn ihre Figur in dem kurzen roten Rock und dem weißen Top zum Schwitzen. Wer hätte denn gedacht, dass eine so zierliche Frau so lange Beine haben konnte? Und wer hätte sich schon ausgemalt, dass sie das knappe Top so aufregend ausfüllen konnte?

In den vergangenen Tagen hatte er sich eingeredet, dass Jeannie Ross eine ganz alltägliche Durchschnittsfrau wäre. Er hatte es sogar schon geglaubt. Er hatte sich gesagt, ihr Haar sei von einem ganz gewöhnlichen Braun und glänze nicht seidig schwarz, ihre Augen wären einfach nur blau, würden aber nicht strahlen wie Saphire. Regentropfen schimmerten auf ihren Wangen und hingen in ihren Wimpern. Er hätte gern gewusst, was sie tun würde, wenn er sie mit der Zunge ableckte.

Sie ging vor ihm den Flur entlang. Ihre Hüften schwenkten von einer Seite zur anderen und lockten ihn mit Versprechungen, von denen sie nicht einmal etwas ahnte.

Hoffentlich ist die Kabine groß, dachte er. Mit Stahltüren zwischen den Schlafzimmern. Getrennte Badezimmer, damit er nicht ihre hauchdünnen Strumpfhosen auf der Duschkabine hängen sehen musste.

Allerdings war es durchaus möglich, dass sie keine Strumpfhose trug. Vielleicht hatte sie einen dieser mit Spitzen verzierten Miedergürtel und glatte schwarze Seidenstrümpfe an, die einen Mann …

„Daah?" Daisy zupfte ihn kräftig am Ohr. Das war fast so wirkungsvoll wie eine kalte Dusche.

„Hier ist es." Jeannie blieb vor einer Tür stehen. „Haben Sie den Schlüssel?"

Er griff in seine Hemdtasche und holte den kreditkartenähnlichen Schlüssel heraus. Er steckte ihn in den vorgesehenen Schlitz, wartete einen Moment auf das grüne Licht und stieß die Tür auf.

„Ach, du je!" Jeannies Stimme klang genau so, wie er sich fühlte.

„Wir haben ein Problem", bemerkte Hunter.

Jeannie schaute sich um. „Das würde ich auch sagen."

„Ich habe gestern noch einmal sichergestellt, dass wir kein … Ich meine, dass wir nicht …" Zusammen schlafen. Warum konnte er es nicht einfach aussprechen?

„Ich weiß, was Sie meinen", antwortete Jeannie und hob Daisy aus der Trage. „Zu dumm, dass man sich nicht an Ihre Anweisung gehalten hat."

Die winzige Kabine war eindeutig für ein Ehepaar gedacht, das sich im biblischen Sinne bereits kannte oder kennenlernen wollte. Rauer Seegang könnte sie in sehr kompromittierende Stellungen bringen.

Er ließ sich auf einen der kleinen Sessel fallen, die neben einer noch kleineren Couch standen. „Was haben die geglaubt, wer es sich hier drinnen gemütlich machen wollte … Puppen?"

Jeannie strich mit der Hand über den kleinen Tisch, der an der Wand unter dem Bullauge befestigt war. „Wenigstens Daisy wird sich wie zu Hause fühlen." Sie sah Hunter fragend an. „Was machen wir jetzt? Wir können doch nicht beide hierbleiben."

Die Kabine hatte zwei Schlafzimmer, aber sie hätten die dünne Wand dazwischen auch wegnehmen können, es hätte keinen Unterschied gemacht. Sie und Hunter würden sich ja förmlich während der ganzen Zeit auf die Füße treten.

„Ich werde mit dem Zahlmeister sprechen. Es muss ja noch etwas anderes frei sein."

Das war aber nicht der Fall.

„Wir haben Ihnen die beste Unterkunft zur Verfügung gestellt, die wir haben", erklärte der Zahlmeister, ohne von seinem Computer aufzusehen.

„Das habe ich schon gemerkt", erwiderte Hunter und bemühte sich, seine Wut im Zaum zu halten. „Vielleicht könnten Sie uns zwei billige Räume nebeneinander geben."

„Wir sind ausgebucht", entgegnete der Zahlmeister in entschiedenem Ton. „Die Kreuzfahrt mit unbekanntem Ziel ist am beliebtesten."

Hunter bot dem Mann einen frischen Hundert-Dollar-Schein an, aber der Zahlmeister blieb unnachgiebig. Hunter hätte ihm gern mehr geboten, hatte jedoch das vage Gefühl, der Mann ergötze sich nur an Hunters misslicher Lage.

Großartig, dachte Hunter auf dem Rückweg zur Kabine, wo Jeannie und Daisy ihn ungeduldig erwarteten. Da hatte er ihr erzählt, die Reise sei rein geschäftlich, und nun sah es ganz anders aus, bei der winzigen Kabine …

„Nichts zu machen", sagte er, als er den Aufenthaltsraum betrat. „Ich könnte es Ihnen nicht übel nehmen, wenn Sie über Bord springen würden."

Sie starrte ihn entsetzt an. „Soll das heißen, wir müssen in dieser schwimmenden Telefonzelle bleiben?"

„Ich fürchte, ja."

Sie sank auf den Stuhl zurück, während Daisy glücklich auf dem Boden herumkrabbelte.

„Ich bin am Ende", gestand er ihr und blieb im Türrahmen stehen. „Ich benutze die Kabine tagsüber und schlafe nachts im Gesellschaftsraum."

Jeannie hatte ihm die Leviten lesen wollen. Auf so engem Raum mit einem Fremden und einem acht Monate alten Kind zusammenleben zu müssen, war der sicherste Weg ins Unglück. Sie hatte damit gerechnet, dass er aufgeblasen und wütend hereingestürmt käme und jedem die Schuld dafür geben würde, nur nicht sich selbst.

Musste er so zuvorkommend sein? So verständnisvoll?

488

So anziehend aussehen …

„Sie können nicht im Gesellschaftsraum schlafen, Hunter." Auch wenn jeder vernünftige Mensch das in Erwägung zöge. „Das ist Ihre Kabine, nicht meine."

„Sie können noch weniger im Gesellschaftsraum schlafen, Jeannie."

„Das wollte ich auch nicht vorschlagen." Sie beugte sich vor. „Wir sind doch beide erwachsene Menschen. Wir müssten es schaffen, auch in dieser Situation ein paar Tage miteinander auszukommen, meinen Sie nicht?"

Er sah aus, als hätte er einen Aufschub für seine Exekution bekommen. „Das hätte ich wissen müssen", sagte er und schüttelte den Kopf. „Ich kann es gar nicht fassen, dass ich auf die Werbesprüche hereingefallen bin."

Jeannie lachte, bückte sich und steuerte Daisy an einem Blumenkorb auf dem Boden vorbei. „Das ist wohl Gerechtigkeit." Sie wussten beide, wie viel Werbung mit Illusionen zu tun hatte. Alles wird versprochen, aber nur ganz wenig gehalten.

„In der Anzeige hieß es ‚geräumige Kabine'."

„‚Geräumig' ist eine Sache des Betrachters."

„Ich möchte den Betrachter gern zwischen meine Finger kriegen." Es war kaum Platz genug, im Vorraum tief Luft zu holen.

„Wir müssen uns auf ein System einigen", schlug Jeannie vor. „Warum überprüfen Sie nicht Ihren Terminkalender, und wir überlegen uns, wie jeder seine Ruhe haben kann." *Und seinen Verstand behält.*

Er kramte in seiner Aktentasche herum und holte einen mitgenommen aussehenden ledernen Terminplaner heraus. „Dieser Hundeso… Mit dem habe ich noch ein Hühnchen zu rupfen", brummte er und ging zur Tür. „Ich habe eine Besprechung mit dem Reiseleiter."

Nachdem Jeannie ihre und Daisys Sachen ausgepackt hatte, kehrte Hunter in die Kabine zurück, um zu arbeiten. Sie saß auf der Bettkante in dem Zimmer, das sie sich mit Daisy teilte, und hörte, wie er vor sich her schimpfte und mit Papieren herumhantierte. Sie hätte eigentlich dringend die Toilette benutzen müssen, die auf der anderen Seite der Kabine lag, entschied sich aber lieber dagegen, solange Hunter da war. Die Tatsache, dass das leicht problematisch werden könnte, ehe die Reise zu Ende war, war ihr durchaus bewusst.

„Hast du ein Glück", sagte sie zu Daisy, die mitten auf dem Bett saß und mit ihren Plastikschlüsseln spielte. „Windeln können eine Menge Probleme lösen."

Sie stand auf und ging zur Tür. Hunter saß über einen Stapel Papier gebeugt da, wirkte innerlich zerrissen und sah unglücklich aus. Wenn die Lage tatsächlich nicht so verzwickt gewesen wäre, hätte sie Mitleid mit ihm gehabt. „Ich werde Daisy umziehen und mich mit ihr auf dem Schiff ein wenig umsehen." *Und vielleicht eine Toilette finden.*

„Prima", murmelte Hunter, vertieft in die Unterlagen, in denen er las.

„Wir sehen uns vielleicht das Planschbecken im Innenpool an."

„Mmmh", war Hunters Antwort.

„Vielleicht ziehe ich mich auch nackt aus, springe ins Wasser und schwimme auf dem Rücken."

„Viel Spaß."

Siehst du, Kate? dachte sie, als sie ins Schlafzimmer zurückging. Er macht sich absolut nichts aus dir.

Was die Dinge unter den Umständen natürlich wesentlich erleichterte. Sie musste froh sein, dass ihr so viel Glück beschieden war und er sich an ihre Abmachung halten würde.

Sie zog Daisy ein pinkfarbenes T-Shirt, ein Stirnband und eine passende Strandhose an. Dann tauschte sie ihren Rock und ihr Top gegen einen schlichten roten Badeanzug mit dazugehöriger Strandjacke.

„Wir sind so gut wie weg", rief sie über die Schulter, als sie mit Daisy zusammen zur Tür eilte. „Ich weiß noch nicht, wann wir zurückkommen."

Er schaute kaum auf. „Viel Spaß."

„Wir werden uns Mühe geben."

Hunter wartete, bis sich die Tür hinter ihr geschlossen hatte und ihre Schritte verhallt waren. Vor seinem geistigen Auge sah er noch, wie sie in dem hautengen Badeanzug ausgesehen hatte. Die kurze Strandjacke reichte ihr knapp bis über die Hüften und ließ einen freizügigen Blick auf ihre Rundungen zu.

Sie sah viel zu gut aus. Sie müsste dreißig Jahre älter und fünfzehn Kilo schwerer sein. Vielleicht würde das Zusammenleben auf engstem Raum dann nicht zu so einer großen Qual für ihn werden.

Ich muss mich zusammenreißen, ermahnte er sich. Jahrhunderte der Evolution hatten es dem Mann ermöglicht, seinen Wunsch nach einer Frau zu unterdrücken – zumindest lange genug, um die eine oder andere Zivilisation aufzubauen. Er würde seine Hormone wenigstens so lange unter Kontrolle halten können, bis er die Werbekampagne ausgearbeitet hatte. Dann würden sie längst in New York zurück sein. Er würde seinen Weg gehen, und sie ihren.

Sein Leben würde wieder in normalen Bahnen verlaufen.

4. KAPITEL

Hunter schaffte es eine Stunde lang.

Er konnte Jeannie vergessen, während er nach seiner Unterhaltung mit dem Reiseleiter einen Entwurf für eine Werbeanzeige erstellte.

Er redete sich ein, er denke nicht an Jeannie, sondern an Daisy. Er konnte die Stunden an einer Hand abzählen, in denen er von ihr getrennt gewesen war. Es konnte nicht schaden, wenn er einmal zum Innenpool hinunterging und nach ihnen sah. Falls er dabei Jeannie in ihrem hautengen Badeanzug sehen würde … Nun gut, man konnte für seine Gedanken ja nicht bestraft werden, oder?

Außerdem hatte er den ganzen Vormittag hart gearbeitet. Er verdiente eine Pause. Seine nächste Besprechung war erst nach dem Mittagessen angesetzt.

Der Innenpool lag zwei Etagen unter Deck in einem riesigen, von Glas abgetrennten Raum, war mit echten Palmen und künstlichem Sonnenschein ausgestattet, während sanfte Musik von der Decke herunterzurieseln schien. Ein einsamer Schwimmer kraulte vom einen Ende des Pools zum anderen. Zwei Mädchen in knappen Bikinis saßen am Rand und ließen die Füße ins Wasser hängen. Sie warfen ihm einen flirtenden Blick zu und kicherten dann unbändig.

Das Planschbecken war am anderen Ende des Raumes. Daisys vergnügtes Lachen wehte ihm gemischt mit Jeannies fraulicher Stimme durch die feuchte Luft entgegen. Jeannie saß mit Daisy auf dem Schoß in dem Kinderplanschbecken. Hat Daisy ein Glück, dachte er und hätte zu gern mit ihr getauscht.

Er konnte nicht verstehen, was Jeannie zu Daisy sagte, aber er hörte heraus, dass sie Daisy in ihrem Spiel ermunterte. Seine Kleine spritzte fröhlich mit Wasser, klatschte mit ihren kleinen Händen kräftig auf die Oberfläche und lachte begeistert, wenn sie und Jeannie nass wurden.

„Sieht aus, als würde es ihr Spaß machen", sagte er und konnte nicht anders, als unter Jeannies hautengen Badeanzug die Umrisse ihrer festen Brüste mit den kecken Knospen bemerken.

„Sie ist nicht die Einzige." Jeannie strich sich das dunkle Haar aus der Stirn. „Möchten Sie nicht mitmachen?"

Er deutete auf seine Hose und sein Hemd. „In den Sachen kann ich schlecht ins Planschbecken kommen."

„Sicher können Sie das. Ziehen Sie die Schuhe aus und krempeln Sie Ihre Hosenbeine auf."

Zuerst die Armani-Jacke, jetzt seine beste Hose. Ein Jahr weiter, und er würde nur noch Lumpen tragen.

„Was soll's!", sagte er und tat, was Jeannie vorgeschlagen hatte.

Daisy quietschte vor Vergnügen, als er sich auf den Rand setzte. Sie holte mit ihren Händen aus, und im nächsten Moment war Hunter von Kopf bis Fuß nass.

„Ich kann gar nicht glauben, dass sie das schon kann", bemerkte er überrascht. „Sie ist erst acht Monate alt."

„Ihre Kleine wächst heran, Hunter. Ehe Sie sich's versehen, kann sie laufen und sprechen und Sie nach den Wagenschlüsseln fragen."

Er schüttelte sich, und Jeannie lachte.

„Mir reicht's schon jetzt, wenn sie trocken wird. Mit allem anderen habe ich es nicht eilig."

„Das geht wie im Flug", behauptete Jeannie, während er Daisy auf sein Knie hob. „Aber Sie werden so beschäftigt sein, dass Sie gar nicht mitbekommen, wie das passiert."

„Das klingt, als hätten Sie Erfahrung. Kommt das durch Ihren Beruf?"

Sie schlang die Arme um ihre hochgezogenen Beine. Er konnte nicht übersehen, dass ihre Haut überall gleichmäßig glatt und pfirsichfarben war. „Auch. Und durch acht Nichten und Neffen."

„Acht?" Er ließ einen leisen Pfiff hören. „Wie viele Geschwister haben Sie?"

„Vier", antwortete sie. „Drei Brüder und eine Schwester."

„Alle leben in Minnesota?"

„Alle außer mir. Ich bin während der letzten paar Jahre durch meinen Job fast überall gewesen."

Sie erzählte ihm, dass ihre Brüder Besitzer einer Fabrik in Lake of the Woods seien und dass ihre Eltern sich zwar zur Ruhe gesetzt hätten, aber jeden Sommer Fremdenzimmer mit Frühstück vermieten würden. „Dann ist da noch Angie", berichtete sie und lächelte bei dem Gedanken an ihre ältere Schwester. „Hausfrau, Mutter und Bürgermeisterin von Landview."

„Fahren Sie oft dorthin?"

Ihr Lächeln verschwand. Aber ehe ihm das richtig bewusst wurde, hatte sie sich schon wieder gefangen und gab sich heiter wie zuvor. „Bei meinem Terminkalender kann ich mich glücklich schätzen, wenn ich abends in meiner eigenen Wohnung bin."

Hunter fiel auf, dass sie bei sechs Wochen Urlaub um die Welt hätte reisen können. Wie nah lag im Vergleich dazu Minnesota?

Das geht mich nichts an, ermahnte er sich. Es könnte ja sein, dass ihre Familie in sich ebenso zerrissen war wie seine.

„Wissen Sie, was ich am liebsten hätte?", fragte sie und lachte zu ihm auf. Er konnte sich nicht erinnern, wann er das letzte Mal einer Frau begegnet war, die ohne Make-up so hübsch ausgesehen hatte.

„Eine eigene Kabine", antwortete er trocken.

„Abgesehen davon." Sie stand auf. Er ließ seinen Blick an ihrem Körper hinaufwandern, vom Fußgelenk über die wohlgeformten Waden bis hinauf zu ihren festen Schenkeln – wo er innehielt. Der schlichte rote Badeanzug enthüllte mehr, als er verhüllte, was Hunter natürlich genoss. „Am liebsten wäre ich jetzt in dem herrlichen Pool, wenn auch nur für fünf Minuten."

„Gehen Sie nur", sagte er und bemühte sich, seine Enttäuschung zu verbergen. Er hatte wohl nicht erwarten können, dass sie sagen würde ‚Nimm mich, Meister'. Er hatte ihr versprochen, dass sie immer dann frei hätte, wenn er sich um Daisy kümmern könnte. Nun konnte er schlecht das Gegenteil von ihr verlangen, bloß weil er sie gern um sich hatte.

Aber es war auch ein Vergnügen, Jeannie zuzusehen. Sie teilte mit glatten Bewegungen das Wasser, schoss mit raschen Stößen vor und hinterließ kaum Wellen. Ihm gefiel die Art, wie sie schwamm, so graziös, sicher und kraftvoll. Manche Männer behaupteten, einer Frau könne man an ihren Bewegungen anmerken, wie sie im Bett sein würde. Von dort aus, wo er saß, sahen Jeannies Bewegungen verdammt gut aus.

Er stand auf und hielt Daisy im Arm. Nicht einmal vierundzwanzig Stunden ihres Zusammenseins waren vergangen, und schon beschäftigte er sich in seiner Fantasie nur noch mit Daisys Babysitterin. Gefährlicher Boden. Er hatte geglaubt, er könne diese Angelegenheit nüchtern betrachten, und schon wurde er eines Besseren belehrt. Er musste sich beherrschen, selbst wenn es bedeutete, dass er in den nächsten Tagen häufig kalt duschen würde.

Er trat an den Rand des Beckens und wartete, bis Jeannie die Stelle erreichte, wo er stand.

„Ich gehe in die Kabine und ziehe Daisy an."

Sie wollte aus dem Pool klettern.

„Bleiben Sie hier!", rief er. *Bitte.* „Ich habe um vier die nächste Besprechung. Wenn Sie bis dahin zurück sind, reicht es."

Sie wischte sich das Wasser aus den Augen. „Es gibt keinen Grund, warum wir es nicht schaffen sollten, Hunter." Sie warf ihm einen ihrer direkten Blicke zu, an die er sich allmählich gewöhnte. „Es müsste gelingen, uns ein paar Tage lang aus dem Wege zu gehen." Wassertropfen glitzerten auf ihren Armen, als sie ihre Ellenbogen auf dem Rand aufstützte.

„Das finde ich auch", antwortete Hunter und war überrascht, dass diese Lüge unbestraft blieb. „Wir sind beide erwachsene Menschen, nicht wahr?"

Jeannie nickte. „Jawohl."

Jeannie sah Hunter und Daisy nach.

Ich habe gelogen, dachte sie, als die Tür sich hinter ihnen schloss. Es wird überhaupt nicht leicht werden.

Dass sie erwachsene Menschen waren, brachte erst das Problem auf. Hunter war groß, dunkelhaarig und sah unverschämt gut aus. Er war erfolgreich, alleinstehend und Vater einer süßen, kleinen Tochter, die Jeannie rasch um ihren winzigen Finger gewickelt hatte.

Dass er unmöglich und überheblich sein konnte, störte sie immer weniger. Aber ich bin nicht sein Typ, sagte sie sich und stieß sich vom Rand ab. Er steht auf gut gebaute Blondinen.

Wen stört das schon, fragte sie sich und kletterte am anderen Ende aus dem Pool. Es war eine Geschäftsreise. Sie verabscheute Leute, die Vergnügen von Arbeit nicht trennen konnten und jede Gelegenheit nutzten, um eine einfache Unterhaltung in einen Flirt zu verwandeln.

Sie würde sich selbst nicht mögen, wenn sie auch zu diesen Leuten zählte.

Sie schlüpfte in ihre Strandjacke und machte sich langsam auf den Rückweg zur Kabine. Ich muss der Wahrheit ins Auge sehen. Es ist doch passiert, gestand sie sich ein. Ihre Schwester hatte behauptet, dass es eines Tages so kommen würde. Ihre Brüder auch. Und ihre Eltern waren überzeugt gewesen, dass sie mit der Zeit für eine neue Liebe und ein neues Leben bereit wäre.

Bis heute hatte Jeannie ihnen kein Wort geglaubt.

Natürlich konnte sie nichts daran ändern, so oder so. Wahrscheinlich würde Hunter sie auslachen, wenn er wüsste, was so in ihrem Kopf herumging. So ein Witz. Einsame Kinderbetreuerin hat sich in anziehenden Werbemann mit allerliebstem Baby verguckt. Wahrscheinlich passierte das öfter. Außerdem konnte man nach so kurzer Zeit nicht von Verliebtsein sprechen, allenfalls von sexueller Anziehung. Es lag einfach an den Hormonen.

Jeannie schloss die Tür zur Kabine auf und trat ein. Hunter stand im ersten Raum. Ihre Blicke begegneten sich. Dann glitt ihr Blick tiefer. Er trug eine Hose. Der Bund war offen. Sein Oberkörper war bloß.

Nein, er würde nicht lachen, wenn er wüsste, was in ihrem Kopf so vor sich ging. Er würde sie sofort packen.

Sie flüchtete in die Dusche und schloss die Tür hinter sich ab.

Jeannie sah Hunter erst gegen Abend wieder.

„Ich habe beim Kapitän in seiner Kabine eine Kleinigkeit gegessen", sagte er, zog seine Jacke aus und lockerte die Krawatte. „Ich bin jetzt für Daisy da. Sie können sich meinetwegen vergnügen."

„Prima!" Jeannie rang sich ein strahlendes Lächeln ab. „Ich ziehe mich nur eben um, dann bin ich auch schon weg."

„Beeilen Sie sich", drängte Hunter. „Es ist fast alles besetzt."

Ihr Blick fiel zuerst auf das herrliche Cocktailkleid, als sie den Schrank öffnete. Heute Abend nicht, entschied sie und wählte stattdessen ein kurzes trägerloses rotes Kleid. Große silberne Ohrringe und ein Armband kamen dazu, und schon war sie fertig.

„Bis später", sagte sie und eilte zur Tür.

Hunter und Daisy saßen auf dem Boden. Sie rollten sich gegenseitig einen knallgelben Ball zu.

Hunter sah auf. „Viel Spaß."

Sie zögerte. „Ich bin früh zurück."

Er bemühte sich um ein Lächeln. „Unseretwegen brauchen Sie sich nicht zu beeilen. Genießen Sie den Abend."

Sicher, dachte Hunter, als sie die Tür hinter sich geschlossen hatte. Genießen Sie den Abend. Viel Spaß.

Er sprang auf und rannte in dem kleinen Aufenthaltsraum auf und ab. Er hatte vorhin gesehen, wie die Stewards sich auf die weiblichen Gäste an Bord geradezu stürzten. Jeannie würde der richtige Happen für die hungrige Horde sein.

„Wie Tiere!", brummte er, und Daisy blickte zu ihm interessiert auf. Sollte man nicht annehmen, eine Frau könne in Ruhe zu Abend essen, ohne von liebeshungrigen Männern umstellt zu sein?

Aber Moment mal! Das ging ihn ja gar nichts an. Jeannie war eine unabhängige, alleinstehende Frau und dazu volljährig. Sie konnte tun und lassen, was sie wollte, solange sie morgen früh für Daisy da sein würde.

„Du wirst dich nicht mit Männern treffen, ehe du über dreißig bist", erklärte er Daisy. „Wenn ich so darüber nachdenke, sollte ich dich vielleicht doch lieber ins Kloster schicken."

Daisy lachte und winkte mit ihren Plastikschlüsseln.

„Kluges Mädchen", stellte er fest und lachte mit ihr. „Du erkennst guten Rat, wenn du ihn hörst."

Wie Daisy sich in den vergangenen acht Monaten verändert hatte, erstaunte ihn. Aus einem hilflosen Säugling, den er aus Tokio mitgenommen hatte, war eine kleine Person mit echtem Charakter geworden, und wie er verwundert feststellte, zeigte sie die ersten Spuren von Humor.

Der Abend zog sich in die Länge. Er badete Daisy, brachte sie zu Bett und blieb noch eine Weile bei ihr sitzen, bis sie eingeschlafen war. Das Kinderbett stand rechtwinklig zu Jeannies Bett. Hunter saß auf dem Rand der schmalen Matratze. Ihm kam es so vor, als dufte es überall nach ihrem Parfum, nicht stark, aber genug, um seine Fantasie anzuregen.

Er überlegte, was sie wohl machte, und ärgerte sich über sich selbst. Es ging ihn nichts an, wenn sie sich von irgendeinem Typen in teurem Anzug unter freiem Sternenhimmel verführen ließ. Sex mochte heutzutage wegen der Aids-Gefahr gefährlicher sein, aber das bedeutete schließlich nicht, dass er nicht existierte.

Leise stand er auf, schaute noch einmal nach Daisy, stellte zufrieden fest, dass sie schlief, und ging ins Wohnzimmer hinüber. Er neigte den Kopf zur Seite, als sich der Außentür Schritte näherten.

„Wirklich, Eddie, ich freue mich über Ihr Angebot, aber es geht nicht." Es war Jeannies Stimme. Sie gab sich kurz angebunden, aber freundlich.

„Wieso denn nicht?", wollte eine männliche Stimme wissen. „Sie erzählten mir, Sie wären nicht verheiratet."

„Das stimmt, ich bin auch nicht verheiratet."

Hunter ballte die Hände zu Fäusten. Wenn dieser Hundesohn auch nur eine Hand nach Jeannie ausstrecken sollte, würde er …

„Was ist denn los? Es ist erst zehn Uhr. Der Abend ist noch jung. In der Disco spielt eine tolle Band. Ich möchte wetten, Sie sind eine großartige Tänzerin."

„Zwei linke Füße. Das liegt bei mir in der Familie. Meine Eltern konnten noch nicht einmal auf ihrer eigenen Hochzeit tanzen."

„Ich bringe es Ihnen bei."

„Heute Abend nicht, danke."

„Morgen Abend habe ich vielleicht keine Zeit."

„Das macht nichts", antwortete Jeannie.

Hunter grinste. Prima, Ross, dem haben Sie es gegeben. Typen wie dieser Mann sorgten nur für schlechten Ruf. Seiner Meinung nach sollte man sie auf eine Eisscholle bringen und an der antarktischen Küste aussetzen.

Jeannie schob den Schlüssel ins Schloss. Hunter streckte sich rasch auf dem kleinen Sofa aus.

„Schon zurück?" Er täuschte ein Gähnen vor.

„Mmmh", antwortete Jeannie bloß.

„Wie war der Abend?"

„Essen erstklassig. Gesellschaft unter aller Kritik."

„Das tut mir leid." Er bemühte sich, es so zu sagen, als meinte er es ehrlich. „Ich dachte, es wären ein paar recht nette Leute an Bord."

„Sind auch", antwortete Jeannie. „Nur Eddie gehörte nicht dazu."

„Eddie?"

Sie streifte ihre hochhackigen Schuhe ab, warf ihm einen finsteren Blick zu und ließ sich in einen der kleinen Sessel sinken. „Ach, sehen Sie mich nicht so unschuldig an, Hunter. Sie haben jedes Wort gehört, das wir draußen geredet haben."

Er fühlte sich wie ein kleiner Junge, der dabei erwischt wird, wie er durchs Schlüsselloch späht. „Woher wollen Sie das wissen?"

Sie verdrehte die Augen und deutete auf den Boden neben der Tür. „Ein Lichtstrahl fiel auf den Flur." Sie machte eine wirkungsvolle Pause.

Doch noch ehe sie etwas hinzusetzen konnte, meldete er sich wieder zu Wort. „Das war ein mieser Typ", sagte er. „Es war richtig, dass Sie ihn abgewiesen haben."

Sie fuhr sich mit den Fingern durch ihr kurzes seidig schimmerndes Haar. Wusste sie überhaupt, wie sexy sie aussah, wenn sie das tat? „Ich kann mich nicht erinnern, dass ich Sie nach Ihrer Meinung gefragt habe", erwiderte sie.

Er ignorierte ihre Rüge. „Es sieht so aus, als würden viele an Bord von einer Hormonschwemme heimgesucht. Sie sollten besser auf sich aufpassen."

Sie lachte auf. „Ich werde daran denken. Keine Sorge, Hunter", sagte sie und stand auf. Er ließ sie nicht aus den Augen und stellte fasziniert fest, dass ihr enges Kleid die Knie frei ließ. „Ich werde nicht vergessen, warum ich hier bin. Sie müssen arbeiten. Ich sorge dafür, dass Sie die Zeit dafür bekommen."

Er stand ebenfalls auf und sah ihr ins Gesicht. „Hören Sie, ich habe es nicht so gemeint, wie es klang, Jeannie."

Sie warf einen Blick zum Bullauge hinüber. Hinter dem Glas schimmerte das Mondlicht auf dem Wasser. Dann sah sie wieder Hunter an. Er wünschte, er wüsste, was sie in diesem Moment gerade dachte.

„Schläft Daisy schon?", erkundigte sie sich.

Das hatte er nicht erwartet. „Wie ein Murmeltier. Die Meeresluft bekommt ihr gut."

Sie ging auf die Tür des Zimmers zu, das sie mit der Kleinen teilte. „Ich glaube, ich lege mich auch hin."

„Es war ein langer Tag", sagte er.

Da lächelte sie ihn zum ersten Mal an diesem Abend aufrichtig an. „Und Daisy wacht bestimmt mit der Dämmerung auf."

„Noch früher", erwiderte Hunter und entspannte sich. „Meine Kleine stürzt sich immer gleich ins volle Vergnügen."

„Gute Nacht, Hunter", sagte sie und wandte sich ab. „Schlafen Sie gut."

Keinem von ihnen gelang das. Jeannie gab der Matratze die Schuld. Wie konnte man auf einem riesigen Marshmallow schlafen? Ihre Schlaflosigkeit hatte ganz sicher nichts damit zu tun, dass Hunter auf der anderen Seite der Wand in seinem Bett lag.

Nackt.

Sie wandte sich um und klopfte ihr Kissen zurecht. Kräftig. Er war nicht der Typ, der im Pyjama schlief. Wahrscheinlich besaß er nicht einmal einen. Warum sollte er einen Körper wie den seinen verstecken? Sie vergrub ihr Gesicht im Kissen und verwünschte die Bilder, die vor ihrem geistigen Auge aufkamen. Bestimmt bewunderte er sich ständig selbst. Sie hasste Männer, die in ihr eigenes Spiegelbild verliebt waren.

In Wirklichkeit wusste sie natürlich, dass an Hunter Phillips mehr war, als sein Äußeres vermuten ließ. Egoismus gehörte heutzutage wie eine zweite Haut zum Leben. Nicht viele Männer hätten ihre Unabhängigkeit aufgegeben, um ein Neugeborenes großzuziehen. Noch weniger hätten es mit einer solchen Liebe und solchem Eifer getan wie Hunter.

So etwas konnte man nicht vorspiegeln. Es mochte ja sein, dass er Daisy nicht als seine Tochter betrachtete. Das änderte jedoch nichts an der Tatsache, dass er sie mit Liebe umsorgte, wie ein Baby es brauchte.

Hunter war nicht mit Dan zu vergleichen. Er besaß etwas, was sie bei ihrem verstorbenen Mann nie erlebt hatte. Er war offensichtlich ehrgeizig, draufgängerisch und neigte dazu, sich zu nehmen, was er wollte, gleichgültig welche Folgen es haben mochte. Sie hatte ihn arbeiten sehen und bemerkt, wie er seinen Terminkalender bis an den Rand vollpackte, nur um sein Ziel zu erreichen.

Zu solchen Männern hatte sie sich bisher nicht hingezogen gefühlt, aber sie fragte sich insgeheim, wie es wohl sein mochte, wenn sie das Ziel wäre, das er erreichen wollte.

Zweimal in der Nacht stand sie auf, um nach Daisy zu sehen. Sie arbeitete jeden Tag mit Kleinkindern, und man hätte meinen sollen, sie wäre immun gegen den Charme der Kleinen. Wie konnte sie jedoch den Duft eines schlafenden Kindes vergessen haben oder etwa die leisen Geräusche, die sie machten, wenn sie träumten?

Sie hatte so vieles vergessen … so viele Gefühle verdrängt, weit von sich gewiesen, wie die dumpfe Sehnsucht, in der Nacht von einem Mann in den Armen gehalten zu werden. Sie vermisste die körperliche Liebe und alles was dazugehörte, das stimmte, aber Zärtlichkeit? Meine Güte, es gab nichts Schöneres, als jemanden um sich zu haben, der einen am Ende eines langen Tages glücklich wissen wollte.

Jeannie wachte nur langsam auf. Sie lag da, wartete noch auf die vertrauten Geräusche von New York. Stattdessen vernahm sie Meeresrauschen und das dumpfe Stampfen der Schiffsmotoren …

Plötzlich richtete sie sich kerzengerade im Bett auf. Ihr Herz raste. Daisy!

Vom Kinderbett her kam kein einziges Geräusch. Kein leises Atmen, kein glückliches Plappern oder grantiges Weinen. Nichts.

Sie warf die Decke zurück und sprang auf.

„Daisy!"

Das Kinderbett war leer.

Sie starrte hinein. Das Einzige, was sie genau wusste, war, dass das Kind nicht herausgeklettert und allein frühstücken gegangen sein konnte.

Hunter, dachte sie empört. Er musste einfach hier hereingekommen sein und Daisy aus dem Bett gehoben haben. Natürlich war das kein Verbrechen. Daisy war seine Tochter. Er konnte sie holen, wann immer er wollte.

Aber das war ihr Schlafzimmer! Er konnte nicht einfach hier hereinstürmen, es sei denn, Daisy hatte geweint oder …

„Ach, du je!" Und wenn Daisy nun tatsächlich geweint hatte, ohne dass sie wach geworden wäre? Sie hätte das nicht für möglich gehalten, aber welche Erklärung mochte es sonst geben?

Sie stürzte ins Nebenzimmer. Ihr Herz raste. „Hunter! Hat sie was? Wo ist …"

Sie blieb wie erstarrt stehen.

„Es wurde aber auch Zeit", bemerkte Hunter und sah auf. Er fütterte Daisy gerade. „Ich habe von allem etwas bestellt. Wer zuerst kommt, isst zuerst."

Der Tisch war mit einem weißen Tuch gedeckt und mit Tellern überhäuft. Von Orangensaft über frische Croissants und Rühreier bis hin zum Kaffee fand sie alles, was man sich zum Frühstück nur wünschen konnte.

Daisy thronte in einem Hochstuhl und beschäftigte sich auf ihre Art mit dem Essen.

„Frühstücken Sie mit uns", sagte Hunter und deutete mit einladender Geste auf einen Sessel, der an den Servierwagen herangeschoben worden war. „Ich dachte, wir sollten wenigstens eine Mahlzeit auf dieser Reise gemeinsam einnehmen." Er deutete auf eine Schale mit warmem Müsli und frisch pürierten Erdbeeren. „Sogar etwas Besonderes für Daisy."

Jeannie strich sich das Haar aus der Stirn. „Geht es ihr auch gut?"

„Natürlich geht es ihr gut."

Zuerst fühlte Jeannie sich erleichtert. Dann jedoch überkam sie etwas verspätet Wut. „Wie konnten Sie es wagen, ohne meine Erlaubnis mein Schlafzimmer zu betreten?"

Hunter blieb der Mund offen stehen. Am liebsten hätte er laut aufgelacht. „Sie haben geschlafen. Ich wollte ein bisschen mit Daisy zusammen sein."

Sehr glaubhaft. „Warum haben Sie nicht angeklopft?", fragte sie etwas kläglich.

„Habe ich getan", erwiderte er. „Zweimal."

Betroffen spürte sie, wie Röte ihr ins Gesicht stieg. Sie fühlte sich restlos blamiert. „Sie hätten lauter klopfen sollen."

„Das war ja nicht der Sinn der Sache, Jeannie. Ich wollte Sie nicht wecken."

„Ich hätte aber wach werden müssen", widersprach sie ihm. „Ich bin für Daisy verantwortlich." Sie hielt inne. „Außerdem habe ich Anspruch auf eine gewisse Privatsphäre."

„Ich habe nichts gesehen, was ich nicht sehen durfte, wenn es das ist, worum Sie sich Sorgen machen." Das Funkeln seiner Augen machte sie nur noch verlegener. „Sie hatten die Decke bis über die Nasenspitze gezogen." Er zwinkerte mit den Augen. „Und ich konnte nicht so viel sehen wie jetzt."

Sie schaute an sich herunter und war entsetzt, dass sie nicht viel mehr als ein übergroßes pinkfarbenes T-Shirt trug. „Oh!" Sie wandte sich um und flüchtete aus dem Raum, während Hunter in schallendes Lachen ausbrach.

Hunter musste bis nach dem Abendessen arbeiten. „Ich passe auf Daisy auf", sagte er zu Jeannie, ohne von seinem Papierberg aufzusehen. „Sie können ruhig essen gehen und sich amüsieren."

„Sind Sie ganz sicher, dass ich hier nichts tun kann?"

Er schaute von seiner Arbeit auf. Sie trug ein türkisfarbenes Seidenkleid. Dass es ihr wiederum nur bis knapp an die Knie reichte, entging ihm nicht. „Wenn Sie zufällig eine warme Mahlzeit entdecken, würde ich mich nicht beschweren."

„Ich gucke mal, was ich machen kann."

Sie zog die Tür hinter sich zu. Hunter griff nach dem Glas Eiswasser auf dem Tisch und überlegte, ob er es sich lieber über den Kopf schütten solle als nur davon zu trinken.

Für seinen inneren Frieden sah Jeannie einfach zu sexy aus.

Was noch schlimmer war, sie sah nicht nur hübsch aus, sondern war auch sehr praktisch veranlagt, verträglich und konnte mit Kindern umgehen.

Wenn ihr bewusst wurde, dass es ihn gab, würde er in arge Bedrängnis geraten.

Der geräumige Ballsaal des ‚Star des Atlantik' strahlte im Lichterglanz. Große Kristallleuchter hingen von der Decke herab. Stewards im Smoking gingen mit Champagnergläsern auf Tabletts durch die Menge. Die Musik war leise. Die Atmosphäre schwer vom Parfum und den Erwartungen.

Jeannie gab sich alle Mühe. Sie tanzte mit jedem, der sie aufforderte. Sie unterhielt sich mit denselben Leuten, mit denen sie schon mittags geplaudert hatte.

Aber es nutzte nichts. Sie konnte nur an eins denken.

Wie dumm von mir, sagte sie sich. Nun war sie schon mitten auf dem Meer, auf einem der luxuriösesten Kreuzfahrtschiffe der Welt, und dachte nur daran, wie sie Hunter eine warme Mahlzeit besorgen könnte.

Ich Trottel … ich Dummkopf!

Der Mann war in der Lage, Berge zu versetzen. Sie zweifelte keine Sekunde daran, dass er sich selbst etwas zu essen besorgen konnte. Sie sollte sich ja um Daisy kümmern, nicht um Daisys Daddy.

Sie hatte am Morgen zufällig gesehen, wie Hunter in eine ernste Unterhaltung mit zwei Geschäftsleuten vertieft gewesen war. Er war restlos bei der Sache gewesen und hatte konzentriert zugehört. Seine zielstrebige Entschlossenheit war ihr da besonders aufgefallen. Von ihm ging etwas Beunruhigendes, etwas Gefahrvolles aus. Nur in Daisys

Gegenwart war er umgänglich, liebevoll, zeigte sich als ein Mann, mit dem man sich für eine Pizza an den Küchentisch setzen konnte. Doch der Mann, den sie heute Morgen gesehen hatte, war ehrgeizig, weltgewandt, ein Mann, der sich nahm, was er haben wollte, gleichgültig was es kostete.

Überhaupt nicht ihr Typ. Es gab eine Reihe anderer interessanter Männer an Bord, und viele von ihnen sahen ebenso gut aus wie Hunter Phillips. War es nicht ihr Glück, dass der interessanteste von allen jemand war, der nicht bemerkt hatte, dass es sie gab?

Hunter ertrank förmlich in einem Meer von halbfertigen Vorschlägen und Ideen, als Jeannie zurückkam.

„Ich konnte kein warmes Essen finden", sagte sie so sachlich, wie sie konnte. „Aber wie wäre es mit einem Thunfischsandwich?"

Hunter sah von seiner Arbeit auf. Verdammt! Sie sah viel zu gut aus. „Thunfisch hört sich gut an", antwortete er. „Wo ist es?" Bilder von einem Essen zu zweit gingen ihm durch den Sinn. Thunfisch war kein Chateaubriand, aber es war besser als nichts. Außerdem bedeutete es, dass sie für den Rest des Abends keine anderweitigen Pläne hatte.

„Im Gesellschaftsraum", erwiderte sie und lief zu ihrer Zimmertür. „Fragen Sie nach Conrad. Er wird es Ihnen bringen."

Wie feige, dachte Jeannie, als die Tür hinter ihm zuging. Ich hatte nicht den Mut, mit ihm allein zu sein.

Wie verlogen, dachte Hunter auf dem Weg zum Gesellschaftsraum. Ich will das verdammte Sandwich gar nicht mehr.

Er wollte mit ihr zusammen sein.

5. KAPITEL

Jeannie wachte früh auf. Sie lag im Bett, lauschte Daisys gleichmäßigem Atmen und wartete darauf, dass Hunter anklopfen würde.

Sie wusste, dass er es tun würde. Ihre weibliche Intuition, die in den vergangenen Jahren stumm geblieben war, sagte ihr das. Jeden Moment musste er an ihrer Tür auftauchen, um Daisy zu holen ... und vielleicht dabei rasch einen Blick zu ihr hinüberwerfen, oder?

Bei dem Gedanken hätte sie fast laut aufgelacht. Er hatte nicht die leiseste Andeutung gemacht, dass er in ihr mehr sah als Daisys Babysitterin. Es gab keinen Grund anzunehmen, dass sich daran etwas ändern würde.

Eigentlich hätte sie aufstehen, sich anziehen und Daisy fertig machen sollen. Dann hätte sie einer unangenehmen Situation vorbeugen und ausweichen können.

Aber das tat sie nicht. Sie blieb einfach liegen und genoss es, sich in einer Weise mit der Welt verbunden zu fühlen wie schon lange nicht mehr. Sie wurde gebraucht. Von Daisy und von Hunter. Es gefiel ihr besser und besser. Natürlich hatte das Zusammensein mit Hunter einige Nachteile, doch sie war überzeugt, dass es ihr gelingen würde, ihre wahren Gefühle zu verbergen. Hunter ahnte bestimmt nicht, wie sehr sie sich zu ihm hingezogen fühlte. Sie wäre lieber im Boden versunken, als ihm zu zeigen, dass sie wie ein Schulmädchen von ihm träumte.

„Jeannie." Hunters Stimme erklang auf der anderen Seite der Tür. „Sind Sie wach?"

Sie räusperte sich. „J... ja!"

„Kann ich hereinkommen und Daisy holen?"

Ihr wurde warm, und die Wärme breitete sich langsam in ihrem Körper aus. „Ja, kommen Sie."

Die Tür knarrte und ging auf. Er blieb einen Augenblick im Türrahmen stehen. Seine breite Silhouette zeichnete sich gegen das Licht im Nebenraum ab. Er trug zur Sporthose ein T-Shirt und sah darin ungeheuer maskulin aus. Ihr wurde sofort bewusst, dass sie in einem Spitzen-Negligé unter ihrer Decke lag. Sie hatte noch nie in einem Negligé geschlafen. Sie unterdrückte einfach den Gedanken, warum sie sich entschlossen hatte, es anzuziehen.

„Komm, Daisy", sagte Hunter und beugte sich über das Kinderbett. „Es wird Zeit aufzustehen."

Jeannie hielt den Atem an, als er sich tiefer bückte, um Daisy hochzunehmen. Seine Beine waren muskulös. Er hatte eine schmale Taille und breite Schultern. Es war fast ein Wunder, dass ihn noch niemand bei C V & S gebeten hatte, auf die andere Seite der Kamera zu treten.

„Frühstück ist schon auf dem Weg", sagte er und wandte sich mit einer schläfrigen Daisy im Arm zu ihr um. „Bad ist frei für Sie."

„Danke."

Er stand im Türrahmen, sah einfach umwerfend aus und hielt ein ebenso einmaliges Baby an sich gedrückt. Er begegnete ihrem Blick. Sie wich ihm nicht aus. Spannung knisterte in der Luft, wie elektrisch geladen.

„Sie sollten sich beeilen", mahnte er. „Ich möchte nicht, dass Ihr Kaffee kalt wird."

Wie romantisch.

Das Einzige, was Hunter tun konnte, war, sich davonzumachen.

Er wusste auch schon genau, wie er das anstellen würde. In dem Moment, wo Jeannie sich an den Frühstückstisch setzte, würde er sich ein Brötchen schnappen und die Beine in die Hand nehmen.

Irgendetwas spielte sich da zwischen ihnen ab, irgendetwas, wozu er im Moment weder Zeit noch Energie hatte. Drüben im Schlafzimmer hatte er Jeannie aus dem Bett ziehen, sie an sich reißen und bis zur Besinnungslosigkeit küssen wollen.

Leider taten aufgeklärte Männer so etwas nicht, es sei denn, sie nahmen entsprechende Gerichtsverfahren in Kauf.

Ein paar Minuten später setzte Jeannie sich ihm gegenüber. Ihm war heiß, und sie wirkte so kühl wie die Meeresbrise.

„Wenn ich weiterhin so viel esse, passe ich bald nicht mehr durch die Türen", behauptete sie und griff nach einem Croissant. „Sie sollten sich beeilen, Hunter, ehe ich alles verputze, was nicht niet- und nagelfest ist."

Er leerte seine Tasse Kaffee. „Sonst frühstücke ich nicht im Vorübergehen", sagte er. „Aber in fünf Minuten habe ich schon die erste Besprechung und gleich danach noch zwei."

„Ich weiß ja, dass es eine Geschäftsreise ist", versicherte Jeannie ihm.

Wenn er nur daran denken könnte …

Später am Vormittag sah Jeannie, wie Hunter mit einem Showgirl aus einer Las-Vegas-ähnlichen Revue sprach. Dabei fiel ihr auf, dass man tatsächlich zu groß, zu langbeinig und zu blond sein konnte. Außerdem fand sie, dass die Unterhaltung nicht sehr geschäftlich wirkte. Offenbar blieben Hunter auch ein paar freie Augenblicke, um zu flirten, wenn er sich genügend von jemand angezogen fühlte.

Natürlich konnte er in seiner Freizeit machen, was er wollte. Sie war nur seine Angestellte. Er brauchte sich nicht vor ihr zu rechtfertigen. Nur weil sie sich in romantischen Tagträumen verlor, konnte sie nicht davon ausgehen, dass er auch nur einen Gedanken an sie verschwendete.

Wenn er mit einer Blondine zu Mittag und mit einer Rothaarigen zu Abend essen wollte, brauchte er nicht vorher um ihre Erlaubnis zu fragen.

„Das Leben ist sehr kompliziert", sagte sie zu Daisy und lehnte sich in einem der Liegestühle an Deck zurück, um Hunter zu beobachten.

„Daah?" Daisy fuchtelte mit den Händchen in der Luft und streckte sie nach Hunter aus.

„Ja, da ist Daddy", stimmte Jeannie ihr zu und begann mit Daisys Händen ‚Backe, backe Kuchen' zu spielen. „Mit einer Frau, die halb so alt ist wie er, macht er sich nur zum Narren."

Noch eine Frau stellte sich zu den beiden – diesmal eine Rothaarige. Gesprächsfetzen wehten über Deck zu Jeannie herüber. „Wahrscheinlich diskutieren sie die Quantentheorie", sagte sie zu Daisy und rümpfte die Nase, was die Kleine sichtlich lustig fand. *Was für ein schwerer Job, Hunter. Überanstreng dich bloß nicht!*

Die drei setzten sich an einen Tisch neben dem Pool und führten ihre angeregte Unterhaltung fort. Angenehme Arbeit, wenn man so einen Job hatte.

„Komm, Daisy!", sagte Jeannie. „Es ist Zeit zum Essen."

„Genau das wollte ich auch sagen."

Sie blinzelte in die Sonne und entdeckte einen wirklich gut aussehenden Mann neben sich. „Wie bitte?"

„Tim Reeves", stellte er sich vor und reichte ihr die Hand. „Es freut mich, dass Sie allein sind."

„Jeannie Ross." Sie deutete auf Daisy. „Ich würde nicht gerade behaupten, dass ich allein bin."

„Hübsches Kind", bemerkte er und hockte sich neben sie. „Was ich sagen wollte ..."

„Ich weiß, was Sie sagen wollten", unterbrach ihn Jeannie. „Sie sind ein Freund von Eddie, nicht wahr?" Der nette, aufdringliche Fußballspieler von gestern Abend.

„Halten Sie mir das nicht vor", bat er und lächelte sie an. „Ich bin viel netter."

505

Zum Glück hatte sie eine Sonnenbrille auf. Sie warf einen Blick zu Hunter hinüber. Zu ihrer Freude musterte er sie finster.

Sie unterhielt sich noch eine Weile mit Tim und genoss es, dass Hunter seinen Blick offenbar nicht von der Szene loszureißen vermochte.

Hunter entschuldigte sich am Tisch, wo er mit zwei jüngeren Angestellten der Schifffahrtslinie über Werbeanzeigen gesprochen hatte.

„Wir werden uns heute Nachmittag noch einmal ausführlich darüber unterhalten", sagte er, als er sich verabschiedete. Dann ging er geradewegs zu Jeannie hinüber, die von einem dieser Muskelprotze offensichtlich belästigt wurde. Und wie der Kerl versuchte, sich bei Daisy einzuschmeicheln. Widerlich!

„Wird es nicht Zeit für Daisys Mittagessen?", fragte Hunter ohne Umschweife.

Die verdammte Sonnenbrille verbarg Jeannies Augen, was wahrscheinlich besser war. Er hatte nämlich das bestimmte Gefühl, dass sie von der Unterbrechung nicht gerade begeistert war.

„Tim Reeves", stellte sich der Kerl vor und hielt ihm seine Pranke hin. „Und Sie sind …?"

„Phillips." Er drückte dem Typ kräftig die Hand. Doch sein Gegenüber blinzelte nicht einmal. Hunter wandte sich an Jeannie. „Wir sollten gehen", sagte er kurz angebunden und ignorierte den Schürzenjäger an Jeannies Seite.

„Gerade hatten Tim und ich darüber gesprochen, dass es Zeit zum Essen wäre." Sie musterte ihn durch diese verdammte Sonnenbrille. Wenn sie glaubte, er würde freiwillig diesen … diesen …

„Nett, Sie kennenzulernen, Reeves", sagte er alles andere als freundlich, ergriff Jeannies Ellenbogen und steuerte sie auf die Innenpromenade zu. „Mahlzeit."

Es war ihr hoch anzurechnen, dass sie ihre Meinung für sich behielt, bis sie die Kabine erreichten. Aber gleich hinter der geschlossenen Tür brach die Hölle los.

„Das war unerträglich arrogant und überheblich! Was haben Sie sich eigentlich dabei gedacht?"

„Ich kenne diese Art von Typen", stieß er zwischen zusammengebissenen Zähnen hervor.

„Sie sind diese Art von Typ", warf sie ihm an den Kopf. „Starrköpfig, leicht aufbrausend …" Sie hielt inne.

„Reden Sie nur weiter. Sagen Sie, was Sie sagen wollen."

Sie warf ihre Sonnenbrille auf den Tisch und stürmte mit Daisy ins Schlafzimmer.

Er blieb ihr auf den Fersen.

„Wir waren noch nicht fertig."

„Wetten, doch?" Sie legte Daisy auf das Bett und zog ihr die Windel aus.

Er reichte ihr eine neue.

„Danke", murmelte sie.

„Hören Sie", begann er. „Vielleicht habe ich eben ein bisschen übertrieben."

Sie sah zu ihm auf, hob die Brauen an und wandte sich dann wieder Daisy zu. „Hier wird nicht gestritten."

„Er ist ein Freund von dem Kerl, mit dem sie den Abend davor schon Probleme hatten. Ich möchte nicht, dass Sie sich mit so einem Typen …" Hunter hielt inne. Was eigentlich? überlegte er. Dass sie sich mit ihm vergnügte?

Mit ihm zusammen aß?

Eine Affäre hatte?

Spielen war innerhalb der Drei-Meilen-Zone legal. Mord zum Glück nicht. Sonst wäre es Tim und Eddie schlecht ergangen.

Jeannies Herz klopfte wie verrückt. Sie musste erst ein paarmal tief Luft holen, um sich zu beruhigen. Zum Teil lag es an dem Zorn über sein typisch männliches, besitzergreifendes Verhalten, aber zum Teil war sie einfach selig.

Er war eifersüchtig.

Grundlos.

Unlogischerweise.

Aber er war es.

Solche Dinge spürte eine Frau einfach. Sie konnte es an der Art erkennen, wie er das Kinn angehoben und seine Hände zu Fäusten geballt hatte.

Jeannie befestigte Daisy die Windel, hob die Kleine hoch und drückte sie an sich, ehe sie Hunter die Kleine übergab.

„Ich will mich fürs Mittagessen umziehen", erklärte sie ihm. „Tim wartet auf mich."

Hunter bemühte sich, sein Temperament im Zaum zu halten. „Ich dachte, wir beide könnten zusammen essen."

„Ich dachte, Sie hätten noch eine Besprechung."

„Habe ich auch, nach dem Mittagessen."

„Schade, das hätte ich vorher wissen müssen."

„Sie könnten die Verabredung mit Jim absagen."

„Tim", korrigierte sie ihn. „Und nein, das geht nicht." Sie rief sich ins Gedächtnis, dass sie Hunter in keiner Weise verpflichtet war, außer auf die Kleine aufzupassen. Sobald sie nach New York zurückkehrten, würde Hunter sowieso seinen Weg gehen und sie ihren. Bis auf eine geschäftliche Abmachung gab es nichts Verbindendes zwischen ihnen.

„Meine Besprechung ist um zwei", teilte er ihr knapp mit.

„Fein", antwortete sie genauso knapp. „Ich werde rechtzeitig zurück sein."

Früh am Sonntagmorgen zog die ‚Star des Atlantik' langsam eine große Schleife und fuhr in Richtung New York.

Wahrscheinlich kam diese Wende kein bisschen zu früh, dachte Jeannie. Sie und Hunter hatten nicht mehr zu dem leicht kameradschaftlichen Ton zurückgefunden, in dem sie zu Anfang miteinander gesprochen hatten. Das lag komischerweise nicht an ihrem Streit, sondern vielmehr an der wachsenden Anziehungskraft zwischen ihnen.

Gilt wohl nur für mich, überlegte sie und fütterte Daisy. Nur weil sie wie ein verliebter Teenager Tagträumen nachhing, hieß das nicht, ihre Gefühle würden erwidert werden.

Offenbar war das auch nicht der Fall, denn Hunter bemühte sich, Abstand zu wahren. In den vergangenen vierundzwanzig Stunden hatten sie sich fast nicht gesehen. Nach dem Frühstück hatte sie Daisy einen hellblauen Spielanzug mit passendem Stirnband angezogen und sich mit ihr zusammen ein Shufflespiel angeguckt. Danach hatten sie ihre Füße in den Swimmingpool an Deck gesteckt und den vorüberziehenden Wolken nachgeschaut.

Es wurde Mittag, ohne dass sie Hunter begegnete. Sie wusste, man hatte ihn auf die Fahrt geschickt ohne große Hoffnung, er werde die Aufgabe bewältigen können. Wenn er es aber schaffen sollte, die Schifffahrtslinie als Kunden zu gewinnen, würde das seine Position bei C V & S festigen. Genau das wünschte Jeannie ihm.

Kurz nach dem Mittagessen fielen Daisy die Augen zu. Jeannie entschuldigte sich und brachte die Kleine zu Bett. In Wirklichkeit hoffte sie, Hunter samt Aktentasche und Papieren in der Kabine vorzufinden.

Sein Zimmer in der Kabine sah jedoch genauso leer aus wie ihr eigenes. Sie schaute auf die Uhr. Es war kurz nach zwei. Noch fünf Stunden bis zum Abschiedsessen mit dem Kapitän. Bei dem Gedanken besserte sich ihre Laune schlagartig. Jeder an Bord, ob Passagiere oder Mannschaft, kam zu diesem Ereignis. Hunter hatte sogar dafür gesorgt, dass Daisy etwas Passendes zum Anziehen hatte.

Jeannie holte ihr umwerfendes schwarzes Cocktailkleid aus dem Schrank und hängte es an die Tür.

„Heute oder nie", sagte sie laut dazu und schaute kurz zu der Kleinen hinüber, die friedlich schlief. Es mochte zwar nichts zwischen ihr und Hunter bewirken, aber trotzdem konnte sie sich so hübsch machen, wie sie wollte.

Jeannie und Daisy waren beide gegen halb sieben fertig angezogen. Daisy sah in ihrem spitzenbesetzten Samtkleidchen und dem passenden Samthaarband zum Abküssen süß aus. Jeannie selbst gefiel sich auch.

6:40. Hunter war noch nicht da.

Jeannie begann im Zimmer auf und ab zu gehen. Vier Schritte in die eine Richtung, vier Schritte in die andere. Daisy amüsierte sich mit ihrem Schlüsselbund.

7:00.

Noch immer hatte Hunter sich nicht gezeigt. Sie nahm Daisy auf den Arm und ging mit ihr zusammen im Raum auf und ab. „Sollten wir deinen Daddy im Speisesaal treffen?"

Daisy sah sie mit großen Augen an.

Gegen 7:15 wurde es Jeannie ein wenig bange ums Herz. Vielleicht war ihm irgendetwas passiert. Es konnte ja sein, dass …

Erschöpft und niedergeschlagen stand er im Türrahmen.

„Hunter!" Sie lief zu ihm, mit Daisy auf dem Arm. „Ich habe mir Sorgen gemacht!"

Seine Augen weiteten sich vor Überraschung, genau wie es manchmal bei Daisy geschah, wenn sie etwas Neues und Wunderbares entdeckte. Es gab eine deutliche Familienähnlichkeit zwischen Daisy und Hunter. „Meine Präsentation ist baden gegangen", sagte er, stellte seine Aktentasche ab und nahm Daisy auf den Arm. „Tut mir leid."

„Sie können nicht am Abschiedsessen beim Kapitän teilnehmen?"

Er schüttelte den Kopf. „Ich habe eine Stunde Zeit, um alles noch einmal zu überarbeiten und einen neuen Vorschlag zu machen."

Zu ihrem Entsetzen traten ihr Tränen in die Augen. Rasch wandte sie sich ab.

„Sie brauchen nicht auf das Galaessen zu verzichten", sagte er. „Ich werde auf Daisy aufpassen."

„Wie sollen Sie auf Daisy aufpassen, wenn Sie arbeiten müssen?"

509

„Ich mache das seit acht Monaten, Jeannie. Ich werde es schon schaffen."

Sie griff nach der Kleinen. „Nein", sagte sie in bestimmtem Ton. „Sie bezahlen mich dafür, dass Sie arbeiten können. Ich nehme die Kleine mit." Bis er sie nämlich gefüttert hatte, würde die Stunde um sein, die ihm blieb. „Was möchten Sie zu Abend essen?"

Er wehrte ab. „Darum kümmere ich mich später." Er deutete auf seine Aktentasche. „Ich habe mir ein paar Chips mitgebracht. Das reicht."

Jeannie ging zur Tür. Sie fühlte sich einsam, traurig und fast elend.

„Jeannie?"

Sie wandte sich um. „Ja?"

„Sie sehen wunderhübsch aus."

Diesmal gelang Hunter die Präsentation. Die entscheidenden Personen gratulierten ihm. Jemand bot ihm an, die Planung mit zu überarbeiten, und eigentlich fiel jedem noch etwas ein, was er hinzufügen wollte.

Es war fast neun Uhr, als er in die Kabine zurückkam. Jeannie und Daisy waren noch nicht da. Er konnte es ihnen nicht verübeln. Er hatte ihr ja gesagt, sie solle das Abschiedsessen genießen, und das tat sie wahrscheinlich auch. Dennoch war er enttäuscht.

Müde und enttäuscht.

Er entschied sich zu duschen, um sich zu erfrischen. Anschließend fühlte er sich um einiges besser, ja sogar geradezu optimistisch. Und Hunger hatte er auch.

Obwohl das Abschiedsessen schon vorbei sein müsste, so fand er doch, dass es nicht schaden würde, einmal über das Deck zu schlendern und nachzusehen, was sich so tat. Falls er dabei auf Jeannie und Daisy stoßen sollte … Nun gut, die Welt war schließlich klein.

Kurz darauf stellte sich heraus, dass er sich nicht weit umzusehen brauchte. Er begegnete ihnen bei den Aufzügen. Daisy sah in ihrem blauen Samtkleidchen mit dem weißen Kragen und dem passenden Stirnband allerliebst aus. Jeannies schimmerndes schwarzes Kleid schmiegte sich aufregend um ihre weiblichen Kurven. Auch wenn es ihn nichts anging, so war er doch froh, dass sie Daisy bei sich hatte. Bei einem solchen Kleid brauchte sie bewaffnete Leibwächter, um sich die Meute vom Hals zu halten.

„Hunter!" Ihre Überraschung war ihr deutlich anzumerken. Es hätte ihm nichts ausgemacht, wenn sie glücklicher gewirkt hätte, ihn zu sehen. „Haben Sie Ihre Präsentation fertig?"

Er griff nach Daisy und setzte sie sich auf die Schultern. „Nicht nur fertig, sondern auch unter Dach und Fach gebracht."

„Sie haben den Auftrag bekommen?"

„Ich habe alles dingfest gemacht", antwortete er und schmunzelte vergnügt.

Spontan fiel sie ihm um den Hals. „Das ist einmalig! Sie haben so schwer gearbeitet, um das zu schaffen."

Er fühlte ihre Berührung überall – sogar an Stellen, die er vergessen hatte. Sie musste seine Reaktion gespürt haben, denn sie wich zurück, und ihre Wangen begannen zu glühen.

„Ich hätte es nicht ohne Sie geschafft, Jeannie. Hätten Sie nicht auf Daisy aufgepasst, wäre genau das passiert, was Grantham mir an den Hals gewünscht hatte."

„Sie hätten einen anderen Weg gefunden", widersprach sie, war aber doch sehr froh über seine anerkennenden Worte.

„Haben Sie immer noch nicht gelernt, ein Kompliment zu akzeptieren, Ross?" Er nahm sie beim Arm und steuerte auf den Lift zu. „Kommen Sie. Ich muss etwas essen. Die Chips haben nur meinen Appetit angeregt."

„Dann lassen Sie uns in die Kabine gehen."

„Die Kabine? Da gibt es nichts zu essen. Mir knurrt der Magen, Jeannie. Lassen Sie uns …"

„Zur Kabine", wiederholte sie.

„Ich weiß nicht, wie Sie das geschafft haben", sagte Hunter zu Jeannie, als der Steward einen beladenen Servierwagen hereinschob. Der Imbiss mochte nicht verlockend sein, aber es war besser als nichts.

„Man braucht nur eine gewisse Hartnäckigkeit", erwiderte sie und strahlte ihn von ihrem Platz auf dem Sofa an. „Aber das müssten Sie doch wissen, Hunter. Sie haben schließlich ein wunderbares Frühstück für uns bestellt." Ihre Sandalen lagen auf dem Boden. Die Füße hatte sie aufs Sofa hochgezogen. Sie trägt keine Strumpfhose, dachte er. Sie ist zu sexy für eine Strumpfhose.

„Kann ich Ihnen sonst noch etwas bringen?", fragte der Steward.

Hunter sah Jeannie an und verspürte Wärme in sich aufsteigen. „Danke, wir haben alles", antwortete er. Falls eine solche Erregung alles war …

Hunter verschwand mit Daisy im Nebenzimmer, um die Kleine ins Bett zu bringen. Sie protestierte laut, als er versuchte, ihr den Schlafsack verkehrt herum überzustreifen.

„Tut mir leid", murmelte er und kam sich wie ein Trottel vor. „Ich bin heute Abend mit den Gedanken woanders, Daisy."

Er dachte an Jeannie in ihrem verführerischen schwarzen Kleid, und heftiges Feuer loderte in ihm auf. Er strich Daisy das feine Haar zurück und drückte ihr einen Kuss auf die Stirn.

„Lass uns einen Handel machen, Daisy", flüsterte er, als sie zu ihm auflächelte. „Du schläfst heute Nacht schön durch, und ich werde dir morgen ein Eis spendieren."

„Daah!", sagte sie und bot ihr freundlichstes zahnloses Lächeln an.

„Auf Russisch bedeutet das Ja", sagte er. „Ich nehme dich beim Wort."

Er deckte sie zu, schaltete das Licht aus und kehrte ins Nebenzimmer zurück. Jeannie hatte die Stereoanlage in der Kabine angemacht, und leise Musik füllte den Raum. Sie hockte auf dem Sofa, das sexy schwarze Kleid war bis zu ihren Schenkeln hinaufgerutscht. Sie hielt ein Champagnerglas in ihren schlanken Händen, und Hunter griff nach seinem Glas auf dem Sofatisch. Der Raum erschien ihm nicht mehr beengt und winzig, sondern eher von Wärme erfüllt und intim.

„Auf Ihre geglückte Arbeit", sagte sie.

Er hob sein Glas ebenfalls an. „Auf Sie."

Ihre Blicke begegneten sich. Jeannies Hand zitterte, als sie das Glas an die Lippen setzte. Das vage Gefühl, das sie von Anfang an gehabt hatte, es sei eine schicksalhafte Begegnung, keimte erneut in ihr auf.

„Greifen Sie zu", forderte sie ihn auf. „Das Essen schmeckt ausgezeichnet."

„Nein", entgegnete er mit gedämpfter Stimme. „Sie sind ausgezeichnet."

Sie stellte ihr Glas auf den Sofatisch. Ein paar goldene Tropfen spritzten über den Rand des Glases und landeten auf dem Holz. Keiner von beiden bemerkte das. Ihr kam es so vor, als stünde sie inmitten eines tosenden Sturms.

Der einzige sichere Hafen waren seine Arme.

Er schob seinen Sessel zurück und stand auf.

Sie wartete, wagte kaum zu atmen, als er auf sie zukam. Ihre Welt konzentrierte sich nur noch auf diesen Augenblick.

Und diesen Mann.

„Lass uns tanzen!", flüsterte er.

Sie neigte den Kopf zur Seite. Eine alte Johnny-Mathis-Melodie umwehte sie. Das Lied war älter als sie. Seine Botschaft war älter als die Zeit.

Sie überließ Hunter die Hand und erhob sich. Der Druck seiner Hand in ihrem Rücken war erregend. Die Art, wie sie körperlich zu ihm passte, war berauschend.

Die Tatsache, dass sie sich gefunden hatten, erschien ihr fast wie ein Wunder.

„Jeannie."

Seine Stimme berührte sie bis ins tiefste Herz. Sie hob den Blick an.

„Ich werde dich jetzt küssen, Jeannie."

„Natürlich wirst du das tun." Eine formelle Anrede gab es nicht mehr zwischen ihnen, und das war so einfach und so selbstverständlich wie der Kuss, auf den sie seit Tagen gewartet hatte. Ein Leben lang gewartet hatte.

Seine Hand glitt von der Schulter zu ihrem Hals hinauf und höher. Er umfasste ihr Kinn und ließ den Daumen zu ihrer Wange hochgleiten. Es drängte sie, seinen Finger in den Mund zu nehmen und mit der Zunge über seine Fingerspitzen zu streifen.

Langsam beugte er sich über sie und legte mit sanftem Druck seinen Mund auf ihren. Mit der Zunge strich er über ihre sinnlichen Lippen, ehe er das warme Innere ihres Mundes erkundete. Sie stöhnte … Es war so lange her, und das Gefühl war so heftig, so intensiv, die Sehnsucht so stark, dass Empfindungen in ihr aufstiegen, die sie fast vergessen hatte.

Neckisch.

Verführerisch.

Sie vertieften den Kuss, bis sie beide zitterten und sich nach viel mehr sehnten.

„Das Sofa", flüsterte Jeannie und griff nach den Knöpfen an seinem Hemd.

„Zu klein", erwiderte er genauso leise und umfasste ihre Brüste. „Dein Zimmer."

„Geht nicht." Sie entblößte seinen Oberkörper und drückte ihre Lippen auf seine Haut. „Daisy."

Als er vor ihr auf die Knie sank, machte Jeannie unwillkürlich einen Schritt nach hinten, doch Hunter ließ es nicht zu, dass sie sich vor ihm zurückzog. Er umfasste ihre Knie und zog sie dichter an sich, bis sein warmer Atem über ihre Schenkel strich.

Seine Hände waren groß und kräftig. Zentimeter für Zentimeter erkundete er mit den Fingern ihre Beine, ließ seine Hände unter ihren Rock gleiten, bis hinauf zum Rand ihrer Strümpfe, wo er nach den Verschlüssen ihres Mieders griff.

Er lachte leise, was Jeannie erregte. Sie griff nach seinen Schultern, um da Halt zu finden. Ihren Rock hatte er hochgeschoben und drückte seine Lippen direkt über dem Strumpfrand auf die weiche Haut ihrer Schenkel. Sie wollte ihm helfen, die Verschlüsse des Miedergürtels zu öffnen, aber er griff nach ihrer Hand und hielt sie fest.

„Nein", murmelte er. „Behalt es an."

„Aber …"

Worte erstarben. Er fand das Zentrum ihrer Weiblichkeit, presste seine heißen, feuchten Lippen auf die dünne Seide ihres Slips. Sie hörte sich selbst aufstöhnen, als der Stoff zerriss. Die letzte Barriere zwischen ihnen war gefallen.

„Noch nicht", flüsterte er heiser gegen ihre Haut. „Nicht so."

Er richtete sich auf. Im Nu hatten sie sich beide entkleidet. Hunter war entzückt von ihrer Schönheit. Die wohlgerundeten Brüste mit den hart gewordenen, rosigen Spitzen … Ihre schmale Taille … Die atemberaubende Rundung ihrer Hüften …

Sie schwankte leicht. Er zog sie an sich und hob sie hoch, bis sich ihre Blicke begegneten. Eine stumme Frage lag in seinen Augen. Die Antwort erhielt er in ihrem leisen Seufzen und der Art, wie sie sich an ihn schmiegte.

Er lehnte sich gegen die Wand, stellte sich breitbeinig hin, um sein Gleichgewicht zu halten. Langsam ließ er sie tiefer gleiten, bis ihr Körper ihn streifte und heftige Wogen der Erregung in ihm erzeugte. Er wollte sich in ihr vergraben, zögerte aber noch, weil er fürchtete, sie mit seinem wilden Verlangen zu erschrecken.

Und dann lächelte sie ihn an, ein Lächeln, das ungeahnte Möglichkeiten versprach. Sie schloss die Augen und wiegte sich langsam in seinen Armen. Dabei öffnete sie sich ihm restlos. Sie war feucht, heiß und willig. Er verlor seine Beherrschung.

Sie nahm ihn in sich auf und umgab ihn mit ihrer Wärme. Die Bewegungen ihres für ihn so süßen Körpers erzeugten beglückende Gefühle bei ihm, wie er sie nie zuvor erlebt hatte.

Als es vorbei war – Sekunden, Stunden oder Ewigkeiten später –, sank sie erschöpft in seine Arme. Ihr Herz hämmerte wie wild. Seine Beine fühlten sich nicht allzu fest an.

Mit Jeannie auf dem Arm steuerte er in sein Schlafzimmer hinüber. „Ich muss dich warnen", sagte er mit rauer Stimme. „Da drinnen ist kaum Platz für eine Person."

„Wunderbar", murmelte Jeannie und strich mit der Zunge über eine seiner Brustwarzen.

Er stieß die Tür mit dem Fuß auf. Dann trug er sie hinein. Zusammen fielen sie aufs Bett.

„Oh", sagte Jeannie und fand sich zwischen der Wand und einem eingebauten Nachttisch wieder. „Der Raum ist tatsächlich klein."

Mit einem lustvollen Knurren sprang er auf das Bett …

Dann wieder runter.

„Hunter!" Sie musste kichern und beugte sich über den Bettrand. „Hast du dir wehgetan?"

Aufgeschoben war nicht aufgehoben. Lachend kletterte er erneut aufs Bett. „Das wird nicht einfach sein", meinte er, als sie versuchten eine geeignete Stellung zu finden.

„Die wunderbarsten Dinge sind meist nicht einfach."

„Ich weiß", antwortete er. „Du warst vorhin bereits wunderbar."

Sie senkte den Kopf, fühlte sich zwischen Glück und heftigem Verlangen hin und her gerissen, das ihr fast den Atem wegnahm. „Ich wünschte, ich wäre biegsamer."

Er schmunzelte und veränderte seine Stellung. „Ich auch."

Nach einigem Probieren fanden sie eine machbare Möglichkeit.

„Du bist ein Zauberer", behauptete sie, als er sie in die Arme nahm.

„Ich bin nur entschlossen."

Sie legten sich zusammen hin.

„Ich weiß nicht, wie es dir ergeht", murmelte Jeannie. „Aber jetzt kann ich mich nicht mehr bewegen."

„Du hast recht", erwiderte er. „Ich auch nicht."

Er überlegte die Situation und machte einen Vorschlag.

„Ich weiß nicht", wandte Jeannie ein und musste lachen. „In Filmen habe ich so etwas noch nicht gesehen."

„In Filmen zeigen sie Hunderte von Möglichkeiten." Er veränderte erneut seine Stellung. „Wer weiß, welche Schwierigkeiten Michelle Pfeiffer und Mel Gibson privat haben."

Sie nahm sein Gesicht liebevoll in beide Hände. „Jetzt im Moment würde ich mit niemandem auf der Welt tauschen."

„Selbst nicht für ein Riesenbett?"

„Selbst nicht für ein Riesenbett!", bekräftigte sie.

Inspiration weiß immer einen Ausweg, und in dieser Nacht waren Hunter und Jeannie beide recht inspiriert.

6. KAPITEL

Was in der Nacht zwischen Hunter und Jeannie geschehen war, ließ sich nicht mit Worten allein beschreiben. Manchmal waren sie ungeschickt, manchmal anmutig. Sie improvisierten, erfanden, und immer war es ein Vergnügen.

Selbst nachdem die heftige Leidenschaft abgeklungen war, lagen sie beide erschöpft und zufrieden dicht aneinandergekuschelt und lauschten dem Herzschlag des anderen.

„Wie fühlst du dich?", fragte er dicht an ihrem Ohr.

„Wunderbar." Sie rieb ihre Wange an seiner behaarten Brust.

„Ich habe dir nicht …?"

„Nein", schnitt sie ihm das Wort ab und küsste ihn aufs Kinn. „Du hast nicht."

„Es hat sich so gut angefühlt. Du warst so eng." Er streichelte die Innenseite ihrer Schenkel. „Ich konnte mich nicht mehr länger zurückhalten."

„Ich möchte nicht, dass du dich zurückhältst", sagte sie. „Ich möchte …" Sie hielt inne und lauschte. „Daisy weint."

„Unmöglich. Meine Kleine hat das richtige Zeitgefühl. Sie würde nie in einem solch kritischen Moment weinen."

Sie legte einen Finger auf seine Lippen. „Hör mal!"

Allerdings. Daisys Jammern wurde lauter.

Mit einem leisen Lachen löste sich Hunter von Jeannie und kletterte aus dem Bett. „Warte, bis wir zu Hause sind", versprach er ihr und zog sich die Hose an. „Ich werde dir zeigen, was eine echt romantische Nacht ist. Was wir erlebt haben, hätte glatt in einen Marx-Brothers-Film gepasst."

Sie lächelte und lehnte sich in die Kissen zurück, um den Duft von ihm … um ihren gemeinsamen Duft einzuatmen. Wie sollte er wissen, dass sie weder Blumen oder Kerzenlicht noch leise Musik brauchte, um Romantik zu erleben?

Ein Mann neben ihr in der Dunkelheit der Nacht. Ein Baby, das sie brauchte. Das schmerzliche, hoffnungsvolle Gefühl, das sich gegen die Grenzen wehrte, die vom Schicksal und den Umständen gesetzt wurden. All die Wunder, die das wirkliche Leben ausmachten.

Es konnte einfach nicht besser sei, als es im Augenblick war.

Hunter erwog alles, womit er Daisys Tränen trocknen könnte, aber mit nichts wollte es ihm gelingen. Sie war nicht nass, nicht hungrig und hatte auch kein Fieber.

„Tut mir leid, Daisy", sagte er, als er sie auf den Arm nahm und an sich drückte. „Das ist alles, was ich im Moment tun kann. Leider kann ich kein Taxi rufen." Er trug sie im Zimmer herum und ging mit ihr in dem Nebenraum auf und ab. Sie hörte nicht auf zu weinen, und sein bloßer Oberkörper war bald schon ganz feucht von ihren Tränen.

Jedes Mal wenn er glaubte, endlich verstanden zu haben, wie er mit Daisy umgehen musste, stellte sie ihn erneut auf die Probe.

„Vielleicht ein Schlaflied", entschied er und setzte sich mit ihr aufs Sofa. Früher hatten Schlaflieder Wunder bewirkt. „Also gut, Daisy, ich fange an."

„Was ist denn das für ein Geräusch?" Kaum dass er angefangen hatte, erschien Jeannie im Türrahmen. Sie trug eines seiner Hemden und sah ungeheuer verführerisch darin aus. „Das hört sich an wie ein Reibeisen."

Er warf ihr einen verärgerten Blick zu. „Ich singe."

„Ach, so nennst du das." Jeannie lachte. „Warum weint das arme Kind dann lauter als vorher?"

„Ich weiß es nicht", antwortete er und klang recht unglücklich. „Ich kann keine Ursache für ihr Weinen finden."

„Aber ich", behauptete Jeannie. „Wetten, dass sie einen Zahn bekommt."

Er versuchte Daisy in den Mund zu gucken, doch sie jammerte nur noch lauter. „Kann es ihr davon so schlecht gehen, wie sie sich anhört?", wollte er wissen. So hilflos hatte er sich seit Daisys Geburt nicht mehr gefühlt.

„Ich fürchte schon." Sie streckte die Arme nach der Kleinen aus, die selig war, Jeannie etwas vorzuheulen.

Zahllose Empfindungen, alle fremdartig, durchströmten Hunter, als er der Frau, die er eben geliebt hatte, zusah, wie sie sich um seine Kleine kümmerte. Aus wilder Leidenschaft wurde plötzlich rührende Zärtlichkeit, Aber irgendwie kam es ihm so vor, als gehörte das in ein- und dieselbe wunderbare Welt.

Sie sprach leise auf Daisy ein, und bald schon sank der blonde Schopf der Kleinen müde auf Jeannies Schulter. Das hat nichts mit ihrem Job zu tun, dachte er, als Jeannie mit Daisy auf dem Arm weiter auf und ab wanderte. Niemand könnte diese innerliche Verbindung zwischen Jeannie und dem Kind vorspielen.

Genauso wenig wie die innige Empfindung, die sein Herz wärmten und ihm das Gefühl gaben, heimgekehrt zu sein.

Das Schiff legte kurz nach zehn am Morgen im Hafen an. Daisy war ein paar Stunden zuvor eingeschlafen. Hunter und Jeannie hatten sich auf Zehenspitzen in der Kabine bewegt und gepackt.

Statt alles komplizierter zu machen, hatte ihr Liebesspiel sie befreit. Jeder konnte sich endlich so geben wie er war. Nach Hunters Erfahrung gab es am Morgen danach Versprechen, die man halten wollte, und Illusionen, die man wünschte festhalten zu können. Der rauen Wirklichkeit konnten nur wenige romantische Beziehungen standhalten.

Diesmal hatte er jedoch das Gefühl, die Wirklichkeit bringe eine Tiefe mit in die Beziehung, wie er es noch nie erlebt hatte. Er war sich nicht mehr sicher, ob er das Leben, ehe er Jeannie kennengelernt hatte, jemals verstanden hatte.

Es nieselte, als sie das Schiff verließen. „Du nimmst Daisy", sagte Hunter. „Ich besorge uns ein Taxi." Er wollte ihr gerade die Kleine übergeben, als er ein bekanntes Gesicht in der Menge entdeckte. „Verdammt!", stieß er hervor. „Meine Sekretärin."

„Heil dem großen Held!", rief Lisa und winkte ihm vergnügt zu. „Wir haben das Fax bekommen, Hunter. Die Bosse sind voll des Lobes!" Sie musterte Jeannie mit unverhohlener Neugier. „Hallo", sagte sie und reichte ihr die Hand. „Ich bin Lisa, Hunters Sekretärin."

„Jeannie Ross."

„Jeannie Ross", wiederholte Lisa und schien zu wissen, wen sie vor sich hatte. „Sie sind die Kinderbetreuerin, mit der ich am Telefon gesprochen habe. Was machen Sie …" Sie schaute zu Hunter hinüber. „Ich meine …" Sie verstummte.

„Ich habe auf Daisy aufgepasst", antwortete Jeannie.

Lisa lächelte, als wüsste sie es besser, und wandte sich an Hunter. „Sie müssen sofort ins Büro kommen. Ich bin extra mit dem Wagen hergeschickt worden."

Hunter murmelte etwas Unverständliches vor sich hin. Jeannie schmunzelte. Da er wusste, dass man ihn auf diese Reise geschickt hatte in der festen Meinung, er würde es nicht schaffen, musste er sich doppelt stolz fühlen.

„Fahr nur", sagte Jeannie so leise zu ihm, dass nur er es hören konnte. „Ich nehme mir ein Taxi."

„Kommt nicht in Frage. Du kommst mit uns."

Er war bewundernswert. Ein anderer Mann hätte sich vor der Umwelt aufgespielt und jeden wissen lassen, dass sie sich geliebt hatten. Oder er hätte sie wie eine Angestellte behandelt.

Hunter tat keines von beidem. Er brüstete sich nicht mit ihrer Beziehung, verbarg aber auch nicht die Tatsache, dass es zwischen ihnen eine tiefe Zuneigung gab. Schlussfolgerungen, die Lisa ziehen konnte, hingen von ihrer Aufmerksamkeit oder reiner Fantasie ab.

„Es tut mir leid, dass wir abgeholt wurden", sagte Hunter, als er Jeannie zu ihrer Wohnungstür hinauf begleitete, während der Wagen unten am Straßenrand wartete.

„Mir auch."

Sie standen eine Weile im Flur. Keiner wollte den Zauber brechen, den sie verspürten.

„Ich rufe dich an", sagte er schließlich. „Das ist nicht das Ende, Jeannie. Es ist erst der Anfang."

Dienstagabend besuchten Hunter und Jeannie ein französisches Vier-Sterne-Restaurant, während Jeannies Freundin Kate bereitwillig auf Daisy aufpasste. Kerzenlicht flackerte. Leise Musik erklang im Hintergrund. Sie saßen vor ihren unberührten Tellern, hielten sich an den Händen und schauten sich wie verzaubert in die Augen.

Mittwochabend küssten sie sich endlos lang während einer Abendshow.

Donnerstagabend nahmen sie Daisy mit zu Rumpelmayers und fuhren anschließend mit einer Kutsche durch den Park.

Sich danach trennen zu müssen, war reine Qual. Die Stunden, die jeder allein verbrachte, zogen sich wie Jahre dahin. Ihr Leben ging einfach nicht mehr so weiter wie vorher. Die vier Nächte auf dem Schiff hatte sie auf gewisse Art zu einer Familie zusammengeschweißt, wie keiner es hätte voraussehen können.

Jeannie wanderte ruhelos in ihrer Wohnung herum, hörte sanfte Musik und versank in Tagträumen. Das ist einfach nicht genug, dachte sie. Sie wollte in Hunters Armen einschlafen und von Daisys Lachen geweckt werden. Sie hatte eine Kostprobe bekommen, wie herrlich das Leben sein konnte, und war entschlossen, das Glück mit beiden Händen festzuhalten.

Hunter, der sich ganz von seiner Erfolgswelle mitreißen ließ, hielt seine Bürotür tagsüber zu, damit er aus dem Fenster schauen und an Jeannie denken konnte. Der unglaubliche Auftrieb, den er an Bord des Schiffes erlebt hatte, war außer Reichweite gerückt. Er wusste, dass der Arbeitsauftrieb nur mit Jeannie in der Nähe anhalten würde.

„Was nun, Daisy?", fragte er und zielte mit einem Schaumstoffball auf den Basketballkorb an der gegenüberliegenden Wand seines Büros. „Sollen wir es wagen oder nicht?"

„Daah", antwortete Daisy aus ihrem Laufstall neben seinem Schreibtisch.

„Heißt das nun ja oder nein?"

Sie sah zu ihm auf, riss die blauen Augen auf und steckte den Daumen in den Mund.

„Sprichst nicht mit mir, was?" Er rollte ihr den Basketball zu, lachte, als sie mit ihren kleinen Füssen strampelte, als wollte sie danach treten. „Ich brauche eine Antwort, und alles, was du darauf weißt, sind deine Spielchen."

In Wirklichkeit war Daisy nicht sie selbst, seit Jeannie nicht mehr mit ihnen zusammen war. Hunter erging es noch schlimmer. Er konnte weder schlafen noch arbeiten, sondern nur darüber grübeln, wie er die verschiedenen Teile seines Lebens zusammenfügen könnte.

Zuerst verdrängte er den sehnsüchtigen Wunsch. Dann dachte er darüber gründlich nach.

Und bis Freitagmorgen wusste Hunter genau, was er tun musste.

„Das ist ein seltsamer Ort für einen Lunch", bemerkte Jeannie und nahm Hunter und Daisy gegenüber Platz. „Die meisten Leute gehen für ein Sandwich nur in eine simple Cafeteria." Plötzlich wurde ihr beklommen zumute. „Hunter! Ist irgendetwas passiert?"

„Es ist nichts passiert", antwortete er, blickte jedoch schrecklich ernst drein. Selbst Daisy schaute ernst.

„Dem Himmel sei Dank!" Jeannie atmete erleichtert auf und lehnte sich auf ihrem Stuhl zurück. „Warum sind wir dann hier?"

Er beugte sich vor. „So geht es nicht weiter, Jeannie. Essen … Tanzen … Das reicht einfach nicht."

Sie hielt den Blick auf die zerkratzte Tischoberfläche gerichtet. „Tut mir leid, wenn du das so empfindest."

„Du etwa nicht?"

Sie hob den Kopf und blickte ihm in die Augen, in denen sie sich spiegelte. „Wovon … wovon sprichst du eigentlich, Hunter?"

„Lass uns heiraten."

Die Worte trafen sie fast körperlich. „Heiraten?"

Er lachte, beugte sich über den Tisch und griff nach ihren Händen. „Ja, heiraten. Lass uns heiraten! Ein Freund von mir ist hier Arzt. Wir können sofort unsere Bluttests machen lassen und das Aufgebot bestellen."

„Aber wir … Ich meine …", stotterte Jeannie. *Ein verrückter Gedanke, weiter nichts.*

„Ich kann nicht mehr essen, nicht mehr schlafen und nicht mehr arbeiten. Wenn ich nicht mit dir zusammen bin, muss ich an dich denken … habe Sehnsucht, dich sofort wiederzusehen. Wenn ich mit dir zusammen bin, bedrückt mich, wie wenig Zeit wir füreinander haben. So kann es nicht weitergehen, Jeannie."

Jeannie schluckte schwer. „Nachdem wir uns heute Morgen verabschiedet haben, habe ich dich und Daisy auch so sehr vermisst, dass ich glaubte, es würde mir das Herz brechen."

Ehe sie Hunter und Daisy begegnet war, hatte sie die Einsamkeit als eine Art Strafe hingenommen. Jetzt kam es ihr so vor, als hätte sie allein in einem dunklen, verbotenen Raum gestanden und jemand hätte Licht angemacht, um ihr zu zeigen, dass die Ungeheuer der Dunkelheit nur ihre eigenen Träume waren, die Gestalt angenommen hatten.

„Das ist verrückt", sagte sie.

„Das kann ich nicht leugnen. Aber es ist die wahre Liebe, nicht wahr, Jeannie? Wir lieben einander."

„Das stimmt", antwortete Jeannie. „So wie es ist mit uns beiden … mit Daisy. Es ist so schön, dass es mir Angst einjagt." Sie hielt inne. Ein Happy End war möglich. Sie musste nur daran glauben.

„Ich bin nicht verheiratet", sagte er. „Du bist nicht verheiratet …"

„Aber ich …"

„Kein Aber", unterbrach er sie sofort. „Es gibt nichts, was uns daran hindern könnte."

„Hunter, ich …"

„Was sollen wir mit der Situation anfangen?", wollte er wissen. „Sollen wir unseren Gefühlen einfach folgen?"

Sie dachte an ihre leere Wohnung, ihr kaltes, einsames Bett, die endlosen Tage und Nächte, die sich bis in die Unendlichkeit vor ihr erstreckten.

„Ja", sagte sie und begann zu lachen. „Ich will meinem Gefühl folgen!"

Hunter ertappte sich dabei, dass er immer öfter an die Verwandtschaft denken musste, je näher ihr Hochzeitstag heranrückte.

Er machte sich keine Illusionen, wie seine Eltern auf seine bevorstehende Heirat reagieren würden. Sein Zorn über ihr Verhalten Callie gegenüber loderte immer noch heftig, doch in den letzten Tagen mischte sich mehr und mehr Bedauern dazu.

„Callie hätte dich sofort ins Herz geschlossen", sagte er eines Abends zu Jeannie beim Abendessen.

„Ich wünschte, ich hätte sie kennengelernt. Ich versuche mir vorzustellen, wie du als kleiner Junge warst. Es wäre schön, sich darüber mit einem Augenzeugen unterhalten zu können." Sie hielt inne. „Ich nehme an, dass du es dir nicht noch einmal überlegen willst, ob du deine Eltern zu unserer Hochzeit einladen sollst."

„Du hast recht", antwortete er. „Ich werde es mir nicht überlegen."

Seine Eltern würden nicht kommen, selbst wenn er sie einlud. Jeannie hatte das nicht verstanden, aber sie hatte es akzeptiert. Ihre Verwandten würden kommen, auch wenn sie nicht eingeladen waren.

Hunter sah Jeannie an. Ihr Lächeln war so offen und herzlich wie Daisys zahnloses Grinsen. Es gab keinen Grund, sich so zu fühlen, als ob nicht alles in Ordnung wäre. Warum soll ich mir selbst das Leben schwer machen? dachte er. Sie hatten ein Leben lang Zeit, ihre Probleme mit den Verwandten zu klären.

Aber sie hatten nur wenige Tage Zeit, ihre Hochzeit zu planen.

Die Verkäuferin in der Boutique schenkte Jeannie und Kate ein berufsmäßiges Lächeln. „Guten Tag, die Damen", sagte sie. „Womit kann ich Ihnen dienen?"

„Ich suche etwas Schlichtes, Elegantes", antwortete Jeannie. „Möglichst nicht in Weiß."

„Für eine besondere Gelegenheit?"

Sie sah Kate an, dann wieder die Verkäuferin. „So könnte man es nennen."

„Sie heiratet", plauderte Kate aus und schüttelte den Kopf. Sie konnte es immer noch nicht fassen. „Morgen schon."

„Oh, wie großartig!" Das Lächeln der Verkäuferin wurde persönlicher. „Ich glaube, wir könnten ..." Sie hielt inne und musterte die beiden Frauen etwas genauer. „Haben wir uns nicht schon irgendwann einmal gesehen?"

Jeannie musste lachen. „Vergangene Woche", antwortete sie. „Das schwarze Cocktailkleid mit den Spaghettiträgern."

„Ach ja", sagte die Verkäuferin. „Sie wollten auf Kreuzfahrt gehen, wenn ich mich richtig erinnere."

„Es war Liebe auf den ersten Blick", kommentierte Kate. „Eine Prise Salzluft, und schon war es geschehen."

„Offenbar ist Salzluft wirkungsvoller als französisches Parfum", bemerkte die Verkäuferin. „Sie haben den Herrn an Bord kennengelernt?"

„Also nicht direkt", antwortete Jeannie und wünschte sich, die beiden würden mit dem seichten Geplauder aufhören. „Wir haben uns bereits vor der Kreuzfahrt kennengelernt." Sie war böse auf Kate, weil sie es so klingen ließ, als hätte sie Hunter in einer Bar aufgelesen.

Kate lachte auf dem Weg zum Ankleideraum.

„Viel Spaß, du Großmaul!", schalt Jeannie und streifte ihre Hose ab. „Du hättest ihr am liebsten noch mehr erzählt. Warum hast du ihr nicht gleich gesagt, dass ich für Hunter gearbeitet habe? Dann hätte es wenigstens etwas vernünftiger geklungen."

Kate schnitt eine Grimasse und setzte sich in einen Sessel in der Ecke des Raumes. „Du hast dich allein in diese Lage gebracht, Ross. Ich bin nur ein Zuschauer am Rande."

Jeannie probierte zwei beigefarbene Kleider und ein eierschalenfarbenes kurz nacheinander an. „Zu ausgefallen", behauptete sie. „Zu modisch, zu langweilig."

Kate und die Verkäuferin sahen sich an.

„Was schwebt Ihnen vor?", erkundigte sich die Verkäuferin. „Vielleicht etwas in Pastellgelb?"

„Wie wäre es mit einem Kostüm?", schlug Kate vor. „Irgendetwas Klassisches."

„In Seide", ergänzte Jeannie und wandte sich an Kate. „Ich könnte ein T-Shirt aus Seide in einer Kontrastfarbe darunter tragen und die Perlenkette meiner Großmutter."

Die Verkäuferin strahlte. „Da habe ich genau das Richtige." Wenige Augenblicke später kehrte sie mit einem cremefarbenen Seidenkostüm zurück.

„Das ist es", sagte Kate sofort, und Tränen traten ihr in die Augen.

„Sie sehen wunderbar darin aus", bemerkte die Verkäuferin wohlwollend.

Jeannie drehte sich langsam zum Spiegel um. „Oh!", flüsterte sie und starrte auf ihr Spiegelbild. „Darin werde ich morgen heiraten!"

„Wie sehe ich aus?", fragte Jeannie zum hundertsten Mal, als sich der Mietwagen dem kleinen Ort außerhalb der Stadtgrenze näherte, wo die Hochzeit stattfinden sollte.

„Wunderhübsch", antwortete Kate. „Du bist eine strahlende Braut." Sie musterte Jeannie etwas eingehender. „Für eine verrückte Frau viel zu sehr."

„Es ist verrückt, nicht wahr?", murmelte Jeannie. „Vernünftige Menschen machen so etwas nicht."

„Das stimmt", bejahte Kate. „Aber vernünftige Menschen haben auch wenig Spaß am Leben."

523

Jeannie sah ihre Freundin erstaunt an. „Soll das etwa eine Ermunterung sein?"

„Lass es dir nicht zu Kopf steigen!", meinte Kate. „Ich glaube schon, dass du verrückt bist, aber zumindest kann ich es verstehen."

„Hunter gefällt dir?"

„Ich mache mir keine Gedanken um Hunter, meine Liebe, sondern um dich."

„Um mich?" Jeannie war überrascht. „Ich würde ihm niemals wehtun."

„Das vielleicht nicht", erwiderte Kate. „Aber ich habe das ungute Gefühl, dass es da etwas gibt, was du ihm verschweigst."

„Das ist ja lächerlich."

„Wahrscheinlich", gab Kate zu. „Aber vom ersten Tag unserer Begegnung an war ich überzeugt, dass du komplizierter bist, als du dich gibst."

„Ist das nicht bei jedem so?", entgegnete Jeannie. „Ich möchte wetten, es gibt auch bei dir ein paar dunkle Geschichten in der Vergangenheit."

Kate spielte die Überraschte. „Wo, bei mir? Mein Leben ist ein offenes Buch."

Der Fahrer ließ die Glastrennwand herunter. „Wir sind da, Ladies." Der Wagen hielt vor dem Standesamt.

Jeannie spähte aus dem Fenster. Hunter und Daisy warteten bereits auf dem Gehweg. Hunter trug zum dunkelblauen Anzug ein cremefarbenes Hemd und eine gestreifte Krawatte. Ihr Herz klopfte heftig, und sie bemerkte ein wenig belustigt, dass er sich eigens für diese Gelegenheit die Haare hatte schneiden lassen. Daisy hatte ein hellblaues Kleidchen an, dazu im gleichen Farbton Kniestrümpfe mit Spitzenrand. Hunters Trauzeuge stand auf der Treppe und hielt Ausschau nach den Hochzeitsgästen.

„Sieh ihn dir an", sagte Kate und pfiff leise. „Sieht er nicht einmalig aus?"

„Allerdings sieht er einmalig aus", erwiderte Jeannie.

„Wie heißt er?"

Jeannie lachte. „Ich vermute, wir reden nicht von Hunter, oder? Das ist Hunters Freund, Trey Whittaker, ein Fotograf." Es sah ganz so aus, als hätte Kate ihre Antihaltung Männern gegenüber auf einmal völlig vergessen.

Trey sagte etwas zu Hunter. Hunter schaute auf die Straße, als Jeannie aus dem Wagen stieg.

Bei dem Blick, mit dem er sie ansah, schwanden die letzten Ängste, die sie noch bedrängt hatten. Es ist der richtige Schritt, sagte sie sich und reichte ihm die Hand. Verrückt. Unmöglich. Unlogisch.

Aber richtig.

„Du siehst wunderschön aus, Jeannie."

„Du siehst auch blendend aus", flüsterte sie.

Daisy griff mit beiden Händen nach Jeannies Ohrring. Jeannie lachte und wich der Kleinen aus.

„Komm, Daisy", sagte Hunter, während sie die Treppe zum Standesamt hinaufgingen. „Du wolltest lieb sein. Jeannie und ich sind noch nicht verheiratet. Sie könnte immerhin noch ihre Meinung ändern."

Auf keinen Fall, dachte Jeannie.

Vielleicht war es verrückt, jemanden vom Fleck weg zu heiraten, den sie kaum kannte, aber irgendwie kam es ihr so vor, als wäre es das Vernünftigste, was sie seit Jahren getan hatte.

Jeannie blieb während der Zeremonie erstaunlich ruhig. Ihre Stimme klang klar und zuversichtlich. Hunter stockte einmal, als Daisy sich von Kates Armen herüberbeugte und ihn an den Haaren zog. Aber er fing sich rasch wieder.

Das Eheversprechen wirkte nachhaltiger auf ihn, als er erwartet hatte. Wie jeder andere hatte er die Worte etliche Male in Filmen, im Fernsehen und bei Hochzeiten von Freunden gehört.

Veraltet und ein bisschen blumig, aber so bekannt wie seine Telefonnummer oder seine Adresse.

Aber wenn eine Frau es so aus dem Herzen heraus zu einem Mann sagte, und wenn dieser Mann es genauso ehrlich erwiderte – nun gut ... dann musste der Mann ja nachdenklich werden.

„Ja", sagte Jeannie mit fester Stimme.

„Ja", antwortete Hunter mit genauso fester Stimme.

Kate und Trey begannen zu klatschen, als Hunter Jeannie in die Arme nahm ... Seine ihm angetraute Frau.

Tränen schimmerten in Jeannies blauen Augen, und er vermutete, dass seine Augen wohl ebenso feucht waren. Er konnte sich nicht erinnern, wann er sich jemals mit dem Leben verbundener gefühlt hatte, wann er sicherer gewesen war, die richtige Entscheidung getroffen zu haben, der richtigen Frau im richtigen Moment begegnet zu sein.

Nur wenige Gaststätten in Manhattan waren schöner als das Tavern on the Green.

Am Rande des Central Parks gelegen, nicht weit vom Lincoln Center entfernt, war es ein Juwel von einem Restaurant. Unabhängig von der Jahreszeit leuchteten in den Bäumen draußen wie drinnen funkelnde diamantene Lichter, die ihm eine vornehme Atmosphäre verliehen.

Hunter und Jeannie hatten vorgehabt, mit ihren Trauzeugen im kleinen Rahmen im Tavern on the Green zu Abend zu essen. Kate und Trey hatten sich jedoch hinter dem Rücken des Brautpaares abgesprochen und für einen kleinen Empfang gesorgt.

Eine Reihe Leute von C V & S, ein paar Fotografen, Stylisten und andere, mit denen Jeannie zusammengearbeitet hatte, waren dort. Falls es irgendwem seltsam vorkam, dass weder Hunters noch Jeannies Familie anwesend war, so verlor keiner ein Wort darüber.

„Hunter erkennt einen guten Handel, wenn er ihn sieht", meinte eine der Angestellten. Sie hatte rote Locken und einen beeindruckenden Ausschnitt. Ungeniert musterte sie Jeannie von Kopf bis Fuß. „Ich wette, er hat Ihnen nicht einmal Zeit gelassen, Nein zu sagen."

„Gut gemacht, Phillips", sagte eine gertenschlanke Buchhalterin. „Sie sieht nicht nur gut aus, sie kann einmalig mit Kindern umgehen. Wer braucht noch eine Tagesmutter, wenn er Jeannie hat."

„Eine Expertin für Kleinkinder", sagte Walter Grantham, als er gratulierte. „Brillante Strategie, Hunter. Genau das, was ich von unseren leitenden Angestellten erwarte. Ich habe Ihnen ja gesagt, Sie brauchen eine Frau, die sich um Ihren Haushalt kümmert. Wenn die Flitterwochen erst vorbei sind, sehe ich Sie in Topform wieder."

Grantham schob sich zur Bar hinüber.

Hunter zog Jeannie mit in eine ruhige Ecke hinter einen der lichterglänzenden Bäume.

„Grantham ist ein mieser Kerl", sagte er verärgert. „Das sind alles miese Typen. Ich hoffe, du denkst nicht etwa, ich …"

„Natürlich nicht", unterbrach sie ihn und stellte sich auf die Zehenspitzen, um ihm einen Kuss zu geben. „Es gibt einfachere Möglichkeiten, eine Babysitterin zu finden, als gleich die Erstbeste zu heiraten."

Er wandte sich zu der lachenden Menge um, von denen die meisten darüber spekulierten, wer den besseren Handel gemacht habe.

„Lass uns verschwinden!", sagte Hunter. „Niemand merkt etwas. Wir können uns davonstehlen."

„Wohin denn?"

„Irgendwohin."

„Das können wir nicht tun, Hunter. Wir können die Gäste nicht einfach zurücklassen."

„Wir müssen uns aber davonstehlen. Wir sind das Brautpaar. Es wird von uns erwartet."

„Und wie bekommen wir Daisy unbemerkt mit hinaus?"

Er warf ihr einen lüsternen Blick zu. „Die lassen wir hier."

„Hunter!"

„Sei leise! Lenke nicht die Aufmerksamkeit auf uns."

„Du kannst Daisy doch nicht einfach hierlassen."

„Kate nimmt sie über Nacht mit zu sich."

Jeannie lachte „Du bist ein ganz verruchter Mann."

„Auf jeden Fall."

„Bei dir oder bei mir?"

„Weder noch", erwiderte er und eilte mit ihr zur Tür.

„Hunter, ich …

„Vertrau mir", sagte er, als sie an die frische Luft traten. „Du wirst es nicht bereuen."

7. KAPITEL

Jeannie saß auf dem Rand der marmornen Badewanne im Plaza Hotel und holte tief Luft. Sie war aufgeregt wegen der Hochzeitsnacht. Wer hätte das gedacht!

Es ist ja lächerlich, versuchte sie sich einzureden und legte sich einen kalten Waschlappen in den Nacken. Sie und Hunter hatten bereits das Vergnügen erlebt, das man in einem gemeinsamen Bett finden konnte. Sie waren mit offenen Augen in die Ehe gegangen, mit Begeisterung und der Überzeugung, dass sie miteinander auskommen würden.

Leider war sie die Ehe nicht mit reinem Gewissen eingegangen.

Kate hatte recht gehabt, als sie sagte, Jeannie habe Hunter etwas verschwiegen. Sie wusste nicht, wie ihre Freundin das hatte spüren können, aber Kates Worte hatten Jeannie schwer getroffen. Die Wahrheit hatte manchmal diese seltsame Eigenschaft, einen schwer betroffen zu machen.

Sie hätte es Hunter sagen sollen. Bei ihrem ersten gemeinsamen Abendessen wäre es so leicht gewesen. Denn da hatte zwischen ihnen nur ein rein berufliches Interesse bestanden. Er hätte Verständnis für sie gehabt. Ein Mann, der das Kind seiner Schwester wie ein eigenes annahm, hätte zweifellos Verständnis für sie gehabt. Das Entsetzen. Das Schuldgefühl. Der lange Weg, der hinter ihr lag. Er hätte all das verstanden.

Aber die Gelegenheit hatte sie nicht genutzt. Es war auch nie ihre Art gewesen, anderen ihre tiefsten Gefühle zu offenbaren. Nicht einmal als der Schmerz noch frisch gewesen war, hatte sie mit jemandem darüber sprechen können. Wie ein verwundetes Tier seinen Bau aufsucht, um in Ruhe seine Wunden zu lecken, hatte sie sich in sich zurückgezogen, bis sie sich stark genug fühlte, sich dem Leben wieder zu stellen.

Bei dem Antrag zum Aufgebot hatte sie einen Moment lang gezögert und war über die Frage nach ihrem Familienstand gestolpert. Ledig. Geschieden. Verwitwet. Sie brauchte nur das richtige Kästchen anzukreuzen und abwarten, was geschehen würde.

Das hätte jedoch für sie bedeutet, alte Wunden aufzureißen. Ein Schatten wäre auf ihr junges Glück gefallen, das sie mit Hunter gefunden hatte.

Ich habe es richtig gemacht, sagte sie sich und betrachtete sich im Spiegel. Sie gehörten zusammen, Hunter, Daisy und sie. Sie waren eine Familie. Vom ersten Moment an, als sie Hunter mit der Kleinen gesehen hatte, war ihr klar gewesen, dass es so kommen musste. So, als wäre es vorherbestimmt. Sie verdiente das neue Glück. Würde sie ihm von den Menschen erzählt haben, die vorher in ihrem Leben gewesen waren, hätte das nichts geändert. Nichts konnte sie zurückbringen. Nichts konnte jemals die Liebe zerstören, die Jeannie für sie immer noch empfand.

Und nichts konnte ihre Liebe zu Hunter und Daisy noch größer machen, als sie schon war.

Hunter hatte sich nie sonderliche Gedanken über die Hochzeitsnacht gemacht. Zu den Zeiten, als Braut und Bräutigam noch in Unschuld zusammenkamen, hatten sie voller Erwartung und Nervosität der Hochzeitsnacht entgegengefiebert. Es waren Empfindungen geschürt worden, für die Hunter zu erfahren war, um sie nachvollziehen zu können. Zumindest hatte er das geglaubt.

Er hatte sich geirrt.

Durch die Ehe wurde doch alles anders.

Er verstand nicht, warum das so war, aber allein das Versprechen, das er bei der Trauung aus ehrlichem Herzen abgegeben hatte, hatte alles verändert. Er begehrte Jeannie mit derselben heftigen Leidenschaft wie vor der Trauung. Nur hatte jetzt die Beziehung mit Dauerhaftigkeit zu tun, sowie der tieferen Erkenntnis, dass sich jede Handlung, jedes Versprechen zwischen ihnen auf sein Leben als Gesamtes auswirkte.

Wenn seine Frau nur endlich aus dem Bad käme, damit er ihr all das erzählen konnte, was ihn bewegte.

Jeannie öffnete die Badezimmertür. Das Schlafzimmer war dunkel, bis auf zwei flackernde Kerzen auf der Kommode neben dem Fenster. Jemand hatte die Bettdecken zurückgeschlagen und auf jedes Kissen eine frische rosafarbene Rose gelegt. Sie schmunzelte und eilte auf den Flur zu.

Hunter wartete im Nebenzimmer auf sie. Sie blieb im Türrahmen stehen. Hunter blickte aus dem Fenster. Sein bloßer Oberkörper war erhellt vom Licht der Stadt unter ihnen.

In einem silbernen Behälter kühlte eine Flasche Champagner. Daneben gab es ein Tablett mit frischen Shrimps. Doch in Wirklichkeit sah Jeannie nur ihren Mann.

„Hunter."

Er wandte sich zu ihr um. Als er sie in ihrem Satin-Teddy sah, blieb ihm fast der Atem stehen. Sie war so zierlich, so vollkommen gebaut ... Und sie war sein.

Ah ja. Sein.

Worte fielen ihm im Allgemeinen leicht ein. Er wusste sofort, was er schreiben musste, um einen Wagen zu verkaufen oder eine Frau zu überzeugen, welches Parfum für sie das beste sei. Doch wenn er seine Gefühle in Worte kleiden sollte, war er plötzlich stumm. Vielleicht noch schlimmer als stumm. Er hatte keine Erfahrung, mit Gefühlen umzugehen. In seiner Familie war nie darüber gesprochen worden, wie man sich fühlte oder was man füreinander fühlte. Er war ohne das Wort ‚Liebe' aufgewachsen.

Als seine Frau auf ihn zuschwebte, hätte er liebend gern seine Seele für die Worte verkauft, mit denen er ihr hätte sagen können, wie sehr er sie liebte.

Ihre erste gemeinsame Nacht war eine Komödie der Irrungen gewesen. Ihre Hochzeitsnacht war wie ein Traum, der Wirklichkeit geworden war.

Jeannie war weich, wo Hunter es nicht war. Er forderte alles. Sie gab es und mehr. Grenzen fielen. Barrieren verschwanden.

Sie lag auf dem gemachten Bett. Er beobachtete das Licht- und Schattenspiel auf ihrer samtenen Haut. Ihre Liebkosungen verzauberten ihn.

„Du hast mein Leben verändert", flüsterte sie, ihr Atem ein sanfter Hauch.

Er strich ihr das Haar aus dem Gesicht. „Dasselbe hast du mit meinem Leben gemacht."

„Ich hätte mir nie träumen lassen, dass ich so etwas erleben könnte."

Er stützte sich auf einem Ellenbogen auf. „Wovon hast du denn geträumt, Jeannie?" Es gab so vieles, was er noch nicht über sie wusste.

Sie senkte den Kopf und drückte ihr Gesicht gegen seine Brust. „Vom Glück."

„Hast du es gefunden?"

„Was meinst du?"

Er drehte sich mit ihr, sodass sie auf dem Rücken lag und er auf ihr. „Ich glaube, wir haben es beide gefunden."

Sie hob ihre Hüften an, umklammerte ihn und nahm ihn tief in sich auf. „Zeig es mir", wisperte sie und blickte ihn aus vor Leidenschaft verhangenen Augen verführerisch an. „Überzeug mich davon, Hunter." Was er tat. Wieder und wieder, bis Jeannie nicht anders konnte, als es endlich zu glauben.

Ihre Worte entfachten das Feuer in ihm. Er packte ihre Hände, hob sie über Jeannies Kopf und hielt sie auf dem Kissen fest. Sie stöhnte leise, was sein Verlangen noch verstärkte.

Sie gab sich ihm ganz hin. Sie genoss es, dass er körperlich stärker war als sie. Was sie füreinander empfanden, war so mächtig, dass sie sich davor hilflos fühlte. Sich ihm so hinzugeben, war wunderbar. Und es war noch schöner, wenn er ihr zu verstehen gab, dass er sich dessen wohl bewusst war, was sie ihm schenkte.

Mit jedem lustvollen Stöhnen, das er ihr entringen konnte, nahm er sie noch wilder in Besitz. Sie schlang die Beine um seine Taille, bog sich ihm entgegen und zog ihn tiefer in sich.

Sie weckte in ihm die Sehnsucht nach ihrer Seele.

Die Bäume vor ihrem Fenster draußen im Park erschienen in der Dämmerung wie vergoldet. Jeannie schmiegte sich dicht an Hunter, als könnte sie nicht genug von ihm bekommen. Hunter nahm sie in die Arme, trunken vom Duft ihres Körpers und dem regelmäßigen Klopfen ihres Herzens. So schliefen sie ein.

Jeannie wachte kurz vor elf am Morgen auf. Sie war nicht überrascht, dass es bereits so spät war, und wusste auch gleich, wo sie sich befand. In Hunters Armen aufzuwachen, erschien ihr so natürlich und richtig wie das Atmen. Das dunkle Haar fiel ihm in die Stirn. Sie strich es ihm sacht nach hinten. Er wirkte jünger im Schlaf, und es kam ihr so vor, als würde sie den Jungen in ihm entdecken, der er einmal gewesen war. Sein markantes Kinn wirkte weniger eigensinnig. Seine sinnlichen Lippen warteten nur auf eine Berührung.

Es war etwas sehr Intimes, einen Mann im Schlaf zu beobachten, selbst wenn dieser Mann der eigene Ehemann war. Männer waren stolz auf ihre Selbstbeherrschung – ganz gleich ob real oder eingebildet. Im Schlaf jedoch wirkte ein Mann so verletzlich wie ein Kind. Sie erinnerte sich flüchtig an eine andere Hochzeit und Jugendträume, aber sie verdrängte diese Gedanken rasch wieder.

Zeit und Ort hatten sich verändert, genau wie sie sich verändert hatte. Nur die Träume waren geblieben. Wie aus dem Nichts hatte sie eine zweite Chance bekommen, eine Gelegenheit, das Glück wieder einzufangen, an das sie schon nicht mehr geglaubt hatte.

Hunter hatte ein paar Tage frei – als eine Art Geschenk von Grantham und den anderen Führungskräften bei C V & S. Hunter und sie hatten sich vorgenommen, das Plaza Hotel und die Umgebung des Ortes zu genießen. Aber Jeannie kam etwas anderes in den Sinn.

„Hunter." Sie stupste ihn an.

„Mmmh?" Er öffnete ein verschlafenes Auge und grinste. „Also war vergangene Nacht nicht nur ein Traum."

„Vergangene Nacht war kein Traum."

Er griff nach ihrer Hand, führte sie an die Lippen und drückte auf den Ehering einen Kuss. „Jeannie Phillips", flüsterte er. „Das gefällt mir."

„Mir auch."

Er blickte zu dem kleinen Wecker auf dem Nachttisch. „Wir haben das Frühstück verschlafen."

„Stimmt."

Er zog sie zu sich herunter und klopfte ihr belustigt auf den Po. „Das hört sich nicht an, als würdest du es bereuen."

„Tue ich auch nicht."

„Da sind wir nun in einer der besten Suiten des Plaza Hotels und verschlafen die kostbare Zeit."

„Wir haben nicht nur geschlafen, Hunter", widersprach sie ihm.

„Bestell uns etwas zum Frühstück", sagte er und warf die Decke zurück. „Ich dusche, und wenn wir gegessen haben, können wir bummeln gehen."

Jeannie griff nach seinem Arm. „Darüber wollte ich mit dir reden."

„Gibt es etwas, wo du unbedingt hin willst?"

„Und ob."

„Sag es, Mrs Phillips. Dein Wunsch ist mir Befehl."

„Nach Hause", erwiderte sie.

„Du machst Witze."

„Nein, bestimmt nicht. Ich kann mir nichts Schöneres vorstellen, als Daisy zu holen und nach Hause zu fahren."

„Das ist etwas, was wir noch besprechen müssen." Er wandte sich ihr zu. „Wo soll unser Zuhause sein?"

Jeannie sah ihn überrascht an. „Darüber habe ich noch nicht nachgedacht."

„Ich auch nicht. Aber es wird Zeit, dass wir es tun."

„Wir können bei mir bleiben", bot sie ihm an. „Die Wohnung ist geräumig." Sie zögerte. „Meine Vermieterin kommt allerdings im Februar zurück. Also wäre das nur eine vorübergehende Bleibe."

„Dann haben wir keine andere Wahl, als zu mir zu ziehen, oder?"

„Aber ich bin noch kein einziges Mal in deiner Wohnung gewesen." Sie konnte sich gut vorstellen, dass er eine typische Junggesellenbude hatte, wo Wiege und Laufstall recht befremdend wirkten. „Schwarze Möbel, graue Teppiche und alles verchromt?"

„Genau", gab Hunter zu.

Jeannie seufzte und ließ sich in die Kissen zurücksinken.

532

Er lachte und beugte sich über sie. „Zwei Schlafzimmer."

Jeannie richtete sich ein bisschen auf.

„Küche mit Essecke."

„Das gefällt mir schon besser."

„Wir könnten uns neu einrichten."

Sie legte die Arme um seinen Hals. „Dann lass es uns anfangen!", verlangte sie und sprang aus dem Bett. „Lass uns Daisy holen und einkaufen gehen."

Hunter war noch nie einer Frau wie Jeannie begegnet.

„Bloomingdale?", wiederholte sie und verzog die Nase. „Zu modisch." Marcy hatte zu lange Liefertermine. Fachgeschäfte waren ihr zu teuer.

„Wo wollen wir denn dann einkaufen?", fragte er schon ganz verzweifelt, als sie zu Kate gingen, um ihre Tochter abzuholen. „In New Jersey?"

„Genau", stellte Jeannie zufrieden fest.

Hunter stöhnte. „Ich hätte nie gedacht, dass wir unsere Flitterwochen in New Jersey verbringen würden."

„Ich habe einen Wagen, den ich nicht aufgegeben habe, als ich im vergangenen Jahr hierher gezogen bin. Ehe du dich versiehst, sind wir in New Jersey und im Geschäft."

„Gehörst du zu den Frauen, die beim Einkaufen aufblühen?"

Sie lachte und hakte sich bei ihm unter. „Nur wenn es einen triftigen Grund für den Einkauf gibt", tröstete sie ihn.

„Weil heute Freitag ist?"

„Nein", wehrte sie ab und stieß ihn spielerisch in die Seite. „Weil wir als Familie einen Hausstand gründen müssen."

Er hatte ein Kind großzuziehen.

Und jetzt hatte er eine Frau.

Aber waren sie deshalb eine Familie?

Der Möbelverkäufer belauerte sie wie ein Adler sein ahnungsloses Opfer.

„Ich weiß nicht", sagte Jeannie zu dem Käufer und begutachtete einen bequemen, großen Ledersessel. „Ich glaube, da müssen Sie meinen Mann fragen."

Hunter konnte sich bei den Worten ein Lachen nicht verbeißen. Vor zwei Tagen war er noch alleinstehend gewesen. Und heute schon hatte er eine Familie. Das muss man erst einmal verarbeiten, dachte er.

„Sir?" Der Verkäufer wandte sich an ihn. „Vielleicht sollten Sie sich mal in den Sessel setzen."

„Sieht gut aus", meinte er. Er hatte schon so viele Sessel und Sofas an dem Nachtmittag ausprobiert, dass er bestimmt unter seinem Po eine Schaumstoffunterlage brauchte, ehe der Tag um war.

„Ganz ehrlich", sagte Jeannie und hob Daisy auf die linke Seite. „Der Sessel passt zu dir. Den solltest du ausprobieren."

Das tat er. „Gefällt mir auch", meinte Hunter und legte seine Füße auf den passenden Hocker.

„Wir nehmen ihn", entschied Hunter. „Und das große Sofa da drüben." Und das Armoir. Die Nachttischchen. Die Kommode. Die Küchengarnitur aus Eiche mit einem passenden Hochstuhl für Daisy.

„Wir haben ein Vermögen dagelassen", sagte Jeannie auf dem Rückweg nach Manhattan.

„Preiswerter als bei Bloomingdales", versetzte er knapp und warf ihr rasch einen Blick zu. „Hast du das nicht gesagt?"

„Ich habe nicht gesagt, wir sollten das ganze Kaufhaus leer kaufen, Hunter! Das, was wir da taten, war regelrecht verrückt."

„Na und? Man heiratet schließlich nur einmal, oder?"

Jeannie verspürte einen heftigen Stich. Um Hunter ihre Gefühlsregung nicht zu zeigen, suchte sie in ihrer Handtasche nach Daisys Plastikschlüsseln.

„Es gibt noch eine Menge, worüber wir sprechen müssen", fuhr er fort, als sie die George-Washington-Bridge verließen.

Sie schluckte schwer. „Worüber?"

„Geld, zum Beispiel. Ich verdiene gut." Er nannte ihr eine Summe.

Sie schwieg einen Moment. „Mein Einkommen ist nicht ganz so beeindruckend, aber es kann sich auch sehen lassen." Sie nannte ihm ihre Summe.

„Was hältst du von einem gemeinsamen Bankkonto?"

„Finde ich gut", antwortete sie. Jeannie hatte immer an ehrliches Teilen in der Ehe geglaubt. „Was hältst du vom Badezimmerputzen?"

„Es gibt selbstreinigende Backöfen, warum soll es nicht auch selbstreinigende Toiletten geben."

„Und bis dahin?"

„Halbe-halbe", erwiderte er. „In allem."

Sie sah ihren Mann an, und ein vergnügtes Strahlen breitete sich auf ihrem Gesicht aus. „Ich habe mich vielleicht sehr impulsiv entschieden", meinte sie. „Aber auf jeden Fall klug."

Das Wohnen in New York gefiel Hunter am besten, wenn er die Stadt hinter sich lassen konnte.

„Ich kann es einfach nicht glauben, dass du noch nicht nach Long Island rausgefahren bist", sagte er zu Jeannie, während sie die Stadtgrenze erreichten und nach Nassau County hineinfuhren. Es war der letzte Tag ihrer Flitterwochen. „Jeder guckt sich die Hamptons wenigstens einmal an."

„Ich nicht", erwiderte seine Frau. „Ich habe etwas gegen viel besuchte Gegenden."

„Jones Beach ist nicht viel besucht", entgegnete er und dachte an die langen Strände, die die meisten New Yorker liebten. „Du siehst jedenfalls meilenweit kein Evian-Wasser."

„Gut", meinte Jeannie. „Wasser sollte direkt aus der Leitung und nicht aus der Delikatessenabteilung eines Supermarktes kommen."

„Du bist recht eigensinnig", bemerkte Hunter. „Ich mag das bei einer Frau."

„Natürlich", sagte Jeannie. „Das und wenn sie Brüste hat wie Honigmelonen."

„Wirst du Marcy jemals vergessen?", fragte er und schüttelte amüsiert den Kopf.

„Eine Frau vergisst niemals den Augenblick, wo sie ihren Mann kennengelernt hat. Hätte Daisy nicht die Windel nass gehabt, säßen wir heute nicht hier. Wahrscheinlich wärst du dann mit Marcy oder irgendeiner anderen blonden Sexbombe zusammen, und ich …"

„Nein." Er nahm kurz seinen Blick von der Straße und sah sie an. „Ich wäre dir begegnet, Jeannie. Daran darfst du nie zweifeln."

„Die Welt ist groß", antwortete sie gleichmütig, offenbar angenehm berührt. „Glück kann einem auch leicht entgehen. Manchmal muss man es erst verlieren, um zu erkennen, was man besessen hat."

An einem anderen Tag in einer anderen Verfassung wäre er vielleicht auf diese Behauptung näher eingegangen, aber nicht heute.

„Das ist das Leben", sagte er und wich damit geschickt weiterer Emotionen aus. „Klarer Himmel, strahlender Sonnenschein, ein vollgetankter Wagen … Viel besser kann es einem doch nicht gehen."

Sie schlug mit der zusammengefalteten Straßenkarte nach ihm. „Du bist richtig romantisch", versetzte sie trocken. „Wenn du jetzt auch noch ein Loblied auf ein Fünf-Gang-Getriebe singst, steige ich an der nächsten Ecke aus."

Er warf einen Blick auf den Kilometerzähler. „Du bist mit dem Wagen schon über hundertfünfzigtausend Kilometer in knapp fünf Jahren gefahren. Wo bist du denn überall gewesen?"

535

„Ich habe dir doch erzählt, ich bin durch das halbe Land gereist."

„Und seit du in New York bist?"

„Catskills. Adirondacks", zählte sie auf. „Rüber in die Berkshires." Sie schmunzelte. „Die Poconos."

Er lachte. „Die Poconos? Wo es herzförmige Wannen und Wasserbetten gibt?"

„Die Poconos sind mehr als ein Ziel für Flitterwöchner", entgegnete sie knapp. „Dort ist die Luft rein, es gibt Seen und weite Ebenen. Es ist eine ideale Gegend für Familien."

Er warf einen Blick nach hinten zu Daisy, die im Kindersitz saß. Heute trug sie einen Matrosenanzug. Er fand sogar, dass sie förmlich vor seinen Augen wuchs. Wo sie wohnten, war Daisy jetzt nicht wichtig, aber es würde der Tag kommen, wo er sich ernsthaft Gedanken über Schulen, Spielgruppen und alles, was dazu gehörte, machen musste.

Manchmal kam es ihm so vor, als wäre alles in seinem Leben von Daisys Ankunft bestimmt worden, vom Wohnort bis hin zu seinen Kleidungsstücken. Hätte ihm jemand vergangenes Jahr um diese Zeit vorausgesagt, er würde in weniger als zwölf Monaten verheiratet sein und ein Kind großziehen, hätte er denjenigen laut ausgelacht.

Hätte ihm jemand gesagt, er würde sich an einem Sonntagnachmittag mit Plastikeimer und Schaufel am Jones Beach vergnügen, hätte er demjenigen einen Besuch beim Psychiater empfohlen.

Und hätte ihm jemand gesagt, er würde sich dabei tatsächlich gut amüsieren … Na ja, die Wirklichkeit konnte schon seltsamer sein als ein Roman.

„Du hattest recht", gab Hunter eine Stunde später zu. „Daisy ist ganz begeistert von dem Strand."

„Ich habe es dir ja gesagt", entgegnete Jeannie. „Daisy ist eine sehr anpassungsfähige junge Lady."

Er musterte das kleine Mädchen, das zwischen seinen Beinen im Sand saß und spielte. „Dieses Kind hat mehr Mumm als so mancher Mann, den ich kenne."

„Warum auch nicht", meinte Jeannie. „Sie ist immerhin eine Phillips, oder?"

Sie richtet sich auf. „Steh auf, du Faulpelz!", sagte sie. „Lass uns Wellen reiten!"

„Mit Daisy?"

„Kleine Wellen", antwortete Jeannie. „Wir gehen nur bis zu den Knöcheln ins Wasser."

Er und Jeannie nahmen Daisy bei den Händen. Die Kleine quietschte jedes Mal vor Vergnügen, wenn sie sie über die Schaumkronen der Wellen hoben.

„Oh, sieh dir mal das hübsche kleine Mädchen an!" Eine hochschwangere Frau blieb stehen. „Wie alt ist sie?", erkundigte sie sich.

„Fast neun Monate", antwortete Jeannie.

Die Frau beugte sich zu Daisy herunter und streichelte ihr die Wange. „Bist du süß. Du siehst deiner Mommy und deinem Daddy richtig ähnlich."

„Vielen Dank für das Kompliment." Doch Jeannie fühlte sich verpflichtet, den Irrtum richtigzustellen. „Leider sie ist nicht …"

„Danke." Hunter nickte. „Wir finden sie auch einmalig."

An dem Abend ließen sie sich Pizza ins Haus bringen. Mit Peperoni für Hunter. Mit Pilzen für Jeannie. Daisy bekam ein Glas Lammfleisch mit Gemüse. Hunter musterte ihren Brei.

„Beeil dich endlich mit den Zähnen, Daisy", sagte er und sah zu, wie Jeannie die Kleine fütterte. „Du wirst Pizza lieben!"

„Wird sie auch, wenn sie die Tochter ihres Vaters ist", versetzte Jeannie.

Da war der Satz schon wieder. Hunter wollte schon sagen, was er immer sagte: dass er Daisy von ganzem Herzen liebe, aber dass er nicht ihr Vater sei und es für besser halte, wenn sich ein jeder diese wichtige Tatsache merkte. Doch die Worte wollten nicht über seine Lippen kommen.

Viele hatten ihm erzählt, dass Vaterschaft keine rein biologische Frage sei. Dass es vielmehr auf andere Dinge ankäme – wie Füttern, Windeln wechseln und all die kleinen und großen Sorgen, – die einem mit einem so kleinen Wesen erwachsen. Wenn man das als Mann alles erfüllte, dann sei man Vater des Kindes. Und er hatte all das bei Daisy getan. Monatelang hatte er sich gefühlt, als würde er kopfüber ins Unglück stürzen. Seine Freizeit war auf einmal weg. Seine Karriere lief steil bergab.

Für alles, was Daisy brauchte, hatte er sich mühsam durchs Dunkle getastet und inständig gehofft, sie werde ihm in zwanzig Jahren nicht jeden Fehler vorhalten, den er bei ihrer Erziehung gemacht hatte.

Wie viele Male hatte er in den vergangenen acht Monaten hier an dem Küchentisch gesessen, Pizza gegessen und gleichzeitig Daisy gefüttert?

Aber heute Abend war alles anders.

Jeannies Lachen perlte durch die Räume und füllte die Leere in seinem Herzen aus.

537

Er schob seinen Stuhl zurück und stand auf. „Komm, Kleines", sagte er rau und hob Daisy aus ihrem Stuhl. „Zeit zum Baden."

„Hunter." Jeannies Stimme klang leicht verwirrt. „Hast du nicht etwas vergessen?"

Er stand in der Tür und blickte sie mit gerunzelter Stirn fragend an. „Wasser, Seife, Baby …"

„Mich."

„Mit dir habe ich etwas anderes vor."

Sie stand auf und ging zu ihm hinüber. „Das gehört alles zusammen, Hunter", erklärte sie und umarmte beide. „Zuerst Daisys Bad, und dann …" Sie blinzelte ihm vielsagend zu.

„… duschen wir", vollendete er ihren Satz und schaute ihr in die Augen. „Lange und heiß."

„Und dann …?"

Er küsste sie heftig. „Erleben wir eine noch längere und heiße Nacht."

8. KAPITEL

Na, was werdet ihr zwei heute machen?", fragte Hunter und knotete sich vor dem Spiegel im Flur die Krawatte.

Jeannie glättete ihm den Hemdkragen. Es war Montagmorgen, und der Alltag hatte sie wieder. „Sobald Daisy aufwacht, werden wir zu mir hinübergehen und meine Sachen zusammenpacken."

Er deutete auf den Schreibtisch. „Irgendwo zwischen den Papieren hier habe ich die Nummer einer Umzugsfirma. Du könntest ja da anrufen."

„Das brauche ich nicht", erwiderte sie, als er sich vom Spiegel abwandte und sie in die Arme nahm. „Meine Sachen passen in zwei Taschen."

Er löste sich etwas von ihr und musterte sie. „Zwei Taschen?"

„Vielleicht drei. Ich habe nicht viel Gepäck."

Er schmunzelte, dann hob er ihr Kinn an, um ihr einen Kuss zu geben. „Am liebsten würde ich heute blaumachen."

Sie erwiderte seinen Kuss. „Ich werde dich vermissen."

„Wenn du mich weiter so küsst, bleibe ich noch hier."

„Tu das", sagte sie und lachte. „Dann kannst du heute Nachmittag auf die Möbellieferung warten." Sie lachte noch, als die Tür sich hinter ihm geschlossen hatte.

Daisy wachte auf, war jedoch ein bisschen quengelig. Der einschießende Zahn machte ihr zu schaffen. Nachdem sie die Kleine gewaschen und angezogen hatte, setzte Jeannie sie in den alten Hochstuhl.

Sonnenstrahlen fielen durch die Fenster herein – ein Wunder in New York. Jeannie stellte einen Radiosender ein, der Oldies spielte, und sang mit. Daisy aß brav ihr Frühstück auf und machte ein Bäuerchen, wie es erwartet wurde.

Noch vor zwei Wochen hatte Jeannie sich auf ihren Termin in Hawaii gefreut und sogar die Tage bis dahin gezählt. Doch jetzt konnte sie sich nichts Schöneres oder Befriedigenderes vorstellen, als Hausfrau und Mutter zu sein.

Auch wenn es unmodern sein mochte, solche Gefühle einzugestehen, so hatte sie sich immer am wohlsten gefühlt, wenn sie für ihre Familie sorgen konnte. Sie besaß häusliche Talente, und es machte ihr Spaß, den Haushalt zu versorge. Sie war überglücklich, eine neue Familie gefunden zu haben, die sie umsorgen und lieben konnte.

„Ich habe heute Nachmittag meine Eltern angerufen", berichtete Hunter abends beim Essen.

Jeannie sah von ihrem Teller auf. „Ich habe auch heute Nachmittag meine Eltern angerufen."

„Was haben deine Eltern zu unserer Hochzeit gesagt?"

„Sie sind noch im Urlaub", antwortete Jeannie. „Meine Schwester war jedoch begeistert." Und besorgt, weil Jeannie ihrem Ehemann gegenüber nicht ganz ehrlich gewesen war. „Was haben deine Eltern gesagt?"

„Sie haben gratuliert, sich erkundigt, wie es Daisy geht, und gesagt, dass sie Golf spielen gehen würden."

„Das ist ein Scherz." Sie hielt inne. „Oder?"

„Die Unterhaltung hat etwas länger gedauert, aber das ist alles, worüber wir gesprochen haben." Er biss in sein Hähnchen. „Wart es ab. Sie werden uns ein Blumengesteck mit einem bunten Ballon schicken und eine Glückwunschkarte anhängen." Er schaute Jeannie an. „Sie machen es gern auf die persönliche Art."

„Wir werden ihnen ein paar Hochzeitsfotos senden", meinte Jeannie. „Eine Vergrößerung in zwanzig Mal fünfundzwanzig mit Daisy drauf. Wie könnten sie da widerstehen?"

„Vergiss es", wehrte Hunter heftig ab. „Es ist ihr Pech. Wenn sie nicht an unserem Leben teilhaben wollen, will ich auch nichts von ihnen hören."

Jeannie bedauerte es sehr, dass er Daisy die Zuwendung der Großeltern verwehrte. Aber dann: Hatte sie ein Recht, darüber zu urteilen? Die Tatsache, dass jeder von ihnen seinen Anruf gemacht hatte, ohne dass der andere zugegen gewesen war, ging ihr nicht aus dem Sinn. Jeder hatte natürlich seine Gründe dafür. Aber es war traurig, dass Daisy letztendlich den Preis dafür würde zahlen müssen.

In der darauffolgenden Woche luden Hunter und Jeannie Kate und Trey zu einem Dankesessen ein. Eine von Kates Freundinnen, eine Krankenschwester, hatte sich als Babysitter für Daisy bereitgefunden. Hunter wählte ein Ungarisches Restaurant mit Petroleumlampen, schluchzenden Geigen und dem besten Gulasch der Stadt aus.

Er fühlte sich ausgesprochen großzügig an dem Abend. Er hatte richtig mit Schwung gearbeitet. Sein früherer Ehrgeiz war wieder aufgelebt und trieb ihn noch stärker an als zuvor. Jetzt wo er im Büro nicht mehr von Daisy abgelenkt wurde, konnte er sich ganz auf seine Aufgaben konzentrieren und viel mehr erledigen. Er wusste ja, dass sie zu Hause sicher und wohlbehütet war. Jeannie liebte die Kleine. Das war schon etwas anderes, als irgendeine fremde Person bei dem Kind zu wissen.

Ihre Entscheidung zu heiraten, war impulsiv gewesen, ja, verrückt. Aber es war das Klügste, was er je gemacht hatte. Die vergangenen Wochen erschienen ihm wie Szenen aus einem romantischen Film. Strahlende sonnige Tage. Wilde leidenschaftliche Nächte. Gleichzeitig hatte er den Freiraum, den er brauchte, um seine Karriere zu verfolgen.

Mehr konnte ein Mann von einer Ehe kaum verlangen.

„Sieh mal", flüsterte Jeannie ihm zwischen den Gängen zu. Sie deutete zu Kate und Trey hinüber, die zusammen tanzten. „Die beiden sind verrückt aufeinander. Sieh mal, wie sie sich in die Augen schauen."

„Das letzte Mal, als ich Trey so gesehen habe, hat er Miss Januar fotografiert."

Jeannie stieß ihn spielerisch in die Seite. „Ich meine es ernst, Hunter. Romantik liegt in der Luft."

„Du hast recht", antwortete er und griff nach ihrer Hand. „Vom ersten Moment an, als wir uns begegnet sind."

„Nicht direkt", widersprach Jeannie. „Soweit ich mich erinnere, hast du ein Auge auf das blonde Fotomodell geworfen."

Er sah sie verständnislos an. „Welches Fotomodell?"

„Marcy", erwiderte Jeannie. „Groß, schlank, vollbus…"

„Ach ja, Marcy." Sein Lachen war ansteckend. „Jetzt erinnere ich mich."

Trey und Kate kehrten vom Tanzboden zurück.

Kate musterte sie interessiert. „Worüber habt ihr beide euch unterhalten?"

„Das geht dich nichts an", antwortete Jeannie honigsüß.

Kate gab sich gekränkt. „Na, wunderbar", erwiderte sie. „Behalt du deine Geheimnisse für dich. Meinst du, mich interessiert das?"

Alle lachten. Ein jeder von ihnen wusste mittlerweile, dass niemand so sehr Geheimnisse hasste wie Kate.

„Lass sie in Ruhe, Kate!", rief Trey und lachte. „Wahrscheinlich hat Jeannie irgendwo noch einen Mann versteckt, und sie …"

„Oh!" Jeannie sprang auf. Eiskaltes Wasser ergoss sich über den Tisch. „Ich kann es nicht fassen, dass mir das passiert ist!" Ihr umgefallenes Glas lag mitten auf dem Tisch. Sie entschuldigte sich und eilte in den Erfrischungsraum. Sie hoffte inständig, Kate würde ihr nicht folgen. Da hat sich dein schlechtes Gewissen geregt, sagte sich Jeannie.

„Was sollte das denn?", fragte Kate und kam kurz danach hereingestürmt.

Jeannie trocknete ihren Rock mit mehreren Papiertüchern. „Ich habe mein Wasserglas umgestoßen. Das passiert schon mal."

„Dir aber nicht", versetzte Kate. „Was hast du?"

„Nichts", antwortete Jeannie fröhlich. „Versuch einen guten Fön zu bekommen, dann können wir wieder zum Tisch zurückkehren."

In der Nacht kam der Traum wieder.

Das Haus stand an der Ecke Maple Street und Hawthorne, ein kleines Haus im Cape-Cod-Stil mit schwarzen Fensterläden und der Ausstrahlung häuslichen Glücks. Ein großer Kranz aus Tannenzweigen mit rotem Satinband hing an der Haustür. Palmzweige und funkelnde Lichter zierten Fenster und Dachrinnen.

Es war alles, was Jeannie sich jemals im Leben gewünscht hatte. Ihre Mädchenträume hatten sich erfüllt. Das war das Haus, in das sie als junge Braut gezogen war, der Ort, wo ihre Töchter gezeugt worden waren, die Böden, über die sie und Dan in den endlosen Nächten auf und ab gegangen waren, wenn sie eines der weinenden Kinder mit nichts beruhigen konnten.

Es war ihr Zuhause.

Es waren nur drei Tage bis Weihnachten, und Jeannie hatte noch so viel zu tun, dass sie nicht wusste, wie sie es schaffen sollte. Sie musste noch Barbie-Kleider für die Mädchen finden, den neuen Pullover für Dan fertig machen, eine Angel für ihren Vater und eine Staffelei für ihre Mutter besorgen. Außerdem waren da noch eine Reihe Geschwister, Nichten und Neffen, für die sie etwas kaufen wollte, und …

„Plätzchen!" Sie richtete sich im Bett auf. Ihr Herz klopfte. Du lieber Himmel, sie hatte bis jetzt nicht einmal die Zutaten eingekauft. Sie schaute auf den Wecker auf ihrem Nachttisch: 5:00 Uhr. Welcher vernünftige Mensch würde schon um diese Zeit an Plätzchen denken?

Jeannie kannte die Antwort. Sie stieg leise aus dem Bett, achtete darauf, ihren Mann nicht zu wecken, und griff nach ihrem Bademantel. Einer Mutter, die nur zweiundsiebzig Stunden bis Heiligabend Zeit hatte, der würde so etwas einfallen.

Barfuß lief sie nach unten, um in der Vorratskammer nachzusehen, was sie da hatte. Es hatte keinen Zweck weiterzuschlafen. Jetzt würde sie kein Auge mehr zubekommen, wo sie doch wusste, dass sie die Weihnachtsplätzchen fast vergessen hätte. Sie würde eine Liste erstellen, sich anziehen, zum Geschäft hinüberfahren und zurück sein, ehe ihre Familie wach wurde.

„So früh auf, Jeannie", bemerkte Ethel, die Nachtkassiererin in Brodys Supermarkt ein paar Kilometer weiter. „Leiden Sie unter Weihnachtsfieber?"

„Zeigen Sie mir eine Frau, die nicht darunter leidet", erwiderte Jeannie und suchte in ihrer Handtasche nach dem Portemonnaie. Sie hatte mehr Zeit in dem Geschäft verbracht, als sie erwartet hatte – und mehr Geld ausgegeben. Aber tat das nicht jeder zur Weihnachtszeit? „Ich muss nach Hause und massenweise Plätzchen für die hungrigen Horden backen."

„Verwahren Sie mir ein paar Pfeffernüsse", bat Ethel mit einem freundlichen Lächeln. „Bei niemandem schmecken sie so gut wie bei Ihnen."

Jeannie setzte den Wagen vorsichtig aus der verschneiten Parklücke zurück und wünschte sich zum hundertsten Mal, dass sie sich ein Auto mit Vierradantrieb leisten könnten. Vielleicht eines Tages, tröstete sie sich auf dem Rückweg. Das Leben im Norden von Minnesota flößte einem Respekt vor Mutter Natur ein. Eis, Schnee und kalte Winterstürme, die …

Sie neigte den Kopf zur Seite. Sirenen so früh am Morgen? Es konnte auch das Mittagssignal im Ort sein, das manchmal ohne jeglichen Grund ertönte. Sie schmunzelte. Zuhause würde Dan sich jetzt brummend das Kopfkissen über die Ohren ziehen, um das Geräusch nicht hören zu müssen.

Statt schwächer zu werden, verstärkte sich der Heulton. Ob es irgendwo brennt? fragte sie sich, als sie Hawthorne erreichte. Jedes Jahr wieder um die Weihnachtszeit standen herzzerreißende Berichte über schreckliche Brände mit tödlichem Ausgang in der Lokalpresse. Jeannie hatte immer ein rasches Stoßgebet zum Himmel geschickt, damit ihre Lieben so ein Unglück nicht befallen mochte.

Das war der Moment, wo sie es sah. Schwarze Rauchschwaden stiegen zu den Morgenwolken auf. Wütende Flammen zischten in der kalten Luft empor.

Feuerwehrautos. Mächtige Wasserschläuche kämpften gegen das Unabänderliche. Sie sah die rot geränderten Augen freiwilliger Feuerwehrmänner, als sie zu ihrem Haus rannte, das nicht mehr da war …

Ihr Schrei zerriss die Stille im Raum.

„Was zum Teufel …?" Hunter richtete sich im Bett auf. Jeannie hatte sich in den Decken verwickelt, die Augen geschlossen und war in einem beängstigenden Albtraum gefangen.

Ihre Stimme bebte vor Entsetzen. „Lasst mich los! Haltet mich nicht zurück!"

„Jeannie." Hunter packte sie bei den Schultern und schüttelte sie sanft. „Jeannie, wach auf!"

543

Sie wandte sich von ihm ab, ihre Augen waren geöffnet, sie war aber so in ihrem Traum gefangen, dass sie nichts erkannte. „Nein! Lasst mich los! Das Feuer ... Sie bekommen keine Luft ... Sie ...“

Hunter schüttelte sie kräftiger. Schweiß stand ihr auf der Stirn. Ihr Atem ging schwer und unregelmäßig.

„Du träumst, Jeannie“, versuchte er sie zu beruhigen. „Es ist nur ein Traum. Du bist in Sicherheit ... Du bist bei mir.“

Er zwang sie, ihn anzusehen, damit sie ihn erkennen konnte. „Alle sind in Sicherheit, Jeannie. Du ... ich ... Daisy.“

Sie holte tief und zitternd Luft. „Hunter.“ Sie sank gegen ihn, erschöpft und völlig außer sich. „Oh, Hunter!“

Er hielt sie in den Armen, strich ihr über das seidige Haar und raunte ihr beruhigende Worte ins Ohr, bis ihr Zittern nachließ.

„Das war ein höllischer Albtraum“, sagte er nach einer Weile.

Sie setzte sich auf, fasste sich an den Hals und zuckte zusammen. „Habe ich geschrien?“

Er nickte. „Ja.“

Sie schloss kurz die Augen. „Habe ich Daisy geweckt?“

„Sie schläft wie ein Murmeltier.“

Jeannie lächelte schwach.

„Fühlst du dich jetzt besser?“

„Nur ein bisschen verlegen.“ Sie schaute zum Fenster hinüber. „Habe ich ... habe ich irgendetwas gesagt?“

Er zögerte. Er wusste nicht recht, was er tun sollte. Sollte man Albträume konfrontieren oder vergessen? Er entschied sich stattdessen für die Wahrheit. „Du hast um Hilfe geschrien.“

„Für mich?“

„Nein. Es klang so, als wäre jemand in einem Feuer eingeschlossen. Es war nur ein Traum“, versuchte er sie zu beruhigen und zog sie fester an sich.

„Entschuldige“, murmelte sie. „Ich komme mir vor wie eine Närrin. Erwachsene Frauen haben keine Albträume.“

„Sag das nicht“, widersprach er ihr. „Jeder träumt hin und wieder etwas Schlimmes. Vergiss es.“

Sie lehnte den Kopf an seine Brust. Er hielt sie umfangen, bis sie eingeschlafen war, und wünschte sich, er könnte ihre Ängste verbannen – ganz gleich welcher Art sie auch sein mochten.

„Deine Eltern klingen nett“, bemerkte Hunter ein paar Abende später und legte den Brief beiseite, den sie ihnen geschrieben hatten, um ihnen zur Hochzeit zu gratulieren.

„Sie sind nett", sagte Jeannie und fütterte Daisy einen Löffel Brei. „Je älter ich werde, desto mehr weiß ich es zu schätzen, wie einmalig sie sind."

„Warum fliegen wir nicht nächste Woche nach Minnesota und besuchen sie, wenn sie wieder zu Hause sind?" Ihre Eltern machten im Augenblick Ferien in Alaska.

„Sie würden sich freuen", sagte Jeannie nach einer kleinen Pause. „So um Thanksgiving wäre vielleicht die beste Zeit für einen Besuch." Sie lächelte und wischte Daisy den Mund ab. Daisy erwiderte ihr Lächeln. Jeannie sah zu Hunter hinüber. „Sie feiern das Fest groß im Restaurant. Mit viel Spektakel, Ponyreiten, Springen nach Äpfeln – so richtig typisch amerikanisch."

„Warum sollen wir bis Thanksgiving warten?", wollte er wissen. „Es gibt keinen besseren Zeitpunkt als sofort."

„Ein Mann, der unbedingt seine Schwiegereltern kennenlernen will. Du bist mir einer, Hunter."

Er schmunzelte, als Daisy beim Geschmack von Zucchini ihr Näschen kraus zog. „Na, was sollen wir nun machen? Nächstes Wochenende hinfliegen? Freitags hin und sonntags wieder zurück."

„Ich werde sie anrufen, wenn sie nach Hause kommen, und hören, ob es ihnen auch passt."

Er wollte sie erneut bedrängen, doch dann überlegte er es sich und hielt sich zurück. Das war seine Ehe und keine geschäftliche Abmachung. Er musste lernen, zu geben wie auch zu nehmen. Es fiel ihm nicht leicht, aber er glaubte, es allmählich zu begreifen.

Es gab Augenblicke, da kam es ihm so vor, als würde er die Welt zum ersten Mal sehen. Ihm war dann so, als hätte Jeannie ihm Gefühle bewusst gemacht, von denen er geglaubt hatte, dass nur andere Leute sie empfinden könnten.

In letzter Zeit jedoch hatte er so eine Ahnung, als ginge in ihrem Leben noch etwas vor sich, was sich an der strahlenden Oberfläche nicht zeigte. Er hätte es nicht näher erklären können. Es war nur das Gefühl, dass etwas so Gutes nicht auf Dauer halten könne. Ab und an umgab Jeannie ein Schatten. Es war nur eine leichte Veränderung in ihrer Stimmung, doch jedes Mal begann er dann über die Frau nachzudenken, die er geheiratet hatte. Es lag ihnen beiden nicht, zu philosophieren oder die Vergangenheit aufleben zu lassen. Sie waren zusammengekommen, die Gegenwart zu teilen und sich auf die Zukunft zu freuen. Die Vergangenheit war abgeschlossen.

Dennoch spürte er, dass Jeannie komplizierter war, als es auf den ersten Blick erschien. Ein anderer Mann hätte sie vielleicht in die Arme genommen und gefragt. Er jedoch war damit zufrieden, sie in den Armen halten zu können.

Sein Leitgedanke, nur im Hier und Jetzt zu leben, hatte ihn weit gebracht. Überflüssigen emotionalen Ballast abzustreifen, erleichterte einem den Aufstieg im Geschäftsleben. Callie hatte das nie verstanden. Sie war so anders als Jeannie gewesen, hatte keine Abwehr aufgebaut, sondern alles sehen, fühlen und erfahren wollen, was die Welt zu bieten hatte. Sie hatte zahlreiche Tagebücher gefüllt, damit ihr auch ja nichts aus ihrem Leben verloren ging. Sie wollte dem Leben alles abgewinnen.

Er hatte doch alles, was er sich wünschen konnte. Seine Karriere lief auf vollen Touren. Er hatte Zeit und Raum, seine Ziele zu verfolgen. Callies Tochter wuchs gesund und glücklich heran. Und er hatte die Frau seiner wildesten Träume jede Nacht bei sich.

Nur ein Narr würde unnütze Fragen stellen.

Kate und Jeannie trafen sich jeden zweiten Samstag im Monat zu einem kleinen Imbiss: Frauen unter sich. Hunter lachte, als seine Frau Daisy zu diesem Treffen mitnehmen wollte.

„Ich glaube nicht, dass die Leute im Russian Tea Room Daisys einmaligen Charme schätzen würden", behauptete er und sah Jeannie zu, wie sie sich umzog. „Ich passe auf sie auf. Amüsier du dich gut mit Kate."

Sie küsste beide zum Abschied, lief zur Tür hinaus und hinterließ eine Duftwolke von Chanel Nr. 5. Ihre Schritte waren kaum verhallt, als Hunter es gerade so schaffte, den Wunsch zu unterdrücken, ihr hinterherzulaufen.

Vor längerer Zeit hatte er einmal mit einem Fotomodell eine Woche auf den Bahamas verbracht. Jedes Mal wenn sie einkaufen ging, hatte er sich gefreut, das Hotelzimmer für sich zu haben. So ein Frieden. So eine Stille. Herrlich.

Ein sicheres Zeichen, dass eine Beziehung zum Scheitern verurteilt war, wenn er jetzt darüber nachdachte.

Diesmal war es nicht so. Die Tür hatte sich gerade hinter seiner Frau geschlossen, und schon zählte er die Stunden, bis sie wieder bei ihm sein würde.

„Mich hat es schlimm erwischt, Daisy", sagte er und brachte die Kleine zurück ins Wohnzimmer, wo er ihr eine Spielecke eingerichtet hatte. Er liebte das Lachen seiner Frau, den Duft ihrer Haut und die Art, wie sie jeden Tag zu etwas Besonderem machte, nur indem sie das Leben mit ihm teilte.

Er setzte Daisy auf ihre Spieldecke und verzog sich dann hinter seinen Schreibtisch, um einen Entwurf für eine Anzeigenkampagne zu erstellen, den Grantham bis Mittwoch ausgearbeitet wissen wollte.

Kate brachte Jeannie beim Essen immer wieder zum Lachen. Einer der Kellner war ein unterbeschäftigter Komödiant, genau wie Kate, und er gesellte sich meist zu ihnen, sobald er konnte. Er gab einige Geschichten zum Besten, um Jeannie in Atem zu halten.

„Wusstest du, dass Madonna als Garderobenhilfe angefangen hat?", plauderte Kate beim Verlassen des Restaurants. „Vielleicht sollte ich meine Karriere noch einmal überdenken."

„Deine Karriere ist doch in Ordnung", erwiderte Jeannie. „Eines Tages wirst du ganz groß herauskommen." Sie umarmte die Freundin. „Warte nur ab."

„Was machst du eigentlich?", fragte Kate. „Willst du wieder einen Job haben?"

Jeannie schüttelte sich. „Sprich nicht davon. Ende der Woche habe ich den Termin in Hawaii. Ich habe es noch nicht fertiggebracht, Hunter daran zu erinnern."

„Dann solltest du dich sputen, meine Liebe", behauptete Kate. „Die meisten Männer mögen eine solche Überraschung nicht."

Sie blieben vor einem teuren Juweliergeschäft stehen und bewunderten einen Diamantring, den keiner von ihnen sich leisten konnte.

„Ehrlich gesagt, ich wollte schon Leah Peretti anrufen, ob sie den Termin übernehmen kann", gestand Jeannie der Freundin. Wenn sie das wirklich wollte, müsste sie sich allerdings beeilen. Die Reise war bereits für nächste Woche gebucht.

„Eine Reise nach Maui?" Kate fasste mit der Hand nach Jeannies Stirn. „Du bist schlimmer dran, als ich dachte."

„Maui lässt sich nicht mit dem vergleichen, was ich zu Hause habe, Kate."

„Dann nimm die beiden doch mit. Lass Hunter die hilfreiche bessere Hälfte spielen."

Jeannie warf ihrer Freundin einen entsetzten Blick zu. „Was soll das denn heißen?"

„Nicht was du denkst", erwiderte Kate. „Vergiss nicht, du hast auch eine Karriere. Lass nicht alles stehen und liegen, nur weil du geheiratet hast. Ich weiß nicht, ob dir schon einmal jemand gesagt hat, dass wir nicht mehr in den Fünfzigerjahren leben."

Jeannie lächelte. Wie sollte Kate ahnen, was Heim und Familie für sie bedeutete? Nichts ließ sich mit dem Glück vergleichen, das sie jeden Morgen verspürte, wenn sie aufwachte und wusste, sie hatte Hunter und Daisy.

Sie verabschiedeten sich an der Ecke der Fifth Avenue und der Sixtyfifth Street. Kate musste zur Probe, und Jeannie vermutete, dass sie sich irgendwann am Abend mit Trey Whittaker treffen würde.

Sie wandte sich auf der Fifth Avenue nach Norden und fühlte sich unglaublich glücklich.

Die einzige dunkle Wolke am Horizont entsprang ihren eigenen Gedanken, und selbst die konnte sie verbannen, wenn sie wollte.

Vielleicht war der Zeitpunkt gekommen, Hunter von der Familie zu erzählen, die sie verloren hatte. Sie war es leid, Geister vertreiben zu müssen, Schatten der Vergangenheit wegzuwünschen. Wenn sie es ihm erst einmal erzählt hatte, konnte sie der Vergangenheit den entsprechenden Platz in ihrer Erinnerung zuweisen. Ihre Schwester Angie hatte recht gehabt. Angie hatte ihr vorgehalten, Jeannie schulde das Hunter, mehr jedoch noch sich selbst.

Das Glück lag in ihrer Hand, und diesmal würde es ihr nicht entwischen, das versprach sie sich.

Die Arbeit lief gut. Hunter fielen die passenden Worte ein, wenn er sie brauchte. Der Text war witzig und gescheit, er machte aus Green-Grass-Lawn-Traktoren die tollsten vierrädrigen Fahrzeuge seit Ferrari Testarossa.

Er wollte sich gerade ein Bier einschenken und seine Arbeit gebührend bewundern, als die Sprechanlage summte.

„Mr Phillips." Die freundliche Stimme des Hausportiers knisterte in der Anlage. „Hier ist ein Mr Burnett, der Sie besuchen möchte."

„Burnett?" Er konnte sich nicht erinnern, den Namen Burnett in seinem Adressbuch zu haben. „Worum geht es denn?"

„Er sagt, es sei etwas Persönliches."

„Na gut, Bill. Lassen Sie ihn raufkommen." Burnett … Burnett. Im Moment wollte ihm kein passendes Gesicht zu dem Namen einfallen. Aber das war kein Grund für die seltsame Vorahnung, die ihn überkam.

Beim ersten Klopfen öffnete er die Tür. Ein hochgewachsener, gut aussehender Mann mittleren Alters lächelte ihn an.

„Duncan Burnett." Ein deutlich schottischer Akzent.

„Hunter Phillips." Er reichte ihm die Hand. Der Mann hatte einen kräftigen Griff.

Sie standen da und sahen sich an.

„Kennen wir uns?", fragte Hunter.

„In gewisser Weise."

Hunter wartete. Seine Ahnung wuchs zur Furcht an.

„Sie sind Callie Phillips Bruder, nicht wahr?"

Hunter verspürte einen Stich im Herzen, und unwillkürlich schaute er sich nach der Kleinen um, die auf dem Boden im Wohnzimmer fröhlich spielte.

Er machte die Tür weiter auf und ließ die Probleme hereinspazieren.

„Tag, Mrs Phillips." Bill, der Pförtner, grüßte Jeannie, als sie die kühle Eingangshalle betrat.

„Ist das nicht ein herrlicher Nachmittag, Bill?", fragte sie. „Schöner als je."

„Ich habe eben einen Freund Ihres Mannes hereingelassen", berichtete er ihr. „Wenn Sie sich beeilen, treffen Sie ihn vielleicht noch am Aufzug."

„Danke, Bill."

Trey, dachte sie, während sie die Eingangshalle durchquerte. Die Liebe hatte ein williges Opfer gefunden, und nun brauchte Trey guten Rat, wie er Kate umwerben sollte.

Sie bog um die Ecke und sah noch einen großen, hellhaarigen Mann im Aufzug verschwinden. Das war nicht Trey. Eine seltsame Ahnung beschlich sie.

Albern, wehrte sie jeden weiteren Gedanken ab. Wahrscheinlich war es ein Angestellter von C V & S, der Hunter ein paar Unterlagen vorbeibrachte. Der Samstag war Werbeleuten nicht heilig.

Es dauerte eine Ewigkeit, bis der Aufzug wieder unten war. Sie betrat den Lift und drückte den Etagenknopf, damit sich die Türen schließen konnten. Sie spielte mit ihrem Schlüsselbund, als sie in der fünfzehnten Etage den Aufzug verließ und den Flur entlang zu ihrer Wohnung hastete.

Es war wirklich albern. Sie brauchte sich über nichts in der Welt Sorgen zu machen. Sie hatte sich großartig mit Kate amüsiert, aber noch schöner war es, zu ihrem Mann und ihrem Kind …

Ein fremder Mann saß im Wohnzimmer auf dem Sofa und hatte Daisy auf dem Schoß.

9. KAPITEL

Jeannie stand im Türrahmen, die Arme vor der Brust verschränkt. Ihr Blick glitt an Hunter vorbei zu Burnett. Der Schotte hielt Daisy etwas ungeschickt, so wie Hunter es anfangs getan hatte. Es kam Hunter so vor, als sähe er sich selbst vor neun Monaten – unbeholfen, unsicher und vollkommen aus dem inneren Gleichgewicht geworfen.

Dennoch, Hunter brauchte den Schotten mit Daisy auf dem Schoß nur anzusehen, um alles zu wissen, ohne irgendwelche Fragen zu stellen.

Dem Gesichtsausdruck seiner Frau nach zu urteilen, wusste auch Jeannie Bescheid.

Er durchquerte den Raum und ging zu ihr. „Jeannie", sagte er und legte ihr eine Hand auf die Schulter. „Das ist Duncan Burnett."

Burnett versuchte, Daisy zu halten und gleichzeitig aufzustehen. Jeannie sprang vor und nahm ihm die Kleine ab.

„Er hätte sie nicht fallen lassen, Jeannie." Hunters Stimme klang für seine eigenen Ohren gepresst und unnatürlich.

„Ich glaube, Ihre Frau hat die Situation richtig eingeschätzt", erwiderte Burnett höflich. „Daisy ist schon ganz schön groß, Mrs Phillips."

„Jeannie", sagte sie automatisch und sah dann Hunter an.

„Duncan war mit Callie befreundet." Das war die einzige Erklärung, die er ihr im Augenblick geben konnte.

Jeannie atmete so tief ein, dass es deutlich zu hören war. Daisy sah verwundert zu ihr auf. „Haben … haben Sie Hunters Schwester gut gekannt?"

Ein seltsamer Schatten huschte über Burnetts Gesicht. „Wir waren gute Freunde."

Jeannie schien sich an die Worte zu klammern, als wären sie der rettende Strohhalm.

Hunter gab sich jedoch nicht solchen Illusionen hin. „Duncan und Callie waren zusammen in Tokio."

„Aha", sagte sie und drückte Daisy noch fester an sich. „Wie lange werden Sie in der Stadt bleiben?"

„Zwei Tage", antwortete Burnett.

Sie nickte und blickte Hunter an, als erwartete sie von ihm ein erlösendes Wort.

„Ich habe Duncan angeboten, mit uns zu Abend zu essen."

„Es sind nur Reste von heute Mittag", sagte sie zu dem Schotten. Sie war sich im Klaren darüber, wie unhöflich sie klang. Aber sie konnte nicht anders. „Bei all den herrlichen Restaurants in dieser Stadt finden Sie sicher etwas Besseres", fügte sie unbeholfen hinzu.

Burnetts Blick wanderte von Hunter zu Jeannie. „Obwohl ich das Angebot, auswärts zu essen, sehr schätze, fürchte ich, ich kann es nicht annehmen."

Er war ein scharfsichtiger Mensch.

Vielleicht zu scharfsichtig.

Burnett wandte sich wieder an Hunter. „Vielleicht können wir unser Gespräch morgen im Hotel fortführen. Ich habe einige Fotos für Sie." Er nickte beiden zu. „Ich finde allein nach draußen. Danke."

Jeannie setzte Daisy auf ihre Spieldecke. „Was sollte das alles?", fragte sie, nachdem sich die Tür hinter ihm geschlossen hatte.

Sie hatte es verdient, die Wahrheit zu erfahren. „Ich glaube, er ist Daisys Vater."

Jeannie wurde kreideweiß. „Hast du ihn danach gefragt?"

„Nein, aber es war ziemlich einfach zu erkennen."

„Was bedeutet das schon, dass sie die gleiche Haarfarbe haben", wandte sie ein. Ihre Stimme klang höher als sonst. „Das heißt doch nicht, dass er Daisys Vater ist."

„Warum war er dann hier, Jeannie?", fragte Hunter und hatte das Gefühl, als hätte er fünfzehn Runden mit einem Schwergewichtsboxer im Ring gestanden. „Er ist nicht auf ein Kartenspiel vorbeigekommen."

„Er hat erfahren, dass deine Schwester gestorben ist", sagte Jeannie und biss die Zähne aufeinander. „Was hat er noch gesagt? Er habe Fotos von ihr? Das soll der Grund seines Besuchs sein?"

„Er wird Daisy haben wollen." Seltsamerweise war es ein gutes Gefühl, die Worte auszusprechen, sie endlich aus dem Dunkeln ans Licht zu ziehen. „Er …"

„Sie gehört zu dir, Hunter", unterbrach sie ihn. „Du hast sie großgezogen. Sie ist deine Tochter."

„Sie ist nicht meine Tochter."

„Doch, in jeglicher Hinsicht, die eine wirkliche Rolle spielt."

„Nur in einer Hinsicht." Er sah Daisy an. Ein Kaleidoskop von Gefühlen erfasste ihn. „Wenn er Daisys Vater ist, müssen wir uns damit abgeben."

„Hätte deine Schwester gewollt, dass er an Daisys Leben teilhaben kann, hätte sie ihn geheiratet."

„Komm, Jeannie", sagte er. „Das führt zu nichts." Er schaute zu Daisy hinüber und wandte sich dann ab. Harte Worte wurden über

551

ihren Kopf hinweg ausgetauscht, und sie saß da, spielte mit ihren Schlüsseln, als wäre sie geborgen und glücklich wie sonst auch. „Wenn Burnett ihr Vater ist, hat er ein Recht, seine Tochter so großzuziehen, wie er es für angebracht hält."

„Um Himmels willen, Hunter!", schrie Jeannie. „Das hört sich an wie in einem Artikel aus einer Frauenzeitschrift. Wir haben es hier mit der Wirklichkeit zu tun. Wir sprechen von Daisy!"

Beim Klang ihres Namens schaute Daisy auf. „Dah!"

„Damit meint sie dich", sagte Jeannie zu Hunter und die Stimme versagte ihr. „Dir ist das vielleicht nicht bewusst, aber ihr."

„Sie ist ein Baby", wehrte er ab. „Sie kann noch nicht sprechen. Das sind nur Laute."

„Du bist ein Dummkopf, Hunter. Die Wahrheit steht vor dir, aber du bist zu blind, um sie zu erkennen." Sie bückte sich zu Daisy herunter und drückte der Kleinen einen Kuss auf den blonden Schopf. „Das hat nichts mit Burnett zu tun, nicht wahr? Es geht um dich."

„So ein Unfug!" Ihm gefiel die Richtung nicht, die der Streit nahm. Sich mit Gefühlen auseinanderzusetzen, war nicht seine Stärke. Sobald es darum ging, seine Gefühle in Worte zu fassen, war er genau so sprachlos wie Daisy.

„Ich weiß nicht, warum mir das nicht schon früher aufgefallen ist", sagte Jeannie und begann im Raum auf und ab zu gehen. „Es wird jetzt überdeutlich, du hast endlich einen Ausweg gefunden."

„Hör auf, Jeannie!" Seine Stimme klang leise und gefährlich ruhig.

„Du weißt nicht, wie du mit dieser Situation fertig werden sollst. Du kannst nicht zugeben, dass du das kleine Mädchen liebst und nicht verlieren willst."

Seine Kinnmuskeln arbeiteten. Einer klügeren Frau hätte das zur Warnung gedient.

„Daran liegt es", fuhr sie fort. „Es ist einfacher, einen Fremden hier hereinspazieren zu lassen und seinem Anspruch nachzugeben, als sich selbst und dem anderen gegenüber einzugestehen, dass sie deine Tochter ist."

„Es spielt keine Rolle, was ich glaube", widersprach Hunter gepresst. „Wenn Burnett ihr Vater ist, muss er entscheiden, was geschehen soll."

„Und du würdest sie einfach abgeben?"

„Ich würde sie abgeben."

Ihre hübschen blauen Augen füllten sich mit Tränen. „Du lügst, Hunter. Das kannst du nicht ernst meinen."

„Was willst du denn hören, Jeannie? Dass mir Daisy gleichgültig ist? Dass alles viel leichter wäre, wenn sie nicht da wäre? Wenn du das hören willst, sag es mir. Ich spreche es aus."

„Sag mir lieber, dass du um sie kämpfen wirst", erwiderte Jeannie. „Sag mir, dass du unsere Familie zusammenhalten wirst."

Hunter wandte sich ab und sagte nichts. Jeannie sah ihn zum Fenster hinübergehen und auf die Straße hinunterschauen. Sie dachte, ihr breche das Herz bei einer solch himmelschreienden Ungerechtigkeit. Ich schaffe das nicht noch einmal, dachte sie und wünschte, sie könnte zu Hunter gehen, ihn in die Arme nehmen und ihn davon überzeugen, dass er das Glück in sein Herz lassen sollte. Ich kann es nicht ertragen, noch einmal eine Familie zu verlieren …

Aber Burnetts Ankunft hatte alles verändert. Weder sie noch Hunter konnten ihre überstürzte Heirat auf die gleiche Weise betrachten wie zuvor. Sie hatten im vergangenen Monat ihr Eheleben so geführt, als wäre ihre Liebe aus einer selbstverständlichen, alltäglichen Situation erwachsen.

Doch niemand hatte das wichtigste Wort bisher ausgesprochen: Liebe. Hunter und sie mochten Daisy und Pizza, und sie passten wundervoll im Bett zusammen. Sie hatte Hunter die Freiheit geschenkt, seine Karriere weiter zu verfolgen. Dafür hatten er und Daisy ihr die Familie geschenkt, nach der sie sich gesehnt hatte.

Aber darüber hinaus hatte sich keiner von ihnen gewagt, einander mehr Zugeständnisse zu machen. Und jetzt fürchtete sie, dass es zu spät sein würde.

Rede mit mir, Hunter. Vielleicht können wir zusammen einen Weg finden …

Das Schweigen im Raum war fast greifbar. Es hatte Gestalt, Form und Gewicht angenommen. Hunter wusste, wenn er Jeannie berührte, würde die Hölle ausbrechen. Der Streit hatte eine Barriere zwischen ihnen errichtet, die so spürbar war wie eine Mauer aus Stein, auch wenn sie mit bloßen Augen nicht zu sehen war.

Frauen wollten Worte hören, die den Schmerz linderten. Er wusste, Jeannie wartete darauf, dass er etwas sagen würde, irgendetwas, um die Kluft zwischen ihnen zu überbrücken, die von Sekunde zu Sekunde breiter wurde.

Er wollte seine Frau in die Arme nehmen, sie streicheln, sie lieben … ihr auf die älteste Art und Weise sagen, was er dachte, was er fühlte. Er wollte seinen eigenen Trost in ihrer Wärme suchen. Doch die Worte, auf die sie wartete, waren nicht in seinem Vokabular enthalten. Und würden es vielleicht niemals sein.

Manchmal konnte Schweigen mehr ausdrücken, als Worte es vermochten.

Hunter nahm sich etwas von dem übrig gebliebenen Hähnchen und eine Dose Wasser. Dann setzte er sich an seinen Schreibtisch und vergrub sich in seine Arbeit.

Daisy schien die wachsende Spannung in der Wohnung nicht zu spüren. Die Kleine aß begeistert wie immer zu Abend, lachte und planschte im Badewasser wie sonst.

Jeannie jedoch war zumute, als müsste sie jeden Moment zusammenbrechen.

„Ich bringe Daisy ins Bett", sagte sie an der Wohnzimmertür zu Hunter.

Er sah nicht einmal auf von seinen Unterlagen. „Ich komme gleich."

Am liebsten hätte sie ihn gepackt und geschüttelt, bis ihm die Zähne klapperten. Er liebte die Kleine, wie nur Eltern ihr Kind lieben können, war aber zu stur, es zuzugeben. Nicht einmal sich selbst gegenüber wollte er es eingestehen. Er hatte das Recht, um Daisy zu kämpfen, aber Jeannie war sich nicht sicher, ob er auch das Herz dazu hatte. Ihr Mann liebte den Weg des geringeren Widerstandes.

Das süße kleine Mädchen mit den kornblumenblauen Augen und seinem anschmiegsamen Wesen konnte ihnen von einem Moment auf den anderen entrissen werden, und offenbar wollte Hunter nichts dagegen tun.

Ich wusste, wie er war, als ich ihn heiratete. Ehrgeizig. Manchmal eigensinnig. Strebsam und unnachgiebig. Gewillt bei C V & S eine steile Karriere zu machen. Er hatte ihr selbst gesagt, dass ihm der Gedanke an Kinder verhasst gewesen war. War es da ein Wunder, dass er nie wahrhaben wollte, wie sehr Daisy ihm ans Herz gewachsen war? Jetzt, wo er die Möglichkeit hatte, Daisy jemand anderem zu überlassen, war er sofort bereit dazu.

An ihrem Hochzeitstag hatte Walter Grantham Hunter zu dem klugen Schritt gratuliert, weil er eine Frau geheiratet hatte, die mit Kleinkindern umgehen konnte. Er hatte auch offen ausgesprochen, was er von Hunter erwartete, jetzt, wo Jeannie für die Kleine da sein konnte.

Vielleicht hatte er mit seiner Beobachtung mehr recht, als Jeannie es bislang für möglich gehalten hatte.

Hunter ließ sich nicht mit ihrem ersten Mann vergleichen. Dan war mit seinem Los im Leben zufrieden gewesen, war glücklich mit Frau und zwei kleinen Mädchen sowie einem Stück Land in Minnesota. Er hatte nicht viel vom Leben erwartet, sich aber trotzdem wie der reichste

Mann der Welt gefühlt. „Ich habe euch drei", pflegte er zu Jeannie und seinen Töchtern zu sagen. „Was will ich mehr."

Hunter träumte jedoch von viel mehr. Er hatte lange allein gelebt, sich von Ehrgeiz und Wettbewerbsdenken antreiben lassen, alles Dinge, die Dan gehasst hatte. Hunter war kompliziert, schwierig, nicht leicht zu verstehen, und doch liebte sie ihn von ganzem Herzen.

Sie ließ sich in den Schaukelstuhl neben dem Kinderbett sinken und schaute Daisy zu, wie sie langsam einschlief. Eine Sekunde lang sah sie ihre eigenen kleinen Mädchen in dem Bett liegen, aber der Eindruck verschwand so rasch, wie er gekommen war. Nur das Hier und Jetzt war wichtig. Es war alles, was sie haben konnte.

Und im Moment entglitt es ihr.

„Schläft sie?" Hunter erschien im Türrahmen.

Jeannie nickte. Sie konnte nicht sprechen. Ein Kloß saß ihr im Hals.

Er beugte sich über das Kinderbett und legte den Zeigefinger an Daisys weiche Wange. Die Geste berührte Jeannie tief in ihrem Herzen. Sie hätte ihren Schmerz herausschreien können, dass sie noch vor wenigen Stunden daran hatte glauben können, das Glück des vergangenen Monats würde für immer halten.

„Du siehst müde aus", bemerkte er. „Du solltest dich schlafen legen."

„Das werde ich tun."

Er wollte noch etwas hinzufügen. Sie hielt den Atem an. *Sag mir, dass du um sie kämpfen wirst, Hunter. Sag mir, dass dir nichts mehr bedeute als unsere Familie – unser Zusammensein.* Tränen stiegen ihr in die Augen. Rasch schaute sie nach unten und blinzelte die Tränen hinweg. *Sag mir, dass du mich liebst.*

„Jeannie, ich …" Er hielt abrupt inne.

Bitte, Hunter … Wir können einen Weg finden, wir drei …

„Ich gehe noch weg", sagte er dann. „Ich weiß nicht, wann ich zurück sein werde."

„Wir gehen mit dir."

Er schüttelte den Kopf. „Da ist etwas, was ich allein erledigen muss."

„Du willst zu Burnett, nicht wahr?"

Er antwortete nicht. Aber das brauchte er auch nicht. Sie konnte die Antwort mit jeder Faser ihres Körpers fühlen.

Jeannie und Daisy allein zu lassen, fiel Hunter schwerer als alles andere, was er je getan hatte.

Jeannies kummervoller Blick verfolgte ihn bis in den Aufzug, auf dem Weg durch die Eingangshalle und bis nach draußen auf die Straße.

Von Anfang an hatte sie seine Abwehrmauern durchschaut, ihm bis ins Herz sehen können.

Er hatte gespürt, wie Jeannies Blick auf ihm ruhte, während er sich über das Bett gebeugt und auf Daisys Stirn einen Gutenachtkuss gedrückt hatte. Der Anblick des niedlichen, schlafenden Kindes hatte ihm einen Stich versetzt, aber er hatte es geschafft, sich nichts anmerken zu lassen, zumindest nach außen hin nicht.

Jeannie liebte Daisy, als wäre sie ihre eigene Tochter. Jede Berührung, jede Geste verströmte echte Liebe. Callie hatte Daisy zur Welt gebracht, aber Jeannie war in jeder anderen Hinsicht ihre Mutter.

Er verstand das. Er akzeptierte das.

Warum hatte es dann nur so lange gedauert, bis er begriff, was ihm die Kleine bedeutete?

Als Burnett an dem Nachmittag vor ihm gestanden hatte, wollte Hunter ihm im ersten Moment die Tür vor der Nase zuschlagen. Das hätte ich tun sollen, dachte er und lief die Straße entlang. Oder ihm einen Schwinger verpassen. Wenigstens irgendetwas machen.

Stattdessen hatte er ihm die Tür weit geöffnet, ihm sogar Daisy auf den Schoß gesetzt … Wäre Jeannie da nicht nach Hause gekommen, wäre er womöglich imstande gewesen, die Sachen der Kleinen zusammenzupacken und Kind und Sachen dem Fremden zu überlassen.

Monatelang hatte er allen, die ihn nach Daisys Vater fragten, erzählt, er treibe sich irgendwo in der Weltgeschichte herum. Dem Kind könnte es beim eigentlichen Vater besser gehen als bei mir, hatte er mehr als einmal gedacht und sich mindestens ebenso fleißig eingeredet. Er hatte zwar in kurzer Zeit eine Menge gelernt, aber das Gefühl, dass er Daisy nicht alles geben könne, was sie verdiente, hatte ihn nicht eine Minute verlassen. Als er Burnett gesehen hatte, waren diese Gefühle mit der Macht eines Sturms über ihn hereingebrochen.

Seine Mängel. Seine Fehler.

Wie Daisy ihm das Herz geöffnet hatte und er sie anfing zu lieben.

Ohne die Kleine in seinem Leben hätte er nie das große Glück mit Jeannie gefunden. Er hätte keine Ahnung von Liebe, Familie oder all den Dingen gehabt, die andere Leute für selbstverständlich hielten.

Da musste erst ein kleines Mädchen mit kornblumenblauen Augen kommen und ihm das Geheimnis des Glücks zeigen. Er war so mit sich beschäftigt gewesen, dass er nicht einmal das Paradies erkannt hätte, selbst wenn er direkt mittendrin gestanden hätte.

Und da stand er nun. Wieder verzweifelt. Wieder wütend. Nur diesmal nicht, weil er die Verantwortung abstreifen wollte wie einen alten Mantel, sondern weil er alles verlieren konnte, was ihm wirklich etwas bedeutete.

Daisy war wie sein Fleisch und Blut.

Und Jeannie war die Frau, die er liebte.

Es lohnte sich, um die beiden zu kämpfen. Sie waren es wert, ein Risiko einzugehen. Er hatte das Geheimnis entdeckt, das seine Schwester immer schon gekannt hatte. Man musste auf den nächsthöheren Ast klettern, um die süßeste Frucht zu bekommen.

Und wenn man dabei stürzte, so war es das Risiko wert.

Er trat an den Straßenrand und winkte ein Taxi heran.

„Zum Westbury Hotel", sagte er zu dem Fahrer, nachdem er eingestiegen war.

Als das Telefon läutete, griff Jeannie fast sofort nach dem Hörer.

„Jeannie, hier ist Taylor von Kramer Booking. Haben Sie Ihren Anrufbeantworter nicht abgehört? Ich bin fast die Wände hochgegangen, um Sie ausfindig zu machen."

Jeannie schaute auf die Uhr. „Es ist fast Mitternacht, Taylor. Hoffentlich haben Sie wenigstens eine gute Nachricht." *Hunter, wo bist du nur? Du hättest am Telefon sein sollen.*

„Erinnern Sie sich noch an den Kuriersack, den wir Ihnen vergangene Woche geschickt haben? Ja, stauben Sie ihn ab, und machen Sie sich auf den Weg zum Flughafen. Wir trommeln alle Leute zusammen."

„Das ist wohl ein Scherz, Taylor. Der 16. ist erst in einer Woche."

„Vergessen Sie den 16. Die Werbung soll schon viel eher gesendet werden."

„Ich kann nicht einfach alles stehen und liegen lassen."

„Das können andere auch nicht", erwiderte Taylor. „Aber alle anderen sind schon zum Flughafen unterwegs. Sie haben einen Vertrag für zwei Wochen unterschrieben."

„Sie wollen auf Erfüllung bestehen?"

„Auf jeden Fall."

Eigentlich hielt sie hier nichts fest. Selbst wenn ein Wunder geschähe und Hunter Daisy zu seiner Tochter erklären ließe, so wusste sie, dass ihre eigenen Geheimnisse jede Chance auf ein zukünftiges Glück zunichtemachen würden.

Kate war bestimmt bereit, herüberzukommen und auf Daisy aufzupassen, bis Hunter nach Hause kam. Vielleicht war eine Trennung zum jetzigen Zeitpunkt das Klügste.

„Schicken Sie mir einen Wagen", sagte sie kurzentschlossen zu Taylor. „Ich bin in einer Viertelstunde fertig."

Burnett öffnete die Tür schon bei Hunters erstem Klopfen.

Das war gut so, denn Hunter war so angespannt, dass er die Tür bei der leisesten Provokation eingetreten hätte.

„Ein bisschen spät für einen Besuch, Phillips – oder?" Der verdammte Schotte brachte es fertig, selbst im Bademantel weltgewandt auszusehen.

Hunter trat ein. „Daisy gehört mir", sagte er unverblümt und sah Burnett geradewegs in die Augen. „Sie ist meine Tochter, und wenn Sie glauben, Sie könnten sie mir wegnehmen, dann machen Sie sich auf etwas gefasst."

Burnett schloss hinter ihm die Tür. „Ich weiß nicht, wie das bei Ihnen ist", sagte er und ging in den Wohnraum hinüber. „Aber ich brauche einen Drink."

„Ich bin nicht auf einen freundlichen Umtrunk hergekommen, Burnett." Hunter folgte ihm. „Ich will mit Ihnen über meine Tochter sprechen."

Burnett nahm sich zwei Gläser und schenkte in jedes drei Finger breit Scotch ein.

„Callie hat mir erzählt, dass Sie temperamentvoll sind", sagte Burnett und reichte Hunter ein Glas.

„So?", fragte er. „Mir hat sie nichts von Ihnen erzählt."

Burnett hob sein Glas an. „Auf Callie."

Hunter nickte. Seine Augen brannten. „Auf meine Schwester."

Die beiden Männer tranken den Scotch und sahen sich dann wieder an.

„Also gut", sagte Hunter und stellte sein Glas ab. „Sehr gastfreundlich. Jetzt lassen Sie uns zum geschäftlichen Teil kommen." Er sah Burnett in die Augen und erkannte die Ähnlichkeit mit Daisy. „Sie sind Daisys Vater." Es klang widerwillig und sehr bedrückt.

„Daisys biologischer Vater."

Hunter war sprachlos. Hatte er den Unterschied als Letzter begriffen? „Sie haben meiner Schwester den Kopf verdreht und sie dann im Stich gelassen."

„Wenn ich nicht sicher wäre, dass Sie stärker sind als ich, würde ich es dafür mit Ihnen aufnehmen, Phillips."

Die beiden starrten sich feindselig an.

„Callie wünschte sich ein Kind", erzählte Burnett. „Sie wusste um das Risiko, aber ihr Wunsch nach einem Baby war stärker."

„Und Sie sind Ihrem Wunsch nachgekommen."

Burnetts Gesichtsausdruck wurde weicher. „Wir haben uns sehr gern gehabt", sagte er. „Und wussten beide um die Grenzen unserer Beziehung."

Hunter hörte ihm gleichgültig zu. „Das ist alles sehr schön", sagte er schließlich. „Aber ich weiß immer noch nicht, warum sie plötzlich vor meiner Tür standen."

Burnett schien vor Hunters Augen zu altern. „Ich wollte – mein Kind sehen", flüsterte er. „Wenigstens ein Mal."

„Und jetzt, wo Sie es gesehen haben …?"

Burnetts Schulterzucken war sehr beredt. Einen Moment lang bemitleidete Hunter ihn. „Werde ich meinen Lebensweg weitergehen", antwortete er mit seinem schottischen Akzent. „So wie Sie Ihren."

„Woher soll ich wissen, dass Sie eines Tages nicht wieder auftauchen und Daisys Leben auf den Kopf stellen wollen?"

Burnett griff nach seiner Aktentasche, die auf einem Stuhl neben der Bar stand. Er holte einen Stapel Papiere heraus, die er Hunter reichte.

„Medizinische Nachweise über zwei Generationen. Informationen über die Erbanlagen." Sein Lächeln wirkte müde. „Und ein unterschriebenes Dokument, in dem ich auf Ihre hübsche kleine Tochter verzichte."

„Jeannie!" Kurz nach sieben Uhr am anderen Morgen stürzte Hunter in die Wohnung. Er brachte Brötchen, Käse und Champagner mit. „Steh auf! Schnapp dir Daisy und lass uns feiern!"

„Hallo, Hunter."

Er wirbelte herum und sah Kate Mullen in der Tür zur Küche stehen.

„Wo ist Jeannie?", fragte er und schaute sich in der Wohnung um.

„Sie lässt dir ausrichten, dass Taylor angerufen hat. Die Drehtage wurden um eine Woche vorverlegt."

„Hawaii?"

Kate nickte. „Genau."

Daran hatte er fast nicht mehr gedacht. Irgendwie hatte er auch geglaubt, dass sie nicht weggehen würde.

„Es war dringend", erklärte Kate und fühlte sich offenbar unangenehm berührt. „Sie hatte den Vertrag ja bereits unterschrieben."

„Vielleicht kann ich sie noch am Flughafen erwischen."

„Zu spät. Sie ist vor zehn Minuten in Newark abgeflogen."

Jeannie hatte Kate angerufen, sie möge herüberkommen und auf Daisy aufpassen, bis Hunter nach Hause käme. Er wusste, Kate würde sich wundern, was ihn samstags nachts durch die Straßen von New York getrieben habe. Es entsprach nicht gerade dem Bild, das man sich von Frischvermählten machte.

Nachdem Kate gegangen war, lief er in Daisys Zimmer.

„Daah!", sagte sie, als er ans Bett trat. „Daah!" Sie fuchtelte freudig mit Armen und Beinen. Sie quietschte begeistert, dass er sie hochhob. Eine kleine Hand landete auf seiner Wange und wurde feucht von seinen Tränen.

„Keine Ausreden, Daisy", sagte er, drückte sie an sich und atmete ihren Babyduft ein. „Es gibt eine Menge, worüber dein Alter heute Morgen glücklich ist."

Sie war seine kleine Tochter. Die unterschriebenen Dokumente von Burnett bestätigten nur, was er im Herzen längst gewusst hatte.

Dennoch fehlte noch etwas Wichtiges. Er war nicht nur Daisys Vater. Er war Teil einer Familie. Eine Familie, zu der Jeannie gehörte.

Mit Daisy auf dem Arm suchte er überall in der Wohnung nach einer Nachricht von Jeannie. Sie musste ihm doch irgendwo eine Notiz hinterlegt haben. Und wenn nur mit dem Wunsch, sich zum Teufel zu scheren. Das wäre wenigstens besser gewesen, als dieses Gefühl ertragen zu müssen, dass er zu spät nach Hause gekommen war.

„Wahrscheinlich wird sie heute Abend anrufen", sagte er zu Daisy, während er sie fütterte.

Sobald sie in Hawaii angekommen war.

Hunter saß den ganzen Tag über da und starrte auf das Telefon. Einmal hatte er die Vermittlung angerufen, nur um herauszufinden, ob der verdammte Apparat noch funktionierte.

„Ihr Telefon ist vollkommen in Ordnung, Sir. Ich wünsche Ihnen noch einen schönen Tag."

„Was haben Sie schon für eine Ahnung?", murmelte Hunter und legte den Hörer auf.

Also gut. Er würde deshalb nicht durchdrehen. Zwölf Stunden Flug konnten einem körperlich ganz schön zusetzen.

Sie musste erst einmal auspacken.

Schlaf nachholen.

Und dann würde sie ihn anrufen.

Mittwochs musste sich sogar Hunter eingestehen, dass Jeannie nicht anrufen würde.

Zweimal hatte er Kates Nummer angewählt, um sich nach dem Namen des Hotels in Maui zu erkundigen, in dem seine Frau untergebracht war. Doch Stolz hielt ihn zurück. Er war Jeannies Mann. Er hätte solche Dinge wissen müssen.

Außerdem kam es ihm so vor, als hätte Daisy ununterbrochen geweint, seit Jeannie Sonntagmorgen abgereist war. Hätte er es nicht besser gewusst, hätte er schwören können, alle zweiunddreißig Zähne kämen bei ihr auf einmal durch. Er hatte sie getragen, gefüttert und alles Erdenkliche getan, aber das Quengeln und Weinen hörte nicht auf. „Du möchtest zu Jeannie, nicht wahr, Daisy?", sagte er zu der Kleinen, während er mit ihr auf und ab ging. „Nicht nur du allein."

Er konnte kochen und waschen, wie er es vorher auch getan hatte. Er konnte eine Haushaltshilfe einstellen, die sich um Daisy kümmerte. Aber das wäre kein Ersatz für die Wärme der Frau gewesen, die er liebte.

„Ich bin enttäuscht", sagte Walter Grantham Donnerstagnachmittag. „Die Ausarbeitung war nicht standardgemäß."

„Ich feile noch daran", erwiderte Hunter. „Ich überarbeite die Skizzen. Ed Fisk gefallen die Änderungen."

Granthams Blick glitt zu Daisy hinüber, die in ihrem Laufstall im Büro schlief. „Ich sehe, Sie haben Besuch."

Hunter nickte, ging aber nicht weiter darauf ein.

„Wird das öfter so sein?"

Im Allgemeinen heirateten andere Leute auch und bekamen Kinder. Zu dumm, dass Grantham sie nur als potenzielle Käufer betrachtete. „Ihre Examensarbeit wird sie nicht hier machen, falls Sie das befürchten sollten."

Grantham hatte nie Humor gezeigt. „Ich hoffe, dass Ihre Frau bald zurückkommt und sich wieder Ihren Pflichten widmet, damit das Kind zu Hause bleiben kann, wo es hingehört."

„Meine Frau hat keine Pflichten, Walter."

„Ich will Ihnen nicht zu nahe treten, Phillips. Es sah nur so aus, als hätten Sie ein prima Geschäft gemacht. Seit der Hochzeit haben Sie Ihre besten Arbeiten abgeliefert."

Ich muss mich zurückhalten, ermahnte er sich und zwang sich zur Ruhe. Ich kann es mir nicht leisten, wegen einer dämlichen Bemerkung meinen Job zu verlieren.

Grantham war jedoch so richtig in Fahrt gekommen. Hunter hörte ihm kaum noch zu, wie er ein Loblied auf die gute alte Zeit sang, wo die Frauen ihren Platz noch kannten.

„… das White Orchid ist zu teuer für uns", sagte Grantham, als Hunter aufhorchte. „Ich weiß nicht, wo die Konkurrenz das Geld her hat, aber …"

„Das White Orchid?" Hunter war plötzlich ganz Ohr. „Dieses tolle Hotel in Maui?"

Grantham musterte ihn verblüfft. „Das Hotel, in dem Ihre Frau untergebracht ist, Phillips. Haben Sie mir nicht zugehört?"

Hunter sprang auf und begann Unterlagen in seine Aktentasche zu stopfen. Dann packte er Daisys Sachen in eine Reisetasche, in die auch ein paar Windeln passten. „Ich brauche ein paar Tage frei", sagte er und schlüpfte in seine Jacke. „Eine Woche, vielleicht auch zwei."

„Sie machen wohl Witze, was?" Granthams Ton war anzuhören, dass ihm das lieber gewesen wäre.

„Sehe ich so aus?"

„Ich weiß nicht, was hier vor sich geht, aber wir können uns bei C V & S keine Anarchie leisten."

Hunter packte die restlichen Sachen ein. „Ich faxe Ihnen den überarbeiteten Entwurf durch. Wenn Sie irgendwelche Nachrichten für mich haben, sprechen Sie sie auf Band." Er bückte sich, um Daisy hochzuheben. „Ich werde mich melden."

„Wenn Sie durch die Tür da rausgehen, Hunter, haben Sie möglicherweise eine Stelle gehabt."

„Das Risiko nehme ich auf mich."

Grantham war außer sich vor Wut. Früher oder später würde er für diesen Vorfall zahlen, das wusste Hunter. Aber das spielte jetzt keine Rolle.

Nur eines war ihm wichtig. Er musste Jeannie finden, ehe es zu spät war.

10. KAPITEL

„Ich fürchte, wir werden hier in L. A. einen längeren Aufenthalt haben", entschuldigte sich die Bedienstete der Fluggesellschaft bei Hunter, als er Daisys Gepäck abholte.

„Irgendwelche Angaben?", fragte Hunter.

„Vier Stunden auf jeden Fall. Wahrscheinlich aber sechs. Wenn Sie den Flughafen verlassen wollen, rufen Sie jede Stunde bei der Auskunft an."

„Was jetzt?", brummte Hunter und nahm Daisy auf die Arme.

Natürlich hätte er bis morgen Nachmittag warten können, dann hätte er einen erstklassigen Flug nonstop von New York bis Honolulu bekommen. Aber als er erfuhr, wo Jeannie war, konnte ihn nichts mehr aufhalten, auch keine Verspätung in Los Angeles.

Mit Reisetasche, Sporttasche und Daisy auf dem Arm verließ er den Gang. Er kam sich vor, als wäre er bei einem Sportwettkampf Letzter geworden. Daisy war jedoch ungewöhnlich fröhlich. Wahrscheinlich wusste sie, dass sie zu Jeannie reisten.

„Wo hast du denn deine ganzen Tränen gelassen?", fragte er auf dem Weg zur Wartehalle.

„Daah!", krähte Daisy und zog ihn am Ohr.

„Das ist eine alte Nummer, Daisy. Wie wäre es mal mit etwas Neuem?"

Die Bediensteten der Fluggesellschaft hatten sich um Daisy fast zerrissen und mehrfach wiederholt, was für ein toller kleiner Fluggast sie sei. Daisy spielte in der Wartehalle zufrieden mit ihren Plastikschlüsseln, aber Hunter konnte nicht still sitzen. Vielleicht lag das an seiner Stimmung. Vielleicht aber auch an der Tatsache, dass er monatelang bis zum äußersten angespannt gewesen war.

Oder vielleicht wurde es einfach Zeit, eine Sache zu bereinigen.

Er mietete sich einen Wagen komplett mit Kindersitz für Daisy und fuhr zu seinen Eltern, die hier in der Nähe in einer Eigentumswohnung am Strand wohnten.

„Hunter." Das freundliche Lächeln seiner Mutter verstärkte sich ein wenig. „Willst du nicht reinkommen?"

Er musste es der Frau lassen. Falls sie überrascht war, ihn zum ersten Mal seit drei Jahren vor ihrer Tür stehen zu sehen, so zeigte sie das nicht.

„Fred", rief sie. „Wir haben Besuch."

Sein Vater kam mit einem Gehabe in den Flur, wie es den meisten Frischpensionierten eigen ist. „Na, so was", sagte er und schüttelte Hunter die Hand. „So was, so was." Er griff an Daisy vorbei nach den Taschen. „Lass mich dir das Gepäck abnehmen."

„Und was hat dich hergebracht?", fragte seine Mutter, als sie ihn ins Wohnzimmer führte.

„Ich habe ein paar Stunden Aufenthalt zwischen zwei Flügen."

Sein Vater schaute aus dem Fenster nach draußen. „Und wo ist deine hübsche junge Frau? Stellt sie irgendwo den Wagen ab?"

„Jeannie ist auf Hawaii." Er deutete auf Daisy, die auf seinem Schoß saß und ihre Großeltern aufmerksam musterte. „Wir sind auf dem Weg zu ihr."

Ihre Blicke glitten zu Daisy hinüber, ruhten kurz auf ihr, und dann wandten sie sich wieder ab.

Seine Mutter wurde unruhig, bot ihm ungesalzene Cashewkerne, Studentenfutter und ein Sandwich an.

„Nein danke, Mom", sagte sie. „Ich habe bereits gegessen."

„Einen Drink?", erkundigte sich sein Vater. „Scotch mit Eis."

„Ich muss fahren", erinnerte Hunter ihn. „Ich hätte nichts gegen einen eisgekühlten Tee und etwas Saft für Daisy." Er griff in eine der beiden Taschen und holte eine Flasche heraus. „Die ist sauber."

„Hat sie eine Vorliebe für einen bestimmten Saft?", fragte seine Mutter, und ihr Blick ruhte auf ihrer kleinen Enkelin.

„Apfelsaft", antwortete Hunter. „Den mag sie am liebsten."

Das aufgesetzte Lächeln seiner Mutter verschwand für einen Moment und wurde echt. „Genau wie Callie, als sie in dem Alter war."

Da. Sie hatte es ausgesprochen. Das Eis war gebrochen.

Sein Vater jedoch bemühte sich, den Ausrutscher zu überspielen. „Na, dann erzähl uns mal von deinem Flug", verlangte er und setzte sich Hunter und Daisy gegenüber auf die Couch.

Das unpersönliche Geplapper seiner Eltern hatte Hunter nie sonderlich gestört. Er war mit ihrem beschränkten Weltbild aufgewachsen und hatte es so akzeptiert. Heute jedoch brachte es ihn fast auf die Palme.

Verdammt, er wollte mehr. Das Leben mit Jeannie hatte ihm neue Welten eröffnet. Man konnte glücklich sein im Leben. Wirklich glücklich. Nicht bloß seine Zeit totschlagen, bis man unter die Erde kam. Er und Jeannie hatten noch nicht die Oberfläche zum gemeinsamen Glück durchdrungen, aber sie hatten wenigstens eine Entschuldigung dafür. Sie kannten sich kaum zwei Monate.

Er kannte seine Eltern sein ganzes Leben, und er wusste immer noch nicht, was sie in Bewegung hielt.

Seine Mutter kam mit dem eisgekühlten Tee und dem Saft herein. Sie reichte ihm die Flasche. Das ist Callies Tochter, dachte er und gab Daisy die Flasche. Das ist alles, was dir von deinem Kind geblieben ist, das du vor vierzig Jahren unter deinem Herzen getragen hast. Willst du die Gelegenheit vorübergehen lassen, ohne deine Enkeltochter in die Arme zu nehmen?

Er zeigte ihnen ein Bild von Jeannie an ihrem Hochzeitstag. Sie gaben einen angemessenen Kommentar dazu ab. Zu seiner eigenen Überraschung begann er, die Angelegenheit mit Duncan Burnett und Jeannies Flucht nach Hawaii auszubreiten. Seinen Eltern war ein gewisser Grad von Gefühlsaufwallung nicht angenehm, das wusste er. Und trotzdem erzählte er ihnen, was ihn bewegte.

Andererseits war er bis vor einem Monat nicht viel anders gewesen als sie. Er hatte Gefühle auf Armeslänge von sich gehalten, ganz so als wäre er nur sicher, wenn er sich davor abschirmte. Er hatte seine hübsche Frau nur nach dem Äußeren beurteilt und nie versucht zu entdecken, was für ein Mensch sich dahinter verbarg.

Er schaute auf seine Uhr. „Ich muss gleich wieder weg. Ich darf den Flug nicht verpassen."

Seine Mutter wollte etwas sagen, hielt sich dann jedoch zurück. Er sah, wie ihr Blick auf dem süßen Mädchen ruhte, das er auf dem Schoß hielt. Sah sie die Ähnlichkeit mit ihrem eigenen Kind? Wussten seine Eltern, was sie versäumten, indem sie sich von ihrer Enkelin abwandten?

„Kann ich am Flughafen anrufen?", fragte er.

„Das Telefon steht in der Küche", antwortete seine Mutter. „Neben der Vorratskammer."

Er setzte Daisy in einen Stapel Kissen und ging in die Küche.

Als er ins Wohnzimmer zurückkam, hatte sein Vater die Kleine auf dem Schoß. Die dunklen Augen seines Vaters schimmerten feucht, aber das konnte ebenso gut an dem Licht liegen, das sich in seinen Brillengläsern spiegelte.

Hunter griff nach seiner Tasche. „Ich muss Daisy noch die Windel wechseln, ehe wir fahren."

Seine Mutter zögerte. „Das mache ich", sagte sie schließlich. „Wenn du nichts dagegen hast."

Und so begann es.

Seine Mutter wechselte der Kleinen die Windeln. Sein Vater holte den Fotoapparat. Daisy, wie immer, verzauberte alle, und langsam begann das Eis zu schmelzen. Auch wenn sich Vergangenes damit nicht so einfach überbrücken ließ, so hatte doch Daisy ihre Großeltern kennengelernt, und was noch wichtiger war, seine Eltern hatten ihre Enkelin kennengelernt.

Seine Eltern begleiteten ihn und Daisy bis zum Auto.

„Wollt ihr nicht auf dem Rückweg nach New York noch einmal hier vorbeikommen?", fragte sein Vater und klopfte dem Sohn auf die Schulter. „Wir würden gern deine Frau kennenlernen."

„Wir würden uns sehr freuen, Hunter", sagte seine Mutter, und Tränen glänzten in ihren blauen Augen. „Wir könnten bei einem netten Abendessen ein bisschen mit euch feiern." Sie drückte noch einmal Daisy an sich und küsste sie. „Du bist ein hübsches kleines Mädchen", murmelte sie. „So hübsch, wie deine Mommy war."

Sein Vater räusperte sich. Hunter kannte den alten Trick. Jeder Mann, der wegen seiner Gefühle verlegen war, kannte diesen Trick.

„Du machst deine Sache gut, Sohn", sagte er rau. „Deine Schwester wäre wirklich glücklich."

Hunter schüttelte seinem Vater die Hand. Er umarmte seine Mutter. Daisy nahm ihre Küsse quietschend vor Vergnügen an. Er hatte den ersten Schritt getan, und seine Eltern waren ihm entgegengekommen. Noch gestern hätte er das nicht für möglich gehalten.

„Wir lassen uns nicht abweisen, nicht wahr, Daisy?", fragte er die Kleine, als das Flugzeug vom Boden abhob.

Wunder geschahen immer wieder. Die Tatsache, dass er und Jeannie sich kennengelernt und geheiratet hatten, war Beweis dafür. Er konnte nicht anders. Er glaubte, ein weiteres Wunder erwartete ihn am Strand von Maui.

Die Dreharbeiten waren donnerstags nachmittags früher zu Ende, da vom Westen her Wolken aufzogen und somit keine Aufnahmen mehr mit blauem Himmel als Hintergrund möglich waren.

„Amüsiert euch gut", sagte der Regisseur. „Aber denkt dran, morgen früh um sieben ist das Faulenzen wieder vorbei."

„Wir wollen uns mit ein paar Leuten in Hosegawas Kaufhaus umsehen", sagte Denise zu Jeannie, während sie ihre Sachen einsammelten. „Danach fahren wir zu den sieben heiligen Bädern. Wollen Sie nicht mitkommen?"

„Danke für die Einladung", erwiderte Jeannie. „Aber ich bleibe lieber hier."

„Wir werden uns bestimmt gut amüsieren", drängte Denise. „Jacko sagte, er will uns Hula beibringen."

„So verführerisch wie das klingt, ich bleibe lieber im Hotel."

„Haben die kleinen Monster Sie niedergerungen?"

Jeannie lächelte. „Entweder werde ich älter, oder die Kleinen werden anspruchsvoller."

In Wahrheit sehnte sie sich nach einem langen Schaumbad, einem ruhigen Abendessen auf der Veranda und Schlaf. Viel Schlaf. Sie war müde, aber daran war nicht die Arbeit schuld, sondern die endlose Litanei an Vorwürfen, die sie sich machte.

Als sie ins Hotel zurückkam, blieb sie an der Rezeption stehen. „Irgendeine Nachricht für Raum 5?"

Die freundliche Frau hinter dem Tresen schüttelte den Kopf. „Heute nichts, Miss."

Was habe ich eigentlich erwartet, fragte sich Jeannie wenig später, während sie sich das Badewasser einlaufen ließ. Sie war Hunter davongelaufen, ohne ihm eine Nachricht oder auch nur eine Telefonnummer zu hinterlassen.

Sie schaute zu dem Wecker auf dem Nachttisch hinüber. Wenn sie richtig gerechnet hatte, musste es zu Hause kurz nach acht Uhr abends sein. Daisy würde wahrscheinlich schlafen. Hunter aß vielleicht noch zu Abend und sah sich in dem kleinen Fernseher in der Küche das Football-Spiel der Mets an.

Ich rufe ihn an, sagte sie sich. Ich brauche nur ans Telefon zu gehen und ihm sagen, wo ich bin. Das ist doch einfach.

Daisy ... Burnett ... das Problem, vor dem sie geflüchtet war. Sie musste wissen, wie es ausgegangen war.

„Hallo", meldete sich eine mechanische Stimme über achttausend Kilometer weit weg. „Hier ist der automatische Anrufbeantworter von Hunter und Jeannie Phillips. Wenn Sie Ihren Namen und Ihre Nummer nach dem Pfeifton hinterlassen, rufen wir so bald wir können zurück."

Biep.

„Hunter, ich bin es ... Bist du da?" Sie wartete. Stand er vielleicht im Flur und starrte finster auf den Anrufbeantworter. „Ich bin im White Orchid auf Maui. Ich ... Was ich sagen wollte, ich wüsste gern, was mit Daisy ist und ... Bist du da, Hunter?"

Nichts.

Sie legte den Hörer zurück. Eine Reihe schrecklicher Möglichkeiten fielen ihr sofort ein. Burnett mochte seine Vaterschaft geltend gemacht haben, und Hunter hatte ihm Daisy willig überlassen. Es konnte aber auch sein, dass die beiden in ein Handgemenge geraten waren und Hunter jetzt im Gefängnis saß.

Vielleicht wollte er auch einfach nicht mit ihr reden.

Das ist ja albern, sagte sie sich. Hunter hatte deutlich ausgesprochen, dass Entscheidungen, die Daisy betrafen, nur er fällen könne. Genau wie sie sich entschlossen hatte, ihm nichts von der Familie zu erzählen, die sie verloren hatte.

Für sie und Hunter hatte es eine Hochzeit gegeben, aber sie hatten es nicht ganz geschafft, eine Ehe zu führen. Am meisten schmerzte sie, dass sie genauso schuld daran war wie er.

Es wurde „Himmlisches Hana" genannt, weil der Ort so atemberaubend schön war, dass jeder, der ihn gesehen hatte, nicht mehr weg wollte. Herrliche Aussichten, einmalige Sonnenuntergänge, fast ein Paradies auf Erden.

Hunter ging davon aus, dass es stimmte. Als er unter dem Baum am Rande der Veranda stand, sah er nur seine Frau.

Sie saß mit dem Rücken zu ihm und schaute aufs Meer hinaus. Das kurze Haar hatte sie nach hinten gestrichen, es kringelte sich leicht im Nacken, als wäre sie gerade aus der Dusche gekommen. Alles an ihr war liebenswert. Ihre grazil geschwungenen Schultern, die in dem blauen ärmellosen Kleid zu sehen waren, ihre blasse pfirsichfarbene Haut im Licht der untergehenden Sonne.

Sie schien von Einsamkeit umgeben. Er hatte immer gespürt, dass seine Frau irgendein Geheimnis mit sich trug, aber nie deutlicher als in diesem Augenblick. Sie sah so zierlich und unglaublich zerbrechlich aus, dennoch spürte er, dass sie stark war. Sie war eine Kämpfernatur, seine Jeannie, eine Frau, die sich für das einsetzte, woran sie glaubte.

Er hätte gern gewusst, ob sie noch an ihre Ehe glaubte.

Er ging näher heran, bis er hinter ihr stand.

„Sie können meinen Teller mitnehmen", sagte sie ohne aufzusehen. „Ich bin fertig."

„Großartig", antwortete er. „Aber ich bin nicht fertig."

„Oh nein!", flüsterte sie und senkte den Kopf. „Das kann nicht sein …"

„Jeannie."

Sie schluckte schwer und wandte sich um.

„Ich sehe furchtbar aus", sagte er. „Ich muss mich rasieren. Ich habe die letzte Nacht in meinen Sachen geschlafen. Ich habe an nichts anderes gedacht, als auf dem schnellsten Weg hierherzukommen."

Er hatte den Hemdkragen geöffnet und die Ärmel aufgerollt. Er wirkte völlig fehl am Platz in dieser tropischen Wunderlandschaft, abgekämpft und erschöpft, und doch war er für sie der herrlichste Anblick, den sie je gehabt hatte.

Aber wo war Daisy?

„Es war schwer, dich zu finden", fügte er noch hinzu.

Sie wandte sich ab. Sie konnte das, was jetzt kam, nicht ertragen. „Es ist etwas passiert", flüsterte sie. „Es geht um Daisy, nicht wahr?"

„Ja", antwortete er. „Es geht um Daisy."

Ihr war, als würde sich der Boden unter ihren Füßen bewegen. Sie sah zu ihm auf. „Ist Burnett ihr Vater?"

„Nein", erwiderte Hunter. „Ich bin es."

Hoffnung, schmerzlich und süß zugleich, erwachte in ihrem Herzen. „Das ... das verstehe ich nicht."

„Es ist ganz einfach", sagte er. „Burnett und Callie haben Daisy ihre blauen Augen und die Grübchen vererbt. Um alles andere kümmere ich mich."

Sie hörte ihm zu, als er ihr von einem Mann und einer Frau berichtete, die sich zueinander hingezogen gefühlt hatten, obwohl das nicht hätte sein dürfen. Und von dem Baby, nach dem Callie sich gesehnt hatte, aber an das Burnett nicht recht hatte glauben wollen.

„Sie waren nur einen Monat zusammen", erklärte Hunter. „Burnett hielt in dem Frühjahr in Tokio ein Seminar ab, und Callie arbeitete für ihn als Übersetzerin."

Burnett war verheiratet und Vater von drei Kindern. Er gehörte zu einer angesehenen Politikerfamilie. „Die Situation kam beiden zugute. Er wollte keine neue Familie gründen, und Callie hatte längst beschlossen, dass das Baby nur ihr und niemand anderem gehören würde." Selbst nachdem Callie erfuhr, dass die Schwangerschaft für sie lebensgefährlich sein könnte, war sie entschlossen, das Kind zur Welt zu bringen. „Burnett war damals in Caracas. Er arbeitete an einem Projekt für die OPEC, aber er half Callie, die besten Ärzte in Tokio zu finden."

Sie sah, wie seine Kinnmuskeln zuckten, als er versuchte, seine Gefühle unter Kontrolle zu halten. „Hunter, du brauchst nicht ..."

Er räusperte sich. „Burnett hat meine Schwester einen Monat vor Daisys Geburt noch gesehen. Ich weiß nicht, warum, vielleicht hatte sie eine Vorahnung oder so, aber sie sagte Burnett, wenn ihr etwas passieren würde, wollte sie, dass ich das Baby großziehe."

„Und er hatte nichts dagegen?"

Hunter lächelte wehmütig. „Burnett ist ein praktisch denkender Mann. Er hatte nicht noch einmal Vater werden wollen. Er war erleichtert."

„Und warum stand er dann plötzlich vor der Tür?"

„Aus Sentimentalität. Um mir Callies Bilder zu bringen. Um Callies Kind wenigstens ein Mal zu sehen."

Jeannies Herz hämmerte wie verrückt, und sie legte eine Hand auf ihre Brust, als könnte sie es damit beruhigen. „Und das ist alles?"

„Das ist alles. Ich bin an dem Abend vor Zorn geladen in Burnetts Hotelzimmer gestürmt, und das Erste, was er mir sagte, war, dass er keinen Anspruch auf Daisy habe." Er schaute Jeannie an. „Du hattest recht, Jeannie … in allem. Sie ist meine Tochter. Sie war es gleich von Anfang an."

Jeannie stiegen Tränen in die Augen. „Besser spät als nie, Hunter. Ich wusste, du würdest es einsehen."

„Und damit komme ich zu meiner Frage. Wie geht es von hier aus weiter?"

Sie schob ihren Stuhl zurück und stand unbeholfen auf. Sie war so tief bewegt, dass es schmerzte. Er stand direkt vor ihr, als warte er nur darauf, dass sie an ihm vorbeigehen würde. Sie wandte sich zur Seite und wollte sich an ihm vorbeistehlen, aber er versperrte ihr den Weg.

„Diesmal nicht", sagte er. „Heute Abend läufst du mir nicht davon." Mit einer raschen Bewegung packte er sie, warf sie sich über die Schulter und lief zum Strand hinunter.

„Lass mich runter, Hunter, oder ich schreie die Leute zusammen!"

„Nur zu!", sagte er. „Das hält mich nicht auf." Er setzte seinen Weg zum Strand fort – wie ein verliebter Rambo.

„Ich fühle mich gedemütigt", stieß Jeannie hervor. „Wenn mich jemand vom Team so sieht, bin ich erledigt."

„Weit und breit ist niemand zu sehen", entgegnete Hunter. „Du bist in Sicherheit."

Er bog um eine Gruppe Palmen und setzte sie nicht allzu sanft einfach im Strandgras ab.

„Du hattest recht", sagte er ohne lange Vorrede. „Ich habe dich benutzt. Alle hatten recht … Kate, Grantham, alle, wie sie da sind."

Seine Worte trafen sie wie ein Schlag in die Magengrube. „Du bist den ganzen Weg hergekommen, um mir das zu sagen, Hunter?"

„Nein. Ich bin hergekommen, um dir zu sagen, dass ich dich liebe, Jeannie."

Sie starrte ihn an, als ob er ihr etwas Unfreundliches gesagt hätte.

Er tat so, als bemerke er das nicht. Sie konnte ihn nicht daran hindern, das auszusprechen, was ihm am Herzen lag. „Ich dachte, wenn ich dich heiratete, würde alles wunderbar sein. Für mich und für Daisy. Ich habe nie überlegt, ob es auch für dich wunderbar sein würde." Er sah ihr in die Augen. „Du hast unser Leben verändert, Jeannie. Du hast aus der Wohnung ein Zuhause gemacht. Nur kann ich einfach nicht erkennen, was du bei der Sache gewonnen hast."

Wie sollte er wissen, dass er ihr einen Herzenswunsch erfüllt hatte?

„Hunter", begann Jeannie, und ihre Stimme war kaum mehr als ein Flüstern. „Da ist etwas, was ich dir sagen muss ..."

Es hatte eine Zeit gegeben, da hatte Jeannie zwei Töchter und einen Mann gehabt, der sie liebte. Aber eine Feuersbrunst an einem eisigen Wintermorgen hatte ihr das alles genommen und sie allein mit den Schuldgefühlen zurückgelassen, dass sie leben musste, während die, die sie geliebt hatte, es nicht durften.

Sie war von Oregon nach Chicago gezogen, von San Francisco nach Seattle und schließlich in New York gelandet. Dort hatte sie das getan, was sie am besten konnte: mit Kindern umgehen.

Hunter hörte ihr zu und strich ihr sacht übers Haar, während sie sich bemühte, das Vergangene zu bewältigen. Seltsam, wie das, wovor man am meisten Angst hat, einem manchmal den größten Trost schenkt. Es erschien ihr so, als würde ihr Erzählen der Flut die Tore öffnen, um das Schuldgefühl wegzuspülen, das sie so lange mit sich herumgetragen hatte.

„Bin ich ein Ersatz?", fragte er und zwang sie, ihm in die Augen zu sehen. „Und Daisy auch?"

„Nein", flüsterte sie. „Niemals." Sie liebte Hunter und Daisy für das, was sie waren, und nicht als Ersatz für die Menschen, die sie verloren hatte.

„Ich liebe dich", sagte er leise. „Nicht nur für das, was du für mich und Daisy tust, sondern um deinetwillen, Jeannie, und für das, was du brauchst, um glücklich zu werden." In den vergangenen Tagen, wo er allein gewesen war, hatte er einen Vorgeschmack darauf bekommen, wie es sein würde, wenn er endlose, einsame Nächte ohne die Frau, die er liebte, verbringen müsste.

Er griff nach ihrer Hand und berührte den Goldreif an ihrem Finger. „Wir müssen es vielleicht noch einmal wiederholen", sagte er. „Nur um sicherzugehen, dass es legal ist."

Sie blieb stumm, weil ihr die Worte vor lauter Glück einfach im Hals stecken blieben. Sie hatte Hunter bis tief in ihre Seele sehen lassen, und er hatte sich nicht von der Schwere ihres Geheimnisses vertreiben lassen.

Hier war sie, die feste Bindung, vor der sie seit dem Feuer davongelaufen war. Ein neues Leben. Eine zweite Chance fürs Glück. Auch eine zweite Chance, es zu verlieren …

Aber war das nicht im Leben so? Man musste Risiken eingehen, großes Vertrauen aufbringen, um manchmal bis ins Paradies zu gelangen.

„Ich liebe dich, Hunter", sagte sie schließlich und begriff das volle Ausmaß dieser wunderbaren Worte. „Ich glaube, wir können es schaffen."

„Ich weiß, dass wir es schaffen werden."

Verlangen war ein herrlicher Anfang, aber romantische Gefühle allein reichten nicht aus, um eine erfolgreiche Ehe zu führen. Ehrlichkeit, Vertrauen und Miteinander gehörten dazu. An dem Abend am Strand von Hana legten sie den Grundstein für ihre Ehe.

„Ich habe mir immer einen Mann und eine Familie gewünscht", gestand Jeannie ihm. „Die vergangenen vier Wochen waren so herrlich … Ich hätte alles dafür getan, damit es so bliebe."

„Ich will mein Leben mit dir teilen", erwiderte Hunter. „Gleichgültig was kommen mag. Ob du zu Hause bist oder nicht. Ob du einen Beruf hast oder nicht. Es stört mich überhaupt nicht, wenn alles um uns herum Kopf steht und wir viele Kindermädchen und Haushälterinnen einstellen müssen, um alles zu bewältigen." Alles was sie war, war alles, was er brauchte.

Der innige Kuss, den sie sich gaben, zeugte von Gemeinsamkeit, vom Verschmelzen der Seelen wie auch der Herzen.

„Daisy", sagte sie und löste sich schließlich von ihm. „Wo ist sie?"

Hunter lachte, nahm seine Frau bei der Hand und half ihr auf die Füße. „Ich dachte schon, du würdest gar nicht mehr nach ihr fragen." Er führte sie auf die Terrasse zurück, wo ein schmunzelnder Kellner das schlafende Kind auf dem Schoß hielt.

Jeannie liefen Freudentränen über die Wangen und fielen auf Daisys helles Haar, als sie die Kleine fest an sich drückte. „Wir sind so glücklich", sagte sie und sah Hunter an. „Viel glücklicher, als ich je für möglich gehalten hätte."

„Und es wird ganz lange halten", bekräftigte er. „Ein Leben lang."

Daisy verzog das kleine Gesicht und öffnete die Augen. „Daah", machte sie unsicher. Dann lächelte sie Hunter an. „Dada!"

„Du hast recht, Daisy", sagte er und zog seine Frau samt der Tochter an sich. „Vollkommen recht. Das bin ich."

– ENDE –

4 Romane in einem Band

Sandra Brown u. a.
Schicksalsherzen

Sandra Brown – Im Rausch des Sieges: Kurz vor ihrem wichtigsten Match erfährt Tennisspielerin Stevie, dass sie schwerkrank ist. Niemand darf es wissen! Doch als die dem Journalisten Judd begegnet, nimmt das Spiel des Lebens eine unerwartete Wendung …

Band-Nr. 20051
9,99 € (D)
ISBN: 978-3-95649-057-6
480 Seiten

Mary Burton – Geheimnisvolle Entdeckung: Bei einem Tauchgang macht die Fotografin Kelsey eine schreckliche Entdeckung. Ausgerechnet ihre Jugendliebe Mitch steht ihr in diesem Moment bei – der Mann, dem sie nie wieder vertrauen wollte.

Olivia Gates – Der Zauber deiner Lippen: Nach einem Unfall kann sich Cybele an kaum etwas erinnern, aber sie fühlt sich unwiderstehlich zu dem selbstbewussten Arzt Rodrigo hingezogen. Leidenschaftlich küsst sie ihn und ahnt nicht, wie gut sie ihn eigentlich kennt …

Tori Carrington – Liebe, heiß wie Feuer: Für Jolie bricht eine Welt zusammen, als sie erfährt, was ihr geliebter Ehemann von ihr erwartet. Entweder gibt sie ihren gefährlichen Job bei der Feuerwehr auf – oder er lässt sich scheiden.

4 Romane in einem Band

Linda Howard u. a
Erben der Sehnsucht

Linda Howard – Gegen alle Regeln: Claudia erbt die Ranch ihres Vaters und trifft nach Jahren wieder auf Roland – ihren ersten Liebhaber. Schon bald nähern sie sich einander erneut an. Aber als sie Gerüchte über ihn hört, kommen ihr Zweifel an seiner Treue.

Band-Nr. 20048
9,99 € (D)
ISBN: 978-3-95649-008-8
560 Seiten

Emilie Richards – Du machst es mir nicht leicht: Überglücklich führt der Anwalt Bruce die warmherzige Olivia vor den Traualtar. Er ist sich sicher: Sie ist die Richtige für ihn. Bis eine Testamentsklausel ihre Liebe auf eine harte Probe stellt…

Carol Grace – Küsse – heiß wie die Sonne Siziliens: Begeistert führt Carol auf der Mittelmeerinsel Sizilien das Vermächtnis ihres Onkels fort: ein malerisches Weingut. Als sie dann noch der heißblütige Dario leidenschaftlich küsst, ist sie überglücklich. Oder hat er es nur auf ihr Land abgesehen?

Julie Cohen – Eine rasante Affäre: Zoe ist geschockt: Sie ist die Alleinerbin ihrer reichen Tante - und die restliche Familie gönnt ihr das Geld nicht. Ausgerechnet der attraktive Nicholas ist nun für sie da, dabei war er doch bloß eine Affäre …

4 Romane in einem Band

Band-Nr. 20050
9,99 € (D)
ISBN: 978-3-95649-038-5
528 Seiten

Lisa Jackson
Dem Feuer so nah

Wie ein Kuss im Sommerregen: Die Künstlerin Ainsley kehrt nach Jahren in ihre Heimat zurück, wo sie einst einen unvergesslichen Sommer mit ihrer Jugendliebe Trent erbracht hat. Gibt das Glück ihnen jetzt eine zweite Chance?

Ein Kuss – und alles ist anders: Seit dem Autounfall, bei dem ihr Mann ums Leben gekommen ist, mischt Tiffanys fürsorglicher Schwager J.D. sich in alles ein. Einerseits nervt sie das – andererseits fühlt sie sich wie magisch zu ihm hingezogen ...

Herz über Kopf: Das letzte Mal als Katie auf ihr Herz gehört hat, blieb sie allein und schwanger zurück. So etwas wird ihr auf keinen Fall noch einmal passieren! Doch dann wird der geheimnisvolle Luke ihr neuer Nachbar ... und sie beginnt gegen jede Vernunft, von einem Happy End zu träumen.

Ein Baby für uns zwei: Der attraktive Kinderarzt Dallas O'Rourke weckt bittere Erinnerungen in Chandra: Auch sie war einst Ärztin und wurde verklagt, als ein Kind starb, das sie behandelte. Können Dallas zärtliche Küsse sie endlich die Vergangenheit vergessen lassen?